Auf der

Galaktogon

Buch 2
Magic Dome Books

AUF DER SUCHE NACH den Uldanern

Galaktogon Buch 2

Originaltitel: In Search of the Uldans (Galactogon Book #2)

Copyright © Vasily Mahanenko, 2019

Covergestaltung © Vladimir Manyukhin, 2019

Deutsche Übersetzung © Ruben Zumstrull, 2021

Lektorin: Lilian R. Franke

Erschienen 2021 bei Magic Dome Books

Laden Sie unseren KOSTENLOSEN Verlagskatalog herunter:

Geschichten voller Wunder und Abenteuer: Das Beste aus LitRPG, Fantasy und Science-Fiction (Verlagskatalog)

Deutsche LitRPG Books News auf FB liken: facebook.com/groups/DeutscheLitRPG[1]

Prolog

„WAS SOLL ICH SAGEN?" Der Besitzer von Galaktogon sprach sehr gedehnt. „Der Spielstand lautet 8:0 zu Ihren Gunsten."

Er trat von dem großen Bildschirm weg, der einen Raum mit zwei Kapseln und drei auf dem Boden liegenden Leichen zeigte. Im Bild wurden die Türen des Raums aufgestoßen und ein medizinisches Team eilte hinein, um die Opfer zu retten.

„Wie machen Sie das nur? Ich kann es nicht begreifen..."

„Ich wiederhole es nun zum hundertsten Mal: Menschen bleiben Menschen, auch wenn man sie an ihre Grenzen bringt", sagte der Präsident und rieb sich mit zufriedener Miene die Hände. „Wann werden Sie mir endlich recht geben?"

„Niemals. Sie haben einfach Glück mit den Leuten, die Sie finden."

„Aber Sie waren es doch, der dieses Pärchen ausgesucht hat, genau wie die sieben anderen zuvor. Und Sie waren derjenige, der sich das Drehbuch ausgedacht hat, die Hintergrundgeschichte ausgearbeitet und das alles zusammengebracht hat. Acht von acht – glauben Sie nicht langsam, dass das Problem nicht bei den Menschen, sondern bei Ihrer Philosophie liegt?"

Der Mogul gab keine Antwort, nickte stattdessen zum Monitor und richtete eine Frage in die dunkle Ecke des Raumes: „Was ist mit ihnen? Wie geht es ihnen?"

„Das Subjekt ‚Eunice' ist am Leben. Die Kugeln haben keine lebenswichtigen Organe getroffen", kam die Antwort von einer Hilfskraft außerhalb des Bildbereiches. „Sie befindet sich in einem Schockzustand. Der Ablauf der Ereignisse bezüglich des Subjektes ‚Eunice' verlief nach Plan. Das Subjekt ‚Alexis' ist ebenfalls am Leben, aber in kritischem Zustand. Die Kugeln, die Constantine vor dem Angriff abgefeuert hat, haben keine lebenswichtigen..."

„Vorher oder nachher – wen interessiert das?", unterbrach der Präsident den Bericht. „Wird er überleben oder nicht?"

„Er benötigt eine Herztransplantation, aber er wird überleben. Das letzte Geschoss hat die linke Herzkammer perforiert. Derzeit versorgt die Medkapsel sein Gehirn und seinen Körper mit Sauerstoff."

„Bitte verzichten Sie auf unnötige Details", sagte der Präsident. „Was brauchen Sie für die Operation?"

„Die Erlaubnis und Geld. 30 Millionen, nach vorläufigen Schätzungen. Bei dem Subjekt ‚Alexis' muss das Herz ersetzt werden. Er wird auch Prothesen für seinen Arm und sein Bein benötigen."

„Dann können wir wohl davon ausgehen, dass er gewonnen hat", sagte der Besitzer von Galaktogon missmutig. „Das Geld soll auf das entsprechende Konto überwiesen werden. Tun Sie alles, was Sie können, um ihn am Leben zu halten. Es gibt schon zu viele Verletzte."

Einer der Ärzte auf dem Bildschirm hob die Hand an sein Ohr, nahm den Befehl entgegen, nickte zustimmend, und zwei medizinische Teams stellten sich rund um Alexis Panzer auf.

„Was ist mit unserem Attentäter?"

„Schwere Wunden, tödlich. Wir haben ihn verloren."

„Der vierte Tote." Der Präsident lächelte, als würde ihn die Situation amüsieren. „Vier der Krieger, die sich bereit erklärt haben, an Ihrem Spiel teilzunehmen, sind bereits tot."

„An *unserem* Spiel!"

„Nein, Sergej, an Ihrem. Sie haben doch den Bericht der Psychologen gelesen: Alexis und Eunice sind zu sehr in die virtuelle Realität eingetaucht. Sie sind übermütig geworden. Als alle Hoffnung verloren war, hatte dieses Paar nichts mehr zu verlieren. Sie haben – oder er allein, das ist nicht mehr wichtig – beschlossen, Helden zu werden. So etwas kommt vor. Akzeptieren Sie es."

„Ich gebe zu, dass ich mich für das falsche Subjekt entschieden habe. Die Bindung zwischen diesem Paar war zu schwach, nicht stark genug, um füreinander zu sorgen. Sie haben selbst gesehen, dass er nicht daran gedacht hat, was mit dem Mädchen passieren könnte. Er hat nur gesehen, dass er den Kampf verlieren würde, und sein einziger Gedanke war, wie er den Schützen töten könnte. Wir brauchen etwas Stärkeres, etwas, das einen Menschen dazu zwingt, sich seinen niedersten Instinkten zu unterwerfen."

„Sie wollen noch einmal spielen?"

„Warum nicht? Haben wir nicht noch weitere Subjekte? Es sind 300 in dem Projekt. Ich werde Sie nicht nur einholen – ich werde Sie auch schlagen, Maxwell." Der Besitzer von Galaktogon wandte sich wieder der dunklen Ecke zu. „Entwickeln und implementieren Sie ein Szenario, durch das dieses Paar aus dem Projekt herausgenommen wird. Und das bitte ohne unnötiges Geschwafel. Die beiden sind für uns nicht mehr von Interesse."

„Und was ist von Interesse?" Der Präsident hob eine Augenbraue.

„Ich schlage vor, dass wir unsere Optionen abwägen. Was würde zum Beispiel eine Mutter tun, wenn sie zwischen ihren Kindern wählen müsste? Wenn sie wählen könnte, welches sterben und welches leben soll? Wenn ich mich recht entsinne, gibt es in unserem Projekt mehrere geeignete Subjekte für ein solches Szenario. Auch hier wette ich, dass die Mutter ihr Erstgeborenes wählen würde. Meine Datenleute sagen mir, dass die Erstgeborenen mehr geliebt werden."

„Sie verstehen Menschen kein bisschen." Der Präsident schüttelte den Kopf. „Aber ich willige ein. Ich habe gerade gesehen, dass Sie eine Flasche *Maison Garlonde*, Jahrgang 2045 haben. Sie können sich davon verabschieden, denn eine liebende Mutter würde... Aber, warten Sie, lassen Sie uns auch die anderen Möglichkeiten in Betracht ziehen. Der mütterliche Instinkt ist den grundlegendsten Instinkten zu nahe und die Wette scheint mir zu langweilig und leicht vorhersehbar."

„Wie Sie wollen. Sie sind ohnehin an der Reihe, ein Szenario zu wählen."

Kapitel Eins

✕

FALLS DU JEMALS GETÖTET WORDEN BIST – im realen Leben, meine ich – dann hast du mein aufrichtiges Beileid. Daran ist nichts angenehm: Es ist meistens schmerzhaft, zermürbend und beängstigend. Wenn du also nicht auf Masochismus stehst, empfehle ich dir, Psychopathen und Serienmörder zu meiden. Ansonsten lautet mein Rat: Grinse und ertrage es und hoffe, dass das Paradies, das nach dem Tod auf dich wartet, so sein wird wie das, in dem ich mich in diesem Moment befand.

In diesem, meinem persönlichen Paradies, stand die Sonne immer im Zenit, aber trotzdem musste man sich keine Sorgen um Hitzschlag oder Sonnenbrand machen. Behaglichkeit stand hier an erster Stelle. Ich blinzelte selig, starrte direkt in diese Scheibe aus heißem Licht und genoss die Meeresbrise auf meiner Haut. Warme, smaragdgrüne Wellen plätscherten an meine Füße und kitzelten sie wie ein Mädchen, das mich necken wollte. Das süße Zwitschern der exotischen Vögel hinter mir vermischte sich mit der Brandung zu einer beruhigenden Musik. Alles um mich herum vertrieb alle vorstellbaren Sorgen und ließ mich ins Nirwana eintauchen – darauf konzentrierte ich mich, und mein Geist kostete einen Moment der Ruhe aus. In genau zehn Sekunden würde ich mir einen mentalen Tritt in den Hintern geben und mich daran erinnern, dass das alles nur Illusionen waren, digitale

Dekorationen, die an die Wände des medizinischen Diagnosezentrums projiziert wurden. In genau zehn Sekunden – keine Sekunde länger. Ich musste mich daran erinnern, wer ich war und warum ich hier war.

Mein Name ist Alexis Panzer. Ich war ein Profi-Gamer, der sich auf Galaktogon spezialisiert hatte. Im Moment befand ich mich jedoch in einer therapeutischen VR-Szene, die von meiner medizinischen Genesungskapsel erzeugt wurde. Die Welt um mich herum war eine Projektion, dazu erschaffen, um meinen Verstand zu täuschen. Ich musste mich wieder ganz und gesund fühlen. Nur dann, so sagten die Ärzte, könnte ich mich von meinen Operationen erholen.

Drei Tage waren vergangen, seit ich das Bewusstsein wiedererlangt und mich an diesem Strand wiedergefunden hatte. Seitdem hatte mein Arzt mich ab und zu besucht, um sich über meine psychische Genesung zu informieren und meinen körperlichen Zustand mit mir zu besprechen. Und, wie der Arzt mir mitgeteilt hatte, war mein körperlicher Zustand ziemlich schlecht. Mein Kampf mit dem Endboss namens Constantine hatte mich buchstäblich einen Arm und ein Bein gekostet, und noch einiges mehr: Ich hatte eine Herztransplantation gebraucht, außerdem drei Patches aus synthetischem Gewebe für meine Lunge und Prothesen für meinen Arm und mein Bein. Es gab immer noch keine Prognose, ich bekam auf alle meine Fragen dieselbe Standardantwort: ‚Ihr derzeitiger Zustand ist zufriedenstellend.'

Aber es war das Nichtwissen, unter dem ich am meisten litt. Ich wusste nicht, wie mein Kampf mit Constantine ausgegangen war, und ich fragte mich ständig: Wie war ich in der Kapsel gelandet? Wie lange war ich bewusstlos gewesen? Was war mit Eunice und unserem Kind geschehen? Jeder Versuch, etwas vom Arzt zu erfahren, wurde abgeblockt. Der Arzt behauptete, er wüsste nichts. Er sagte mir, ich sollte den Mund halten. Ich hielt gehorsam den Mund, befolgte seine Anweisungen und wartete ab. Das Wichtigste war, dass ich lebte. Ich hatte nicht die Kraft, noch mehr zu wollen.

Meine Augen begannen zu schmerzen, weil ich zu lange in die Sonne gestarrt hatte. Ich blinzelte und wischte die Tränen weg. Diese Unannehmlichkeit war in Wirklichkeit angenehm, wenn auch nur, weil sie mich von meinen ängstlichen Gedanken ablenkte. Da hörte ich das Rascheln von Sand, als ob jemand am Strand entlangliefe, aber ich war nicht beunruhigt. Mein Arzt kam immer so herein, ganz vorsichtig Stück für Stück, anstatt einfach neben mir aufzutauchen. Er wollte mich nicht erschrecken. Erfreut über die Gesellschaft begrüßte ich ihn herzlich, ohne die Augen zu öffnen.

„Guten Tag, Herr Doktor! *Buen dia! Buon giorno!* Ich hoffe, der Patient Panzer hat bewiesen, dass er bei guter geistiger Gesundheit ist?"

„Meiner Meinung nach schon", antwortete eine mir unbekannte Stimme. „Aber mir fehlt der medizinische Sachverstand, um das mit Bestimmtheit sagen zu können."

Ich öffnete meine Augen und versuchte, den Fremden durch die dunklen Flecken und die blendenden Sonnenstrahlen hindurch anzusehen. Von meiner Position auf dem Sand aus konnte ich nur ein paar teure Lederschuhe erkennen.

„Guten Tag, Alexis. Es ist äußerst unangenehm, mit Ihnen zu sprechen, wenn Sie sich in dieser Position befinden. Würden Sie bitte aufstehen?"

Während ich mich schweigend erhob, arbeitete mein halb verhungertes Gehirn auf Hochtouren. Der Arzt hatte immer lässige Klamotten getragen: Sandalen, kurze Hose und ein fröhliches Hemd mit bunten Pillen, als wäre er Dr. Mario – wahrscheinlich wollte er mich nicht verstören. Dieser Besucher jedoch war in seiner feinsten Kleidung erschienen. Ein strenger

Businessanzug, eine Ledertasche mit Applikationen eines Markenherstellers. Entweder handelte es sich um einen Vertreter der Rechtsabteilung des Konzerns – Leute, die dazu neigten, in Anzug und Krawatte zu schlafen – oder er war ein Nachwuchsdetektiv, der mich erschrecken wollte. Meine Intuition wollte mir sagen, dass die zweite Option wahrscheinlicher war, aber meine Erfahrung bestand darauf, dass dieser Mann eine gewisse Macht hinter sich wusste. Sein gebieterisches Auftreten ließ nicht vermuten, dass er versuchte, einen bestimmten Eindruck bei mir zu erwecken.

„Danke. Nehmen Sie Platz." Ein Bürotisch und zwei Stühle materialisierten sich auf dem Sand. Der Mann nahm seine Sonnenbrille ab, öffnete den Koffer und ließ sich auf einen der Stühle sinken, wobei er den untersten Knopf seines Jacketts öffnete. Während ich schweigend den anderen Stuhl besetzte, holte er mehrere Blätter Papier aus dem Koffer und legte sie in einem ordentlichen Stapel auf den Tisch.

„Mein Name ist Reynard der Fuchs. Mein Titel und meine Zuständigkeiten sind im Moment nicht von Belang. Wichtig ist nur, dass ich Ihnen helfen kann, die schwierige Situation zu lösen, in der Sie sich befinden." Der Mann blickte mich erwartungsvoll an.

„Könnten Sie mir erklären, worin diese Situation besteht?", fragte ich. „Ich bin im Moment aus gesundheitlichen Gründen ein wenig von der Realität abgeschnitten."

„Ich verstehe. Die Strafverfolgungsbehörden gehen davon aus, dass Sie absichtlich in eine Wohnung gezogen sind, die mit spezieller Sicherheits- und Hackerausrüstung ausgestattet war. Der Besitzer des Hauses, das Sie gemietet haben, wurde bereits wegen illegaler Nutzung der Spezialausrüstung angeklagt. Sie haben das Ortungssystem gehackt, einen der Teilnehmer ausgetrickst und ihn getötet. Nachdem Sie sich vergewissert hatten, dass Constantine

tot war, versuchten Sie, Eunice loszuwerden, da Sie der Meinung
waren, dass sie und ihr Kind eine Belastung darstellen würden.
Daher haben Sie einen Anschlag auf sich selbst vorgetäuscht und
Beweise gefälscht, um Constantine etwas anzuhängen. Das ist
derzeit die offizielle Theorie, wie das Verbrechen begangen wurde.
Haben Sie dazu etwas zu sagen?"

„Sind Sie wahnsinnig?" Der Irrsinn, den ich gerade gehört
hatte, machte mich so wütend, dass ich aufsprang. „So ist es nicht
gewesen! Er war derjenige, der uns mit einer Pistole bedroht hat.
Er hat Eunice in die Beine und Arme geschossen! Er hat damit
gedroht, sie zu töten und dann das Kind in ihr auszutragen... Als ob
sie eine Art Brutkasten wäre! Ich tat, was ich tun musste, weil ich
Angst um unser Leben hatte!"

„Bitte nehmen Sie Platz! Ich habe Sie verstanden. Der Arzt
möchte nicht, dass Sie sich aufregen. Ich stimme Ihnen zu, dass die
offizielle Theorie einige Fehler hat. Deshalb bin ich hier. Erzählen
Sie mir bitte Ihre Version der Ereignisse. Nach offiziellen Angaben
hätte Constantine zum Tatzeitpunkt unter ärztlicher Aufsicht im
Koma liegen müssen, aber stattdessen wurde er erschossen in Ihrem
Haus aufgefunden. Die Kameras auf der Straße zeigen, dass er
selbstständig und bei vollem Bewusstsein zu Ihnen kam. Stimmt
das?"

„Ja, das stimmt", bestätigte ich, nahm wieder Platz und fragte
mit hoher Stimme: „Sind Eunice und das Kind noch am Leben?"

Der vernünftige Teil meines Verstandes übernahm rasch die
Kontrolle über meine Gefühle und isolierte das Wichtige von dem,
was Reynard gesagt hatte: ,Sie haben versucht, Eunice
loszuwerden.' Das konnte Verschiedenes bedeuten.

„Sie leben zwar, aber sie liegen auf der Intensivstation. Sie hat
sehr viel Blut verloren und das Leben des Kindes ist in Gefahr. Die
Ärzte tun alles, was sie können, aber Eunices Leben ist nicht in
Gefahr." Diese Worte nahmen eine große Last von meiner Brust.

„Sie wird in einem künstlichen Koma gehalten, und niemand darf sie sehen. Folglich sind Sie im Moment der einzige Zeuge bei den Ermittlungen. Kehren wir zum Zweck meines Besuchs zurück. Ich höre Ihnen zu."

Ich versuchte, kein einziges Detail auszulassen, und erzählte Reynard alles, angefangen mit dem Ausstieg aus dem Spielkokon, dann Constantines Auftauchen, seine Drohungen, die Schießerei, mein Wunsch, das Kind zu retten – und dass ich die Hantelscheibe von meiner Langhantel auf ihn geworfen hatte. Ich hatte nichts zu verbergen, denn ich war ein gesetzestreuer Bürger, und ich war zuversichtlich, dass die Experten die richtigen Schlüsse ziehen würden. Nachdem ich weiter überlegt hatte, beschloss ich, noch ein wichtiges Detail hinzuzufügen:

„Er hat mein Smart-Home-System außer Kraft gesetzt, aber er konnte nicht wissen, dass mein System nur die Hälfte unserer Ressourcen belegt. Eunice hatte die Kontrolle über die andere Hälfte. Es könnte sein, dass ihr System ein Video aufgezeichnet hat. Hier ist der Zugangsschlüssel für das System. Sehen Sie es sich an."

Reynard nickte und löste sich dort, wo er saß, in Luft auf. Eine Sekunde später verschwanden seine Habseligkeiten zusammen mit seinem Stuhl und dem Tisch und ließen mich allein zurück – ich saß mitten auf dem Strand. Ich strich über die Polsterung meiner Armlehne und vergewisserte mich, dass Reynard der Fuchs kein Hirngespinst meiner Fantasie gewesen war. Ich empfand ein wenig Erleichterung – meine Familie war am Leben, der Rest war eigentlich unwichtig.

Einmal mehr dehnte sich die Zeit wie Sirup. Eine Stunde verging, eine weitere, eine dritte, aber niemand hatte es eilig, die Anklage gegen mich fallen zu lassen. Schließlich stand ich auf und kehrte mit fast olympischer Gelassenheit zu meiner Hauptbeschäftigung zurück: ein paar Runden in den Wellen schwimmen.

Es war fast ein Tag vergangen, als ich endlich die lang erwartete Nachricht erhielt. So sehr ich auch versuchte, mich auf das Erscheinen meines Gastes einzustellen, Reynard schaffte es doch, mich zu überrumpeln, indem er sich direkt neben mir materialisierte.

„Guten Tag, Alexis. Im Namen des Unternehmens und der Strafverfolgungsbehörden danke ich Ihnen für Ihre Kooperation. Der Vorfall ist vollständig rekonstruiert worden. Es gab tatsächlich ein Video. Alle Anklagen gegen Sie wurden fallengelassen."

„Danke." Ich nickte erleichtert.

„Es wurden gewisse Entscheidungen getroffen, und ich wurde beauftragt, Sie davon wissen zu lassen. Setzen Sie sich, dieses Gespräch wird lang und schwierig."

Der Schreibtisch und der Stuhl tauchten wieder auf und stellten das Firmenbüro am Meer wieder her. Ich setzte mich auf meinen alten Stuhl, der nach dem letzten Besuch einfach stehengeblieben und deshalb in den letzten 24 Stunden zu meinem ‚Meditationssitz' geworden war.

„Kommen wir gleich zur Sache. In Anbetracht der Umstände wurde beschlossen, das Szenario, an dem Sie beteiligt waren, vorzeitig zu beenden. Dies geschah gemäß Klausel 13 des von Ihnen unterzeichneten Vertrages, der Klausel zum Thema ‚Höhere Gewalt'. Wenn Sie möchten, können Sie sich noch einmal damit vertraut machen." Reynard reichte mir das unterschriebene Dokument, und ich las mir den Standard-Klauseltext über höhere Gewalt durch.

„Vielleicht stimmen Sie zu, dass dies die einzig vernünftige Lösung ist. Alle Projektteilnehmer sind bereits über den Abbruch informiert worden und..."

„Welche Teilnehmer?", unterbrach ich ihn. „Ist Eunice schon aufgewacht?"

„Noch nicht. Constantine hat nur sechs Teilnehmer getötet",
antwortete Reynard. „Ihre Bekannte, um die wir uns kümmern
sollten, ist noch am Leben. Constantine hat geblufft, als er sagte, sie
und ihre Familie seien tot."

Alonso und Lucille waren am Leben! Vor Freude reckte ich
sogar meine Faust in die Höhe. Ich hatte meine Zeit hier damit
verbracht, mich zu quälen, weil ich sie nicht hatte retten können,
und jetzt stellte sich heraus, dass das alles nicht hätte sein müssen.
Sie waren am Leben!

„Bitte erlauben Sie mir, fortzufahren. Meine... Auftraggeber...
haben mich angewiesen, den Preisplaneten und alles, was mit
diesem Szenario zusammenhängt, zu zerstören – damit die
menschliche Gier nicht zu noch mehr Leid führt. Dennoch wäre
es unfair, Sie ohne irgendeine Belohnung stehen zu lassen, da Sie
Ihre Chance, den Preis zu finden, verloren haben, obwohl Sie so
nahe dran waren. Als Entschädigung für den entgangenen Gewinn
aus Gründen, die außerhalb Ihrer Kontrolle liegen, dürfen Sie alle
Belohnungen behalten, die Sie im Laufe Ihres Versuchs erhalten
haben."

„Belohnungen?" Das Wort überrumpelte mich.

„Sie klingen überrascht. Warum? Galaktogon ist ein
kommerzielles Projekt mit dem Ziel, Einnahmen zu generieren.
Maximaler Profit ist nur möglich, wenn die interne Spielbalance
respektiert wird. Kein Spieler darf einen unfairen Vorteil – oder
Nachteil – gegenüber den anderen haben. Alle sind
gleichberechtigt, innerhalb bestimmter Grenzen. Die Ausnahme
sind die Personen, die ihr echtes Geld in Galaktogon ausgeben,
aber sie werden als eigenständige Spielergruppe behandelt, die ihre
eigene Balance braucht. Im Fall des Wettbewerbs, an dem Sie
teilgenommen haben, wurden die Teilnehmer anfangs an
Bedingungen gebunden, die sich radikal von denen der normalen
und kommerziellen Spieler unterscheiden. Der Konzern hat daher

ein Belohnungs- und Bestrafungssystem eingeführt und es auf die Entscheidungen angewandt, die Sie im Laufe Ihrer Versuche getroffen haben. Ich könnte einige Beispiele anführen, um das genauer zu erklären."

Ich nickte, unfähig, mein Bedauern zu verbergen. Ich versuchte, das Feuer zu dämpfen, das soeben mein berufliches Selbstwertgefühl zu einem traurigen Häufchen Asche verbrannt hatte. Ich alter Dummkopf hatte angenommen, dass ich alles, was ich hatte, auch verdient hätte. Ich dachte, ich wäre cool, clever, einzigartig.

Reynard holte derweil ein Dokument aus seinem Koffer.

„Falls Sie sich das ansehen wollen – hier sind alle Belohnungen aufgelistet. Erstens: Sie haben eine Entschädigung dafür erhalten, dass Sie die Bedingungen für den Beginn Ihrer Suche erfüllt haben. Insbesondere durften Sie nichts über das Spiel wissen, Sie durften sich nicht darauf vorbereiten und Sie mussten Ihre Entscheidungen auf Basis Ihrer Intuition treffen. Zweitens: Sie haben einem anderen Spieler geholfen, seinen lang gehegten Traum zu erfüllen, ein Pirat zu werden. Sie hätten auch allein aus dem Ausbildungssektor fliehen können, haben den Spieler aber mitgenommen. Dafür haben Sie eine Fregatte und Triebwerksprototypen erhalten. Drittens: Sie haben eine formelle Klage gegen den Hacker Dan Cormak eingereicht, woraufhin er zu 22 Jahren Haft verurteilt wurde und sein illegal erworbenes Eigentum beschlagnahmt wurde. Dafür haben Sie Ihren eigenen Planeten erhalten. Viertens: Sie haben versucht, Ihre Mitstreiter und Konkurrenten vor dem drohenden Unheil zu warnen, vor allem Lucille und Eunice. Dafür haben Sie ein Kugelschiff mit voller Besatzung erhalten. Fünftens: Sie haben zugestimmt, Eunice zu heiraten, und Sie haben die Interessen des Kindes über Ihre eigenen gestellt. Dafür haben Sie Zugang zur Orbitalstation der Zatrathi erhalten. Alle Ihre Entscheidungen und Handlungen wurden von einer speziellen Kommission geprüft und für förderungswürdig befunden. Aufgrund der Beendigung des Projekts wurde diese Kommission aufgelöst, und es gibt nun keine weiteren Belohnungen mehr. Jetzt sind Sie ein regulärer Spieler in Galaktogon, aber, wie gesagt, Sie dürfen alle oben aufgeführten Belohnungen behalten. Und damit können Sie den Eigentümern von Galaktogon erhebliche Gewinne bescheren."

„Wenn ich überhaupt noch einmal Galaktogon spiele", murmelte ich wütend. Es fiel mir schwer, ruhig zu bleiben. Mein berufliches Selbstwertgefühl hatte gerade einen schweren Schlag erlitten. Alles in mir brodelte. Es hatte sich herausgestellt, dass sie mir auf meinem ganzen Weg geholfen hatten. Ich hatte sozusagen mit Handicap gespielt. Und nun, da ihr kleines Wettspiel beendet war, hatten die Mächtigen dieser Welt das Spielbrett zusammengeklappt und die Figuren zurück in ihre Kiste gelegt.

„Es können kaum Zweifel daran bestehen, dass Sie zurückkehren werden. Ihre Verletzungen erfordern eine langwierige und teure Behandlung. Sie müssen die nächsten sechs Monate in einer medizinischen Genesungskapsel verbringen. Und wie es der Zufall so will, kosten Ihre medizinischen Rechnungen in etwa so viel wie ein paar hochrangige Raumschiffe auf Galaktogon, während Ihre derzeitige finanzielle Situation nicht allzu rosig aussieht. Schauen Sie sich mal das hier an." Reynard reichte mir ein Blatt Papier. „Das ist Ihre Bilanz: Ihre Vermögenswerte und Konten. Die rote Zahl ist Ihr heutiger Kontostand, abzüglich der Kosten für die Behandlung und Rehabilitation in der Klinik für den laufenden Monat. Vergessen Sie nicht, dass Sie von nun an nicht nur für sich selbst, sondern auch für Ihre Ehepartnerin und Ihr Kind verantwortlich sind. Selbst wenn Sie Ihr gesamtes Vermögen veräußern würden, würde das Geld nur für zwei weitere Monate reichen, nicht mehr."

„Und Sie wollen uns nicht helfen? Wir sind nicht wegen
unserer eigenen Fehler hier gelandet. Wir sind hier, weil zwei reiche
Säcke beschlossen haben, ein bisschen Spaß zu haben! Die beiden
Männer sind für unseren Zustand verantwortlich und müssen für
die Behandlung bezahlen. Für sie ist das doch nur Kleingeld."

„Mr. Panzer... Mr. Panzer." Reynard schüttelte den Kopf.
„Seien Sie vorsichtig mit dem, was Sie sagen. Ich verstehe, dass Sie
jetzt aufgebracht sind, und ich werde so tun, als hätte ich nichts
gehört, aber denken Sie daran, dass ich die rechtlichen Interessen
meiner Klienten vertrete. Sie sind ein intelligenter Mann. Es ist
töricht, jemanden für die Taten eines Wahnsinnigen
verantwortlich zu machen. Verstehen Sie das nicht als Drohung,
aber niemand außer Ihnen ist verantwortlich für das, was passiert
ist. Ich möchte Sie daran erinnern, dass Sie den Vertrag freiwillig
unterschrieben und damit alle Risiken und Konsequenzen
akzeptiert haben. Aber meine Arbeitgeber sind bereit, Ihnen eine
helfende Hand zu reichen. Ihre medizinische Kapsel wird mit
Galaktogon verbunden, sodass Sie die Möglichkeit haben, das Spiel
zu spielen und damit Geld zu verdienen, um Ihre Behandlung zu
bezahlen. Zuerst werden wir Sie verbinden. Und später, wenn es ihr
besser geht, werden wir Eunice das gleiche Angebot machen."

Ich zog das Dokument mit einer dramatischen Geste zu mir
heran und rieb mir die Nase. Die Behandlung und Rehabilitation
in einer Privatklinik kosteten wirklich eine Menge.

„Wie wäre es, wenn wir in eine normale Klinik verlegt
würden?" Es musste doch irgendeine Möglichkeit geben, alle
Verbindungen zu Galaktogon zu kappen.

„Die Entscheidung liegt bei Ihnen." Reynard versuchte nicht,
mich davon abzubringen. Er zog ein weiteres Blatt hervor. Dieser
blöde Fuchs schien für jede Situation irgendeine
Standardformulierung auf Lager zu haben. „Hier sind die
Ergebnisse der medizinischen Kommission. Ohne die aktuelle

medizinische Kapsel, die Sie versorgt, hätten Sie nur noch zwei Tage zu leben. Die öffentlichen Kliniken sind leider nicht mit solchen Modulen ausgestattet, und es steht mir nicht zu, Ihnen etwas über die Qualität ihrer Services zu sagen."

Ich fühlte mich wie ein gejagtes Kaninchen, das nur noch einen Ausweg hatte – sich zu ergeben. Und die Wahrheit war, dass ich selbst üblicherweise zu privaten Ärzten und Kliniken ging, wenn es mir schlecht ging. Die öffentliche Gesundheitsversorgung war zwar kostenlos und sehr gut, aber in Sachen medizinischer Technik war sie dem privaten Sektor 20 Jahre hinterher.

„Wie lautet also Ihre Entscheidung?" Reynard hob eine Augenbraue. Er ließ mir kaum Zeit zum Nachdenken.

„Als ob ich eine Wahl hätte... Also gut. Ich erkläre mich mit Ihren Bedingungen einverstanden."

„Das dachte ich mir schon. Ich werde Sie nun nicht weiter stören. Seien Sie versichert, dass Ihre mündliche Zustimmung ausreicht, damit Ihre Kapsel an Galaktogon angeschlossen werden kann. Sie werden sich bald wie zu Hause fühlen – das Wetter ist im Moment auch ziemlich heiß da drin. Alles Gute!"

Reynard verschwand und nahm seine Büromöbel, Dokumente und die noch offene Aktentasche mit. Überrascht ließ ich mich in den Sand fallen, fluchte lange und heftig und war nun noch wütender und gedemütigter.

Wie schnell die Herrschaften ihre Wette abgebrochen hatten, sobald das Ergebnis klar war! Wenigstens konnte ich froh sein, dass wir so glimpflich davongekommen waren – hätten wir den Preis und den Planeten gefunden, dann hätten sie ebenso bei allen Überlebenden ‚den Stecker ziehen' können.

„Wir müssen ein paar Tests durchführen, Alexis." Der Arzt erschien sofort, nachdem Reynard gegangen war, und er schien bereits auf dem Laufenden zu sein. „Wir müssen prüfen, wie sich Ihre Zeit in Galaktogon auf Ihren Körper auswirken wird. Wir werden mit ein paar Sekunden beginnen und dann das Intervall schrittweise erhöhen. Wir verbinden Sie jetzt mit dem Testserver." Die Meereslandschaft um mich herum waberte und formte sich zu einem bunten Raumhafen. Ich konnte mehrere angedockte Fregatten ausmachen, bevor ich wieder an den Strand zurückkehrte. Der Arzt war in meiner Nähe. Die medizinische Kapsel gab ihm einen vollständigen Bericht über meinen physischen Zustand, aber der Arzt wollte meine emotionale Stabilität selbst überwachen.

„Ausgezeichnet. Es gibt keine unerwünschte Reaktion. Wir werden das Eintauchintervall auf eine Minute erhöhen. Sollte Ihnen schlecht werden, setzen Sie sich bitte einfach auf den Boden. Das dient als Zeichen, dass der Test beendet werden soll."

Das Intervall wurde immer größer: erst eine Minute, dann fünf, zehn, eine halbe Stunde, eine Stunde, drei. Die nächsten zwei Tage bestanden für mich daraus, immer wieder in den Weltraum, zurück zum Strand und wieder zu dem unbekannten Raumhafen in Galaktogon zu springen. Auf dem Testserver gab es keine anderen Spieler und die NPCs boten wenig Dialogmöglichkeiten, sodass ich zunächst ziellos zwischen den leeren Gebäuden umherirrte. Dann kam mir der Gedanke, die Gelegenheit zu nutzen und nach ungewöhnlichen Wegen zu suchen, um in die Kommandozentrale zu gelangen. Ich dachte, dass die meisten Raumhäfen von Galaktogon nach denselben Vorlagen erstellt worden sein mussten – und als Pirat in Ausbildung war es für mich nützlich, die Wege zu kennen, um in das Allerheiligste des Planeten zu gelangen.

„Die Tests wurden erfolgreich abgeschlossen. Sie sind bereit, Galaktogon zu spielen", verkündete der Arzt nach dem zweiten Tag. „Haben Sie noch irgendwelche Wünsche, bevor wir Sie ins Spiel schicken?"

„Ja. Ich möchte die Kapsel mit meinem Smart-Home-System verbinden."

Ohne Stan als rechte Hand wäre ich verloren. Informationsanalyse, Websuchen, ein vernünftiger Berater – die Persönlichkeitsmatrix meiner Heim-KI passte zu mir wie angegossen, und ich wollte nicht auf sie verzichten. Außerdem wäre es unklug, mich für ein halbes Jahr aus der Realität zu verabschieden, ohne meine Dinge im RL derweil von jemandem erledigen zu lassen. Stan würde mir als Augen und Ohren in der realen Welt dienen.

„Unsere Klinik hat keine eigenen Techniker und auch nicht die Möglichkeit, Ihre Anweisung umzusetzen, aber gegen eine zusätzliche Gebühr können wir die Serviceabteilung Ihrer Heimat-KI kontaktieren. Passt Ihnen das?"

Das passte mir überhaupt nicht, und tatsächlich ärgerte es mich noch mehr, aber ich konnte nichts dagegen tun. Nach einem langen und ärgerlichen Gespräch mit einem Klinikvertreter verspürte ich den Drang, dem starrköpfigen Erpresser den Hals umzudrehen. Es sollte legal sein, Verträge mit Tränen zu unterschreiben, als ob man damit sagen wollte: ‚Ich erkläre mich mit den Bedingungen einverstanden, aber ich bin nicht zufrieden damit.'

Ich wurde gezwungen, einen Betrag mit fünf Nullen zu zahlen, um die Klinik erweitern und zusätzliche Breitbandkanäle installieren zu lassen. Der Klinikdirektor war unnachgiebig: Entweder ich würde den angegebenen Betrag zahlen oder ich würde Stan nicht zurückbekommen. Das Bankterminal erschien, sobald ich meine Zustimmung gebrüllt und vor Verärgerung eine Sandwolke aufgeworfen hatte. Diese Mistkerle. Ich wollte mir gar nicht vorstellen, wie viel es gekostet hatte, ein Bankmodul in eine Medkapsel zu integrieren.

„Guten Tag, Herr, wie lauten Ihre Anweisungen?" Stan konnte nicht sprechen, nur in den Chat der Schnittstelle schreiben, aber selbst das reichte aus, um mir ein breites Grinsen zu entlocken. Mein Herz erwärmte sich sofort.

Ich verabschiedete mich von dem Arzt und stimmte den wöchentlichen Kontrolluntersuchungen zu, dann fand ich mich in völliger Dunkelheit wieder, kaum erhellt durch einen Ladebalken. Galaktogon sickerte langsam in meine medizinische Kapsel ein. Der Ladebalken erreichte 100 % und das Spiel öffnete seine Arme, um mich zu empfangen. Ich war gerade einmal sechs Tage weg gewesen, aber es fühlte sich an, als hätte ich während meiner Abwesenheit ein ganzes Leben gelebt.

Ich spawnte im Palast des precianischen Imperators, in einem der unzähligen Gästezimmer. Ich machte ein paar vertraute Bewegungen, um die Leistung meiner neuen Hardware zu prüfen, und ließ mich dann in mein Bett sinken, so wie ich war. Jetzt war es möglich, ein wenig zu entspannen und zu schlafen – mein fürsorglicher Arzt hatte mir ein mildes Beruhigungsmittel injiziert. Mein letzter Gedanke vor dem Einschlafen war, dass ich ihm das beim nächsten Mal verbieten sollte.

$$\times$$

„KAPITÄN CHIRURG, IN vier Stunden findet ein offizieller Empfang beim Imperator statt." Ein leises Klopfen und eine höfliche Stimme durchbrachen meinen Schlaf. Ein vornehmer Precianer stand in der Tür meines Zimmers. „Möchten Sie sich vor der Audienz frisch machen?"

Dieses Angebot kam mir sehr gelegen. Nachdem ich meinen Schlaf nachgeholt hatte, war ich bereit, in aller Ruhe herauszufinden, was seit meinem letzten Login im Spiel passiert war – und wo zum Teufel mein verdammtes Schiff war. Ich konnte meine Crew nicht kontaktieren. Die NPCs reagierten nicht auf mein Kommando, und ich hatte meine Soldatenrüstung immer noch nicht zurückbekommen, also begann ich mit dem Wichtigsten: der Integration von Stan. In Galaktogon gab es keine Sprachfunktion für die Kommunikation mit Fremdsoftware. Die einzige Möglichkeit zu kommunizieren bestand darin, über den PDA meines Avatars zu chatten. Das hatte sich als sehr umständlich erwiesen – und am Ende war es Stan, der eine Lösung fand. Er begann unsere Kommunikation mit mehreren detaillierten Berichten darüber, wie sehr er mich vermisste, wie sehr er auf mich gewartet hatte, wie wenig Ressourcen er noch hatte und dass dreiste, böse Gesetzeshüter seine Datenbanken durchwühlt hatten. Als ich mir seine Litanei von Beschwerden anhörte, machte ich mir eine mentale Notiz, seine Emotionseinstellungen abzusenken. Stan schien zu versuchen, das Verhalten eines echten Menschen nachzuahmen, und dabei vergaß er seine Hauptaufgabe – mir analytische Daten zu liefern. Beim ersten Versuch, eine Antwort vom Schiff zu erhalten, hatte meine Geduld versagt. Stan war mir zur Hilfe gekommen. Seine nächste Nachricht hatte Anweisungen zum Einrichten der Spracheingabe und Audiowiedergabe in der PDA-Oberfläche enthalten. Schade war nur, dass der PDA bloß eine Lautsprecheroption hatte, die jeder um mich herum hören würde. Somit konnte ich Stan leider nicht alles sagen.

„Der Hausbau ist derzeit bei 70 %; alle Systeme sind angeschlossen. Wie lauten Ihre Anweisungen, Herr?"

„Alles klar. Ich brauche die folgenden Informationen..."

Es dauerte einige Zeit, bis Stan die Daten über den aktuellen Stand meiner Finanzen, den Standort und den Betrieb meiner Klinik, die Genesungstechnologien in meiner Medkapsel, die Einschränkungen und negativen Folgen meiner sechsmonatigen Rekonvaleszenz in ihr sowie die Kosten eines solchen Modells für den persönlichen Gebrauch zusammengetragen hatte. Das

Problem musste aus allen Blickwinkeln betrachtet werden. Stan versicherte mir, dass die Datenerfassung höchste Priorität haben würde, wünschte mir eine schnelle Genesung, erinnerte mich an mein morgendliches Training und trennte dann die Verbindung. Ich fühlte mich bereits wie zu Hause – eine Woche ohne einen treuen Assistenten hatte sich wie eine Ewigkeit angefühlt.

Während ich mich um dringende Angelegenheiten kümmerte, ließen zwei Precianerinnen ein Bad ein und warteten darauf, mir beim Waschen zu helfen und mich anschließend zu massieren. Zu schade, dass Galaktogon schon eine Freigabe ab 12 hatte. Alles verlief nach Vorschrift, anständig und edel, ohne einen Hauch von Erotik, von einem ‚Happy End‘ ganz zu schweigen. Ah... Eine angenehme Trägheit breitete sich in meinem Körper aus, und ich musste mich zwingen, meine aktuelle Liste der Quests durchzugehen.

Das imperiale Geschenk: Sie haben die einmalige Gelegenheit bekommen, sich mit dem Imperator des precianischen Imperiums zu treffen und von ihm eine Belohnung für die Aufdeckung von Informationen über die KRIEG zu erhalten.

Der Storch und der Fuchs: Benachrichtigen Sie Alviaan, den Ersten Berater des delvianischen Imperators, dass die Prinzessin schwanger ist.

Treffen Sie sich mit Tryd: Treffen Sie sich mit Tryd, Hilvars Kontaktperson, übergeben Sie ihm den Umschlag und nehmen Sie seine Anweisungen entgegen. Kehren Sie mit seiner Antwort zu Hilvar zurück.

Pirat ist meine Berufung. Teil 1: Zerstören Sie 150 Abfangjäger (12 von 150 zerstört) oder 125 Aufklärer (0 von 125) oder 100 Shuttles (0 von 100) oder 75 Überwacher (0 von 75) oder 50 Fregatten (0 von 50) oder 20 Albendas (0 von 20) oder 10 Kreuzer (1 von 10).

Schatzsucher: Finden Sie den Weg zur geheimen uldanischen Basis, die sich auf einem Mond des Planeten Zalva befindet. Erforderlicher Gegenstand: Kugelschiff *Warlock*.

Darüber hinaus hatte ich mir noch zwei Audienzen beim Imperator irgendeines der Reiche Galaktogons für die Errungenschaften ‚Erster Verteidiger' und ‚Semper Fidelis' verdient. Insgesamt also drei Treffen mit den Meistern dieses Universums. Nicht schlecht, obwohl das auch leicht in die Hose gehen könnte, falls das System entscheiden sollte, dass dieses eine Treffen mit dem precianischen Imperium für alle drei zählen würde. Um sicherzugehen, sollte ich aus diesem einen Treffen wohl besser das Maximum herausholen – und das bedeutete, dass ich mich gründlich vorbereiten und meine Partnerin anrufen musste.

„Marina, wie geht's? Hier spricht Chirurg. Hast du irgendein Interesse am precianischen Imperium?"

„Was zur Hölle, du Freak! Du rufst mich einfach so an, als ob nichts passiert wäre? Ist das deine Art, dich über mich lustig zu machen?", schrie die Frau als Antwort auf meine Begrüßung. Ich war verblüfft, da ich eine solche Wendung nicht erwartet hatte. „Oder fehlen dir die Eier, um persönlich aufzutauchen? Denn wenn ja, dann näh dir welche an, du *Chirurg*, und wir können uns unterhalten, wenn du dich zu einem erwachsenen Jungen gemacht hast!"

„Wow." Ich fand es cool, in was für einem Zustand sich die ansonsten so zurückhaltende Kapitänin des Kreuzers *Alexandria* befand. Wahrscheinlich war Kiddo sauer über das Verschwinden meines Planeten, der als Heimatwelt für ihren Kreuzer gedient hatte. Wenn das so war, sollte ich die Wahrheit besser nicht vor meiner Partnerin verheimlichen. „Marina, ich bin seit sechs Tagen wegen gesundheitlicher Probleme nicht mehr im Spiel gewesen. Ich hätte diese Metallkiste beinahe gegen eine ausgefütterte Holzkiste getauscht. Ich habe keine Ahnung, was in dieser Zeit passiert ist. Du bist die erste Person, die ich angerufen habe, weil ich immer noch annehme, dass wir Partner sind. Lass uns nicht gleich anfangen zu streiten. Was ist passiert?"

Ein lautes Ausatmen im Mikrofon und eine lange Pause deuteten darauf hin, dass Marina ihren mentalen Kippschalter von ,angepisst' auf ,nachdenklich' umgestellt hatte. Nach einem kurzen Moment gelang es ihr, sich zu beruhigen.

„Letzte Nacht habe ich Shylak XIV, den Handelsplaneten der Qualianer, angegriffen, den Großen Gebieter überwältigt und die planetare Kommandozentrale zerstört. Im Grunde verlief der Angriff besser, als wir erwarten konnten. Doch dann tauchten die Aliens aus dem Nichts auf, griffen die *Alexandria* an und zerstörten sie. Das heißt, sie waren ganz woanders in der Galaxie aufgetaucht als da, wo ihre Invasion eigentlich stattfinden sollte! Die Bindung an deinen Planeten löste sich auf und damit auch der Planet selbst. Verdammt, sogar das Sternensystem existiert nicht mehr! Ohne Heimatwelt ist die *Alexandria* im qualianischen Raum wieder aufgetaucht. Und diese Mistkerle haben sie geentert und gekapert. Was soll ich also denken, Partner? Ich habe dir vertraut, und jetzt bin ich ohne einen Kreuzer gestrandet! Und warum zum Teufel haben die Entwickler sich eingemischt?"

„Haben die Zatrathi alle im System angegriffen oder nur dein Schiff?" Ich runzelte die Stirn, als ich ihre Schilderung hörte. Wie ich vermutet hatte, rührten Marinas Probleme daher, dass die Entwickler die Blutinsel verlegt hatten. Wenn ich Reynard richtig verstanden hatte, war der Planet immer noch Teil von Galaktogon, doch nur Brainiac, der Computer meines Schiffes, kannte seine Koordinaten. Aber wie auch immer, was hatten die Zatrathi im qualianischen Raum zu suchen? Meine vielen Jahre, die ich mit dem Spielen von Runlustia verbracht hatte, zahlten sich aus – die Handlungsstränge blieben ähnlich. Wenn die Invasoren nur

Marinas Schiff angriffen und alle anderen ignorierten, dann hatte die Spielerbasis von Galaktogon lustige Zeiten vor sich.

„Ist das alles, was dich interessiert?", kam der empörte Schrei aus dem Kommunikator. „Ich habe mein Schiff verloren! Was macht das schon für einen Unterschied, wen die Aliens sonst noch angegriffen haben?"

„Du hast noch gar nichts verloren!", erwiderte ich. „In ein paar Stunden habe ich eine Audienz beim precianischen Imperator, ich werde ihn um Hilfe bitten. Sie sind im selben Bündnis mit den Qualianern. Ich frage dich also noch einmal: Haben die Zatrathi nur dich angegriffen oder alle?"

Kiddo beeilte sich nicht gerade mit der Antwort; sie schien den Angriff noch einmal durchzudenken.

„Du hast recht, sie haben nur uns angegriffen. Sie haben sich nicht um die anderen Spieler gekümmert, die Shylak überfallen haben. Was sagt dir das?"

„Was mir das sagt?" Meine Befürchtungen hatten sich bestätigt. „Hast du irgendwas Wertvolles bei den Qualianern?"

„Oh, nur meinen legendären Kreuzer!"

„Abgesehen von dem Schiff. Andere Schiffe, Bergbauanlagen, Wertsachen? Alles, was du mitnehmen könntest."

„Angenommen, es wäre so. Was geht dich das an?"

„Hol alles raus. Die Logik sagt mir, dass die Qualianer innerhalb der nächsten Woche ihren Austritt aus der Allianz bekannt geben und sich den Zatrathi anschließen werden. Erstens: Die Qualianer haben ihren Prinzen verloren. Zweitens ist die Nachricht öffentlich geworden, dass die KRIEG fertiggestellt wurde. Drittens werden die Spieler dazu gedrängt, an zwei Fronten zu kämpfen, ganz im Sinne der Entwickler, und jetzt ist da auch noch dieses Zatrathi-Schiff, das dir auflauert. Alles deutet darauf hin, dass die Qualianer im Begriff sind, einen Machtkampf um die Herrschaft über Galaktogon zu beginnen. Ich werde herausfinden, was mit meinem Planeten passiert ist, und versuchen, dein Schiff zurückzubekommen. Übrigens, wo bist du jetzt gerade?"

„Ich bin im Gefängnis auf Raydon, dem zweitgrößten Handelsplaneten der Qualianer. Ich stehe unter Arrest, bis die Untersuchung abgeschlossen ist."

„Dann halte die Füße still und warte ab. Was ist mit deinen geschäftlichen Interessen im precianischen Imperium? Sei nicht bescheiden. Betrachte es als Entschädigung für den Verlust deines Schiffes. Ich habe demnächst eine Audienz beim Imperator und ich habe eigentlich nichts, was ich ihn fragen könnte. Nur ein paar Lappalien. Es wäre dumm, eine solche Gelegenheit auszulassen."

„Precianer, sagst du? Ja, da gibt es ein Geschäft. Es gibt eine Firma namens Hansa, die ihren Sitz auf dem Planeten Belket im precianischen Raum hat. Hansa ist spezialisiert auf Waffen, Munition und hochwertige Schiffsbewaffnung. Sie sind die beste Waffenschmiede, die die Precianer haben, und damit auch die beste der gesamten Allianz. Ihre Dienste kosten astronomische Summen, aber ihre Produkte sind immer einzigartig. Man kann sie nicht von Spielern kaufen, auch nicht nach dem letzten Update. Es wäre der Hammer, wenn der precianische Imperator mir die Erlaubnis erteilen würde, mit ihnen zusammenzuarbeiten und mir für die Zusammenarbeit einen Rabatt von, sagen wir, 20 % gewähren würde. Ich kenne viele Leute, die sofort bereit wären, Hansa-Produkte zu kaufen, aber aufgrund der derzeitigen Einschränkungen keine Chance dazu haben. Wenn wir uns als Zwischenhändler etablieren könnten, würde uns das ein bescheidenes, aber stabiles Einkommen verschaffen. Wir können fifty-fifty einsteigen, wenn du willst. Die Buchhalter von Galaktogon können die entsprechenden Berichte erstellen. Was sagst du, Partner?"

„Ich sage, ich freue mich darauf, Geschäfte mit dir zu machen, Partnerin", antwortete ich. „Wir haben also einen Deal. Weißt du, wo Wally und das Team gerade sind?"

„Ich weiß es nicht genau. Ich behalte sie nicht im Auge, aber ich glaube, sie sind auf der Jagd nach kleinen Schiffen. Alles klar, ich muss los. Gleich habe ich meinen täglichen Ausgang. Ruf mich in etwa vier Stunden an und lass mich wissen, wie es mit dem Imperator gelaufen ist."

Marina trennte die Verbindung, und ich grinste. Natürlich hatte Kiddo keinen Grund, mein Schiff selbst zu tracken, denn das würde Wally schon für sie tun. Bei jeder Gelegenheit schickte er Berichte an seinen wahren Boss.

„Mr. Chirurg, es ist Zeit." Ein Precianer erschien neben mir und brachte mir Kleidung. „Sie werden bereits in der Audienzhalle erwartet."

Verglichen mit den entsprechenden Gegenstücken in Runlustia konnte man den Festsaal des Imperators in Galaktogon als asketisch bezeichnen. Ich war es gewohnt, dass jedes Detail der Palasteinrichtung seine eigene Geschichte hatte – alles hatte einen künstlerischen und vor allem materiellen Wert, was bedeutete, dass es gestohlen und mit Gewinn verkauft werden konnte. Hier gab es für das Auge nichts, woran es sich festhalten konnte. Der Ort war wie jeder andere gewöhnliche graue Raum, dem man das Etikett ‚Zeremonienhalle' aufgedrückt hatte. Nur in der Mitte stand ein psychedelischer Thron. Eine seltsame Herangehensweise seitens der Entwickler, da es doch darum ging, einen Ort zu gestalten, den viele Spieler betreten wollten. Aber es sollte angemerkt werden, dass der Palast zu seinem Besitzer passte. Äußerlich unterschied sich der Imperator kaum von seinen Untertanen. Er war ein blauhäutiger Humanoid, der in eine Rüstung der Klasse Legendär gekleidet war und damit eher wie ein Weltraumsoldat aussah – und nicht wie einer der zwölf einflussreichsten NPCs in Galaktogon.

Nur das Hologramm einer Krone über seinem spitzohrigen Kopf und der lange, dünne Hals deuteten auf seinen höheren Status hin.

Insgesamt waren etwa 20 Teilnehmer anwesend, aber ich war der einzige Spieler unter ihnen. Während ich als Letzter in der Schlange stand, um meine Belohnung entgegenzunehmen, wurde mir klar, was hier vor sich ging. Reynard hatte mich davor gewarnt – es würde keine weiteren Zugeständnisse geben. Wenn ich den Imperator vor Constantines Angriff getroffen hätte, wäre dieser Empfang mir zu Ehren gewesen. Jetzt musste ich stehen und warten, bis ich an der Reihe war. Es war langweilig, den NPCs dabei zuzusehen, wie sie Orden, Titel oder Planeten erhielten. Endlich erreichte die Party mein Ende der Schlange.

„Geächteter des qualianischen Imperiums", verkündete ein Bediensteter, „beschenkt mit der Gnade unseres Imperators, Zeuge des Heldentums des precianischen Prinzen, der Erste, der ein Schiff der Zatrathi zerstörte, der Erste, der einen Zatrathi im Nahkampf tötete, einer, der sich auf den Pfad der Piraterie begab, Kapitän des Kugelschiffes *Warlock*: Kapitän Chirurg!"

Der Imperator nickte und erlaubte mir, näher zu kommen.

„Ich bin froh, dass Sie sich von Ihrer Krankheit erholen konnten, Chirurg", sagte das Oberhaupt der Precianer und benannte damit ganz offiziell den Grund für meine fünftägige Abwesenheit vom Spiel. „Es ist Ihnen gelungen, das Kugelschiff in Ihren Besitz zu bringen, und Sie haben bewiesen, dass die Uldaner kein Mythos sind. Ich habe Gerüchte über die Suche nach dieser erstaunlichen Zivilisation gehört, doch ich hielt sie für ein Märchen. Jetzt bin ich von widersprüchlichen Gefühlen überwältigt. Ich bin einerseits unzufrieden, andererseits aber auch froh darüber, dass ich falsch lag. Erzählen Sie uns alles über Ihre Abenteuer. Wie haben Sie das alles geschafft?"

Es waren keine anderen Spieler in der Nähe, also erzählte ich frei heraus, wie ich die *Warlock* erhalten hatte. Ich bauschte die

Ereignisse nicht zu sehr auf und betonte den Glücksfaktor. Mein beruflicher Stolz quietschte vor Anstrengung. Ich hatte so oft Glück gehabt, dass jeder mit einem Minimum an Bescheidenheit es hätte einsehen müssen: Irgendetwas war im Gange. Gewöhnliche Spieler bekamen keine speziellen Antriebsprototypen in die Hände, während sie noch in der Ausbildungsphase waren.

„Jetzt verstehe ich, wie Sie von der KRIEG erfahren haben", sagte der Imperator kopfschüttelnd und fuhr dann im Oberlehrerton fort: „Merken Sie sich diese Lektion für die Zukunft, Chirurg: Das Glück ist eine launische Geliebte. Bilden Sie sich nicht ein, dass sie Ihnen treu bleiben wird."

Die Entwickler hatten gerade den Mund des Imperators benutzt, um mir mitzuteilen, dass mein bisheriger Spaziergang durch das Spiel mich in unerforschte Gewässer gebracht hatte. Und ich sollte noch herausfinden, was auf mich zukommen würde.

„Das precianische Imperium ist Ihnen dankbar für die Informationen über die KRIEG und die Aktionen meines Sohnes", fuhr der Imperator fort. „Der Prinz hat richtig gehandelt, als er den Verräter getötet hat. Nehmen Sie dieses Geschenk bitte als Belohnung für die Nachricht an."

Einer der Precianer überreichte mir ein kleines Stück Papier auf einem goldenen Tablett.

„Ein Scheck über 200 Tonnen Raq", erklärte der Imperator feierlich. „Sie können ihn ganz oder in Teilen auf jedem Planeten meines Imperiums einlösen."

Ich nahm das erste Geschenk des Imperators an und senkte dankbar den Kopf. 200 Tonnen Raq zu einem Preis von 50 Credits pro Kilogramm machten mich zum Besitzer von 10 Millionen GC. Mein derzeitiges Guthaben überstieg kaum eineinhalb, also würde dieses großzügige Geschenk von Galaktogon sehr nützlich sein. Offenbar hatten sie beschlossen, mir endlich etwas Geld zu geben.

„Sie waren der Erste, der ein Zatrathi-Schiff zerstört hat und damit den Skeptikern bewiesen hat, dass eine solche Leistung möglich ist. Nehmen Sie dieses Geschenk bitte als Belohnung für Ihre Tapferkeit an!"

Wieder kam ein Precianer mit einem goldenen Tablett auf mich zu.

„Ein Schiff, das einen solchen Erfolg erzielt hat, sollte belohnt werden. Dies ist die Erlaubnis, die Hansa Arms Corporation zu kontaktieren, und ein Auftrag, eines der Systeme Ihres Schiffes aufzurüsten. Hansa wird sicherlich etwas finden, das auch den Besitzer eines Kugelschiffes zufriedenstellt."

Gut, dass Kiddo mir von Hansa erzählt hatte, sonst hätte ich den Wert der zweiten Belohnung nicht erkannt. Zufrieden neigte ich wieder den Kopf und nahm das Dokument entgegen.

„Sie haben als Erster einen Zatrathi im Nahkampf getötet und damit bewiesen, dass der Feind nicht nur im Weltraum, sondern auch auf den Planeten, die er erobert hat, getötet werden kann. Nehmen Sie dieses Geschenk bitte als Belohnung für Ihren Mut an!"

Statt eines goldenen Tabletts flog eine Frachtdrohne in die Halle, die in ihrem Traktorstrahl eine funkelnde Rüstung transportierte. Die Eigenschaften des Geschenks waren verborgen, aber ein Blick genügte, um zu verstehen, dass die qualianische Soldatenrüstung der Klasse A, die ich nie bekommen hatte, verglichen mit dem schnittigen Killerteil vor mir ein uraltes Modell gewesen war.

„Rüstung und Waffen sind das A und O eines jeden Soldaten. Diese Soldatenrüstung der Klasse Legendär und der Jagdblaster werden es Ihnen ermöglichen, unsere Feinde effektiver zu bekämpfen. Führen Sie die Ausrüstung mit Ehre!"

Es folgte eine feierliche Fanfare, die das Ende der Preisvergabe markierte. Ich trat einen Schritt zurück, um meinen Platz einzunehmen, aber ein leichtes Klopfen auf meinen Rücken zeigte an, dass der Imperator noch nicht fertig war.

„Sobald Sie den Mond von Zalva besucht und Ihr Upgrade von der Hansa Arms Corporation erhalten haben, werden Sie aus unserem Imperium verwiesen. Piraten haben keinen Platz im precianischen Imperium! Ich kann niemandem trauen, der sich freiwillig für den Weg der Piraterie entschieden hat. Von nun an, und solange Sie ein Pirat bleiben, werden Sie im precianischen Raum keinen sicheren Hafen finden. Eskortiert Chirurg zu seinem Schiff und sorgt dafür, dass er Zalva sofort verlässt."

Dies markierte sowohl das Ende meiner Audienz beim Imperator als auch meines gemütlichen Spaziergangs durch das Spiel. Zwei gepanzerte Soldaten erschienen zu beiden Seiten neben mir und brachten mich kurzerhand zur Tür. Mein Blick folgte der Drohne mit dem Panzeranzug, die uns hinterherflog. Es sah so aus, als würde das ‚A und O' eines jeden precianischen Soldaten direkt auf mein Kugelschiff geliefert werden.

Bis ich den Raumhafen erreichte, hegte ich noch die Hoffnung, den Imperator heimlich sprechen zu können. Solche Dinge passierten in Runlustia immer wieder – wenn es möglich war, hinter den Kulissen und unter Umgehung des offiziell verkündeten politischen Kurses Probleme mit den Herrschern zu lösen oder gar ungewöhnliche Quests zu bekommen. Doch dieses Mal war kein Wunder zu erwarten. Als sich die Anlegestelle mit der nun wieder zu mir gehörenden *Warlock* am Horizont abzeichnete, wurde mir klar, dass der precianische Imperator keine Intrigen hatte. Wenn ich auf Zalva bleiben wollte, dann müsste ich Hilvars Quest aufgeben. Es war eine Schande, dass ich das Problem mit Kiddos Schiff nicht hatte ansprechen können. Mein Quest-Logbuch erschien vor meinen Augen, und ich fluchte. Es war unmöglich, die Quest abzubrechen. Ich hatte nur die Wahl, entweder bei Hilvar angekrochen zu kommen und meine Unzulänglichkeit einzugestehen oder ein Kalenderjahr zu warten, bis die Frist ablief. Es gab keine anderen Möglichkeiten, meinen Weg zur Piraterie abzubrechen.

Doch je näher ich dem Dock kam, desto ruhiger wurde ich. Der bloße Anblick der *Warlock* zerstreute meine Zweifel. Komme, was wolle. Ich könnte natürlich zu Hilvar fliegen, die Piraterie aufgeben und mich der glorreichen Horde derer anschließen, die gegen die Zatrathi kämpften. Aber warum nicht versuchen, den Piratentraum zu leben? Die Konföderation verweigerte freiberuflichen Piraten nicht die Aufnahme. Wenn ich mich ihnen anschließen würde, gäbe es keine Verpflichtungen und somit weder fremde Verbündete noch Rivalen. Ich würde allein entscheiden, ob ich ein Schiff, das meinen Weg kreuzte, angreifen würde oder nicht. Die schwierigere Frage war, wie ich meinen Lebensunterhalt verdienen sollte. Allerdings war das im Moment keine so dringende Frage. Ich hatte sogar Zeit, über meine anderen Quests nachzudenken.

Mit diesen Gedanken betrat ich das Dock. Dank meines Nashorn-Soldaten hatte sich um meine *Warlock* eine verwüstete Zone gebildet. Als ich die Wartungsleute beobachtete, die sich vorsichtig in einem unsichtbaren Kreis um mein Schiff bewegten, wurde mir klar, dass mein Kryptosaurier auf Zalva bereits berüchtigt war. Ich sprang von der Plattform und winkte dem Nashorn zu. Es brüllte bedrohlich und stürmte auf mich zu, ohne auf die Techniker und Reparaturgeräte zu achten, die ihm im Weg standen. Es war nur ein kleines Detail, aber trotzdem schön zu sehen, wie die Precianer im letzten Moment aus dem Weg sprangen und ihre Werkzeuge zurückließen, als sie flohen. Wie schade! Ich hatte nicht vor, die Kosten für die Ausrüstung zu erstatten. Das hatten sie davon, wenn sie mich ins Exil schickten.

Der Kryptosaurier raste mit Volldampf wie eine Lokomotive auf mich zu und blieb, die Trägheitsphysik anscheinend außer

Kraft setzend, vor mir stehen, wobei er mich mit heißer Luft aus seinen geblähten Nasenlöchern anblies. Ich klopfte dem Soldaten auf die Nase und kletterte auf seinen Rücken, der sich in einen bequemen Sattel verwandelt hatte.

„Warten Sie, Chirurg! Wir müssen reden..." Das war alles, was ich hörte, bevor mein Reittier mich zu meinem Schiff brachte. Ich hatte es so eilig, zurückzukommen, dass ich der Stimme keine Beachtung schenkte.

„Unser verirrtes Schaf ist zurückgekehrt!" Es wirkte zuerst so, als hätte das Schiff selbst seinen Kapitän mit einer weit entfernten Stimme begrüßt, aber in Wirklichkeit war es mein Ingenieur, der in den Tiefen des Schiffes hauste. Von der gesamten Besatzung der *Warlock* war er der Einzige, der sprechen konnte. Ich stieg von meinem Nashorn ab und wartete darauf, dass der Ingenieur an die Oberfläche kroch. „Wir dachten, du hättest dich dazu entschieden, dich hier für längere Zeit niederzulassen, Käpt'n. Um Wurzeln zu schlagen, dir eine blaue Frau zu suchen und ein paar blaue Kinder zu machen. Hast du dich den blauen Fieslingen kampflos ergeben?"

„Rede ruhig weiter", sagte ich lächelnd und tätschelte freundschaftlich den Kopf des Slizosauriers, der sich auf meine Höhe heruntergebeugt hatte. Mein Ingenieur und ständiger Schildträger war eine riesige und extrem alberne Schlange. „Jemand muss ja schließlich der Kapitän dieser Wanne sein. Ohne mich würdet ihr einrosten. Dann muss ich mich wohl daranmachen, alles wieder in Ordnung zu bringen."

„Chirurg! Wir müssen reden! Gehen Sie nicht weg!", ertönte die Stimme erneut. Der Nashorn-Soldat knurrte bedrohlich und warnte den Fremden davor, sich zu nähern. Ich drehte mich um und sah einen Spieler in einer typischen Rüstung mit precianischen Insignien. Es war die Art von Insignien, die man bekam, wenn man sich mit dem Imperium anfreundete. Der Mann stand neben einem Zelt, das auf dem Steg aufgeschlagen war, als hätte er schon lange auf mich gewartet. Eine solche Ausdauer sollte belohnt werden, und ich war neugierig zu hören, was er von mir wollte.

„Ich werde zuhören, aber nicht lange." Ich blickte zu den precianischen Wachen hinüber. Die Haltung der Soldaten deutete darauf hin, dass sie bereit waren, die Befehle ihres Imperators genauestens zu befolgen.

„Mr. Eine möchte mit Ihnen sprechen. Wenn Sie eine halbe Stunde warten könnten – er ist in diesem Moment auf dem Weg hierher."

„Ich glaube nicht, dass ich auch nur fünf Minuten entbehren kann." Die Wachen waren merklich aktiver geworden. „Bleibt entspannt, Leute. Ich gehe schon, ich gehe schon..."

Bevor ich mein Schiff betrat, drehte ich mich um und rief dem Fremden zu:

„Tut mir leid, wenn ich jetzt nicht gehe, werden diese mutigen Burschen mich in Stücke sprengen. Also machen Sie's gut und nehmen Sie es mir nicht übel."

„Dieser Mann steht unter dem Schutz von Mr. Eine!" Der Fremde drehte sich zu den Wachen um und zeigte ihnen ein funkelndes Abzeichen. „Lasst ihn in Ruhe."

„Befehl des Imperators. Der Pirat muss Zalva sofort verlassen!", antwortete eine der Wachen mit metallischer Stimme und prügelte den Spieler mit einem einzigen Schlag weg.

Ich hatte keine Lust, mich mit den Precianern zu streiten, also befahl ich:

„Wir brechen auf! Alle an Bord! Der Weltraum wartet auf uns!"

Dies war vor allem an den Kryptosaurier gerichtet, der beschlossen hatte, dass die Wachen eine Bedrohung für das Schiff darstellten, und der deshalb drauf und dran war, sie anzugreifen. Eine Plattform ragte aus dem Boden der *Warlock* heraus, und das Nashorn pirschte sich mit einem geschäftsmäßigen Schnauben heran, als wollte es sagen, dass es ohne meine Befehle das gesamte Dock mit den Precianern leergefegt hätte. Der Rumpf des Schiffes schwankte derweil und teilte sich, um einen Eingang für mich zu bilden.

„Willkommen   zurück,   Kapitän!", begrüßte   der Schiffscomputer mich.

„Hallo Brainiac! Ich brauche einen vollständigen Bericht über den aktuellen Status des Schiffes, der Crew und der Ausrüstung."

„Alle Systeme arbeiten normal. Die Bereitschaft der Crew liegt bei 100 %. Die Droidenstaffel ist ebenfalls wieder bei 100 %. Wir haben zwei Panzeranzüge, einen davon haben wir vor ein paar Minuten erhalten. Ich führe gerade eine Analyse dazu durch. In unseren Laderäumen befinden sich zehn Tonnen Elo-Reserven, 40 Tonnen Raq und zwei Tonnen Tiron."

„Schick den neuen Panzeranzug auf die Brücke und synchronisiere ihn mit dem Schiff. Irgendetwas Wichtiges, das ich vor dem Abheben wissen sollte?"

„Unbefugte haben 28-mal versucht, in den Sicherheitsbereich des Schiffes einzubrechen. Ich habe den Soldaten eingesetzt, um den Bereich und die Hülle zu schützen. Daraufhin hat das feindliche Kommando ein Lager am anderen Ende des Docks errichtet und sich damit beschäftigt, Informationen zu sammeln, bis Sie erschienen sind. Die Wachen sind rund um die Uhr alle zwei Stunden ausgewechselt worden. Ein Abgeordneter des Feindes hat mehrmals um Erlaubnis gebeten, mit Ihnen sprechen zu dürfen. Das ist alles. Der neue Panzeranzug wurde mit dem Schiff synchronisiert. Ich gratuliere Ihnen zu Ihrer neuen Ausrüstung."

Meine Neugier ließ nach, und ich sendete einen feurigen Abschiedsgruß an den Fremden, der sich auf dem Dock aufhielt. Nur ein weiterer Raritätenjäger, der versucht hatte, in mein Kugelschiff zu gelangen. Zum Teufel mit ihm. Und doch... Na

ja, wenn er ein potenzieller Käufer war, sollte ich ihn vielleicht
ausfragen, nur für den Fall …

„Stan, ich brauche Informationen über einen Spieler namens
Eine. Dieser Prozess hat höchste Priorität. Hast du die
Datenerfassung für den vorherigen Prozess abgeschlossen?"
*„Habe ich. Die Informationen wurden auf Ihren PDA
hochgeladen. Neuer Prozess angenommen. Ich fange jetzt damit an."*
Der Handheld-Computer machte ein Quietschgeräusch und
zeigte ein Symbol für eine eingehende Nachricht an. Ich erinnerte
mich daran, dass ich mir Zeit nehmen musste, meine Situation
in der Realität zu beurteilen, und richtete meine Aufmerksamkeit
auf die neue Rüstung. Ihre Eigenschaften übertrafen alle meine
Erwartungen. Es war wie das Weihnachtsgeschenk meines Lebens.
Die Großzügigkeit des Imperators beeindruckte mich! Die Klasse
Legendär verlieh der Rüstung 21 Werte mit der Option, Blaster,
einen aktiven Schild, ein Jetpack und einen Haufen zusätzlicher
Komponenten auszutauschen oder zu integrieren. Dadurch wurde
derjenige, der den Anzug trug, quasi zu einem guten alten Panzer.
Mit dieser Art von Ausrüstung konnte ich mich in aller Ruhe mit
einem Zatrathi anlegen, ohne Todesangst haben zu müssen.
Braniac konnte die Kontrollsysteme des Schiffes direkt auf das
HUD des Anzugs projizieren, was ihn zu einer Art persönlichem
Kapitänssessel machte. Ich wählte einen der Bildschirme als Kanal
zu Brainiac und passte meinen Sitz an die Maße des Anzugs an.

„Brainiac, ich hatte dir befohlen, eine Liste mit den
Fähigkeiten der Crew zu erstellen. Wie kommst du damit voran?"

„Der Vorgang ist abgeschlossen. Die gesammelten Daten
wurden an den Computer Ihrer Rüstung geschickt."

„Ausgezeichnet. Dann lasst uns abheben. Nimm Kurs auf den
zweiten Mond von Zalva."

„Hier Kugelschiff *Warlock*, erbitte Startfreigabe", wandte
Brainiac sich an den Kontrollturm.

„Startfreigabe erteilt. Folgen Sie Korridor 2-2-5 und treffen Sie sich mit dem Großen Gebieter *Intrepid*. Ihr Schiff muss vor dem Verlassen der Umlaufbahn inspiziert werden."

Das kam unerwartet, schien aber vernünftig. Was, wenn ich dabei war, einen gefährlichen Verbrecher mit mir hinauszuschmuggeln? Immerhin war ich ein Pirat. Solche Dinge würde ich tun. Vorsichtshalber versicherte Brainiac mir, dass es nichts Illegales oder Verbotenes an Bord gäbe.

Die *Warlock* hob ab und ein Countdown-Timer erschien, der die verbleibende Zeit bis zum Andocken an den Großen Gebieter anzeigte. Das reichte mir, um mich an das Lesen von Stans Bericht zu machen.

Reynard hatte nicht gelogen – es gab in unserer Situation nicht viel Hoffnung. Wir waren legal in eine der teuersten Kliniken der Welt eingeliefert worden. Es war eine private Einrichtung, doch Stan schaffte es, etwas darüber auszugraben. Meinem persönlichen Assistenten gelang es auch, die Daten aus der medizinischen Kapsel herunterzuladen. Es war keine Übertreibung – ohne die ständige Stimulation meiner Herzmuskeln wäre ich ein toter Mann. Das Implantat funktionierte gut, aber es würde Zeit brauchen, bis es sich mit meinem System verbunden hätte. Meine Prognose war gut, wenn man davon ausging, dass ich vier oder fünf Monate in der medizinischen Kapsel verbringen würde und dann noch einen weiteren Monat für die Reha.

Eunices Zustand war stabil, aber sie lag weiterhin im Koma. Stan versicherte mir, dass die kritische Bedrohung für das Kind vorüber sei und die Ärzte jetzt einfach vorsichtig vorgehen würden, um nichts zu riskieren. Das war's leider mit den guten Nachrichten. Auch wenn es Eunice und dem Baby grundsätzlich gut ging, steckte ich immer noch in großen Schwierigkeiten. In meiner Situation gab es keine alternative billige Behandlung. Meine Versicherungsauszahlung für das zerstörte Haus und das Geld, das ich bei der Suche nach dem Preisplaneten verdient hatte, ermöglichten es, die Arztrechnungen zu bezahlen, aber ich würde danach nichts mehr haben. Es gab allerdings ein Schlupfloch. Es existierte zwar kein offizielles System, um Galaktogon-Credits in echtes Geld umzuwandeln, doch es gab eine Reihe von Drittanbietern, die Tauschdienste anboten. Der Kurs war unrentabel, aber im Extremfall würde das zumindest etwas Geld einbringen. Ich musste also die Menge an Raq, die ich an Bord hatte, erhöhen und sie regelmäßig in Kredite mit echtem Geld umtauschen. Die Piraterie sah allmählich immer profitabler aus.

„Wir haben angedockt, Käpt'n", meldete der Ingenieur. Es folgte ein unangenehmes metallisches Geräusch. Die Andockmechanismen des Großen Gebieters waren vom Nichtgebrauch rostig geworden, die Luke in meinem Kugelschiff nahm Gestalt an, und ein Team von Zollbeamten trat an Bord. Nach einer flüchtigen Inspektion stellten sich die Untertanen in einer Reihe auf und warteten auf das Management. Nach etwa einer Minute erschien ein Precianer mit einer aufwendigen Rüstung in der Luke – ein imperialer Berater.

„Laut Vorschrift sollte die Schiffsinspektion fünf Minuten dauern, also werden wir keine Zeit verlieren. Seine imperiale Hoheit hat mich angewiesen, Sie auf den Mond zu begleiten, aber nur, wenn Sie einverstanden sind, mich mitzunehmen." Ich hatte keine Gelegenheit, darauf zu antworten, denn der Berater hob sofort die Hand und gebot mir, zu schweigen. „Lehnen Sie nicht voreilig ab! Im Palast wimmelt es von Spionen. Der Imperator hat zu seinem Vorteil eine öffentliche Show daraus gemacht, Sie zu verbannen. Betrachten Sie Ihre Verbannung als Garantie für Ihre Sicherheit und relative Freiheit in Galaktogon. Wir vermuten, dass die Qualianer mit den Zatrathi kollaborieren. Sie planen, die herrschenden Dynastien aller Imperien zu eliminieren, auch die der Verbündeten. Wir stehen also kurz vor einem Konflikt mit dem qualianischen Imperium. Der Spielraum für Fehler ist sehr klein. Wenn das Problem mit den Qualianern gelöst ist, wird das precianische Imperium seine Wertschätzung für Sie zeigen. Ich bitte Sie, mich auf Geheiß des Imperators mitzunehmen. Ich bin der Hüter des Wissens über die Uldaner und würde ihre Basis auch sehr gern in Augenschein nehmen."

„Nun, Ihre Worte sind sehr aufschlussreich, und es ist möglich, dass ich Sie gern mitnehme, aber nach der Suche auf dem Mond muss ich den imperialen Raum verlassen", stellte ich einen wichtigen Punkt klar. „Was soll ich dann mit Ihnen machen?"

„Ich wäre froh, wenn Sie mich auf Belket absetzen würden, wo Sie Ihre Belohnung von der Hansa Corp. erhalten werden. Wenn das nicht geht, würde es auch jeder andere Planet der Konföderation tun. Das precianische Imperium hat Konsulate auf allen bewohnten Planeten. Ich bin kein anspruchsvoller Mensch, und wenn es um mein Lebenswerk und meine Leidenschaft geht – also um die Uldaner –, kann ich mich mit einigen Unannehmlichkeiten ganz gut abfinden."

„Das glaube ich Ihnen", murmelte ich vor mich hin und beobachtete, wie der Blick aus den kleinen Kulleraugen des Beraters akribisch das Innere der *Warlock* abtastete. Wenn aber die NPCs schon selbst beschlossen hatten, mein Schiff zu besuchen, bedeutete das, dass sie bereit sein würden, mir Zugeständnisse zu machen. „Was bekomme ich im Gegenzug? Ich wurde vorhin freundlicherweise mit einer Verbannung belohnt. Ich hätte gern etwas, das ein wenig vorteilhafter für meine Person ist."

„Oh! Der Imperator hat eine solche Entwicklung vorausgesehen." Seine Kulleraugen blitzten wissend in meine Richtung. „Menschen, und besonders Piraten, tun selten etwas aus reiner Nächstenliebe. Das precianische Imperium ist bereit, die uldanischen Technologien, die es besitzt, mit Ihnen zu teilen. Ich

bin mir sicher, dass der Computer Ihres Schiffes herausfindet, was
man damit machen kann."

Brainiac lenkte meine Aufmerksamkeit mit einer blinkenden
Meldung auf sich:

*„Ich empfehle, dass wir das Angebot annehmen! Es gibt einen
kritischen Mangel an Informationen über die uldanische Basis. Es
ist aus zuverlässigen Quellen bekannt, dass sie sich tief unter der
Oberfläche des Mondes befindet und dass unser Schiff als
Zugangsschlüssel dient. Es gibt keine genauen Koordinaten. Ich
möchte Sie daran erinnern, dass das Kugelschiff ein Aufklärungsschiff
ist, kein Forschungsschiff. Weitere Informationen könnten schwer zu
beschaffen und daher sehr nützlich sein."*

„Ich sehe keinen Grund, das abzulehnen, zumal wir die Hilfe
gebrauchen könnten", pflichtete ich dem Schiffscomputer bei und
nickte dem Berater zu, während ich eine vor meinen Augen
erschienene Benachrichtigung wegwischte:

Quest aktualisiert: *Schatzsucher ...*

„Schreibt in den Inspektionsbericht: Kugelschiff *Warlock* hat
keine verbotenen Exportgegenstände an Bord", befahl der Berater,
und die Zollbeamten verließen mein Schiff. Die
Inspektionsvorschriften waren mustergültig abgearbeitet worden.

„Brainiac, nimm Kurs auf Zalvas zweiten Mond. Maximale
Beschleunigung. Berater, wir haben noch ein paar Minuten Flug
vor uns. Könnten Sie mir in der Zwischenzeit mitteilen, was Sie
über die Uldaner wissen?"

„Da gibt es leider nicht viel zu erzählen. Die Technologie
unserer geflügelten Vorfahren stößt an die Grenzen unseres
Verständnisses, aber das haben Sie selbst zweifellos schon von
Ihrem Schiff und Ihrer Crew erfahren. Wir wissen nicht einmal,
wie sie verschwunden sind. Es gibt die Theorie, dass ein Krieg
zwischen den Uldanern und einer unbekannten Rasse ausbrach
und dass eine der Parteien vor 90.000 Jahren verbotene Waffen

einsetzte. Waffen ähnlich der KRIEG, nur in der Größenordnung von ganz Galaktogon. Beide Seiten des Konflikts wurden vernichtet, und andere Rassen übernahmen die Führungsrollen in unserer Galaxie."

„Moment! Die KRIEG. Was können Sie mir darüber sagen?", ergriff ich die unerwartete Gelegenheit.

„Es tut mir leid, Chirurg, aber ich darf keine geheimen Informationen weitergeben. Und die KRIEG ist extrem geheim." Der Berater breitete hilflos die Hände aus.

„Ich bin bereit, ein paar Informationen über die Uldaner gegen ein paar Antworten über die KRIEG einzutauschen", sagte ich und drückte damit weiter auf den wunden Punkt des Precianers.

„Das kommt ganz auf die Frage an." Ein durchsichtiger Film senkte sich über die wulstigen Augen des Beraters und er strich sich nachdenklich über seinen langen Hals. „Wenn ich sie beantworten kann, ohne die Vertraulichkeit zu verletzen, werde ich die Informationen gern weitergeben. Eines kann ich sagen: Die Folgen des Einsatzes der KRIEG werden für alle absolut furchtbar sein."

„Ja, ich habe schon kapiert, dass die KRIEG eine Massenvernichtungswaffe ist. Was mich interessiert, ist ihr Wirkungsbereich. Wenn die Qualianer sich dazu entscheiden sollten, sie einzusetzen, würde ich gern wissen, wie weit man vom Epizentrum wegspringen muss."

„Zwei Hyperraumminuten", antwortete der Berater nach einigem Nachdenken, was mir ein überraschtes Pfeifen entlockte. In zwei Minuten könnte man ein Dutzend Sternensysteme durchfliegen, und das nur in eine Richtung. Wenn eine KRIEG in einem Gebiet detonieren würde, dann würde eine riesige Region von Galaktogon verwüstet werden.

„Die Uldaner haben gegen die Vraxis gekämpft", übergab ich die Informationen, die ich von der *Warlock* erhalten hatte. Nun war es an dem Berater, seiner Überraschung Ausdruck zu verleihen, indem er seinen Hals in meine Richtung reckte.

„Sind diese Informationen zuverlässig? Soweit ich weiß, sind die Vraxis eine Rasse von hypertrophen Insekten mit einer sehr rudimentären Intelligenz."

„Sie könnten keine zuverlässigere Quelle finden. Ich habe es direkt von dem letzten uldanischen Kommandeur dieses Schiffes gehört. Und meiner Meinung nach ist der Intellekt der Vraxis keineswegs rudimentär, da ihre Königin eine gefährliche Armee hatte, die von Generälen geführt wurde", erwiderte ich.

„Ja, Sie haben recht. Es ist wahrscheinlich, dass unsere Informationen nicht korrekt sind", murmelte der Berater nachdenklich. „Ich war bei der Audienz anwesend, bei der Sie dem Imperator erzählten, wie Sie an das Kugelschiff gelangt sind. Es ist verrückt und unglaublich, aber ich glaube Ihnen trotzdem und beneide Sie auch ein wenig. Sie hatten die Gelegenheit, einen lebenden Uldaner zu Gesicht zu bekommen. Alle anderen mussten sich mit seltenen Bildern begnügen."

„Ich empfange ein schwaches Notsignal", unterbrach Brainiac uns. „Das Signal kommt in der Sprache der Uldaner durch. Der Sender scheint sich unter der Oberfläche des Mondes zu befinden. Ankunft in 30 Sekunden."

„Leite das Signal zu den Kabinenlautsprechern weiter und mach den Kryptosaurier bereit. Wir werden landen. Übersetze das Signal in unsere gemeinsame Sprache."

Ein lautes Zischen ertönte aus den Lautsprechern und wich allmählich einer monotonen Nachricht in einer fremden Sprache: „Mayday. Mayday. Hier ist die Basis 20-449. Wir werden angegriffen und brauchen Hilfe", übersetzte Brainiac laut. „Die Nachricht läuft in Dauerschleife. Dies ist eine Notfallaufzeichnung, Kapitän."

Aber das war mir schon klar. Weder die Klangfarbe noch die Tonlage der Stimme hatten sich verändert. Egal, wie unglaublich sie auch sein mochten, es war unmöglich, Hunderttausende Jahre lang am Mikrofon auf Hilfe zu warten.

„Das reicht. Crew – irgendwelche Vorschläge, wo wir nach dem Eingang suchen sollten? Jede Idee ist willkommen."

„Hier ist der Ort, an dem das Signal am stärksten ist", goss Brainiac neue Informationen wie Öl ins Feuer.

„Der Eingang ist also an einem anderen Ort", bemerkte die Schlange in einem geschäftsmäßigen Ton.

„Was? Warum?" Ich war überrascht, wie sicher sich der Ingenieur war.

„Das Erste, was der Feind tun würde, wäre, den Transmitter ins Visier zu nehmen, um die Verteidiger daran zu hindern, Verstärkung zu rufen. Deshalb muss der Sender jedem Bombardement standhalten und seine Übertragung fortsetzen können. Das heißt, der beste Ort, um einen Transmitter zu installieren, ist dort, wo die Kruste am dicksten ist, während der beste Ort zum Eindringen in die Anlage dort ist, wo sie dünn ist. Aber das ist nur eine Vermutung, Käpt'n. Wir sollten den Mond umkreisen, um sicherzugehen. Das Schiff kann das Signal verfolgen und die Basis könnte auf unser Erscheinen reagieren und die Tür selbst öffnen. Es gibt viele Möglichkeiten, die in Erwägung gezogen werden sollten."

Nachdem wir 30 Minuten lang um den Mond geflogen waren, wurde uns klar, dass weder die Basis noch das Schiff ohne unsere Ermutigung eine intime Beziehung zu uns eingehen würden. Zalvas zweiter Mond erwies sich als ein riesiger, karger Felsen, der für die Bergbaukonzerne unattraktiv, beim precianischen Adel allerdings sehr begehrt war. Er war übersät mit pompöser Palastarchitektur. Der Mond war wie eine Gated Community für die Crème de la Crème des precianischen Imperiums. Brainiac

meldete immer wieder, dass wir von Bodenbatterien verfolgt
wurden, aber niemand wagte es, das Feuer zu eröffnen. Der Große
Gebieter *Intrepid* hatte für unsere Sicherheit garantiert.
„Ich habe ein großes Gebiet entdeckt, das keine Siedlungen
oder Gebäude enthält. Flora und Fauna sind ebenfalls nicht
vorhanden. Das Signal kommt am stärksten aus dem Zentrum des
Ortes. Ich übertrage das Gebiet jetzt auf eure Visiere." Brainiac
modellierte bei unserer zweiten Umrundung eine exzellente
Projektion des Mondes und füllte sie mit so vielen Details wie
möglich.

„Wir nennen dieses Gebiet die Barrens", erklärte der Berater,
nachdem er die Karte sorgfältig studiert hatte. „Es ist derzeit so
etwas wie ein lokales Naturschutzgebiet. Früher wurden Versuche
unternommen, dieses Gebiet zu bebauen, aber aus verschiedenen
Gründen konnten die Arbeiten nicht abgeschlossen werden."

„Kandidat Nummer eins", schlussfolgerte ich. „Wir landen in
der Mitte dieses Gebietes. Brainiac, schick den Kryptosaurier zum
Auskundschaften. Wir können es im Moment nicht gebrauchen,
auf Fremde zu treffen."

„Verstanden. Führe Befehl aus." Das Kugelschiff machte eine
scharfe Kurve und stürzte auf die Oberfläche des Mondes zu. Ein
leichtes Vibrieren des Bodens zeigte an, dass das Nashorn von Bord
gegangen war. Einer der Bildschirme übertrug die Oberfläche
durch die Augen des Kryptosauriers. Grauer Stein und Staub, so
weit das Auge reichte. Die Atmosphärenanalyse offenbarte die
Abwesenheit von Sauerstoff. Nichts Außergewöhnliches oder
Ungewöhnliches.

„Landezone ist frei", meldete Brainiac nach einer Minute. Der
Soldat lief in der Einöde im Kreis herum, auf der Suche nach
möglichen Feinden. Es war keiner zu sehen.

„Okay, gehen wir. Berater, werden Sie sich uns anschließen?"

„Auf jeden Fall! Ich würde mich freuen, Ihnen die Orte zu zeigen, an denen ich meine Jugend verbracht habe. Jeder Stein hier ist wie ein alter Freund." Der Wunsch, sich nützlich zu machen, wetteiferte mit der Aufregung und dem Eifer des Precianers.

Es gab keinen besonderen Grund, das Schiff zu verlassen, aber ich war ungeduldig, den neuen Panzeranzug auszuprobieren. Brainiac ließ die *Warlock* nicht ganz landen und erlaubte mir, mich aus fünf Metern Höhe auf die Oberfläche gleiten zu lassen. Der Berater fiel nicht hinter mir zurück, doch es war offensichtlich, dass er sich schwertat, und das war beunruhigend.

Ich erinnerte mich an die prunkvollen Schlösser der lokalen Reichen und fragte interessehalber:

„Haben Sie hier auch so eine pompöse Bude?"

„Entschuldigung, was?" Der Berater verstand mein irdisches Vokabular nicht.

„Ich meine, einen Ort zum Ausruhen. Einen Palast", erklärte ich, wobei ich mich ein wenig unwohl fühlte.

„Wenn Sie... eine außerplanetarische... Residenz meinen, dann... ja." Der Berater schien außer Atem zu sein. „Aber die meiste Zeit... wohnt hier im Moment nur meine Mutter. Sie ist... Sie schmeißt immer Partys... Sie genießt das... Leben."

„Das ist das, was ich meinte", grunzte ich und wünschte mir, nicht mehr länger vom Reichtum eines anderen zu sprechen. Es schien, als hätte der Precianer meine Verlegenheit bemerkt, denn in sein Keuchen mischte sich ein lautes Lachen.

„Sie, Chirurg, sind ein Mensch... und Sie sehen die Dinge aus einer menschlichen Perspektive. Menschen prahlen und geben an... mit ihrem Reichtum, und deshalb denken Sie,... dass es an diesem Ort nur ein Haufen von Kreaturen gibt, die sich mit ihrem Luxus gegenseitig überbieten wollen. Aber das ist nicht wahr. Der Imperator sorgt sich um das Wohlergehen seines Volkes. Für uns ist es nicht so teuer, ein Anwesen zu bauen... und es mit

fortschrittlichen Innovationen auszustatten... Folglich gibt es
keinen Grund, sonderlich stolz darauf zu sein... Der andere Faktor
ist, dass es nicht jedem... erlaubt ist... sich hier niederzulassen. Das...
ist ein Privileg, das man sich verdienen muss... Nur ein Precianer,...
der es aus eigener Kraft... da oben auf den Gipfel schafft, verdient
sich... das Recht, auf dem Mond zu leben..." Der Berater machte
eine Kopfbewegung in Richtung der Spitze eines nahegelegenen
Hügels und holte tief Luft. „Das ist der ‚Gipfel der Tapferkeit‘,
der zentrale Punkt der Barrens... Man muss dort hinaufklettern...
allein, mit einem einfachen Anzug der Klasse D. Glauben Sie nicht,
dass es für uns leicht ist... Schon vor 300 Jahren... starben hier nicht
wenige Precianer... Jetzt findet dieser Test der Tapferkeit einmal
im Monat statt... Er wird überwacht und abgesichert... Trotzdem...
sterben noch einige dabei. Diejenigen, die mental schwach sind,
holt sich der Tod... fast sofort... Die Starken leben lange genug, um
den Gipfel zu erreichen."

„Warum?", fragte ich erstaunt. „Was ist hier so tödlich?"

„Das weiß niemand." Der Berater hielt immer häufiger inne,
seine Bewegungen wurden langsamer. „Die Barrens... haben eine...
bedrückende Wirkung auf alle Rassen. Ein Team unserer
Wissenschaftler hat die Kruste des Planeten... im gesamten Gebiet
in einer Tiefe von einem... Kilometer erforscht, aber nie etwas
gefunden. Keine... Strahlung, keine Emissionen... keine
mys...teriösen Felder. Die Barrens tolerieren keine Schwächlinge.
Auch mit Mitgliedern anderer Rassen haben sie... Versuche
gemacht. Qualianer, Vraxis und sogar Anorxianische Synthoiden...
Sie alle zeigen die gleichen Symptome – Atemnot... Schwindel,
Bewusstlosigkeit und Tod. Allerdings werden Pyrrhenianer...
Delvianer und alle anderen überhaupt nicht von den Barrens
beeinflusst... auch Menschen... So ist das mit diesem Phä...no...men
..."

„Sind Sie okay?" So langsam machte ich mir Sorgen um ihn. „Vielleicht sollten Sie zum Schiff zurückkehren..." Das Letzte, was ich gebrauchen konnte, war, dass ein imperialer Berater meinetwegen starb.

„Machen Sie sich keine Sorgen." Der Berater grinste angestrengt. „Ich bin hier... wegen meines Jobs. Ein imperialer Auftrag: Die Schwachen... haben keinen Platz in der Führung des Imperiums, alle Berater... werden drei...mal im Jahr geprüft. Ich kann nicht behaupten, dass ich daran gewöhnt wäre – es ist jedes Mal so schwer... wie beim ersten Mal... aber es gibt keinen Grund zur Sorge."

„Ihre Wissenschaftler sind ein Haufen fauler Nerds!" Der Ingenieur der *Warlock* meldete sich über unsere Kommunikatoren. „Ohne Schweiß und Ausdauer findet man keine Erleuchtung! In einer Tiefe von 1,5 Kilometern unter der Oberfläche befindet sich ein Hohlraum. Die Leistung meines Scanners reicht nicht aus, um die vollen Dimensionen festzustellen, doch das Gebiet scheint aktiv geschützt zu sein. Die Natur ist äußerst kreativ, aber sie hätte so etwas nicht ohne die Hilfe von Empfindungsfähigen hinbekommen."

„Ihr Schiff und Ihre Mannschaft sind... ein wahrer Schatz." Der Berater flüsterte nun beinahe. „Wie viel Glück Sie doch haben! Das Imperium... dankt Ihnen für diese wichtigen Informationen. Wir werden... dieses Gebiet weiter untersuchen."

„Lasst uns zum ‚Gipfel der Tapferkeit' gehen." Ich wies auf den Hügel. „Wir werden sehen, was sich dort oben befindet."

Ich war gezwungen, dem Berater zu helfen. Der Precianer gab sich alle Mühe, aber je näher wir dem Gipfel des Hügels kamen, desto verworrener wurden seine Bewegungen und desto mehr stockte sein Schritt. Der Kryptosaurier wachte über den Umkreis der Barrens und verscheuchte alle echten oder potenziellen Zeugen, also beschloss ich, das Problem allein zu lösen. Trotz der

Einwände des stolzen Precianers packte ich ihn unter seinen schlanken Achseln und aktivierte meine Schubdüsen, die ihn nach oben zogen. Kaum war ich gelandet, wurde mein Begleiter schlaff und ohnmächtig.

„Brainiac, evakuiere ihn!", befahl ich und aktivierte den Genesungsmodus an der Rüstung des Precianers. Im Handumdrehen erschien die *Warlock* über unseren Köpfen. Das Kugelschiff senkte sich sanft und allmählich, bis es, anstatt auf der steinigen Oberfläche aufzusetzen... direkt hindurchflog und weiter sank! Vor meinen Augen tauchte das Schiff in den Stein ein, als wäre da nichts! Ich stand gaffend in einem Abstand von einem Meter da, der Boden unter meinen Füßen war eigentlich fest ...

„Brainiac, steig zwei Meter auf und schwebe dann in der Position. Öffne die Luke!"

Den bewusstlosen Berater in die Arme nehmend sprang ich mit einem Satz ins Innere des Kugelschiffs, nachdem mir aufgefallen war, dass sich die Steine unter dem Schiff nicht von denen irgendwo sonst in den Barrens unterschieden. Entweder war das eine hochwertige Tarnung oder es war das, wovon Brainiac gesprochen hatte, als er sagte, das Kugelschiff wäre der Schlüssel zum Betreten der Basis. Aber es war jetzt nicht der richtige Zeitpunkt, um diese Theorie auszutesten. Wir mussten den Precianer retten. Niemand würde sich einen Deut um die Gründe scheren, warum er auf meinem Schiff den Löffel abgegeben hatte. Die Luke schloss sich, und noch bevor ich den Befehl zum Aufbruch geben konnte, wechselte die Gesundheitsanzeige am Anzug des Beraters von rot auf grün... und ging nach ein paar Sekunden ganz aus. Der Precianer kam wieder zu sich. Er schien völlig gesund zu sein. Es dauerte nicht lange, bis er begriff, was geschehen war.

„Es wird Zeit, dass ich meinen Rücktritt erkläre", bemerkte der Berater ironisch und warf mühsam seinen Helm in die Ecke. Er war kaum fähig, sich zu bewegen. Unter den Augen hatten sich dunkelblaue Ringe gebildet, sodass er zusammen mit dem Rest seiner precianischen Erscheinung ein wenig wie ein gerupfter Truthahn aussah, der es geschafft hatte, dem Tod im letzten Moment zu entrinnen. Brainiac erbarmte sich unseres Gastes und verabreichte dem Berater unaufgefordert eine aufbauende Spritze in den Hals. Seine Augen hellten sich auf, die dunklen Ringe verschwanden und seine Haut erhielt ihre gesunde bläuliche Färbung zurück.

„Die Hülle der *Warlock* isoliert ihn gegen die Auswirkungen dieses Ortes", gab ich eine Vermutung über den Grund für die schnelle Genesung des Precianers ab. „Brainiac, hol den Kryptosaurier zurück. Es wird Zeit, dass wir den Uldanern einen Besuch abstatten. Ein Kilogramm Raq für den, der errät, wo der Eingang zur Basis ist."

„Käpt'n, haben Sie nicht gesehen, wie wir durch den Fels geschwebt sind?" Der Ingenieur ließ seinen Kopf ins Deck baumeln. „War das nicht was, hm?"

„Diese Frage wird mir von einem sprechenden zweihändigen Schlangeningenieur gestellt, der neben einem vierhändigen Orang-Utan und einem sich verwandelnden Nashorn an Bord eines fliegenden Ballonschiffs arbeitet?", fragte ich sarkastisch. „Und doch ist es gar keine schlechte Frage. Die Uldaner sind echte Märchenkreaturen!"

„Wir sind auch Uldaner", meldete Brainiac sich für seine Crew zu Wort. „Aber die uns zur Verfügung stehenden Informationen reichen nicht aus, um wissenschaftlich zu erklären, wie ein fester Körper einen anderen durchdringen kann, ohne die Bindungen des Molekulargitters zu brechen. Das kann auch keine Tarnung sein. Ich habe bereits eine Bodenanalyse durchgeführt."

„Ihr habt 100.000 Jahre mit der *Warlock* auf der Blutinsel verbracht. In dieser Zeit hat sich viel verändert. Ist der

Kryptosaurier wieder an Bord? Ausgezeichnet. Beginne mit dem
Abstieg. Starte mit einem Meter pro Sekunde und erhöhe dann
allmählich die Geschwindigkeit. Mal sehen, was diese
Weltraumelfen für uns auf Lager haben."

Es gab keine Einwände. Der Kontakt der *Warlock* mit dem
Gipfel der Tapferen blieb im Schiff unbemerkt. Alle Systeme
funktionierten weiter wie gewohnt und die Hüllensensoren
meldeten keinen Druck. Brainiac tauchte das Kugelschiff zur
Hälfte ein, wartete ein paar Sekunden, so als ob er seinen Mut
sammeln müsste, und tauchte uns dann ganz in den Stein ein.
Das Abtauchen auf den ersten hundert Metern bereitete keinerlei
Probleme. Es war, als ob sich das Schiff durch den leeren Raum
bewegen würde. Der einzige Nachteil war, dass wir blind waren –
die Bildschirme zeigten nichts als festen Stein um uns herum.

Wir bewegten uns in völliger Stille weiter, aus Angst, dass ein
einziges Wort unser Glück verderben könnte. Es war zwar nur ein
Spiel, aber mein Adrenalin und meine Aufregung durch den
Abstieg in die Ungewissheit wuchsen stetig, sodass ich vor Schreck
zusammenzuckte, als eine Systembenachrichtigung vor mir
auftauchte.

**Quest erfüllt: *Schatzsucher*. Belohnung: Nächste Quest in
der Serie.**

**Neue Quest verfügbar: *Schatzsucher*. *Teil 2*. Betreten Sie die
Kommandozentrale der Basis und verschaffen Sie sich Zugriff
auf den Hauptrechner.**

Unser Aufenthalt in der Kruste des Mondes endete
unvermittelt. Der Berater atmete hörbar aus. Vor und unter uns
erstreckte sich die uldanische Basis in ihrer ganzen Pracht. Die
Beleuchtung funktionierte auch nach 100.000 Jahren einwandfrei,
sodass wir das Panorama vor uns betrachten konnten. Von oben
sah die Basis aus wie ein integrierter Schaltkreis, wunderbar präzise
in seiner Anordnung, aber sobald wir weiter hinabstiegen, gewann

das flache Gitter eine unvorstellbare Vertikalität. Verschlungene Konstruktionen durchdrangen den Raum in alle Richtungen. Die hohen Türme und Kirchtürme ähnelten den Zatrathi-Schiffen, die ich gesehen hatte. Auf das moderne Auge wirkten sie genauso unbeholfen, stachelig und seltsam. Brainiac unternahm mehrere Versuche, einen Weg durch das architektonische Durcheinander aus Glas und glänzendem Metall zu finden, musste aber aufgeben. Es würde unmöglich sein, durch dieses Dickicht zu navigieren.

„Hundert Meter unter uns befindet sich ein Dock. Dort landen wir", befahl ich und nahm das Heft des Handelns in die Hand. Das Wichtigste hatte ich bereits verstanden – die Kommandozentrale der Basis lag diametral gegenüber dem Ort, an dem wir sie betreten hatten. Vermutlich hatten sie das so gemacht, damit der Spieler dazu gezwungen war, sich die tolle Arbeit der Designer anzusehen. Meine Vermutung war, dass es nicht mehr als zwei bis drei Minuten dauern würde, mit meinem Panzeranzug dorthin zu fliegen – vorausgesetzt, ich könnte ihn richtig bedienen. Und da ich mir nicht sicher war, ob ich ihn vernünftig steuern konnte, beschloss ich, zuerst zu versuchen, eine 3D-Karte der Basis zu rendern.

„Brainiac, gibt es eine Möglichkeit, die gesamte Basis zu vermessen? Ich würde gern alle Informationen haben, die wir bekommen können. Wenn wir eine Karte generieren könnten, die so viele Details wie möglich enthält, machen wir uns die Arbeit viel leichter."

„Das Kugelschiff ist mit vier Aufklärungsdrohnen ausgestattet. Sie können um die Basis fliegen und sie vermessen. Wir können ihre Daten nutzen, um eine 3D-Karte zu erstellen. Soll ich sie aktivieren?"

„Schick zwei von ihnen raus. Sie sollen im Kreis fliegen. Berater, ich fürchte, Sie müssen an Bord der *Warlock* bleiben. Die lokale Strahlung kann Sie töten."

Der Precianer sah so verbittert aus, dass ich ihn aufmuntern wollte:

„Ich werde einen Stream zum Schiff einrichten, damit Sie alles sehen, was ich sehe. Wir werden die Basis gut untersuchen."

„Drohnen wurden gestartet. Geschätzte Flugzeit ... Warnung! Angriff festgestellt!"

Die *Warlock* aktivierte ihr gesamtes Arsenal an Strahlenkanonen, aber es waren keine Ziele auffindbar. Die uldanische Basis unter uns lag weiterhin in einem tiefen Schlummer.

„Brainiac, projiziere die Videoaufnahmen der Drohnen auf den Bildschirm", befahl ich.

Die beiden Aufnahmen waren gleichermaßen nutzlos, weil sie von den Drohnen selbst aufgenommen worden waren. Sie tauchten aus dem Kugelschiff auf, machten eine Runde um das Schiff und kalibrierten ihre Flugmodi auf die örtlichen Umgebungsbedingungen, flogen ein paar Meter vom Schiff weg und dann brachen die Aufnahmen ab. Eine weitere Aufnahme von der *Warlock* selbst war noch verfügbar. Beide Drohnen waren auf dem Bildschirm zu sehen. Nach der Kalibrierung zerstreuten sie sich in verschiedene Richtungen und durchquerten ein Triggerfeld, das bis dahin unentdeckt geblieben war. Das Triggerfeld flackerte, verriet uns seine Existenz und erlosch dann, nachdem es seinen Dienst getan hatte. Zwei Plasmaschüsse wurden von gegenüberliegenden Seiten der Basis abgefeuert und zielten direkt auf die Drohnen. Die folgenden Explosionen hinterließen nicht viel mehr als ein paar Plastikfetzen.

Brainiac fand heraus, woher das Feuer kam, und markierte Kanonen auf der gesamten Basis. Mir entfuhr ein lauter Pfiff – die Chance, die Basis zu durchqueren und nicht mehrere Dutzend Salven aus diesen Kanonen abzubekommen, lag exakt bei null.

„Käpt'n, ich habe schlechte Nachrichten für Sie", sagte der Ingenieur nachdenklich und verriet uns damit, was ohnehin offensichtlich war. „Wir können hier nicht weiterfliegen." Ich antwortete mit einem frustrierten Seufzen. Es sah so aus, als hätten wir einen Kampf vor uns, und ihm auszuweichen wäre gleichbedeutend mit dem Verlust meiner Belohnung.

„Wir sind gelandet. Achtung! Das Andockmodul hat eine Verbindungsanfrage gesendet."

„Akzeptieren. Versetz den Kryptosaurier in Kampfbereitschaft. Aktiviere die Droiden. Wir müssen uns den Weg zur Kommandozentrale erkämpfen."

„Sie wollen gegen die Uldaner kämpfen?", keuchte der Berater überrascht.

„Nein. Ich werde gegen diejenigen kämpfen, die die Basis erobert und es geschafft haben, hier die letzten 100.000 Jahre im Winterschlaf zu überleben. Ich nehme an, dass es sich um die besten Krieger handelt, die die Vraxis haben."

Kapitel Zwei

DIE HÜLLE ÖFFNETE SICH SANFT und gab einen Ausgang zum Dock frei, das gut beleuchtet war und nach zehn Metern in einer imposanten Stahltür endete. Da ich durch den Verlust meiner Aufklärungsdrohnen meine Lektion gelernt hatte, schickte ich diesmal einen Droiden voraus. Einen konnte ich leicht entbehren. Glücklicherweise erreichte der Droide die Tür ohne Zwischenfall und blieb stehen, um auf weitere Anweisungen zu warten.

„Brainiac, hast du dich mit dem lokalen Netzwerk der Basis verbunden?" Ich hatte eine hohe Meinung von meinem Schiffscomputer, aber dieses Mal war ich zu weit gegangen.

„Negativ. Es gibt kein Terminal im Dock. Die Versuche, eine Remote-Verbindung herzustellen, sind gescheitert. Das Netzwerk hat eine komplexe, mehrschichtige Sicherheitsarchitektur, die Verschlüsselungsalgorithmen verwendet, die mir unbekannt sind. Ich habe keine Schwachstellen entdecken können."

Das war eine unangenehme Nachricht. Es wäre töricht, eine weitere Aufklärungsdrohne auszusenden. All die unerforschten Gebiete um uns herum drohten uns mit Respawn oder totaler Zerstörung. Die Entwickler hatten diese Basis nicht geschaffen, damit Roboter und Drohnen dort herumspazieren konnten. So viel hatte ich durch den vorherigen Verlust gelernt.

„Brainiac, ruf den Droiden zurück. Ich werde selbst gehen."

„Ich komme mit Ihnen", sagte der Berater, sein Gesicht eine Maske der Entschlossenheit. „Und versuchen Sie nicht, mich davon abzubringen. Dies ist vielleicht meine einzige Chance, einen Blick in die Ewigkeit zu werfen. Außerdem bin ich an den Planetengeist gebunden, daher ist der Tod für mich kein Hindernis. Der Imperator erwartet von mir, dass ich Informationen mitbringe!"

„Okay, aber unter einer Bedingung. Wenn Sie merken, dass Sie das Bewusstsein verlieren, kehren Sie zum Schiff zurück." Es war dumm, mit NPCs zu streiten, deren Handlungen strengen Algorithmen unterlagen, aber ich wollte ihn auch nicht mit mir herumschleppen müssen. „Brainiac, weise dem Berater zwei Droiden als Eskorte zu. Sorge dafür, dass sie bei ihm bleiben und ihn beschützen."

Die Automaten #29 und #30 nahmen ihre Positionen an den Seiten des Beraters ein, und ich verabschiedete mich mental von meinem Eigentum. Es gab keine Chance, dass sie überleben würden, aber ich hatte keine andere Wahl. Droiden konnte ich mir neu kaufen, während ich mir die Beziehung zu dem Precianer verdienen musste.

„Wirklich, es ist die Mühe nicht wert. Schließlich sind Sie nicht dazu verpflichtet", beschwerte der Berater sich, aber eine Benachrichtigung sagte mir, dass ich das Richtige getan hatte.

Ihre Beziehung zum Dritten Berater des precianischen Imperators hat sich verbessert. Aktuelle Beziehung: 3.

„Bleiben Sie hinter mir. Befolgen Sie meine Befehle. Laufen Sie nicht voraus", befahl ich und lud meinen Blaster durch. Im Kampf war keine Zeit für Formalitäten, meine Befehle mussten sofort ausgeführt werden. Auch mein Wunsch, mit dem Berater eine gute Beziehung aufzubauen, würde ihm nicht das Leben retten. Ich würde ihn ‚versehentlich' erschießen, während ich einen Feind abwehrte, und die Expedition ohne ihn fortsetzen.

Der Precianer schien alles zu verstehen und stimmte zu, ohne etwas zu sagen. Ich betrat langsam den Andockbereich und erwartete jeden Moment einen Angriff, aber nichts geschah. Nachdem ich noch ein paar Sekunden gewartet hatte, winkte ich dem Berater zu. Er zögerte, bevor er das Schiff verließ. Vielleicht war er wie ich besorgt, dass er in Ohnmacht fallen würde, doch nach einer Sekunde machte er mit seinen Stiefeln den ersten Schritt nach draußen.

„Sieht aus, als gäbe es keinen Grund zur Sorge, Kapitän Chirurg", sagte er mit einem Seufzer der Erleichterung. „Ich glaube, dass die Wände der Basis die Auswirkungen der Barrens abhalten."

Erfreut über die gute Nachricht lief der Precianer auf mich zu, doch ich hob vorsichtig die Hand.

„Halten Sie einen Abstand von fünf Metern ein. Machen Sie sich bereit, ich werde gleich die Tür öffnen."

Ohne weiter zu warten, durchquerte ich den Andockbereich. Hinter mir war das Geräusch von sich entsichernden Blastern zu hören. Brainiac schickte die Droiden raus, damit sie mir Feuerunterstützung geben würden, und die Ausstiegsluke der *Warlock* sah nun aus wie ein borstiges Stachelschwein. Ich hoffte wirklich, dass sich auf der anderen Seite der Tür nichts befand, denn sonst wäre ich in die Schusslinie zwischen den Droiden und dem Feind geraten. Die massive Tür zur uldanischen Basis öffnete sich sanft und glitt nach oben auf. Ich blieb auf der Schwelle stehen und starrte in die Dunkelheit.

Das Licht aus dem Andockbereich endete abrupt zu meinen Füßen und hütete eifersüchtig jedes seiner Photonen vor der gefräßigen Dunkelheit vor mir. Es war seltsam – während unseres Überflugs hatten wir das Panorama der Basis deutlich gesehen und die Beleuchtung hatte überall gut funktioniert, aber dieses Gebäude war nun völlig dunkel. Ich machte einen Schritt nach vorn und tauchte in die zähflüssige Finsternis ein. Bevor sich meine Augen daran gewöhnen konnten, schaltete die Rüstung automatisch ihre eingebauten Flutlichter ein, und ich schloss unwillkürlich für einen Moment die Augen.

Doch die Lichter erwiesen sich als nutzlos. Statt den Raum zu erhellen, verlor sich der Lichtkegel in der Dunkelheit – die Dunkelheit absorbierte ihn. Ich ging in die Hocke und leuchtete bündig auf den Boden. Ich schluckte nervös. Mein Raumsensor schaffte es, ein 3D-Modell der Kammer darzustellen, in der wir uns befanden: Der Boden, die Wände und die Decke waren mit einem dicken Teppich aus organischer Materie bedeckt. Die Stelle, auf die ich starrte, hatte eine unangenehme braune Farbe und war mit Schleim bedeckt, als befänden wir uns im Magen eines Leviathans. Über mir konnte ich Ranken oder Tentakel von der Decke baumeln sehen. All meine Erfahrung mit Horrorfilmen sagte mir, dass das Ärger bedeutete. Ich übermittelte das Bild des Raumes an den Berater, der sich noch im Andockmodul befand.

„Irgendeine Ahnung, was das ist?"

„Gar keine. Wir wissen wenig über die Uldaner, aber ich kann mit Sicherheit sagen, dass sie hochorganisierte und reinliche Kreaturen waren. Dieser... Raum... ist nicht zum Arbeiten geeignet. Es ist schwer vorstellbar, dass dies das Produkt einer ihrer Technologien sein soll."

„Vielleicht ist das alles nur Show, um ungebetene Gäste zu verscheuchen?", schlug ich eine Lesart vor, an die ich selbst nicht glaubte. „Brainiac? Was sagst du dazu?"

„Eine visuelle Inspektion der Räumlichkeiten veranlasst mich zu einer hypothetischen Schätzung mit einer Wahrscheinlichkeit von 60 %, dass ..."

„Können wir das ohne den unnötigen Fachjargon machen?! Deutlich und auf den Punkt, bitte!"

„Die organische Schicht, die den Raum bedeckt, ähnelt dem Uterusgewebe. Die Daten, die mir vorliegen, deuten darauf hin, dass die Uldaner kein lebendes Gewebe als Baumaterial verwenden würden. Das entsprach nicht ihrer Weltanschauung, und wie der Berater anmerkte, waren sie äußerst empfindlich, was Sauberkeit anging."

„Käpt'n, ich habe ein schlechtes Gefühl bei der Sache", meldete der Ingenieur sich zu Wort. „Vielleicht sollten wir uns nach anderen Möglichkeiten umsehen?"

Ich persönlich konnte der Schlange nur zustimmen. Ich hatte sofort geahnt, dass hier etwas nicht stimmte, als ich diesen... diesen ,Creep' (um einen Begriff aus einem alten Klassiker zu verwenden) gesehen hatte, der nicht hier sein sollte. Aber ich war so gespannt, dass ich mich nicht zurückziehen wollte. Wäre dies die Realität, würde Zalvas zweiter Mond bereits in den Rückspiegeln der *Warlock* verschwinden. Aber das hier war nur ein Spiel, bei dem man einfach die Zähne zusammenbeißen und es zumindest versuchen musste.

Ich trat vorsichtig auf den Boden vor mir. Er war tatsächlich organisch und nicht aus dem typischen Plastik. Der Creep reagierte nicht auf meine Berührung. Wieder in die Hocke gehend stieß ich den Creep mit dem Lauf meines Blasters an – ich pikste ein paar Zentimeter tief in den organischen Teppich. Wieder keine Reaktion.

„Berater, bitte treten Sie zurück zum Schiff", bat ich und feuerte ein paar Plasmaschüsse auf den Boden. Die Sensoren der Rüstung identifizierten den darauffolgenden Geruch als brennendes Fleisch, aber ich wartete nicht auf die Folgen. Der Organismus war lebendig, aber still und regungslos. Brainiacs Aufforderung und die nächste Plasmasalve auf den Boden, die Wände und die Decke hatten wieder keine Wirkung – die Basis reagierte nicht auf meine Aggression.

„Ich gehe rein!", verkündete ich, mehr für mich selbst als für meine Crew. Auf einem lebenden Organismus zu stehen war unangenehm. Es war wie auf einem schleimigen, plüschigen Teppich. Mit dem Wunsch, wieder harten Boden unter meinen Füßen zu spüren, trat ich auf die Stelle, die das Plasma verbrannt hatte. Es war ein für alle Einrichtungen in Galaktogon typischer Stahlboden. Ich erlaubte dem Berater, wieder zu mir zu kommen, und sobald er mit mir in den Raum trat, erschien eine Systembenachrichtigung:

Sie sind der erste Spieler, der die Nahami-Basis betritt.

Szenario aktiviert: *Unverhoffter Gast*. **Die Anforderungen des Szenarios wurden erfüllt.**

Viel Spaß beim Spielen!

„Dies ist ein historisches Ereignis!", sagte der Precianer ehrfürchtig und ließ seine Taschenlampe an den Wänden entlang gleiten. „Noch nie zuvor ist ein Precianer so nah dran gewesen..."

Der Berater hatte keine Gelegenheit mehr, den Satz zu beenden.

„Käpt'n, das ist eine Falle!", schrie mein Ingenieur. Fleischige Ranken fielen von der Decke, versperrten den Durchgang und schlossen den Berater und mich in dem Creep ein. Ich machte meine Blaster bereit, hatte aber keine Zeit mehr, um zu schießen. Der Creep, der den Boden bedeckte, begann sich zu bewegen – und ich verlor fast das Gleichgewicht. Die Trägheitsblocker des Anzugs halfen mir, mich auf den Beinen zu halten, aber mein Magen rutschte mir durch das Gefühl des freien Falls in die Hose. Eine weitere Wand aus organischer Materie schoss zwischen mir und dem Berater hoch und versperrte mir die Sicht auf ihn.

„Brainiac, melde dich!", brüllte ich, feuerte wild mit meinen Blastern und verursachte ein lokales Mini-Armageddon. Die Gitterstäbe, die meinen Käfig bildeten, zersprangen in verbrannten Klumpen, aber es wuchsen sofort neue nach, um ihren Platz einzunehmen. Nach dem zehnten Mal wurde mir klar, dass ich mir den Weg nach draußen nicht würde freischießen können. „Die gesamte Basis bewegt sich. Jeder Teil von ihr transformiert und verschiebt sich auf allen drei Raumachsen. Den Zweck der Transformation kann ich nicht ermitteln. Ich habe die *Warlock* gestartet. Das Dock gibt es nicht mehr. Das war ein Hinterhalt!" Wäre Brainiac nicht eine Schiffs-KI, sondern ein Mensch, würde er jetzt sicher in Panik sein.

„Wie ist der Zustand des Beraters?"

„Er ist am Leben. Ich kann seine Bewegung verfolgen. Sie beide bewegen sich in verschiedene Richtungen. Es scheint keinen Durchgang mehr zwischen Ihnen zu geben. Der Sektor, in dem Sie sich befinden, ist von einem Kraftfeld mit unbekannten Eigenschaften umgeben. Es hindert uns daran, Sie zu erreichen. Achtung! Die Basis hat jetzt aufgehört, sich zu bewegen."

Diese letzte Beobachtung konnte ich am eigenen Leib spüren, denn der Boden hatte aufgehört, unter mir zu rutschen. Ich feuerte einen weiteren Schuss ab, und der Geruch von brennendem Fleisch hüllte wieder alles um mich herum ein. Diesmal wuchs mein Käfig nicht nach, ich war plötzlich frei. Um mich herum blieb es so pechschwarz wie zuvor, wenngleich ich mich in dem Panzeranzug wohlfühlte. Vor mir erschien ein 3D-Bild des Raumes, in dem ich mich befand. Diesmal gab es einen offenen Korridor, der aus ihm herausführte – und in diesem Korridor befand sich eine Meute von Lebewesen, die auf mich zusteuerte. Die Sensoren des Anzugs schafften es, verschiedene Details der wimmelnden Masse darzustellen: scharfe, dünne Gliedmaßen, ein Dickicht aus Fühlern und gelenkigen Fortsätzen. Ich war den Vraxis schon einmal begegnet und hatte nun keinen Zweifel mehr – eine Horde von Insekten kam mir entgegen. Ich schaltete beide Blaster in den Kampfmodus und bereitete mich darauf vor, ihre Gastfreundschaft gebührend zu erwidern. Vielleicht würde es nicht so spektakulär werden wie der Empfang, den sie für mich geplant hatten, aber ich würde mein Bestes geben.

Sobald ich ein Ziel im Visier hatte, schoss ich grün pulsierendes Plasma in die Richtung der unerwarteten Gäste. Währenddessen spürte ich einen Adrenalinschub. Jetzt kamen die Blaster der Klasse Legendär, die der Imperator der Precianer mir geschenkt hatte, so richtig zur Geltung. Ihre Power war unvorstellbar! Jeder Schuss zerstörte zwei oder drei Insekten und verwandelte sie in flackernde Kisten mit Loot. Es gab keine Überreste – nur immer mehr Geld und die langsam wachsende XP-Leiste des Blasters. Ein paar Minuten Feuer verbreiterten den Balken nur um einen Bruchteil eines Prozents. Die Insekten konnten in dem engen Korridor nirgendwo hin, also stürmten sie vor, um schnell zu mir zu gelangen und mich in ihrem endlosen Strom zu zerquetschen. Es gab weder Gegenfeuer noch Verteidigungsmanöver – nur eine schier unendliche Menge von Körpern, die auf mich zustürmten. Für den Moment waren meine Blaster jedoch überlegen.

Ich holte tief Luft und wechselte die Energiezellen. Der neue Anzug hatte seine Blaster an den Schulterpolstern montiert, wodurch meine Hände frei waren. Die Nachteile waren der begrenzte Zielradius und die Aktivierungszeit. Ich deaktivierte die eingebauten Blaster und holte den Preisblaster heraus, den ich von den Zatrathi bekommen hatte. Während die Hauptblaster aktiviert waren, hatte ich Zeit, ihn als Keule zu benutzen. Außerdem fühle ich mich besser, wenn ich meine Waffen in der Hand hatte.

Der Insektenschwarm versiegte vorübergehend, und ich kontaktierte das Schiff:

„Brainiac, gib mir einen Lagebericht."

„Wir haben beide Droiden verloren, die den Berater bewachen sollten. Ich schicke Ihnen jetzt die Aufnahme."

„Und der Berater selbst?"

„Er ist am Leben, aber durch ein Kraftfeld isoliert. Ich kann nicht mit ihm in Kontakt treten. Ich schicke Ihnen eine Aufzeichnung Ihrer Bewegungen, die Ihre aktuellen Standorte enthält." Der Berater war mit dem gleichen Schlamassel konfrontiert worden wie ich. Seine Droidenwachen hatten versucht, die Insekten zurückzuhalten, aber ihre Blaster der Klasse B hatten dem Ansturm nicht standhalten können. Die Vraxis hatten die eisernen Wachen in Stücke gerissen und den Precianer gefangen genommen. Zumindest nahm ich das an. Die Aufnahmen endeten mit der Zerstörung der Droiden.

Die andere Datei, die ich erhielt, war nicht weniger interessant: Brainiac ortete mich in einem Turm, der vom Zentrum der Basis und dem Berater etwa gleich weit entfernt war. Nachdem ich mich mit meiner Crew beraten hatte, musste ich nun entscheiden, wohin ich gehen sollte: Den Berater retten oder zum Hauptrechner vordringen. Ohne den Berater weiterzumachen, war allerdings keine Option. Es war sein Erscheinen, das das Szenario aktiviert hatte.

„Brainiac, hast du das Kraftfeld rund um das Schiff analysiert? Kannst du es durchbrechen?"

„Oh, wir haben es analysiert, es gibt nur nicht viel zu sagen", meldete sich der Ingenieur zu Wort. „Es hält uns schön fest. Der Generator befindet sich in der Basis. Wir können es nicht mit irgendetwas durchbrechen. Ich habe es schon versucht. Also musst du das selbst hinbekommen. Dadurch hilfst du uns auch."

Ich grinste. Während Brainiac dieses Fiasko stoisch ertrug, sprach die Schlange für alle. Ich wünschte dem Schiff viel Glück und scannte erneut den Raum, in dem ich mich befand. Nichts. Keine Nischen, keine Türen, keine Fenster – nur der allgegenwärtige Creep, der jede Oberfläche bedeckte. Nach dem Feuergefecht blieb der Korridor nun frei und enthielt nichts von

Interesse. Ich schoss vorsichtshalber auf die Wände des Raumes, ohne große Hoffnung, einen geheimen Bereich zu finden. Jeder wusste, dass die Goodies normalerweise nicht im Eingangsbereich eines Dungeons zu finden waren. Und diese uldanische Basis war nichts anderes als ein guter alter Dungeon.

„Stan, ich brauche eine Übersicht der Vraxis-Rasse. Spezies, Werte, Fähigkeiten, Waffen. Kurz und bündig bitte."

„Verstanden. Bezüglich meiner Suche nach dem Spieler namens Eine: Bitte beachten Sie, Herr, dass es in Galaktogon mehr als 1.000 Spieler mit diesem Namen gibt."

„Der Spieler namens Eine ist ein Sammler von seltenen Gegenständen aus Galaktogon. Es sollte nicht viele von seiner Sorte geben."

„Sie haben recht, es gibt nur einen Spieler namens Eine, der diesem Profil entspricht. Die Suche ist abgeschlossen. Alle verfügbaren Informationen wurden an Ihren PDA gesendet. Ich habe den nächsten Prozess gestartet. Ich hoffe, Ihre Genesung geht gut voran."

Ich beschloss, mich später mit dem Sammler zu beschäftigen, der mein Schiff haben wollte. Die erste flackernde Beutekiste löste sich in meinen Händen auf und belohnte mich mit einer Knochenmarke. Eine exakte Nachbildung eines Sheriffsterns aus dem Wilden Westen. Die Zatrathi hatten diese Art von Marken ebenfalls fallengelassen, nur aus Metall. Schon auf der Orbitalstation waren mir diese Marken seltsam vorgekommen: Es gab keine Beschreibung, keine Benachrichtigung, keinen Zähler. Sie belegten einfach nur Inventarslots und verbrauchten Gewicht. Und jetzt starrte ich hier schon wieder auf ungefähr 250 Knochenmarken, ohne einen einzigen Hinweis darauf, wofür ich sie verwenden konnte. Stan durchsuchte kurz die Foren, fand aber nichts. Entweder waren sie nutzloses Flair oder sie waren so wertvoll, dass alle darüber schwiegen.

Ich kontaktierte mein Schiff erneut.

„Brainiac, hast du die Informationen analysiert, die wir von den Zatrathi heruntergeladen haben? Hast du etwas von Wert gefunden?"

„Ich habe keine solche Prozessanfrage erhalten", antwortete das Schiff wie erwartet und nahm einen abwehrenden Ton an. Wie jede gute Crew zog auch meine es vor, in Ermangelung direkter Befehle zu trödeln und herum zu lümmeln.

„Wenn das so ist, dann leg los. Wenn ich mich recht erinnere, hast du die Speisekarte aus der Cafeteria heruntergeladen, also ordne alles, was du über die Zatrathi sammeln konntest. Was sie essen, was sie trinken, wie sie krank werden, wie lange sie leben. Wenn du etwas Nützliches für uns findest, schick es zum Ingenieur rüber und frag nach, ob er etwas damit anfangen kann. Nur weil ich nicht an Bord bin, heißt das nicht, dass du dich entspannen kannst. Ich will, dass alles organisiert und katalogisiert ist, wenn ich zurückkomme. Noch irgendwelche Fragen?"

„Ja, einige", meldete der Ingenieur sich zu Wort. „Wenn wir nichts Brauchbares finden, kann ich dann meine Prototypen montieren?"

Ich holte tief Luft, um meinen Ärger zu unterdrücken. Was für ein Faulpelz diese Schlange doch war! Ohne meine Befehle ergriff niemand die Initiative, und ich hatte mich so sehr in das Spiel vertieft, dass ich vergessen hatte, das Schiff aufzurüsten. Ich wusste nicht, wem ich für den Hinweis danken sollte, aber er kam gerade recht.

„Ich erteile die Erlaubnis, das Schiff aufzurüsten. Ihr könnt bis zu einem Drittel des verfügbaren Raqs dafür nutzen."

„Irgendwelche Prioritäten? Waffen, Verteidigungssysteme, Geschwindigkeit, Hilfsfunktionen, Ergonomie? Ich habe eine Menge in Arbeit."

„Geschwindigkeit. Das ist im Moment das Wichtigste. Die Zatrathi haben uns eingeholt, als ob wir stillstehen würden."

„Verstanden, Käpt'n! Ich habe ein paar Ideen. Wenn ich fertig bin, gewinnen wir alle Preise beim Weltraumrennen. Over and out!"

Die ersten 20 Meter meiner Reise durch den Korridor brachten eine unangenehme Entdeckung: Mein Energieverbrauch überstieg alle erdenklichen Berechnungen. Jeder Meter war mit großen Schwierigkeiten verbunden. Immer wieder schossen Tentakel aus der Decke wie Rotzranken. Einer von ihnen erwischte mich und riss mich wie eine Feder nach oben, das Gewicht meiner Rüstung machte ihm nichts aus. Ich musste ständig zurückschießen und ausweichen, zu Boden tauchen, mich aufrichten und zum nächsten Stückchen Gang weitergehen. Die komplette Säuberung der Decke verschaffte mir etwas Luft zum Atmen. Die Angriffe hörten auf, aber nicht für lange. Dafür konnte ich beobachten, wie der Creep wieder sein Territorium überwucherte. Er begann mit dem Boden. Dann machte er einen Knick, schwoll an und schickte eine Welle organischer Materie die Wände hinauf. Sobald der Creep die Wände bedeckt hatte, bewegte er sich weiter zur Decke. Ranken der Materie verflochten sich, vereinigten sich und füllten die Lücken, bis die Fauna des Raumes wieder in ihren ursprünglichen Zustand zurückgekehrt war.

Ich berechnete meine Energiereserven und beschloss, zu experimentieren. Was wäre, wenn ich den Creep von seiner Mitte aus zerschneiden würde? Wenn ich einen Auswuchs abtrennte, hätte er keine Verbindung zum Rest des Organismus in der Basis mehr. Vielleicht würde der Creep sterben und ich hätte dann etwas Zeit, bevor er aus dem Inneren der Anlage nachwachsen würde. Gesagt, getan! Ich versengte gut zwei Meter des Korridors und verhinderte, dass sich der schleimige Organismus wieder mit dem Teil vereinigen konnte, den ich abgeschnitten hatte. Sobald der letzte Plasmaklumpen die organische Materie durchtrennt hatte, blieb der isolierte Teil bewegungslos. Der mysteriöse Organismus

im Rest der Basis pochte, begann aber nicht, den abgeschnittenen
Bereich nachwachsen zu lassen. Vielleicht sammelte er seine Kräfte.
Währenddessen schrumpfte der isolierte Creep und wand sich in
sich selbst, bis er schließlich einen hässlichen, pulsierenden Kokon
bildete. Der geräumte Abschnitt des Korridors war hervorragend
beleuchtet, und ich sah mit eigenen Augen, wie sich im Inneren
des Kokons etwas regte. Es schien, als hätte ich den mysteriösen
Organismus, der sich der Basis bemächtigt hatte, soeben
angestachelt, sich selbst zu reproduzieren.

Der Kokon wurde rasch größer. Als er zur Vollendung kam,
war ich bereit. Die Kanonen nahmen ihren Platz auf meinen
Schultern ein, bereit, die Kreatur in Sekundenschnelle in ein
verkohltes Nugget zu verwandeln. Wäre dies das RL, hätte ich
nicht lange genug gewartet, um das Neugeborene noch
kennenzulernen, aber in der VR waren wir daran gewöhnt, den
Selbsterhaltungstrieb um mancher Gewinne willen zu
unterdrücken. Erfahrung, Beute, Wissen, Quests. Alles, was sich
für echtes Geld oder Spielgeld verkaufen ließ, immer mit dem
Gedanken an unser tägliches Brot. Was uns blieb, war etwas
Wertvolles, aber Unverkäufliches: Emotionen. Intensiv und real,
wenn auch in einer künstlichen Welt erzeugt.

Der Kokon zuckte noch einmal, öffnete sich dann wie eine
Blume und spuckte etwas in meine Richtung. Meine
Trägheitsdämpfer heulten auf, hielten aber dem Aufprall des
Kriegers stand, der auf mich zustürzte. Schnell und zielstrebig, wie
er war, glich er ganz und gar nicht einem hilflosen Neugeborenen.
Geschickt wich er dem Plasma meiner Blaster aus und begann
frenetisch, meine Rüstung mit seinen scharfen Krallen zu zerfetzen
– und das ziemlich effektiv. Ich hatte nichts, was mich vor
physischem Schaden schützen konnte, außer dem Panzeranzug
selbst, und mit jeder verstreichenden Sekunde fühlte ich mich
mehr und mehr wie das letzte Wiener Würstchen in der Dose,

das ein Meth-Junkie nach einem 48-Stunden-Gelage zu essen versuchte. Die Kreatur griff unerbittlich und mit bösartiger Absicht an, was ihr schließlich zum Verhängnis wurde.

Nachdem ich meinen anfänglichen Schock überwunden und dann erkannt hatte, dass ich das Ding nicht einfach erschießen konnte, öffnete ich mein Inventar. Und da war es. Seine Zeit war gekommen. Mein erstes Beutestück in Galaktogon. Ein Geschenk der wettenden Herrschaften für die Erfüllung ihrer Bedingungen – einer meiner beiden ZPEF-Manipulatoren. Von der Spielergemeinde scherzhaft als Friedenstifter bezeichnet, sah dieses unglaublich nützliche Gerät aus wie ein gewöhnlicher Polizeischlagstock. Und doch reichte der Mini-Traktorstrahl eines einzigen Manipulators aus. Lustig quiekend und hilflos mit den Gliedmaßen zuckend baumelte der Krieger in der Luft, sodass ich ihn in aller Ruhe betrachten konnte.

Ich hatte absolut keine Ahnung von Insekten, aber selbst aus meiner unerfahrenen Perspektive hatte dieses kleine Viech nicht viel mit den derzeitigen Bürgern des Vraxis-Imperiums gemein. Stan durchforstete die Insekten-Wikis von Galaktogon und fand nichts Vergleichbares. Vier obere Gliedmaßen mit drei Ellbogengelenken, die in einem Winkel von 90 Grad zueinander an einem unnatürlich dünnen Körper befestigt waren. Drei Beine sorgten für Stabilität und schnelle Bewegungen in jede Richtung, und ein frei rotierender Kopf verlieh der Kreatur eine beängstigende Beweglichkeit und Wahrnehmungsfähigkeit.

„Kannst du sprechen?", fragte ich und kannte die Antwort bereits. Fußsoldaten brauchten diese Fähigkeit nicht. Sie hatten keine Verwendung dafür. Alle Vraxis wurden von ihrer Königin regiert. Und sie sah und fühlte, was ihre Untertanen sahen und fühlten. Ein bequemer Weg, um die soziale Ordnung zu gewährleisten. Was sollte man sonst sagen? Der Hauptvorteil war, dass alle Befehle ohne Fragen oder Einwände ausgeführt wurden, egal, wie selbstmörderisch sie waren.

Ich zog den Krieger näher zu mir heran und sagte so deutlich, wie ich konnte:

„Ich bin nicht dein Feind. Der Krieg zwischen den Uldanern und den Vraxis ist seit 90.000 Jahren vorbei. Mein Schiff ist eine Trophäe. Die Uldaner sind ausgestorben, während die Vraxis blühen und gedeihen. Es gibt keinen Grund, zu kämpfen. Erlaube mir, mit der Kommandozentrale zu kommunizieren, meinen Precianer zu holen und die Basis zu verlassen. Im Gegenzug berichte ich deiner jetzigen Königin, dass du lebst. Sie wird Hilfe schicken. Ich bin kein Feind."

Meine Blaster schossen, und ich senkte die Manipulatoren – alles, was von der uralten Kreatur übrigblieb, war eine flackernde Kiste. Ich hatte nur mit mir selbst geredet. Die ganze Zeit über hatte das Insekt nicht aufgegeben, aus meinem Traktorstrahl zu entkommen. Soldaten sollten wohl nicht denken, ihre Aufgabe war es, Befehle zu befolgen. Es gab andere, die die Denkarbeit für sie erledigten.

Scenario-Update: *Unverhoffter Gast.*

Sie haben 0,01 % der Basis von ihren Eindringlingen befreit.

Ich las die Nachricht mit einem Grinsen. Die Quest zur Säuberung der Basis war nicht für einen einzelnen Spieler gedacht. Ohne eine Gruppe und eine Tonne Energiezellen war hier nichts zu machen. Frustriert griff ich nach der Beutekiste und nahm die goldene Marke an mich. Der einzige Unterschied zu denen, die ich von den Zatrathi bekommen hatte, war der dunkle Rand.

Der Creep wagte es nicht, den Korridor erneut einzunehmen, und ich konnte den Plan der Entwickler nachvollziehen. Die Wände, der Boden und die Decke bestanden aus unregelmäßigen Segmenten, die mit uhrwerkartiger Präzision miteinander verbunden waren. Mein Raumsensor erkannte keine Grenzen zwischen den Segmenten und nahm den Raum als ein Ganzes wahr. Visuell jedoch hatten die Segmente klare Grenzen und unterschieden sich in ihren Mustern, ihrer Ausführung und sogar ihrem Material. Der seltsame Organismus, der die Basis besetzt hatte, konnte sie nach Belieben umgestalten, die Abteilungen trennen und neu kombinieren, wie er es für richtig hielt. Jetzt verstand ich, wie ich von dem Berater getrennt worden war: Das Dock, in dem wir gelandet waren, war auseinandergenommen und neu zusammengesetzt worden. Wenn das so war, dann war es sinnlos, nach Waffenkammern oder Lagerhäusern zu suchen, die mit ausgefallenen Gegenständen gefüllt wären. Die Loot darin wäre schon längst in der ganzen Basis verteilt worden.

Ich wollte gerade wütend werden, als ein interessantes Detail meine Aufmerksamkeit erregte. Vor der Umgestaltung der Basis hatte ich mich im Landedock befunden. Nach der Umgestaltung hatte sich das Segment, in dem ich mich befunden hatte, zusammen mit seinen Wänden und der Decke bewegt. Jetzt, da ich den Creep davon entfernt hatte, war eine kaum wahrnehmbare Inschrift zum Vorschein gekommen, hastig an die Wand gekritzelt. Ich trat näher heran. Die Symbole waren ungewohnt, was mich aber nicht daran hinderte, zu verstehen, dass sie nur das Ende der Botschaft darstellten. Jemand hatte sie ungeschickt in Eile und vielleicht mit mehreren Unterbrechungen geschrieben. Aus Neugierde versuchte ich, mit meinem Blaster eine Furche in die Wand zu ritzen, aber nichts geschah. In der Hoffnung, dass die Inschrift etwas Gehaltvolleres aussagen würde als ‚Phileros ist ein Eunuch‘, kontaktierte ich mein Schiff. Ich musste wissen, ob sich der erste Teil der Nachricht dort befand, wo der Precianer gewesen war.

„Brainiac, wie ist der Zustand des Beraters?"

„Es gibt keine Veränderungen in seinem Zustand. Die Daten seines Panzeranzugs zeigen, dass er sich seit der Verwandlung der Basis nicht bewegt hat."

„Beobachte ihn weiter. Und wenn sich etwas ändert, lass es mich wissen."

Jetzt schickte ich ein Bild der seltsamen Inschrift an Brainiac: „Kannst du lesen, was hier geschrieben steht?"

„Du stehst auf Graffiti?", meldete die Schlange sich zu Wort. „Diese spezielle Zahlenfolge ergibt keinen Sinn, Kapitän."

„Das sind also Zahlen?"

„Ja, das sind uldanische Zahlen. Uldaner benutzen ein digitales Alphabet wie dieses. Ihr Menschen seid an positionale Zahlensysteme gewöhnt. Eins, zwei, einhundert. Das ist erschreckend unpraktisch. Wir bevorzugen ein nicht-positionales adaptives System, das an die Position der Sterne zueinander gebunden ist. Es ist besonders praktisch, wenn es um galaktische Koordinaten geht oder um Informationen, die geheim gehalten werden müssen. Alle 1.000 Jahre wird das System aktualisiert. Neuen Symbolen werden neue Bedeutungen zugewiesen und alles beginnt von vorn. Um zu verstehen, zu welchem Jahrtausend die Zahlen hier gehören, musst du den Anfang der Nachricht finden. Dies ist nur das Ende. Dieses Fragment könnte in deiner Sprache als ,3' übersetzt werden, aber auch als ,10' und sogar als ,98989'."

„Hochinteressant", sagte ich, ehrlich fasziniert. „Die erste Hälfte der Nachricht müsste da sein, wo der Berater gerade ist."

„Vielleicht, doch wir sollten nicht voreilig feiern, Käpt'n", sagte die Schlange. „Selbst wenn du den Anfang findest, sind wir nicht sicher, dass wir die Daten entschlüsseln können. 100.000 Jahre sind vergangen. Die Speicherbänke des Schiffes enthalten den Schlüssel für sein Jahrtausend. Wir haben die aktuellen Koordinaten der Planeten von deinem Schiff heruntergeladen und unsere Daten korrigiert. Aber wenn diese Inschrift in einem früheren

Jahrtausend gemacht wurde, dann können wir sie ohne den Schlüssel nicht übersetzen."

„Warum zum Teufel sollte sich jemand so ein System ausdenken?", wandte ich ein.

„Bei allem Respekt, das System ist sehr praktisch, aber ja, es erfordert, dass man sich daran gewöhnt und aktualisierte Schlüssel erhält – einmal alle 1.000 Jahre. Bei kleinen Werten ist die positionale Form gut, doch wenn man eine Entfernung von Hunderttausenden von Lichtjahren berechnen muss, um fehlerfrei zu einem bestimmten Punkt im Raum zu springen, funktioniert unser System viel besser."

„Es hat also keinen Sinn, überhaupt zu versuchen, die vollständige Inschrift zu finden?" Mein Enthusiasmus verflog und wurde von einer weiteren Enttäuschung abgelöst.

„Warum? Früher gab es Laufwerke, die automatisch aktualisierte Schlüssel erhielten. Wenn die Nachricht auf ein früheres Jahrtausend datiert ist, als wir in den Datenbanken haben, gibt es immer die Chance, ein Laufwerk aus dieser Epoche zu finden und die nötigen Daten zu bekommen. Du solltest dich in der Basis umsehen, wenn du die Gelegenheit dazu hast. Ich kann nur sagen, dass diese Inschrift sehr stark nach irgendwelchen Koordinaten aussieht."

„Und was könnte dort sein?", fragte ich und verwies auf den verschlüsselten Ort.

„Na, irgendetwas! Ein Schiff, ein Planet oder alle Schätze der Galaxie! Benutz deine Fantasie, Käpt'n! Stell dir einen sterbenden Uldaner vor, der mit seinem letzten Atemzug und unter ungeheurem Aufwand diese Symbole an die Wand kritzelt, in der Hoffnung, dass wir sie entdecken. Das muss doch zumindest etwas Wertvolles sein... Wie auch immer, Käpt'n, du hältst mich von meiner Arbeit ab. Ich bin gerade dabei, die Geschwindigkeit unseres Schiffes zu verbessern, und da kommst du hier mit deiner Archäologie bei mir an."

„Over and out", blaffte ich. Die Schlange war aus der Reihe getanzt, aber es wäre wirklich dumm, sich jetzt ablenken zu lassen. Ich hatte die Inschrift fotografiert, also würde sie mir nicht abhandenkommen, und wer wusste schon, wie viel Zeit ich hatte, um das Szenario abzuschließen, in dem ich mich befand? Was, wenn der Berater in 20 Minuten verschlungen würde, während ich hier saß und über Zahlen meditierte?

Trotzdem stellte ich sicher, dass ich meinen Preis bekommen würde, bevor ich weiterzog. Ich ging auf eine der Wände des Flurs zu, griff nach einem dicken Rohrsegment, das der Länge nach verlief, und riss es ab. Mit ein paar einfachen Handgriffen war ich stolzer Besitzer einer zwei Meter langen Lanze, die sich zum Abstechen von Feinden eignen würde. Um keine Energie zu verschwenden, beschloss ich, eine Weile den mittelalterlichen Ritter zu spielen. Sobald ein Tentakel auftauchte, stach ich mit meiner Lanze zu und durchbohrte ihn. Der verwundete Tentakel schlitterte außer Sichtweite und erlaubte mir, mich ein paar weitere Meter den Gang hinunter zu bewegen.

Mit dieser einfachen Technik erreichte ich den nächsten Raum. Hier gab es keine nennenswerten Unterschiede zum ersten – der gleiche Creep-Teppich auf dem Boden, an der Decke und an den Wänden. Der einzige Unterschied war, dass er nicht versuchte, mich anzugreifen. Auf der anderen Seite des Raumes sah ich zwei weitere Gänge, die in entgegengesetzte Richtungen führten. Ich fühlte mich zu ihnen hingezogen, weil ich dachte, dass sie zu süßer Beute und Reichtum führen mussten, aber ich unterdrückte mein Verlangen, von meinem Weg abzuweichen, und beschloss, weiterzugehen. Rücksichtslos ritzte ich eine breite Schneise in die organische Materie und trennte den Raum von der Hauptbasis.

Der abgetrennte Creep verhielt sich wie zuvor: Wieder schrumpfte er und verschrumpelte zu einem Kokon, nur diesmal zu einem, der doppelt so groß war. Der Vier-Meter-Koloss lehnte an der Decke und dehnte sich mit jedem Schlag seines Pulses aus. Ich zielte mit meinen Blastern auf ihn und feuerte. Ich hatte nicht vor, dieses Monster schlüpfen zu lassen. Klumpen des Kokons verstreuten sich im Raum und spuckten drei Krieger aus, die noch nicht ganz bereit waren, geboren zu werden. Ihre durchsichtigen Körper hatten noch nicht ihren Chitinpanzer bekommen und das Licht durchdrang sie wie Röntgenstrahlen. Die Köpfe aller drei zuckten mehr reflexartig als bewusst, aber es schien mir, dass diese frenetische Bewegung ihr Kampfgeist war, der es ihnen nicht erlaubte, in Frieden zu sterben.

Ich hatte nicht lange die Gelegenheit, ihre Todesanimationen zu genießen. Die von der Explosion verstreuten Teile des Creeps schlichen sich wieder zusammen. Es war ein unangenehmes Knirschen zu hören, als die erstarrende Masse aus organischer Materie die Körper der Krieger zerquetschte. Weniger als eine Minute später stand ein riesiger pulsierender Kokon im Raum, drauf und dran, mich mit neuen Horrorwesen zu bespucken.

Ich schoss erneut darauf. Die Anzahl der produzierten Kreaturen war die gleiche. Ein Countdown-Zähler erschien vor meinen Augen und zeigte 90 Sekunden an. Ich nutzte die Zeit, um mir das Video des ersten Kampfes noch einmal anzusehen. Da hatte ich nämlich nicht bemerkt, woher die Krieger gekommen waren, und das musste ich ändern. Das Video zeigte, wie der Kokon angeschwollen war, sein oberer Teil hatte sich mit einem lauten Knall geöffnet, was ins Auge fiel und mich von einem wichtigen Detail abgelenkt hatte – die Krieger waren tatsächlich aus dem unteren Teil des Kokons herausgekommen. Ende der Aufnahme. Ein Haufen gottverdammter Taschenspieler, diese Programmierer.

Beim dritten Mal bemühte ich mich, nichts zu überstürzen. Ich studierte den pulsierenden Kokon ganz genau. Drei auffällige Flecken verdunkelten das Segment in Bodennähe. Ich ging um den Kokon herum. Die Flecken folgten mir. Entweder der Kokon oder die Kreaturen darin konnten mich spüren und waren bereits aggressiv. Okay, ich sollte etwas Neues ausprobieren. Ich richtete meinen Manipulator auf das zentrale Loch, zielte mit meinen Blastern auf beide Seiten und wartete. Eine Sekunde. Noch eine. Der Kokon zuckte zum letzten Mal, und aus dem Augenwinkel sah ich, wie sich eine Knospe öffnete. Ich zwang mich, meine Augen auf die dunklen Flecken zu fixieren und das Spektakel darüber zu ignorieren. Alles war in einem Sekundenbruchteil entschieden, obwohl es sich anfühlte, als wäre die Zeit stehengeblieben. Der untere Schlitz blitzte auf wie der Verschluss einer Kamera und feuerte drei geladene Torpedos ab, um dann einen unrühmlichen Tod zu sterben.

Ich stellte meine Blaster auf Automatikfeuer ein und verwandelte die beiden Krieger mit Leichtigkeit in schimmernde Beutekisten. Den dritten erwischte ich mit meinem Manipulator. Tapfer wie er war, protestierte der Krieger kreischend. Ich schlug ihn zur Sicherheit mehrmals gegen die Decke. Das Insekt wurde schlaff, war aber noch nicht tot und überraschte mich mit seiner Vitalität. Ich nahm die beiden goldenen Sterne und beschloss, die Kreatur nicht zu töten. Sie würde ebenfalls eine schlechte Beute abgeben und dem Mangel an Geld auf dieser Basis kaum etwas entgegensetzen. Sollte sie in den Laderäumen der *Warlock* Fliegen fressen, bis ich sie auf dem Schwarzmarkt verkauft hätte. Sicherlich gab es hier in Galaktogon einige Entomologen, die mir ein solches Sammelobjekt abkaufen würden. Gut möglich, dass derselbe Eine auch an diesem Exemplar interessiert wäre.

Ich rief die *Warlock* herbei und bat meine Crew, zu beurteilen, ob wir unsere Geisel sicher unterbringen konnten. Brainiac untersuchte akribisch die scharfen Gliedmaßen, stimmte aber schließlich widerwillig zu, dass meine Idee machbar wäre. Nachdem ich diese Frage geklärt hatte, beschloss ich, den rechten Korridor zu erkunden. Er war sehr kurz und endete in einem kahlen Raum, leer wie der Kopf seines Erbauers. Keine Inschriften, keine Geheimfächer, nichts zu plündern. Mein innerer Kleptomane, den ich im Laufe meiner Spielerkarriere so sorgfältig kultiviert und gepflegt hatte, konnte nicht anders als tiefe Enttäuschung zu empfinden. Was war das für ein Spiel, wenn es keine Loot gab? Ich erwog sogar, Sklavenhändler zu werden und meine Laderäume mit Insektenkriegern zu füllen.

Bis mein Gefangener zu sich kam und sich gegen den Strahl des Manipulators zu wehren begann, hatte ich es geschafft, den gesamten linken Korridor zu erkunden. Diesmal schlug ich den Krieger nicht gegen die Decke: Ich zog es vor, meine Besitztümer mit ein wenig Sorgfalt zu behandeln. Ich ließ das Insekt vor mir baumeln und befestigte den Manipulator an der Vorderseite meines Panzeranzugs: So hatte ich das Insekt immer im Blickfeld und gleichzeitig die Hände frei, um andere Dinge zu tun. Ich stellte den Abstand auf drei Meter ein, bewegte mich mit dem Lebendgewicht in den Korridor und bereitete mich auf einen Angriff aus der Luft vor, aber alles war ruhig. Der tollwütige Krieger fuchtelte frenetisch mit seinen Gliedmaßen herum und durchtrennte dabei alle Tentakel, die versuchten, von der Decke herabzusteigen. Ich ging ein paar Schritte in den Korridor hinein und erhielt eine Systembenachrichtigung:

Scenario-Update: *Unverhoffter Gast*.

Sie haben 0,04 % der Basis von ihren Eindringlingen befreit.

Eine grobe Berechnung ergab, dass die uldanische Basis etwa 10.000 solcher Räume enthalten musste. In jedem davon würde wohl ein Krieger schlüpfen, was mich zu dem traurigen Schluss brachte, dass ich nicht genug Energie haben würde, um mit allen fertig zu werden. Selbst wenn ich nur einen Schuss brauchte, um einen Feind zu töten, würde ich nur genug haben, um 70 % der Feinde hier in goldene Spielsteine zu verwandeln. Und das war das Best-Case-Szenario. Nachdem ich den Worst Case in Betracht gezogen hatte, befahl ich meinem Schiff, sich selbst zu zerstören, sobald es den Kontakt zu mir verlöre. Das Letzte, was ich brauchte, war, mein Schiff an diesem Ort zu verlieren.

Es war wirklich erstaunlich: Ich musste lediglich die Realität akzeptieren, und schon war es, als ob mir ein Stein vom Herzen fallen würde. Die Basis zu räumen war einfach eine zu große Aufgabe für mich allein.

Ich aktivierte die Schubdüsen meines Anzugs und katapultierte mich einen halben Meter in die Luft. Ich gewöhnte mich langsam daran, mich durch diese Korridore zu bewegen. Es ergab keinen Sinn mehr, Energie zu sparen, aber ich musste trotzdem den Berater finden. Mein gefangenes Insekt machte mir den Weg frei und ich flog in aller Ruhe tief in die Basis hinein. Bald nahm die Zahl der möglichen Wege zu – und es gab sogar Korridore mit eigenen angrenzenden Bereichen. Da ich nicht widerstehen konnte, säuberte ich einen davon, um zu experimentieren. Nachdem ich den dortigen Krieger getötet hatte, wurde mir mitgeteilt, dass die Basis nun zu 0,05 % geräumt war. Das sagte mir, dass die Prozentsätze nicht von der Größe des gesäuberten Raums abhingen, was ein wenig überraschend war. Als ich die nächste Weggabelung erreichte, wurde mir klar, dass ich Hilfe brauchen würde.

„Brainiac, wo soll ich als Nächstes hingehen?"

„Das Ortungsgerät zeigt, dass Sie sich hier befinden." Brainiac schickte mir eine aktualisierte Karte. Der rote Punkt, der meinen Standort anzeigte, befand sich im Hauptgebäude, wenige Flugminuten von der blauen Markierung des Beraters entfernt.

Meine Blaster versetzten sich in Kampfbereitschaft – die Zerstörung meiner Droiden sagte mir, dass ich keinen herzlichen Empfang erwarten sollte. Ein paar Kurven durch ein einige kleine Räume – und ich flog in eine riesige Kammer, so groß wie eine Halle. Mein Raumsensor konnte seine Größe kaum ermessen. Hatten alle Räume, die ich bisher gesehen hatte, eine Höhe von vier Metern, so ragte die Decke hier nicht weniger als 50 Meter in die Höhe, während sich der Rest der Halle wie ein Fußballfeld ausdehnte. Ich öffnete das von Brainiac übertragene Bild. Wenn der Maßstab korrekt war, nahm diese Halle mehr als die Hälfte des zentralen Basiskomplexes ein. Tausend quiekende Stimmen und das Rascheln vieler Beine ließen mich von der Karte aufschrecken. Ein Schwarm von Insekten huschte vom anderen Ende der Halle auf mich zu. Vor meiner Ankunft waren die Kreaturen mit einer Art kugelförmigem Kraftfeld an der gegenüberliegenden Wand beschäftigt gewesen. Der Berater war nirgends zu sehen, aber sein Marker sagte mir, dass er sich dort drüben befand. Ich hatte meine Triebwerke nicht deaktiviert und schwebte schnell nach oben, um mich umzusehen. Das Erste, was mir auffiel, waren zwei schimmernde Kisten, die als Grabsteine für meine Droiden dienten – die Insekten hatten nicht ein einziges Stück Metall hinterlassen. Ich schaltete meine Scheinwerfer ein und flog zu dem Kraftfeld hinüber. Der Berater! Zwei Energiewirbel schossen aus den Händen des Precianers und kanalisierten einen kugelförmigen Schild. Brainiac, der mich über meinen Videostream verfolgte, berichtete, dass die Kraft des Beraters zur Neige ging – in den wenigen Sekunden, die ich brauchte, um die Situation einzuschätzen, war sein Schild um ein paar Millimeter geschrumpft. Er hatte nicht mehr als 15 Minuten, bevor sein Schild kollabieren würde.

Ich holte den zweiten Manipulator heraus und hob das Insekt an, das mir am nächsten war. Es hatte eine flüchtige Ähnlichkeit mit einer Gottesanbeterin mit hypertrophierten unteren Gliedmaßen und einem überproportional großen Kopf. Sobald ich meine Scheinwerfer darauf richtete, um es besser zu sehen, zuckte das Wesen und gab unangenehme Geräusche von sich. Dann platzten seine Facettenaugen mit einem schmierigen Geräusch und das Insekt wurde schlaff. Der Manipulator ging in den Standby-Modus, während die Kreatur durch eine Beutekiste ersetzt wurde. Das Lustigste daran war, dass die Scheinwerfer meines Anzugs durch diesen Kill an Erfahrung gewonnen hatten. Eine gewöhnliche Lampe der Klasse D, an deren Aufrüstung niemand dachte, entpuppte sich als mächtige Waffe gegen die lokale Fauna. Ich hob eine weitere Gottesanbeterin hoch und wiederholte die Hinrichtung. Aus einer Entfernung von drei Metern löschten meine Scheinwerfer das nächste Mitglied der uralten insektoiden Rasse blitzschnell aus. Erfreut zog ich mir das dritte Insekt heraus, hob es zusammen mit meinem früheren Gefangenen auf die maximale Höhe, damit sie mir nicht in die Quere kamen, und ließ mich auf den Boden herab. Das helle Licht meiner Scheinwerfer erhellte den Raum. Die Kreaturen bemühten sich, die Lichtstrahlen zu absorbieren, doch ohne Erfolg. Der sich auf mich stürzende Insektenschwarm wurde von meiner Lampe erbarmungslos verbrannt. Ich kam mir vor wie ein Paladin der Heiligen Lampe.

„Berater, Sie können Ihr Schild entfernen. Ich habe das Gelände geräumt!", rief ich und riss mir derweil die flackernden Beutekisten unter den Nagel. Es sah so aus, als würden die Knochenmarken meine einzige Belohnung in dieser Basis sein. Insgesamt enthielt dieser Raum 420 Stück davon.

„Chirurg?", ertönte die erschrockene Stimme des Beraters, und ein weiterer Suchscheinwerferstrahl durchdrang die Finsternis.

„Höchstpersönlich. Schalten Sie Ihren Suchscheinwerfer aus. Ich habe hier einen Gefangenen, und das Licht tötet diese Viecher." „Einen Gefangenen? Wo?" Der Precianer blickte auf und schwenkte den Strahl ebenfalls nach oben. Eine schimmernde Kiste fiel augenblicklich von der toten Gottesanbeterin auf den Boden. Vielleicht war es das Spiel, das mir sagte, dass diese Insekten nicht als meine Beute dienen sollten.

„Ich entschuldige mich im Namen des precianischen Imperiums." Der Berater sank in sich zusammen und schaltete das Licht aus. „Wir werden Sie für Ihren Verlust entschädigen. Danke, dass Sie mich vor dem Respawn bewahrt haben. Es ist nicht die angenehmste Prozedur."

„Was war das für ein Kraftfeld, das Sie benutzt haben? Das habe ich noch nie gesehen."

„Ein persönlicher Schutzschild. Es wird an Beamte der höchsten Ränge ausgegeben. Er ist extrem energiedurstig, aber in der Not unschätzbar, wenn man auf Hilfe warten muss. Leider hält er nicht besonders lange."

„Sie hatten Glück. Brainiac sagte, Sie hätten noch für etwa 15 Minuten Energie."

„Sobald die innenpolitischen Probleme des Imperiums gelöst sind, werde ich Sie und Ihre Crew gern auf Zalva begrüßen", sagte der Berater. „Sie sollen meine geschätzten Gäste sein! Ich freue mich auf unsere Gespräche über die Uldaner."

„Danke, Berater, das werde ich auch gern tun. Und nun habe ich eine Frage an Sie: Wo waren Sie, als die Basis ihre Transformation abgeschlossen hat? Ich brauche den genauen Standort."

„Heißt das, ich hatte recht und die Basis hat sich wirklich transformiert? Faszinierend! Einmal mehr übertrifft die uldanische Technologie alle Erwartungen!"

„Das waren nicht die Uldaner. Das waren ihre Feinde." Ich gab
dem lebenden Creep-Teppich unter meinen Füßen einen Tritt und
nickte in Richtung des kämpfenden Kriegers: „Die Basis wurde von
einem mysteriösen Organismus übernommen, der diese Insekten
hervorbringt. Ich fürchte, wir werden hier nichts finden. Wo waren
Sie, als die Transformation begonnen hat?"

„Lassen Sie mich nachdenken… Der Angriff kam sehr schnell.
Erst bin ich gerannt, dann bin ich hingefallen und gestolpert…
Die Droiden haben zurückgeschossen, als ich mich zurückgezogen
habe und… Es scheint hier zu sein, aber ich bin mir nicht sicher."
Der Berater deutete auf eine Stelle, die fast in der Mitte des Raumes
lag. Aber er hatte sich geirrt. Ich erinnerte mich genau: Als der
Überfall begann, hatte der Precianer neben einer Wand gestanden.

„Hatten sich die Droiden bewegt?" Ich ging zu den Überresten
meiner Kämpfer hinüber. Zwei Elo-Energiezellen, ein Blaster und
ein Stück Panzerung – das war alles, was von zwei Geräten der
Klasse A übriggeblieben war.

„Ja, sie wurden von dem Angriff weggefegt. Sie standen
ursprünglich woanders."

„Brainiac?" Ich hatte noch eine letzte Option zur Verfügung,
aber auch diese versagte. Aus der Sicht des Schiffes hatte der
Berater seine ursprünglichen Koordinaten nicht verlassen, da die
Entfernung zwischen uns und der *Warlock* zu groß war. Indem
ich dem Berater zwei Energiezellen gab, verbesserte ich meine
Beziehung zu ihm ein wenig.

„Wir müssen die Halle räumen", sagte ich und schätzte die vor
uns liegende Arbeit mit banger Vorahnung ein.

Ich wollte mir gar nicht ausmalen, wie groß der Kokon in
diesem Raum sein würde. Es war, als hätten die Entwickler den
Raum unglaublich groß gemacht, um den Spielern zu sagen: ‚Wenn
ihr den ersten Teil der Inschrift bekommen wollt, müsst ihr dafür
kämpfen.'

Ich wollte nicht mit meinen Blastern auf die Wände schießen, aus Angst, die Inschrift zu zerstören – und der Creep wuchs schneller nach, als ich mit ihm fertigwerden konnte. Bei einem Flug durch die riesige Halle entdeckte ich einen kleinen Korridor. Gerade, lang und nicht mehr als zwei Meter breit. Es war ein perfekter Engpass, um sich gegen den Ansturm des Feindes zu verteidigen. Es könnten leicht über ein Dutzend Krieger sein, und entweder müssten sie einzeln angreifen oder sie würden sich gleichzeitig gegenseitig behindern. Beides würde mir gut passen. Die Krieger wären hervorragende Ziele für zwei, nein, für drei Blaster. Ich würde den Manipulator und meinen Gefangenen an den Berater übergeben. Es war unwahrscheinlich, dass ein NPC von solchem Rang an meiner Seite kämpfen würde.

Das Wichtigste musste ich aber noch entscheiden: Was würde passieren, wenn ich damit anfinge, andere Räume abzuschneiden? Würden die Kokons auch anfangen zu spawnen? Wenn ja, würden die Krieger hier zu mir rennen oder würden sie bleiben, wo ihr Kokon spawnen würde? In Ermangelung einer Theorie beschloss ich, mich der Empirie zuzuwenden. Der Korridor erlaubte es mir, mich von beiden Seiten zu verteidigen.

„Berater, ich habe eine wichtige Mission für Sie. Verlieren Sie dieses Exemplar nicht. Es muss zum Schiff gebracht und studiert werden. Sind Sie nicht an der Anatomie dieser antiken Krieger interessiert?"

Ich wusste, welche Knöpfe ich bei ihm drücken musste. Der Berater griff sich den Manipulator und bereitete sich darauf vor, den Kriegsgefangenen zu bewachen. Ich war mir sicher, dass er den Krieger nicht freilassen würde, selbst wenn er mit dem Leben dafür bezahlen müsste. Befreit von meinem Gefangenen machte ich es mir im Korridor bequem und brannte eine breite Schneise in den Creep.

Der Blaster hatte keine Zeit, in seine ursprüngliche Position zurückzukehren, bevor die Basis um uns herum zu beben begann. Wir konnten uns kaum auf den Beinen halten, als der Boden unter uns erzitterte. Der Creep unter unseren Füßen schrumpfte. Er zog sich zur Mitte des Raumes zusammen – und er zog uns mit. Ein unangenehm lautes Rascheln erfüllte den ganzen Raum, als sich der Creep aus den Räumen, durch die ich zuvor gegangen war, in den neuen Kokon zurückzog. Eine Gänsehaut lief mir über den Rücken – der kleine Korridor, den ich gewählt hatte, schien die Verbindung zwischen dem Gehirn und dem Körper des Organismus zu sein. Ich schürzte verärgert die Lippen und erwartete eine schnelle Reaktion. Der Kokon hatte bereits die Decke erreicht und wuchs weiter in Masse und Umfang. Gegen einen solchen Riesen hatte ich keine guten Argumente.

„Was ist das?", flüsterte der Berater entgeistert, als ich ihn von dem sich bewegenden Creep auf den sauberen Boden zerrte. Der größte Teil der Räumlichkeiten war bereits gesäubert und nun mit einer Reihe von weißen Lichtern beleuchtet.

„Gehen Sie sofort in den Korridor!" Ich musste den Berater mit Gewalt ziehen. Als er in Sicherheit war, aktivierte ich meine Strahltriebwerke. Ich hatte noch eine Aufgabe zu erledigen. Der erste Teil der Inschrift war auf der gegenüberliegenden Seite des Flurs zu finden. Nachdem ich das Foto an Brainiac geschickt hatte, verkündete er, dass die Inschrift nun vollständig sei. Ich musste noch den Konverter ausfindig machen, aber diese Aufgabe konnte ich in der Außenwelt leicht bewältigen. Jeder noch so kleine Teil meines Körpers, der ein Gespür für Prophezeiungen hatte, schrie mir zu, dass ich meine Quest auf der uldanischen Basis erfüllt hatte und hier wegmusste. Ich flog, so schnell ich konnte, zum Berater zurück. Er war genau dort geblieben, wo ich ihn zurückgelassen hatte – entweder war er aufgrund seiner Angst oder aufgrund seiner Neugier erstarrt. Wie gebannt von der Aktion hatte er aufgehört, sich zu bewegen – und er hörte mich auch nicht. Der pulsierende Kokon war bereits voll ausgebildet. Wir hatten nicht mehr als 30 Sekunden Zeit.

„Berater, wachen Sie auf! Wir müssen hier weg!"

Das holte den Precianer nicht aus seiner seltsamen Erstarrung, und ich hatte keine Zeit mehr, höflich zu sein. Im Geiste verabschiedete ich mich von all meinen Beziehungen zum precianischen Imperium, riss dem Berater den Manipulator aus den Händen und gab ihm den besten rechten Haken, den ich aufbringen konnte. Verstärkt durch die Servomotoren des Anzugs schleuderte der Schlag den Berater sauber gegen die Wand, wo er zu Boden sackte. Ich packte seinen schlaffen Körper und führte den gefangenen Krieger den Korridor hinunter, um den dort baumelnden Creep zu beseitigen, und eilte ihm hinterher. Wir kamen nicht sehr weit – der Berater erwies sich als widerstandsfähiger als ich erwartet hatte und kam nach ein paar Sekunden wieder zu sich. Er wand sich in meiner Umarmung, blockierte meine Hand, und selbst die Servomotoren meines Anzugs wurden nicht mit ihm fertig. Schließlich ließ ich ihn auf den Boden fallen und erhielt die Meldung, dass ich die gute Beziehung zu ihm verloren hatte. Ich wischte die Nachricht weg, schaltete meine Blaster in den Kampfmodus und blickte den Berater streng an. Er sah recht friedlich aus.

„Verlieren Sie ihn nicht!" Ich hielt dem Precianer den Manipulator hin. Ohne zu widersprechen, nahm er das Gerät und kroch zur Seite. Vermutlich begriff er, dass ich ihn nicht ohne Grund betäubt hatte.

Ich schaffte es, etwa durch die halbe Länge des Korridors zu fliegen, was mir einen Funken Hoffnung gab. Ich wies den zweiten Manipulator als meine Primärwaffe zu und verzichtete auf den Blaster – die Kreaturen starben daran sofort und ohne Überreste, was uns hier nicht weiterhalf. Mein Plan war es, den Durchgang mit Leichen zu blockieren, um das Vorrücken des restlichen Schwarms zu erschweren.

Die Basis erbebte erneut und signalisierte dadurch, dass der Kampf nun ernsthaft beginnen würde. Ich eröffnete das Feuer, ohne den Feind gesehen zu haben. Als das Plasma das Ende des Korridors erreichte, erschien der erste Krieger. Er hatte keine Chance, auf den tödlichen Schuss zu reagieren, denn seine Kameraden drängten sich hinter ihm. 1:0 zu meinen Gunsten. Der Berater grunzte erstaunt über die drohende Lawine, und meine Beziehung zu ihm kehrte zu seinem früheren Wert zurück. Der Precianer hatte mir meine rüde Vorgehensweise verziehen.

„Rückzug!", befahl ich und feuerte immer noch Plasmablitze in den Korridor. Die Insekten starben eines nach dem anderen, doch ihr Schwall ließ nicht nach. Diesmal waren es sehr viele. Zwei Dinge wirkten sich jedoch zu meinen Gunsten aus: die Enge des Korridors und mein ständiger Einsatz des Manipulators. Jedes Insekt, das es durch meine Plasmaflamme schaffte, machte ich bewegungsunfähig und schleuderte es unter die Füße derer, die von hinten kamen. Da die Manipulatoren in regelmäßigen Abständen Erfahrungspunkte sammelten, ging ich davon aus, dass der Schwarm diese unglücklichen Tiere zu Tode trampelte und sich dadurch verlangsamte. Ein Schuss – ein toter Schädling. Ein Schritt zurück – ein Dutzend Schädlinge weniger. Meine Energiezellen gingen in einem halsbrecherischen Tempo zur Neige – tatsächlich war ich permanent damit beschäftigt, sie auszutauschen, während ich die übereifrigen Krieger unter die Füße ihrer Kameraden schleuderte. Meine an der Schulter montierten Blaster erledigten währenddessen den Großteil der Arbeit.

Scenario-Update: *Unverhoffter Gast.*

Sie haben 50,16 % der Basis von ihren Eindringlingen befreit.

Der zweite Teil des Szenarios wird gestartet

Ich wusste nicht einmal mehr, wann die Masse der Insekten versiegte. Es gab keinen Rückzugsort mehr, wir hatten bereits den Rand des Korridors erreicht. Die Flucht wäre gleichbedeutend mit dem sicheren Tod gewesen, also hatten der Berater und ich uns mit allen Gliedmaßen eingegraben und auf die Krieger gefeuert. Irgendwann war er zu mir gekommen, bewaffnet mit einem Blaster. Wir hatten gerade noch ausreichend Energiezellen gehabt, dass wir einen Manipulator und drei Blaster lange genug betreiben konnten, um eine Armee von Insekten zu bewältigen.

Als die Systembenachrichtigung auftauchte, begann der restliche Creep unter unseren Füßen plötzlich tief in die Basis zu fließen. Irgendwo da drin braute sich ein weiterer Riesenkokon zusammen. Hatte ich anfangs methodisch und schrittweise das gesamte Gebiet räumen müssen, bevor ich den Berater freilassen konnte, würde dieser Kampf sicher der letzte sein. Aber ich hatte weder die Zeit noch die Energiezellen, was bedeutete, dass wir keine Möglichkeit hatten, diese nächste Welle von chitinösen Arschlöchern zu bekämpfen. Ich packte den Berater an den Schultern und hob ab, wobei ich an dem Creep entlanghüpfte. Innerhalb der nächsten Sekunden löste er sich vollständig auf und ließ uns vor einer erleuchteten und unberührten Basis zurück. Uns beiden wurde die Unvermeidlichkeit eines Respawns bewusst.

„Diese Trophäen gehören rechtmäßig Ihnen. Sammeln Sie so viele, wie Sie können, solange Sie noch Zeit dazu haben. Ich werde versuchen, Ihnen mehr Zeit zu verschaffen", sagte der Berater und zeigte auf die flackernden Kisten. Ich nickte dankend und beeilte mich, mein Inventar mit den Goldmarken zu füllen. Ich hatte höchstens eine Minute, bevor die neue Armee spawnen, und weitere 30 Sekunden, bevor sie uns in Stücke reißen würde. Der Berater würde für ein paar Augenblicke ausreichen, also sollte ich so viel wie möglich von der Beute einsammeln.

Vier Minuten vergingen, ohne dass ein Rascheln zu hören war. Ein Drittel des Korridors war leer, aber niemand beeilte sich, uns entgegenzukommen. Nach weiteren neun Minuten hatte ich alle 5.000 goldenen Marken eingesammelt und näherte mich dem Berater.

„Sie werden nicht kommen", stellte der Precianer das Offensichtliche fest.

„Dann machen wir doch einen Spaziergang", schlug ich vor. „Vielleicht schaffen wir es ja zum Schiff. Es wäre dumm, hier rumzustehen, und es kommt auch keine Hilfe. Sehen wir uns wenigstens die uldanische Basis in ihrem normalen Zustand an. Womöglich finden wir ja sogar etwas Interessantes?"

„Nur ein Pirat denkt noch an Beute, wenn er gerade das Schafott besteigt. Sie haben den richtigen Beruf gewählt", sagte der Berater lachend und gab mir den Blaster zurück.

Ich machte mir nicht die Mühe, dem NPC zu erklären, dass jeder Spieler genauso gierig war wie ich, ob Pirat oder nicht. Wir waren der wahre Heuschreckenschwarm in diesem Spiel. Es spielte keine Rolle, ob ein Gegenstand verdächtig irgendwo herumlag oder auch einfach nur an seinem Platz war und das tat, was er sollte – wenn er wertvoll aussah, versuchten wir Spieler, ihn uns für unsere Inventare anzueignen. Alles, was geklaut werden konnte, wurde geklaut. Alles, was verhökert werden konnte, wurde verhökert. Draußen in der Realität war solches Verhalten verpönt und strafbar. Im Spiel jedoch sicherte es Erfolg und Profit. In dieser Hinsicht könnte man die öde uldanische Basis als reinen Hohn seitens der Entwickler betrachten. Aber ich hatte etwas, auf das ich stolz sein konnte – ich wollte meinen erbeuteten Speer als Artefakt von beispielloser Seltenheit an Eine verkaufen.

Wir gingen zu Fuß, um keine Energiezellen für meine Triebwerke zu verschwenden, und achteten auf jede Delle – in der Hoffnung, wenigstens noch irgendetwas Vernünftiges zu finden.

Selbst die Basis auf dem Testserver, zu der ich geschickt worden war, bevor ich wieder mit dem Spiel verbunden worden war, war nicht so leer gewesen. Dort hatten immer irgendwelche Gegenstände oder Geräte herumgelegen. Hier waren es nur kahle Wände. Selbst die Lampen konnten nicht abgebaut werden – ich hatte es überprüft.

So gingen wir also weiter und rechneten damit, bald unserem Schicksal zu begegnen. Wir kamen an eine Ecke und betraten einen schmalen Korridor, der wieder eine Kurve machte und dann unerwartet endete. Ein riesiges Stadion erstreckte sich vor uns. Oder vielleicht war es eine Arena, nach der runden Form des Raums zu urteilen.

„Jetzt wissen wir, warum der Berg nicht zu Mohammed gekommen ist", sagte ich verblüfft. Der Berater gab keine Antwort, und ich verstand ihn. Die Horde von Insekten, die der riesige Kokon in der Mitte des Stadions ausbrüten konnte, würde jeden demoralisieren. Diesmal jedoch setzte unser mysteriöser Feind auf Qualität statt auf Quantität.

„Brainiac, siehst du das?", fragte ich, als der Kokon sich öffnete und der Endboss zum Vorschein kam.

„Oh, ja. Wir überlegen gerade, wie wir den Anblick wieder aus unserem Gedächtnis löschen können", antwortete die Schlange an seiner Stelle. „Wir wissen nicht, was es ist, und wir wollen es auch nicht wissen, Käpt'n. Und überhaupt, ist es nicht langsam an der Zeit, dass wir von hier verschwinden? Deine Blaster werden sich gegen dieses Ding wie Spielzeugpistolen ausnehmen."

Der Ingenieur hatte recht – meine Blaster könnten dieses Monster vielleicht ein bisschen kitzeln, und ich hatte selbst dafür nicht mehr genug Energiezellen. Es war zehn Meter groß, hatte einen tonnenförmigen Rumpf und war komplett mit einer braunen Chitinschicht überzogen. Sein Hals, der einen halben Meter im Durchmesser hatte, trug einen komischen und unverhältnismäßig kleinen Kopf, ähnlich dem eines Menschen, was ihm ein furchteinflößend kurioses Aussehen verlieh, während seine zwei langen, verdrehten Hörner diesen Eindruck nur noch verstärkten. Ein breiter Schwanz und drei untere Gliedmaßen erlaubten es der Kreatur, sich in einer aufrechten Position zu halten, wobei sie ihre kurzen Arme albern baumeln ließ wie ein T-Rex. Und wie zum Kontrast ragten zwei riesige, schillernde Flügel aus dem Rücken des Mobs. Sie flatterten kraftvoll und umspülten uns mit Luftstößen.

Der Monsterschmetterling erhob sich in die Luft, schob sich einen Meter zur Seite und kollabierte wieder auf dem Boden, wobei er an seinem vorherigen Platz ein regenbogenfarbenes Ei hinterlassen hatte. Und es gab eine Menge solcher Eier in der Arena.

Beim Anblick dieses Mutanten musste ich an genetische Experimente denken. War dieser Mob aus der verbotenen Liebe zwischen den Uldanern und der Vraxiskönigin hervorgegangen? Es hatte den Kopf und die Flügel eines Uldaners und den Körper und Schwanz eines Vraxis. Nur seine oberen und unteren Gliedmaßen stimmten nicht mit meiner Theorie überein, aber das konnte man auf die Schwierigkeiten der Symbiose zurückführen.

„Hrsha anshta gring hrsha!", schrie eine unheilvolle metallische Stimme. Die Kreatur hatte uns bemerkt.

„Es spricht Uldanisch!" Die Schlange klang verblüfft: „Es sagt: ‚Dein Weg endet hier!'"

„Ich übertrage dich durch meine Lautsprecher. Übersetze für mich. Übertrage die Übersetzung auch an den Berater", befahl ich.

„Der Krieg ist vorbei! Die Uldaner wurden besiegt."

Man konnte die uldanische Sprache nicht gerade als melodiös bezeichnen, und mit der zischenden Aussprache der Schlange könnte man wahrscheinlich ein Geständnis aus jemandem herausfoltern.

„Der Krieg wird niemals enden!", antwortete die Kreatur wütend – und legte ein weiteres Ei. „Er wird weitergehen, bis der letzte Verteidiger fällt, und ich werde sie zu Millionen hervorbringen! Die Basis wird sich niemals ergeben – weder den Vraxis noch den Menschen, noch irgendjemand anderem. Ich bin die Königin und ich werde alle vernichten!"

Meine Vermutung war nun nicht mehr so absurd – der Mob schien sich als Uldaner zu identifizieren. Ich beschloss, die Redseligkeit des Bosses auszunutzen.

„Ich bin hier, weil mein Schiff ein Notsignal eingefangen hat. Was ist hier passiert?"

„Notsignal? Wie könntest du – ein Mensch, die niedrigste aller Rassen – mir in dem unwahrscheinlichen Fall helfen, dass ich überhaupt in Not wäre? Zu der Zeit, als *ihr Menschen* genug entwickelt wart, um einen Stock in die Hand zu nehmen, hatten wir bereits Raum und Zeit erobert! Wir haben ja auch deinen Freund erschaffen, der neben dir steht und die wahre Sprache nicht versteht. Precianer, Qualianer – sie alle sind unsere Schöpfungen. Sie sollten die edelste Spezies sein, die die Galaxie je gekannt hat. Jetzt müssen wir Galaktogon regieren und uns dabei auf ihre Macht verlassen!"

„Die Vraxis haben sich als noch mächtiger erwiesen. Ihr Uldaner habt den Krieg verloren. Eure Zivilisation ist tot, ebenso wie alle Angehörigen eurer Rasse. Die Uldaner sind ein alter Mythos, ein Märchen. Wenn du hier keine Hilfe brauchst, dann schalte doch das Notsignal aus. Galaktogon hat schon genug Probleme, ohne dass du hier Alarm schlägst."

„Das ist eine Lüge! Eine Lüge, genauso arrogant und dumm wie du selbst, du armseliger kleiner Mensch!" Die Kreatur nahm die Nachricht nicht gerade gelassen auf. „Die Uldaner werden gedeihen und sich vermehren! Sie sind an Bord eines Kugelschiffes hergekommen und nicht in diesen uralten Schüsseln, die die

Umlaufbahn dieses Mondes bevölkern! Und wenn du dein
Kugelschiff nicht hättest, wärst du nicht mal in die Nähe dieser
Basis gekommen."

„Einer von euren Leuten, Warlock, hat mir dieses Kugelschiff
gegeben, schon mal von ihm gehört? Er war ein Wächter. Seine
Welt befand sich weit weg von den Kämpfen, deshalb hat Warlock
so lange überlebt. Er gab mir das Schiff und verschwand im Äther.
Er war der letzte lebende Uldaner. Der Rest ist tot."

„Ich bin ein Uldaner! Und ich lebe!" Ein Kreischen, das an
Ultraschall grenzte, drang an meine Ohren, aber das Soundsystem
des Panzeranzugs filterte es. „Der Krieg ist noch nicht vorbei! Sieh
dich um, Mensch, was siehst du? Wirkt es, als hätten die Vraxis
gewonnen? Nein! Ich war es, der sie besiegt hat. Sie sind in die Basis
eingedrungen, und die Königin hat begonnen, ihre verfluchten
Eier zu legen und meine Gefährten zu verschlingen. Aber ich habe
es geschafft, sie zu verschlingen! Ich habe meinen Geist mit dem
der Vraxiskönigin verschmolzen und die Invasionsarmee
ausgelöscht! Ich habe die Basis gerettet und dann gewartet, um
die Neugierigen abzuwehren. Worauf habe ich gewartet? Ich habe
darauf gewartet, dass das Notsignal seinen Zweck erfüllt, und das
hat es getan – es hat dich hergebracht. Jetzt habe ich ein Schiff.
Jetzt kann ich diesen Ort verlassen und meinen Krieg fortsetzen."

„Alarmstufe rot, Käpt'n! Brainiac wird gehackt! Mach
irgendwas, Käpt'n!"

„Es ist zu spät. Ich habe deine Planetengeist-Bindung ermittelt
und habe sie bereits neu festgelegt." Der Mob deckte freimütig
seine Karten auf. „Von nun an sollst du an diese Basis gebunden
sein! Euer Schicksal soll es sein, als Zeugen meines Triumphes
hierzubleiben."

Ein schimmerndes Feld absorbierte die Salve aus meinen
Blastern. Der Dungeon-Boss war zu gut geschützt. Als Antwort
stieß der Mob eine Schockwelle aus, die den Berater und mich

gegen die Wand schleuderte. Sofort darauf erschien ein Kraftfeld, das uns an Ort und Stelle festhielt und sowohl mein Blasterfeuer als auch den Traktorstrahl des Manipulators blockierte. Neben uns lag mein ‚uldanischer' Gefangener ausgestreckt in einem eigenen Feld an der Wand. Das Spiel hatte ihn wohl als mein Eigentum interpretiert.

„Berater, ich brauche Ihre Hilfe!"

„Was kann ich tun? Ich klebe hier an der Wand, genau wie Sie!"

„Der Große Gebieter *Intrepid* befindet sich im Orbit über uns. Eineinhalb Kilometer Kruste sind nichts für seine Strahlenkanonen. Befehlen Sie ein Sperrfeuer auf unsere Position. Wir müssen dieses Monstrum töten!"

„Haben Sie nicht gehört, was es über die Bindung gesagt hat? Das ist jetzt unsere Heimatwelt!"

In diesem Moment schlüpfte der erste furchtbare Nachkomme der Uldaner seit Jahrtausenden aus seinem Ei. In seinem hageren Hals und Schädel konnte ich vage die Züge meines Nashorn-Soldaten erkennen. Das Ei kippte um, als seine Knie zur Hälfte geschlüpft waren, und das Jungtier hob seinen gehörnten Kopf und stieß ein so tiefes Stöhnen aus, dass sich eine tierische Angst in meinem Magen regte. Mit dem Kopf zuckend brach die Kreatur aus dem Ei aus. Die Schale knackte und verformte sich und fiel in Stücken ab, während der frisch geschlüpfte Soldat mitsamt seiner Panzerung wuchs.

„Was gibt es da noch zu bedenken, Berater? Wir verlieren Zeit. Dieses Ding hackt sich in mein Schiff! Stellen Sie sich vor, was ein uraltes, böses Monster, das eine ganze Armee hervorbringt, alles anrichten kann! Ich darf Sie daran erinnern, dass dieser Mond von Precianern bewohnt wird – und die werden zuerst gefressen! Entweder wir vernichten diesen verdammten Mutanten jetzt, oder er frisst Ihre eigene Mutter zum Frühstück! Und für den Fall, dass Sie sie nicht mögen, denken Sie an all die anderen Precianer, die leiden werden, und an all die anderen Sternensysteme mit all den anderen Rassen!"

Der Berater antwortete nicht. Er starrte auf den zappelnden Uldaner, der soeben geschlüpft war, und kam erst zu sich, als dessen Bruder neben ihm anfing, zu schlüpfen. Ein rotes Licht begann auf der Rüstung des Precianers zu blinken – die verschlüsselte Kommunikationsanzeige. Der hässliche, mutierte Schmetterling wollte nicht länger reden und legte nun weitere Eier, die er vorher in einem halbtransparenten Sack in seinem Bauch getragen hatte. Währenddessen kämpfte Brainiac mit jedem Byte, das er hatte, und panische Hilferufe von der *Warlock* füllten den Äther. Der Mutant hatte Brainiacs IT-Verteidigung mit Leichtigkeit durchbrochen und bahnte sich konsequent seinen Weg in die CPU. Nach seiner eigenen Einschätzung hatte Brainiac nicht mehr als eine Minute Zeit, bevor er die Kontrolle über das Schiff verlieren würde.

Aber dann wollte niemand den Mutanten mehr einfach so gewähren lassen. Der Himmel (wenn man die schiefergraue Decke des Stadions als Himmel bezeichnen konnte) teilte sich und ein tödlicher Regen aus Artilleriestrahlen – kilometerhohen Säulen aus reinem Plasma – regneten hernieder. Um den Mon herum flackerte ein Schild auf, das das Plasma in alle Richtungen brach und aufspaltete. Wäre unser Schutzschild nicht gewesen, den der Precianer gerade noch rechtzeitig aufgespannt hatte, wäre ich in der vernichtenden Lichtexplosion verdampft. Der Vraxis-Krieger hatte weniger Glück. Die Energieströme, die uns einhüllten, brachen unter dem Feuersturm zusammen, die Wand hinter uns verdampfte, aber wir hingen weiter in der Luft, als wären wir in einem Traktorstrahl gefangen. Unser Schild begann nachzugeben, zu schrumpfen, und ich schob dem Berater wie wild meine verbliebenen Energiezellen zu. Das Plasma ließ nicht nach. Es war zu grell, um hinzusehen, aber der Mutant schaffte es, sich zu behaupten – eine gekrümmte Silhouette inmitten des Lichts. Immerhin hatte er nicht mehr die Kraft, uns anzugreifen.

Im nächsten Augenblick sah ich einen Schatten zwischen den weißen Säulen hinunterflackern, – das grelle Weiß wogte und ich wurde blind. Eine Sonne schien dort zu explodieren, wo der Mutant gewesen war. Die Explosion überflutete alles mit weißem Licht. Als meine Sicht zurückkehrte, fand ich mich in meiner Unterwäsche wieder – allein in der Mitte einer riesigen geschmolzenen Grube stehend. Das Metall der Basis war mit der umgebenden Kruste verschmolzen. Mein Respawn hatte zehn Minuten gedauert und das Gestein und der Stahl glühten immer noch rot um mich herum. Ein Timer mit der Aufschrift ‚Unverwundbarkeit' erschien vor meinen Augen und zählte die Zeit herunter, die ich hatte, um zu meinem Anzug zurückzukehren – der ein paar Meter vor mir hing – und diesem tödlichen Bereich zu entkommen. Ich stürzte nach vorn und die Soldatenrüstung erkannte ihren rechtmäßigen Besitzer an. Leider hatte sie eine Klasse verloren. Ein schneller Blick in die Logbücher zeigte, dass die Precianer in dem Großen Gebieter die Befehle des Beraters sehr ernst genommen hatten. Als sie sahen, dass ihre Strahlenkanonen den Mob nicht hatten töten können, hatten sie ihn (und uns) mit einem Orbital-Torpedo beschossen. Gegen so eine Waffe konnte man nicht ankommen, selbst wenn man ein uralter Mutantenschmetterling war. Ich schaute in die Richtung, wo mein Schiff gewesen war. Dort waren nur noch Spuren von geschmolzenem Metall zu sehen. Ein kaltes, schweres Gefühl schnürte mir die Brust zu. War die *Warlock* wirklich zerstört worden? Musste sie respawnen?

„Käp'n, bist du wach? Wenn du mich hörst, dann sag etwas! Komm rein!"

Die frohe Botschaft erwärmte mein Herz. Mein Schiff war am Leben!

„Ja! Mir geht's gut. Brainiac, wie ist der Status des Beraters?"

„Wir haben ihn vor ein paar Minuten eingesammelt. Bleib, wo du bist, Käpt'n. Wir sind im Handumdrehen da!"

Ein Kreischen ertönte. Das Schiff senkte sich durch das eingebrannte Loch ab, wobei es ständig an Stein und Metall stieß. Schon bald schwebte das Kugelschiff mit offener Luke vor mir.

„Wir können nicht mehr durch die Kruste fliegen, also haben wir uns wieder auf die altbewährte Methode besonnen, Löcher zu benutzen, die wir selbst gemacht haben", erklärte die Schlange und begrüßte mich an Bord. „Weißt du schon, dass wir für einen Versuch, den Mond zu zerstören, verantwortlich gemacht werden? Lass uns hier verschwinden, bevor es zu spät ist!"

Ich blieb in der Luke stehen und war perplex.

Die Schlange lachte. „Ganz ruhig, der Berater ist schon an der Sache dran. Es gibt viele Opfer, und die Mächtigen brauchen einen Schuldigen. Die umliegenden Villen wurden dem Erdboden gleichgemacht, aber außerhalb eines Radius von fünf Kilometern ist es nicht so schlimm. Jeder erinnert sich daran, uns herumfliegen gesehen zu haben. Du solltest Radio hören – sie werden den Imperator für die Gräueltaten der Piraten zur Rechenschaft ziehen. Insgesamt sind wir hier also nicht gerade willkommen."

„Wie habt ihr überlebt?"

„Sobald die Strukturen anfingen, sich zu verschieben und zusammenzubrechen, hatte ich sofort verstanden, dass es an der Zeit war, von hier zu verschwinden. Du hast die Aufmerksamkeit des Mobs gerade noch rechtzeitig abgelenkt. Das Blockierfeld war verschwunden und wir haben so stark angezogen, dass wir in ein paar Sekunden eineinhalb Clicks in die Höhe geschossen sind. Wärst du an Bord gewesen, wärst du zu einem Pfannkuchen geworden. Dann kam die Explosion – und das war's. Der Gang von der Oberfläche nach unten ist eingestürzt, aber die Strahlenkanone hat einen so großen Krater gerissen, dass man ihn als neuen

Haupteingang bezeichnen kann. Wir sind vorsichtig umgekehrt und haben den Berater mit unseren Sensoren aufgespürt. Sein Kraftfeld hat durchgehalten, gerade so. Also haben wir ihn an Bord genommen und dann auf dich gewartet. Es gibt hier nichts mehr zu tun. Es ist nichts mehr von der Basis übrig."

„Es gibt also nichts zu plündern?", fragte ich, woraufhin der Berater, der sich gerade genähert hatte, in Gelächter ausbrach.

„Du bist in der Tat ein wahrer Pirat, Chirurg. Wir haben die gesamte Basis umrundet. Es ist nichts mehr da. Es ist eine Schande, aber du hattest recht: Ein solches Monster hat in unserer Galaxie nichts zu suchen. Sollen die Uldaner lieber ein Mythos bleiben. Hübsch und harmlos für uns und unsere Nachfahren."

„Ich glaube, ich würde mir das lieber selbst ansehen. Wo wollt ihr uns absetzen? Hier oder auf...? Entschuldigung, lass mich kurz diesen Anruf entgegennehmen. Hier ist Chirurg!"

„Hi, hier ist Marina. Wie ist deine Audienz gelaufen?"

Ich schaute auf meine Uhr. Ja, genau! Ich hatte versprochen, sie in vier Stunden anzurufen. Inzwischen waren sechs vergangen, und weil sie das Warten satthatte, hatte Marina mich zuerst angerufen.

„Was geht? Die Audienz war ein Flop. Sie haben mich ohne jede Diskussion aus dem Imperium geworfen. Es hat sich herausgestellt, dass Piraten keinen Platz im precianischen Imperium haben."

„Verdammt. Wie kriege ich jetzt mein Schiff zurück?"

„Hast du nicht ein paar Bekannte, die einen Deal mit den Qualianern machen können?"

„Glaubst du, das habe ich nicht schon versucht? Die Qualianer weigern sich strikt, mit mir zu verhandeln! Ich bin jetzt ihr Feind Nummer eins. Ich habe ihre Kommandozentrale zerstört! Diese Schwachköpfe haben noch vier Stunden, um sie wieder aufzubauen und ihre Großen Gebieter in Kampfbereitschaft zu versetzen."

„Die Großen Gebieter sind kampfunfähig? Willst du damit sagen, dass das qualianische Imperium derzeit wehrlos ist?"

„Abgesehen von dem Schutz, den die Spieler bieten – ja. Liest du nicht in den Foren? Da sind so verrückte Dinge im Gange. In den Foren gibt es nur Flame Wars und angepisste Leute. Der Imperator hat den Gilden befohlen, alle Zugänge zur Hauptstadt und den Handelsplaneten zu blockieren. Kurz gesagt, lies es dir selbst durch! Ich habe meine eigenen Probleme zu lösen. Zum Glück ist es nicht das erste Mal. Viel Glück!"

Der PDA wurde schwarz, als Marina die Verbindung unterbrach. Ich war wohl nicht der Einzige, der einen schlechten Tag hatte.

„Wie lange wird es dauern, von hier nach Raydon zu fliegen?", fragte ich den Berater nachdenklich und verwarf eine Idee nach der anderen. Ich sollte einen Weg finden, Kiddo zu helfen. Ich konnte sie unmöglich im Stich lassen. Aber wie?

„Ungefähr 30 Minuten. Aber wenn Sie im Raum der Qualianer auftauchen, wird man Sie sofort verhaften!" Der Berater konnte meine extrem negative Beziehung zu den Qualianern sehen.

„Technisch gesehen gibt es im Moment niemanden, der mich verhaften könnte. Die planetarische Kommandozentrale ist außer Betrieb."

„Was wollen Sie von den Qualianern?", fragte der Berater erstaunt.

„Ich glaube, die Qualianer sind hinter mir her. Gestern haben sie einen Freund von mir gefangen genommen. Wegen dieser blöden Zatrathi übrigens. Ich meine es ernst! Ein Zatrathi-Schiff ist aus dem Nichts im Shylak-System aufgetaucht und hat sich auf den Kreuzer *Alexandria* konzentriert, das Schiff meiner Freundin. So haben die Qualianer sie bekommen."

„Ihre Freundin ist Kapitänin Kiddo?", fragte der Berater barsch, als ob er die Antwort wüsste.

„Genau die. Sie ist derzeit auf dem glorreichen Planeten Raydon gefangen und harrt ihres Schicksals. Was immer Sie über Piraten denken mögen, sie lassen ihre Leute nicht im Stich. Das ist eine Frage der Ehre! Ich gebe zu, ich weiß noch nicht, wie wir sie da rausholen, aber ich werde mir unterwegs etwas einfallen lassen."

„Die bloße Andeutung, dass die Qualianer mit den Zatrathi zusammenarbeiten könnten, ist eine schwere Anschuldigung. Im Moment sind das mangels stichhaltiger Beweise nur Gerüchte. Und wenn Sie sich irren, wird Ihnen das precianische Imperium für immer verschlossen bleiben", warnte der Berater streng.

Anscheinend hatte der Konflikt zwischen den Precianern und den Qualianern seinen Höhepunkt erreicht und selbst hochwohlgeborene NPCs interessierten sich für ein so unbedeutendes Thema.

„Berater, ich habe mir angewöhnt, meinen Partnern zu vertrauen. Wenn meine Partnerin sagt, dass ein Zatrathi-Schiff aufgetaucht ist und ihren Kreuzer angegriffen hat und kein anderes Schiff in der Nähe war, dann war das auch so."

„Ich muss den Imperator kontaktieren. Diese Information kann nicht warten."

Nach ein paar Minuten verblüffte der Berater mich mit einer Neuigkeit:

„Der Imperator bietet Ihnen an, mit Ihnen zusammenzuarbeiten. Sie müssen Ihre Behauptung beweisen."

Neue Quest verfügbar: *Tiefgreifende Aufklärung.* **Quest-Beschreibung: Reisen Sie in das qualianische Imperium und stellen Sie Ermittlungen hinsichtlich der Absprachen zwischen den Qualianern und den Zatrathi an. Möchten Sie diese Quest annehmen?**

Da gab es nichts zu überlegen, also nahm ich die Quest an.

„Ich begleite Sie", sagte der Berater. „Der Imperator hat angeordnet, den Wahrheitsgehalt Ihrer Behauptung persönlich zu überprüfen."

„Kein Problem", erklärte ich grinsend und schmiedete bereits einen Plan, wie ich in den qualianischen Raum eindringen konnte.

„Brainiac, heb ab. Nimm Kurs auf Raydon."

Kapitel Drei

$\times$

„STAN, ICH BRAUCHE SO SCHNELL WIE MÖGLICH EINEN FORUMSCAN. Dieser Vorgang hat höchste Priorität. Ich muss die 100 wichtigsten Gilden im qualianischen Imperium kennen und die Sektoren, in denen sie derzeit tätig sind. Schick alle Koordinaten an Brainiac, sobald du sie hast. Der qualianische Imperator hat sie bestimmt an die Grenzen geschickt, um das Imperium zu verteidigen. Brainiac, wenn wir vom Orbit des Mondes aus nach Raydon fliegen, werden wir dann durch jeden Sektor auf dieser Liste fliegen?"

„Einen Moment." Brainiac hielt inne und analysierte die Daten, die Stan rübergeschickt hatte. „Quadrant 2256-9967. Das Ozark-System."

„Stan: Die Black Sails – das ist eine Gilde, die für das qualianische Imperium spielt – ich muss alles über sie wissen, was du finden kannst. Wer ihr Anführer ist, wie ihr Verhältnis zum Imperator ist, wie viele Schiffe sie haben. Und du, Brainiac: Fang an, die Hyperraumroute nach Raydon zu berechnen. Lasst uns durch diesen Sektor springen."

Die Black Sails hatten sich ihren achten Platz in der Gildenrangliste redlich verdient. Ihre Flotte bestand aus 15 Kreuzern des neuesten Typs, die meisten davon waren entweder von Klasse B oder A, hinzu kamen 200 Zerstörer, unendlich viele

Fregatten, Korvetten, Überwacher, Karacken und andere Metallhaufen, die sich schnell von einem Planeten zum anderen bewegen konnten. Die Black Sails besaßen sechs Planeten im qualianischen Imperium und mehrere offiziell sanktionierte Abbaustätten für Elo, Tiron, Shlir und sogar Raq. Stan konnte nichts über ihre Mitglieder herausfinden, aber es war offensichtlich, dass eine Menge Leute zu dieser Gilde gehörten. Damit hatte ich gerechnet.

„Berater, ich brauche noch einmal Ihre Hilfe." Ich erklärte ihm das Wesentliche meines Plans, und der zuvor bedrückt dreinschauende Precianer hatte nun ein breites Grinsen im Gesicht. Der Berater wusste über die Black Sails Bescheid und verstand nicht, wie ich ihren Posten durchbrechen wollte. Er versicherte mir, dass er seine Rolle perfekt spielen würde, vorausgesetzt, sein Imperator würde es erlauben. Dann ging er weg, um den Imperator zu fragen.

Ich nutzte die Pause, um meinen PDA zu öffnen und mich mit meinen Kriegern ein wenig besser vertraut zu machen. Eine detaillierte Beschreibung der Besatzungsmitglieder und des Schiffes nahm mehrere Seiten Text in Anspruch, aber die wichtigsten Punkte waren leicht zu erkennen:

Kugelschiff *Warlock*: Klassenloses Aufklärungsschiff. Abmessungen: kugelförmig, mit einem Durchmesser von 50 Metern. Analoge Schiffskategorie: zwischen Fregatte und Zerstörer. Der Ingenieur hatte die beiden Schwerkrafttriebwerke modifiziert und damit die Geschwindigkeit um fast 70 % erhöht. Die *Warlock* verfügte über eigene Forschungs- und Reparatureinrichtungen, einen Hangar für 32 Angriffsdroiden und einen Laderaum mit einer Frachtkapazität von 850 Tonnen. Sie war bewaffnet mit sechs Strahlenkanonen, die rund um das Schiff geschwenkt werden konnten, um in alle Richtungen zu feuern, vier EM-Kanonen zum Durchbrechen der Schilde von feindlichen

Schiffen und 22 Torpedos der Klasse A. Mit genügend Ressourcen war es möglich, innerhalb von fünf Minuten einen neuen Torpedo herzustellen, sodass es unwahrscheinlich war, dass wir jemals unbewaffnet sein würden. Zur Verteidigung hatten wir Standardschilde und ein Anti-Torpedo-System, das im Volksmund als Fliegenfänger bekannt war. Außerdem hatten unsere Torpedos Annäherungszünder, sodass wir sie als improvisierte Minen verwenden konnten. Ein nützliches Stück Hardware.

Kryptosaurier: Der persönliche Soldat der *Warlock*. Und die Erntemaschine des Schiffes. Ein Universalgerät ohne Klasse – in seiner Standardkonfiguration sah er einem Nashorn mit drei Augen ähnlich, konnte sich aber in verschiedene Konfigurationen verwandeln. Ausgestattet mit drei Blastern der Klasse A, die sich frei um seinen Körper bewegen konnten, wobei ihre Standardposition in seinen Augenhöhlen war. Das Nashorn war in der Lage, zwei Spieler zu transportieren, und konnte mit enormem Treibstoffverbrauch auf eine sehr hohe Geschwindigkeit beschleunigen. Sein Horn war eine verstärkte Ramme, die in der Lage war, den Rumpf einer Fregatte zu durchbohren. Der Kryptosaurier konnte jede Art von Ressource in Galaktogon abbauen und hatte eine Transportkapazität von 5.000 Einheiten. Er war mit aktiver und passiver Panzerung ausgestattet. Es gab auch die Möglichkeit, entweder den Strabosaurier oder eine Strahlenkanone auf dem Kryptosaurier zu montieren, was aber einen Spieler-Mount kostete.

Strabosaurier: Der Schütze des Schiffs. Ein universelles Gerät ohne Klasse – in seiner Standardkonfiguration sah er aus wie ein Orang-Utan mit vier Armen. Ausgestattet mit vier Blastern, aber mit der Option, eine Strahlenkanone zu führen, die allerdings sein unteres Armpaar beanspruchen würde. Er konnte sich mit dem Kryptosaurier zu einer Kampfeinheit zusammenschließen. Seine

Hauptaufgabe war es, vierhändig die Bewaffnung des Schiffes zu bedienen.

Slizosaurier: Der Ingenieur und Schildoperator der *Warlock*. Ein Universalgerät ohne Klasse, das in seiner Standardkonfiguration wie eine zehn Meter lange Schlange mit zwei Händen aussah. Das einzige Mitglied der Besatzung, das sprechen konnte. Vollständig mit der Schiffshülle integriert. Zuständig für Reparaturen, die Entwicklung neuer Schiffssysteme und die Aufrüstung bestehender Systeme. Zuständig für die Verteidigungssysteme des Schiffs – die Energieschilde und den „Fliegenfänger". Aktuelle Liste der Erfindungen, die für die Implementierung bereitstanden: (*ausklappen, um die Liste anzuzeigen*).

Die Fähigkeiten aller Teammitglieder waren in Level eingeteilt und konnten je nach Funktionszustand genutzt werden.

„Der Imperator hat meiner Teilnahme an deinem Abenteuer zugestimmt." Der Berater hatte sein privates Gespräch längst beendet und geduldig gewartet, während ich in meine Lektüre vertieft gewesen war. Ich nickte und Brainiac teilte mir mit, was ich schon erwartet hatte:

„Aktiver Hyperraum-Scan entdeckt."

Der qualianische Imperator hatte die Spieler beauftragt, sein Imperium zu schützen, bis die Kommandozentrale wiederhergestellt war. Die Spieler hatten zugestimmt, den Raum in Sektoren eingeteilt und alle ihnen zur Verfügung stehenden Schiffe konzentriert. Die Ziele der Verteidiger waren Spieler und nicht NPCs – denn nur Erstere konnten aus dem Hyperraum herausgeholt werden. Die Spieler sollten die wehrlosen Planeten nicht erreichen. Das Schicksal des Planeten Shylak zeigte deutlich das Ergebnis, falls es doch passieren sollte – was die Marodeure nicht hatten wegschleppen können, hatten sie mit ihren Torpedos vernichtet. Dabei hatten sie den Handelsplaneten kurz und klein gebombt.

Ihre Hyperraum-Scanner fanden uns drei Sekunden, bevor ihre Hyperantriebsdisruptorstrahlen uns herauszogen. Brainiac startete den Countdown.

„Drei. Zwei. Eins. Wir verlassen die Hyperraumbahn. Warnung! Warnung! Wir werden angegriffen!"

Ohne Übergang füllte eine Unzahl blinkender Punkte den leeren Bildschirm.

„Schilde sind oben. Ich erkenne 120 große Biester und 720 kleine. Wir werden mit EM-Kanonen beschossen. Unser Hyperantrieb wurde gestört und 15 Traktorstrahlen versuchen, uns zu erfassen", fasste der Slizosaurier unsere unglückliche Situation zusammen.

„Wie steht es um unsere Torpedos?", fragte ich. Sollten die Black Sails beschließen, sofort anzugreifen, wäre mein ganzer Plan hinüber.

„Warum die Credits verschwenden? So, wie es aussieht, werden sie uns vernichten."

Dieser Einschätzung zustimmend aktivierte ich den öffentlichen Kanal und kündigte an:

„Achtung! Ich habe einen Berater des precianischen Imperators an Bord! Wir sind eine diplomatische Mission auf dem Weg nach Raydon. Ich wiederhole, ich habe einen precianischen, imperialen Berater an Bord! Wir sind Diplomaten auf dem Weg nach Raydon. Ein Angriff auf den Berater würde als ein Akt der Aggression gegen die Precianer betrachtet! Kann mich jemand hören?"

Die EM-Salve, die alle unsere Schilde und damit das Schiff hätte zerstören können, kam niemals bei uns an. Irgendjemand konnte mich hören.

„Hier spricht Bones, erster Stellvertreter der Black Sails.
Nennen Sie Ihren Namen."

„Kapitän Chirurg. Ich begleite den imperialen Berater auf
einer diplomatischen Mission", wiederholte ich meine erste
Nachricht.

„Seit wann fliegen precianische Berater in Bowlingkugeln
herum?" Die ungewöhnlich runde Form des Kugelschiffs zog die
üblichen Fragen nach sich, die ich nicht beantworten wollte.

„Wenn Sie sich nicht zurückhalten und uns nicht innerhalb
von fünf Minuten weiterfliegen lassen, werde ich bei diesem Schiff
die Selbstzerstörung auslösen. Mit den Folgen können Sie sich
dann herumschlagen, Bones. Haben Sie eine gute Erklärung,
warum Sie einem Diplomaten die Passage zu einem
Handelsplaneten verweigern? Schicken Sie ein Inspektionsteam
rüber, wenn Sie wollen. Es ist niemand auf dem Schiff außer dem
Berater und mir. Wir können warten!"

„Ich verstehe, Chirurg! Aber es wird einige Zeit dauern." Bones
schien hin- und hergerissen, ob er uns loswerden oder mir eine
Chance geben sollte.

„Ich habe noch 30 Minuten Zeit. Es ist eine Mission mit einem
Zeitlimit. Entweder ich erfülle sie, oder Sie sind schuld. Wenn Sie
einen Krieg mit den Precianern anfangen und berühmt werden
wollen, nur zu. Der Timer läuft. Over and out."

Ich lehnte mich zurück und wartete. *Komm schon, Bones, lass
uns nicht hängen!* Je mehr Zeit nach unserem Austausch verging,
desto optimistischer wurde ich. Eine Gilde würde es nicht
riskieren, den Berater anzugreifen und die Beziehungen zwischen
den Imperien zu stören. Alles andere war reine Formalität. Ich
war zuversichtlich, was den Berater betraf. Er würde seine Rolle
des arroganten Bürokraten – der es für unter seiner Würde hielt,
mit dem einfachen Volk zu kommunizieren – perfekt spielen. Also

würde jeder, der mein Schiff überprüfen wollte, nicht viel zu tun haben, außer die Klappe zu halten und wieder wegzugehen.

Währenddessen wimmelte es auf dem Kommunikationskanal von Angeboten, mit den Black Sails zusammenzuarbeiten, meine *Warlock* oder auch nur Informationen über sie zu verkaufen. Nachdem ich die Beschreibung der Precianer-Mission erneut gelesen hatte, erkundigte ich mich:

„Berater, ich habe eine Frage. Wie kann ich Ihnen beweisen, dass die Zatrathi tatsächlich beteiligt waren? Würde Ihnen das Logbuch des Schiffes, das sie überfallen haben, dabei helfen?"

„Sprechen Sie von dem Kreuzer *Alexandria*?", fragte der Berater. „Wenn das Logbuch Informationen über qualianische Schiffe im System und ihre Aktionen während des Überfalls enthält, würde das meiner Meinung nach ausreichen. Führt die *Alexandria* solche Logbücher?"

„Einen Moment!" Ich wählte Kiddo über meinen Kommunikator an. „Hey Marina! Hier ist noch einmal Chirurg. Hast du mich vermisst?"

„Komm auf den Punkt." Die Inhaftierung hatte die Stimmung der Frau nicht gerade verbessert.

„Ich brauche einen vollständigen Auszug aus dem Logbuch deines Kreuzers während des Kampfes mit den Zatrathi, zusammen mit den Aktionen der anderen qualianischen Schiffe im Shylak-System. Das ist die erste Sache. Die zweite Sache ist, dass du dich auf ein paar Gäste einstellen solltest, Kiddo! Ich lasse meine Leute nicht zurück. In ein oder zwei Stunden werde ich auf Raydon sein. Zuerst wird es ein Gemetzel und eine Zerstörungsorgie geben, und dann lande ich, um dich zu holen. Schick mir deine Koordinaten, damit ich nicht aus Versehen dein Gefängnis zerstöre. Wenn deine Crew nicht bei dir ist, soll sie sich einen Transporter suchen. Ich fliege hin, hole dich ab, fahre zum Schiffsfriedhof, um deinen Kreuzer zu holen, und dann kannst du weiterfliegen. Alles, was ich brauche, ist der Logbuchauszug. Deine Leute müssen bereit sein. Es wird keine zweite Chance geben."

„Es wird auch keine erste geben. Du wirst nicht durchkommen. Der Imperator hat seine ganze schwere Artillerie hier versammelt – sie werden niemanden in die Nähe von Raydon lassen."

„Belassen wir es dabei, dass jeder von uns für seinen Teil des Plans verantwortlich ist. Wäre das in Ordnung, Kapitänin Kiddo? Schick mir deine Koordinaten, mach deine Leute bereit und warte eine Stunde. Vielleicht sogar weniger, wenn die Einheimischen sich beeilen. Ich werde den Rest erledigen."

„Du Geistesgestörter", stimmte Marina müde zu. Sie brauchte ein bisschen, um zu verarbeiten, was ich ihr gesagt hatte. „Ich bin hier drin mit Anton, meinem Executive Officer. Sie haben die anderen nicht eingeschlossen. In einer Stunde wird die Mannschaft am Kai des Friedhofs sein."

„Was ist mit dem Logbuch?"

„Das hängt davon ab, wofür du es brauchst. Es enthält eine Menge vertraulicher Daten. Weder ich noch meine Crew wären glücklich, wenn sie durchsickern würden."

„Dennoch wirst du sie mit mir teilen müssen, Marina. Ich bin gerade auf dem Weg nach Raydon mit einem Berater des precianischen Imperators. Der Auszug ist für ihn, damit er ihn als Beweis dafür verwenden kann, dass die Qualianer den Zatrathi erlaubt haben, dein Schiff aus dem Hinterhalt anzugreifen. Ich habe eine diesbezügliche Quest mit den Precianern. Wirst du mir helfen oder soll ich dich in Ruhe lassen?"

„Sagen wir, du hast mich überzeugt. Aber die Precianer müssen wissen, dass ich ihnen freiwillig geholfen habe."

„Alles, was du sagst." Immer wenn es eine Chance gab, irgendeinen Leckerbissen zu stehlen, war Kiddo so begierig wie ein Schwarm Piranhas. „Ich warte auf die Koordinaten. Mach dich bereit, aus dem Knast auszubrechen. Wir werden bald etwas Lärm machen."

Ich legte auf und informierte den Berater über mein Gespräch. Er wiederholte vorsichtshalber noch einmal, dass Piraten im precianischen Imperium nichts zu suchen hatten. Dann konzentrierte er sich begeistert auf Kiddos Dilemma. Die Zeit verging wieder einmal wie im Flug. Um sie zu überbrücken, studierte ich Stans Informationen über den mysteriösen Mr. Eine, der mich so gern treffen wollte. Stan hatte es nicht geschafft, die wahre Identität dieses Spielers herauszufinden. In der realen Welt war er nur als Mr. A bekannt, offenbar eine Übersetzung des deutschen Namens. Eine war einer der berühmtesten Sammler von einzigartigen Dingen. Er sammelte alles von einzigartigen Gabeln mit sechs Zinken bis hin zu verlassenen Orbitalstationen. Der Klatsch in den Foren deutete auf einen anständigen, wenn auch etwas geizigen, unabhängigen Geschäftsmann hin. Eine feilschte bis zum letzten GC, ungeachtet des Wertes des Gegenstandes. Er hatte seine eigene Website, auf der jeder eine Beschreibung des einzigartigen Gegenstandes, den er hatte, einreichen konnte, um zu sehen, ob er interessiert war. Eine – oder seine Mitarbeiter – antworteten immer. Ich öffnete das Inventar und schaute mir den Speer an, den ich auf der uldanischen Basis aus dem Rohrstück gebastelt hatte – meine einzige Loot aus diesem Raubzug und ein ausgezeichnetes Objekt, um damit die Verhandlungen zu beginnen.

„Chirurg, machen Sie sich bereit für Besucher. Wir sind dabei, anzudocken."

20 Minuten später tauchte ein Beamter der Qualianer im System auf. Ich hatte keine Ahnung, wo sie ihn so kurzfristig hergeholt hatten. Nachdem ich Brainiac die Erlaubnis zum Andocken gegeben hatte, warnte ich die Black Sails, dass nur der Inspektor mit Leibwächtern und zwei Spielern an Bord meines

Schiffes gelassen würde und dass jeder Versuch, eine Wanze zu platzieren, für den Übeltäter schmerzhaft enden würde. Der qualianische Beamte versicherte mir, dass es von ihrer Seite aus keine Probleme geben würde, und ein paar Minuten später war der Innenraum der *Warlock* schon ein wenig überfüllt. Ausgelegt für vier Passagiere konnte die Kapitänsbrücke kaum die Gäste aufnehmen, die den Berater des Imperators der Precianer sehen wollten. Tatsächlich war nur eine Person anwesend – der Chef einer der Handelsgilden von Shylak. Die Spieler, die bei ihm waren, interessierten sich nur für mein Schiff und wie man es mir abkaufen könnte. Fünf Leibwächter scannten das Schiff und bestätigten, dass sich außer uns keine Lebewesen an Bord befanden.

„Was ist der Zweck Ihres Besuches auf Raydon?" Der Qualianer beschloss, den Stier bei den Hörnern zu packen, aber der Berater, der über einen reichen Erfahrungsschatz auf höchster Ebene verfügte, vermied direkte Antworten.

Er sah den Emporkömmling an, biss sich auf die Lippe und antwortete erst nach einer mächtigen Pause: „Hat der Imperator Sie autorisiert, ein Verhör im Namen des qualianischen Imperiums durchzuführen?"

Der Berater sagte dies mit einer solchen Verachtung in der Stimme, dass sich das Gesicht des Qualianers vor Demütigung verzog. Auf dieser Ebene war der Beamte machtlos. Doch wenn es um uns Spieler ging, war er nicht an das offizielle Protokoll gebunden. Der Qualianer zeigte mit einem Finger auf mich und spuckte aus:

„Nehmt ihn fest! Er ist ein Feind des Imperiums! Piraten gehören ins Gefängnis!"

Die Wachen wollten gerade in meine Richtung stürmen, als der Berater warnend die Hand hob.

„Dieser Mensch ist in offizieller, precianischer Angelegenheit hier und genießt meinen Schutz, bis seine Arbeit beendet ist. Jede aggressive Handlung gegen ihn wird Konsequenzen haben. Er soll mich zur Botschaft auf Raydon begleiten, und danach steht es Ihnen frei, mit ihm zu tun, was Sie wollen."

Bei dem letzten Satz zuckte ich zusammen, doch der Berater hatte recht. Er konnte einem Piraten, der offiziell aus seinem Imperium verbannt worden war, keine Freundlichkeit entgegenbringen.

„In diesem Fall werden Sie sich dafür verantworten müssen, falls dieser Pirat irgendwelche ungesetzlichen Handlungen auf Raydon begehen sollte, Berater!", stellte das Oberhaupt der Handelsgilde umsichtig klar.

„Nur wenn ich mich an Bord seines Schiffes befinde!", gab der Berater zu bedenken. „Beleidigen Sie nicht die Gesetzeshüter, mein Freund! Ihr werdet doch sicher mit einem einsamen Piraten fertig und könntet ihn auf der Stelle verhaften?"

„Willkommen im qualianischen Imperium, Berater." Der Händler war klug genug, um zu verstehen, dass er darauf keine Antwort geben konnte. Er wandte sich an die Spieler und befahl: „Erlaubt ihnen, nach Raydon weiterzureisen, und schickt mehrere Schiffe als Eskorte."

Damit verließ der NPC mein Schiff. Die Spieler, die ihn begleiteten, beeilten sich jedoch nicht, ihm hinaus zu folgen.

„Chirurg, auf ein Wort", sagte ein Spieler namens Gammon. Da dies mehr ein Befehl als eine Frage war, nahm ich an, dass er der Anführer der Black Sails war. „Wenn du glaubst, dass dir jemand deine Geschichte abkauft, dass du nach Raydon gehst, damit sie dich verhaften können, sobald du deine Quest abgeschlossen hast, irrst du dich gewaltig. Du willst Kiddo rausholen. Du rechnest damit, dass die Verteidigungsanlagen inaktiv sind. Richtig? Aber was machst du, wenn ich zwei Kreuzer in diese Richtung schicke? Du weißt schon, nur für den Fall."

„Dann wirst du deinen Sektor schutzlos zurücklassen. Das wird dem Imperator nicht gefallen." Ich zuckte mit den Schultern und zeigte keine Emotion.

„Dem Imperator wird es nicht gefallen, wenn ein Pirat auf dem zweitgrößten Handelsplaneten auftaucht und dort seine schmutzige Wäsche wäscht", sagte Gammon. „Die Idee, die beiden Kreuzer zu schicken, ist also nicht schlecht. Aber ich bin bereit, meine Meinung zu ändern, wenn du mir eine Beschreibung deines Schiffes gibst: seine Leistungsmerkmale, Ausbaumöglichkeiten, woher du es hast, sowie 10 Millionen Credits und... alles andere vielleicht auch noch."

„Ach so?" Ich wusste nicht einmal, was ich sagen sollte. Was für eine hervorragende Verhandlungstaktik. So hatte ich mich früher in meiner Runlustia-Zeit auch verhalten, und statt irritiert zu sein, war ich nun gespannt auf das bevorstehende Duell.

„Es gibt hier nicht viel zu sagen. Du kannst Ja sagen und das war's dann. Das wäre ein wirklich schöner Deal." Ich konnte Gammons Gesicht wegen seines Helms nicht sehen, aber ich konnte hören, dass sein Mund von einem breiten Grinsen verzogen sein musste.

„Ein Deal? Verdammt, ich mag Deals. Sie sind gut für meine Gesundheit und meine Brieftasche", antwortete ich freundlich. „Mein Angebot ist, dass du mir 10 Millionen zahlst und das ganze Kreuzergerede lässt. Im Gegenzug erzähle ich dir, warum der Berater der Precianer auf dem Weg zu den Qualianern ist. Glaub mir, diese Information ist der Hammer! Na, das wäre doch ein toller Deal."

„Machst du Witze?" Der heitere Tonfall meines Gegenübers schien regelrecht verdampft zu sein.

„Gammon, ich habe kein Problem damit, wenn sich die Schiffe der Black Sails in der Umlaufbahn von Raydon befinden. Das wird meine Pläne nicht im Geringsten durchkreuzen. Glaubst du wirklich, dass der Berater des Imperators der Precianer gekommen ist, um die Angelegenheiten eines Piraten zu erledigen? Na klar doch! Ich will nicht lügen, was Kiddo angeht. Sie wäre ein netter Bonus. Wenn ich sie rauskriege, umso besser. Wenn nicht, werde ich keine Tränen darüber vergießen. Sie werden sie früher oder später sowieso gehen lassen. Dies ist schließlich ein Spiel. Und nun, meine Herren, entschuldigt mich bitte, ich habe Dringendes zu tun. Und das heißt: Verschwindet von meinem Schiff."

Hinter meiner draufgängerischen Fassade hatte ich Mühe, meine Panik zu unterdrücken. Nach diesen letzten Neuigkeiten würden die Kreuzer zu einem echten Problem werden. Selbst einer von ihnen in der Nähe von Raydon würde bereits im wahrsten Sinne des Wortes meine Pläne durchkreuzen. Die sture Mathematik zeigte immer wieder, dass selbst mein Schiff nicht die Energie aufbringen konnte, um die Schilde eines Kreuzers zu zerstören. Es gab natürlich Torpedos, aber die Voraussetzungen, um sie effektiv einsetzen zu können, waren zahlreicher als Flöhe auf einem streunenden Hund. Vielleicht würden die Torpedos funktionieren, wenn mein Feind stillstehen und absolut nichts tun würde. In dem Fall, ja, dann gäbe es eine Chance, zu gewinnen.

„Stanley, schick mir eine Analyse der Kreuzer-Klasse. Können sie Schiffe auf der Oberfläche des Planeten angreifen?"

„Kreuzer können den Planeten mit speziellen Torpedos bombardieren. Sie tragen keine Strahlenkanonen, die die Planetenatmosphäre durchdringen können. Nur Große Gebieter sind groß genug, um solche Waffensysteme zu tragen."

„Wie viele Jäger kann ein Kreuzer mit sich führen?" Für einen Moment sah ich einen kleinen Hoffnungsschimmer, aus diesem Schlamassel heil herauszukommen, aber er verblasste augenblicklich mit Stans Antwort:

„Ein durchschnittlicher Kreuzer hat Platz für 600 Jäger – die Anzahl kann je nach Einsatzzweck des Schiffes variieren."

AUF DER SUCHE NACH DEN ULDANERN LITRPG-SERIE   115

„Wir werden den Hyperraum in 30 Sekunden verlassen", sagte Brainiac und zwang mich damit zu einer Entscheidung. „Kampfstationen. Bringt das Schiff in volle Kampfbereitschaft. Unser Hauptziel ist es, alles in die Luft zu jagen, was uns begegnet. Lasst euch nicht von Kleinigkeiten ablenken. Schütze, die Schiffe sind deine Aufgabe. Brainiac, scanne nach Lagerbeständen in der Nähe unserer Landezone und sende die Erntemaschine aus, wenn du etwas findest. Sind wir Piraten oder nicht? Wir setzen den Berater ab und entfesseln dann die Hölle!"

Gammon hatte nicht geblufft – die versprochenen Kreuzer warteten bereits auf uns, als wir im System von Raydon auftauchten. Ihre neuen Upgrades hatten es ihnen erlaubt, mein Schiff um ein paar Minuten zu schlagen – genug, um strategisch wichtige Positionen einzunehmen und sich auf den Kampf vorzubereiten. Brainiac verkündete, dass die *Warlock* im Wirkungsbereich ihrer Hyperantriebsdisruptoren war, aber das änderte nicht viel, sondern erhöhte nur den Druck. Sobald ich auf dem Planeten gelandet wäre, würden die Disruptoren sowieso nichts mehr ausrichten. Der Ingenieur zählte 107 Jäger und 22 Fregatten. Wie ich es mir gedacht hatte, waren nicht alle Spieler der Black Sails online. Die Gildencharta war sicherlich eine ernste Angelegenheit, aber sie war auch freiwillig. Es war nicht einfach, eine Armada zusammenzubekommen, wenn der eine seine Oma besuchen musste, während die Frau eines anderen drohte, ihn zu verlassen, ein dritter krank war und ein vierter depressiv. Alles wie immer.

„Kugelschiff *Warlock*, folgen Sie Lande-Vektor 1-1 zu Dock 1."

Ich musste grinsen. Ich wünschte, sie würden mich immer so begrüßen, ohne Flakfeuer und einen roten Teppich ausgerollt am besten Raumhafen der Stadt. Es war schade, dass ich diesen Berater nicht mehr lange bei mir behalten konnte. Alle schienen mich so nett zu behandeln, wenn er in der Nähe war. Brainiac lenkte das

Kugelschiff in die Kurve und tauchte nach unten, was ein gutes Dutzend Black-Sails-Jäger dazu zwang, irritiert mit den Flügeln zu schlagen und sich zu anderen Docks aufzumachen. Es war ihnen nicht erlaubt, an unserem anzudocken.

„Es gibt eine Willkommensparty für mich", sagte der Berater und nickte einer kleinen Prozession von Precianern zu, die sich am Eingang des Docks aufstellten. „Im Namen des Imperators erinnere ich Sie daran, dass das precianische Imperium keine Piraterie duldet, und sobald ich den Planeten betrete, verlieren Sie die diplomatische Immunität. Es steht Ihnen frei, zu tun, was Sie wollen. Wir sind für Ihre Handlungen nicht verantwortlich."

Kaum hatte er das gesagt, bestätigte der Disponent unsere Landung und verkündete, dass wir von der Zollkontrolle befreit waren. Der Berater stieg aus, und die Stimme des Disponenten ertönte erneut in meinem Kopfhörer:

„Pirat Chirurg, es ist Ihnen nicht erlaubt, zu starten! Bleiben Sie, wo Sie sind, und warten Sie auf weitere Anweisungen!"

Ich würde seinen Tonfall nicht als freundlich bezeichnen, aber ich war auch kein unterwürfiges Opferschaf. Ich machte es mir in meinem Kapitänsstuhl bequem und rief Marina an:

„Quadrant 769, die zweite unterirdische Ebene. Mehr kann ich nicht tun."

„*Brainiac?*" Ich bat meinen Schiffscomputer über den internen Kanal um Hilfe.

„*Route berechnet. Flugzeit ist zehn Minuten.*"

„Chirurg, da sind zwei Kreuzer der Black Sails, die über Raydon hängen. Weißt du darüber Bescheid?", fragte Kiddo vorsichtshalber.

„Ja, das sind meine neuen Kumpel. Ich bin bereits gelandet. Halte die Füße still. Ich bin gleich da."

Ich unterbrach die Verbindung und rief den Disponenten an:

„Hier ist Kapitän Chirurg. Ich habe wichtige Informationen über den Tod des Prinzen. Ich weiß, wer ihn getötet hat und warum. Ich werde nur mit einem offiziellen imperialen Vertreter sprechen!"

Ich konnte später immer noch abheben und die Hölle entfesseln. Da die NPCs immer wieder sagten, dass ich ein Pirat wäre, hatte ich das Gefühl, dass ich die Rolle auch spielen sollte. Was lieben Piraten mehr, als die Hölle zu entfesseln? Plündern und betrügen! Und genau das wollte ich jetzt tun.

„Hier spricht der Vizeimperator", sagte eine neue Stimme nach ein paar Sekunden. „Woher haben Sie die Information?"

„Ich habe es selbst gesehen. Die Zatrathi haben es nicht getan, aber ich weiß, wer es war, warum er es getan hat und wer die anderen Zeugen waren."

„Ich verlange, dass Sie mir diese Informationen sofort zur Verfügung stellen!", sagte der Vizeimperator mit einer derart bedrohlichen Stimme, dass mir ein Schauer über den Rücken lief. Hätte ich nicht früher schon Hunderte von Stunden mit den hochrangigen NPCs in Runlustia geredet, dann hätte ich es ihm vielleicht sogar gesagt.

„Nicht so schnell, Mr. Vizeimperator. Ich werde nicht verhandeln, solange ein Gewehrlauf auf mich gerichtet ist. Befehlen Sie den Kreuzern der Black Sails, dieses System zu verlassen. Außerdem will ich, dass Sie mir 30 Tonnen Raq und zehn Tonnen Elo auf mein Schiff liefern. Sie haben zehn Minuten Zeit. Alle weiteren Verhandlungen werden erst aufgenommen, wenn Sie meine Bedingungen erfüllt haben. Andernfalls werde ich bei meinem Schiff die Selbstzerstörung aktivieren. Ich habe keine Angst, eine Klasse zu verlieren, aber wenn Sie sich weigern, werden Ihre Beziehungspunkte dahinschwinden. Zeit ist Geld, Mr. Vizeimperator!"

Ich hatte nicht zu hoch gepokert. 30 Tonnen Raq zum aktuellen Preis von 50 GC pro Kilogramm würden eine nette Ergänzung zu meinem Rentenfonds darstellen – aber es war nicht so viel, dass die Neugierde der Spieladministratoren geweckt würde. Die Qualianer machten sich nicht die Mühe, mit mir zu streiten, und genau zehn Minuten später waren das Raq und das Elo in meinem Laderaum und die Kreuzer der Black Sails hatten das System verlassen. Sicherlich war die Großzügigkeit der Qualianer der Tatsache geschuldet, dass die NPCs darauf bedacht sein würden, dass ich diesen Planeten nicht lebend verlassen würde. Und wenn mein Schiff zerstört würde, bliebe der Inhalt des Laderaums am Ort der Zerstörung zurück. Wenn ich lange genug vor Ort bliebe, damit sie ihre Kommandozentrale wieder aufbauen konnten, bekämen sie ihr gesamtes Raq mit einem einzigen Schuss aus dem Großen Gebieter zurück. Aber ich hatte nicht vor, hier untätig herumzuhängen. Ich war schließlich ein Pirat. Ich musste mich nicht an mein Wort halten.

„Brainiac, hast du die Lagerbestände aufgespürt?"

„Ich habe drei Stück lokalisiert. Alle liegen zwischen hier und dem Ort, wo Kapitänin Kiddo festgehalten wird. Zwei enthalten Ressourcen, die andere ist für Ausrüstung."

„Nun, wir haben genug Ressourcen, also schick den Soldaten los, um die Ausrüstung zu holen. Er soll alles plündern, was Legendär oder Klasse A ist, und den übrigen Müll liegenlassen. Verstanden? Gut. Wenn dann alles klar ist – abheben!"

„Kapitän Chirurg, schalten Sie Ihre Triebwerke ab! Sie verletzen unsere Verhandlungen! Brechen Sie den Startvorgang ab!" Der Disponent plapperte besorgt, aber es war zu spät. Die *Warlock* riss sich von der Andockplattform los.

„Kommunikationszentrum direkt vor uns!", meldete die Schlange und erwartete Befehle. Jeder Befehl musste extra gebellt werden, was wertvolle Sekundenbruchteile vergeudete. Aber es war nicht schwer, vier einfache Worte zu sagen:

„Feuer nach eigenem Ermessen!"

Ein Plasmastrahl schoss nach vorn und krachte in die Stützpfeiler, die den riesigen Sender hielten. Noch bevor er auf dem Boden aufschlug, brach eine ganze Wand aus Flakfeuer um uns herum aus. Das Wartungspersonal, die Sicherheitskräfte, die kleinen Strahlentürme auf den Dächern – alles, was schießen konnte, eröffnete das Feuer auf die *Warlock*, doch gegen die Schilde des Kugelschiffs war es nutzlos. Die Qualianer hatten nicht mit einem solch plumpen Verrat gerechnet und deshalb keine schweren Waffen vorbereitet.

„Schütze, zerstöre alles, was du kannst! Spar nicht an Energie, wir haben genug Elo in unseren Laderäumen!"

Das Kugelschiff raste vorwärts und hinterließ ein flammendes Inferno. Die erste Plattform, der Empfangsbereich für diverse Würdenträger, die Raydon besuchten, hatte bereits aufgehört zu existieren. Es folgten etwa ein Dutzend weiterer Plattformen, die uns in die Quere kamen. Nach ein paar Minuten der Verwüstung verkündete Brainiac:

„Mehrere kleine Ziele auf 8 Uhr. Es sind Sicherheitsleute."

„So schnell? Gut gemacht, Jungs!" Ich schüttelte respektvoll den Kopf und zollte der Schnelligkeit der Brüder im Spiel meinen Respekt. Sie eilten zur Verteidigung des Planeten, sobald der Vizeimperator sie rief.

„Das Sicherheitspersonal ist Ziel Nummer eins. Tötet sie", befahl ich. Respekt war nicht gleichbedeutend mit Schonung. Etwas auf Piratenart zu respektieren, bedeutete, den Feind erst mit ein paar Schüssen aus einer Kanone kampfunfähig zu machen und ihn dann aus der Ferne zu erledigen – damit einem die Druckwelle nicht die verbliebenen Zähne klappern ließ.

„Verstanden. Mehrere Ziele auf 6 Uhr. Mehrere Ziele auf 12 Uhr. Wir nähern uns dem Lagerhaus. Der Soldat ist im Einsatz." Eine leichte Vibration ging durch den Rumpf. Ich schaute auf den Bildschirm und beobachtete, wie mein Nashorn, das im Flug mit den Beinen fuchtelte, durch das Dach eines großen grauen Gebäudes schlug und darin verschwand. Dabei wurde seine Funktionsfähigkeit nicht einmal um 1 % beeinträchtigt. Ein Manöver dieser Art machte dem Soldaten nichts aus.

Quest aktualisiert: *Pirat ist meine Berufung. Teil 1*: 17 von 150 Abfangjägern zerstört.

Der Schütze mähte unterdessen rücksichtslos jeden nieder, der in sein Visier geriet. Auf meinen Befehl hin konzentrierte er sich auf die Spieler und ließ manchmal auch Schaden auf die größeren Gebäude regnen. Meine Schiff-zu-Schiff-Torpedos waren auf dem Planeten nutzlos, also konnte ich nur meine Kanonen benutzen. Die zehn Tonnen Elo würden mir erlauben, die ganze Woche lang voll auf Autopilot zu schießen und immer noch genug Energie für meine Schilde zu haben. Die leichten Jäger und Aufklärer konnten das nicht von sich behaupten – und so musste ich immer wieder die gleiche Benachrichtigung abwimmeln:

Quest aktualisiert: *Pirat ist meine Berufung. Teil 1*: 8 von 125 Aufklärern zerstört.

Den Erstangreifern war inzwischen klar, dass es bis zum Eintreffen größerer Schiffe gefährlich wäre, sich mit mir anzulegen. Die Spieler unter ihnen flogen in eine sichere Entfernung und bombadierten mich, da sie nichts Besseres zu tun hatten, mit ihren Kommentaren. Ich schaltete den Kommunikator ab, um mir den Strom der Beschimpfungen nicht anhören zu müssen. In der Zwischenzeit hatte das Nashorn die Lagerhauswachen zertrampelt und erfüllte akribisch sein Ziel: die Suche nach Gegenständen der gewünschten Klasse. Die Qualianer ließen die Spieler nicht in das Lagerhaus, da sie befürchteten, dass die Verteidiger, anstatt den Ort

zu verteidigen, ihn plündern und später einfach mir die Schuld
geben würden.

„Ich habe einige wichtige Informationen abgefangen", mischte
Brainiac sich in die Hintergrundgespräche ein. „Sie können
innerhalb von 15 Minuten schweres Gerät in das Lager bringen."
Verdammt, ich sollte besser so langsam Marina und Anton
retten, sonst würde ich den Kryptosaurier verlieren! Ich aktivierte
den Kampfmodus meiner Rüstung und stellte einen 15-minütigen
Timer in meinem HUD ein.

„Brainiac, richte einen Sicherheitsbereich ein. Lass niemanden
in die Nähe des Schiffes!", befahl ich, sobald das Kugelschiff über
dem Gefängnis anhielt. Der Schiffsboden verschwand unter mir,
und ich sprang heraus, wobei ich im Fallen an Geschwindigkeit
gewann. Ich hatte in der uldanischen Basis herausgefunden, wie
man den Panzeranzug fliegen konnte, also konzentrierte ich mich
jetzt nur noch darauf, das Dach von Feinden zu säubern. Es gab
nicht viele: Einige Strahlentürme und ein paar qualianische
Vollzugsbeamte, die keine Zeit hatten, auf mein Erscheinen über
dem Gefängnis zu reagieren. Alles, was ich nicht zerstören konnte,
begrub ich unter Schutt. Ohne abzubremsen, knallte ich gegen
eine der Wände und brach durch bis zum nächsten Stockwerk.
Auf diese Weise fand ich mich schnell in der obersten Etage des
Gefängnisses wieder.

„Halt!", rief jemand, und mein HUD informierte mich, dass
der Anzug einen Manipulatorstrahl abgeblockt hatte. Ich
schüttelte den Kopf und kam wieder zu Sinnen – die Landung war
unsanft gewesen, und für einen kurzen Moment konnte ich kaum
atmen. Ich streckte meine Glieder, sprang auf und sah mich um.
Die beiden Wachen schauten verwundert auf die Überreste ihrer
Manipulatoren. Sie hatten offensichtlich nicht damit gerechnet,
im obersten Stockwerk auf jemanden zu treffen, der in einen
Panzeranzug gehüllt war. Mit zwei Plasmastrahlen säuberte ich

rasch den Korridor und verwandelte die Wachen in blinkende Kisten mit Loot. Ich erhielt keine Warnungen über die Verschlechterung der Beziehung zu den Qualianern, da sie ohnehin schon am Tiefpunkt gewesen war.

Aus Angst, das Überraschungsmoment aus der Hand zu geben, wenn ich auf der Suche nach einer Treppe oder einem Aufzug herumlaufen würde, richtete ich meinen Blaster auf den Boden, drückte ab und stürzte in die untere Etage. Wenn ich mehr Zeit hätte, würde ich auf jeden Fall in den Zellen herumlaufen und jeden befreien, der hier festgehalten wurde. Vielleicht würde ich mir sogar ein paar einzigartige Quests für meine unverfrorene Unhöflichkeit gegenüber den Qualianern verdienen, aber der Timer vor meinen Augen tickte weiter und erinnerte mich daran, dass ich meinen Soldaten bald verlieren könnte.

Als sich der Staub gelegt hatte, zog ich denselben Trick noch einmal ab und ließ ein weiteres Paar blinkende Kisten zurück. Die Feinde hatten keine Chance. Kiddo und ihr Executive hatten jedoch kein Schutzschild. Ein Querschläger von den Wachen – und der Plan wäre für die Katz.

Ich brauchte eine Weile, bis ich in die zweite unterirdische Etage hinabgestiegen war – das Gefängnis hatte sieben Stockwerke. Nachdem ich die Wachen erschossen hatte, rief ich durch den Außenlautsprecher:

„Marin-a-ah!"

Alles, was ich als Antwort hörte, war ein Rascheln aus dem vertikalen Tunnel, den ich in den Stockwerken darüber angelegt hatte. Offenbar versuchten die Wachen, die sich dem Geräusch näherten, herauszufinden, was los war und wie sie darauf reagieren sollten. Mir wurde klar, dass die Gefängniszellen schalldicht sein könnten. Marina hatte mich vermutlich nicht gehört. Also musste ich sie über den PDA anrufen.

„In welcher Zelle bist du?"

„Ich weiß es nicht! Bist du etwa schon hier?" Marina konnte es kaum erwarten, rauszukommen.

„Jup. Hörst du etwas?" Ich sprengte die nächstgelegene Tür auf und schaute hinein. Leer.

„Nein. Ich meine, ich höre, wie es durch dein Mikrofon scheppert, aber sonst nichts."

„Das ist schlecht. Ich bin hier im zweiten Untergeschoss und suche nach dir und deinem Prinzen. Tretet von der Zellentür zurück, nur für den Fall. Wir wollen ja nicht, dass es zu Arbeitsunfällen kommt. Sicherheit geht vor und so weiter."

„Okay, okay. Mach noch ein bisschen Lärm." Eine weitere Tür flog aus den Angeln, und wieder war niemand in der Zelle. „Nein, ich höre nichts. Die Zelle muss schallisoliert sein."

„Dann bleib einfach sitzen und warte. Warne Anton, damit ich auch ihn nicht mit der Tür zerquetsche."

Ich brach eine weitere Tür auf und warf einen kurzen Blick hinein. Und da ich mich daran gewöhnt hatte, nichts zu finden, sprang ich beinahe zurück, als ich auf ein Paar verängstigter qualianischer Augen stieß. Diese Rasse hielt sogar ihre eigenen Leute in ihren Kerkern. Ich fluchte und sagte ihm, er sollte verschwinden. Dann riss ich die nächste Tür aus den Angeln. Leer. Es gab ungefähr 50 Zellen auf dieser Etage. Es schien, als könnte meine Suche noch lange weitergehen.

Am Ende stolperte ich zuerst über Anton. Die Qualianer hatten ihn in seiner Kleidung zurückgelassen und seinen Panzeranzug konfisziert, wie ich erwartet hatte. Er blinzelte im hellen Schein des Lichtes und wollte nach draußen gehen, aber ich hielt ihn auf.

„Bleib noch ein bisschen hier. Ich werde dich abholen, wenn ich Marina gefunden habe. Es ist gefährlich, ohne Rüstung rauszugehen."

Marina fand ich dann direkt nebenan. Ich ließ sie bei Anton und kehrte zu dem Schacht zurück, den ich im Gefängnisgebäude angelegt hatte, und klopfte mir für meine Voraussicht auf die Schulter: In den oberen Stockwerken wimmelte es bereits von den Blastern der Verstärkung. Ein kurzer Flug nach oben und mehrere Salven aus meinen Blastern machten den Weg frei. Ich blieb auf der ersten unterirdischen Etage, lugte mit dem Kopf in die zweite Tiefebene und schrie:

„Raus jetzt! Schnell! Nehmt meine Hand. Ich ziehe euch nacheinander hoch."

Marina kletterte zuerst hoch und verlangte einen Blaster. Ich verzog das Gesicht – das war ein beschämendes Versäumnis in meinem Plan. Ich wusste, dass die Spieler im Gefängnis ohne Rüstung oder Waffen sein würden, aber ich hatte nicht an diese Kleinigkeit gedacht – ein kleiner Schildgenerator und Ersatzblaster für die Flüchtigen. Zum Glück lagen in meinem Inventar noch ein paar vergessene Sturmblaster herum. Kiddo murmelte verärgert ein paar Worte, nahm aber die Waffe.

Ich griff nach unten, um Anton hochzuziehen, stieß aber stattdessen auf den qualianischen Gefangenen, den ich gerade befreit hatte. Er baumelte in dem Loch und versuchte, zu unserem Stockwerk hochzuklettern. Sein Schicksal war mir egal, aber er stand mir bei meiner Flucht im Weg. Also riss ich ihn mit einem schnellen Ruck hoch und zog Anton hinterher. Marina richtete sofort ihren Blaster auf den Qualianer.

„Nicht schießen", befahl ich, im Begriff, ins Erdgeschoss zu düsen.

„Wozu brauchst du den?", zischte Marina.

„Wozu musst du ihn erschießen? Vermisst du dein Piratenleben?" Die Reaktion der jungen Frau überraschte mich. In ihrer Stimme lag Wut, und ihr Blick verhieß nichts Gutes für den Ex-Häftling. Es war die Art von Blick, die man seinem eingeschworenen Erzfeind zuwarf. Das Letzte, was ich brauchte, war, dass Marina anfing, den Verstand zu verlieren und das Spiel mit der Realität zu verwechseln. Ich frage mich, wann sie das letzte Mal das Spiel verlassen hatte.

„Sie müssen zerquetscht werden wie die Kakerlaken, die sie sind", bestätigte Kapitänin Kiddos Verhalten meine Befürchtungen. Verdammt, warum gerade jetzt? Ich hasste potenzielle Probleme. Sie war viel tiefer in Galaktogon eingetaucht, als es gut für sie war. Andererseits hatte ich nicht vor, eine erwachsene Frau über die Gefahren des Eintauchens in die VR zu belehren. Wenn Marina sich in den Wahnsinn treiben wollte – bitte, es war ihr Gehirn, mit dem sie machen konnte, was sie wollte. Gleichzeitig konnte jedes Problem in diesem Moment zu einem kritischen werden.

„In diesem Fall ist diese Kakerlake ein Haustier von mir, und nur ich habe das Recht, sie zu zerquetschen. Wir sollten uns nicht in die Angelegenheiten des jeweils anderen einmischen, Partnerin. Alles klar? Gut. Warte hier auf mich, ich werde nach oben klettern."

Wir passierten die nächsten zwei Etagen ohne Zwischenfälle, und ich wurde etwas unaufmerksam. Es waren keine Wachen mehr zu sehen. Marina hatte meine Bemerkung über mein „Haustier" stillschweigend zur Kenntnis genommen und aufgehört, den Qualianer zu attackieren. In der zweiten Etage angekommen hatte ich kaum Zeit, die Situation einzuschätzen, als ein großer Plasmabrocken auf mich einschlug. Ich wurde ein paar Meter zurückgeschleudert und knallte gegen die Betonwand. Der nächste Schuss kam schnell nach dem ersten angeflogen und wollte ebenfalls Freundschaft mit mir schließen. Ich schaute auf meine Bildschirme: Eine Strahlenkanone stand am anderen Ende des Korridors und feuerte im Tandem mit dem qualianischen Trupp, der sie bemannte. In dieser Inszenierung war ich als Zielscheibe auserkoren worden. Es gab keinen Ausweg mehr.

Doch meine Rüstung hielt stand. Die roten Plasmastrahlen schleuderten mich herum, aber sie konnten meine Schilde nicht durchbrechen. Meine Blaster feuerten, und die Strahlenkanone der Qualianer leuchtete mit einem flackernden Schild auf und blockierte meinen Angriff. Die Antwort kam sofort, doch die Wand hinter mir gab mir wieder Rückendeckung. Als ich eine Bewegung auf der rechten Seite bemerkte, wurde mir klar, dass die Dinge immer schlimmer wurden. Vier Qualianer stellten eine zweite Strahlenkanone auf. Meine Rüstung würde das Feuer von zwei dieser Geschütze nicht überleben. Inzwischen blockierten ihre Schilde meine Versuche, mich zu verteidigen. Ohne die Installation der zweiten Kanone abzuwarten, nutzte ich eine Feuerpause der ersten Kanone, stürzte mich in die Tür und zog mich zu meiner Gruppe zurück. Der Weg nach oben war verschlossen.

„Wachen?" Marina hatte anhand der Plasmablitze im Loch in der Decke bereits erraten, was vor sich ging. Sie schlug eine der Zellentüren ein, tötete den darin befindlichen Gefangenen und trieb alle hinein. Dann streckte Marina ihren Blaster in den Korridor und beschoss ihn der Länge nach mit Sperrfeuer. Nickend hob ich meine Blaster, um uns gegen jegliche Kamikaze-Versuche von oben zu schützen, und rief mein Schiff:

„Brainiac, ich brauche so schnell wie möglich Feuerunterstützung. Wir befinden uns in der zweiten Etage unter dem Schiff. Die Qualianer sind in der dritten Etage, etwa 20 Meter südlich von unserer Position. Wir können nicht durchbrechen. Sprengt die Wände und sammelt uns ein."

„Die Wahrscheinlichkeit eines Kollateralschadens für den Kapitän des Schiffes liegt bei mindestens 30 %. Ich empfehle dringend, den Korridor zu verlassen." Brainiac wollte mit seinen Empfehlungen nicht aufhören.

„Wenn du diese Wände nicht sprengst, liegt die
Wahrscheinlichkeit eines Kollateralschadens bei 100 %!", schrie ich
und schoss in die Öffnung. Das Gebäude um uns herum bebte und in der Öffnung
erschienen Qualianer mit Strahlenkanonen. Diese Jungs
verschwendeten keine Zeit! Wir mussten uns beeilen, sonst waren
wir dem Untergang geweiht! Das Gebäude bebte noch ein paar
Mal. Die Öffnung begann sich zu weiten, als Teile des Betons
wegfielen. Schreie ertönten von oben und Staub erfüllte den
Korridor. Da mir nichts Besseres einfiel, deckte ich meine Gruppe
mit meinem Anzug ab und schützte sie vor den umherfliegenden
Brocken.

„Sind alle okay?", fragte ich, sobald keine Brocken mehr gegen
meine Schilde knallten. Unsere Sichtweite betrug wegen des Staubs
nicht mehr als einen Meter, und mein Raumscanner zeigte nichts
als ein Durcheinander von Trümmern und Ruinen.

„Bis jetzt ja, aber wir können nicht atmen", krächzte Marina
und hustete. Ich aktivierte die Medunit des Panzeranzugs und
injizierte allen eine Pferdedosis der Genesungslösung.

„Hol uns hier raus, Brainiac. Und zwar sofort!"

„Der Durchgang ist geschaffen worden. Ich kann Sie sehen,
aber ich kann Sie nicht ohne den Soldaten rausholen. Bitte folgen
Sie meinen Anweisungen. Ich werde Sie zum Evakuierungspunkt
führen. Verlassen Sie die Zelle und gehen Sie zehn Meter nach
links, so dicht wie möglich an der Wand entlang – in der Mitte des
Ganges ist ein Loch."

„Steig auf meine Schultern!", befahl ich dem Qualianer und
hob Marina und Anton mit meinen Armen hoch. Sie konnten
Brainiac nicht hören, und ich wollte keine Zeit damit
verschwenden, ihnen zu erklären, was vor sich ging. Wenn sie leben
wollten, würden sie mir gehorchen.

Der Qualianer wollte anscheinend leben. Mit der Agilität eines kleinen Affen kletterte der grauhäutige Humanoide auf meine Schultern, rückte sich zurecht, um eine bequemere Position zu finden, und blieb dann stehen, wobei er meinen Helm umklammerte. Die Servomotoren des Panzeranzugs heulten unter der Last auf, funktionierten aber weiter. Ich trat auf den Korridor hinaus, drückte mich gegen die Wand und fiel beinahe hin: Der Boden brach unter mir zusammen, da er mein Gewicht nicht aushalten konnte. Das Stabilisierungssystem zündete automatisch die Schubdüsen, sodass ich über dem Abgrund schweben konnte. Ganz vorsichtig, wie ein Pionier in einem Minenfeld, lehnte ich mich nach vorn und zwang den Panzeranzug, gerade zu fliegen. Ich hatte wieder Boden unter meinen Füßen, aber ich wagte nicht, noch einmal darauf zu treten.

„Da ist eine Zellentür zu Ihrer Rechten. Gehen Sie hinein."

Die Tür war verschlossen, und meine Hände, wie auch meine Blaster, waren mit meinen Passagieren beschäftigt. Ich bat Marina, sich um die Tür zu kümmern. Da sie es leid war, nichts zu tun zu haben, musste ich Marina nicht zweimal fragen. Sie zielte mit ihrem Blaster darauf und verbrauchte das gesamte Magazin, bis ein frischer Luftzug den Staub um uns herum aufwirbelte. Während ich auf weitere Anweisungen von Brainiac wartete, war ich nicht auf das Panorama vorbereitet, das sich mir eröffnete – das Gefängnis endete auf der anderen Seite der Tür. Brainiac hatte die Hälfte des Gebäudes abgerissen, um unsere Haut zu retten. Jetzt schwebte die *Warlock* drei Meter vor uns, ihr Eingang glitzerte freundlich. Ich lehnte mich wieder nach vorn und zog meine Geretteten langsam in Richtung des Schiffes.

„Wir erreichen noch das Ende unserer Lebensdauer und landen auf dem Schrott, bevor ihr bei uns seid, Käpt'n", spottete die Schlange, die aus dem Kugelschiff herauslugte. Der Ingenieur griff nach meinem Anzug und zog uns geschickt, aber vorsichtig ins

Innere. „Okay. Diese drei kommen mit mir in die Krankenstation. Ihr Zustand ist fast kritisch. Du hättest mich warnen sollen, dass sie ohne Rüstung sind, dann hätte ich einen Ersatz geschickt. Warum retten, wenn du sie selbst erledigst? Ah, die Jugend von heute."

„Brainiac, hol den Kryptosaurier zurück!", befahl ich und ignorierte die Schlange. „Es ist Zeit, diesen Planeten zu verlassen."

„Da könnte es ein Problem geben." Obwohl der Ingenieur damit beschäftigt war, die Gefängnisausbrecher zu heilen, hörte er nicht auf, die Situation um das Schiff herum zu überwachen. „Vor ein paar Sekunden sind vier Kreuzerschiffe in das Raydon-System eingetreten. Entweder wir machen uns jetzt aus dem Staub oder wir kommen nicht mehr weg. Sie werden in fünf Minuten im Orbit sein."

„Können wir alle Passagiere an das Schiff binden?", fragte ich nachdenklich. Die Spieler hatten sich zu schnell gesammelt und mit Großraumschiffen verstärkt. Ich war erst seit etwa zehn Minuten weg!

„Möchtest du lieber beruhigt werden oder die Wahrheit hören?" Die Schlange behielt ihren ironischen Ton bei, egal, was passierte.

„Mach so weiter und ich verkaufe dich an die Zatrathi", knurrte ich wütend.

Die Schlange spürte, dass ich nicht in der Stimmung für ihre Scherze war und antwortete streng auf den Punkt: „Negativ. Eine Bindung an das Schiff ist wegen der Abwesenheit des Planetengeistes nicht möglich. Der Soldat braucht Hilfe, Käpt'n – die Anzahl der Gegenstände, die er geerntet hat, ist zu groß, als dass er sie allein zum Schiff zurücktragen könnte."

„Wenn er Hilfe braucht, dann helfen wir ihm eben. Entscheidend ist, dass wir es rechtzeitig tun", murmelte ich und lud die Energiezellen meines Panzeranzugs nach. Meine Blaster hatten die Hälfte der Energie des Anzugs verbraucht.

„Macht die Droiden bereit. Wir müssen den Soldaten und die Beute, die er gefunden hat, evakuieren!" Das Schiff machte eine scharfe Kurve und landete am Eingang der Lagerstätte. Der Schütze säuberte den Bereich von Qualianern, sodass ich mit den Droiden das Schiff verlassen konnte. Die vordere Tür war von innen ausgebeult wie eine Brandblase. Während ich zusah, beulte sie sich weiter aus, dann platzte sie und beschoss uns mit Stahlsplittern. Die Schnauze meines Soldaten tauchte in dem neu entstandenen Loch auf. Alle drei Augen des Nashorns glühten vor Glück über seine erfolgreiche Mission, während er die Loot als riesigen Haufen am Eingang ablud.

„Los geht's!", befahl ich den Droiden und flog in den Durchbruch. Ich griff mir den ersten Gegenstand, der wie ein Motorbauteil aussah, und schleppte ihn zurück zum Schiff. Der Soldat trabte hinter mir her und hielt einen viereckigen Gegenstand mit unbekannter Funktion in seinen Zähnen. Der Eigenschaftsdialog informierte mich, dass es sich um einen Gegenstand der Klasse A handelte, aber ich machte mir nicht die Mühe, weiter nachzuforschen. Der Ingenieur würde später herausfinden, was verwendet werden konnte und was nicht. In der Zwischenzeit sollten wir besser zu allen Göttern von Galaktogon beten, dass wir noch von diesem Planeten wegkämen.

„Die Beladung ist abgeschlossen." Eine Fahrt der Droiden reichte aus, um die Loot zu sichern.

Ich flog zurück zum Schiff und befahl: „Notstart! Kurs setzen auf den Schiffsfriedhof."

„Ankunft in einer Minute und 30 Sekunden."

Trotz meines Panzeranzugs spürte ich den ganzen Schwung des abrupten Starts, der mich so stark gegen den Boden drückte, dass ich nicht einmal einen Schritt machen konnte.

„Wie geht es den Passagieren?", erkundigte ich mich besorgt. Eine solche Fliehkraft konnte sich schlecht auf ihre Gesundheit auswirken – sogar bis zu dem Punkt, dass sie zum Respawn gezwungen wären.

„Erst holt er sich einen Haufen blinder Passagiere, und dann sind wir diejenigen, die sie pflegen müssen." Die Schlange kehrte zu ihrer normalen Stimmung zurück und ließ keine Gelegenheit aus, sich über den Kapitän zu beschweren. „Deinen Passagieren geht es gut. Ich habe sie in Medikamentenkapseln gesteckt. Sie haben noch 20 Sekunden Ruhe vor sich."

„Schick sie in meine Kabine, wenn du fertig bist." Ich konnte mir ein Lächeln nicht verkneifen. Wenn man für einen Moment vergaß, dass die Schlange ein normaler NPC war, könnte man sich vorstellen, dass sie eine mürrische Frau wäre, die irgendeinen armen Trottel geheiratet hatte und nun ständig unzufrieden mit ihm war. Entweder knarrte die Tür in der Küche zu sehr oder er verdiente zu wenig Geld oder er ließ überall seine Socken liegen. Und gleichzeitig war sie bereit, jedem den Kopf abzureißen, der behauptete, ihr Mann wäre nicht der tollste Mann aller Zeiten.

„Was gibt's Neues?" Marina erschien nach einer Minute.

„Da sind vier Kreuzer, die in Raydons Umfeld manövrieren. Sie sind auf der Jagd nach einem furchterregenden, unverschämten Piraten. Sie haben 50 Karacken mitgebracht. Mehrere Gilden haben sich hier versammelt, aber sie haben sich noch nicht entschieden, wer ihr Anführer sein soll. Ich denke, das sollte uns ein paar Minuten Zeit verschaffen. Der Schiffsfriedhof liegt vor uns. Ich habe einen Ersatz-Panzeranzug für dich bereitgestellt. Zieh dich um, so schnell du kannst, und hol deinen Kreuzer. Um ehrlich zu sein, Marina, ich weiß nicht, wie wir hier rauskommen sollen."

„Welche Klasse haben die Kreuzer, Captain Kirk?"

Ich ignorierte ihren schlechten Witz und überprüfte die Daten. „Einer Klasse C und einer Klasse B. Wir werden wohl einen Kampf vor uns haben."

„Das werden wir bald sehen. Bleib in der Nähe des Rumpfes und mach nichts Verrücktes. Ich kriege das schon allein hin, bring mich nur nach Hause."

„Vergiss nicht die Logbücher für die Precianer. Ich brauche sie sofort, sobald du dein Schiff erreicht hast. Alles andere ist zweitrangig", erinnerte ich sie an unsere frühere Abmachung.

„Ich schicke dir die Logbucheinträge." Marina war bereits in den Anzug geklettert und hatte ihn für sich angepasst. „Danke, dass du uns rausgeholt hast. Hast du auch einen Anzug für Anton?"

Ich schüttelte den Kopf, ohne von meinen Bildschirmen aufzublicken. Ich hatte keine weiteren Panzeranzüge. Marina wollte noch etwas hinzufügen, aber der Boden unter ihr verschwand, und mit einem markerschütternden Schrei stürzte die junge Dame ins Leere und verschluckte den Satz, den sie begonnen hatte. Ein Roboterarm packte die empörte Piratin und setzte sie auf eine kleine Plattform. Von dort aus erhob sie die Faust gegen mich.

„Der Schiffsfriedhof", verkündete die Schlange. „Ich registriere mehrere Hyperantriebsdisruptoren, die unseren Hyperraumsprung abblocken. Außerdem ist eine EM-Kanone auf uns gerichtet. Warnung! 25 Torpedos im Anflug."

Ich schäme mich, das zuzugeben, aber anstatt an die Torpedos zu denken, die auf mich zuflogen, starrte ich auf den Friedhof. Die *Weltraumgurke* hatte Lestran übernommen und die *Warlock* war noch nie zerstört worden, also war ich noch nie hier gewesen. Einen Friedhof als solchen gab es nicht. Mitten im Raum hing eine kleine Plattform mit einer Schalttafel. Kapitäne und ihre Crew traten heran und gaben einen Zugangscode für ihr zerstörtes Schiff ein, das sich dann direkt hinter der Plattform materialisierte. Die fröhlichen Spieler kletterten schnell hinein und machten sich auf die Suche nach Abenteuern. Um etwas vom Friedhof zu stehlen, musste man nicht nur den Code kennen, sondern auch die

Heimatwelt und den Status des Schiffes, also ob es zerstört war oder nicht.

Die *Alexandria* erschien ganz plötzlich, als hätte man ein magisches Tuch weggezogen. Der riesige Koloss der Klasse A war ein Kreuzer des neuesten Typs. Die Luke öffnete sich, und die Besatzung des Kreuzers eilte hinein, um die Stationen zu besetzen. 20 Sekunden vergingen, dann leuchtete das Schiff in einer Myriade von Lichtern auf, als würde ein Tiefsee-Leviathan seine Augen öffnen. Ein Schild flackerte um den Kreuzer herum auf und schützte mein eigenes Schiff gerade noch rechtzeitig. Marina war im Begriff, eine Rechnung zu begleichen. Die Torpedos näherten sich, und die *Warlock* schlich sich so nah wie möglich an den Rumpf des Kreuzers heran, um bei ihrer großen Schwester Schutz zu suchen. Es war ein ohrenbetäubendes Krachen zu hören, und alle 25 Torpedos verpufften in einer gut koordinierten Salve der Punktverteidigungskanonen meines Partners. Wenn ich nicht wüsste, dass ein 14-jähriger Junge die Waffensysteme des Kreuzers steuerte, würde ich annehmen, dass ein Team von Artilleristen ein solches Kunststück vollbracht hätte. So wie es aussah, war der Junge Kiddos ganzer Stolz. Sie hatte ihn selbst ausgebildet und wachte Tag für Tag über ihn, um sicherzustellen, dass die Fähigkeiten ihres Artilleristen entsprechend wuchsen.

Kaum hatten sie Anton abgeholt, durchbrach Marinas freudige Stimme die Stille auf der gemeinsamen Frequenz:

„Achtung an alle Schiffe! Hier spricht die Kapitänin des Kreuzers *Alexandria*! Ich erkläre dieses System zur Waffenstillstandszone. Jede weitere Aggression wird als feindlich betrachtet und mit scharfem Feuer beantwortet. Ihr hattet eure Chance, mich loszuwerden, und habt sie verpatzt, ihr Trottel."

Die Obszönitäten, die daraufhin ausbrachen, ließen darauf schließen, dass es nur wenige Gentlemen in diesem System gab. Und während die Mehrheit auf ihre abgedroschenen Memes und

Beleidigungen zurückgriff, versuchte eine kleine Handvoll, Kiddo den Grund ihres Handelns klarzumachen.

„Wir haben Befehle vom Imperator!"

„Wir können Sie nicht aus dem System entkommen lassen, Kapitänin Kiddo!"

„Wir müssen schießen!" Das waren die einzigen Antworten, die keine Schimpfwörter enthielten.

„Nicht allzu clever, Leute", murmelte ich zu mir selbst, amüsiert über den Zirkus. Im Moment war Kiddo bereit, jeden in Stücke zu sprengen, der zwischen ihrem Schiff und ihrer Freiheit stand.

„Ich habe meinen Teil gesagt. Chirurg, wir fliegen los. Setze die Peilung auf zwei-zwei-null, Geschwindigkeit 20. Jeder, der sich uns in den Weg stellt, wird gnadenlos vernichtet. Ich habe meinen Kurs bekanntgegeben. Du kannst selbst entscheiden, was dir wichtiger ist: die Befehle des Imperators oder die aktuelle Klasse deines Schiffes."

Marina unterbrach ihre Übertragung und rief mich auf unserem geschlossenen Kanal an.

„Ich kann die Disruptorstrahlen lange genug blockieren, damit wir aus dem System springen können, aber es wird etwas Zeit brauchen. Ich weiß nicht, ob die Qualianer ihre Kommandozentrale rechtzeitig wieder aufbauen werden. Mit einem Großen Gebieter werden wir nicht fertig. Ich werde ihn kein zweites Mal ausschalten können. Lass uns zuerst das System verlassen, dann kümmern wir uns um die Hyperantriebsdisruptorstrahlen und besprechen die Sprungkoordinaten. Im Moment können wir nicht aus dem Imperium springen. Ein einzelner Kreuzer macht mir keine Angst, aber wenn wir auf eine Gilde stoßen, die als Team agiert, werden sie uns vermutlich überwältigen. Ich schicke die Logbucheinträge rüber. Der komplette Bericht über den Kampf ist da drin. Over and out."

Nachdem ich Brainiac angewiesen hatte, dem Kreuzer zu folgen, rief ich den Berater auf Raydon an.

„Piratin Kiddo hat mir die Logbucheinträge gegeben, bitte nehmen Sie die Übertragung von mir an. Analysieren Sie die Daten. Wenn sich der Plan der Qualianer bestätigt, würde ich meine Mission als erfüllt betrachten."

„Ich bestätige die Übertragung. Ich brauche etwa eine halbe Stunde, um die Daten auszuwerten. Unsere Signalqualität verschlechtert sich. Entfernen Sie sich vom Planeten?"

„Ja, in etwa einer Minute wird unsere Verbindung komplett verschwinden. Es ist unwahrscheinlich, dass die Qualianer uns erlauben werden, ihre Kommunikationsrelais zu benutzen", bestätigte ich, während Brainiac mir erklärte, was mit meinem HUD los war. Der Schiffscomputer konnte an meinen Gesprächen mit NPCs teilnehmen.

„Ich werde es nicht in ein paar Minuten schaffen." Der Berater klang unzufrieden. „Wenn die Daten nicht bestätigt werden, kehre ich mit leeren Händen zum Imperator zurück und Sie verlieren damit den Zugang zum Imperium. Das waren die Bedingungen Seiner Imperialen Majestät."

Ich wiederholte leise einige Flüche, die vorhin an Kiddo gerichtet worden waren, doch dann blitzte vor meinen Augen eine Meldung auf, dass die Quest aktualisiert worden war.

„Ich habe auf diesem Planeten nichts mehr zu tun. In fünf Minuten werde ich an Ihr Schiff ausgeliefert werden. Bitte verschieben Sie Ihren Abflug." Der Tonfall des Beraters duldete keine Widerrede.

„Marina, ich habe ein Problem. Ich muss auf den Berater warten. Fünf Minuten."

„Wir haben keine fünf Minuten!", bellte die junge Frau wütend. „In ein paar Minuten werden die besten qualianischen Gilden ihre Kreuzer in dieses System schicken. Dann kannst du dich genauso gut selbst zerstören. Ich habe nicht vor, mich mit einer Armada anzulegen."

„Wenn ich jetzt abhaue, verliere ich eine sehr schöne Quest-Sequenz. Und ich verliere den Zugang zur Hansa Corp. Und außerdem ... Na ja, du siehst, ich verliere einfach zu viel!"

„Verdammt noch mal, Chirurg! Wir warten fünf Minuten und lassen uns langsam aus dem System treiben. Sag deinem Berater, er soll sich beeilen. Und verlass nicht meinen Sicherheitsbereich. Hier wird's gleich heiß hergehen. Und noch etwas: Wenn wir hier rauskommen, schulde ich dir nichts mehr für die Rettung oder mein Schiff. Over and out."

Der Schild der *Alexandria* färbte sich tiefviolett – eine Warnung an jeden, der sich Sorgen machte, dass das Schiff sich für eine Attacke auflud. Erneut wurden die Kommunikationskanäle von Schreien und Schimpfwörtern überflutet. Die Schiffe um uns herum beeilten sich, so weit wie möglich von der *Alexandria* wegzukommen, aber nicht alle konnten es rechtzeitig schaffen. Der Bug der *Alexandria* entlud sich in einem Blitz, so hell wie eine Sonne, und stieß in Richtung des nächstgelegenen Kreuzers einen riesigen Feuerball aus. Mehrere Torpedos schossen aus dem feindlichen Schiff, um den Plasmaball aufzuhalten, aber er verschluckte sie nur und wurde immer größer. Als der riesige Plasmaball das feindliche Schiff erreichte, erstarrte Galaktogon für einen Moment – die Spielserver berechneten den Schaden und ergaben dann das folgende Bild.

Die Überreste des qualianischen Kreuzers blieben an ihrem Platz. Die mysteriöse Waffe blies das Schiff weder auf die andere Seite der Galaxie noch zerlegte sie das Schiff in seine einzelnen Atome, noch ließ sie es zu einem schwarzen Loch zusammenfallen.

Der Plasmaball brannte sich einfach durch den Rumpf und hinterließ einen vollkommen geraden Tunnel von immenser Breite. Aber Marina hatte es nicht eilig, ihren Sieg zu feiern. In der nächsten Sekunde schossen etwa 50 Torpedos von der *Alexandria* aus auf der Suche nach ihren Zielen los. Als sie sah, wie die Spieler in den kleineren Schiffen durch den Untergang des Kreuzers abgelenkt wurden, nutzte Kiddo ihre Chance. Der Preis für das Gaffen erwies sich als happig: 50 helle Blitze signalisierten 50 verlorene Klassen und 50 zerstörte Schiffe.

„Wenn ihr mir nicht in den nächsten zwei Minuten euer Heck und euren Antrieb zuwendet, wiederhole ich den Trick noch einmal", schnitt Marinas kalte Stimme durch die Schimpfkanonade, sodass diese verstummte.

Die Spieler waren dieses Mal etwas fixer. Einer nach dem anderen drehten sie mit ihren Aufklärern, Fregatten und sogar mit den Karacken ab und berechneten ihre Hypersprungrouten. Die drei verbliebenen Kreuzer sahen jedoch so aus, als wollten sie Kiddo gemeinsam angreifen.

„Anfrage zum Andocken eingegangen", verkündete Brainiac in die unheilvolle Stille hinein. Der Berater hatte uns in nur drei Minuten erreicht. Abgelenkt durch seine Ankunft vergingen ein paar Minuten, bevor ich wieder auf meine Bildschirme schaute – bis dahin war das Raydon-System gesäubert. Die Kreuzer besannen sich eines Besseren und eilten davon.

„Ich schicke dir die Koordinaten. Wir starten", befahl Marina, sobald das Schiff abgekoppelt war. Der Precianer nahm auf dem Beifahrersitz Platz und vertiefte sich in seine Analyse der Logbucheinträge von Kiddos Schiff. Brainiac berechnete die Zahlen für den Hypersprung und zeigte in der Zwischenzeit einen Countdown-Timer an. Es sah so aus, als würden wir doch noch aus diesem Schlamassel herauskommen ...

„Good Mooorning, Galaktogon!" Gammons Stimme platzte
über den öffentlichen Chat herein, als der Ingenieur traurig sagte:
„Ein Hyperantriebsdisruptorstrahl hält unser Schiff fest. Wir
werden nicht in den Hyperraum eintreten können. Zehn Kreuzer
sind in das Raydon-System eingedrungen."

Zeit mit Verhandlungen zu verbringen, war nicht Marinas
bevorzugte Vorgehensweise. Die Triebwerke der Alexandria
flackerten auf und der Kreuzer raste mit einer solchen
Geschwindigkeit vorwärts, dass ich gezwungen war, meinem
Schlangeningenieur zu danken, dass er unsere Triebwerke
rechtzeitig aufgerüstet hatte. Nur dank dieses Upgrades konnte ich
mit meiner Partnerin mithalten.

„Kiddo, wo willst du hin? Ich bin hergekommen, um mit dir
zu plaudern – habe sogar ein paar Kreuzer mitgebracht – und du
zeigst mir dein Hinterteil. Pass auf, das könnte ich als Flirtversuch
missverstehen", grunzte Gammon und lachte dann über seinen
eigenen Witz.

„Habe ich etwas verpasst? Haben wir irgendetwas
Geschäftliches zu besprechen?" Marina antwortete abwartend und
ignorierte die dubiose Dringlichkeit.

„Nicht mit dir, aber mit dem kleinen Vögelchen, das da unter
deinem Flügel steckt. Chirurg... Oh, Chirurg... Sei ein Mann und
komm unter dem Rock dieser jungen Dame hervor, ja? Du
schuldest mir etwas. Kapitänin der Alexandria – du kannst das
System verlassen, sobald du das UFO nicht mehr abschirmst. Sein
Schicksal liegt in der Zuständigkeit des qualianischen Imperiums.
Oder meiner. Ich habe mich noch nicht entschieden."

„Und dann was? Lässt du mich dann gehen? Ohne ein
doppeltes Spiel zu treiben oder so? Die Piratin, die deinen Herren
entkommen ist?", fragte Marina misstrauisch, und mein Magen
rutschte mir in die Hose.

Meine Hand kroch automatisch zum Selbstzerstörungsknopf. Selbst wenn die gesamte Elektronik des Schiffes mit einer EM-Explosion außer Gefecht gesetzt würde, würde der Knopf funktionieren.

„Ich werde dich aus Prinzip gehen lassen. Es ist profitabler für mich, wenn du mir etwas schuldest. Ich kann es mir leisten, einer netten Dame einen Gefallen zu tun, anstatt sie zu bekämpfen."

„Edel von dir, aber schwer zu glauben."

„Seien wir ehrlich, Kiddo. Wenn die Qualianer meine beiden Kreuzer nicht weggeschickt hätten, wärst du noch in deiner Zelle. Und das ist das Problem der Qualianer. Aber lass doch den Chirurgen zurück. Wozu brauchst du ihn? Ich habe zehn Kreuzer, zwei davon können vor dein Schiff springen. Was hast du vor? Das Feuerwerk vorhin war beeindruckend, aber du wirst diese Waffe nicht mehr als dreimal einsetzen können. Du hast höchstens noch drei weitere Ladungen. Ich bin bereit, drei Kreuzer zu opfern. Und du?"

„Chirurg, wir müssen dringend nach Zalva zurückkehren!", sagte der Berater aufgeregt und lenkte mich von dem Dialog ab, der über mein Schicksal entscheiden sollte. „Ich habe den Beweis, dass die Qualianer mitschuldig sind! Der Imperator muss es mit eigenen Augen sehen. Er wird den Krieg ausrufen!"

Quest erfüllt: *Tiefgreifende Aufklärung.*

Melden Sie sich beim precianischen Imperator, um Ihre Belohnung zu erhalten.

Ein rettender Gedanke schoss mir durch den Kopf, und ich ließ es darauf ankommen und betete, dass der Precianer nicht sofort ablehnen würde.

„Berater, ich habe gehört, dass Sie nicht mit Piraten zusammenarbeiten. Was würden Sie sagen, wenn die Black Sails zu den Precianern überlaufen? Mit all ihren Ressourcen und Schiffen?"

„Das ist ein sehr interessanter Vorschlag", antwortete der Berater. „Es wäre töricht, die Unterstützung einer Gilde dieses Niveaus abzulehnen. Aber ich fürchte, nachdem wir unser Protestmemorandum bei den Qualianern eingereicht haben, werden wir keine Änderungen der Loyalität zwischen unseren Imperien mehr in Betracht ziehen. Wenn die Black Sails ihren Antrag nicht rechtzeitig einreichen, können wir ihnen nicht helfen. Weder wir noch ein anderes Imperium in Galaktogon. Die Black Sails werden sich von unten nach oben arbeiten müssen, um ihre Nützlichkeit für ihr neues Imperium zu beweisen. Sie werden weder Planeten noch Bergbaukonzessionen erhalten."

„Sie könnten sich jetzt bei Ihnen bewerben und einen bedeutenden Beitrag zur Entwicklung des Imperiums garantieren. Sie könnten zum Beispiel eine aktive finanzielle Rolle bei der Wiederherstellung des zweiten Mondes von Zalva übernehmen", warf ich den Köder aus und erkannte an einer rot blinkenden Glühbirne, dass der Berater den Imperator bereits wegen des Deals kontaktiert hatte. Die achtbeste Gilde im qualianischen Imperium war nicht zu verachten, vor allem, wenn ein Krieg vor der Tür stand.

„Wenn sie jetzt dem precianischen Imperium die Treue schwören, wird der Imperator eine Ausnahme machen und sie akzeptieren", sagte der Berater und gab meiner Hoffnung auf Rettung eine echte Grundlage.

Ich hatte in der Zwischenzeit nicht mehr bei den Verhandlungen zwischen Kiddo und Gammon zugehört, aber das war jetzt unwichtig.

„Kiddo, hör auf, zu feilschen. Unser Verdacht hat sich bestätigt. Der Berater hat die Beweise anerkannt. Gammon, mein Angebot steht noch. 10 Millionen Credits für Informationen, die viel mehr wert sind und die Interessen deiner Gilde betreffen. Kapitänin Kiddo wird bestätigen, dass ich nicht bluffe."

Marina schaltete sofort um.

„Gammon, die Informationen, die Chirurg dir anbietet, sind wirklich wertvoll", sagte sie. „Du kennst mich – ich lege Wert auf meinen Ruf. Wenn du uns ziehen lässt und bezahlst, wirst du später immense Gewinne erzielen."

„Was ist das für ein neuer Schwindel?", schnaubte der Gildenleiter. „Sucht ihr zwei nach einem neuen Trottel, den ihr austricksen könnt?"

„Achtung, wir bremsen ab", verkündete Kiddo öffentlich und die *Alexandria* fiel abrupt hinter die *Warlock* zurück. Ich bremste ebenfalls ab und kehrte zum Heck des Kreuzers zurück. Natürlich riskierte Kiddo dabei, dass uns die feindlichen Schiffe einkreisen konnten, aber es würde schwierig werden, das Vertrauen des Chefs der Black Sails auf andere Weise zu gewinnen. „Gammon, ich warte auf meinem Schiff auf dich. Chirurg, du solltest dich uns anschließen. Lasst uns nicht so kindisch sein, dieses blöde Ich-glaube-dir-nicht-Spiel ist doch Zeitverschwendung."

Zehn Minuten später fand in der gemütlichen Kabine der *Alexandria* ein Treffen von fünf Personen statt: Marina und Anton, Gammon, sein Stellvertreter Bones und ich.

„Also gut, dann lasst mal hören", sagte Gammon und rückte seinen Stuhl näher heran. Der Chef der Sails war immer noch der Meinung, dass er seine Zeit verschwendete, aber für den Moment hatte die Neugier gesiegt. „Wann habe ich schon mal die Gelegenheit, auf der *Alexandria* abzuhängen und zwei Gaunern zuzuhören, die mich überreden wollen, 10 Millionen Credits zu verschwenden?"

„Wir bieten dir einen Deal an. Wir geben dir zuerst die Informationen, und wenn du deren Wert erkennst, überweist du das Geld und lässt uns frei. Für dich besteht für also kein Risiko." Ich bemühte mich, Wohlwollen und Selbstvertrauen auszustrahlen.

„Und wenn ich den Wert nicht sehe?" Gammon wechselte einen Blick mit seinem Stellvertreter.

„Dann wirst du in ganz Galaktogon als der hinterletzte kleine Scheißer ohne Ehre und Würde berühmt. Und ich werde persönlich dafür sorgen, dass sich dieser Ruf überall ausbreitet", erwiderte Kiddo ernst.

„Das ist aber nicht sehr gastfreundlich, Kiddo. Anstatt Tee anzubieten, spuckst du Galle. Na gut, dann lüftet mal euer Geheimnis", sagte Gammon.

„Die Qualianer arbeiten mit den Zatrathi zusammen und verletzen damit ihren Vertrag mit der Allianz. Die Precianer haben unwiderlegbare Beweise für diese Tatsache, und sobald der Berater nach Zalva zurückkehrt, egal ob von sich aus oder nach dem Respawn, wird die Allianz ein Embargo aussprechen. Die Beziehungen zwischen den Imperien sind ohnehin schon angespannt, und nun scheint ein Krieg unvermeidlich."

„Ja, und weiter?", schnaubte Gammon. „Die Qualianer hatten schon immer eine Vorliebe für die Zatrathi. Jeder wusste davon, und es hat vorher niemanden gestört, warum jetzt einen Krieg anzetteln?"

„Weil zuvor noch kein imperialer Berater den Befehl erhalten hatte, persönlich unwiderlegbare Beweise für den Imperator zu beschaffen. Verstehst du das oder nicht? Ich bin sicher, das ist auch für dich ein neues Szenario. Sieh selbst, wie ein NPC auf diese angeblich so banale Neuigkeit reagiert."

Ich schickte Gammon und Kiddo einen kurzen Clip, in dem der äußerst aufgebrachte Berater über seinen Fund im Logbuch der *Alexandria* plapperte. Nachdem das Video die gewünschte Wirkung erzielt hatte, fuhr ich fort:

„Nun denk mal nach, Gammon. Im Moment hast du sechs Planeten, gute Verbindungen innerhalb deines Imperiums, eigene Weltraumminen und stehst auf Platz acht der Rangliste. Was wird mit all dem passieren, wenn die vereinten Kräfte aller Spieler aus allen anderen Imperien auf euch losgehen? Die Zatrathi sind weit weg und sie sind sehr mächtig. Die Spieler werden es auf einen Feind in der Nähe absehen, einen kleineren Fisch zum Verschlingen. Da kommst du kleiner Fisch doch gerade recht, oder?"

„Das werden wir ja sehen! Sollen sie doch kommen. Ich werde ihnen selbst einiges zu erzählen haben", sagte Gammon zornig. Der Gildenführer verstand schnell die Zusammenhänge und konnte sich seine Zukunft wahrscheinlich besser vorstellen als ich.

„Niemand behauptet, dass du nicht lange und tapfer kämpfen wirst, aber du kennst das Endergebnis bereits. Die Qualianer werden geschlagen werden – früher oder später, aber sie werden geschlagen werden. Die Spieler werden wie Weltraumratten von einem sinkenden Schiff fliehen, aber es wird zu spät sein. Sie werden alles verlieren. Und jetzt hör mir zu: Ich habe mit dem Berater speziell über dich gesprochen – und über die Möglichkeit, dass deine Gilde als Söldnerheer zum precianischen Imperium wechseln könnte."

An dieser Stelle schickte ich Gammon und Kiddo einen weiteren Clip des Beraters, in dem er die Bedingungen für den Fraktionswechsel der Black Sails darlegte.

„Wie du siehst, ist der Übergang von einem Imperium zum anderen unter normalen Umständen – ohne unseren Segen und unsere Kooperation – streng geregelt. Du hättest schlichtweg keine Zeit, all deine Vermögenswerte von den Qualianern in Sicherheit zu bringen. Und jetzt sag mir noch einmal, dass ich die Freiheit und die Belohnung, um die ich gebeten habe, nicht verdiene. Vor allem, da ich mich für eine imperiale Garantie eingesetzt habe. Hier – nimm das als Beweis meines guten Willens dir gegenüber."

Ich schickte den letzten Ausschnitt ab, in dem der Berater im Namen des Imperators den Übergang der Black Sails an das

precianische Imperium bestätigte, unter der Bedingung, dass sie
dies sofort täten. Durch Gammons verspiegeltes Visier konnte ich
seine Reaktion nicht sehen. Ich konnte nur abwarten, bis er das
Angebot mit seiner Gilde und seinen Stellvertretern besprochen
hatte. Marina beriet sich derweil mit Anton und schenkte uns
keine Beachtung.

„Ich werde nicht genug Zeit haben, unser gesamtes Vermögen
zu liquidieren, während du auf dem Weg nach Zalva bist." Es hatte
etwa fünf Minuten gedauert, bis Gammon zu uns
zurückgekommen war. Ich hatte sogar angefangen, mir Sorgen zu
machen. „Ich brauche drei oder vier Stunden."

„Kein Problem", kam Marina mir zu Hilfe, denn ich hatte keine
Ahnung, wie ich den Berater davon überzeugen sollte, die Zusage
zu verschieben. „Wenn du es dem Berater wert bist, wird er dir die
zusätzliche Zeit geben."

„Wofür? Weitere 10 Millionen? Ich weiß noch nicht einmal,
wie viel der Wiederaufbau von Zalvas Mond unsere Gilde kosten
wird", brummte Gammon.

„Es geht nicht um Geld. Ich habe etwas anderes im Sinn. Du
hast selbst gesagt, dass jeder über die Zatrathi Bescheid weiß. Hilf
mir, das Schiff zu finden, das mich in einen Hinterhalt gelockt hat,
versprich dem Berater, es ihm auszuliefern, und er wird gern so
lange wie nötig warten. Das wird auch die Precianer noch mehr
davon überzeugen, die Beziehungen zu den Qualianern
abzubrechen."

„Du willst, dass ich dir helfe, dich zu rächen?" Gammon
verstand sofort, worauf Kiddo hinauswollte.

„Ganz genau. Die Zatrathi haben uns von hinten angegriffen
und unsere Kanonen kampfunfähig gemacht. Ich habe es gerade
noch geschafft, sie mit 20 meiner Lieblingstorpedos zu treffen. Das
Zatrathi-Schiff ist noch irgendwo hier und wird repariert. Es sollte
nicht schwer sein, es zu finden. Gewähre Chirurg und mir sicheres

Geleit, bezahl uns für unsere Hilfe mit den Precianern und der Berater ist auf deiner Seite. Ich lege zu viel Wert auf meinen guten Namen, um mich von Abschaum überfallen zu lassen. Chirurg, bist du auf unserer Seite?"

„Das müsst ihr ohne mich machen", musste ich ablehnen. „Ich habe so viel Loot aus Raydon geplündert, dass ich mich erst einmal zurückziehen und meine Vorräte sortieren muss. Ich habe nicht viel Lust, die Zatrathi zu jagen, die es geschafft haben, dich auszuschalten. Lass uns das ohne meine Beteiligung machen."

„Ich bin mit den Bedingungen einverstanden", sagte Gammon und setzte alles auf eine Karte. „Bringt den Berater her."

„Nein, mein Lieber!" Kiddo lächelte schief. „Zuerst müssen wir einen Vertrag aufsetzen und ihn unterschreiben. Ich mag keine Überraschungen. Anton, zeig ihm unseren Entwurf."

Das war es also, was sie gemacht hatten, während ich bange gewartet hatte. Von dieser Vorsicht sollte ich mir etwas abschauen.

Kapitel Vier

✕

„CHIRURG, ICH HABE DAS ANGEBOT DES ANFÜHRERS DER BLACK SAILS ANGENOMMEN. Ich könnte noch weitere Beweise für den Verrat der Qualianer gebrauchen, wenn ein Krieg droht. Ich muss das Zatrathi-Schiff selbst sehen und, wenn möglich, die Besatzung ins Verhör nehmen", verkündete der Berater, sobald ich zu meiner *Warlock* zurückgekehrt war.

Der Gildenführer hatte etwas, worüber er sich freuen konnte. Nachdem er seinen Treueeid geleistet hatte, begrüßte der Berater die Idee, das Zatrathi-Schiff zur Strecke zu bringen und ihm damit Zeit zu verschaffen, seine Rechnungen im qualianischen Imperium zu begleichen. Ich stellte mir vor, dass der Markt für wertvolle Planeten durch die einzigartigen Angebote der Black Sails gerade aus allen Nähten platzte. Jede mehr oder weniger seriöse Gilde würde sich die Frage stellen, warum die Sails ihre besten Vermögenswerte veräußerten. Gammon würde sie loswerden und dafür sorgen, dass den großzügigeren Käufern ein paar Leckerbissen an Informationen zur Verfügung gestellt würden. Das Oberhaupt der Black Sails erhielt bei seinem Treffen mit dem Berater einen zusätzlichen Bonus in Form einer Garantie, dass das precianische Imperium alle Verluste, die seine Gilde bei diesem Überfall erlitten hatte, erstatten würde.

Ich blickte in Richtung des Kreuzers der Black Sails und zuckte bei dem Gedanken zusammen, dass einige Glück hatten und andere Pech. Den Worten des Beraters nach zu urteilen, gehörte ich zur letzteren Kategorie.

„Ich wurde darüber informiert, dass Sie nicht mit den Black Sails in die Schlacht ziehen wollen, aber ich muss auf Ihre Beteiligung bestehen. Trotz ihres Treueschwurs ist Gammon dem Imperator noch nicht offiziell vorgestellt worden, und die Gilde hat noch nicht bewiesen, dass die Precianer ihnen vertrauen können. Ich kann ihr Schiff nicht entern, geschweige denn die *Alexandria*. Im Falle der *Alexandria* kommt das sogar überhaupt nicht infrage! Es ist ja schließlich ein Schiff, das unter der Piratenflagge operiert!"

Ich hatte wirklich keine Lust, an diesem neuen Raubzug teilzunehmen. Das war nicht mein Kampf, und ich war müde.

„Berater, ich habe schon viel für das precianische Imperium getan und..."

„Genauso viel wie das precianische Imperium für Sie und Kapitänin Kiddo!", unterbrach der Berater mich.

„Ich stimme zu", räumte ich das Offensichtliche ein. „Unsere Geschäfte waren für beide Seiten vorteilhaft, aber hören Sie mich trotzdem an! Das Zatrathi-Schiff hat Kiddos Schiff im Alleingang zerstört. Ein einziger Treffer auf mein Schiff und wir werden zu Sternenstaub! Es wäre sicherer für Sie, an Bord des Kreuzers der Black Sails zu reisen. Ist der Imperator so skrupellos bei der Einhaltung des Protokolls, dass er Ihre Sicherheit riskieren würde?"

„Es steht Ihnen nicht zu, Pirat, die Befehle Seiner Imperialen Majestät infrage zu stellen!" Es sah so aus, als würde sich meine Beziehung zu dem Berater verschlechtern, wenn ich mich weiter mit ihm streiten würde. „Wie jeder Taugenichts kümmern Sie sich nur um Ihre Beute. Wir verstehen das, und deshalb ist das precianische Imperium bereit, Sie für jeglichen Verlust an Ladung zu entschädigen. Das Kugelschiff ist nicht der Gefahr ausgesetzt, eine Klasse zu verlieren. Es kann nichts verlieren, was es nicht hat. Was hält Sie noch zurück?"

Abgesehen von meiner kindischen Sturheit – vermutlich nichts. Widerwillig rief ich Kiddo an und verkündete, dass ich mich ihrer Rachemission anschließen würde, wenn auch ohne besondere Begeisterung. Ich stimmte zu, mitzukommen, weigerte mich aber, mich in irgendwelche Kämpfe verwickeln zu lassen.

Sobald der Berater sicher war, dass ich die Mission angenommen hatte, begann er zu telefonieren und antwortete mir nicht mehr. NPCs waren in dieser Hinsicht bequeme Partner – sie mischten sich nie in das Spielgeschehen der Spieler ein, wenn es um triviale Angelegenheiten ging.

Wütend und genervt suchte ich nach jemandem, an dem ich meine Wut auslassen konnte, und fand ein geeignetes Opfer.

„Sag mir, oh Wunder der uldanischen Technologie: Was von dem Zeug, das wir unter so gefährlichen Bedingungen gestohlen haben, können wir tatsächlich gebrauchen?"

„Damit wir es nicht verlieren, wenn wir respawnen?" Die Schlange verstand, worauf ich hinauswollte. „Ich nehme an, ich kann so ziemlich alles integrieren. Wenn du mir etwas Zeit gibst, kann ich alles zum Einsatz bringen. Aber es wird etwa sechs Stunden dauern. Passt dir das?"

„Ich denke, ich werde dich in Zoe umtaufen", murmelte ich.

„Nein, das passt mir nicht. Integriere alle Legendären Module, und um den Rest kümmern wir uns, wenn du fertig bist."

„Warum Zoe?", stotterte die Schlange.

„Ach, einfach weil mir danach ist. Lass dich nicht ablenken!", schnitt ich ihr das Wort ab.

„Dann eben nur Legendäre Gegenstände. Also, fürs Erste kann ich deinen Anzug mit einem Reparaturset, einer zusätzlichen Energieeinheit und einem automatischen Zielerfassungssystem ausstatten. Zufälligerweise hast du drei Slots frei. Letzteres ist notwendig, weil du sonst beim Schießen öfter mal das Ziel verfehlst."

Ich wurde wütend. „Jetzt reicht's! Du bist zu weit gegangen, Zoe!"

„Warum Zoe? Was soll das? Menschlicher Humor?", fragte die Roboterschlange erstaunt.

„Ja, das ist ein Witz. Zoe ist die Abkürzung für Zoetrop. Ein uraltes Gerät, das die Illusion von Bewegung, Aktivität, Arbeit erzeugt. Verstehst du?" Der Slizosaurier hatte mich mit seinen ständigen frechen Kommentaren in Rage versetzt. „Das Reparaturgerät ist nicht nötig. Montiere das an den zweiten Anzug. Gibt es etwas, das den Schaden erhöht, den ich verteilen kann? Meine Blaster werden mit den Schilden der Qualianer nicht fertig. Das wird nicht reichen."

„Wir haben eine EM-Kanone, aber ich kann sie nur an einem Arm befestigen. Sie kann nicht automatisch zielen." Zufrieden mit meiner Erklärung ließ der Slizosaurier das Thema meiner schlechten Witze fallen. „Ich kann auch die Leistung deiner Blaster um 40 % erhöhen, doch dafür muss ich etwas opfern. Es gibt keine freien Modulslots mehr. Ich schlage vor, wir opfern den Autopiloten. Du scheinst ihn sowieso nicht zu benutzen."

„Mach das!", befahl ich. Es wurde langsam eng in meiner Kabine. Die Schlange tauchte aus der Hülle auf und begann, an dem Panzeranzug zu arbeiten. Nach einer langen Pause rief sie aus:

„Käpt'n, ich habe über deinen Zoe-Witz nachgedacht. Ich verstehe den Humor... und vielleicht gefällt mir die Anspielung. Ich könnte sogar ein paar Geräte anbringen, die die Anspielung noch besser machen. Das wäre doch nett. Aber dein Ärger... Nun, um es kurz zu machen, nenn mich nicht Zoe. Ich habe einen langen Metallschwanz und du bist weich und fleischig. Ein Kampf wird unser Schiff nicht besser machen."

„Schon gut, du hast mich überzeugt", antwortete ich lachend, während sich meine schlechte Laune verflüchtigte. Beruhigt widmete ich mich wieder meinen Vorbereitungen für den Raubzug.

Dann vibrierte mein PDA – es war Kiddo.

„Chirurg, ich schicke dir die Koordinaten. Wir werden in ein paar Minuten springen. Wir werden zuerst reingehen und dir Schutz bieten. Mach nur nichts auf eigene Faust."

Nachdem ich Marina versichert hatte, dass ich in diesem Fall nicht die geringste Neigung zum Heldentum hatte, erinnerte ich mich an meinen blinden Passagier. Der Qualianer, den ich aus dem Gefängnis befreit hatte, befand sich immer noch in der Medkapsel – vor allem, damit er nicht im Weg herumstand. Ich bat den Ingenieur, eine Pause von der Aktualisierung meines Panzeranzugs zu machen, den Gast freizulassen und meine alte Rüstung für meinen Gast vorzubereiten. Als der Qualianer erschien, nickte ich auf den für ihn vorbereiteten Anzug.

„Zieh dir den an. Dieses Schiff hat keine Trägheitsdämpfer."

Ich musste ihm das nicht zweimal sagen. Der Qualianer zog den Anzug schnell an und justierte seine Einstellungen. Es sah aus, als wüsste er, was er tat.

„Weshalb warst du im Gefängnis?"

Im Gegensatz zu dem Gefangenen auf der uldanischen Basis hatte das System zugelassen, dass ich diese Figur mit auf mein Schiff nahm. Ich musste nur noch herausfinden, wofür ich ihn brauchte.

„Wegen Verstoßes gegen das qualianische Gesetz", kam die vage Antwort.

„Darauf wäre ich jetzt nicht gekommen", murmelte ich vor mich hin. „Also gut, du Verstoßer gegen das qualianische Gesetz, ich brauche dich nicht auf diesem Schiff. Wenn du bleiben willst, dann beantworte meine Fragen vernünftig. Wenn du diesen Fehler

noch einmal machst, werfe ich dich aus dem Schiff. Zeig's ihm,
Brainiac."

Im nächsten Augenblick flog der Qualianer in den Weltraum,
genau wie Marina zuvor. Nachdem er die Wonnen der
Schwerelosigkeit und der kosmischen Strahlung genossen hatte,
ließ ich ihn von Brainiac zurückholen.

„Das nächste Mal lasse ich dich da draußen, nur ohne den
Anzug. Soll ich meine Frage wiederholen?"

„Nein." Das hatte ausgereicht, um den Qualianer zu
beeindrucken, aber er war auch intelligent. Ich wusste nicht, was
ihn mehr beeindruckte - die Aussicht auf einen langen Aufenthalt
im Weltraum oder das plötzliche Auftauchen von Löchern in
meinem Schiff, aber er berichtete eifrig: „Unbefugtes Betreten des
Besitzes des Herzogs von Dalerno mit der Absicht, einige
Familienornamente zu stehlen. Verurteilt zum Tode."

„Wie langweilig. Ein pfuschender Einbrecher", fasste ich
zusammen.

„Ich bin kein Einbrecher. Ich bin ein Dieb! Und ich hatte auch
ein recht gutes Standing in der Diebesgilde."

„Das Schlüsselwort ist ‚hatte'. Diebe mit gutem Standing
werden nicht erwischt."

„Diebe mit gutem Standing werden manchmal von
Scheinkunden reingelegt und landen im Gefängnis oder am
Galgen. Ich war gerade erst in den Palast gekommen und sie hatten
schon auf mich gewartet."

„Dann ist ja alles klar." Meine Neugier auf den glücklosen Dieb
ließ nach, und ich überlegte, wo ich ihn loswerden konnte. „Ich
werde mit einem Berater des precianischen Imperators auf einen
Raubzug gehen. Danach plane ich, nach Belket zu springen. Ich
kann dich dort absetzen."

„Warum? Töte mich doch einfach hier", schnaubte der Dieb.
„Oder wirf mich ins All hinaus. Auf precianischem Gebiet habe ich
keine Chance."

„Ich habe keinen Grund, dich zu töten. Und ich werde dich
nicht mit einer Rüstung über Bord werfen. Ich könnte den Anzug
noch gebrauchen. Aber ich kann auch keinen zusätzlichen
Sauerstoffverschwender auf diesem Schiff gebrauchen.
Irgendwelche Vorschläge? Vielleicht kann ich dich zu deinen
Kollegen zurückbringen?"

„Die Diebe werden mich nicht wieder aufnehmen. Ich bin ein
toter Mann für sie. Keiner wird mit mir Geschäfte machen wollen.
Was die Imperien angeht, habe ich ja bereits die Precianer erwähnt,
und bei den anderen ist es nicht anders. Besser, du setzt mich auf
irgendeinem Planeten der Konföderation ab."

Ein Ausgestoßener? Mein Interesse an dem Qualianer wuchs
wieder. Es war immer eine nette Sache, in einem Spiel auf einen
Ausgestoßenen zu treffen. Sie waren meistens gute
Gruppenmitglieder und sie hatten auch fast immer irgendeine
einzigartige Fähigkeit. In meinem Kopf regte sich der Gedanke,
dass die Begegnung mit diesem Passagier kein reiner Zufall war.
Der Qualianer könnte durchaus eine versteckte Belohnung von
den Entwicklern für das Herausholen der Piraten sein. Laut
Drehbuch hätte Kiddo von den anderen Piraten gerettet werden
müssen. Und dieser Kerl hatte in der Nachbarzelle gesessen. Das
war die erste Sache. Seine Spezialisierung war Diebstahl. Das war
die zweite Sache. Und er hatte keine Freunde und Verwandte. Die
Gedanken wirbelten durch meinen Kopf, und mir wurde klar, dass
ich diesem Kerl ein lukratives Angebot machen sollte.

„Es gibt noch eine andere Möglichkeit. Es scheint, als hätte ich
dich schon zweimal gerettet und ich fühle mich daher in gewisser
Weise für dich verantwortlich. Die Vorsehung deutet darauf hin,
dass unsere Schicksale miteinander verbunden sein sollten." Ich

hielt inne, in der Hoffnung, dass ich es mit dem Fatalismus nicht
übertrieben hatte, und fuhr dann fort: „Du kannst ein Mitglied
meiner Mannschaft werden, wenn du einen Treueeid leistest. Ich
bin ein Pirat. Plündern und Brandschatzen ist mein Handwerk. Ein
guter Dieb kann mir durchaus nützlich sein."

„Und wirst du mich an den Planetengeist binden?", erkundigte
der Dieb sich ungläubig. Seine Frage bestätigte mir nur, dass er
wirklich ein Ausgestoßener war. Er hatte keine Heimatwelt, also
würde jeder Tod sein letzter sein.

„Als Kapitän muss ich doch auf mein Team aufpassen", sagte
ich. „Ich habe meinen eigenen Planeten mit eigenem Geist, also
sollte es kein Problem damit geben. Aber ich möchte wissen, ob
ich dir vertrauen kann. Ich habe dich erst vor ein paar Stunden
kennengelernt. Du könntest lügen. Was, wenn du beschließt, mein
Schiff zu stehlen und es deinen Gildenkameraden zu überlassen?
Was, wenn du mich im unpassendsten Moment verrätst? Wenn du
meiner Crew beitreten willst, dann beweise mir, dass du es auch
verdienst."

„Dieses Spiel können wir beide spielen", spottete der Qualianer.
„Ich könnte dir meine Nützlichkeit beweisen, dir ein paar nette
Orte und Passwörter der Diebesgilde verraten und am Ende würde
ich mich ohne Rüstung im Weltraum wiederfinden. Ihr Menschen
seid in dieser Hinsicht sehr unzuverlässige Partner."

„Bist du sicher, dass du da nicht etwas verwechselst? Es waren
deine ach so zuverlässigen Qualianer, die dich verraten und zum
Tode verurteilt haben, während dieser unzuverlässige Mensch dich
zweimal gerettet, dir eine Rüstung gegeben und dir eine
Heimatwelt angeboten hat." Ich legte dem Qualianer ein wenig
die Daumenschrauben an. Der Einsatz lag schon in der Mitte des
Tisches, deshalb ging es jetzt nur noch darum, den anderen in die
gewünschte Richtung zu führen. „Wenn du mir nicht glaubst, dann

bleibt dir nur ein Ausweg – der erste Planet der Konföderierten, der auf unserem Weg liegt."

Der Qualianer schwieg, und ich gab einen Befehl an den Schiffscomputer:

„Brainiac, passe die Berechtigungen für seinen Panzeranzug an: keine Triebwerke, keine Waffen, keine Schiffsintegration, keine Versuche, den Anzug auszuziehen. Überwache alles, was unser Gast an Bord unseres Schiffes tut. Ich werde weder Sabotage noch Diebstahl dulden. Ach, übrigens. Wie nennt man dich, Dieb?"

„Jacques Sebastian. Angestammter Schmuggler und Meisterdieb. Ehemaliger Berater der Diebesgilde von Raydon. Der Einzige, der es durch die Lazarus-Pyramide geschafft hat", antwortete der Qualianer und versuchte damit wohl, seinen Wert herauszustellen.

„Das mit der Pyramide hört sich beeindruckend an, aber ich kann damit nichts anfangen. Ich habe keine Ahnung, was die Lazarus-Pyramide ist. Ich werde dich zu Hilvar bringen müssen. Er mag Schmuggler."

„Wow! Du kennst Hilvar?", fragte Sebastian sarkastisch.

„Ja, und du verschwendest deinen Sarkasmus. Ich bin nicht der unbedeutendste Pirat in dieser Galaxie. Die beiden Leute, die ich aus dem Gefängnis befreit habe, sind die Kapitänin des Kreuzers *Alexandria* und ihr Erster Offizier. Schon mal von ihnen gehört?"

„Ich habe gehört, dass sie mit dem Korsen gemeinsame Sache macht. Solche Leute sind für mich genauso schlechter Umgang wie für dich. Die schlimmsten Piraten."

„Du irrst dich, Dieb. Sie würde um keinen Preis etwas mit dir zu tun haben wollen. Und die ‚schlimmsten Piraten' haben dich auf meinen persönlichen Wunsch hin nicht getötet. Überleg dir einfach, was du willst, bevor wir zu Hilvar fliegen. Ich muss mich im Moment um ein Zatrathi-Schiff kümmern."

Der angestammte Schmuggler nervte mich mit seiner Sturheit,
also beschloss ich, ihn über sein wenig beneidenswertes Schicksal
nachgrübeln zu lassen. Die Möglichkeit, dass er sich dafür
entscheiden würde, auf einem Planeten der Konföderation
zurückgelassen zu werden, schmolz allmählich dahin. Mein
Angebot war das beste und vor allem das einzige. Der Dieb hatte
gerade versucht, sich so teuer wie möglich zu verkaufen, und ich
hatte dagegengehalten, um den Preis zu senken.

Die Kreuzer von Kiddo und Gammon blinkten und
verschwanden dann. Die Spieler gingen in den Kampf gegen die
Zatrathi, und es war Zeit für mich, mich ihnen anzuschließen.

„Los geht's, Brainiac. Hast du den Panzeranzug aufgerüstet,
Schlange?"

„Ja, aber eines der Upgrades ist ein qualianischer Prototyp,
der noch nicht ganz funktioniert. Er hat einen kritischen Fehler,
also pass auf, dass du nicht daran rumfummelst. Sonst wirst du
respawnen, bevor ich das korrigieren kann."

„Na, das ist ja toll", sagte ich sarkastisch. „Du hast doch gesagt,
es seien nur noch drei Slots frei."

„Ja, aber ich habe das Sonarmodul entfernt, da es mir
überflüssig erschien. Der Weltraumscanner kommt auch im Wasser
ganz gut zurecht. Dafür hast du ein zusätzliches Argument in Form
von 20 Oberfläche-zu-Oberfläche-Raketen. Lass dich von ihrer
geringen Größe nicht täuschen. Die reißen ein ganzes
Schlachtschiff in Stücke. Ich habe sie mit dem Zielsystem der
Blaster verkabelt, also sollte das Ganze problemlos funktionieren –
äh, wenn es denn funktioniert."

„Und wie lange muss ich warten, bis du den Fehler behoben
hast?" Diese neue Waffe klang wirklich gut. Ich wollte sie so schnell
wie möglich ausprobieren.

„Ich weiß es nicht. Ich brauche Zeit. Ein paar Tage. Wenn du also die Raketen startest und sie aus Versehen beim Abschuss detonieren, ist das nicht meine Schuld. Ich habe dich gewarnt."

Nachdem ich das Für und Wider abgewogen hatte, entschloss ich mich, die Dinger zu behalten. In den nächsten Tagen würde mich niemand dazu zwingen, die Raketen einzusetzen, und dann würde der Ingenieur alles reparieren. Und wenn das Zatrathi-Schiff uns vernichten würde, bliebe dieses nette Anhängsel bei mir.

„Wir sind angekommen", sagte Brainiac, und die langen glühenden Linien verwandelten sich wieder in funkelnde Sterne. Eine dreidimensionale Karte des Sternensystems erschien auf dem Bildschirm – ein roter Riese mit zwei kargen Monden, die einmal Bergbauplaneten gewesen waren. Einige astronomische Einheiten von uns entfernt konnte ich sie ausmachen – ein fremdartiges Schiff. Äußerlich sah es eher aus wie ein Grippevirus, wenn auch dreimal so groß wie ein Kreuzer. Es war kein Wunder, dass ein so großes Schiff die *Alexandria* zerstört hatte. Aber das Beste war der Trupp qualianischer Reparaturschiffe, der sie begleitete. Als ich aus dem Hyperraum auftauchte, war ein Teil von ihnen dabei, das Zatrathi-Schiff zu reparieren, während der andere Teil damit beschäftigt war, es vor Kiddos und Gammons Angriffen zu schützen. Die Verbündeten hatten angegriffen, sobald sie das System betreten hatten.

„Das ist unfassbarer Verrat!", rief der Berater aus, der die ganze Zeit über mit dem Imperator konferiert hatte und erst jetzt sein privates Gespräch beendete, um wieder zu mir zu stoßen. „Wir befinden uns im Krieg! Die Qualianer müssen für ihre Niedertracht bezahlen!"

Ihre Beziehung zum precianischen Imperium hat sich verbessert. Aktueller Wert: 30.

Zwölf Kreuzer ließen alles, was sie hatten, auf die Schilde der Zatrathi prasseln – ohne jeden Effekt. Die gegnerische

Verteidigung kam sowohl mit den EM-Kanonen als auch mit den Strahlenkanonen ohne große Probleme zurecht und regenerierte ihre Schilde im Handumdrehen. Torpedos waren völlig nutzlos – die Zatrathi hatten kein Problem, sie in einiger Entfernung von ihrem Schiff abzufangen. All dies führte zu einer interessanten Sackgasse: Die Spieler griffen so hart an, wie sie konnten, während der Feind so hart verteidigte, wie er konnte – was bedeutete, dass er keinen Gegenangriff starten konnte. Ich konnte mir getrost etwas Popcorn aufwärmen und darauf warten, dass einer der beiden Seiten die Energie ausgehen oder sie ihre Kampftaktik ändern würde. Das Zatrathi-Schiff sah wirklich furchteinflößend und bedrohlich aus, mit riesigen Strombögen, die regelmäßig zwischen seinen unzähligen Türmen funkelten.

„Marina, falls du einen Plan B hast, wäre jetzt der richtige Zeitpunkt", kam Gammons Stimme über den Kommunikator. „Was war das für eine Megawaffe, die du an meinem Kreuzer ausprobiert hast? Wenn es eine Frage des Elo ist, helfe ich dir aus."

„Die Yamato-Kanone. Das ist ein Prototyp. Das Abfeuern hat sie außer Gefecht gesetzt und sie muss repariert werden. Machen wir einfach weiter! Sie können sich nicht ewig verteidigen! Startet eure Jäger!"

Gesagt, getan! Vielleicht hatten die Spieler bislang alle draußen in der Fleischwelt herumgegammelt, denn jetzt krabbelten mindestens 100 kleine Punkte aus jedem Kreuzer. Im freien Raum sahen sie aus wie eine dichte Wolke von Insekten. Die Jäger, die die Energieschilde ignorieren konnten, passierten diese Barriere schnell und stürzten sich auf den Körper des feindlichen Virus. Es schien so, als ob wir nur ein wenig mehr gebraucht hätten, um die Oberhand zu gewinnen, aber ich irrte mich.

Eine EM-Salve des Zatrathi-Schiffes schaltete die Elektronik unserer Jäger aus und verwandelte sie für kurze Zeit in Weltraumtrümmer. Während die Piloten ihre Systeme wiederherstellten, drifteten ihre Jäger unkontrolliert durch den Raum und kollidierten miteinander. Schimpfwörter und Beschwerden erfüllten den Äther. In der Zwischenzeit öffneten sich Hangartore im Zatrathi-Schiff und entfesselten Schwadronen von feindlichen Jägern, die mir bereits bekannt waren – sie hatten nicht vor, so lange zu warten, bis die Spieler ihre Schiffe in Ruhe zurückgesetzt hätten. Hier und da explodierten unsere Jäger in kurzlebigen Feuerbällen, die dann in sich zusammenfielen und kleine schimmernde Kisten hinterließen. Mit einem einzigen Angriff stürzten die Zatrathi Hunderte von Raumschiffbesitzern in die Verzweiflung, indem sie ihre hart erarbeiteten Schiffsklassen schnell und präzise zu Fall brachten.

„Schickt die Fregatten zur Verteidigung der Jäger!" Kiddo reagierte auf die Veränderung der Situation. Jeder der Kreuzer konnte bis zu drei Fregatten beherbergen, aber nicht alle reagierten auf die Befehle der jungen Frau. Nur etwa ein Dutzend stürzte sich auf das Zatrathi-Schiff. Die EM-Kanonen feuerten erneut, doch die Anti-EM-Systeme der Fregatten machten ihre Arbeit. Nur eines der Schiffe schaltete sich ab, und die feindlichen Jäger sprengten es in die Luft. Die anderen gingen in Stellung und verteidigten die größeren Ansammlungen unserer Jäger. Manchmal feuerten sie Torpedos ab, aber die wurden leicht abgefangen – die Zatrathi-Schiffe   hatten   ausgezeichnete Punktverteidigungskanonen. Unsere Seite hatte nur noch eine effektive Waffe – die Strahlenkanonen. Auch wenn sie die Hüllen der Feinde nicht durchdringen konnten, so schafften sie es doch, die Zatrathi von unseren Jägern fernzuhalten. Der Weltraum leuchtete wieder in kurzen Blitzen, die meisten davon waren diesmal rot. So langsam erlitt der Feind Verluste.

„Zwei Fragen, Brainiac. Erstens: Warum haben die EM-Kanonen keine Wirkung auf die feindlichen Jäger? Zweitens: Was wird mit uns passieren, wenn wir näher heranfliegen?"

„Du stellst wirklich gern schwierige Fragen, Kapitän",
antwortete die Schlange an Brainiacs Stelle. „Auf die erste gibt
es keine Antwort. Die zweite Antwort ist nur eine hypothetische.
Unsere Schilde sollten halten, vorausgesetzt, die Zatrathi haben
keine weiteren Überraschungen parat, aber die Torpedos werden
uns Probleme bereiten."

Torpedos? Ich runzelte die Stirn und blickte auf den
Bildschirm. Hunderte von Zatrathi-Torpedos machten sich auf den
Weg zu unseren Jägern und Fregatten. Offenbar hatten wir sie
wütend gemacht. Wenn das nur ein Teil ihres Arsenals war, dann
hätte Kiddo mit ihrem Rachedurst uns alle in die Scheiße geritten.
Unsere Jäger fanden kaum Zeit zum Rebooten, da eilten sie schon
unter dem Schutz der Kreuzer zurück. Die Fregatten blieben an
der Front und versuchten, durch ihre Manövrierfähigkeit den
Torpedos auszuweichen. Aber Verluste waren unvermeidlich. Es
hatte nur wenige Augenblicke gedauert, bis sich das Blatt gewendet
hatte. Vier Fregatten und mehr als 100 Jäger hatten sich bereits auf
den Weg zu den Schiffsfriedhöfen gemacht.

Die zweite Welle der Zatrathi-Torpedos kam zu spät. Alle
überlebenden Schiffe verschwanden unter dem zuverlässigen
Schutz ihrer Kreuzer und übergaben den Staffelstab des aktiven
Kampfes an ihre Teams. Die Jungs auf den Kreuzern löschten die
gegnerischen Torpedos aus, sobald sie die Schilde der
Zatrathi-Schiffe verließen. Es war angenehm, zu beobachten, wie
sich die Spieler koordinierten, um die Torpedos zu zerstören. Diese
Jungs spielten nicht umsonst für eine Spitzengilde.

Als die Zatrathi-Jäger niemanden mehr hatten, mit dem sie
kämpfen konnten, kehrten sie um und verschwanden in den
Eingeweiden ihrer Festung.

Danach entfaltete sich die Schlacht ohne weitere Höhepunkte
oder unerwartete Wendungen. Alle 30 Sekunden feuerten die
Zatrathi eine Salve Torpedos ab, unsere Jungs schossen sie vom

Himmel und dann waren wir an der Reihe, zurückzuschlagen. Keiner wollte aufgeben.

„Chirurg, wir ändern den Plan. Wir brauchen dich", sagte Kiddo über den Äther.

Ich wählte sie auf meinem PDA an. „Was willst du von mir?"

„Ich will das Zatrathi-Schiff zerstören. Wirst du mir dabei helfen?"

„Das kommt darauf an, wie." Der hartnäckige Kampf ließ mich zögern, mich Kiddo und Gammon anzuschließen.

„Ich will, dass du bei ihnen an Bord gehst."

Als ich das Angebot hörte, schnaubte ich skeptisch.

„Kiddo, das war nicht Teil unserer Abmachung."

„Ja, ich weiß. Aber du siehst doch selbst – wir können nicht durchbrechen. Sie schalten unsere Torpedos aus, bevor sie ihnen nahe kommen. Und sie setzen unsere Jäger außer Gefecht. Die einzig vernünftige Option ist, sie zu entern. Sie hatten noch keine Zeit, ihren Rumpf zu reparieren. Das ist unsere Chance!"

„Brainiac, bewege das Schiff so vorsichtig wie möglich zu dieser Stelle." Ich zeigte einen Punkt auf der Karte an, von dem aus ich den Schaden am Rumpf der Zatrathi einschätzen konnte. Einer der Türme war mit zahlreichen Löchern gespickt. Das Kugelschiff könnte durchaus hineinschlüpfen. Vorausgesetzt, ich wollte es.

Die qualianischen Reparaturschiffe arbeiteten daran, die äußere Hülle und den Schild zu reparieren. Das Innere wurde von den Zatrathi selbst repariert – es wimmelte nur so von Schleimeringenieuren.

„Chirurg, was sagst du dazu?" Marina wartete auf meine Zustimmung und setzte mich auf dem öffentlichen Kanal unter Druck, statt über den PDA zu sprechen. „Wir werden dir Feuerunterstützung geben. Und wir werden dir unsere besten Soldaten zur Verfügung stellen. Komm schon, ich kenne dich doch! Du bist ein echter Profi, kein Weichei, das im Hinterland herumsitzt. Entscheide dich!"

„Lassen wir die plumpen Schmeicheleien, Kiddo." Ich verzog das Gesicht angesichts der Dummheit dessen, was sie gerade gesagt hatte. Ihr Versuch, mich ins öffentliche Rampenlicht zu stellen, war nicht so verlaufen, wie sie es geplant hatte. „Theoretisch kann ich den Beschuss durch die EM-Kanonen überleben und mich dort hineinschleichen. Aber ich werde es bereuen, meine Fracht zu verlieren, wenn mir etwas passiert."

„Chirurg, wir sind Partner und können uns immer einig werden. Machen wir es so – du kannst 60 % der Beute aus deiner Enter-Aktion behalten. Der Rest geht an die Soldaten."

„Klingt schon besser! Jetzt redest du wie eine Geschäftspartnerin, Kiddo! Warten wir auf die nächste Torpedowelle. Sobald ihr sie ausschaltet, fliege ich in den Durchbruch. Wir brauchen Feuerunterstützung, sonst setzen sie mich sofort außer Gefecht. Die Soldaten sind alle mit Legendärer Ausrüstung ausgestattet, nehme ich an? Ich kann etwa 30 Mann in meinem Frachtraum mitnehmen. Wir werden zum Flugdeck durchbrechen und das Schiff von innen in die Luft jagen." Mein inneres Piratenkind freute sich schon auf das nächste Abenteuer und würde es mir nicht verzeihen, wenn ich es verpassen würde.

„Großartig. Flieg zu mir rüber, die Männer sind schon bereit. Nähere dich auf der rechten Seite, aber bleibe ein Stück weg. Die Hauptkanonen befinden sich vorne."

„Kiddo, ich mag kaum fragen, aber wie hast du festgestellt, wo bei den Zatrathi vorne und hinten ist?" Für meine uneingeweihten Augen hatten die Zatrathi-Schiffe weder Bug noch Heck, ähnlich wie mein Kugelschiff.

„Wenn du sie mehrmals mit hochkalibrigen Waffen beschießt, wirst du es herausfinden. Die blauen Lichter dort sind ihr Bug, die

Hangars für ihre Jäger sind an den Flanken. Noch irgendwelche Fragen?"

„Nimmst du meine Jungs mit? Bones brennt auf ein bisschen Nahkampf", mischte Gammon sich ein. „Er wird dir von Nutzen sein."

„Nicht mehr als zwei und sie haben 30 Sekunden, um sich fertig zu machen. Marina, ich komme zuerst zu dir", antwortete ich und drehte ab in Richtung *Alexandria*. In diesem Moment feuerte das Zatrathi-Schiff eine weitere Ladung Torpedos ab. Ich manövrierte zwischen den Strahlenkanonen hindurch und zerstörte die tödlichen Raketen, bevor ich mich an den Kreuzer heranschlich. Die Soldaten warteten bereits im offenen Raum. Sie hielten sich aneinander fest wie Kinder im Kindergarten, und die lebende Kette schwebte in meinen Laderaum. Es war etwas schwieriger, Bones und seinen Partner in den überfüllten Raum zu holen, aber ich hatte auch nie jemandem eine Fünf-Sterne-Unterkunft versprochen.

„Brainiac, hast du eine Ahnung, wo ihre Brücke sein könnte?", fragte ich meinen Schiffscomputer. Doch die Schlange antwortete an seiner Stelle:

„Nein. Sie könnte in einem der Türme liegen, sich aber auch genauso gut in den Innenräumen befinden."

„Ich verstehe. Macht euch alle bereit. Wir gehen rein. Feuerunterstützung nur auf mein Kommando!"

Ich flog so nah wie möglich an den Schild heran und lud den Feind dazu ein, mich anzugreifen. Die Zatrathi ließen sich nicht zweimal bitten – eine Salve Torpedos schoss in meine Richtung und auch in die Richtung unserer Jäger.

„Vollgas zurück!", befahl der Ingenieur, und ein Torpedo kam aus der *Warlock* geflogen. Die Schlange zeichnete sich nicht durch Übereifer, sondern durch Sparsamkeit an den ihr anvertrauten Geschützen aus. Wenn sie beschloss, sich von einem Torpedo zu trennen, bedeutete das, dass es einen guten Grund dafür gab, und die Zatrathi den größtmöglichen Schaden durch den Schuss erleiden würden. Die Torpedos unserer Seite erlaubten es den Strahlenkanonen der Zatrathi nicht, meine zu zerstören, was uns in die Hände spielte.

Wir befolgten den Befehl des Ingenieurs und stürzten abrupt von den Zatrathi weg. Im selben Moment beendete der Zünder meines Torpedos seinen Countdown und die Rakete explodierte inmitten der Zatrathi. Da die meisten der von den Bombern abgefeuerten Sprengköpfe auf mich gerichtet waren, konnten sie der Explosion nicht ausweichen. Die Torpedos des Feindes detonierten in einer Kettenreaktion und keilten die Zatrathi-Piloten ein.

„Ausgezeichnet!", reagierte Brainiac auf das Ergebnis des Manövers, das den Weg zum Zatrathi-Schiff freigemacht hatte.

„Gebt uns Deckung!", befahl ich in den Kommunikator, und die *Warlock* stürmte mit vollem Schub nach vorn. Jeder, der sich auf dem Schiff befand, spürte die EM-Explosion, aber Brainiac kam gut damit zurecht – der Reaktor fuhr in Sekundenbruchteilen wieder hoch. Das Notstromaggregat funktionierte einwandfrei.

„Schütze, mach uns den Weg frei!" Ich flog auf den Rumpf zu, und der Orang-Utan fegte die schwarzen Antennen und Radarschüsseln mit Feuer aus unseren Strahlenkanonen weg.

„Das Paket ist unterwegs", sagte die Schlange und deutete auf den Torpedo, zischte dann aber sofort wütend: „Sie haben es abgefangen. Sie lenken es ab. Diese Paketdiebe!"

Der zweite Torpedo kam dem Rumpf zu nahe, und die Zatrathi wagten es nicht, ihre Punktverteidigungskanonen einzusetzen, aus Angst, den eigenen Rumpf weiter zu beschädigen. Stattdessen starteten sie ihre Version des Fliegenfängers und lenkten die Rakete weg. Der Timer beendete den Countdown und der Sprengkopf detonierte in einem kurzen, feurigen Inferno. Vor uns erschien ein beschädigter Turm, der von Reparaturschiffen umgeben war. Ein Dschungel von Baugerüsten füllte den Zwischenraum.

„Ich habe Sicht auf die Landezone. Schütze, mach uns einen Durchgang."

Da erschütterte etwas unser Schiff.

„Sie versuchen, uns mit Traktorstrahlen in eine Falle zu locken, wie mit einem Torpedo", erklärte die Schlange. „Der aktive Schutz funktioniert, aber wir werden nicht lange durchhalten. Es ist so weit, Käpt'n! Sie sind dabei, uns mit ihrem EM zu beschießen. Unsere Schilde werden sich auflösen und dann sind wir so gut wie tot."

„Verstanden. Marina, worauf wartest du?"

„Ganz ruhig. Wir sind da", kam eine unbekannte männliche Stimme, und ein Jäger flog an mir vorbei. Er machte eine scharfe Kurve, entlud all sein Elo aus seinen Strahlenkanonen – und rammte dann mit Vollgas den Rumpf der Zatrathi. Der Rumpf gab nach und spuckte Trümmer in den offenen Raum. Was nicht mit Strahlenkanonen aufgerissen werden konnte, konnte immerhin gerammt werden.

„Bring die Precianer dazu, dich für den Piloten zu entschädigen", riet ich Kiddo und flog durch die Öffnung.

Der Schütze ergoss fröhlich Plasma auf alles um uns herum, und vor meinen Augen blitzten immer wieder Updates über meine Mission für Hilvar auf. Ein Geschwader von Zatrathi-Jägern verließ das Schiff, um uns abzufangen. Aber sie kamen gerade noch rechtzeitig zur Vernunft.

„Torpedos unterwegs", verkündete die Schlange, und die Oberfläche des nächstgelegenen Turms explodierte in einem Feuerball. Die Munition hatte ihr Ziel erreicht. Diese Ablenkung würde uns genug Zeit bringen, um eine Entscheidung zu treffen. Ich beugte mich vor und wollte durch die immer noch brennende Öffnung hineinstürzen. Die Schleimeringenieure waren in der

Nähe und zweifellos warteten dort bereits einige Truppen auf uns – es sei denn, dieser Teil des Schiffes war von den Hauptbereichen isoliert. Ich beschloss, auf der anderen Seite durchzubrechen.

„Wo willst du hin?!"

Ich hatte keine Zeit, Kiddo zu antworten, als die *Warlock* sich in das Innere des Zatrathi-Schiffes fraß. Ohne meinen Sicherheitsgurt wäre ich gegen die Wand meiner Kabine geknallt. Das Schiff schüttelte sich, die Lichter gingen aus und um uns herum regnete es Funken. Es gab ein schreckliches Kreischen und ich machte mir Sorgen, dass mein Schiff die Landung nicht überstehen würde. Oder die Soldaten. Aber nach ein paar Sekunden wurde alles still.

„Sind alle in Ordnung? Go! Go! Go!", schrie ich und schluckte, um meine Kehle zu befeuchten, die vor Aufregung trocken geworden war. Das Manöver war meinem Schiff nicht leichtgefallen. Die Anti-EM-Verkleidung hatte stark gelitten und alle externen Sensoren waren abgehackt worden, da Brainiac keine Zeit gehabt hatte, sie einzuziehen. Ohne sie war die *Warlock* taub, blind und stumm. Aber wenigstens hatte der Überfalltrupp den Dungeon erreicht.

„Ingenieur, beginne mit der Notreparatur. Spare nicht mit Ersatzteilen", befahl ich und öffnete den Laderaum. Die Soldaten waren alle da, wohlauf, entschlossen und bereit. Sie stürmten heraus und nahmen ihre Positionen ein.

„Brainiac, hacke das lokale Netzwerk! Schütze, deck den Eingang. Lass niemanden in die Nähe."

„Richte eine Absperrung ein", meldete sich eine Männerstimme. „Wir übernehmen ab hier, Chirurg."

„Ich habe mich mit dem Netzwerk verbunden. Ich sende Ihnen eine Karte der Turmspitze, in der wir uns befinden. Ich habe das Kommunikationsrelais zum Hauptrechner lokalisiert. Ich plane jetzt eine Route."

„Karte erhalten, danke! Truppen 1 und 2 rücken vor. Trupp 3 hält Wache."

„Ich kann selbst auf mich aufpassen, vergeuden Sie nicht Ihre Männer. Ich habe 30 Droiden an Bord."

„Verstanden. Trupp 3 – die unteren drei Decks gehören euch. Trupp 1 – ihr kriegt die mittleren drei Decks. Trupp 2 – die oberen drei Decks. Entsichern. Und spart nicht an Energiezellen, falls es heiß wird. Los geht's!"

Es war angenehm, das gut koordinierte Vorgehen der Soldaten beim Entern zu beobachten. Kiddos Angriffsteam war auf den Kampf von Schiff zu Schiff spezialisiert – für Oberflächeneinsätze waren sie nicht so gut geeignet. Jeder der Soldaten hatte einen in seine Rüstung integrierten Richtungsschild. Seine Flanken sollten entweder von einem anderen Soldaten oder einer Wand gedeckt werden. Selbst mein spärliches Wissen reichte aus, um zu verstehen, dass sie auf offener Fläche nicht in der Lage sein würden, sonderlich effektiv zu kämpfen.

Bones und sein Partner wurden gebeten, die Türen zu öffnen. Sie rückten hinter dem Landungstrupp vor, wobei sie die mittleren Decks wählten. Sie hatten ihren Hauptzweck bereits erfüllt – der Berater der Precianer hatte sie beim Betreten des Zatrathi-Schiffs beobachtet. Wie immer hatten die Geschäfte der Gilde Vorrang.

„Chirurg, ich muss Sie begleiten", erinnerte der Berater mich. „Ich muss das Zatrathi-Schiff mit eigenen Augen sehen!"

„Dann gehen Sie und sehen Sie es sich an", sagte ich ohne großen Protest. „Brainiac, schick die Droiden und den Soldaten los. Sie sollen das nächstgelegene Lagerhaus suchen. Schick zwei Droiden als Begleitung des Beraters raus!"

„Verstanden", antwortete der Schiffscomputer. „Ich habe einen Ressourcenvorrat geortet. Gemäß meiner primären Analyse wird die Länge der Strecke eineinhalb Kilometer betragen. Der Zugang erfolgt über das dritte, vierte oder fünfte Deck. Es gibt hier ein komplexes System von Korridoren. Genaue Berechnungen werden viel Zeit in Anspruch nehmen."

Während die Spezialeinheiten das Schiff kaperten, könnte ich einige Ausrüstungsgegenstände und Ressourcen von den Zatrathi plündern.

„Wie weit ist es Luftlinie?", fragte ich.

Brainiac schickte mir eine vereinfachte Karte des Schiffes. Die unzähligen Windungen und Sackgassen der Korridore schienen die Heimtücke der Zatrathi zu belegen.

„Zweihun-hun-hundert Meter", antwortete Brainiac mit einem kleinen Stottern. Der Slizosaurier hatte mit der Reparatur des Schiffes begonnen. „Soll ich eine detaillierte Analyse des Ko-Ko-Korridor-Systems durchführen?"

„Nein. Es wurde entworfen, um das Leben für Menschen wie uns kompliziert zu machen. Betrachte es als das Labyrinth des Minotaurus." Lassen wir doch die Entwickler denken, dass sie uns auf dem falschen Fuß erwischt hätten, während ich über andere Möglichkeiten nachdachte. „Schick das Nashorn. Wir gehen auf Deck 4 entlang. Wir werden sehen, ob er die Wand durchbrechen kann."

Der Soldat stürzte aus dem Rumpf der *Warlock* und prallte gegen die Wand. Die Metallplatten gaben nach und öffneten einen Durchgang zum benachbarten Korridor.

„Guter Junge", lobte ich das Nashorn, woraufhin es mit dem Schwanz wedelte. „Demontiere alle Wände zwischen hier und der Halde. Zerquetsche jeden Zatrathi, dem du begegnest."

Ich wandte mich an den Qualianer.

„Sebastian, mach dich bereit. Es ist Zeit für uns, ein wenig zu stehlen und zu plündern. Brainiac, gewähre ihm als Pilot Zugang zu seinem Panzeranzug."

Überrascht von meinem Angebot wurde der Dieb ganz aufgeregt und sprang auf die Füße. „Ausgezeichnet! Was sollen wir denn stehlen?"

„Alles, was nicht niet- und nagelfest ist. Wir fangen damit an, die Mannschaftskabinen zu durchwühlen. Ich brauche dich darüber ja wohl nicht zu belehren. Kiddo, Soldaten, wie sieht's da draußen aus?"

„Sie haben aufgehört, mit Torpedos auf uns zu schießen und die Jäger haben sich auch zurückgezogen. Alles ist ruhig, allerdings halten sie ihre Linien", berichtete Marina.

„Kleiner lokaler Widerstand", antwortete der Angriffsleiter. „Schleimer und ein paar Krieger. Nichts Ernstes, wir räumen die Gänge. Der Aufbau hier ist undurchschaubar."

Das konnte ich nachvollziehen. Der Karte nach zu urteilen, die Brainiac mir geschickt hatte, waren die Soldaten ziemlich tief eingedrungen. Die Korridore schlängelten sich ständig, kreuzten sich und liefen auseinander. Die Ebenen überschnitten sich und teilten sich dann wieder auf. Das hatte zur Folge, dass die Soldaten innehalten und die Widerstandsnester, auf die sie stießen, ausräumen mussten. Feinde im Rücken zu haben, war dumm und gefährlich.

„Ich kann mir keinen Zugang zum Hauptrechner dieses Bereichs verschaffen", erklärte Brainiac da. „Es scheint ein fortschrittliches Anti-Eindringlings-System zu geben. Ich müsste mich direkt mit dem Perimeterschutz verbinden. Warnung, ich erfasse Bewegungen an der Sektorgrenze. 500 Krieger. Sie bewegen sich auf drei Decks gleichzeitig voran."

„Verstanden! Danke!", antwortete der Angriffsführer, der sich mir übrigens nicht vorgestellt hatte. „Wie lange haben wir Zeit, bis sie hier eintreffen?"

„Etwa fünf Minuten, wenn sie den Gängen folgen. Etwa 30 Sekunden Luftlinie", schätzte ich.

„Luftlinie?", fragte der Soldat.

„Durch die Wände. Wenn Sie mich fragen, ist es schneller, sie abzureißen, als sie zu umgehen."

„Nun, wir haben hier viele Holzköpfe, aber keine Vorschlaghämmer", erwiderte der Offizier. „Mit Blastern geht das nicht."

„Schade. Es funktioniert nämlich gut. Wenn Sie irgendetwas finden, mit dem es gehen könnte, dann versuchen Sie es. Sie bekommen gleich Besuch, over and out." Ich trennte die Verbindung. Es war an der Zeit, den Tunnel zu erforschen, den das Nashorn gemacht hatte, und eine vernünftige Erklärung für dieses und andere Löcher zu finden. Zweifellos würden die Leute einige Fragen haben. Keiner hatte das Nashorn je gesehen. Obwohl... ich könnte dem Schützen auch befehlen, das Deck zu sprengen und das wäre es dann gewesen. Kein Deck, keine Fragen.

Sebastian sprang aus dem Schiff, näherte sich einer Wand und berührte sie, als wüsste er, dass dort etwas wäre. Aus Neugierde näherte ich mich ebenfalls. Auf eine nur ihm bekannte Art und Weise ermittelte der Dieb die genaue Lage des Verstecks, riss eine kaum sichtbare Platte mit der Klinge seines Messers ab und warf sie zur Seite. Hinter der Platte stand ein kleiner Tresor. Ich pfiff vor Bewunderung. Sebastian riss den Stahlkasten kurzerhand aus der Wand, stellte ihn auf den Boden und verbeulte mit einem kräftigen Schlag eine der Kanten. Das Metall knackte und ermöglichte es dem Dieb, das Messer in den Schlitz einzuführen und es auf eine anständige Größe zu vergrößern. In der Hocke führte der Qualianer seine Hand hinein und zog drei funkelnde Kristalle heraus.

„Irgendetwas von Wert?", fragte Sebastian verblüfft und reichte mir seinen Fund.

Ich nahm die Kristalle und zuckte mit den Schultern. Solche Gegenstände hatte ich noch nie gesehen. Brainiac führte eine schnelle Analyse durch und stellte fest, dass sie aus gewöhnlichem Glas bestanden. Keine Inschriften, keine Codes oder so etwas – nur facettierte Glaskristalle. Auf den ersten und auch auf den zweiten Blick sahen sie nicht anders aus als billiger Plastikschmuck.

„Gehen wir weiter. Vielleicht finden wir weiter hinten noch etwas Wertvolles." Ich hatte keine Ahnung, was ich mit dieser Art von Beute machen sollte, also warf ich sie in mein Inventar. Nur für den Fall der Fälle. Sebastian zeigte auch kein Interesse an diesen ,Schätzen'. Der nächste Raum war eine exakte Kopie des vorherigen, nur weniger zerstört. Diesmal klopfte der Dieb vorsichtig die Wände ab, fand einen weiteren Tresor und fügte zwei weitere Kristalle zu meinem Inventar hinzu. Ich fühlte mich sogar ein wenig schlecht, wenn ich an die Möglichkeit dachte, dass diese ,Kristalle' die Ersparnisse der Zatrathi-Crew sein könnten.

„Brainiac, schick zwei Droiden, um die Möbel aus dem Zatrathi-Schiff zu entwenden." Mein Piratengewissen erlaubte mir nicht, mit leeren Händen zu gehen. Andererseits sahen die Möbel hier so seltsam aus, dass ich nicht einmal sicher sein konnte, dass es Möbel waren. Auf den ersten Blick konnte ich den Zweck vieler Dinge hier nicht erkennen, also würde ich einfach hoffen müssen, dass die Droiden nicht gerade eine Toilette mitnehmen würden. Wer konnte schon wissen, wie die Schleimer mit so was umgingen. Und ich würde es den Entwicklern durchaus zutrauen, einen Clip zusammenzustellen und ihn ,Der Raubüberfall' zu nennen. So oder so, es war ein Risiko, das ich bereit war einzugehen, um nichts Interessantes zu verpassen!

Ich hatte mich gerade dem nächsten Durchbruch in der Wand genähert, als die zufriedene Fratze des Nashorns darin auftauchte. Nachdem es sich bis unter die Schädeldecke mit Raq vollgesoffen hatte, war es zurückgekehrt, um die Beute abzuladen. Es war auf dem Rückweg. Ich überprüfte die Logs: Zwölf Schleimer hatten unter den Füßen meines Soldaten ihren letzten Atemzug ausgehaucht. Er hatte nicht einmal schießen müssen – er zertrampelte einfach alles, was nicht gepanzert war, während er vorwärtsging.

„Brainiac, gibt es irgendetwas Wertvolles in diesem Turm? Abgesehen von dem Vorrat, den du vorhin gefunden hast, meine ich."

„Negativ. Das sind die Mannschaftsräume für das Wartungspersonal."

„Ah, na gut. Hast du irgendwelche technischen Geräte bemerkt? Vielleicht hat jemand seine Arbeit mit nach Hause genommen?"

„Ich konnte nur auf die Kameras im Umkreis des Turms zugreifen. Den Schaltplan habe ich aus dem internen Netzwerk bezogen. Ich habe keine anderen Möglichkeiten, das Innere des Schiffes zu untersuchen. Es ist nicht einmal bekannt, wie viele lebende Feinde sich in diesem Raum befinden. Mein mangelndes Wissen über die Schiffsbautechnik der Zatrathi behindert mich."

„Hast du wieder mit dieser Schlange geredet? Hör auf zu jammern. Übrigens, haben wir eigentlich eine Arrestzelle für einen feindlichen Gefangenen? Ich will versuchen, einen der Schleimer einzufangen. Kannst du ihm die passenden Lebensbedingungen schaffen, damit er nicht gleich stirbt?"

„Die Antwort ist positiv. Die Essgewohnheiten der Zatrathi sind bekannt. Das Mikroklima der *Warlock* wird uns erlauben, ein Exemplar zu ernähren."

„Gut. Befehle dem Soldaten, einen Schleimer einzufangen. Die Droiden sollen dasselbe tun. Sie sollen es vermeiden, etwas zu töten, es sei denn, sie müssen es tun. Ruf mich sofort, wenn sie Erfolg haben."

„Verstanden."

„Wie gehen die Reparaturen voran? Gibt es eine Schätzung, wie lange sie noch dauern werden?"

„Zwei Stunden und 30 Minuten", schaltete die Schlange sich in das Gespräch ein. „In dieser Zeit kann ich das Schiff starten und uns sicher zur Basis bringen. Es wird nicht möglich sein, es vollständig zu reparieren."

„Das Schwierigste wird sein, von hier wegzukommen", murmelte ich und wandte mich wieder an den Berater. Er war neben dem Schiff stehen geblieben. „Sie wollten das Zatrathi-Schiff untersuchen? Wir haben die Verteidigungskräfte aus diesem Bereich vertrieben."

Ich fügte dieses Detail absichtlich hinzu – unsere Sturmtruppe hatte alle Zatrathi-Krieger ausgelöscht. Die Spieler feierten gerade wie Kinder (viele von ihnen waren ja auch noch welche) und sammelten die goldenen Marken ein, die sie verdient hatten. Besonders freuten sie sich darüber, dass sie keine Zeit mit dem Sammeln von Loot aus unzähligen Kisten verschwenden mussten. Alles, was ein Spieler tun musste, war, eine zu öffnen, und er erhielt automatisch seinen Anteil an der Belohnung für das Töten von 500 Zatrathi.

Ich konnte nicht umhin, mich zu fragen, ob ich auch etwas bekommen könnte, wenn ich dorthin eilen würde, wo sie waren. Nach der Karte zu urteilen, waren sie nicht so weit weg, also ergab es vielleicht Sinn, mir ein paar Marken zu holen. Ich würde Kiddo später mal fragen, was sie wert waren.

Ich zog meine Manipulatoren heraus und hob eine massive Konstruktion, die einem Bett ähnelte, in die Luft. Ich wollte den Soldaten mal zeigen, wie man es machte. Hatten sie nicht gesagt, dass sie nichts hätten, womit sie Wände einschlagen könnten?

Ich schwang das Bett so weit zurück, wie es der Raum zuließ, und knallte es gegen die Wand. Die Manipulatoren verstummten, als das ‚Möbelstück für die Fortpflanzung der Schleimer' in Stücke zerbrach. Sagen wir einfach, dass dies nicht das schlechteste Ende für ein Bett war, und wir konnten sogar froh sein, dass es nicht vergebens war – ein kleines Loch war an der Stelle entstanden, wo ich gegen die Wand geschlagen hatte. Ich konnte mich weder hindurchschlängeln noch es größer machen, aber ich wollte noch nicht aufgeben.

„Ingenieur, lass alles stehen und liegen und mach mir einen guten Rammbock aus etwas Raq. Er muss leicht genug sein, damit die Manipulatoren ihn anheben können und schwer genug, um die Wände hier einzureißen."

„Warum willst du dir die Hände schmutzig machen, Käpt'n? Gib mir eine Sekunde und ich mache dir eine Ramme mit eigenen Schubdüsen. Du musst nur damit zielen und das Ding macht alles von allein."

„Das ist meine Schlange! Wie lange wird es dauern?"

„Zehn Minuten. Es ist nicht kompliziert. Mal sehen – ich nehme an, der zerstörte Bereich muss groß genug sein, damit dein Panzeranzug hindurchpasst? Habe ich das richtig verstanden? Wir haben genug Raq und ich habe ein paar Minidüsen hier. Ich habe mir gerade den Kopf zerbrochen, was ich damit machen könnte. Es wäre schade, sie wegzuwerfen. Jetzt werden sie sich als nützlich erweisen. Warte nur ein bisschen! Das Gerät wird im Handumdrehen einsatzbereit sein."

„Das verstehe ich nicht. Warum machen Sie sich solche Schwierigkeiten?" Der Berater blieb neben mir stehen und sah der Schlange bei der Arbeit zu. Der Ingenieur hatte sich außerhalb des Schiffes eingerichtet, damit es später weniger Arbeit war, die Ramme herauszuholen. „Warum können wir nicht einfach durch die Gänge gehen?"

„Weil niemand seine Schätze in öffentlichen Gängen aufbewahrt. Außerdem geht es so schneller", erklärte ich und erntete zustimmende Blicke von der einen und missbilligende Blicke von der anderen Seite. Sebastian stimmte mir schweigend zu, während der Berater etwas Abfälliges über Piraten murmelte.

Ich zwang mich, über die Heuchelei der Precianer zu schweigen. Als es darum gegangen war, an Bord eines Piratenschiffes zu den Zatrathi zu reisen, war seine Haltung eine ganz andere gewesen. Die Schlange ließ mich nicht im Stich – zehn Minuten später schwebte ein dämonischer Rammbock namens ‚Knock Knock' vor uns. Am äußeren Erscheinungsbild des Rammbocks konnte man sehen, dass nur wenig Zeit für seine Fertigstellung zur Verfügung gestanden hatte. Krumm wippte er in der Luft, seine Triebwerke feuerten bereits, und er wartete darauf, auf eine Wand gerichtet zu werden. Ich drehte ihn in die richtige Richtung und drückte den Steuerknopf. Ba-da-boom! Meine Ohren klingelten von dem Aufprall. Ich begutachtete das neue Loch in der Wand. Es hatte genau die richtige Größe. Ich kletterte als Erster hindurch und tätschelte den Rammbock, der in Erwartung weiterer Aktionen seine Triebwerke zündete. Er mochte hässlich aussehen, aber man sagte ja nicht umsonst: Der Schein trügt.

„Warte einen Moment." Der Ingenieur schlüpfte geschäftig hinter mich und umkreiste seine Schöpfung, wobei er die Beulen akribisch inspizierte. „Ich gebe dir eine Garantie für 400 Schläge. Danach wird es repariert werden müssen. Die Motoren sind dort eingeschweißt. Ich werde sie später nicht mehr herausnehmen können. Also mach das Beste aus dem Ding, Käpt'n. Kein Grund, sparsam zu sein."

„Verstanden, danke. Mach weiter mit den Schiffsreparaturen. Die Zeit läuft!", befahl ich und trat zurück, um die Schlange und Sebastian vorbeizulassen. Als der Dieb den nächsten Tresor mit einem Glaskristall fand, wurde er missmutig. Der Raubzug schien ihn zu langweilen.

„Gehen wir in diese Richtung." Ich warf einen Blick auf die Karte und berechnete eine Route zu den Soldaten. Sie hatten es geschafft, nahe an die Stelle heranzukommen, an der sich der Turm, in dem wir uns befanden, mit dem Rest des Zatrathi-

Festungsschiffes verband. Auf den offenen Kanälen gab es kein Geplauder – die Gruppe hatte zu einem Voice-Chat eines Dritten gewechselt, was es unmöglich machte, ihre Kommunikation im Spiel abzufangen. Offensichtlich dachte niemand daran, mich in diese Gruppe einzuladen. In den nächsten sieben Räumen erhielt ich ein kleines, aber willkommenes Geschenk – einen eigenen feindlichen Schleimer. Es war ein Ingenieur, er hatte weder Waffen noch Schilde und hatte sich so gut getarnt, dass ich ihn nie gesehen hätte, wenn Sebastian nicht gewesen wäre. Ich richtete meine Manipulatoren darauf aus und ließ meinen Gefangenen in der Luft schweben.

Der Berater nahm ihn genau unter die Lupe und sagte: „Sind das die furchterregenden Invasoren von Galaktogon?"

„Nicht ganz", antwortete ich. „Dies ist ein Ingenieur. Es gibt auch Krieger und einen mysteriösen schwarzen Nebel in ihren Reihen. Normalerweise kümmern sich diese Burschen nur um Reparatur und Wartung, aber manchmal helfen sie auch den Kriegern. Sie sind langsam, aber fleißig. Damals auf der Orbitalstation haben die Krieger sie als Vorhut eingesetzt, um mich aus der Deckung zu locken."

„Wir haben gehört, dass die Delvianer ein paar Krieger gefangen genommen haben, aber sie hatten keine Zeit, uns eine Beschreibung oder ein Bild zukommen zu lassen. Die Aliens haben den Planeten angegriffen, auf dem die Gefangenen festgehalten wurden und die Kommunikationslinien gekappt. Bis jetzt wissen wir nicht, wie unser Feind tatsächlich aussieht. Daher ist der heutige Tag ein Meilenstein für das precianische Imperium: Der Feind hat endlich sein Gesicht gezeigt. Sagen Sie der Black Sails, dass ich alle ihre Kampfaufnahmen mit Zatrathi-Kriegern an Bord dieses Schiffes erwarte. Gegen eine Belohnung, versteht sich."

Ich seufzte neidisch. Gammon lebte wie die Made im Speck. Sein Verhältnis zu den Precianern würde durch die Decke gehen, und die 10 Millionen, die ich ihm berechnet hatte, würden ihm im Nachhinein wie Kleingeld vorkommen. Ein echtes Schnäppchen. Ich hätte 50 verlangen sollen.

Mit solch düsteren Gedanken kehrte ich zum Schiff zurück und trug den Schleimer vor mir her. Brainiac wies dem Gefangenen ein Abteil zu und verabreichte ihm vorsichtshalber ein Beruhigungsmittel. Wir konnten nicht wissen, welche Wirkung es haben würde, aber zum Glück hatten sich die Entwickler keine Überraschungen einfallen lassen, wenn es um die Pharmakologie der Rassen ging. Der Schleimer wurde sofort schlaff, und ich bugsierte ihn in die Zelle. Nun könnte er ruhig schlafen, bis ich einen willigen Käufer für ihn fände.

„Wir sind am Eingang der Turmspitze", sagte der Offizier der Soldaten über den Kommunikator. „Die Türen sind vom Hauptbereich aus verschlossen. Wir werden erwartet und sind nicht willkommen. Wie sieht es draußen aus?"

„Es kreisen eine Menge Jäger um den Turm, aber sie greifen im Moment nicht an", antwortete Kiddo. „Könnt ihr die Tür einschlagen oder sie beschädigen?"

„Wir sind gerade dabei, es zu versuchen. Warte mal, ich höre ein seltsames Geräusch von der anderen Seite. Kapitänin – es klingt wie ein Sägen."

„Verdammt! Leute, sie sägen die Turmspitze ab! Die Jäger sind als Schutzschild da, damit wir nichts sehen." Marina brach in Wut aus. „Ach, diese hinterhältigen Zatrathi-Bastarde! Ich werde es ihnen zeigen! Wartet mal einen Moment!"

Die Nachricht ließ mich aufhorchen. Die Sturmtruppe versuchte, die Türen mit ihren Blastern zu sprengen, während Marina sich auf die Jäger konzentrierte, um die Arbeit der Ingenieure so gut wie möglich zu stören. In Erwartung der Auflösung verstummte der Kommunikator für eine Minute.

Ich warf erneut einen Blick auf die Karte und zielte mit der Ramme auf die nächste Wand. Als wir uns in Richtung der Soldaten vorarbeiteten, trafen wir auf einen weiteren Schleimer, den ich mit einem Schuss aus meinem Blaster erledigte. Eine silberne Marke und ein Stück Raq waren meine Loot. Es war Zeit, weiterzugehen. Doch Sebastian hatte keinen Grund zur Eile. Er blieb zurück und erkundete die Quartiere der Mannschaft, wobei er die Glaskristalle aus den Tresoren stahl. Was mich betraf, so musste ich so schnell wie möglich zu den Soldaten. Obwohl, das stimmte nicht ganz. Zunächst einmal musste ich den Ort erreichen, an dem die Soldaten die 50 Krieger getötet hatten. Die Soldaten hatten sehr zufrieden geklungen, als sie ihre Loot eingesammelt hatten.

20 durchbrochene Wände brachten uns ans Ziel. Die Kisten flackerten und warteten darauf, dass ich sie öffnete. Ohne weitere Verzögerung öffnete ich die nächstgelegene Kiste und mein UI spielte verrückt mit lauter Systembenachrichtigungen. Es waren so viele, dass ich für eine Sekunde dachte, Galaktogon würde nicht mehr klarkommen und abstürzen. Während ich darüber nachdachte, ob ich den technischen Support kontaktieren sollte, scrollte ich zum unteren Ende des Protokolls, wo die Gesamtsummen dargestellt wurden:

Neue Gegenstände: Goldmarke (500)

Neue Gegenstände: Raq (350)

Neue Gegenstände: Energiezelle (120)

Neue Gegenstände: Rüstungsbruchstück (37)

Neue Gegenstände: Zatrathi-Kampfblaster der Klasse C (5)

Neue Gegenstände: Zatrathi-Kampfblaster der Klasse B (2)

War dieser Schrott den ganzen Hype wirklich wert? Ich würde versuchen, daran zu denken, den Entwicklern zu schreiben. Die Funktion zum Aufnehmen mehrerer Gegenstände musste definitiv überarbeitet werden, da sie eindeutig für kleine Mengen ausgelegt war. Wenn es um große Mengen ging, glitchte das Interface und verwirrte die Spieler.

Die Marken, das Raq und die Energiezellen wanderten in mein Inventar, während die Rüstung und die Blaster dort blieben, wo ich sie gefunden hatte. Meine aktuelle Tragfähigkeit betrug nur 1.100 Kilogramm, und davon waren bereits 80 % belegt. Kein Platz, um weitere Waffen und Rüstungen zu lagern, und ich brauchte sie sowieso nicht. Die Klasse dieser Gegenstände war beschämend niedrig.

Ich bewegte mich weiter den Korridor hinunter. Die Karte zeigte an, dass es zwölf Meter vor mir eine Rechtskurve gab. Als ich die Stelle erreichte, befahl ich:

„Alle weg von der Wand. Stellt euch an die Tür zum mittleren Raum. Fahrt auch eure Schilde hoch, nur für den Fall."

Der Offizier der Soldaten befahl seinen Männern mit leicht ironischer Stimme, dem Befehl Folge zu leisten. Die Ironie war mir völlig egal, solange er keine Fragen stellte.

Die Ramme knallte gegen die Wand und sprengte ein großes Loch hinein. Ich trat hindurch, lächelte triumphierend und genoss die Wirkung auf mein Publikum. Zwei Spieler hatten trotz meiner Warnung einen Kollateralschaden erlitten – in dem beengten Raum konnte man nirgendwo hin. Das hatte ich nicht bedacht, aber beide waren am Leben und konnten weitermachen.

„Ich hab' euch gesagt, ihr sollt euch beeilen", sagte ich und bewegte mich durch die Gruppe, um sie dazu zu bringen, den Weg frei zu machen. Die Soldaten traten von den stabilen und fest verschlossenen Türen zurück. Den Brandspuren nach zu urteilen, hatten sie vergeblich versucht, die Türen mit Blastern und Strahlenkanonen zu durchbrechen. Leider waren die Türen gut konstruiert worden. Wenn ich versuchen würde, sie direkt zu durchstoßen, würde mein Rammbock brechen. Es schien vernünftiger zu sein, durch die Wand zu gehen.

„Geht zur Seite. Versuchen wir es mit der altbewährten Methode. Macht euch kampfbereit, nur für den Fall. Wer weiß, was auf der anderen Seite ist?" Ich zielte mit der Ramme von der Tür weg. Die Wand unmittelbar um sie herum war sicher verstärkt. Doch ein Stück weiter sollten die Wandplatten wohl von der normalen Bauart sein, die auch sonst an Bord dieses Schiffes verwendet wurde. Ebenfalls aus Raq, aber nicht so dick. Die Spieler teilten sich schweigend in Gruppen auf und entsicherten ihre Blaster für den Kampf. Ich nahm an, ihr Kommandant hatte ihnen über ihren eigenen Kommunikationskanal Befehle erteilt. Es wurde still, und jetzt konnte ich ein subtiles Summen von der anderen Seite der Tür wahrnehmen. Die Operation, den Turm abzusägen, schien immer noch im Gange zu sein, wenn auch mit Unterbrechungen. Das Schiff war im Begriff, eine der Spitzen wie den Schwanz einer Eidechse abzuwerfen. Ich zielte und feuerte die Ramme ab, in der Hoffnung, dass wir nicht alle in den Weltraum gesaugt werden würden.

Es gab einen dumpfen Aufprall und drei Dutzend blaue Plasmastrahlen flogen in das Loch, das sich gebildet hatte.

„Abstand halten! Vorrücken!" Die Kampfbefehle schienen im öffentlichen Chat zu kommen, da drei der Spieler keinen Zugang zum privaten Kanal hatten. Bones und sein Partner waren auch nicht in den privaten Kommunikator eingeladen worden.

Ich wartete ein paar Sekunden, bis der letzte von Kiddos Soldaten hineingegangen war, und spähte dann vorsichtig in die Öffnung. Hmm. Das Geistesprodukt des Ingenieurs hatte definitiv seinen Zweck erfüllt, aber es hatte sich auch eine posthume Belohnung verdient. Die abgerissene Wand bestand aus zehn Standardwänden. Die Tiefe des entstandenen Trichters betrug etwa zwei Meter. Jedes Loch war kleiner als das vorherige, und die Spieler mussten durch ein kleines Fenster gehen, um in den zentralen Teil des Schiffes zu gelangen. Aber trainiert für den Kampf auf engstem Raum, infiltrierten die Soldaten den Raum mit der Agilität von Kakerlaken.

Da ich diese Fähigkeit nicht besaß, kletterte ich vorsichtig in das Loch und schaute hinaus. Meine zerstörte Ramme stand traurig und einsam da, ihre Triebwerke verkohlt und durchgebrannt, während um sie herum die Luft von den blauen und roten Plasmablitzen zischte, die zwischen den Soldaten und den Zatrathi ausgetauscht wurden. Das metallische Brummen war jetzt viel lauter, trotz all der Schussgeräusche. Die Zatrathi sägten wohl an den anderen Ebenen, ohne zu wissen, dass ihre Bemühungen bereits vergeblich waren.

„Ihr könnt eintreten!", kam der Befehl, und Bones und sein Partner zwängten sich an mir vorbei, um sich dem Angriffsteam anzuschließen. Der Berater nahm den Mut seiner neuen Verbündeten zur Kenntnis und ignorierte die Tatsache, dass es Kiddos Piraten und ich waren, die den größten Teil der Arbeit geleistet hatten.

Nachdem ich es in den Hauptbereich des Zatrathi-Schiffes geschafft hatte, kontaktierte ich mein eigenes Schiff:

„Brainiac, kannst du uns sehen?"

„Nein. Sie haben den Bereich der Überwachung verlassen. Ich brauche einen neuen Uplink, um Sie zu sehen."

„Klar doch. Sag mir nur, wie ich das für dich machen kann."

„Suchen Sie eine Netzwerkbuchse und berühren Sie dann einfach mit Ihrem rechten Handschuh den Anschluss. Das System wird die Schnittstelle identifizieren und den Anschluss entsprechend anpassen."

Ich fand eine Netzwerkbuchse in der Nähe. In der Hocke brachte ich meine Hand an die seltsame Buchse heran. Aus dem

Zeigefinger meines Handschuhs fuhr ein Stecker heraus. Er surrte, wurde größer und wieder kleiner, bis er die richtigen Maße gefunden hatte. Dann wies Brainiac mich an, meinen Finger in die Buchse zu stecken. Der Stecker mit dem Transmitter und dem integrierten Träger trennte sich vom Panzeranzug und leuchtete rot auf: Brainiac hatte die Verbindungsprozedur gestartet.

Ich blickte mich um und überlegte, wohin ich gehen sollte. Lange Korridore erstreckten sich in alle Richtungen. Die Spieler kauerten in der Mitte und schossen auf die Zatrathi, die aus allen Richtungen kamen. Der einen Flanke ging es viel besser als der anderen. In ersterem Fall war das Angriffsteam ein gutes Stück von dem Durchbruch entfernt eingedrungen. Bis die Zatrathi es schaffen würden, den Turm abzusägen, sollten wir schon weit weg sein. Und dann viel Glück dabei, uns aus dieser Basis heraus zu graben.

„Bereit!", sagte Brainiac, und die LED wechselte auf grün. Ich zog das Verbindungsgerät heraus. „Ich habe Zugang zu den Parametern des Schiffes erhalten... Daten über die Besatzung und das Personal... sowie die Zatrathi-Lokalisierungsbaken. Ich sende die Daten jetzt an Ihr HUD."

Ein 3D-Schema des Zatrathi-Schiffs erschien vor meinen Augen. Die Spieler waren mit spärlichen blauen Punkten auf der Karte markiert, während die Schwärme von roten Punkten die Zatrathi anzeigten. Selbst in der Turmspitze, die wir vermeintlich geräumt hatten, gab es noch viele lebende Schleimer. Die Ingenieure hatten sich in den Ritzen und Spalten versteckt, weil sie ihre Chancen richtig eingeschätzt hatten. Während ich den Schaltplan studierte, rief ich den Offizier herbei.

„Sergeant, haben Sie eine Minute Zeit?"

„Glauben Sie, ich kann eine entbehren?", schnauzte er zurück, fragte dann aber: „Was gibt's?"

„Ich habe mir Zugang zum Zatrathi-Netzwerk verschafft. Es gibt ein paar Informationen, die ich gern mit Ihnen teilen würde. Wenn Sie mir die Zugangscodes für die Panzeranzüge der Soldaten geben, werde ich mich mit Ihnen synchronisieren und eine 3D-Karte des Schiffes mit Live-Positionen der Feinde freigeben. Vielleicht sogar noch mehr."

„Tu, was er sagt, Graykill." Kiddo schaltete sich in das Gespräch ein, ohne dem Soldaten Zeit für eine Antwort zu lassen. „Chirurg, meine Netzwerkleute werden dafür sorgen, dass dein schlaues Schiff nirgendwo hingeht, wo es nicht sein sollte, bevor Graykill die Codes ändert."

Graykill murmelte etwas über meine Vorstellungen von OPSEC, musste aber tun, was seine Kapitänin ihm sagte. Eine halbe Minute später piepte der PDA und verkündete, dass alle 30 Zugangscodes angekommen waren.

„Brainiac, synchronisiere dich mit den Panzeranzügen und sende ihnen die Karte und die feindlichen Positionen. Alle Übertragungen müssen über mich laufen. Wenn du irgendwelche feindlichen Zugriffsversuche feststellst, schalte alles ab, lösche die Speicherbänke und verbrenne die Hardware. Sind diese Befehle klar?"

„Bestätigt", antwortete der Schiffscomputer, und das verschlüsselte Geschnatter, das dem Austausch folgte, deutete darauf hin, dass die vertrauensvollsten Beziehungen auf gegenseitigen Drohungen aufgebaut waren.

Graykill erhielt die Karte und ordnete seine Kämpfer neu an. Verstärkungen wurden aus dem Korridor abgezogen, in dem die Soldaten überlegen waren, und in den Korridor geschickt, in dem sie unterlegen waren. Sie nahmen die Black Sails mit. Ich stimmte den Anpassungen zu – ein roter Sturm bewegte sich von dieser Flanke heran. Unser frenetischer Angriff wich nun einer hartnäckigen Verteidigung, bei der drei Strahlenkanonen aus dem

Bestand der Soldaten übernommen wurden. Ihre Koordination war beeindruckend: Sechs bemannten die Kanonen, fünf hielten die Schilde aufrecht und der Rest der Brüder goss Sperrfeuer in den Korridor, wobei sie kaum aus ihrer Deckung hervorlugten.

„Ingenieur, wie groß ist die Wahrscheinlichkeit, dass meine Oberfläche-zu-Oberfläche-Raketen beim Start explodieren?" Ich würde nicht sagen, dass ich kein Vertrauen in Graykills Männer hatte, aber es konnte nicht schaden, auf Nummer sicherzugehen. In den Kampf vertieft hatte ich meinen Dieb ganz vergessen. Wenn er hier sterben würde, dann würden alle meine langfristigen Pläne mit ihm den Weg alles Irdischen gehen.

„Kapitän, ich habe dich doch gewarnt. Die Wahrscheinlichkeit ist fifty-fifty. Entweder sie explodieren oder nicht. Die Technologie ist grob und unzuverlässig. Ich würde nicht darauf wetten, aber es wäre eine Schande, sie zu verschwenden. Lass die Finger davon. Ich werde das Schiff reparieren und dann die Raketen. In einem Tag, vielleicht zwei, werden sie fertig sein."

„Das Ding kann heute noch nützlich sein. Würde ich die Fehlfunktion überleben?"

„Nein. Keine Chance."

Die Soldaten taten derweil ihr Bestes. Graykill verlangsamte den Angriff im zweiten Korridor und brachte die Jäger auf ihre ursprünglichen Positionen zurück, sodass nur fünf übrigblieben, um diesen Zugang zu decken. Alle anderen spielten das Spiel „Wer hat mehr Energiezellen?". Die Kanonen schossen tödliche Plasmabrocken in das Schiff, die Soldaten, die die Schilde bemannten, tauschten alle zehn Sekunden ihre Energiezellen aus und ignorierten die Schießerei um sie herum, und trotzdem wurde der Sturm aus roten Punkten immer größer und größer. Es ging so weit, dass mehrere Zatrathi es schafften, an einen der Schildbediener heranzukommen, ihn zu packen und ihn irgendwo tief ins Schiff zu werfen. Der Spieler hatte keine Verteidigung gegen physischen Schaden, aber für ein paar Sekunden ebbte die Welle der Angreifer ab: Bevor er starb, hatte der fortgeschleuderte Soldat seine Granaten gezündet. Ein Scharfschütze nahm den Platz seines gefallenen Kameraden ein, doch die Zatrathi schafften es, das Manöver zu wiederholen – ein paar selbstmörderische Krieger kamen angerannt, schnappten sich zwei Soldaten, schleuderten sie in Richtung ihrer Linien und der Korridor bebte von den Explosionen der Granaten. Der Raubzug war für zwei weitere Spieler vorbei.

„Kapitänin, wie sieht es mit Verstärkung aus?" Graykill schätzte unsere Aussichten richtig ein. Früher oder später würde uns die ständige Flut von roten Punkten überrennen. Brainiac hatte 24.000 Zatrathi auf dem Schiff gezählt, die wussten, wie man mit Waffen umging. Wir hatten nur einen kleinen Teil der gesamten Horde vernichten können.

„Keine Chance. Es ist auch hier heiß. Ihre Jäger haben uns blockiert. Wir können nicht durchbrechen. Die Qualianer haben sogar versucht, uns im offenen Gelände zu bekämpfen. Wir haben zwei in die Luft gejagt. Aber früher oder später wird ihr Großer Gebieter auftauchen. Gammon, empfängst du irgendetwas auf ihren Kommunikatoren?"

„Nichts. Wir wurden von rausge... Oh Scheiße! Bones!"

Einerseits war ich belustigt, weil Bones' Partner das gleiche Schicksal ereilt hatte wie die beiden Soldaten zuvor. Ein wendiger Zatrathi-Krieger hatte es geschafft, sowohl über die Schilde als auch über die Kanonen zu springen – und bevor er sich in eine Beutekiste verwandelt hatte, hatte er sich den Black Sail geschnappt und ihn in Richtung der Wand geworfen, an der Bones gerade hingefallen war. Andererseits hatte ich keine Zeit für Schadenfreude. Der Berater der Precianer eilte seinem neuen Verbündeten zu Hilfe und wäre dabei fast unter Beschuss geraten.

Die Soldaten hörten gerade noch rechtzeitig auf zu schießen –
niemand wollte derjenige sein, der einen imperialen Berater tötet.
„Feuer aufrechterhalten! Der Berater hat Schilde!", rief ich,
aber es war zu spät. Die Zatrathi-Krieger strömten aus dem
Korridor und überwältigten die Soldaten. Jeder fand sich in einem
Handgemenge mit einem Feind wieder. Der Nahkampf war das
Tödlichste für unseren Raubzug. Das Ende würde ein
unrühmliches sein. Die Zeit war gekommen, meine Geheimwaffe
einzusetzen.

Zwei verbesserte selbstsichernde Blaster hatten mich bisher
vom Nahkampf mit den Zatrathi abgehalten. Als der Berater Bones
erreichte und ihn mit seinem Kuppelschild abschirmte, wurde mir
klar, dass der Moment gekommen war. Sebastian war schon längst
hinter mir aufgetaucht und hielt sich sicher im Hintergrund. Die
verbliebenen Soldaten weigerten sich, aufzugeben. Sie kämpften
um jeden Kill. Ihr ständiges Manövrieren und ihre gut
koordinierten Taktikwechsel erfreuten mich. Es schien, dass alles
so lief, wie es sollte, aber die Karte zeigte, dass der Großteil der
Arbeit noch vor uns lag. Eine Unzahl von Feinden war bereits auf
dem Weg zu uns.

Sobald Brainiac den Befehl zur Selbstzerstörung bestätigt
hatte, für den Fall, dass ich zum Respawn ginge, betätigte ich den
Abzug und feuerte meine Raketen ab. Mit dem Fadenkreuz hatte
ich das hintere Ende des Korridors markiert. Erstens als
Willkommensgeste für die Zatrathi-Verstärkung. Zweitens als
Möglichkeit, den Wirkungsbereich weiter von uns entfernt zu
halten. Ich hörte ein Klicken über meinem rechten Ohr. Ich zuckte
zusammen und bereitete mich auf die Wiederbelebung vor. Der
anschließende Knall war so gigantisch, dass ich für einen Moment
taub war. In meinem Kopf klingelte es, ich spürte ein gewaltiges
Beben, aber das Bild vor mir veränderte sich nicht. Ich war am
Leben! Eine Salve von Raketen flog von meinen Schultern und

sauste unter Rauch- und Flammenspuren an die Stelle, auf die ich geesielt hatte. Welch ein Wunder! Ich hatte es geschafft, sie einmal abzuschießen und das zu überleben. Russisches Raketenroulette war ein Spiel für Psychos... oder Desperados!

„Alle in Deckung!", rief ich, ohne mich selbst hören zu können. Die Schockwelle erreichte uns gerade, als ich mich umdrehte, um Sebastian zu decken. Aber mein Panzeranzug versagte – ich fiel trotz des Trägheitsdämpfungssystems fast flach auf den Boden und quetschte den Qualianer unter mir ein. Als er die Flammenfontäne über uns rauschen sah, blieb er still liegen. Das Energieniveau meiner Schilde begann zu sinken, doch ich konnte mich nicht einmal bewegen, um die Energiezelle zu ersetzen – ohne Sebastian verbrennen zu lassen. Ich sah zu, wie die Zahlen unwiderruflich herunterzählten: 30 % der verfügbaren Energie, 20 %, 10 %... Ich streckte eine Hand aus und griff nach der Energiezelle, doch dann sah ich, dass der Zähler bei 5 % stehengeblieben war und der Feuerstrahl vorüber war. Der Anzug hatte jede einzelne Notfallanzeige aktiviert, die es gab. Das Auswechseln von vier Energiezellen dauerte jedoch nicht allzu lange, und ich schaffte es sogar, ohne aufstehen zu müssen. Jemand klopfte von unten an den Panzeranzug, und ich rollte mich herum und befreite den Qualianer. Endlich konnte ich auch einen Blick auf das Schlachtfeld werfen. Sebastian war am Leben und sogar fast völlig unversehrt. Dann fing ich ein Glitzern vom Kuppelschild des Beraters auf, was bedeutete, dass er und Bones ebenfalls okay waren. Was die Soldaten anging... konnte ich immer noch nichts sehen, weil jetzt eine lange Systemmeldung mein Sichtfeld verdeckte:

Neues Level erreicht: Persönliches Raketengeschütz Feuerblume (Legendär) hat Level 3 erreicht. Intaktheit, Anzahl der Raketen und Energie wurden um 30 % erhöht. Gerät modifiziert: 3 (von 25) Defekte beseitigt.

Errungenschaft freigeschaltet: ‚Befreier' (Rang 3). Ihre Gruppe hat mehr als 10.000 Zatrathi-Krieger im offenen Kampf vernichtet. -30 % auf die XP, die zum Auffleveln Ihrer Gegenstände benötigt werden.

„Was zum Teufel war das?" Graykill tauchte plötzlich vor mir auf, riss mich auf die Beine und schüttelte mich wie ein verstaubtes Kätzchen. Er sah wütend aus.

„Was macht das noch für einen Unterschied?" Ich war verblüfft von seinem überheblichen Tonfall. „Es hat doch funktioniert, oder?"

„Funktioniert? Ich habe fast alle meine Männer verloren!", brüllte der Soldat. „Warum haben Sie mich nicht vorgewarnt?"

Er hatte nicht gelogen. Von Kiddos 30 Soldaten, die sich unserem Überfall angeschlossen hatten, hatten nur fünf überlebt. Das Einzige, was sie gerettet hatte, waren ihre Legendären Rüstungen.

„Das konnte ich nicht. Haben Sie die Horde gesehen, die sich auf uns zubewegte? Es war Zeit, zu schießen, nicht zu reden!", schnauzte ich ihn an. „Dies ist ein Spiel. Man kann nicht gewinnen, ohne Verluste zu erleiden. Ihre Verluste sind 24 Soldaten, die Verluste der Zatrathi sind mehr als die Hälfte ihrer Armee. Sie sollten jubeln."

„Chirurg, wir müssen unseren Vorteil sichern! Schlag noch einmal zu, ja?" Kiddo schaltete sich in unseren Austausch ein. „Graykill, arbeite mit dem, was du hast. Wir haben es geschafft, ihre Verteidigung zu durchbrechen. Wir haben ein weiteres großes, rundes Loch in ihre Schiffshülle gesprengt. Ha! Sie haben ihre Schilde reduziert und benutzen die qualianischen Mechaniker als Deckung! Gebt's ihnen, Jungs! Over and out!"

„Tun Sie, was Ihre Kapitänin befiehlt." Ich riss mich aus Graykills Griff und schüttelte mich trotzig. Ich sagte ihm, er sollte zur Hölle fahren (in Gedanken), und begann dann, die Beute einzusammeln. Wie immer scrollte eine Wand aus Text an meinen Augen vorbei. Als ich zu den Summen am unteren Rand hinuntersprang, klatschte ich zufrieden in die Hände – ich hatte es geschafft, nicht nur die Zatrathi und die Ingenieure auszulöschen, sondern auch einen Haufen schwarzer Nebel. Das waren diejenigen, die schwarze Marken abwarfen.

Neue Gegenstände: Goldmarke (11.522)
Neue Gegenstände: Schwarze Marke (94)
Neue Gegenstände: Silbermarke (443)

...

Ich machte mir nicht die Mühe, das Raq, die Rüstungen, die Energiezellen und den Haufen von Zarathi-Blastern und -Kleidung einzusammeln. Ich hatte keinen Platz mehr. Nach reiflicher Überlegung hob ich dann doch die Loot auf, die der schwarze Nebel fallen gelassen hatte – Fläschchen mit Schwarzpulver. Sie wogen nichts und nahmen nicht viel Platz weg.

Erst dann bemerkte ich die seltsame Stille: Das Sägen hatte aufgehört, und es gab keine weiteren Versuche, es nach meinem Raketenangriff wieder aufzunehmen. Das war bestimmt eine gute Nachricht. Die schlechte Nachricht war, dass die Explosion den Korridor so stark beschädigt hatte, dass er unpassierbar geworden war. Ich öffnete die Karte, um nach alternativen Routen zu suchen, und sah unsere blauen Punkte, aber keinen einzigen roten Punkt. Was zum Teufel...?

„Brainiac, was ist mit der Karte los?"

„Die Kommunikator-Verknüpfung für diesen Teil des Schiffes ist zerstört worden. Es besteht keine Verbindung mehr zum Hauptrechner des Schiffes. Meine Raumscanner können keine weiteren Verknüpfungen an Ihrem Standort feststellen. Ich kann die Karte nicht aktualisieren."

„Zeig mir, was du von den Ortungsbaken eine Sekunde vor dem Raketenangriff hast, lösch nur die Punkte in der Detonationszone. Schick das an alle in der Gruppe."

„Bestätigt." Auf meinem HUD erschien eine Karte des Schiffes, auf der die Orte markiert waren.

„Was nun?" Graykill hatte den Verlust seines Trupps noch nicht verwunden. Er distanzierte sich auch von der Entscheidungsfindung und deutete an, dass ich nun das Kommando über die Parade hatte. Ein lästiger Job. Ich hatte noch keine Übung darin. Sollten wir bei dieser Quest scheitern, würde der gute alte Chirurg mit seinen Launen derjenige sein, der die Schuld tragen müsste. Graykill würde nie zugeben, dass seine Soldaten auch ohne meine Beteiligung gefallen wären.

Der Berater schaltete seinen Schild aus und kam auf uns zu.

„Nichts Neues, Graykill. Wir gehen ins Zentrum, töten den Hauptboss und verschwinden. Kiddo wird zu Ende bringen, was sie zu tun hat. Nach der Karte zu urteilen, befindet sich die Kommandozentrale des Schiffes hier." Ich zeigte in die Richtung des neuen Durchbruchs. „Die Feinde kamen von dort."

„Was für ein brillanter Plan! Erst sprengen Sie die Korridore ins All und löschen die eigene Truppe aus und jetzt wollen Sie es mit dem Endboss aufnehmen. Es gibt keinen anderen Weg in den Zentralbereich. Haben Sie das noch nicht mitbekommen? Ihr kleines Feuerwerk hat einen Einsturz verursacht! Es ist jetzt eine Sackgasse!"

Kiddo hatte ihren Soldaten befohlen, mit mir zusammenzuarbeiten, nicht mir zu gehorchen und mich zu respektieren. Doch merkwürdigerweise störte mich Graykills Wut nicht. Angesichts der 26 leeren Panzeranzüge, die um uns herum verstreut lagen, konnte ich ihn verstehen. Fünf der Klasse A, 20 der Klasse B und einer der Klasse C. Kiddo und Graykill hatten auf einen Schlag ein ganzes Angriffsteam verloren – Bones' Partner

nicht mitgezählt. Man konnte Gegenstände, die eine Klasse
eingebüßt hatten, nicht mitnehmen, also musste ich sie hierlassen.
Moment mal! Warum konnte ich sie nicht mitnehmen?
„Brainiac, schicke 20 Droiden zu meiner Position! Wir müssen
25 Panzeranzüge von Kapitänin Kiddos Truppe abholen. Da ist
auch einer, der einem Black Sail gehört hat. Lass sie auch gleich ein
paar Tonnen Raq mitnehmen, wenn sie schon dabei sind. Oder was
immer sie aufsammeln können."

„Verstanden. Ankunft in zehn Minuten", antwortete der
Schiffscomputer.

Ich nutzte einen internen, privaten Kanal, um mit Brainiac zu
kommunizieren, also hatte ich keine Zeit, Graykill zu beruhigen,
nachdem ich die Verbindung beendet hatte. Die neue Welle von
Zatrathi erreichte die Trümmer und erstarrte, um einen
Algorithmus zu generieren, was als Nächstes zu tun sei. Der Code
der NPCs berücksichtigte nicht die Möglichkeit eines
Hindernisses an Bord ihres eigenen Schiffes.

„Lasst euch alle auf den Boden fallen oder geht in Deckung."
Ich entfernte mich von den überlebenden Kämpfern, nahm das
Ziel ins Visier und drückte, fast ohne mit der Wimper zu zucken,
den Knopf zum Abschuss der Rakete.

Doch statt des erwarteten Klickens hörte ich von irgendwo
zwischen den Trümmern Graykills wütenden Ausruf.

„Verdammt noch mal, Chirurg, wozu müssen Sie schon wieder
Ihre verfluchten Raketen abfeuern? Einschließen können Sie uns
auch später noch! Der Feind wird sowieso nicht an uns
herankommen."

Ich ignorierte den Soldaten und verstand nicht, warum nichts
passierte. Ich drückte den Knopf noch ein paar Mal.

„Ingenieur, warum funktioniert die Raketenwaffe nicht?" Die
Schlange hatte mir versprochen, dass entweder ich explodieren
würde oder der Feind. Aber alle waren am Leben.

„Ich habe dich gewarnt: Sie ist unzuverlässig, unfertig. Du hättest sie gar nicht erst benutzen sollen. Wie auch immer, gemäß Spielregel-Klausel 335.3 wird diese Waffe deaktiviert, da sie die Spielbalance stört. Wir danken Ihnen für das Testen eines Prototyps. Die Kosten für die Überarbeitung und Modernisierung der persönlichen Raketengeschützes Feuerblume werden Ihnen erstattet. Wir wünschen Ihnen noch ein angenehmes Spiel. Blabla."

„Ich verstehe. Okay. Mach weiter mit den Reparaturen. Over and out", sagte ich frustriert.

Ich konnte nicht glauben, dass sie mir mein Spielzeug weggenommen hatten! Oh, ihr verdammten Entwickler. Sie mischten sich ein und räumten schnell alles auf, um ihre Ärsche zu schützen. Es war sonnenklar, dass sie dieses Geschütz für den Einsatz im offenen Raum konzipiert und dabei nicht bedacht hatten, dass die besonders Begabten es bei einer Boarding-Operation einsetzen könnten. Jetzt hatten sie den Gegenstand aus der Waffendatenbank gelöscht.

Ich unterstellte niemandem böse Absichten, aber ich hielt die Dinge gern formell und forderte meinen Schadenersatz auch ein, wenn er fällig war. Die lahmen Zatrathi ließen mir Zeit, ein Feedback-Formular zu öffnen und eine Beschwerde über „Eingriffe in den Spielablauf durch die Entwickler" einzureichen. Ich wollte sie nicht so unwidersprochen mit mir spielen lassen. Also ...

„Veränderte Kampfbedingungen haben das Kräftegleichgewicht beeinflusst. Wir waren mit einer riesigen feindlichen Armee konfrontiert und befanden uns in einem immensen Nachteil. Es war unmöglich, unsere Linien zu halten, also griff ich zu einer Waffe, die ich rechtmäßig im Laufe des normalen Spiels erhalten hatte. Ich halte die Konfiszierung dieser Waffe für illegal. Ich verlange Entschädigung und bin bereit, meinen Anspruch mit allen mir zur Verfügung stehenden Mitteln durchzusetzen."

„Ihre Beschwerde ist bei uns eingegangen und wartet darauf, durch den Moderator bestätigt zu werden."

„Und?" Graykill kletterte aus seinem Fuchsbau und kam auf mich zu. „Werden wir noch lange in den Ritzen herumkriechen?"

„Raus hier. Armageddon II wird nicht kommen. Die Entwickler haben mir mein neues Spielzeug weggenommen. Sie können sich freuen", erklärte ich. „Aber ich habe eine andere Idee. Sehen Sie, die Zatrathi sind von den beiden unteren Decks heraufgekommen, während das obere frei ist. Wenn es auf dem Deck keine weiteren Schäden gibt, könnten wir versuchen, es zu räumen und damit in die Mitte zu gelangen. Sollen wir es riskieren?"

„Die Räumung ist kein Problem, aber wir sind Weltraumsoldaten, keine Bodeninfanterie. Wir haben keine Jetpacks."

„Aber ich. Ich nehme Sie mit, und der Rest kann zurück zum Schiff gehen. Die Gruppe hat hier sowieso nichts mehr zu tun."

„Schlagen Sie etwa vor, dass wir die Panzeranzüge hier einfach liegen lassen?" Graykill wurde noch wütender.

„Nein. Ich habe ein paar Droiden, die sie in fünf bis sieben Minuten abholen werden. Ich werde Ihnen die Anzüge nach dem Raubzug zurückgeben, also machen Sie sich nicht so viele Sorgen", beruhigte ich den Soldaten. „Ihre Jungs sollen uns helfen, den Rest zu räumen, und dann können sie sich eine Auszeit nehmen."

Ich entsicherte meine Blaster. Mehrere geschickte Zatrathi-Krieger hatten begonnen, durch die Trümmer zu klettern. Ein Dutzend Schüsse hielt sie zurück, aber kurz darauf folgten mehr. Die NPCs hatten ihr weiteres Verhalten berechnet und das Respawnen machte ihnen keine Angst mehr. Schade, dass die NPC-Krieger keinen Selbsterhaltungstrieb hatten.

Graykill beriet sich mit seinem Team, und eine Minute später waren zwei Strahlenkanonen am Rande der Öffnung aufgestellt worden und nahmen die Zatrathi auf den unteren Decks unter Beschuss. Das Gegenfeuer machte uns nicht viel aus. Die Spieler sparten nicht mit Energie an ihren Schilden und machten den zahlenmäßigen Vorteil des Feindes zunichte. Bevor meine Droiden eintrafen, schaffte ich es, die Türen zu unserem Hangar zu öffnen. Die Idee, Panzeranzüge durch eine winzige Öffnung in der Wand zu stopfen, war etwas fragwürdig. Die Roboter brachten eine große Platte mit, um die Ware zu transportieren. Das war die Lösung des Ingenieurs für das Problem des Transports.

Die Bemerkungen der Soldaten wurden merklich zurückhaltender, als der Haufen an Ausrüstung und Materialien auf der improvisierten Trage immer höher wurde. Ich lud alle 600 Kilogramm Raq aus meinem Inventar ab und öffnete eine weitere schimmernde Beutekiste. Insgesamt hatte ich mehrere Tonnen angehäuft, die nun auf die Platte geladen wurden. Die Droiden spannten sich vor die Ladung und schleppten das Ganze langsam und mühsam zurück zum Schiff. Diese Schlange und ihre Sparsamkeit hatten einen größeren Einfluss auf mich, als ich mir vorstellen konnte.

Bones und den Berater schickte ich ebenfalls zurück zur *Warlock*. Es hatte keinen Sinn, weitere Risiken einzugehen. Bones half den Droiden, die Panzeranzüge zu schleppen, und bald verschwand der metallene Konvoi durch das Eingangsloch.

„Warum gehst du nicht mit ihnen? Bist du lebensmüde, Sebastian?", fragte ich den Dieb, als er dem abfahrenden Konvoi nachblickte.

„Ich gehe bei dir mit. Vielleicht gibt es in der Kommandozentrale etwas Interessanteres als Glas zu stehlen", sagte der Qualianer hartnäckig. „Was für ein Dieb wäre ich denn, wenn ich mir eine solche Chance entgehen lassen würde? Dieser Panzeranzug kann fliegen, also werde ich dir nicht zur Last fallen."

„Du hast keine Heimatwelt", erinnerte ich ihn vorsichtshalber, aber der Dieb hörte nicht mehr zu. Er ging zu der Stelle, von der aus wir aufbrechen würden. Die beiden Kanonen machten ihre Arbeit gut – die unteren Decks waren bereits leer. Allerdings gab es nicht viel Beute, was darauf hindeutete, dass sich die KI verbessert hatte und die meisten Zatrathi nach anderen Wegen suchten, um zu uns zu gelangen. Und wenn das der Fall wäre, hätten wir nicht mehr viel Zeit.

Graykill befahl seinen Leuten, den Laden dicht zu machen und mit meinen Droiden zurück zum Schiff zu gehen. Dann sammelte ich ihn ein und flog mit ihm auf das Oberdeck. Der Soldat war ziemlich schwer. 20 Meter Flug benötigten die Hälfte meines Treibstoffs. Wenigstens war oben niemand, und ich konnte in aller Ruhe die verbrauchten Energiezellen ersetzen. Sebastian hatte unterdessen einige Probleme mit dem Fliegen. Er schwebte zu lange, nahm übermäßig komplizierte Flugbahnen und schaffte es, mit Dingen zu kollidieren, mit denen man nur schwer kollidieren konnte. Ich war kurz davor, zu ihm aufzusteigen und ihn nach oben zu schleppen, aber ich hatte keine Lust, den Treibstoff zu verschwenden. Schließlich kam der Dieb nahe genug heran, und Graykill und ich bekamen ihn zu fassen und zogen ihn zu uns. Die medizinische Einheit des Anzugs hielt es für nötig, die Kräfte des Qualianers wiederherzustellen. Der Dieb keuchte, als die Nadel in seinen Hals eindrang.

„Vorwärts jetzt, im Laufschritt!", befahl Graykill, der ganz in seinem Element war. Ich ließ mich zurückfallen, wohl wissend, dass der Soldat viel mehr Erfahrung im Nahkampf hatte als ich und ich besser auf ihn hören sollte. Ich aktivierte den Hinterantrieb des Anzugs und versuchte, mit dem Kommandanten mitzuhalten. Während er rannte, legte Graykill ein solches Tempo vor, dass man meinen könnte, ein Rudel Zatrathi wäre uns bereits auf den Fersen. Sebastian war eine solche Anstrengung nicht gewohnt und sein

Anzug hatte keinen Hinterantrieb, daher fiel er sofort zurück. Auch ich fiel wenig später mit ihm zurück. Der Soldat hatte eindeutig einen Vorteil, solange wir geradeaus liefen.

„Commander, Sie rennen schnell, aber Sie lassen Ihren Trupp hinter sich", rief ich Graykill zu, während ich wie verrückt schnaufte.

„Sie haben meinen Trupp doch längst verloren. Kommen Sie schon, Sie Noob, strengen Sie sich ein bisschen an!" Ich konnte an seinem Tonfall hören, dass der Soldat grinste.

Ich wurde wütend. „Auf dem Klo streng ich mich an! Was nützt es mir, wenn ich gegen die Zatrathi kämpfen muss, und dann erschöpft bin? Jetzt machen Sie mal halblang. Die laufen uns schon nicht weg."

Der Kommandant brach in Gelächter aus, verlangsamte aber sein Tempo.

„Sie sind ein verdammt guter Sprinter, Soldat. Aber können Sie auch so gut mit der Waffe umgehen?" Wir hatten noch 500 Meter vor uns, und ich wollte den Spieler in die Schranken weisen. „Laufen Sie besser, als Sie töten?"

„Was soll das heißen?"

„Gray – heißt doch grau, also mittelmäßig", fuhr ich fort.

„Grau sagen Sie? Nun, das hängt davon ab, wie man es sieht." Anstatt beleidigt zu sein, schien Graykill immer munterer. „Wenn Sie 50 verschiedene Schattierungen in Ihrem Arsenal haben, dann ist das alles andere als mittelmäßig."

„Sie sind nicht zufällig Webdesigner?", sagte ich kühl. „Die sind doch Experten für Schattierungen."

„Ja, Sie sind Chirurg und ich bin Webdesigner. Belassen wir es einfach dabei."

„Ich habe einen Netzwerkanschluss identifiziert", sagte Brainiac, der in der Zwischenzeit den Raum um uns herum gescannt hatte. Nach einer kurzen Pause hatten wir einen riesigen

Hangar erreicht. Er war leer, denn alle Raumjäger hatten sich
verzogen. Wir stießen auf unser ausgedehntes Echo, verstreute
Teile, Reparaturgeräte und ein paar kleine Aufklärungsschiffe, die
zwischen den hellen Markierungen des Flugdecks verteilt waren.
Ich verband mich mit dem Netzwerk, damit Brainiac unsere Karte
aktualisieren konnte.

Jetzt zeigte sie auch die beschädigten Bereiche an. Überall um
uns herum waren rote Punkte, die den gesamten verfügbaren Raum
ausfüllten. Die blauen Punkte, die unsere Spieler symbolisierten,
krochen langsam auf mein Schiff zu. Es war klar, dass sie es nicht
rechtzeitig zurückschaffen würden.

„Sie haben vergessen, die Türen zu schließen", kommentierte
ich das Rinnsal roter Punkte, die zu unseren blauen aufholten.
Als hätte er mich gehört, blieb einer der blauen Punkte stehen
und machte kehrt. Minus eine legendäre Rüstung. Ein freiwilliges
Opfer von Graykills Truppe zum Wohle des restlichen Teams.

„Brainiac, berechne für mich eine Route zur
Kommandozentrale. Sobald alle an Bord sind, schießen wir los
und gehen mit unseren Kreuzern in Deckung! Kiddo, ich werde
Feuerunterstützung für mein Schiff brauchen! Graykill und ich
werden zurückbleiben. Tu, was du tun musst, aber das Schiff und
deine Männer müssen überleben!" Ich schätzte noch einmal die
Anzahl der roten Punkte ab und gab jede Hoffnung auf, lebend
hier herauszukommen.

„Verstanden. Hier ist die berechnete Route!" Brainiac hielt eine
Weile inne und versuchte, sich einen Grund einfallen zu lassen, um
mich nicht im Stich zu lassen, aber am Ende fiel ihm nichts ein.
Die gestrichelte Linie führte uns durch den Hangar zur hinteren
Tür. Von dort war es nicht mehr weit bis zum Zentrum. Das letzte
Hindernis schienen die fetten roten Punkte zu sein, die am Ende
des Weges standen. Offensichtlich handelte es sich dabei nicht um
normale Krieger, die viel kleiner waren. Aber bevor ich mich weiter

mit ihnen beschäftigen würde, sollte ich lieber nach meinem qualianischen Dieb sehen.

„Sebastian, siehst du das Schiff?" Ich zeigte auf einen stacheligen Zatrathi-Aufklärer, der in der Nähe stand. „Wenn du überleben willst, solltest du es starten und von hier verschwinden."

„Du willst, dass ich seine Sicherheitsarchitektur hacke, die Triebwerke ohne Zugangskarte starte und abhebe, ohne etwas zu rammen?", echote der Qualianer. „Mit dem letzten Punkt könnte es Probleme geben."

„Kümmere dich erst einmal um die ersten beiden Punkte", ermutigte ich den Dieb. „Denk dran, dass die Technik der Zatrathi anders sein könnte, als du es gewohnt bist. Lass es mich wissen, wenn du startklar bist. Und jetzt an die Arbeit!"

Sebastian kletterte auf den Aufklärer und verschwand in dessen Cockpit, um sich mit der Steuerung zu beschäftigen. Der Soldat und ich zogen weiter. Diesmal war es ein längerer Lauf, aber Graykill passte sich meinem Tempo an. Die Tür auf der anderen Seite des Hangars war mit einem Sensor ausgestattet, sodass sie sich, sobald wir uns näherten, von selbst öffnete und wir ohne Schwierigkeiten passieren konnten. Das vollautomatische Feuer aus meinen beiden Blastern tötete die schwarzen Nebel, die nahe der Decke schwebten, aber die Loot fiel nicht herunter, sie blieb dort oben. Wir stießen durch mehrere lange Gänge mit Kurven und Abzweigungen vor, und sahen schließlich das Ziel unseres gesamten Unternehmens – 30 Meter vor uns deuteten zwei hell gestrichene Türen darauf hin, dass sich dort die Kommandozentrale befand.

„Verdammt. Das ist ja wie der Albtraum eines betrunkenen Illustrators", sagte Graykill gedehnt, als er das Hindernis zwischen uns und den Türen sah. Mit solchen Zatrathi hatten wir uns noch nie angelegt. Jetzt war klar, warum die Karte für diese Kreaturen einen fetten Kreis statt eines kleinen Punktes anzeigte. Ihre drei

Meter langen, runden Oberkörper wurden von vier elefantösen Beinen gestützt. Ihre Arme waren dünne Anhängsel, aber deren scheinbare Schwäche wurde durch Menge und Geschicklichkeit kompensiert. Ich zählte sechs, und jedes Monster führte sie zusätzlich zu einem Paar von Strahlenkanonen. Ihre kleinen chitinösen Köpfe wirbelten munter nach rechts und links und waren mit kleinen schwarzen Punkten übersät, die Augen sein könnten. Ich hatte den vagen Verdacht, dass ich so etwas schon einmal irgendwo gesehen hatte.

Brainiac kam mir zu Hilfe. „Ich erkenne eine Ähnlichkeit mit den Kriegern, denen wir auf der uldanischen Basis begegnet sind. Diese Exemplare sind jedoch größer und sehen aus wie ein kruder Vraxis-Prototyp."

In der Tat hatte ich beim Anblick dieser Kreaturen den Eindruck, als hätte ein Kind einen Vraxis-Krieger aus dem Gedächtnis gezeichnet und seine übereifrigen Eltern hätten das Bild zum Leben erweckt. Nur, dass es nichts Kindliches an sich hatte, was diese komisch aussehenden Krieger mit uns anstellen konnten. Sie hatten zusätzlich zu ihren Strahlenkanonen auch Schildgeneratoren. Unsere Waffen gegen diese Jungs einzusetzen, wäre reine Zeitverschwendung.

Ich öffnete meine Karte, in der Hoffnung, einen Umweg zu finden. Die gestrichelte Linie, die von Brainiac gezeichnet wurde, führte stur zur Tür und ließ vermuten, dass es nicht möglich sein würde, das Hindernis zu umgehen. Nun, wenn wir unbedingt durch die Tür gehen mussten, dann würden wir eben durch die Tür gehen.

Der gesamte Innenraum des Zatrathi-Schiffes war in einer klassischen Silberfarbe gehalten, sodass die bunten Türen wie ein Artefakt wirkten. Für einen Betrachter von außen gab es keine Symmetrie oder Logik in den Ornamenten – es waren nur abstrakte Farbkleckse, die ein wenig an Linseneffekte in der

Realität erinnerten. Dieser seltsame und unerwartete Höhenflug des Designers schien sich allerdings nur auf die Tür und ihre Wächter zu erstrecken. Die Zatrathi reagierten in keiner Weise auf uns, sondern warteten entweder darauf, dass wir uns ihnen näherten, oder sie angriffen.

Graykill wandte sich an mich. „Sind Sie sicher, dass wir da reingehen müssen?"

„Hinter diesen Türen ist das Flugdeck. Wenn wir es schaffen, die Schilde des Schiffes zu deaktivieren, wird Marina es vernichten und jeder wird seine Belohnung bekommen. Wenn wir es nicht schaffen, wird die qualianische Verstärkung eintreffen und der Überfall wird vorbei sein. Wir haben keine andere Wahl."

„Nehmen Sie meinen Panzeranzug, lassen Sie ihn nicht hier liegen und gehen Sie in Deckung." Graykill wartete, bis ich mich um die Ecke versteckt hatte, dann bereitete er sich vor. Zuerst aktivierte er alle seine Schilde, danach nahm er etwas aus dem Inventar und steckte es vorsichtig in die Schlitze seines Panzeranzugs. Ich zoomte in meinem HUD so weit heran, wie ich konnte, und erkannte längliche graue Objekte ohne jegliche Markierungen, und ich konnte nur raten, was das war, da Brainiac mir keinen Hinweis gab. Wie alle Spieler konnte Graykill sich selbst in die Luft jagen, wenn es nötig war. Das wollte er auch jetzt tun, aber zuerst nahm er ein paar zusätzliche Stücke Raq, die als Schrapnelle fungieren sollten. Schilde funktionierten nicht gegen fliegende physische Objekte. Kleine Splitterpartikel konnten eine gute Rüstung durchdringen, vor allem, wenn sie nur ein paar Meter vom Epizentrum der Explosion entfernt war.

Sobald er bereit war, kauerte Graykill sich wie ein Sprinter zusammen und stürmte dann vorwärts. Trotz seiner Geschwindigkeit kam das Erscheinen des Feindes für die Kolosse nicht überraschend – sie richteten sofort ihre Kanonen aus und eröffneten das Feuer auf den sich nähernden Krieger. Aber Graykill war nicht umsonst der Anführer der Sturmtruppe der *Alexandria*. Er wich den ankommenden Plasmakugeln so geschickt aus, dass mir die Kinnlade herunterfiel – ich hatte noch nie jemanden gesehen, der sich im Spiel so geschmeidig bewegte! Es war unglaublich! Graykill rollte, sprang, wich aus, hüpfte und sprintete nach vorn, um die Distanz auf 30 Meter zu reduzieren. Im Geiste machte ich seinen letzten Sprint mit. Die Kanonen feuerten fast punktgenau und meine Bildschirme waren für einen Moment leer. Ein heller weißer Stern entstand da, wo Graykill eben noch gewesen war. Ich war so fasziniert von dem Schauspiel, dass ich vergaß, mich rechtzeitig hinter der Ecke zu verstecken. Kleine Schrapnellsplitter regneten auf meine Rüstung und hinterließen Beulen. Aus dieser Entfernung konnten sie meine Rüstung nicht durchdringen, aber von den Wachen und der Tür waren nur noch zwei Beutekisten und eine dekorative Käsereibe übrig, die einmal eine Tür gewesen war. Im Vordergrund der Verwüstung sah ich Graykills Rüstung, einsam und leer.

Neue Gegenstände: Saphirmarke (2)

Neue Gegenstände: Energiezelle (2)

Neue Gegenstände: Zatrathi-Strahlenkanone der Klasse A (2)

In mein entlastetes Inventar passten problemlos sowohl Graykills Anzug als auch die gesamte Beute der Wachen.

Die Tür jedoch hielt trotz ihrer unzähligen Löcher noch stand. Laut Brainiacs Karte müsste ich den rechten Korridor dahinter nehmen.

„Brainiac, kannst du die Tür entriegeln?"

„Negativ. Der Zugang zur Kommandozentrale liegt außerhalb meiner Befugnisse. Sie müssen zuerst eine Kommunikator-Verknüpfung im Sicherheitsbereich finden. Die nächstgelegene befindet sich hinter der Wand."

Ich ballte meine Faust und schlug so fest auf die Tür ein, wie es mein Anzug zuließ. Die Tür selbst hielt weiter stand, doch das Raq, aus dem sie bestand, gab nach. Die Platte, auf die ich schlug, brach an den Löchern, die durch die Schrapnelle entstanden waren. Ich vergrößerte eines der Löcher mit einem weiteren Schlag und konnte dann meine Hand hindurchstecken. Brainiac aktivierte den Raumscanner an meinem Handschuh und fand das Bedienfeld. Ich ging mit meiner Hand so nah ran, wie ich konnte. Dann erledigte Brainiac den Rest – er verband sich mit dem Netzwerk und gab die Zugangscodes ein. Eine Sirene ertönte und die Tür – mit mir daran befestigt – begann sich zu heben. Ich zerrte mit der Schulter, aber ich konnte mich nicht befreien. Zum Glück war der Türrahmen so beschädigt, dass sich die Tür verkantete. Nachdem ich meine Hand herausgezogen hatte, half ich dem stotternden Motor, die Tür weiter anzuheben. Dann betrat ich das Allerheiligste des Schiffes.

Nachdem ich ein paar Schritte gegangen war, bog ich um die Ecke und erstarrte: eine Blaster-Mündung vor meiner Brust. Sollte sie feuern, würde meine Rüstung nicht standhalten. Zu nah.

„Delnarga kurr! Irrich siu ta lorey!", brummte der Besitzer der Waffe und drückte ab.

„Er hat gesagt: ‚Stirb, du Dreck. Wir haben dich nie für empfindungsfähig gehalten'", übersetzte die Schlange, während ich nach hinten an die Wand flog. Meine Rüstung hatte dem Plasmaschuss standgehalten, allerdings auf Kosten der Steuereinheit, die explodiert war. Der Auswurfmechanismus aktivierte sich und schleuderte mich aus dem Anzug. Der Feind hatte nicht damit gerechnet, dass sein Opfer wie ein Springteufel aus der Rüstung fliegen würde, anstatt zu sterben. Die Überraschung meines Gegners darüber verschaffte mir ein paar Sekunden. Das war genug Zeit für mich, um Graykills Anzug aus meinem Inventar zu ziehen, in ihn hineinzuschlüpfen und dann in aller Ruhe meine Gesundheit wiederherzustellen. Die Atmosphäre der Zatrathi war ätzend und tödlich für Spieler. Ich bemerkte den zweiten Schuss aus nächster Nähe kaum – Graykill hatte eine ausgezeichnete Rüstung. Ich griff mir einen Manipulator und ließ den Zatrathi vor mir in der Luft schweben, um ihn dann mit dem anderen Manipulator zu entwaffnen.

„Ingenieur, übersetze mir Folgendes: ‚Dieses Schiff ist gekapert worden. Ich verlange Ihre bedingungslose Kapitulation. Andernfalls lautet mein Befehl, Sie zu erschießen.'"

Die Schlange übersetzte das in die gutturale uldanische Sprache. Der Feind zuckte mit den Flügeln, um zu bestätigen, dass er alles verstanden hatte. Ich bedauerte, den Berater zurückgeschickt zu haben. Diese Begegnung hätte ihm gefallen. Der Kommandant des Schiffes entpuppte sich als Uldaner, dessen Geist vom Gruppenbewusstsein der Zatrathi übernommen worden war. Wie von einem Parasiten. Woran ich das erkannt hatte? Ganz einfach. Der Kopf des Uldaners war mit braunem Schleim bedeckt, seine Augen waren aufgerollt, und die Art und Weise, wie er seinen Blaster schwang, mit mir sprach und sich mir widersetzte, war ganz wie bei einer Marionette.

Ich schob den Gefangenen beiseite und ging zur Steuerkonsole hinüber. Sie sah völlig normal aus.

„Brainiac, wie kann ich die Schilde deaktivieren?" Ich erlaubte meinem Schiffscomputer, sich mit dem Zatrathi-Hauptrechner zu verbinden. Ein Fortschrittsbalken für den Download erschien. Brainiac verschwendete keine Zeit und plünderte alle Daten, die ihm nützlich vorkamen.

Aber als der Download-Fortschritt 70 % erreichte, sagte Brainiac plötzlich:

„Schilde schalten ab in 3, 2, ... Warnung! Fernzugriff entdeckt. Die Konsole des Kapitäns wurde deaktiviert. Achtung! Das

Selbstzerstörungsprotokoll wurde aktiviert! Noch 100 Sekunden
bis zur Selbstzerstörung!"

„Abbruch!"

„Das Schiff wird ferngesteuert. Ich habe keinen Root-Zugang
mehr. 96 Sekunden verbleiben."

„Marina, verschwinde so schnell wie möglich von hier! Das
Schiff wird in weniger als zwei Minuten explodieren! Spring an das
andere Ende des Systems."

„Wie lauten Ihre Anweisungen für uns, Kapitän?", fragte
Brainiac.

„Folgt Kapitänin Kiddo."

„Und was ist mit dir, Käpt'n?", wollte die Schlange wissen.

„Tut, was ich sage, oder ich schicke euch persönlich auf den
Schrottplatz! Sebastian! Wie läuft's denn so?"

„Prima. Ich befinde mich gerade an den Hangartoren. Ich habe
auf deinen Anruf gewartet."

„Warte auf mich, ich bin gleich da." Während ich mit Marina
sprach, legte ich meine eigene Rüstung in das Inventar und rannte
in halsbrecherischem Tempo zurück, immer noch meinen
Gefangenen vor mir herschleppend. Ich konnte den Uldaner hier
nicht im Stich lassen. In meiner Eile ging ich nicht sehr sorgfältig
mit meiner Fracht um. Als ich den Hangar erreichte, hatte der
Uldaner einen Flügel verloren und ein Bein gebrochen. Eine letzte
Kurve – und die Türen des Zatrathi-Aufklärungsschiffs öffneten
sich vor mir. Kaum hatte ich meinen Gefangenen hineingestopft,
betätigte Sebastian den Gashebel und schloss die Luke, als wir
abhoben. Wie alle guten Aufklärer hatte auch unserer eine
ordentliche Beschleunigung. Wir verließen den Hangar und flogen
ruhig durch die Zatrathi-Jägerstaffeln hindurch, die uns für einen
der ihren hielten.

Eine helle Sonne entstand hinter uns und griff mit ihren
tödlichen Strahlen nach allem, was sich im Umkreis befand.

„Du kannst ein Schiff besser steuern als einen Panzeranzug", lobte ich Sebastian. „Aber du musst deinem Kapitän gehorchen." „Ist das deine Art, mir zu danken?", grunzte der Dieb.

Inzwischen informierte das UI des Spiels mich:

Neuen Titel erhalten: ‚Weltraumplage' – Ihre Gruppe war die erste, die eine fliegende Festung der Zatrathi zerstört hat. Bewerben Sie sich bei einem beliebigen Imperium für eine persönliche Belohnung durch den Imperator.

„Kapitänin Kiddo, wir kommen in einem feindlichen Aufklärer. Bitte nicht auf uns feuern. Und macht euch bereit – wir sind dabei, die Precianer davon zu überzeugen, dass Piraten vielleicht gar nicht so übel sind."

Kapitel Fünf

DIE VERHANDLUNGEN AM RUNDEN TISCH WURDEN IMMER HITZIGER. Niemand wollte nachgeben – weder Kiddo noch Gammon, noch der Berater, noch ich. Jeder verfolgte nur seine eigenen Interessen und scherte sich einen Dreck darum, was die anderen wollten. Wieder einmal warteten alle darauf, dass ich eine Entscheidung traf, aber ich hatte nicht die Absicht, einen Rückzieher zu machen.

„Ich sage es noch einmal, dieser Aufklärer ist meine legale Beute. Ich werde ihn behalten."

„Du hast nicht die Mittel, um eine vollwertige Studie durchzuführen", hämmerte Kiddo weiter auf meine Schwachstelle ein.

„Nein", stimmte ich flüchtig zu. „Aber ich kenne Leute, die die Mittel dazu haben. Jede Gilde würde mir reales Geld zahlen, um in einem Zatrathi-Aufklärungsschiff herumwühlen zu können."

„Du verstehst aber schon, dass ich dir den Aufklärer nicht überlassen kann?" Nachdem sie ihre vernünftigen Optionen ausgeschöpft hatte, ging Marina zu Drohungen über. „Partnerschaft ist eine Sache. Die Führungsposition in Galaktogon ist etwas anderes. Dafür kann ich sogar mein Wort brechen."

„Dann sprenge ich ihn gleich in deinem Laderaum in die Luft." Ich war auf ihren Schachzug vorbereitet. „Wenn ich ihn nicht bekomme, bekommt ihn niemand. Und versuch nicht, an mein Gewissen zu appellieren – ich habe keins. Ich kann es mir nicht leisten, mir eine Gelegenheit entgehen zu lassen, die Millionen von echten Credits wert ist."

„Das precianische Imperium möchte Ihnen das Schiff abkaufen", bot der Berater an, doch ein Geschäft mit ihnen kam nicht infrage. Ich konnte meine finanzielle Situation in der realen Welt nur verbessern, indem ich das Schiff für echtes Geld verkaufte, nicht für GCs. Natürlich könnte ich sie umtauschen, aber der Kurs war alles andere als profitabel.

„Chirurg, alle hier haben an dem Überfall teilgenommen", schaltete Gammon sich von einer anderen Flanke ein. „Wir haben auch Anspruch auf einen Teil der Loot."

„Ich habe euch den Gefangenen gegeben. Das sind eure 40 %. Wie vereinbart."

„Wem hast du ihn gegeben?", fragte Gammon überrascht. „Ich habe gar nichts bekommen!"

„Da fragst du den Falschen." Ich nickte in Richtung Kiddo. „Alle Anfragen bezüglich des Gefangenen sollten jetzt an sie gerichtet werden."

„Meine Leute arbeiten bereits an dem Kapitän", gab Marina zögernd zu. „Sobald wir die Ergebnisse haben, werden wir sie mit allen Mitgliedern des Überfallkommandos teilen."

„Sie haben ohne mich mit dem Verhör des Gefangenen begonnen?", fauchte Gammon. „Meine Schiffe haben eurem Enterkommando Deckung gegeben!"

„Aber es waren meine Leute, die ihre Legendäre Ausrüstung riskiert haben, um ihn zu holen!", fauchte Kiddo zurück.

„Eure Leute waren kaum vorbereitet!" Ich hatte nicht vor, das hier auszusitzen. „Wenn ich nicht gewesen wäre, wäre der Überfall niemals zustande gekommen! Ich habe den Kapitän gefangen genommen, schon vergessen?"

„Ich verlange, in das Verhör einbezogen zu werden!" Gammon sprang fast auf die Füße. „Andernfalls werden meine Schiffe den Gefangenen mit Gewalt an sich reißen!"

„Willst du mir drohen?", zischte Kiddo. „Hast du vergessen, wer deine Versetzung ins precianische Imperium arrangiert hat?"

„Äh, eigentlich war ich das", erinnerte ich Kiddo an meine Rolle, aber sie schenkte mir keine Beachtung.

„Wenn ich nicht gewesen wäre, wo würdest du jetzt mit deiner tollen Gilde stehen?"

„Das precianische Imperium möchte den Gefangenen entgegennehmen, um ihn zu untersuchen und zu verhören", meldete der Berater sich zu Wort, der wenig von dem verbalen Geplänkel der Spieler verstand. Alles, was nicht das Spiel betraf, ergab für ihn keinen Sinn und wurde von seiner KI ignoriert.

„Ich will das Schiff und den Gefangenen, und damit basta", beharrte Gammon. „Wenn du meine Forderungen nicht erfüllst, werde ich zum Angriff übergehen."

„Das precianische Imperium erklärt hiermit offiziell, dass, wenn wir den Gefangenen und das Schiff nicht bekommen, jeder, der damit zu tun hat, zur Persona non grata erklärt wird", drohte seinerseits der Berater.

„Nun, ich erkläre offiziell, dass das Schiff mein Eigentum ist, und ich werde nicht zulassen, dass jemand einen Fuß auf das Schiff setzt", sagte ich und schätzte meine Chancen ab, falls die Precianer hinter mir her wären. Es war nicht allzu beängstigend. Galaktogon war riesig, und ich hatte sowieso keine weiteren Quests mit den Precianern. Ich hatte mich um die uldanische Basis gekümmert und konnte die Hansa-Sache auch aufgeben. Mochte kommen, was wollte – ich würde nicht von meinem Recht abweichen.

Alle warteten darauf, was Marina sagen würde. Es wurde klar, dass wir einen Konflikt nicht würden vermeiden können. Die Frage war nur, wie schlimm er werden würde.

„Leute, so kommen wir nicht auf einen Nenner." Kiddo seufzte und schloss müde die Augen. „Berater, wenn Sie das Schiff und den Gefangenen nehmen, haben wir dann Zugang zu beidem? Als Teilnehmer an dem Überfall haben wir doch jedes Recht dazu – wenn nicht auf unabhängige Forschung, so zumindest auf deren Ergebnisse. Sie haben ja selbst gesehen, dass die Zatrathi-Schiffe auf eine Art fliegen, die wir uns nicht vorstellen können. Wenn wir herausfinden, wie sie funktionieren – warum zum Beispiel unsere EM-Kanonen beim Feind nicht weiterkommen – wird es für jeden einfacher, sich der Bedrohung durch die Zatrathi zu stellen."

„Das precianische Imperium arbeitet nicht mit Piraten zusammen", wiederholte der Berater nach einer langen Pause sein Standardargument. „Die Forschungsergebnisse werden mit der Gilde der Black Sails und zwei Privatleuten geteilt: Kiddo und Chirurg. Keine Piraten – nur Menschen."

„Ist dir das recht?" Kiddo wandte sich an Gammon. „Du bekommst alles, nur über den Berater."

„Ja, damit bin ich einverstanden, aber wir müssen uns immer noch mit dem Aufklärer befassen." Alle Augen waren wieder auf mich gerichtet. Sollten sie die Absicht gehabt haben, mich in Verlegenheit zu bringen, so hatte es nicht funktioniert. Meine Position blieb unverändert.

„Noch mal – ich werde euch das Schiff nicht geben. Es ist meine rechtmäßige Beute. Und versucht nicht, mich für euer Forschungsbeteiligungsprogramm anzumelden."

„Hattest du nicht 10 Millionen Credits erwähnt? Das ist eine lächerliche Summe, sowohl für eine Spitzengilde als auch für mich. Früher oder später werden die Spieler weitere Zatrathi-Schiffe kapern, und du wirst sie für einen Appel und ein Ei bekommen. Ich zahle dir 3 Millionen RL-Credits, und du übergibst das Schiff an die Precianer. Du kannst sie für etwas anderes ausquetschen, wenn du unbedingt willst. Gammon, wir beide teilen uns die Summe, die wir Chirurg zahlen müssen, fifty-fifty. Das macht für jeden 1,5 Millionen."

„Zwei für jeden und wir sind im Geschäft", sagte ich. In dem, was Kiddo gesagt hatte, steckte eine Menge gesunder Menschenverstand und Weitsicht. Jeder Spieler konnte Glück haben und ein Zatrathi-Schiff kapern – ihre Steuerung war nicht anders als die jedes anderen Schiffes. Und wenn sie nicht mehr selten waren, würden früher oder später die Kosten für den Aufklärer sinken. Außerdem hatte ich keine Ahnung, wie ich das Schiff übernehmen könnte. Als wir zur *Alexandria* geflogen waren, hatte der Traktorstrahl des Kreuzers die Elektronik des Aufklärers ausgeschaltet, als er seinen Fang in den Hangar schleppte. Ich hatte Sebastian das Kommando überlassen müssen, mit dem Befehl, sich selbst zu zerstören, wenn etwas schiefgehen würde, während ich zur Verhandlung ging. Mir war klar, dass ich das Schiff nicht zurückbekommen würde, aber ich war bereit, bis zum letzten Cent darum zu feilschen.

„Gut. 2 Millionen für jeden, aber du bekommst keinen Zugriff auf die Forschungsergebnisse", antwortete Gammon. „Wenn du das Schiff verkaufst, dann verkaufst du auch alle Rechte, die damit verbunden sind."

„Ich bin einverstanden, was die Erforschung des Schiffes angeht, aber nicht, was den Gefangenen angeht – ich habe ein Recht auf alle Informationen, die ihr von dem Zatrathi-Kapitän bekommt." Ich konnte die Verhandlungen als Erfolg betrachten. Erstens hatte ich keine Besatzung für den Aufklärer. Zweitens würden 4 Millionen den Umfang meiner Brieftasche erheblich aufbessern. Drittens wusste niemand, dass Brainiac die Daten des Zatrathi-Schiffes heruntergeladen hatte, noch dass ich einen Zatrathi-Ingenieur in meinem Frachtraum gefangen hielt. Ich würde in aller Stille eine neue Auktion starten, nur zu

Bedingungen, die für mich günstig waren und in einer geeigneteren Umgebung.

„Berater, Chirurg ist bereit, den Aufklärer an das precianische Imperium zu verkaufen", sagte Kiddo. „Im Gegenzug bittet er um einen 20-prozentigen Rabatt auf Käufe bei der Hansa Arms Corporation. Dem precianischen Imperium werden keine weiteren Kosten entstehen – im Gegenteil, es wird die Möglichkeit haben, die feindliche Technologie zu studieren und ihre Funktionsweise und Schwächen aufzudecken."

Ich blickte Kiddo überrascht an. Die Piratin rechnete damit, durch mich an Hansa-Technologie zu kommen und auf wundersame Weise von einem Zugeständnis zu profitieren, das mir gemacht wurde. Ehrlich gesagt, hatte ich nichts gegen einen solchen Deal – die *Warlock* konnte die Upgrades gebrauchen. Unsere Scharmützel mit den Zatrathi hatten gezeigt, dass weder unsere Geschwindigkeit noch unsere Waffen, noch unsere Schilde etwas Besonderes waren. Alles auf dem Kugelschiff musste aufgerüstet und deutlich verbessert werden.

Der Berater beriet sich mit dem Imperator und verkündete nach einiger Zeit seine Bedingungen: „Wenn Chirurg auf die Forschungsergebnisse des Aufklärungsschiffes sowie auf die Ergebnisse des Gefangenenverhörs verzichtet, ist der Imperator bereit, ihm die Möglichkeit zu geben, privat mit der Hansa Arms Corporation zusammenzuarbeiten, aber ein Rabatt von 20 % ist eine unrealistische Bedingung. Zu einem solchen Zugeständnis ist das precianische Imperium nicht bereit. Seine Imperiale Hoheit erklärt sich gnädigerweise mit einem fünfprozentigen Rabatt einverstanden, wenn die oben genannten Bedingungen ordnungsgemäß erfüllt werden."

Erneut waren drei Augenpaare auf mich gerichtet. Ein Deal mit Hansa würde mir ein regelmäßiges Einkommen garantieren, wenn auch in GCs. Wenn Kiddo sich allerdings entscheiden würde, unsere Partnerschaft zu verlängern, würde ich die Forschungsergebnisse sowieso bekommen. Ich bezweifelte, dass die junge Dame auf jeden Punkt bestehen würde. Jetzt einen Deal zu machen, war viel wichtiger.

„Einverstanden. Schicken Sie mir den Vertrag und Sie können das Schiff und den Gefangenen mitnehmen. Ich habe andere Sachen, um die ich mich kümmern muss. Ich schicke Ihnen meine Kontonummer."

Stan half mir, alle finanziellen Formalitäten zu regeln – das Geld konnte ohne eine spezielle Anfrage bei den Behörden nicht zurückverfolgt werden, und ich bezweifelte, dass Kiddo und Gammon ihnen entgegenkommen würden. Wir handelten gemäß unseren Verträgen, und die Sitzungsprotokolle waren auf meiner Seite. Der Berater schickte mir eine Lizenz für die Zusammenarbeit mit der Hansa Corp, und ich ging zu meinem Schiff zurück, ohne mich von jemandem zu verabschieden. Sebastian hatte recht in Bezug auf Kiddo: Es ging ihr nur um den Profit. Eine schmutzige Art, Geschäfte zu machen. Es schien, als hätte sie die Situation geklärt, aber sie hatte nicht vergessen, für sich selbst einen Gewinn herauszuholen. Ich würde in ihrer Nähe stets auf der Hut sein müssen.

„Brainiac, wir fliegen nach Hause!", befahl ich, als ich zum Schiff zurückkehrte. Die Wahl unseres nächsten Ziels war einfach und längst überfällig – wir wollten zurück zu unserem Planeten. Ich wollte mich um die Loot kümmern und Sebastian in einer friedlichen Umgebung an den Planetengeist binden. Nach dem Überfall betrachtete ich den Dieb bereits als einen Teil meiner Crew. Er hatte seinen Wert bewiesen und die nötige Initiative gezeigt. Wer wusste schon, was diese grauhäutige Kreatur noch für Vorzüge zu bieten hatte?

Ich musste Kiddo noch einmal zu ihrem Recht kommen lassen. Vor Beginn der Verhandlungen hatte sie das Imperium durch den

Sektor verlassen, der von Gammons Spielern bewacht wurde, deren Gilde formal noch zu zwei Imperien gehörte. Wir durften ohne Fragen passieren, doch kaum hatten wir den Sektor verlassen, wurde das gesamte Spiel von einer Eilmeldung erschüttert: Elf Imperien erklärten den Qualianern auf einmal den Krieg. Der zweite Teil des Szenarios hatte begonnen. Augenblicklich verloren Hunderte von Spielgilden ihre führende Position und fanden sich auf der Seite eines Schurkenstaates wieder. Noch während unserer Verhandlungen erhielt Gammon pausenlos Anrufe, obwohl er es nicht eilig hatte, zu verraten, wer genau anrief. Vielleicht waren es seine Leute, die ihm gratulierten. Vielleicht waren es auch die Leiter anderer Gilden mit Fragen und Bitten um Unterstützung. Die Black Sails waren zu einer nie dagewesenen Höhe aufgestiegen – die Spielrangliste führte sie jetzt auf dem dritten Platz im precianischen Imperium. Das also konnte man mit einer guten Beziehung zu einem imperialen Berater erreichen!

Das alles interessierte mich jedoch nicht. Viel wichtiger war es, zu verstehen, wo die Entwickler meinen Planeten versteckt hatten. Als ich zu Hause ankam, entdeckte ich, dass er jetzt nur noch zehn Flugminuten vom erforschten Gebiet von Galaktogon entfernt war, statt der üblichen 30. Technisch gesehen war das ein bisschen riskant – nur zehn Minuten, das bedeutete, dass die Wahrscheinlichkeit bestand, dass irgendein hartnäckiger oder glücklicher Spieler über unser Sternensystem stolpern würde. Natürlich war die Wahrscheinlichkeit nicht so groß, aber die Praxis zeigte, dass mindestens einer von einer Million Spielern unberechenbar und nach einer nur ihm bekannten Logik handeln würde. Multiplizierten wir dies mit der Anzahl der Spieler, die in Galaktogon spielten, kämen wir auf etwa tausend solcher Ausreißer, die aufgrund von Wahnsinn oder Langeweile über die Blutinsel stolpern könnten. Solche Spieler könnten den Planeten

auf ihren Namen ummelden und ich hätte keinen
Regressanspruch.

*„Stan, gibt es eine Möglichkeit, dass unabhängige Spieler das
Eigentum an den von ihnen entdeckten Planeten behalten können?"*

*„Eine vorläufige Analyse der Informationen legt nahe, dass es
keine gibt. Jeder Spieler kann zum Besitzer des Planeten werden,
indem er sich an den Planetengeist bindet. Dazu muss er lediglich die
planetare Kommandozentrale betreten. Es ist unmöglich, jemandem
zu verbieten, zu tun, was immer er möchte, sobald er dort drin ist.
Was nicht vom aktuellen Besitzer abhängt, sind nur der Name des
Planeten und die Bonusprozente aus der Entdecker-Errungenschaft.
Alles andere kann gestohlen oder kopiert werden. Sie können die
Wahrscheinlichkeit, den Planeten zu behalten, erhöhen, indem Sie
ein automatisches Sicherheitssystem installieren, einen NPC
anheuern oder Allianzen mit verschiedenen Parteien schließen.
Generell gilt: Je mehr Pixel Ihre Pixel bewachen, desto sicherer sind
Ihre Pixel. Allerdings ist zu beachten, dass solche Maßnahmen das
Risiko bergen, die Koordinaten des Planeten preiszugeben."*

Stan hatte recht: Solange niemand von meinem System wusste,
war es sicherer. Sobald mindestens ein Spieler hierherkäme, und
wäre es nur Kiddo, wäre das Geheimnis dahin, und niemand
konnte dann mehr garantieren, was danach passieren würde. Jedes
der tausend Besatzungsmitglieder der *Alexandria* könnte den
Heimatplaneten des Kreuzers verraten. Brauchte ich das wirklich?
Nach kurzem Nachdenken beschloss ich, Kiddo nicht anzurufen.
Wenn sie so schlau war, wie sie vorgab, dann sollte sie verstehen,
dass es eine schlechte Idee wäre, sich einem anderen Spieler
anzuvertrauen. Einmal war schon mehr als genug. Wenn sie also
noch einmal darum bitten würde, ihr Schiff auf meinem Planeten
zu registrieren, würde ich Nein sagen. So viel sollte ihr klar sein.
Und wenn das so war, warum dann anrufen und über das
Offensichtliche reden? Manchmal war es besser, zu schweigen.

Die Blutinsel, bedeckt mit Wäldern, Meeren und Bergen, ähnelte der Erde, nur dass die Dimensionen mehrere hundert Mal kleiner waren. Die Spielkonventionen hatten die typische irdische Schwerkraft beibehalten, sodass ich mich auf der Oberfläche wohlfühlte. Brainiac scannte den Planeten, aber außer den Elo-Vorkommen war nichts darauf zu finden. Wenn die Entwickler hier einmal etwas versteckt hatten, war jetzt keine Spur mehr davon übrig.

Nachdem ich unweit vom Eingang der Kommandozentrale gelandet war, beschloss ich, Sebastian zunächst an den Planetengeist zu binden. Der Qualianer hatte in seinem Leben schon viel gesehen und schien jetzt unbeeindruckt zu sein, doch Brainiac, der seine physischen Metriken durch seinen Anzug hindurch lesen konnte, bemerkte eine Fluktuation in seinen Vitalwerten. Sein Puls verdoppelte sich und seine Atmung wurde flach und unregelmäßig, während der kleine Finger seiner rechten Hand in einem nervösen Tick zu zucken begann. Ansonsten wirkte er völlig ruhig. Wir erreichten die zehn Meter große Kugel, die der Altar des Geistes war. Dünne Fäden spannten sich von ihr aus und verbanden mich und Sebastian.

Möchten Sie Sebastian an Blutinsel binden? Die Kosten für die Bindung betragen 100.000 GC – und 50.000 GC für jeden Respawn. Das Geld wird automatisch von Ihrem Konto abgezogen.

Diese Meldung war eine unangenehme Überraschung für mich. Eine kurze Rückversicherung bei Stan bestätigte, dass die Kosten für die Bindung eines NPCs an einen Planeten immer so hoch waren, und dass es deshalb nicht viele Spieler machten. Die Vorteile lagen zweifelsohne auf der Hand, aber Spieler konnten viel billiger respawnen. Ich hatte es nicht eilig, die Schaltfläche ‚Akzeptieren' zu drücken und beobachtete die Reaktion des

Diebes. Äußerlich blieb er immer noch ruhig, aber seine innere Aufregung konnte er vor Brainiac nicht verbergen.

„Die Zeit der Wahl ist gekommen", sagte ich. „Mein Schiff mit mir als Kapitän bedeutet für dich Sicherheit. Die Alternative ist, dass ich dich auf dem nächsten konföderierten Planeten zurücklasse."

„Wie lauten deine Bedingungen?", fragte Sebastian und versuchte, unbeteiligt zu klingen.

„5 % der Beute gehören dir und du bekommst sie in Form von Credits. Ich gehe davon aus, dass du keinen Bedarf an Raq oder Elo hast. Du reist mit mir, du nimmst an unseren Raubzügen teil, du hilfst mir, alles zu öffnen, was verschlossen ist, und stiehlst alles, was nicht niet- und nagelfest ist. Wenn du es satthast, mit mir zu arbeiten, warnst du mich im Voraus, und ich werde den Vertrag auflösen."

„Bist du ein Verführer?" Sebastian runzelte die Stirn und zeigte zum ersten Mal Emotionen. „Muss ich meine Seele verkaufen, um unter solchen Bedingungen zu arbeiten? Oder werden wir Babys umbringen?"

Nur dank Stan war ich in der Lage zu verstehen, wovon der Qualianer sprach – die Religion von Galaktogon war ein Amalgam aus vielen irdischen Religionen mit ihren eigenen Konzepten von ‚Erlöser' und ‚Verführer'. Meine Antwort musste gut durchdacht sein, denn laut den FAQs nahmen die NPCs ihre religiösen Überzeugungen sehr ernst.

„Ich sorge für meine Crew." Sebastian hatte in aller Ruhe gewartet, bis ich meinen Teil gesagt hatte. „Das Wohlbefinden eines jeden Crewmitglieds ist mein Wohlbefinden und hat nichts mit der Seele zu tun. Ich bin kein Verführer, sondern ein Kapitän."

„Ich nehme dein Angebot an und schwöre, dir treu zu dienen", sagte Sebastian feierlich und fügte seinen Namen zur Liste der Besatzungsmitglieder hinzu.

Die Besatzung des Kugelschiffs *Warlock* wurde aktualisiert. Das neue Crewmitglied ist Jacques Sebastian, ein Wesen der Klasse A, ein angestammter Schmuggler und ein erfahrener Dieb.

Hauptfunktionen: **Schlösserknacken,**   **Hacken, Einschätzung von Gegenständen.**

„Ingenieur, zeig Sebastian, was wir haben", befahl ich, als wir zum Schiff zurückkehrten. Nachdem ich das Ritual mit dem Planetengeist abgeschlossen hatte, war ich ungeduldig, die Fähigkeiten des neuen Crewmitglieds zu testen.

„Verstehe ich das richtig, dass du deswegen deinen Hals auf Raydon riskiert hast?", fragte Sebastian vorsichtig, unfähig, seine Enttäuschung zu verbergen.

„Was ist los?"

„Das Ganze ist etwa 10 Millionen Credits wert, neun davon für eine Legendäre Schneemaschine. Ein hochmodernes Modell, das die Qualianer benutzen, um Skipisten auf ihren Resort-Planeten zu bauen. Einiges lässt sich an meinem Panzeranzug befestigen. Alles andere ist Schrott. Es gibt viele erschwingliche Dinge von besserer Qualität und Funktionalität auf dem Markt."

„Ingenieur?" Sebastian war gerade erst auf meinem Schiff angekommen, und es ergab Sinn, die Richtigkeit seiner Einschätzung zu überprüfen.

„Ich bestätige seine Ansicht", antwortete die Schlange traurig. „Tut mir leid, Käpt'n, ich wusste nicht, wie ich es dir sagen sollte. Du warst so glücklich über deine Beute, dass ich mich nicht dazu überwinden konnte. Ich habe verwendet, was ich im Schiff und in den Rüstungen finden konnte. Alles andere ist Schrott, wenn auch Legendärer Schrott. Ich sage, wir geben dem Soldaten die Schuld. Es war seine fröhliche Fratze, die dich glauben ließ, dass es dort etwas Brauchbares gab."

Aus den Eingeweiden des Schiffes drang ein Gebrüll des Protestes – das Nashorn war anderer Meinung.

„Können wir diesen Schrott verkaufen?", fragte ich den Dieb verärgert.

„Nicht offen", antwortete Sebastian nach kurzem Nachdenken. „Nur die Schneemaschine hat einen gewissen Wert, aber ich glaube nicht, dass du einen Käufer finden wirst, der den vollen Preis dafür zahlt. Du kannst diesen Ballast auf einem der Planeten der Konföderation abladen. Du warst schon dort, als du dich mit Hilvar getroffen hast. Der Name ist Qirlats."

„Sehr gut. Dann machen wir uns also auf den Weg nach ..."

„Alarm! Alarm!", schrie Brainiac. „Ein Zatrathi-Aufklärer ist soeben in unser System eingedrungen!"

Oh, das hatte mir gerade noch gefehlt!

„Kampfstationen!", brüllte ich und drückte den Gashebel auf volle Leistung. Brainiac schloss die ‚Luke', und die *Warlock* raste geradeaus nach oben. Es bestand keine Gefahr zu hoher G-Kräfte. Die Crew war dagegen immun und mein Panzeranzug hielt die Kräfte mit Leichtigkeit aus.

„Statusbericht, Brainiac!", befahl ich und blickte auf den Bildschirm. Ein einsamer dreieckiger Aufklärer trieb lässig durch unser System und machte keine Anstalten, sich zu verstecken oder zu fliehen. Das Schiff reagierte in keiner Weise auf unser Erscheinen und setzte seinen Kurs fort.

„Die Geschwindigkeit des Feindes bleibt konstant, seine Triebwerke feuern nicht. Ich erkenne sichtbare Anzeichen von Schäden, aber Art und Charakter der Schäden sind unbekannt."

„Ingenieur, mach dich bereit, eventuelle Torpedos abzufangen. Schütze, setze Warnschüsse in Richtung des Aufklärers ab. Wir müssen wissen, ob er Schilde hat. Nicht auf den Rumpf zielen. Wir werden versuchen, das Schiff zu entern. Sebastian, mach dich bereit zum Entern. Du hast so ein Schiff schon einmal geknackt, beim zweiten Mal sollte es einfacher sein. Los geht's!"

Wir flogen fast bündig an den Aufklärer heran, doch er änderte seinen Kurs nicht. Brainiac konnte keine Schilde an ihm entdecken.

„Der Scan ist abgeschlossen", verkündete er nach einer Minute. „Es gibt keine aktive Elektronik an Bord, ihr Reaktor scheint außer Betrieb zu sein und ihre Triebwerke sind ausgebrannt. Ich erkenne keine Lebenszeichen an Bord. Ich habe die Art des Schadens festgestellt – er wurde mit Strahlenkanonen verursacht."

„Näher ran. Brainiac, pack sie mit dem Traktorstrahl und bremse sie ab. Sebastian, folge mir. Mal sehen, ob das Weltraumschrott ist oder etwas anderes."

Die *Warlock* schwankte ein wenig, als wir den Aufklärer einfingen und ihn abbremsten. Sebastian und ich sprangen in den offenen Raum hinaus, und Brainiac beförderte uns mit dem mechanischen Arm zum Aufklärer. Ich zitterte – ich hatte noch keine Gelegenheit gehabt, mich im offenen Raum zu bewegen, und der 50 Meter große Ball des Kugelschiffs, der über meinem Kopf hing, machte mich unruhig. Es schien die ganze Zeit so, als würde mir das Schiff auf den Kopf fallen und mich wie einen Pfannkuchen zerdrücken. Ich verdrängte meine Ängste und konzentrierte mich auf das, was Sebastian gerade tat. Der Dieb schnitt die Türverkleidung weg, um das Schloss zu entriegeln. Aus der Nähe sahen die Schäden viel schlimmer aus, als Brainiac berichtet hatte. Ich zählte etwa ein Dutzend Löcher, durch die ich in den Rumpf schauen konnte. Wenn jemand den Kampf überlebt hatte, musste das Vakuum ihn längst erledigt haben.

„Ich gehe jetzt rein", verkündete Sebastian und verschwand im Inneren. Ich blieb zurück und wartete auf Neuigkeiten.

„Die Luft ist rein! Ein Panzeranzug der Klasse B ist alles, was von dem Piloten übrig ist. Man kann ihn verkaufen, aber er ist billig

– etwa 10.000. Der Laderaum ist leer. Es gibt keine Triebwerke. Und auch keine Fracht. Nur ein bisschen Raq. Alles andere ist schrottreif. Hier gibt es nichts von Wert." Sebastian brauchte nur ein paar Minuten, um das Schiff zu verlassen, und das reichte ihm für seine Einschätzung.

An den Qualifikationen des ehemaligen Beraters des Anführers der Diebesgilde gab es keine Zweifel, aber ich hoffte trotzdem auf eine andere Art von Loot.

„Zur Seite." Ich zwängte mich in das Schiff. Es war wenig Platz: Die Zatrathi-Aufklärer beherbergten zwei Piloten, und jetzt belegte ein einzelner Panzeranzug einen der Sitze. „Brainiac, gibt es eine Buchse, an die ich dich anschließen kann?"

„Der Anschluss auf der rechten Seite", sagte der Computer des Kugelschiffs. „Es wird notwendig sein, den Computer zu aktivieren. Ersetzen Sie die Energieeinheit. Das Panel auf der linken Seite. Drücken Sie – es sollte automatisch funktionieren."

Brainiac hatte mich nicht enttäuscht – sobald ich auf die angezeigte Platte drückte, glitt sie zur Seite und übergoss uns mit kaltem Dampf. Zwei Energiezellen erlaubten mir, den Computer zu starten, und Brainiac berichtete erfreut, dass er Zugang zu den Speicherbänken erhalten hatte und die Daten herunterlud.

„Können wir mit dem Schiff auf dem Planeten landen?" Es wäre schade, so viel Raq wegzuwerfen.

„Negativ", wies Brainiac meine Idee kategorisch zurück. „Der Aufklärer passt nicht in den Laderaum des Kugelschiffs und eine direkte Landung würde ihn in der oberen Atmosphäre verbrennen. Ein Sprung in den Hyperraum kommt auch nicht infrage – die Schäden an den Systemen sind zu groß. Es gibt die Möglichkeit, das Schiff im Orbit zu reparieren, aber dazu bräuchten wir ein Dock. Der Ingenieur kann im freien Raum nicht arbeiten."

Immer dieses ‚Negativ'. Ich klatschte traurig auf den Rumpf – dieses leere Stück Schrott war absolut unbrauchbar. Die

Verbindungs-LED änderte die Farbe von Rot auf Grün und zeigte damit an, dass der Informationsdownload abgeschlossen war.

„Schütze, zerstör diese Wanne", befahl ich, sobald wir wieder zurück waren.

Eine einzige Strahlensalve schickte den Zatrathi-Schrotthaufen in den Schiffshimmel, aber auch dafür bekam ich nichts – der Quest-Zähler für zerstörte Aufklärer blieb unverändert. Das Einzige, was von unserem ungebetenen Gast übrigblieb, waren die heruntergeladenen Logs und der nutzlose Panzeranzug.

„Brainiac, gibt es in den Logbüchern irgendetwas Interessantes über den Aufklärer?"

„Die Logbuchdaten zeigen, dass das Schiff seit einem Jahr umherdriftet. Es wurde bei einem Gefecht mit den Delvianern abgeschossen. Der Aufklärer hatte es geschafft, zwei ihrer Fregatten zu zerstören, aber der dritten war es gelungen, seine Schilde zu durchbrechen. Die Herkunftskoordinaten des Aufklärers waren nicht in den Logbüchern zu finden. Und ich sollte erwähnen, dass ich die Koordinaten der fliegenden Festung der Zatrathi auch nicht in ihren Logbüchern finden konnte. Vielleicht tragen die Zatrathi-Kapitäne sie manuell ein und löschen sie dann, um den Standort ihrer Heimatwelt zu verbergen. Die übrigen Einträge sind veraltet. Es gibt Daten über geplante Angriffsvektoren, aber die sind jetzt irrelevant. Bis auf den allerletzten Eintrag. Es scheint, dass die Zatrathi in den nächsten Tagen einen massiven Angriff auf die delvianische Hauptstadt planen. Das ist alles."

„Oh nein! Nicht die delvianischen Füchsinnen!", sagte Sebastian. „Die haben niedliche Schwänze. Ich habe gehört, dass die Zatrathi sie hart bedrängen, aber ich hatte keine Ahnung, dass es so weit gekommen ist. Es wäre eine Schande, diese Schönheiten zu verlieren. Außerdem..." Da verstummte der Dieb.

„Was?", drängte ich.

„Ich bin mir nicht sicher, ob ich es sagen soll oder nicht. Andererseits werden meine Informationen angesichts der sich abzeichnenden Ereignisse bald nicht mehr so geheim sein. Es gibt ein kleines System von Zwillingssternen im delvianischen Imperium. Ein seltsamer Ort mit unberechenbarer Schwerkraft. Zwischen den beiden Sonnen, genau in der Mitte, am Gleichgewichtspunkt der Anziehung, befindet sich ein lebloser Planet. Ein kleiner Felsen mit 20 entdeckten Raq-Vorkommen. Die Delvianer selbst haben Angst, in dieses Gebiet zu fliegen, aber die mutigen Jungs von der konföderierten Diebesgilde haben dort ein profitables Business aufgebaut. Und das, obwohl nur eine Flugbahn dorthin geflogen werden kann. Bei der kleinsten Abweichung fällst du in die Gravitationsquelle eines der Sterne und wirst mit deinem Schiff getoastet. Die Diebe verlieren ständig Ernteschiffe und Transporter, aber trotzdem boomt das Business. Ein ganzer Planet voller Raq – wer kann da schon Nein sagen? Wenn die Zatrathi das delvianische Imperium erobern, werden sie sicher an diesem System interessiert sein."

„Kennst du die Flugbahn zu diesem Planeten?"

„Nur in der Theorie, in der Praxis bin ich noch nie dorthin geflogen."

Die Vorstellung von Reichtum. Ich glaubte nicht, dass ich bereit wäre, für einen Haufen Raq lebendig zu verbrennen. Aber warum hatten die Entwickler mir dann diese Wanne zugesteckt? Abgesehen von Informationen über die Zatrathi-Offensive hatte sie nichts von Wert. Vielleicht war das eine Erinnerung an meine Quest mit der delvianischen Prinzessin – ich musste Alviaan, den ersten Berater des Imperators, ausfindig machen und ihm sagen, dass er bald ein Kind mit der Prinzessin haben würde. Ich hatte noch ein paar Tage Zeit, um das zu erledigen. Wenn die Zatrathi jedoch die delvianische Hauptstadt angriffen, würde ich die Quest wahrscheinlich nicht bestehen. Es wäre schwierig, einer Leiche etwas zu melden. Der Berater war an den Planetengeist gebunden, und wenn ich die Zatrathi wäre, würde ich die Hauptstadt in ihrer Gesamtheit zerstören und der delvianischen Führung die Chance auf einen Respawn nehmen.

Hmm. Ich nahm an, ich könnte versuchen, dieses Problem aus der Ferne zu lösen...

„Marina, hast du eine Minute Zeit?" Meine Einstellung gegenüber der Piratin hatte sich geändert, aber das hinderte mich nicht daran, ihre Verbindungen zu nutzen.

„Ja, aber wirklich nur eine Minute, wir überlegen noch, wie wir die Beute aufteilen."

Oh, Mann! Zwei Stunden waren vergangen, seit ich abgeflogen war, und sie waren immer noch dabei!

„Ich habe wertvolle Informationen für Spieler im delvianischen Imperium. Hast du Kontakte zu deren obersten Gilden? Vorzugsweise nur solche, die gutes Geld zahlen können."

„Anton, rühr dich nicht von der Stelle! Ich gehe mal kurz raus", bellte Marina ihren Gatten an und kehrte zu mir zurück. „Also gut, Chirurg, raus mit der Sprache. Hast du mit einer Programmiererin geschlafen? Wieder eine wertvolle Information und wieder hast du sie. Ich mache mir langsam Sorgen."

„Schön wär's. Die Bedingungen sind wie folgt: Die Informationen gehören mir. Die Verbindungen und das Feilschen sind deine Sache. Wir teilen uns die Belohnung fifty-fifty."

Kiddo machte sich nicht die Mühe, zu feilschen und wiederholte einfach wortwörtlich, was ich gerade gesagt hatte. Als Vertrag würde das genügen.

„In zwei Tagen werden die Zatrathi eine Großoffensive gegen die delvianische Hauptstadt beginnen."

„Woher hast du diese Informationen? Die Zuverlässigkeit der Quelle sollte in solchen Fällen von der Person bestätigt werden, die versucht, die Information zu verkaufen. Das heißt, von mir."

Ich grunzte verächtlich, antwortete aber dann: „Ich habe die Informationen aus erster Hand. Du kannst mir ruhig glauben. Ich habe sie vom Bordcomputer eines Zatrathi-Aufklärers heruntergeladen."

Kiddo platzte augenblicklich der Kragen. „Du bist in unser Schiff eingebrochen, hast nichts gesagt und willst die Info jetzt über mich verkaufen?"

„Entspann dich! Euer Aufklärer ist nicht der einzige, dem ich über den Weg gelaufen bin. Das hier kommt von einem anderen. Ich erkläre es dir später. Du hast selbst gesagt, dass wir nicht viel Zeit haben."

„Du hast einen anderen Aufklärer?" Nun war es raus. Die Jagdhündin hatte die Spur aufgenommen, jetzt würde sie mich bis ans Ende der Galaxie verfolgen. Ich hätte dieses Gespräch vorher in meinem Kopf durchspielen sollen.

„Nein! Es war ein leeres, abgewracktes Schiff! Es ist mir zufällig in die Quere gekommen." Ich machte nach jedem Satz eine kleine Pause, damit sie die Informationen richtig erfassen konnte.

„Du bist so ein verdammter Glückspilz, Chirurg! Ich wünschte, so ein Leckerbissen würde mir mal über den Weg laufen. Du kannst mir die Details später erzählen. Das wäre nützlich für meine Verhandlungen."

„Ja, ich dachte mir, dass du das nicht einfach ignorieren würdest."

„Du hast also zwei Tage Zeit", zog die junge Frau nachdenklich Bilanz. „Es bleibt nur zu klären, was zu tun ist – verteidigen oder fliehen. Ich werde über deine Informationen nachdenken und dir Bescheid geben, wenn ich alles arrangiert habe, aber das wird erst morgen sein. Jetzt muss ich erst mal die Gespräche beenden und ein wenig schlafen. Der heutige Tag war stressig."

„Warte mal. Ich habe noch eine Frage. Diese Zatrathi-Marken, wofür sind die? Ich habe nirgendwo Informationen über sie finden können."

„Man kann sie gegen Credits oder neue Ausrüstung eintauschen. Sie haben vor Kurzem alle Informationen über die Marken entfernt. Ich habe keine Ahnung, warum. Wolltest du nicht nach Belket fliegen? Da gibt es einen Vizeimperator, der das Sagen hat. Flieg hin und triff dich mit ihm. Er wird den Austausch arrangieren. Der Kurs ist überall derselbe. Hast du nicht ungefähr 1.000 Goldmarken? Das sollte reichen, um mehrere Hansa-Artikel umsonst zu bekommen. Na gut. Ich muss los, wir sehen uns morgen!"

In manchen Momenten liebte ich Marina sogar – aber nur aus der Ferne und rein platonisch. Ihre Sucht nach dem Spiel hatte sie zu einer lebenden Enzyklopädie über die verborgenen Möglichkeiten der Spielwelt gemacht. Die gleiche Art von Wissen konnte man nicht aus offiziellen Quellen oder den Community-Foren beziehen. Obwohl Letzteres durchaus verständlich war – die einzigen Organisationen, die die Zatrathi bisher zur Strecke gebracht hatten, waren führende Spielgilden, und die wollten ihre Entdeckungen nicht mit der Öffentlichkeit teilen.

Eine Welle der Müdigkeit übermannte mich, und ich loggte mich aus Galaktogon und seiner Galaxie voller Probleme aus, um einige Stunden zu schlafen. Der Doktor hatte mir schließlich eine Kur verordnet ...

„BRAINIAC, NIMM KURS auf Belket", befahl ich, während ich langsam wach wurde und immer noch in meine Faust gähnte. Im Laufe der ,Nacht' hatten sich die verschiedenen Elemente in meinem Kopf zu Regalen arrangiert. „Ingenieur, hast du etwas in petto, was unsere Angriffsfähigkeit verbessern kann?"

„Die Möglichkeiten sind: Upgrades für das Torpedo-Produktionssystem. Upgrades für die EM-Kanone. Upgrades für die Strahlenkanonen. Ich kann auch die Anzahl der Strahlenkanonen erhöhen. Und wir können einen Minendispenser einbauen."

„Kann ich mehr Informationen über den Dispenser bekommen?" Der Begriff war mir aus der fleischlichen Welt bekannt, aber ich wollte wissen, wie die Spielmechanik funktionierte. Die Schlange erklärte es, und mir gefiel, was ich hörte. Wenn die Torpedos die Energieschilde der Schiffe problemlos durchschlugen, aber aufgrund ihrer Größe mit Punktverteidigungskanonen leicht zu zerstören waren, dann waren die Minen hervorragend als Ablenkungsmaßnahmen geeignet. Sie waren nicht sehr groß. Das Komplizierteste war, sie heimlich am Rumpf des gegnerischen Schiffes anzubringen. Dann war es möglich, sie ferngesteuert oder mit einem zeitlich gesteuerten Zünder zu sprengen. Eine sehr nützliche Sache im Kampf gegen Großkampfschiffe.

Es war unmöglich, Minen mit Strahlenkanonen zu zerstören, ohne Schaden zu nehmen – sie hafteten fest am Rumpf, und 30 Stück summierten sich, gemessen an ihrer Zerstörungsfähigkeit, zu einem Torpedo. Ich war schon drauf und dran, dieses System auf meinem Schiff zu installieren, als ein Problem auftauchte. Die Gefangenenzelle nahm zu viel Platz weg, und ich würde mich entscheiden müssen: Entweder die Minen oder ein weitere Anbau. Nach der Installation der Minenproduktion konnte ich den weiteren Ausbau der Waffensysteme des Kugelschiffes vergessen.

„Machen wir die Minen", befahl ich dem Ingenieur, als die Sternenlinien außerhalb des Bullauges wieder zu Punkten wurden. Wir waren aus dem Hyperraum aufgetaucht.

Der Disponent meldete sich über Funk: „Kugelschiff *Warlock*, willkommen im Belket-System. Der Zugang zum Handelsplaneten ist gewährt worden. Möchten Sie die Landeerlaubnis?"

Die Sicherheit im Belket-System wurde von drei Großen Gebietern gewährleistet, die an verschiedenen Enden des Systems verteilt waren. Vor dem Hintergrund dieser Kolosse wirkten die gigantischen Kreuzer der Spieler wie Zwerge. Es stimmte zwar, dass ein aufgerüsteter Großer Gebieter nicht die Größe einer Zatrathi-Orbitalstation hatte, aber im Zusammenspiel konnten die drei eine Menge ausrichten. Wenn man bedachte, dass die Delvianer die gleichen Monster hatten, war es sogar beängstigend, sich den Fleischwolf vorzustellen, den der Feind in zwei Tagen auffahren würde. Die Angreifer würden zuerst die Gebieter ausschalten müssen, und ich bezweifelte, dass die ohne großes Tamtam abtreten würden. Es würde eine große Schlacht werden, und ich hatte nicht die geringste Lust, dabei zu sein.

Die Laune des Imperators war wohl gut genug, um über mein Piratentum hinwegzusehen, und so bot man mir einen der besten 100 Andockplätze an. Der für den Adel vorgesehene Anlegeplatz befand sich in der Nähe von Belkets Kultur- und Handelszentrum, ein paar Kilometer vom Hauptquartier der Hansa Corp entfernt. Vielleicht wollten die Precianer mit der Gewährung dieses VIP-Docks die Zeit begrenzen, die ich auf ihrem Planeten verbringen würde.

Die Landung verlief problemlos. Die örtlichen Zollbeamten kontrollierten das Schiff pro forma, ohne auch nur einen Blick in meinen Laderaum zu werfen. Statt einer Inspektion gab es ein kurzes Verhör. Sie runzelten missbilligend die Stirn, schnalzten mit der Zunge, als sie an dem Qualianer vorbeigingen und zogen sich dann stolz von meinem Schiff zurück. Noch bevor ich einen Fuß auf das Dock setzen konnte, flogen riesige Transportroboter, die als Taxis und Träger arbeiteten, auf mich zu. Für einen bestimmten

Betrag waren sie bereit, mich an jeden beliebigen Ort des Planeten zu bringen und sich um die Ladung zu kümmern. Die Verlockung, ein VIP-Taxi zu nehmen, war groß. Kein Wunder – eine riesige fliegende Untertasse mit Pool, Bar und Lounge – doch der Nebel der Versuchung lichtete sich, sobald ich den Preis hörte: Die zwei Kilometer zum Hansa-Hauptquartier würden mich 100.000 GC kosten. Kleingeld für eitle Bastarde, die Luxus und Komfort liebten. Obendrein hatte ich diesen Kostenvoranschlag fast aus dem Fahrer herausprügeln müssen – der Precianer tat so, als spräche er die Landessprache nicht und hätte keine Ahnung, was ich wollte. Er lächelte und nickte wie ein Dummkopf und lud mich ein, an Bord der fliegenden Untertasse zu gehen. Erst die Drohung, sich mit der Raumhafenverwaltung in Verbindung zu setzen, brachte den Fahrer auf wundersame Weise dazu, die gängige Sprache zu lernen und seinen Preis zu nennen. 100.000 Credits für zehn Sekunden Flug – die waren ja hier schlimmer als die Taxifahrer in der Fleischwelt!

Nachdem ich ihm eine erotische Begegnung mit seinem Knie nahegelegt hatte, machte ich mich zu Fuß auf den Weg zur Hansa-Zentrale. Die zwei Kilometer, von denen ich die Hälfte auf einem Bürgersteig zurücklegte, waren ein Kinderspiel. Die Fußgängerzonen auf Belket waren gut ausgebaut, was ich auf die Kosten der Verkehrsbetriebe zurückführte. Spieler und Einheimische huschten gleichermaßen um mich herum und manövrierten sich geschickt durch den intensiven Verkehr. Tapfere Wachen schauten zu und sorgten für Ordnung. Sie hielten Ausschau nach Unruhestiftern und zogen sie für das weitere Vorgehen aus der Menge heraus. Nichts sollte andere Lebewesen am Geldausgeben hindern. Das waren die Gesetze eines Handelsplaneten.

Die precianische Waffenmanufaktur nahm ein recht großes Areal ein, umgeben von einer hohen Steinmauer, eine Art Tribut an die Antike und die Ultramoderne. Ein undurchsichtiges Kraftfeld umgab das Hansa-Hauptquartier und schützte es vor jedem, der von oben hineinspähen wollte. Um zum Hauptgebäude zu gelangen, musste man am Wachposten vorbei, ihm einen Passierschein vorzeigen, durch das Tor gehen und die hohe und lange Treppe hinaufsteigen – gut 100 Stufen.

Ich begann gerade meinen Aufstieg, als mich eine Stimme von oben rief.

„KAPITÄN CHIRURG!" Ein älterer Mann stieg langsam zu mir herab. Ein Spieler. Der Wind ließ seinen Mantel flattern und gab ihm das Aussehen eines Superhelden aus den alten Comics. Der ältere Herr hatte nichts bei sich – keinen Panzeranzug, keine Waffe, keinen persönlichen Schild – nichts außer einem kurzen Namen. Mr. Eine.

„Sie haben mich lange warrten lassen, Herr Kappitän!" Der alte Mann sprach ein Deutsch, dass es nur so knallte. „Sie haben sich nicht über das Taxi gefrreut, das ich Ihnen geschickt habe? Sie haben sich entschlossen, einen Marrsch zu machen – einen, wie Sie es wohl nennen – kleinen Spaziergang, ja?"

„Ich habe einfach beschlossen, mich nicht für 100.000 Credits kutschieren zu lassen", antwortete ich und musterte meinen Gesprächspartner: ein ordentlich gestutzter Bart, Studiobräune, stechend blaue Augen, ein kantiges Gesicht mit hohen Wangenknochen. Einst hatten die Arier mustergültige Exemplare ihres Volkes züchten wollen, und sie hätten sich Herrn Eine zum Vorbild nehmen können. Er würde sich auch für ein nettes arisches Propagandaplakat eignen, und ich fragte mich sogar, ob sein Aussehen im Spiel mit seinem wirklichen übereinstimmte – dieser Avatar war einfach ein wenig zu, äh, perfekt. Im echten Leben zogen solche Leute für gewöhnlich viel Aufmerksamkeit auf sich. Ich war kein großer Fan des Showbusiness und hatte auch keine

Image-Feeds abonniert, aber ich konnte mich auch nicht erinnern, jemals einen so stattlichen Mann gesehen zu haben.

„Ich wollte doch für Sie bezahlen! Das sollte eine kleine Aufmerrksamkeit sein", sagte Eine sarkastisch. Aber er fuhr ernst fort: „Ihre Laune hat meine Pläne zunichtegemacht. Ich war gezwungen, ein wichtiges Treffen abzusagen. DARAN SIND SIE SCHULD!"

„Ich kann nicht sagen, dass es mir leidtut – aber ich muss jetzt gehen." Nach wenigen Sätzen hatte ich mir ein ausreichendes Bild von Eine gemacht. Ein Händler, dessen einzige Priorität seine persönlichen Wünsche waren. Im Geiste taufte ich ihn auf den Namen ‚Herr Höker'.

„Das ist ein Missverständnis, HERR PANZER! Ich wollte JETZT mit Ihnen sprechen. Ich habe 20.000 Krediteinheiten und würde sie Ihnen gern geben, wenn Sie mit mir sprechen. 20.000 echtes Geld gehört Ihnen, wenn Sie sich eine halbe Stunde mit mir unterhalten. Die Hansawaffengesellschaft läuft Ihnen nicht weg, aber mein Geld bleibt bei mirr, wenn Sie sich weigern."

Ich wurde unruhig. Dieser Typ kannte meinen richtigen Namen und schien auch meine finanzielle Situation zu kennen – warum sonst sollte er über reales Geld sprechen?

Ein inzwischen vertrautes Taxi kam von oben herab. Eine huschte flink an Bord und lud mich ein, ihm zu folgen. Ich zögerte einen Moment. Im Prinzip konnte der Arier mir nichts anhaben. Ich könnte mich jeden Moment selbst töten und auf der Blutinsel wieder auftauchen. Brainiac konnte die *Warlock* allein dorthin zurückfliegen. Ich würde vielleicht etwas Rüstung verlieren und das, was in meinem Frachtraum war. Verdammt, es würde mir aber leidtun, die Rüstung zu verlieren. Und doch drängte es mich, herauszufinden, was der alte Mann von mir wollte. Das Treffen würde sicher interessant werden, da es sich ja um den größten Sammler des Spiels handelte. Er war nicht zu faul gewesen, sich über mich zu informieren. Für 20.000 echte Credits sollte ich ihn anhören. Ich stieg nach ihm ein, und das Taxi brauste mit uns davon.

„Nehmen Sie bitte Plattz", sagte Eine wie ein Gastgeber und deutete auf einen Sessel. Er selbst saß auf einem bescheidenen Hocker, die Hände auf den Knien. „Ich tänndele nicht herrum, ich ziehe es vor, Geschäffte zu machen. Möchten Sie ein Getrrännk? Na los, na los, versagen Sie sich nicht das Vergnügen. Ich habe in den letzten zwei Wochen so viel von Ihnen gehört. Jedes Mal wurde die Geschichte interressannter! Man weiß nicht, was Wahrheit und was Dichtung ist. Ich habe von Ihren Abenteuern gehört und hätte nun gern einen Einblick in die tatsächliche Wahrrheit. Sie besitzen zwei ZPEF-Manipulatoren, ein Orrbschiff mit voller Besatzung, einen Planeten und diverse Quests. Sie waren in der ulldanischen Basis und im Gefängnis des Aussbilldungssektors. Ich würde gern wissen, wie Sie das alles geschafft haben! Wie ich höre, wollen Sie für diese Information bezahlt werden. Ich habe 20.000 Geldeinheiten, um meine Nachforrschungen zu bestätigen. Was sagen Sie dazu?"

Von der Liste, die der alte Mann aufzählte, erregten nur die Manipulatoren meine Aufmerksamkeit. Warum sollte Eine sie erwähnen? Ich notierte mir das und tastete mich dann langsam vor.

„Herr Eine, ich werde offen sprechen, wie Sie es tun. Mir gefällt diese ganze Situation nicht. Stellen Sie sich vor, Sie wären an meiner Stelle. Plötzlich taucht eine Person auf, die meinen Namen, meine finanzielle Situation und die Details meiner Leistungen im Spiel kennt. Nun möchte er mich für Informationen bezahlen. Die Erfahrung sagt mir, dass ich so schnell wie möglich weglaufen und nichts mehr mit Ihnen zu tun haben sollte. Was sagen Sie dazu?"

„Sie haben rrrecht mit Ihrren Vorrbehalten", sagte der alte Mann lächelnd. „Ich bin nicht harrt genug gewesen. NEIN!, ich meinte, höflich. Nicht höflich genug. Ich möchte Ihre Sorgen zerrstrreuen! Ich habe Ihren Namen im offiziellen Spielportal erfahren. Das ist die Nutzungsvereinbarung des Spiels. Galacktogonn hat 72 Spieler, die Chirrurg heißen, und Sie sind in dieser Lisste. Ich habe mit den anderen gesprrochen, aber sie haben mich nicht verstannden. Ich habe weitergesucht. Ich zog die Möglichkeit in Betrracht, dass Sie ein Angestellter der Galacktogonn Korporation sind. Ich habe eine offizielle Anfrage gestellt und keine Antwort erhallten. Sie sind ein normaler Spieler, aber Sie bekommen, was andere nicht bekommen. Das ist der Grund für mein Interresse. Was Ihre ‚finanzielle Situation' angeht, weiß ich nicht, worrauf Sie annspielen. JEDER WILL GELD! SO EINFACH IST DAS!"

„*Stan?*" Ich verschwendete keine Zeit und ließ meine Heim-KI die Daten noch einmal überprüfen.

„*Ich bestätige die Informationen.*" Stan brauchte nur ein paar Sekunden, um zu verifizieren, was Eine mir gesagt hatte. Mein Name und mein Beruf waren tatsächlich in öffentlichen Quellen verfügbar. „*Das lässt sich alles ganz einfach beschaffen.*"

„Sie haben mir erzählt, wie Sie meinen Namen gefunden haben. Aber das erklärt nicht, woher Sie die Details über meinen Spielverlauf haben."

„Das ist gannz einfach. Informationen über den Manipulator und den Planeten habe ich von einem Innforrmannten auf dem Kreuzer *Alexxanndria* erhalten. Kappitänin Kiddoh hat mir sehr geholllfen. Die Informationen über euer Orrbschiff und die ulldanische Basis habe ich von dem Berrater des prrecianischen Immperrators erhalten. Ich habe sehrr gute Beziehungen zu allen Immperien. Ich bin jemand, dem sein Ansehen wichtig ist. Ich bin keiner, der sich auf dubiose Geschäffte einlässt, Herr Panzer! Habe ich Ihre Neugierrde befrriedickt?"

Es klang alles so plausibel, dass ich mir nur in einem Punkt sicher war: Dieser alte Mann log! Ich war mir nur nicht sicher, inwiefern. Ich hatte keine Lust mehr, weiter mit ihm zu reden. Je weniger man redete, desto reicher wurde man.

„Eine Sekunde." Ich schaltete die Lautsprecheranlage meines Anzugs stumm und rief Kiddo auf einer Privatleitung an.

„Ja, was soll's? Ich habe Eine den Tipp mit deinen Friedenstiftern gegeben. Hab' ihm auch ein Video geschickt", bestätigte die Piratin. „Ich habe schon seit Langem eine Geschäftsbeziehung zu ihm. Und spiel nicht das Opfer – du verkaufst doch permanent wertvolle Informationen. Du hast nie gesagt, dass ich deine Infos vertraulich behandeln soll, also habe ich nicht einmal ein Versprechen gebrochen, geschweige denn einen Deal verletzt. Wie auch immer, als deine persönliche Piratin rate ich dir, mit ihm zusammenzuarbeiten. Er kann sehr nützlich sein."

Schon wieder diese Manipulatoren. Warum waren alle so besessen von ihnen? Sie schienen völlig normal zu sein. Was Marina betraf, so hatte sie meine Befürchtungen auf ihre eigenen Kosten bestätigt. Ich musste mit meinen Beziehungen zu ihr wirklich etwas vorsichtiger sein.

„Frrau Kiddoh hat meine Aussagen bestätigt? Ich betrrüge nicht gerrne!" Eine hatte erraten, wen ich angerufen hatte. Oder konnte es sein, dass Kiddo es ihm bereits gesagt hatte?

„Ja, das hat sie. Aber ich bin mehr daran interessiert, dass Sie die Manipulatoren erwähnt haben. Warum sind Sie an ihnen interessiert?"

„Herrr Alexxiss, die Spieler dürrfen dieses Gerät nicht benutzen. Galacktogonn verbietet es den Spielern, ZPEF-Manipulatoren zu benutzen. Diese Regel ist in STEIN gemeißelt. Doch die Ausnahme, die in Ihrem Fall gemacht wurrde, erregt meine Auffmerksamkeit. Ich möchte den Grrund dafür verstehen. Ich habe den Film gesehen, wie Sie die Manipulatoren erhalten haben, aber das ist ein weiteres Rätsel. Es ist nicht möglich. Sehen Sie selbst."

Eine zeigte mir eine Zusammenstellung. Ich sah, wie verschiedene Spieler immer wieder versuchten, die Manipulatoren an sich zu nehmen. Es gab Kämpfe, Bereitschaftspolizei im Ausbildungssektor, sogar einen Versuch, Geiseln zu nehmen. Brainiac zählte 30 Versuche und alle scheiterten – mit Ausnahme von meinem.

Eine hatte alles an meinem ‚Kunststück‘ bis ins kleinste Detail studiert und reproduziert, aber ein Faktor fehlte ihm: Dass ich ein Bauer in einem Spiel zwischen zwei äußerst gelangweilten und äußerst wohlhabenden Männern war. Was konnte ich diesem ‚armen‘ Sammler erzählen? Dass ich die Manipulatoren als Belohnung für meinen Einfallsreichtum und meine Initiative erhalten hatte? Darüber sollte ich besser schweigen.

„Nun, da Sie die Innforrmation gesehen haben, habe ich eine Frrage. Ich würde gern wissen, wie Sie es geschafft haben, diese Gegenstände zu bekommen. Ich bin bereit, Ihnen 20.000 Geldeinheiten zu zahlen."

„Diese Informationen sind mehr wert. Ich bin bereit, Ihnen für 10 Millionen RL-Credits Videos von all meinen Raubzügen zur Verfügung zu stellen. Sie werden meine Audienz beim Imperator sehen, wie ich mein Kugelschiff bekommen habe, wie ich meine Crew rekrutiert habe und, falls Sie es noch nicht wissen, meinen letzten Überfall auf die fliegende Festung der Zatrathi und wie ich den Zatrathi-Aufklärer gekapert habe." Ich erinnerte mich sehr gut an Stans Beschreibung des Sammlers. Der alte Mann hatte kein Problem damit, einzigartige Informationen für lächerliche Beträge zu kaufen und dabei noch so zu tun, als würde er mir einen Gefallen tun.

„Das ist ja ein FURRCHTBARER BETRRAG!", jammerte Eine. „Sie haben wohl vergessen, dass wirr uns in einem Spiel befinden. Wirr sind hierr nicht in der rrealen Wellt!"

„Sie haben recht. Wir sind in Galaktogon, nicht in der Realität. Das ist der Grund, warum ich Ihnen einen so niedrigen Betrag genannt habe. Nur 1ß Millionen. Aber ich kann Ihnen das Geschäft versüßen. Dieser Speer hier war einst Teil der uldanischen Basis. Ich musste ihn anfertigen, um mich gegen die Vraxiskrieger zu verteidigen. So etwas gibt es im Spiel nicht und wird es nie geben. Ich bin auch bereit, Ihnen einen Ingenieur aus der fliegenden Festung der Zatrathi zu übergeben. Auch diese Kreatur ist auf ihre Art einzigartig, denn vor mir hat noch niemand einen Zatrathi gefangen genommen."

„Ich bitte um Ihrr Orrbschiff. 10 Millionen sind eine GEWALLTIGE Summe für ein paar Pixel. Ich möchte etwas Substanzielles bekommen."

„Das Kugelschiff ist nicht zu verkaufen", sagte ich. „Ich kann Ihnen vorübergehend Zugang zum Schiff gewähren, Sie herumführen, Ihnen zeigen, wie es eingerichtet ist, aber ich werde mich unter keinen Umständen von meinem Schiff trennen. Wenn Ihnen das nicht passt, ist unser Gespräch hier und jetzt beendet."

„Verrmieten Sie es vielleicht? Ich zahle Ihnen 500.000 Geldeinheiten. Sie haben die Möglichkeit, mirr alles zu verkaufen, was Sie sagen."

„Nein! Ich vermiete es nicht Ich stimme zu, dass 10 Millionen zu viel sind, aber ich werde nicht unter neun gehen. War es das?"

„Ich möchte nurr ein annständiges Prroduckt für mein Geld bekommen!" Eine errötete und begann zu zittern. „Ich bin berreit, echtes Geld für einen virtuellen Datensattz in der Datenbank zu bezahlen. Sie müssen das verstehen und sollten mein Angebot annehmen. Eine Million Geldeinheiten! Ich bin der Meinung, dass das ausreichen sollte!"

„Da irren Sie sich." Ich seufzte vielsagend. „Sie zahlen nicht so sehr für einen virtuellen Eintrag in einer Datenbank, sondern für die Befriedigung Ihrer Neugierde. Es ist ein Vergnügen, einzigartiges Wissen und Gegenstände zu besitzen, auch wenn sie nicht real sind. Und Vergnügen ist immer teuer."

„Wenn es um Verrgnügen geht, errwarte ich für 9 Millionen echte Geldeinheiten, dass ich vor Ecksstase sterrbe und auch in den Himmel komme, Kappitän Chirrurg!"

„Ich würde es nicht garantieren, aber es ist nichts unmöglich!" Wir einigten uns schließlich auf 7 Millionen, obwohl das für uns beide mühsam war. Eine erhöhte seinen Preis nur in Schritten von 500.000 und schwor jedes Mal, dass dies sein letztes Angebot wäre und er nicht höher gehen würde. Nur dank meiner Verhandlungserfahrung in Runlustia konnte ich dagegenhalten.

Sobald wir uns die Hände geschüttelt hatten, nahmen die Dinge einen hektischen Verlauf: Stan bestätigte den Eingang von Eines Zahlung, während Brainiac eine Zugangsanfrage meldete. Nachdem er eine endgültige Entscheidung getroffen hatte, handelte Eine zügig wie ein echter Geschäftsmann. Unser Luxustaxi schwebte neben der *Warlock* her, wo die Leute des Sammlers bereits darauf warteten, den Zatrathi-Ingenieur abzuholen und mit der Untersuchung des Kugelschiffs zu beginnen. Es machte mir nichts aus, das Alien auszuhändigen, vorausgesetzt, sie würden mir ihren Bericht wie vereinbart zukommen lassen. Ich hatte keine Lust, selbst in dem Schleimer herumzuwühlen. Ich übergab die versprochenen Videos und den uldanischen Speer. Der Sammler erbettelte sich auch noch den Zatrathi-Panzeranzug aus dem schrotten Aufklärer. Eine hatte noch kein solches Gerät, und für den Preis von 10.000 Spielcredits machte es mir nichts aus, ihm noch einmal entgegenzukommen.

„Kann ich Ihnen noch bei Ihrrem Spiel weiterhelfen?" Der Sammler bot mir an, unser Gespräch auf der Rückfahrt zum Hansa-Hauptquartier abzuschließen.

„Tatsächlich ja", sagte ich nach kurzem Überlegen. „Wissen Sie, wo ich ein Gerät finden kann, das uldanische Koordinaten in unsere umwandelt?"

„Sie haben Inforrmationen überr einen geheimen Stanndorrt?" Eine wurde neugierig.

Ich klärte ihn kurz über die Botschaft des uldanischen Überlebenden an den Wänden der Basis auf. Eines Leute würden sowieso alle Videos Bild für Bild durchkämmen, aber ich würde diese Quest nicht verkaufen und warnte den alten Mann entsprechend. Eine stimmte zu, dass sich unser Deal nur auf bereits abgeschlossene Quests erstreckte und versuchte, eine neue Verhandlungsrunde zu starten. Aber ich war nicht mehr interessiert. Ich bat Brainiac, die Bilder, die die erste Hälfte der Koordinaten zeigten, aus meinen Videos zu entfernen. Die Möglichkeit, etwas zu bekommen, das deutlich mehr wert war als ein paar Credits, war zu groß. Außerdem würden die 11 Millionen, die ich heute verdient hatte, mich für das nächste Jahr ausreichend ernähren und auch meine Arztkosten decken.

„Ich habe Inforrmationen über den Besitzerr eines solchen Gerrätes. Ich sehe jedoch ein grroßes Problem. Ich habe nicht die Möglichkeit, auf das Gerrät zuzugrreifen. Der Besittzer des Systems, in dem sich das Gerrät befindet, ist NICHT MEIN FREUND."

„Ist er ein Spieler?"

„Nein. Kein Spieler. Ein NPC. Unter der Pirratenflagge – es ist der Korrse."

„Glauben Sie, Kapitänin Kiddo könnte mir helfen, an ihn heranzukommen?", wagte ich, zu fragen, und biss mir sofort auf die Zunge – ich hatte zu viel gesagt.

„Nein! Marrina ist zwar die rrechte Hand des Korrsen, aber sie hat keinen Zugang zu dem System. Kein Spieler in Galacktogonn kennt die Koorrdinahten des Systems. Das ist ein großes Problem."

„Wenn das so ist, werden wir uns später darum kümmern. Ich habe zwar die uldanischen Koordinaten, aber bis ich eine Piratenquest abgeschlossen habe, bleibt mir der Weg zum Korsen verschlossen." „Was ist das für eine Pirratenquest? Müssen Sie Schiffe verrnichten, ja? Rrauben und plünderrn?" „Nee, nur abschießen. Eine Menge Schiffe. Ich habe noch etwa 100 Jäger oder Aufklärer vor mir. Ich könnte natürlich stattdessen neun Kreuzer zerstören, aber nach dem letzten Update... Scheiß drauf!"

Eine hielt inne, blickte auf seine Füße und dachte über etwas nach.

„Ich würrde gern helfen", sagte der alte Mann. „Meine Frreunde haben viele Schiffe der Klasse D. Ich kann mit ihnen rreden, wenn Sie verrsprechen, meine Leute und mich zu den Uldanern zu brringen. Aber ich möchte jetzt nicht über Geschäffte reden. Zuerst muss ich mir den Fillm ansehen. Dann machen wir einen Plan. Danke für das Gesprräch, Herrr Alexxis. Es hat mir sehrr viel Frreude gemacht. Jetzt ist es an der Zeit, unsere Kontaktdaten auszutauschen. Hierr ist meine Nummer."

Nachdem er mir die Hoffnung gegeben hatte, dass ich die Piratenquest bald beenden konnte, setzte der Sammler mich an dem Ort ab, an dem er mich abgeholt hatte. Ich musste zugeben, dass sich mein erster Eindruck von diesem Mann als zu voreilig herausgestellt hatte – ihm war sein Ansehen wichtig, er machte keine leeren Versprechungen, er versuchte, den größten Gewinn für sich herauszuholen, respektierte aber die Meinung seines Partners. Jedenfalls waren das die Schlussfolgerungen, zu denen ich nach unserem Treffen gekommen war. Brainiac berichtete, dass die Leute von Eine das Kugelschiff verlassen hatten, ohne irgendwelche Fremdkörper zu hinterlassen und ohne allzu tief unter der Haube herumgewühlt zu haben. Alles war vertragsgemäß, klar und ehrlich abgelaufen.

Ich stieg die Treppe zu Hansa hinauf und klopfte an die Tür. Niemand öffnete. Ich sah keine Gegensprechanlage, Klopfer, Klingelknöpfe oder andere Mittel, um anzukündigen, dass ich an der Tür war. Nur eine kahle Holztür mit einer Klinke. Ich zog daran und erschrak angesichts des durchdringenden Quietschens. Die Tür ließ sich nur schwer öffnen. Ich wandte mehr Kraft an, um sie aufzubekommen und hineinzuschlüpfen. Die Tür schlug zu, stieß mich dabei vorwärts und überschüttete mich mit Staub. Eine einzelne schummrige Laterne beleuchtete das Spektakel im Inneren. Es schien, als ob sich hier niemand um die Ordnung scherte – alles war mit Schmutz, Staub und Spinnweben bedeckt. Statt im Empfangsraum des führenden Waffenherstellers des precianischen Imperiums befand ich mich in einer vernachlässigten Kaserne – einem Korridor, der mich zu einer Tür und einer Sprechanlage führte. Ich drückte die Ruftaste und erhielt nach einem langen Klingeln eine knappe Antwort:

„Besuchszeit ist morgen. Komm morgen wieder!"

Der Rezeptionist legte auf, bevor ich etwas sagen konnte. Ich runzelte die Stirn und versuchte mein Glück erneut.

„Bist du dumm oder taub? Ich habe keine Zeit! Ich sagte doch – komm morgen wieder!" Die Stimme des Sprechers rasselte, als hätte er sich gerade von einer langen Krankheit erholt.

Als er wieder auflegte, ohne mir eine Chance zu geben, zu Wort zu kommen, wurde ich wütend und trat mehrmals mit voller Wucht gegen die Tür. Funken flogen in alle Richtungen und Beulen erschienen im Metall. Mittlerweile war der Lärm so laut, dass mein Panzeranzug den Schall automatisch dämpfte. Diesmal hatten meine Versuche, hineinzukommen, eine Wirkung, wenn auch nicht die, mit der ich gerechnet hatte: Ein Maschinengewehr eröffnete das Feuer aus der oberen rechten Ecke. Wenn ich hier gestorben wäre, hätte ich mir von der Schlange noch einen Rammbock machen lassen und wäre morgen wiedergekommen! Aber zum Glück feuerte das Geschütz normale kinetische Kugeln ab, und mein Panzeranzug der Klasse A kam wunderbar damit zurecht. Dank der Trägheitsdämpfer rührte ich mich nicht einmal von der Stelle. Zehn Sekunden später war von dem Maschinengewehr keine Spur mehr zu sehen: Mein an der Schulter montierter Blaster war herausgesprungen und hatte es blitzschnell vernichtet. Ich beschloss, Hansa eine letzte Chance zu geben, und drückte erneut die Ruftaste. Ich kam schließlich in friedlicher Absicht.

„Du bist ja vielleicht eine Nervensäge! Warum gehst du nicht zurück auf dein Kugelschiff und machst da Krawall?", kam die unzufriedene Antwort. „Na gut, in Ordnung. Komm rein."

Ich grinste, der Hansa-Mann wusste genau, wer ich war und warum ich da war. Was ein Rätsel blieb, war, warum sie diesen Zirkus veranstaltet hatten. Ein Klicken ertönte und ein Teil der Wand neben der Tür schob sich nach oben. Ich schätzte die Breite und das Material der Wand ab – zwei Meter monolithisches Metall, verziert mit einer dünnen Steinverkleidung. Mauern wie diese könnten einen Orbital-Torpedo aushalten, falls jemand beschließen sollte, Belket zu bombardieren. Den Gedanken, mich an Hansa zu rächen, ließ ich besser fallen.

Der Vorraum in diesem Bunker glich mehr dem Empfangsraum eines riesigen Konzerns. Modern und hochtechnologisch, voller Surrealismus und ohne menschliche Logik, verursachte das Dekor weder Unbehagen noch Beklemmung bei mir. Im Gegenteil, mein Affenhirn setzte das innere Chaos mit Komfort gleich. Ich konnte nicht anders, als mich zu entspannen, und begann sogar, schläfrig zu werden. Der Panzeranzug reagierte darauf, indem er mir eine Dosis synthetischer Glukose injizierte.

„Was willst du hier?", fragte die rüpelhafte Stimme von vorhin. Das Hologramm eines Precianers erschien neben mir, gekleidet in einen weißen Arztkittel. Die Hansa-Verkäufer machten sich nicht einmal die Mühe, ihre Kunden persönlich zu begrüßen. Es war kein Wunder, dass er mich an der Tür so empfangen hatte – eine Bestrafung hatte er wohl nicht zu befürchten.

„Wie war das noch? Der Kunde ist König?" Ich hatte nicht vor, diese Art von Verhalten zu tolerieren.

„Zeig mir deine Krone, dann entschuldige ich mich vielleicht bei dir, Menschenarsch", knurrte der Precianer. „Bist du so dumm, dass du nicht weißt, mit wem du redest?"

„Ich brauche deine Zunge nicht in meinem menschlichen Arsch, danke. Und ich glaube, ich spreche mit einem Untertan Seiner Imperialen Majestät, also kann ich gern zum Imperator zurückkehren und mich erkundigen, warum die Untertanen Seiner Imperialen Majestät so unhöfliche, unausstehliche Arschlecker sind."

Das Grinsen verschwand aus der dümmlichen precianischen Fresse, und er sagte feierlich: „Was haben wir, niedere Handwerker, getan, um diese große Ehre zu verdienen – den Besuch des großen Besitzers des Kugelschiffes?" Der Tonfall des Hologramms hatte sich zu ungeschminktem Sarkasmus gewandelt.

Ich zuckte zusammen, als mir klar wurde, dass der Berater, der die Einstellung der Angestellten dieser Gilde kannte, mich extra geschickt hatte, um Geschäftsbeziehungen zu ihnen aufzubauen. Sicherlich hoffte der gerissene Precianer, dass ich keinen Erfolg haben würde. Ich überlegte mir mehrere Möglichkeiten, wie dieses Szenario ablaufen könnte, und probierte dann die erste aus.

„Ingenieur, ich brauche die Pläne für irgendetwas Mächtiges und Einzigartiges, das die Precianer mit ihrem Technologielevel nicht nachbauen können. Und es muss etwas sein, bei dem es uns nicht leidtun würde, wenn wir es ihnen aushändigen müssten."

„Wie wäre es mit Siliziumhydralisation. Ein Verfahren, um Sand in Wasser zu verwandeln", schlug die Schlange vor und klang dabei unsicher. *„Ich habe schon vor 100.000 Jahren daran gedacht und sogar einen Prototyp entwickelt, der das Verfahren demonstriert – den Siliziumhydralisator. Ich glaube, er steht irgendwo auf dem Schiff herum und nimmt Platz weg. Ich habe nie einen Weg gefunden, ihn in das Kugelschiff zu integrieren, und es würde mir leidtun, ihn wegzuwerfen. Er wird ihnen wie ein göttliches Wunder vorkommen – ihre derzeitige Technologie wird das Funktionsprinzip nicht durchschauen, geschweige denn ihnen erlauben, das Gerät zu vervielfachen."*

„Schick mir die Pläne!", befahl ich und wandte mich an das Hologramm: „Mir wurde gesagt, dass Hansa unvergleichlich ist, wenn es darum geht, die Erfindungen alter Epochen nachzubauen. Dass ihr die unglaublichsten Geräte der Vergangenheit rekonstruieren könnt. Aus diesem Grund wollte ich mich mit euch treffen. Ich wollte den Wahrheitsgehalt der Gerüchte überprüfen."

„Womit willst du uns überraschen? Mit einer uldanischen Wunderkanone? Einem Wunderschild? Oder vielleicht einem Motor von noch nie dagewesener Kraft?" Das Hologramm verhöhnte mich jetzt ganz offen.

Ich ignorierte die Stichelei und projizierte ein Hologramm mit den Plänen, die ich erhalten hatte.

„Ich habe einen funktionierenden Prototyp, ich kann also mit Sicherheit sagen, dass er funktioniert. Ich möchte verstehen, wie und warum."

Der Hansa-Sprecher blickte verächtlich auf das Hologramm, doch ich musste fast lächeln, als sein Blick verweilte und nachdenklich wurde. Die Verachtung auf seinem Gesicht wich pikiertem Interesse, Überraschung, Schock und schließlich völliger Verwunderung. Der Precianer gab sich ganz der Untersuchung der

Pläne hin. Ich wartete ein paar Minuten und schaltete das Hologramm aus, um ihn aus seiner Träumerei zu reißen.

„Offenbar waren die Berichte über eure Fähigkeiten übertrieben."

„Aber das kann unmöglich funktionieren!" Eine Wand in der Nähe glitt beiseite und ein anderer Precianer watschelte herein, diesmal leibhaftig. Er war nicht derselbe wie im Hologramm, war aber genauso gekleidet. „Lass mich das noch mal sehen!"

„Und ob es das kann. Es funktioniert einwandfrei", beharrte ich und zeigte das Hologramm erneut.

Zwei Kollegen gesellten sich zu dem Precianer und beäugten die Pläne. Sie argumentierten und deuteten an verschiedene Stellen der Projektion.

„Beweise es, ich halte es für Schwachsinn!", wandte sich einer der Precianer an mich.

„Ingenieur?"

„Reicht ein Video?"

Die Hansa-Experten klebten an dem Holovideo. Die im Hintergrund sichtbaren Uldaner trugen nicht wirklich zum Realismus bei – im Gegenteil, sie ließen das Video wie einen Sci-Fi-Streifen wirken. Aber die Precianer beschwerten sich nicht. Es war, als ob sie die Uldaner gar nicht bemerkten.

„Aber wie? Sand kann sich doch nicht einfach in Wasser verwandeln!", murmelte einer der Arbeiter verwirrt. „Und ,Siliziumhydralisation'? Echt jetzt? Was für ein Blödsinn!"

„Nur weil ihr es nicht könnt, heißt das nicht, dass es kein anderer kann", schloss ich. „Es ist jetzt alles klar. Der Imperator hat mir das Recht auf ein Hansa-Gerät eingeräumt, aber ich kann mir das Niveau eurer ,gefeierten' Produkte schon vorstellen. Ich brauche nicht noch mehr Schrott an Bord meines Schiffes. Ich schätze, hier gibt es nichts für mich. Macht die Tür auf."

Die Eingangstür glitt nach oben, und ich hielt den Atem an. Der Moment der Wahrheit war gekommen – wenn Hansa mich jetzt gehen ließe, würde ich für wer weiß wie lange nicht mehr zurückkommen können. Und selbst dann nur um den Preis großer Schande und Demütigung. Ich stand auf und ging ruhig zur Tür. Die Hansa-Techniker sahen schweigend zu, wie ich in der Tür verschwand. Die Wand hinter mir kehrte in ihren ursprünglichen Zustand zurück. Das war alles. Ich hatte wohl die falsche Strategie gewählt, dennoch verlangsamte ich meinen Gang nicht. Man musste eine Niederlage ehrenvoll ertragen können.

„Also gut, wir wollen die Prinzipien hinter deinem Gerät verstehen. Was willst du als Gegenleistung?" Sie schickten denselben Trottel von vorhin, um mir den Abgang auszureden. Die Stimme des Precianers holte mich ein, als ich die Treppe hinunterging. Die Spieler und Einheimischen, die herumlungerten, beachteten ihn nicht – offenbar konnte nur ich ihn hören. Ein interessanter Trick. Ich sollte die Schlange bitten, ihn für mich zu reproduzieren.

„Du hast mir nichts zu bieten, Kumpel. Tauschhandel setzt einen gleichwertigen Austausch voraus, aber ich sehe, dass ihr nur Beschimpfungen und Unhöflichkeiten zu verteilen habt. Schöne Grüße an eure Marketingabteilung. Sie haben das Unmögliche geschafft – Hansa ist viel Lärm um nichts in einem galaktischen Ausmaß. Sie haben einem Haufen mittelmäßiger Emporkömmlinge Ruhm verschafft."

„Benimm dich, Mensch!" Der Ton des Precianers wurde härter. „Wir stellen Produkte her, von denen du nicht einmal zu träumen wagst!"

„Ich glaube, ich bin es, der ein Produkt hat, von dem ihr nicht einmal geträumt habt. Und im Gegensatz zu euch habe ich den Beweis geliefert. Bevor wir anfangen, zu vergleichen, wie cool unsere Spielzeuge sind, solltet ihr mich davon überzeugen, dass ihr überhaupt etwas habt, über das es sich zu reden lohnt."

„Komm zurück. Ich versichere dir, wir haben etwas mit dir zu besprechen", antwortete die Stimme arrogant, und ein Teil der Wand neben der Tür hob sich. Der Durchgang führte zu einem regulären beleuchteten Korridor. Ich beeilte mich, einzutreten, solange die Einladung bestehen blieb. Auf Umwegen fand ich mich in dem früheren Empfangsraum wieder. Es waren immer noch dieselben precianischen Ingenieure da.

„Wir wollen einen Prototyp eines Siliziumhydralisators für die Forschung."

„Zuerst werdet ihr mir ein würdiges Gerät zur Verfügung stellen, wie vom Imperator befohlen." Nun war ich ja wohl derjenige, der die Forderungen stellen konnte.

„Ein Tausch?"

„Auf keinen Fall. Ich bekomme ein Gerät umsonst, der Imperator hat mir das versichert. Es steht euch nicht zu, das anzufechten. Überrascht mich, beweist mir, dass Hansa sein Marketingbudget wert ist, und wir können unser Gespräch fortsetzen. Oder gebt mir irgendeinen Firlefanz. Ich werfe es in den Mülleimer, und wir können einander für lange Zeit vergessen. Ihr habt die Wahl."

Die Precianer berieten sich untereinander, sie standen im Kreis und flüsterten. So sehr ich mich auch bemühte, ich konnte nichts verstehen.

Eine Minute später verkündete derselbe Precianer, der das Gespräch begonnen hatte: „Nun gut, wir sind bereit, dir ein Gerät zur Verfügung zu stellen, das auf Galaktogon seinesgleichen sucht. Einen Satz extrem leistungsfähiger Triebwerke."

„Aber eure Triebwerke unterscheiden sich grundlegend von dem Typ, den mein Kugelschiff verwendet."

„Das Problem kann gelöst werden. Wir müssen uns nur mit deinem Schiffsingenieur beraten. Bitte die Disponenten, das Kugelschiff in unsere Reparaturwerkstatt zu bringen. Wir werden es dort modifizieren."

„Brainiac, leg los", befahl ich dem Schiff, aber stattdessen antwortete die Schlange mit Empörung:

„Käpt'n, ich scheine etwas übersehen zu haben. Ich arbeite hart daran, die Triebwerke aufzurüsten, um unsere Geschwindigkeit zu erhöhen, und du vertraust diesen schlauen Teufeln mehr als mir? Ich spreche nicht einmal über den ethischen Aspekt, obwohl ich verletzt bin, ich möchte dich nur an die Sicherheit unseres Schiffes erinnern."

„Können wir die Emotionen beiseitelassen? Zuerst wirst du alles bewerten und untersuchen und eine Schlussfolgerung ziehen, und dann werden wir gemeinsam die endgültige Entscheidung treffen. Ich kenne dich länger als sie, aber sie haben versprochen, mich zu überraschen. Gib ihnen eine Chance."

„Welche Überraschung? Sie haben doch diese sogenannten modernen Schiffe gesehen! Die fliegen ungefähr so schnell, wie du zu Fuß bist. Aber gut, sehen wir uns mal ihre Motoren an. Aber keine Vorschüsse und keine Rabatte! Ich bin derjenige, der nach euren Basteleien die Scherben aufsammeln muss."

Das Kugelschiff landete im Reparaturdock, direkt durch die Schutzkuppel hindurch. Es sah aus wie ein Star, der von Fans umgeben war. Die Ingenieure vor Ort waren zwar auch Fans, interessierten sich aber nur für die Upgrades und die Forschung. Alle Aktionen mit dem Schiff wurden für mich auf den Bildschirm im Besprechungsraum übertragen, und die Hansa-Mitarbeiter stellten einen Berater, der mir erklärte, was da passierte. Der Ingenieur kam aus dem Rumpf und studierte die vorgelegten Pläne.

„Jetzt planen wir die Modifikationen, die vorgenommen werden müssen", erklärte der Berater. „Wir haben noch nie mit einem Kugelschiff gearbeitet, aber die uldanische Technologie ist uns vertraut. In der Tat müssen wir die Baugruppen für die Befestigung der Motoren an der Hülle studieren und sicherstellen, dass sie innerhalb der richtigen Toleranzen funktionieren. Ihr Ingenieur prüft unsere Baupläne, um einen Weg zu finden, die Triebwerke mit dem Schiffscomputer zu verkabeln."

„Käpt'n", rief die Schlange leise, ohne von den Plänen aufzublicken. „Ich war doch immer ein guter Schiffsingenieur? Oder? War ich doch, oder?"

„Was meinst du mit ‚war'? Willst du etwa kündigen? Komm zur Sache, ja?"

„So peinlich und unangenehm es auch ist, es zuzugeben, aber meine Leistungen sind kindische Bauklotzspielereien im Vergleich zu diesen Geräten. Ich... äh... ich gebe zu, dass ich manchmal zu viel meckere und mich beschwere. Manchmal bin ich ein bisschen zu aufdringlich, aber... werden wir diese Babys installieren, oder was? Unsere Geschwindigkeit wird mit den Zatrathi-Schiffen mithalten können – sie sogar übertreffen. Ich meine, das sind vielleicht Raketen! Vor lauter Neid könnte ich mir in den eigenen Schwanz beißen."

„Lass sie die Triebwerke montieren und hör auf zu plappern. Du wirst es in Zukunft besser machen." Ich lächelte, erfreut über meine Voraussicht, und genoss die Verlegenheit der Schlange. Alles hatte sich zum Besten gewendet: Ich bekam nicht nur eine neue Ausrüstung, sondern die beste Ausrüstung, die es gab.

„Oh! Sie haben sich auf die Änderungen geeinigt, die sie vornehmen werden", kommentierte mein Berater die Veränderung der Aktivität. Die Schlange schwebte über den Arbeitern, machte Kommentare und gestikulierte mit ihren kleinen Schlangenhänden. Es waren nur 15 Minuten vergangen und unsere Motoren hatten sich dramatisch verändert. Das Gehäuse war abgenommen worden und mehrere Abteile waren völlig neu konfiguriert worden. Der Ingenieur tauchte in den Rumpf ein und rollte zwei veraltete Motoren heraus, dann ging er zurück, um die neuen zu holen.

„Ich bin hier fertig, Käpt'n", berichtete die Schlange. „Unser vorläufiges Delta V ist das 1,9-fache des vorherigen. Wenn wir jetzt gegen die Zatrathi-Schiffe antreten, werden wir sie im Sternenstaub zurücklassen. Sogar die Kreuzer. Allerdings müssen wir sie noch weiter testen. Auf jeden Fall sind die Hansa-Leute so etwas wie Technikgötter oder so. Sie haben meine Bewunderung."

„Fang an, an einem Prototyp für einen Sand-zu-Wasser-Konverter zu arbeiten", seufzte ich. „Du wirst ihn deinen neuen Idolen schenken."

Kapitel Sechs

✕

„ICH WILL ALLES!" Ich erkannte die Schlange kaum wieder. Der Ingenieur war so beeindruckt von Hansa, dass er sich noch lange nach dem Abflug kaum beruhigen konnte. Begeistert vom Prototyp des Siliziumhydralisators hatten die Hansa-Spezialisten mir nach der Unterzeichnung unseres Kooperationsvertrages eine Liste von 30 Produkten mit detaillierten Beschreibungen angeboten. Es gab Verbesserungen für den Panzeranzug, sowie neue Schilde für das Schiff, ein aktualisiertes Computersystem und sogar Waffen. Insgesamt 30 Gegenstände, wobei man für den billigsten – eine schnell feuernde Strahlenkanone für einen Panzeranzug – schon 12 Millionen hinblättern musste. Und für den teuersten 1,5 Milliarden – ein Upgrade für die Panzerung des Schiffes. Laut der Beschreibung konnte die Panzerung einem direkten Treffer von sieben Torpedos der Klasse A gleichzeitig standhalten.

Als sie die Liste sah, hatte die Schlange regelrecht den Verstand verloren.

„Hast du eine Ahnung, wo wir 3 Milliarden herbekommen?", sagte ich, als ich die Gesamtkosten aller Upgrades im Kopf überschlagen hatte.

„Guck nicht mich an. Ich weiß nur, wie man sie ausgibt. Sie zu bekommen, ist das Problem des Käpt'ns", empörte sich die Schlange

sich. „Du kannst unmöglich Nein sagen! Das heißt, ich meine, es
wäre unverantwortlich gegenüber deiner Crew und deinem Schiff.
Töte jemanden, raube einen Mogul aus, entführe eine Erbin –
wir brauchen alles! Die Leute von Hansa sind Genies! Absolute
Genies! Ich schäme mich buchstäblich für meine früheren
Arbeiten. In unserer Zeit wären sie unbezahlbar."

„Sie mögen Genies sein, aber sie verlangen auch ein
Heidengeld. Du hast die Preisliste doch gesehen." Ich warf noch
einmal einen Blick auf die Liste. „Warte hier, ich muss mich mit
dem lokalen Vizeimperator treffen. Vielleicht kann ich noch etwas
rausholen."

Die Residenz des Vizeimperators befand sich neben dem Teil
des Planeten, der gemeinhin als ‚militärisches Testgelände'
bezeichnet wurde. Dieses Gebiet hatte einen Durchmesser von
etwa 200 Kilometern und war völlig frei von Vegetation, da hier
Hansas Kunden die von ihnen gekauften Waffen ausprobierten.
Droiden, Waffen, Panzeranzüge, Torpedos und andere Dinge zur
Vernichtung von Individuen oder Massen – alles das wurde
hierhergebracht. Der Vizeimperator gab die Lizenzen für die Tests
aus und überwachte sie. Es war ein lukrativer Posten. Bedachte man
auch noch die übliche Komponente der Bestechung, dann konnte
man davon ausgehen, dass er im Luxus schwelgte. Menschen, die
im realen Leben daran gewöhnt waren, sich an das Gesetz zu
halten, ließen im Spiel alle Skrupel hinter sich und lebten ihre
dunkle Seite aus. So war es überall – warum sollte man ihnen also
nicht die Möglichkeit geben, auch in Galaktogon herumzutollen?

Wie dem auch sei, ich musste mich aus einem anderen Grund
mit dem Vizeimperator treffen – ich wollte die Marken
eintauschen, die ich angesammelt hatte. Sobald ich das Gebäude
betrat, wusste ich, wohin ich gehen musste. Eine Menge von
Spielern hing am Eingang zu einer großen Halle herum. Aus den
Bruchstücken ihrer Gespräche folgerte ich, dass eine große Gilde

aufgetaucht war und sie alle rausgeschmissen hatte, damit ihre Spieler in Ruhe und ohne Schlangestehen ihre Marken einlösen konnten. Indem ich mich mit meinen Ellbogen durch die Menge arbeitete, schlich ich mich bis zum Eingang vor und spitzte hinein. Der Raum sah aus wie eine gewöhnliche Schulturnhalle. Ein Precianer saß in der Mitte und zählte einen Haufen goldener Token auf dem Tisch vor ihm. Neben ihm standen zehn Spieler in Legendären Rüstungen. Es war niemand sonst da – wenn man die Dutzenden von vertriebenen Schaulustigen ignorierte, die in der Lobby standen und die Szene grimmig beobachteten.

„Warte, bis du an der Reihe bist!" Mein Auftauchen blieb nicht unbemerkt. Ich blieb stehen.

„172 goldene und 43 silberne Marken", schloss der Precianer und wandte sich an den Besitzer der Marken: „Wollen Sie Credits oder Ausrüstung?"

„Credits." Der Soldat sah aus, als ob er für die Tötung eines seltenen und gefährlichen Tieres belohnt würde. Trotz seiner durchschnittlichen Körpergröße blickte er sich hochmütig um.

„Eine Silbermarke ist 100 Credits wert, eine Goldmarke 500. Insgesamt haben Sie Anspruch auf 90.300 Credits." Der Precianer trug etwas in sein Tablet ein und fügte hinzu: „Fertig. Das Geld wurde auf Ihr Konto überwiesen."

Ein anderer Precianer fegte die Marken vom Tisch in eine Box und machte so Platz für den nächsten Soldaten.

„Hast du irgendetwas nicht verstanden, Vollidiot?" Der Soldat von vorhin schnauzte mich wieder an. „Raus hier!"

„*Stan, recherchiere so schnell wie möglich eine Gilde namens ,Fighting Breed' für mich. Wer, was, wie und woher sie kommen.*"

„*Die Gilde Fighting Breed steht auf Platz 10 der Rangliste des precianischen Imperiums. Sie haben sich auf Bodenoperationen spezialisiert. Sie rekrutieren ihre Spieler ausschließlich draußen in der Realität und legen ihren Fokus dabei auf die physischen Parameter*

*der Kandidaten. Sie sind für ihr aggressives Verhalten bekannt. Zu
ihren Vermögenswerten gehören drei besiedelte Planeten, drei
Kreuzer, 23 Karacken ...*" Stan listete den Besitz der Gilde auf, aber ich konnte ihm nicht
mehr zuhören. Der arrogante Soldat nahm meine Aufmerksamkeit
in Anspruch.

„Bist du taub, Schwachkopf? Wenn du nicht sofort die Kurve
kratzt, wird dir meine Abteilung den Arsch aufreißen. Weißt du
nicht, wer wir sind?" Der Soldat machte ein paar selbstbewusste
Schritte in meine Richtung.

„Baby, es ist mir egal, wer du bist." Nun konnte ich nicht mehr
zurück. Ich ließ mich auf das Duell ein. „Ich sehe, du hast
irgendeinen Zatrathi-Kindergarten überfallen. Und jetzt bist du
ein Held, oder was? Ich frage wohl besser nicht, wer von euch es
von den Zatrathi in den Hintern bekommen hat, während ihr euch
eure Marken geholt habt. Wahrscheinlich du, so wie du dich hier
benimmst. Tut dir der Popo noch weh? Oder bist du auf weitere
Abenteuer aus? Sei nicht schüchtern. Das hier ist ein Spiel, hier ist
alles erlaubt..."

Als ich die letzten Worte aussprach, hatte das Handgemenge
bereits begonnen. Da ich ihn vor seinen Kameraden beleidigt
hatte, stürmte der Soldat brüllend auf mich zu und nutzte dabei
seine Körpermasse anstelle seines Köpfchens. Er wollte mich
einfach niederschlagen und mit Füßen treten – damit hatte ich
schon gerechnet, als ich meinen Wortschwall abgesondert hatte.
Dieser Idiot kam nicht einmal dazu, mich zu berühren. Die
Sicherheitsleute hoben den Spinner in die Luft und zogen ihn weg.
*Wir sind hier auf einem Handelsplaneten, ,Vollidiot'! Hier konnte
man keine anderen Spieler angreifen.*

„Nächster!" Der Precianer erinnerte die versammelten Leute
daran, warum sie hier waren. Die übrigen Soldaten hatten nun
ein Problem, das selbst einen Supercomputer überfordern würde

– reduziert auf zwei Wörter lautete es: Was tun? Die alten Stammesinstinkte sagten ihnen, dass ich bestraft werden sollte, während die Wachen, die über unseren Köpfen schweben, der Beweis dafür waren, dass so etwas nicht möglich war. Inmitten der unheilvollen Stille, während sie darüber nachdachten, wie dieses Dilemma zu lösen wäre, näherte ich mich dem Tisch.

„Hier hinlegen?", fragte ich den Precianer und warf einen skeptischen Blick auf den leeren Tisch. Er nickte. Nachdem ich abgeschätzt hatte, dass kaum 1.000 Marken auf seine Oberfläche passen würden, entlud ich dennoch die gesamte Masse darauf. Zu den Ausrufen der verblüfften Zuschauer, die sich mit in die Halle gedrängelt hatten, um meinen Kampf mit dem Soldaten zu sehen, warf ich alle meine schwarzen, silbernen und goldenen Marken ab. Der Haufen war so groß wie ich selbst.

„612 silberne Marken, 96 schwarze Marken und 12.025 goldene Marken." Es hatte 15 Minuten gedauert, sie zu zählen, und das auch nur, weil der leitende Precianer Hilfe angefordert hatte. „Möchten Sie sie für Credits oder Ausrüstung einlösen?"

„Hansa-Ausrüstung. Einen Moment... Akzeptieren Sie diese auch?"

Ich legte die beiden Saphirmarken auf den Tisch, die ich für die Tötung der Wachen an der Zatrathi-Basis bekommen hatte. Die Soldaten hatten ihre Rachepläne vergessen. Sie kamen zum Tisch und glotzten meine Loot an. Anscheinend waren sie noch nie auf solche Kreaturen gestoßen.

„Zwei Saphirmarken im Wert von jeweils 100.000 Credits." Der Precianer reagierte überhaupt nicht auf meine ‚Erhöhung des Einsatzes'. Er benahm sich, als ob das alltäglich wäre. Aber seine Assistenten hatten sich bereits den Soldaten angeschlossen und die Menge diskutierte laut über diese neue Entwicklung – niemand hatte jemals solche Marken mitgebracht.

„Cool. Was ist mit diesen?" Ich legte eine der Marken, die ich in der uldanischen Basis erhalten hatte, auf den Tisch. Auch die brachten den Precianer nicht aus der Fassung.

„Ja. Das sind alte Marken, aber wir nehmen sie nicht an. Der aus Knochen ist 50 Credits wert, der goldene mit dem Rand 800. Sie haben eher einen historischen Wert."

„Wird mir irgendjemand mehr dafür geben?"

„Nein, diese Marken sind veraltet, aber nicht selten."

„Verstehe. Dann nehmen Sie sie als geschenkte Antiquitäten." Ich war froh, mich von nutzlosem Gewicht zu befreien. Ein weiterer Berg erschien auf dem Boden, wenn auch nur halb so groß wie der erste. Die Precianer begannen wieder zu zählen.

„5.004 mit Goldrand und 421 Knochenmarken. Möchten Sie noch etwas hinzufügen?"

„Nein, das wär's", antwortete ich mit unverhohlener Freude.

Die Soldaten standen still da und beobachteten, was vor sich ging. Und doch sah man ihnen an, dass sie viele Fragen hatten, nämlich: Wer zum Teufel war dieser Kerl? Woher hatte er so viele Marken und warum wusste niemand etwas über den Kampf, in dem er sie verdient hatte?

Doch niemand wagte es, mir Fragen zu stellen, was bei mir durchaus willkommen war.

„Damit haben Sie insgesamt Anspruch auf 10.336.050 GC. Hier ist Ihr Zertifikat für Hansa-Artikel jeglicher Art im Wert von 20.672.100 GC. Wer Zatrathi-Marken einlöst, erhält von Hansa einen Rabatt von 50 %."

Ich nahm das Zertifikat an mich und die Liste der Ausrüstung erschien vor meinen Augen. Für 20 Millionen konnte ich es mir leisten, die Strahlenkanonen auf meinem Schiff komplett aufzurüsten. Ich musste nur mit der Hansa Corp sprechen und die Upgrades installieren lassen.

„Bleib stehen, Chirurg!" Einer der Soldaten – er hieß Dantoon – machte sich auf den Weg zu mir. Der Rest umgab mich in einem engen Kreis. „Wir haben noch eine offene Rechnung. Und es ist an der Zeit, sie zu begleichen. Gib uns das Zertifikat und verschwinde von unserem Planeten. Dann sind wir quitt."

„Du willst mir drohen?" Ich blickte auf die Wachen, die in der Nähe schwebten. Der Soldat wusste, dass schon die kleinste Berührung als ein Akt der Aggression angesehen werden würde. „Du kannst mir hier nichts antun. Ich werde dir das Zertifikat nicht geben. Aber ich werde mich an dich und deine Bande erinnern. Ich werde jetzt gehen – genießt es, euch zu fragen, wer ich bin und was ich euch antun kann. Aber wenn du willst, dann vergesse ich unseren Streit – für nur 30 Millionen."

Niemand sagte etwas, niemand bewegte sich. Dantoon brauchte einige Zeit, um darüber nachzudenken, was ich gesagt hatte, und den Hauptpunkt zu verstehen – gerade jetzt, hier, konnten diese Jungs mir wirklich nichts antun.

„Wir gehen", verkündete der Soldat. Er war offenbar der Anführer der Horde. „Wir werden uns an dich erinnern, Arschgesicht. Halte besser die Augen offen. So groß ist Galaktogon auch wieder nicht."

„Das heißt, du willst mich nicht bezahlen?", ärgerte ich den Trottel weiter. Ich weiß, ich war gemein, aber es fühlte sich so gut an. „Bis jetzt sind es nur 30, später verlange ich 100."

Die Fleischbeutel fixierten mich mit all der Verachtung, die sie aufbringen konnten, und versuchten, ihren Stolz zumindest in ihren Haltungen zu bewahren. Dann zogen sie sich aus der Halle zurück. Das Volk stürmte triumphierend hinein, um seine Marken einzulösen.

Ich hatte bislang noch nie den Schwanz eingezogen, wenn ich gemobbt wurde, wie jetzt von den Soldaten – und ich würde das auch in Zukunft nicht tun. Egal, ob in der VR oder in der

Fleischwelt – ab und zu traf man auf solche Typen, und der einzige Weg, mit ihnen umzugehen, war, ihre Sprache zu sprechen, die Sprache der Drohungen oder der nackten Gewalt. In den meisten Fällen waren es sowieso nur Maulhelden.

Ich dachte nun nicht länger an sie und eilte ins Hansa-Hauptquartier, um mir meine Upgrades zu holen. Alles verlief reibungslos und eine halbe Stunde später, als wir in den Orbit um Belket eindrangen, konnte ich bereits mit meiner neuen und mächtigen Bewaffnung angeben.

Der Plan für die nahe Zukunft war einfach – ich musste die Piratenquest beenden, mir den Zugriff auf den Koordinatenkonverter verschaffen und dann hinfliegen, um die uldanischen Schätze in die Finger zu bekommen. Kurs nehmen auf Daphark!

„Ein Sprung in den Hyperraum ist im Moment nicht möglich“, sagte Brainiac. „Der Hyperantrieb unseres Schiffes wird durch einen Strahl gestört.“

Ich schaute mit einer bösen Vorahnung auf meinen Bildschirm. Nun, welcher der zehn Kreuzer, die sich derzeit im System befanden, wollte denn seine Gesundheit riskieren und mich vom Springen abhalten? Im System selbst gab es nichts zu befürchten – sobald auch nur ein einziger Torpedo in meine Richtung fliegen würde, würden die drei Großen Gebieter eingreifen, um die Ordnung wiederherzustellen. Doch der Hyperantriebsdisruptor wurde nicht als Angriff betrachtet. Nur ein bisschen Griefing, mehr war es nicht. Es gab keine Bestrafung dafür.

„Vortrieb auf 20 %. Wir verlassen das System. Brainiac, wer behindert uns mit dem Strahl?“

„Der Kreuzer *Smasher*. Er ist bei der Gilde Fighting Breed registriert. Ein Schiff der Klasse B.“

Also waren die Spinner rachsüchtig – nicht sehr überraschend! Als ich ihre Taktik analysierte, konnte ich nicht anders, als ein wenig Respekt zu empfinden. Sie waren, wie sie gesagt hatten, von Worten zu Taten übergegangen, ohne den Äther mit dummen Beleidigungen und sinnlosen Drohungen zu überschwemmen. Sie hielten uns einfach mit ihrem Strahl fest und schwiegen. In der Zwischenzeit heizte sich die Situation um mein Schiff herum auf – ohne dass eine wirkliche Aggression stattfand, wurde ich von zehn Fregatten und 20 Jägern eingekreist, alle aus derselben Gilde.

Wow, sie waren wohl tatsächlich beleidigt und nahmen die Ankündigung der Bestrafung ernst.

Der Ingenieur hatte die Installation des Minenlegers abgeschlossen. Wir hatten die Waffen, die wir von Hansa bekommen hatten, noch nicht getestet, und es wäre schön, die volle Kraft der neuen Motoren in Aktion zu sehen. Im Allgemeinen gab es keinen besseren Weg, das Schiff zu testen, als in einem netten kleinen Kampf. Bereit oder nicht, auf geht's!

„Na, Ladies?" Als Erstes musste ich auf die bewährte Methode setzen, um den Spielern ihre Selbstkontrolle zu nehmen. „Haben eure Muttis euch heute zum Spielen rausgelassen?"

Es kam keine Antwort.

„Brainiac, Antrieb auf 40. Mal sehen, was sie tun können. Umkreise das System, ohne die Hoheitszone der Großen Gebieter zu verlassen."

Keiner unserer Verfolger ließ sich zurückfallen, aber ich hatte den Eindruck, dass die Jäger schon alles gaben. Die Fregatten hatten unsere Geschwindigkeit gut verkraftet. Sie wechselten permanent ihre Positionen, schwärmten um uns herum und blieben dicht an uns dran. Ohne meine Fähigkeiten zu kennen, waren die Spieler wohl davon ausgegangen, dass die *Warlock* eine Standard-Waffenkonfiguration hatte, bei der die Strahlenkanonen am Bug und am Heck montiert waren. Die Wahrheit würde für sie eine unangenehme Überraschung werden – aber erst später.

„Geschwindigkeit auf 60. Kurs entlang des äußeren Umkreises des Systems."

Die Jäger gerieten in Rückstand, aber die Fregatten schafften es immer noch, obwohl sie zu kämpfen hatten. Nur drei blieben wirklich dran – sie hatten gute Triebwerke, die es ihnen ermöglichten, mit mir mitzuhalten. Der Kreuzer war die ganze Zeit an Ort und Stelle geblieben, er hatte sich nur umgedreht, um unseren Manövern zu folgen, und war jederzeit bereit, zuzuschlagen.

„Bereitet euch auf den Angriff vor. Schütze, zerstöre auf mein Kommando die Fregatten. Brainiac, halte diesen Planeten zwischen uns und dem Kreuzer." Ich zeigte auf einen leblosen Riesen in der äußeren Umlaufbahn des Systems. „Manövriere weiter, sodass sie uns nicht mit ihrem Disruptorstrahl behindern können. Das Ziel wird sein, den Kreuzer zu vernichten, bevor sie Verstärkung herbeirufen können. Keine chaotischen Aktionen. Ingenieur, du kümmerst dich um die Punktverteidigung. Sorg dafür, dass kein einziger Torpedo durchkommt. Sind diese Ziele für alle klar? Dann los! Antrieb auf 70!"

Mein Plan war ein voller Erfolg. Mich hinter dem Gasriesen zu verstecken, blockierte den Disruptorstrahl. Zwei Fregatten schafften es, unsere Geschwindigkeit mitzugehen, was ihnen alles abverlangte. Sie nahmen Positionen auf beiden Seiten von uns ein. Sehr gut – nun wusste ich, dass sie auch nicht mit Vollgas geflogen waren. Der Kreuzer nahm Kurs auf eine Tangente zum Planeten und näherte sich gleichzeitig der ‚blinden' Zone des Disruptors. Ich hatte etwa 30 Sekunden, um zu handeln und einen Kurs zu setzen, um das System zu verlassen. Es war unmöglich, mich in einer geraden Linie zu bewegen – ich musste weiter zur Seite driften, um den Gasriesen zwischen mir und dem Kreuzer zu halten. Die Fregatten hinkten nicht hinterher, und sobald Brainiac berichtete, dass wir das Belket-System verlassen hatten, befahl ich:

„Schütze, vernichte den Feind!"

„Was zum?!" Endlich kam eine Stimme über den Äther. Die Fregatten hatten nicht erwartet, dass unsere Kanonen aus unseren Seiten schießen konnten. Das gab die versprochene Überraschung! Trotz ihrer Schilde und ihrer beträchtlichen Größe wurden die feindlichen Schiffe innerhalb weniger Sekunden zerstört. Die EM-Kanonen entfernten die Schilde der Fregatten fast augenblicklich und zwei Schüsse aus den Strahlenkanonen erledigten den Rest. Die aufgerüsteten Strahlenkanonen durchbohrten die gegnerischen Schiffe. Mit einem einzigen Schuss eliminierte der Schütze die Triebwerke, mit einem weiteren die Fusionsreaktoren – und verwandelte damit die Fregatten in nutzlosen Weltraumschrott. Dann beendete die Schlange den Kampf, indem sie jeweils einen Torpedo abfeuerte. Wir waren in Führung. Spielstand: 2:0.

Die dritte Fregatte, die ins Hintertreffen geraten war, kam gerade noch rechtzeitig an. Ich drehte mich um und flog auf den Pechvogel zu. Eine EM-Explosion, zwei Schüsse aus den Strahlenkanonen und ein Torpedo zum Abschied – und schon legte sich die dritte Fregatte mit ihren Kameraden zur ewigen Ruhe. Brainiac startete den Roboterarm und holte die Loot rein. Ein bisschen Elo und Raq. Kinderkram, aber es ergab ja keinen Sinn, den Müll im Weltraum zu lassen.

„Hauen wir ab!", bellte ich und bewegte die Projektion des Schiffes in die entgegengesetzte Richtung. Die Gilde verstand nicht, was wir vorhatten, und eilte uns hinterher, aber sie waren um zehn bis 15 Sekunden zu spät. Im Weltraum konnte jedoch sogar ein Bruchteil einer Sekunde über den Ausgang der Schlacht bestimmen.

„Unser Hyperantrieb wird schon wieder gestört", berichtete die Schlange. Der Kreuzer hatte das System verlassen und verfolgte uns nun. Die Jäger und Fregatten waren zur Basis zurückgekehrt, da sie

nicht in der Lage waren, die Geschwindigkeit ihres Mutterschiffs
mitzugehen.

„Geschwindigkeit auf 80. Mal sehen, wozu ihre Wanne fähig
ist", befahl ich und beobachtete die Manöver der *Smasher*. Als der
Kreuzer das Schlachtfeld erreichte, versuchte er, uns mit seinen
Hauptkanonen zu treffen, aber die Entfernung zwischen uns gab
uns Zeit, die Feuerlinie zu verlassen. Ich wusste nicht genau, was
besser war: die Kanonen des Kreuzers oder die Schilde des
Kugelschiffes. Aber Hansa hatte unsere Schilde noch nicht
aufgerüstet, also war es besser, uns jegliche Experimente für einen
anderen Tag aufzuheben. 50 Millionen für einen neuen Reaktor
und 120 für Schilde waren kein Preis, den ich derzeit bezahlen
wollte.

Der Kreuzer fiel merklich hinter uns zurück, sodass ich meine
Pferde im Zaum halten und die Geschwindigkeit auf 70 %
reduzieren musste. Das brachte uns auf Augenhöhe und machte die
Verfolgungsjagd zu einem Marathon. Der Feind feuerte zuerst.

„Torpedos. 20 eingehend. Sie kommen mit einer
Geschwindigkeit von 85 % unseres Maximums näher. Wir werden
nicht alle ausschalten können. 30 Sekunden bis zum Kontakt."

„Dann hauen wir besser ab." Ich gab ordentlich Gas und trieb
das Kugelschiff auf die Geschwindigkeit der Torpedos. Ihr
Wirkungsradius war nicht so groß – nur etwa ein Dutzend AU.
Der Kreuzer geriet erwartungsgemäß in Rückstand, gab die
Verfolgungsjagd aber nicht auf. Zehn Minuten später verpufften
die Torpedos. Der Kreuzer holte sie wieder rein, als er daran
vorbeiflog. Niemand wollte teure Waffen verschwenden. Als ich
diesen Geiz sah, erkundigte ich mich:

„Schlange, was denkst du: Wenn wir Torpedos auf sie schießen,
werden sie sie zerstören oder einfangen?"

„Frag mich nicht! Ihr Menschen seid unverständliche und
unberechenbare Kreaturen. Du fragst mich immer um Rat und

später gibst du mir die Schuld dafür, dass ich dir schlechte Ratschläge gegeben habe. Triff deine Entscheidungen selbst."

„Das tue ich. Aber was würdest du tun?"

„Ich würde sie natürlich zerstören. Ich bin mir der Überraschungen bewusst, die da lauern, wenn man feindliche Torpedos reinholt. Wenn ein Zeitzünder hochgeht, wird dir deine Sparsamkeit leidtun."

„Das meine ich ... Glaubst du, dass die Spieler das Risiko eingehen werden oder nicht? Ich wette zwei Credits, dass sie es riskieren. Sie wirken gierig auf mich, wenn es um das Eigentum anderer Leute geht. Lade drei Torpedos und stell ihre Zünder auf drei Minuten. Das kannst du machen, oder?"

„Natürlich. Aber drei Minuten sind zu lang. In der Regel wird der Zünder auf 30 Sekunden eingestellt. In drei Minuten könnten sie diese Torpedos zu uns zurückschicken."

„Das ist die Idee dahinter. Wenn sie die Torpedos einfangen, diese aber nicht sofort hochgehen, werden sie erst einmal vom Schiff fernhalten. Ich sage: mindestens zwei Minuten. Und dann holen sie sie rein. Also auf drei Minuten einstellen!"

„Fertig. Zünder auf drei Minuten eingestellt."

„Jetzt mach dich bereit, wir werden einen Angriff vortäuschen. Ingenieur, Schilde zum Bug. Wir müssen einen direkten Treffer von ihrer Hauptkanone überleben, falls wir ihr nicht ausweichen können. Brainiac, hilf mir dabei. Ich vertraue deinem Wissen über das Schiff mehr als meinem eigenen. Wenn du siehst, dass ich nicht zurechtkomme – dann darfst du die Kontrolle übernehmen. Auf geht's!"

Die G-Kräfte unseres abrupten Kurswechsels pressten mich in den Sitz. Das Kugelschiff steuerte nun direkt auf den Kreuzer zu. Und der Kreuzer wartete nicht, bis wir nah dran waren, sondern antwortete sofort mit Feuer aus den Strahlenkanonen. Brainiac legte das Schiff sanft auf die Seite, ohne zu verlangsamen. Der

Abstand zwischen den beiden Schiffen wurde rasch geringer und der Kreuzer hatte keine Zeit mehr, zu feuern, da das Nachladen zehn Sekunden brauchte. Nun war für beide Seiten der Moment gekommen, ihre Torpedos abzufeuern.

„Jetzt!", befahl ich und kippte die *Warlock* scharf weg vom Kreuzer. Ihre Torpedos hatten keine Zeit, genug Geschwindigkeit aufzunehmen oder hinter mir zu manövrieren. Mit den Triebwerken auf 85 % ließen wir den Feind und seine Raketen weit hinter uns zurück.

„Brainiac?"

„Sie holen sich ihre Torpedos zurück. Und sie haben unsere abgefangen", verkündete der Computer zu meiner Freude. „Sie halten sie auf Distanz."

Wir flogen in aller Ruhe weiter und warteten das Ergebnis ab. Erst gegen Ende der zweiten Minute drifteten unsere Sprengköpfe allmählich in Richtung ihres Kreuzers zu.

„Sie haben es gekauft!", schrie Sebastian vor Freude. Die ganze Zeit hatte er gelangweilt auf die Bildschirme gestarrt. Der Dieb konnte während einer Weltraumschlacht nichts tun, aber er wusste eine gute Falle zu schätzen. Das war ein echtes Piratenwerk. Ich konnte nicht sagen, warum Dantoon darauf hereingefallen war, aber vielleicht hatte er gedacht, dass ich glaubte, sie mit einem Überraschungsangriff verletzen zu können, weil ich unterschätzte, wie gut seine Spieler waren. Was auch immer es war, er gab den Befehl, meine Torpedos reinzuholen. 30 Sekunden vor der Explosion. Ich beobachtete mit angehaltenem Atem, wie die Raketen im Inneren des Schiffes verschwanden, ballte meine Fäuste und musste angesichts dieses Spektakels grinsen. Der Rumpf des Kreuzers platzte auf einer Seite und gebar einen Feuerball ins All. Natürlich konnte es im Weltraum kein Feuer geben, aber die Entwickler hatten es sich nicht nehmen lassen, ihr Spiel mit filmischen Akzenten zu verschönern. Der Kreuzer blinkte mehrmals und schaltete sich dann aus – die Explosion hatte seinen Reaktor zerstört.

„Näher ranfliegen", befahl ich grinsend und kippte die *Warlock*. Der Schaden sah ernst aus, und ich glaubte nicht an eine Falle. „Schütze, schieß auf alle Objekte, die sich in unsere Richtung bewegen. Brainiac, wie sieht ihre Verteidigung aus? Könnten sie uns in eine Falle locken?"

„Die Energieschilde sind abgeschaltet. Der Hyperantriebsdisruptor funktioniert ebenfalls nicht mehr. Es sieht nicht so aus, als würden sie ihren Schaden vortäuschen."

„Hau die Torpedos raus, Ingenieur. Lasst uns die Fighting Breed ein für alle Mal ausrotten."

Es ging alles so schnell, dass die Spieler keine Zeit hatten, sich zu orientieren. Ein paar Sekunden nachdem die Torpedos explodiert waren, manövrierte ich in eine bequeme Position an der linken Flanke des Kreuzers, wo ihre Strahlenkanonen und Traktorstrahlen mich nicht erreichen konnten (die waren nämlich auf ihrem Kiel). Meine Torpedos krachten in das Ziel und löschten ihre Triebwerke, ihren Hangar und die Jäger darin aus. Die *Smasher* überlebte, aber sie rief jetzt nur noch Mitleid statt Angst hervor. Ich machte eine kurze Schätzung: Ich hatte noch 16 Torpedos und der 17te sollte in den nächsten fünf Minuten erscheinen. Ich hatte mehr als genug, um den Kreuzer zu vernichten, doch mir kam eine andere Idee.

„Brainiac, ich will diesen Kreuzer haben. Können wir ihren Selbstzerstörungsmechanismus deaktivieren, damit wir an Bord gehen können?"

„Analyse läuft. Eine solche Operation muss viele Faktoren berücksichtigen, sonst sprengen wir das Schiff in die Luft, wenn der Selbstzerstörungsknopf zerstört wird."

„Tu es, wenn du bereit bist", befahl ich Brainiac nur für den Fall.

Als er die stillen Befehle des Schiffscomputers erhielt, begann der Schütze, vier Ziele gleichzeitig mit unseren Strahlkanonen zu beschießen, die Rumpfbeschichtung zu verbrennen und Ausrüstungen und Schaltungen zu deaktivieren, deren Zweck nur Brainiac bekannt war.

„Die Hilfsaggregate wurden lokalisiert und zerstört", teilte der Computer mit, nachdem der Kreuzer eine Weile gebrannt hatte. Ich hatte sogar mir Sorgen darüber gemacht, zu viel Energie zu verbrauchen – die Reserven sanken merklich zu meinem Verdruss. „Der Kreuzer kann sich nicht mehr mit dem Selbstzerstörungsknopf zerstören. Selbst wenn sie eine Backup-Schaltung hätten, würde diese nicht die Nutzlast erreichen. Wir haben die Leitungen zum Sprengstoff durchtrennt. Sie sind harmlos."

„Schießt auf alles, was aus dem Rumpf dieses Kreuzers fliegt. Niemand darf raus und niemand darf rein. Brainiac, mach den Soldaten und die Droiden bereit. Wir werden an Bord gehen. Sebastian, du kommst mit mir mit. Wir werden ihre Eingangsluke öffnen müssen."

Die Schlange feuerte zwei weitere Torpedos ab, nur um sicherzugehen. Einer traf den Frachtraum, der zweite schlug im Bug des Kreuzers ein und zerstörte seine Hauptkanone. Das Deck des Kapitäns wurde nur leicht beschädigt – die Elektronik konnte den Treffer verkraften, was von den Spielern nicht behauptet werden konnte, vor allem von denjenigen mit Rüstungen unterhalb der Klasse A. Natürlich würden der Kapitän und seine Offiziere Legendäre Rüstungen haben, aber ich hatte vor, sie von dieser Last zu befreien.

Brainiac übernahm die Kontrolle über das Schiff und glitt bis zum offenen Bug des Kreuzers. Zuerst sollte der Soldat reingehen, dann Sebastian und ich. Das Nashorn hatte sich bereits im Laderaum gelangweilt und rannte nun fröhlich herbei, um in dem

Kreuzer herumzutollen. Bis zu diesem Zeitpunkt hatte ich den Soldaten noch nie für seinen eigentlichen Zweck genutzt, sondern ihn stets gezwungen, Beute zu sammeln, Gegenstände zu stehlen und Wände zu durchbrechen. Ich konnte mich also darauf freuen, an Bord des Schiffes einige Probleme zu verursachen. Wie ein Stier scharrte das Nashorn ungeduldig mit dem Fuß. Der Schütze sprengte vorsichtig ein Loch für uns direkt in das Deck des Kapitäns und tötete gleichzeitig jeden, der dort gewesen sein könnte. Selbst ein Legendärer Panzeranzug konnte einen nicht vor der Strahlkanone eines Schiffes schützen. Der Soldat tauchte als Erster durch die Öffnung hinein, um die Situation auszukundschaften und den Feind zu beseitigen. Es war das erste Mal, dass ich gesehen hatte, wie mein Nashorn seine Blaster benutzte. Sie waren in seinen Augen platziert und schossen immer in die Richtung, in die der Kryptosaurier blickte. Dadurch wurde er zu einem furchterregenden und irgendwie auch lustigen Monster. Der Soldat benutzte seine Blaster nur zweimal – um zwei Spieler zu vernichten, die sich in den Ecken des Decks versteckt hatten. Den Soldatenrüstungen nach zu urteilen, die den Boden übersäten, hatten die zehn Tyrannen aus dem Büro des Vizeimperators immerhin einen unrühmlichen Tod gefunden.

„Sebastian, nimm die Loot mit zu unserem Schiff", befahl ich dem Dieb und zeigte auf die Panzeranzüge. Diese Gegenstände, selbst wenn sie nur Klasse A waren, würden sich bei Auktionen gut verkaufen.

„Brainiac, wie kann ich mir einen Zugangsschlüssel machen und das Schiff auf mich registrieren?"

„Suchst du etwa nach einem Backup-Schiff?", mischte die Schlange sich ein. Anscheinend mochte Brainiac die Idee nicht, dass ich ein neues Schiff erwerben könnte – vor allem eines, das auf dem Papier mächtiger war als die *Warlock*. Das letzte, was ich gebrauchen konnte, war ein eifersüchtiger Computer.

„Keine Panik. Unser Ziel ist es, das Schiff bei mir neu zu registrieren und ihm die Bindung an seine Heimatwelt zu entziehen. Dann, wenn es zerstört ist, wird es außerhalb des nächstgelegenen Planeten wieder auftauchen. Und das wäre dann Belket – wo wir einen geeigneten Käufer für das Schiff und die ganze Loot finden können. Ich meine, sind wir Piraten, oder was?"

„Macht dich bereit, das Kabel entgegenzunehmen", sagte die Schlange erleichtert. Nach ein paar Augenblicken erschien ein Droide, der einen Stromschlauch schleppte. „Du musst den Hauptcomputer einschalten. Die Steckdose ist unten rechts. Gefunden? Schließ es an."

Ich folgte den Anweisungen des Ingenieurs, und der Kreuzer wurde zum Leben erweckt. Oder zumindest sein Computer. Das Deck des Kapitäns sah schon viel fröhlicher aus, als alle Konsolen darin zu blinken und zu brummen begannen.

„Wir haben hier versehentlich alle Schaltungen um uns herum gesprengt, also müssen wir den Zugangsschlüssel zum Kreuzer auf unserem Schiff machen. Ich brauche die Erlaubnis, eine Tonne Raq zu verschwenden."

„Warum so viel?", fragte ich überrascht.

„Kümmere dich nicht darum. Die Erklärung würde länger dauern, als es einfach zu tun."

Ich schüttelte den Kopf und erteilte die Erlaubnis. Brainiac und der Ingenieur wurden still und arbeiteten an den Systemen des Kreuzers. Natürlich könnten wir sie einfach übernehmen, indem wir alle Spieler töten würden, die noch an Bord waren, aber das wäre sehr mühsam und zeitaufwendig. Und wie viele Spieler bisher überlebt hatten, war eine wichtige Frage. Wie sie organisiert waren, wo sie sich befanden, womit sie bewaffnet waren – je mehr ich darüber nachdachte, desto klarer wurde mir, dass es einfacher war, das Schiff zu hacken. Glücklicherweise hatte sich niemand eingemischt. Sebastian war mit dem Stehlen der Panzeranzüge fertig und erkundete nun die Gegend, in der wir uns befanden. Ich verbot ihm und dem Nashorn streng, das Deck des Kapitäns zu verlassen. **Neues Schiff erworben: Kreuzer** *Smasher*. **Artikelklasse: B-61. Eine detaillierte Beschreibung dieses Schiffes finden Sie im Schiffsprotokoll. Der Respawn-Standort des Schiffes wurde zurückgesetzt. Achtung! Wenn der Kreuzer zerstört wird, wird er auf dem nächsten Schiffsfriedhof respawnen.**

„Du bist ein Genie, Brainiac! Du auch, Schlange. Nun sagt mir, wie können wir es in die Luft sprengen?"

„Nur mit Torpedos. Etwa zehn sollten ausreichen", antwortete die Schlange.

„Alle runter vom Kreuzer!", befahl ich. „Brainiac, hast du das Schiffsprotokoll heruntergeladen? Ich muss wissen, wo die Hauptbasis der Fighting Breed ist. Ich möchte ihnen einen Besuch abstatten."

„Daten analysiert. Die Hauptbasis befindet sich in der Nähe von Galvara, dem zweitgrößten Handelsplaneten der Precianer. Von hier aus sind es zehn Minuten Flug im Hyperraum."

Ich schaute auf meine Uhr – sieben Minuten waren vergangen, seit die Torpedos an Bord des Kreuzers explodiert waren. Wenn wir davon ausgingen, dass Dantoon Hilfe gerufen und auch eine Antwort erhalten hatte, sollten wir bald Gäste haben. Wir mussten also raus, bevor es zu spät war.

„Schlange, zerstöre diese Wanne", befahl ich, sobald ich wieder einen Fuß auf mein Kugelschiff setzte.

Es folgte eine Explosion. Dann noch eine. Und noch eine. Und noch eine. Der Ingenieur hatte falsch kalkuliert – wir mussten alle unsere Torpedos einsetzen. Seit dem Update waren die Kreuzer zu stark und die *Warlock* hatte keine Waffen von größerem Kaliber. Wenigstens bekam ich ein Quest-Fortschritts-Update für die Hilvar-Quest – die Zerstörung meines eigenen Kreuzers hatte zu meinem Killcount gezählt. Ich hatte nicht erwartet, die Quest durch das Zerstören von Kreuzern abzuschließen, aber es konnte auch nicht schaden, oder? Acht weitere und ich wäre ein Piratenlord allererster Kajüte.

„Die Laderäume des Kreuzers waren nicht leer", sagte Brainiac, als die visuellen Effekte der Schiffszerstörung mit dem Schiff verschwanden. Ich flog vorsichtig zu den riesigen schimmernden Kisten und holte sie mit dem Roboterarm herein. Eine Liste der verfügbaren Gegenstände erschien auf dem Bildschirm, und Sebastian pfiff überrascht – die Soldaten hatten sich auf ernsthafte Kämpfe vorbereitet. Zehn Legendäre Panzeranzüge, 100 Tonnen Raq, 20 Elo, etwa ein Dutzend gepanzerte Fahrzeuge und sogar ein riesiger Mech – ein Kampfroboter für fünf Personen.

„Brainiac, können wir das alles mitnehmen?", fragte ich hastig.

„Die gepanzerten Autos sind Schrott", mischte Sebastian sich ein. „Der Mech ist gut. Ich habe dieses Modell noch nie gesehen. Ich rechne damit, dass wir ihn für etwa 30 Millionen loswerden. Die Rüstung passt... Ich weiß nicht einmal, was ich sagen soll. So viele Legendäre Sachen an einem Ort! Jede im Wert von 10 Millionen. Es ist schade, dass wir die Sachen nicht selbst gebrauchen können: Sie sind für den Kampf auf Planeten und im Freien konzipiert. Im Kugelschiff wirst du dich damit nicht bewegen können."

„Selbst wenn wir die gepanzerten Fahrzeuge dalassen, müssen wir uns immer noch zwischen dem Elo und dem Raq entscheiden. Ich kann 70 Tonnen unterbringen."

„Dann nimm das Raq. Wir haben genug Elo." Ich hatte keinen Zweifel, was wichtiger war.

„Die Ladung wurde verstaut. Achtung! Wir werden von einem Hyperantriebsdisruptorstrahl behindert."

„Antrieb auf 80 und Kurs nehmen auf Belket", befahl ich und schätzte die Situation ab. Wie ich erwartet hatte, war die

Verstärkung eingetroffen. Die anderen beiden Kreuzer der Fighting Breed waren gekommen, um Rache zu nehmen. Das Kugelschiff zoomte weg und ließ die Kreuzer weit zurück. Brainiac meldete, dass wir in das Belket-System eingetreten waren, was mir die Möglichkeit gab, mich ein wenig auszuruhen – wir standen wieder unter dem Schutz des Großen Gebieters. Was auch immer die Fighting Breed hier versuchen würde, die NPCs würden uns schützen.

„Stan, führe einen Forenscan durch – wie viel kostet ein aufgerüsteter Kreuzer der Klasse C?"

„Zwischen 900 Millionen und 2 Milliarden Galaktogon-Credits." Ich war verblüfft über die Antwort meines Smart-Home. *„Das hängt ganz von der Konfiguration und Ausrüstung an Bord des Schiffes ab."*

Nach kurzer Überlegung rief ich Gammon an.

„Hey yo! Brauchst du einen Kreuzer der Klasse C? Als alte Freunde und so biete ich dir einen guten Deal an."

„Chirurg?" Gammon verstand nicht sofort, wer ihn anrief. Oder vielleicht war er von dem großzügigen Angebot erstaunt.

„Jupp. Vor ein paar Minuten habe ich einen Kreuzer der Gilde Fighting Breed abgegriffen. Er befindet sich derzeit auf dem Friedhof von Belket, aber nur ich habe den Zugangsschlüssel. Wenn ich mich recht erinnere, hast du bereits elf Stück. Dieser wird ein Dutzend daraus machen. Es ist ein gutes Angebot."

„Deine großzügigen Angebote gehen ganz schön ins Geld", sagte Gammon. „Das Gildenbudget wird es mir nicht erlauben, jetzt so viel Geld auszugeben. Für wie viel verkaufst du die Schüssel?"

„Ach komm, nun spinn mal nicht rum. Du hast gerade eine Reihe von Planeten sowie die Infos über die Zatrathi verkauft. 1,5 Milliarden. Tiefer kann ich nicht gehen. Ich bin verrückt nach einer bestimmten Sache, die Hansa im Katalog hat. Ich will sie auf meinem Schiff."

„Du machst jetzt Geschäfte mit Hansa?" Gammons zweiter Vorname könnte auch Misstrauen sein.

„Es war nicht leicht, aber ja, ich habe eine Liste von Goodies und einen Rabatt von 5 %. Warte fünf Sekunden, ich schick dir die Upgrades, die sie haben. Hier ist es! Ich will unbedingt Artikel Nummer zwölf haben."

„Sieben Torpedos auf einmal?" Gammon war schon wieder verwirrt. Wenn das so weitergehen würde, musste ich befürchten, für seine Therapiekosten aufzukommen.

„Okay, ich verstehe, du interessierst dich nicht dafür. Ich werde nach anderen Käufern suchen."

„Warte!" Wie ich mir gedacht hatte, knickte Gammon ein, als er sah, dass ich entschlossen war, meine 1,5 Milliarden zu bekommen. „Nehmen wir an, dein Angebot interessiert mich. Aber 1,5 Milliarden sind viel zu viel."

„Ich kann nicht runtergehen – du hast die Hansa-Preise selbst gesehen. Wenn man bedenkt, dass ich jetzt eine Zielscheibe sein werde, brauche ich Rüstung wie die Luft zum Atmen. Tut mir leid, aber ich kann da nicht feilschen. Ich hab' dich nur angerufen, weil wir gemeinsam gegen die Zatrathi gekämpft haben. Ich werde Kiddo nach ihren Kontakten fragen. Sicherlich kann ich den Kreuzer für den Preis verkaufen, den er wert ist."

„In Ordnung. Dann 1,5 Milliarden", gab Gammon nach. „Unter einer Bedingung. Du wirst mich der Hansa vorstellen. Ich will auch solche Rüstung."

„Ich habe keine Erlaubnis, das zu tun, also wird das nicht funktionieren. Aber es gibt noch eine andere Option. In meinem Vertrag mit Hansa steht, dass ich ihre Ausrüstung nur auf meinen eigenen Schiffen installieren kann. Wenn du das Upgrade willst, dann überschreibe mir dein Schiff vorübergehend, und ich werde es auf deine Kosten zuzüglich einer kleinen Provision aktualisieren und es dir danach zurückgeben. Es gibt keinen anderen Weg. Ich riskiere meine Verbindungen zu Hansa nicht deinetwegen."

„Ich sehe, dass du alles im Voraus durchdacht hast." In Gammons Stimme war leichte Irritation zu hören.

„Das stimmt. Also! 1,5 Milliarden für das Schiff. 1 Milliarde und 575 Millionen für den neuen Rumpf. Wenn du damit einverstanden bist, ruf deine Anwälte an. Wir können den Vertrag unterzeichnen, der besagt, dass die Übertragung deines Schiffes an mich fiktiv und nur für die Aufrüstung in der Fleischwelt ist."

„Woher kommen die 75 Millionen?"

„Meine Provision beträgt 5 %. Denk daran, ich berechne das Minimum, als alter Freund. Du zahlst genau den Preis, den Hansa anderen Spielern bietet, wenn sie die Gelegenheit dazu bekommen. Sicherlich hast du den Markt gesehen und kennst die Preise, nicht wahr? Deshalb warst du so überrascht, als ich dir meine Preisliste gezeigt habe. So etwas kann man auf dem freien Markt nicht bekommen."

„Wo bist du überhaupt?"

„Ich nähere mich Belket. Mit zwei Kreuzern voller Bösewichte im Gefolge. Ich habe noch nicht vor, zu landen. Ich möchte, dass sie Bekanntschaft mit den Gebietern machen. Ich mag diese Fighting Breeds nicht."

„Sei vorsichtig mit ihnen. Wenn sie dich nicht im Spiel kriegen, werden sie es in der Fleischwelt versuchen. Sie nehmen ihre Verluste sehr ernst. Vor allem dieser Art."

„Ja klar. Sie werden mich finden und bestrafen", sagte ich grinsend. „Weißt du, wie viele solcher Bestrafer ich in meinem Leben schon kennengelernt habe? Ich kann sie gar nicht zählen. Ich werde auf Belket auf dich warten."

„30 Minuten. Ich muss mir überlegen, wo ich so viel Geld herbekomme und den Vertrag ausstellen lassen. Ich vertraue dir nicht", sagte Gammon und gewann damit meinen größten Respekt. Ich mochte Leute, die offen waren.

Leider siegte unter den Kapitänen der Kreuzer, die uns verfolgten, die Vernunft über das Testosteron. Der Hyperantriebsdisruptor blieb auf unserem Schiff, aber niemand eröffnete das Feuer, sie waren vorsichtig wegen der Großen Gebieter. Ich flog mehrmals in die Nähe der Kreuzer und stellte ihre Geduld auf die Probe, doch es erfolgte keine Reaktion. Niemand hatte auch nur versucht, mich zu beschießen. Als ich einsah, dass es kein Gerangel geben würde, bat ich um Erlaubnis, näher am Hansa-Hauptquartier zu landen. Wenn Gammon durchkäme, würde mein Schiff ein signifikantes Upgrade bekommen.

„Stan, wie viel Geld kann ich in das Spiel überweisen, ohne das Familienbudget zu sprengen?"

„3,5 Millionen. Ich habe mir die Freiheit genommen, für fünf Monate Behandlung für Eunice und Sie zu bezahlen, und ich habe einen Sparfonds ins Leben gerufen, der für weitere fünf Monate sowie ein halbes Jahr durchschnittliche Lebenshaltungskosten ausreichen sollte. Die verbleibenden Mittel von 4 Millionen sind für die Deckung von Risiken reserviert. 500.000 reichen aber dafür; Sie können sich also im Moment 3,5 Millionen leisten."

Was würde ich nur ohne Stan tun? Er schaffte es nicht nur, für mich zu denken, sondern kümmerte sich auch um alle notwendigen Papiere und nahm mir so den Alltagskram ab. Eunice würde in anderthalb Wochen nach Galaktogon zurückkehren. Ich sollte ihr einen würdigen Empfang bereiten.

„Der offizielle Wechselkurs ist 1 zu 1000", schloss Stan seinen Bericht ab. Vor meinen Augen erschien eine Liste der Hansa-Artikel. Der Gesamtwert der Posten betrug 3 Milliarden. Wenn Gammon wirklich für 1,5 einen Kreuzer kaufen würde, müsste ich nur 1,5 Millionen nach Galaktogon transferieren.

Obwohl ich mir besser noch einen Puffer leisten sollte – wer wusste schon, was Hansa sonst noch zu bieten hätte?

„Überweise 2 Millionen – versuche, die restlichen 1,5 für die nächsten sechs Monate zu investieren, sodass wir eine gute Rendite bekommen. Es ist nicht gut, Geld untätig liegen zu lassen."

„Erledigt. Der Umtauschantrag wurde generiert und wird geprüft. Ich habe eine Bestätigungsanfrage erhalten – bitte setzen Sie Ihre digitale Unterschrift darunter."

Ich legte meinen Finger auf den PDA, und eine Nachricht erschien:

Vielen Dank für die Nutzung des offiziellen Galaktogon-Shops. Sie haben 2.000.000.000 GC erworben. Um ihren ersten Deal zu feiern, geben wir Ihnen einen Bonus von 10 %. Viel Spaß im Spiel!

2 Milliarden plus 200 Millionen! Angesichts der verrückten Geldbeträge, die in Galaktogon umherschwirrten, machte mein Herz einen Sprung. Natürlich war das kein echtes Geld, sondern nur Gaming-Credits, aber trotzdem war es beeindruckend.

„Stan, wie lautet der umgekehrte Wechselkurs?"

„Eins zu 20.000", erinnerte meine Haus-KI mich an die harte Realität des Lebens. Wenn ich mein Spielgeld in echtes Geld umwandeln musste, bekäme ich 20-mal weniger als das, was ich investiert hatte. Keine sehr gute Aussicht. 200 Tonnen Raq beliefen sich auf 500 Einheiten des echten Geldes. Und ich Trottel hatte mich gefreut, eine Gelegenheit gefunden zu haben, mir meine Brötchen zu verdienen. Ha! Die großzügige Geste des Imperators, mir so viel Raq zu geben, war letztendlich doch nur ein Witz, wenn ich die echten Zahlen betrachtete. Ich fragte mich, wie es um Eunices finanzielle Situation stand?

Gammon tauchte genau 30 Minuten nach unserem Gespräch wieder auf, als hätte er auf das Ablaufen der vereinbarten Zeit gewartet. Ich saß auf den Stufen vor dem Hansa-Hauptquartier und schaute mir die Spieler und NPCs an, die dort herumliefen. Ich bemerkte auch meine ganz besonderen Freunde: Wie Wellenbrecher in dem Menschenstrom, der sich an mir vorbeibewegte, standen fünf Soldaten der Gilde Fighting Breed in der Menge und starrten mich an. Vermutlich um den Einschüchterungsfaktor zu erhöhen, hatten sie sich nicht die Mühe gemacht, sich zu verstecken – sie standen dort wie Statuen.

„Was geht?" Gammon kam auf den Stufen auf mich zu. „Ich habe beschlossen, den Stier direkt bei den... Hmm, Moment, ich muss diesen Anruf entgegennehmen."

Eine Minute später erklärte der Chef der Black Sails freudig: „Wusstest du, dass du zum toten Mann erklärt wurdest? Der Führer der Fighting Breed hat mich angerufen und mir dringend empfohlen, deinen Kreuzer nicht zu kaufen. Wirst du beobachtet?"

„Ja, sie sind da!" Ich zeigte auf die schweigsamen Soldaten. „Warum bist du so fröhlich? Hast du deine Meinung über den Deal geändert?"

„Bist du verrückt? Im Gegenteil! Was gibt es Schöneres, als unserem engsten Konkurrenten eins auszuwischen? Der Verlust dieses Kreuzers hat bereits dafür gesorgt, dass diese Jungs aus den Top 100 in der Rangliste geflogen sind. Niemand will etwas mit ihnen zu tun haben, solange sie nicht wieder aufsteigen. Sie würden mich niemals angreifen – so dumm sind nicht einmal die. Aber dich werden sie bis ans Ende der Galaxie jagen. Mit allen erdenklichen Methoden. Warum sollte ich also nicht fröhlich sein? Ich bekomme einen Kreuzer, neue Rüstung, und du musst dich mit dem Problem auseinandersetzen, diese Jungs zu bekämpfen. Das wird dir guttun – du bist zu gierig und hattest bisher zu viel Glück."

Ich lächelte und erkannte den Sinn in dem, was Gammon sagte. Ich hatte mir keine allzu großen Sorgen darüber gemacht, auf der schwarzen Liste einer Gilde zu stehen. Das hier war ein Spiel.

Wer sich da zu tief hineinsteigerte, war krank. Wovor sollte ich Angst haben?

Gammon gab mir Gelegenheit, über die Situation nachzudenken. Dann fuhr er fort: „Okay. Kommen wir zum Deal. Wo ist mein Zugangsschlüssel?"

Der Deal nahm nicht viel Zeit in Anspruch. Ich erhielt 1,5 Milliarden, Gammon erhielt den Zugangsschlüssel und schickte einen Helfer auf den Schiffsfriedhof, um sein neues Spielzeug abzuholen. Die Besatzung des neuen Schiffes wartete bereits. Dann begann der zweite, aber nicht weniger wichtige Teil – das Überschreiben von Gammons Kreuzer auf meinen Namen. Ich las den vorbereiteten Vertrag lange und gründlich, auf der Suche nach Schlupflöchern. Ich fand nichts – alles schien in Ordnung zu sein – also fühlte ich mich sicher, den Transfer von Gammons Schiff zu akzeptieren.

Nachdem er mir den Zugangsschlüssel gegeben hatte, spuckte das System die Nachricht aus, dass ich von nun an Besitzer dieses Kreuzers der Klasse A war – und einer riesigen Menge Geld, von denen 5 % nur für mich bestimmt waren. Die Hansa-Mitarbeiter begrüßten mich wie einen Bruder, und als sie erfuhren, dass ich einen Deal im Wert von insgesamt 4,5 Milliarden GC mitgebracht hatte, wurden sie richtig großzügig und gastfreundlich. Das erstreckte sich jedoch nicht auf Gammon, der für Hansa praktisch nicht existierte. Ein Anruf von Kiddo unterbrach mich bei dem Genuss, wie ein VIP-Kunde behandelt zu werden.

Anstatt mich zu begrüßen, jammerte Marina sofort herum. „Was ist das für ein Deal, Partner?"

„Freut mich ebenfalls, von dir zu hören. Was ist das Problem?"

„Gammon prahlt überall in Galaktogon mit seiner neuen Ausrüstung herum! Warum hast du ihm Zugang zu Hansa gewährt?"

„Tickst du noch ganz richtig, Marina?" Kiddo hatte offenbar beschlossen, sich in meine Geschäfte einzumischen. Das konnte ich nicht tolerieren. „Gammon und ich haben einen Deal gemacht. Er hat den vollen Preis gezahlt. Jeder bekommt, was er will. Er bekommt ein Upgrade und ich bekomme Credits."

„Du schuldest mir die Hälfte. Das war unsere Vereinbarung."

„Der Deal war, dass du die Hälfte von Kunden bekommst, die du selbst an den Tisch bringst. Ich habe mich nicht auf die Suche nach jemandem gemacht, aber wenn jemand ohne deine Beteiligung zu mir kommt, warum solltest du etwas bekommen? Sorry, Partner, aber das ist mein Deal. Ich zahle dir was, wenn du mir einen Deal einbringst."

„Was hat er bekommen?"

„Ausrüstung. Hier ist die Liste. Du kannst die Eigenschaften selbst sehen. Das ist übrigens die ganze Ausrüstung, die Hansa mir angeboten hat."

„Ich brauche das alles." Ich hatte keinen Zweifel daran, dass Kiddo ihren Kreuzer so aufrüsten wollte, dass niemand sie fangen oder beschädigen konnte, und nebenbei wollte sie ihren Panzeranzug noch zu einem mobilen Bunker upgraden.

„Kommt gar nicht infrage. Dir ist doch klar, dass der Preis und meine Bedingungen die gleichen sind – 5 % und du überschreibst mir die *Alexandria* auf meinen Namen. Ich kann nur Schiffe aufrüsten, die mir gehören."

An dieser Stelle legte Kiddo auf, ohne zu antworten. Tja, ihre Emotionen waren ihr Problem. Profis handelten nicht so. 5 % waren für mich 150 Millionen. 7.500 echte Credits. Wäre ich bereit, ihr ein Geschenk zu machen, das so viel wert war? Nein!

Ich fand mein Schiff am Trockendock. Der neu gepanzerte Rumpf des Kugelschiffs schimmerte wie ein Regenbogen in der Sonne.

„Ihre Upgrades wurden installiert." Einer der Hansa-Arbeiter kam auf mich zu. Es war seltsam – es schien, als hätte immer derjenige das Sagen, der gerade zufällig in meiner Nähe war.

„Ich könnte mir nicht in meinen wildesten Fantasien vorstellen, wie es noch besser sein könnte", sagte ich lächelnd und prüfte die Änderungen an meinem Panzeranzug. Es war praktisch eine völlig neue Rüstung. Erstens war sie wieder Legendär. Zweitens waren zwei Handgelenkblaster zu den beiden verbesserten Schulterblastern hinzugefügt worden – plus ein EM-Blaster mit Autoaim. Sie hatten auch den Energieschild, die Hardware und die Software aktualisiert und das Jetpack angepasst, sodass es zehnmal weniger Kraftstoff verbrauchte. Drittens war die Rüstung jetzt aus dem gleichen Metall wie die Schiffspanzerung. Sie konnte keinen direkten Treffer durch einen Torpedo aushalten, aber wenn er zum Beispiel in der Nähe explodieren würde, gäbe es eine Überlebenschance.

„Warum nicht? Es gibt immer mehr", sagte der Precianer und überreichte mir ein Papier. „Die Möglichkeiten sind grenzenlos, man muss nur seine Fantasie benutzen."

Die neue Liste von 30 Upgrades – 15 für das Schiff und 15 für die Rüstung – verdarben mir den Spaß. Ich wurde sogar wütend. Ich konnte meinen aktuellen Einkauf nicht einmal genießen. Insgesamt belief sich die neue Liste auf 9 Milliarden. Dreimal so teuer wie die erste. Gleichzeitig war die Ausrüstung darauf viel leistungsfähiger – obwohl sie sich auf andere Bereiche konzentrierte.

Zum Beispiel produzierte das Torpedo-Produktionssystem alle fünf Minuten ein Legendäres Projektil, kostete 5 Milliarden und war der Garant für ein ruhiges Leben, denn die produzierten Torpedos hatten ihre eigenen Radarstörer und aktiven Schutz gegen den Fliegenfänger. Um einen zu fangen, würden sie drei Strahlen gleichzeitig einsetzen müssen. Nicht jeder Kreuzer konnte sich einer solchen Anzahl von Fliegenfängern rühmen. Angesichts der zerstörerischen Kraft dieser Raketen wäre ein Schiff mit einem solchen System in jeder Schlacht unbesiegbar. Aber 5 Milliarden! Das entsprach 5 Millionen in echtem Geld! Ein Jahr unbeschwertes Leben! Galaktogon war wirklich ein kommerzielles Projekt, auch wenn das nicht jeder verstanden hatte. Da nicht jeder eine Tonne Geld hatte. Was hatte Reynard damals gesagt? Im Spiel waren alle gleich, außer denen, die gutes Geld bezahlten. Nun, da ich wieder etwas zu fantasieren hatte, musste ich nur noch eine gute Einkommensquelle finden.

Kiddo rief nicht zurück. Obwohl ich ihr eine Stunde Zeit gab, um eine Entscheidung zu treffen, bevor ich losflog, um das Schiff zu testen. Brainiac und der Ingenieur sangen Lieder und feierten die neuesten Upgrades. 15 neue Spielzeuge von Hansa, 3 Milliarden Spielcredits, und statt eines Kugelschiffs hatten wir jetzt ein echtes Luxusschiff.

Die Fighting Breed konnte meinen Start vom Hansa-Trockendock nicht vorhersehen, weil uns die Kuppel vor neugierigen Blicken schützte. Als sie es bemerkten, flog ich bereits entspannt über den Hintern von einem ihrer Kreuzer hinweg und verschwand hinter dem nächsten Planeten. Während ich den Planeten nutzte, um mich vor ihrem Strahl zu schützen, trat ich kräftig das Gaspedal und zoomte mit voller Geschwindigkeit aus dem System. Brainiac begann einen Countdown – eine Minute bis zu unserem Sprung nach Daphark. Ich musste mich so schnell wie möglich mit Tryd – Hilvars Kontakt – treffen, damit ich mich den Piraten anschließen konnte.

„Warnung! Unser Schiff wird von einem Hyperantriebsdisruptorstrahl aufgehalten. Die Quelle des Strahls ist der Kreuzer *Inevitable* direkt vor uns."

„Chirurg, hier spricht Aalor. Du wirst das Belket-System nicht verlassen, bevor du zurückgegeben hast, was du der Fighting Breed gestohlen hast."

„*Stan – wer zum Teufel ist Aalor?*"

„*Kapitän des Kreuzers* Inevitable *von der Gilde Liberium. Eine unabhängige Gilde ohne Loyalität zu irgendeinem Imperium. Liberium ist die Nummer drei der Gilden in Galaktogons Rankings.*"

Ernstzunehmende Leute. Die dritte Gilde in Galaktogon war um einiges beeindruckender als die zehnte Gilde im precianischen Imperium. Das waren schon andere Kaliber, und ich konnte ihre Einmischung hier nicht verstehen.

„Bei allem Respekt, das muss ich ablehnen. Die Fighting Breed hatte einen Konflikt provoziert, ich habe nur reagiert und sie bestraft."

„Das ist mir egal. Du musst ihren Kreuzer und ihre gesamte Ladung an sie zurückgeben. Sonst darfst du Belket nicht verlassen."

„Vollgas, Brainiac. Machen wir weiter. Wir werden ja sehen, wozu die *Inevitable* fähig ist."

In Bezug auf die Geschwindigkeit war das Kugelschiff mit einem Kreuzer vergleichbar, aber der Haken lag woanders. Aalor fackelte nicht lange und attackierte uns sofort. Nach nur drei Minuten Flug schrie die Schlange mit wilder Stimme und drängte mich, in das von den Großen Gebietern geschützte Gebiet zurückzukehren. Es war auch in der Tat beängstigend, wenn ein Torpedowerfer für 5 Milliarden GC anfing, seine Raketen auf einen abzuschießen. Unsere Strahlenkanonen und Traktorstrahlen waren wirkungslos dagegen, und der Ingenieur war gezwungen, ihre Torpedos mit unseren auszuschalten. Die feindlichen Torpedos wurden schneller abgefeuert, als wir unsere herstellen konnten, also war der Kampf hoffnungslos. Aalor schoss nicht einmal mit seiner Hauptkanone – als ob er zeigen wollte, dass er meine Raumschiffkugel jederzeit zerstören konnte. So oder so, uns zu zerstören war nicht sein Ziel. Er wollte mich zurück nach Belket zwingen.

Ich flog eine scharfe Kurve und kehrte zum System zurück. Die *Inevitable* hörte auf, Torpedos auf uns zu schießen, hielt den Disruptorstrahl aber aufrecht.

„Du kannst so lange im System bleiben, wie du willst", sagte Aalor schließlich. „Aber wenn du gehen willst, musst du den Kreuzer und die Panzeranzüge an die Fighting Breed zurückgeben. Wenn du dich in die Luft sprengst und in deine Heimatwelt zurückkehrst, finde ich dich trotzdem. Galaktogon ist nicht so groß, wie du glaubst. Aber beim nächsten Mal werde ich andere Saiten aufziehen. Du wirst dein Kugelschiff für immer verlieren. Over and out."

Der Disruptorstrahl der *Inevitable* verschwand in dem Moment, als ich vom Strahl der Kreuzer der Fighting Breed übernommen wurde. Ich fühlte mich furchtbar. Ich hatte gerade angefangen, zu glauben, dass ich mit meinem aufgerüsteten Schiff der Boss wäre, als ich auf einen Feind gestoßen war, der mir in jeder Hinsicht überlegen war.

Grummelig wählte ich Kiddos Nummer auf dem PDA.

„Nein, Chirurg, deine Probleme sind nicht meine. Ich werde keinen Kampf mit Liberium anfangen, die spielen in einer anderen Liga. Ich weiß nicht, was die Breed mit Aalor zu tun hat, aber wenn er sich persönlich einmischt, dann ist es entweder ein einzigartiger Deal oder sie sind im wirklichen Leben befreundet. Ich muss passen. Gib ihren Kreuzer zurück."

„Das wird nicht funktionieren. Ich habe ihn bereits an Gammon verkauft."

„Kauf ihn zurück. Kauf dir einen neuen. Stehle einen anderen. Das sind deine Optionen. Diese Jungs scherzen nicht. Ich muss los."

Es sah düster aus für mich, aber Kiddo hatte recht. Die Gründe für das Eingreifen eines Spielers von Aalors Kaliber konnten nur in einer einzigartigen Vereinbarung oder einer engen persönlichen Beziehung in der Fleischwelt bestehen. Ich konnte nur hoffen, dass es Ersteres war – ansonsten würde ich den Kreuzer wirklich von Gammon zurückkaufen müssen. Ich wollte mein Kugelschiff keinesfalls verlieren...

„Brainiac, du bist unsere einzige Hoffnung. Hast du etwas Wertvolles in den Informationen gefunden, die du von dem Zatrathi-Schiff heruntergeladen hast? Verweise auf ressourcenreiche Planeten oder seltsame Anomalien? Alles, was uns unsere Freiheit erkaufen könnte. Ein Cafeteria-Menü wird dieses Mal nicht reichen."

„Ja. Ich bin mir nicht sicher, was zu Ihrer Suchanfrage passt, aber ich kann es versuchen. Es gibt einen Zatrathi-Planeten, der sich von jedem anderen weit entfernt befindet. Er wird von einer Reihe von Asteroiden umkreist, die offensichtlich künstlich erschaffen wurden. Es gibt keine weiteren Daten dazu, aber beurteilen Sie selbst – sechs Asteroiden besetzen die gleiche Umlaufbahn, kollidieren jedoch nie. Man könnte sich fragen, was auf der Oberfläche liegt. Ich habe die Koordinaten."

Fünf Minuten später war ich am Rande des Systems, hatte wieder die geladene Waffe des Kreuzers *Inevitable* am Kopf und versuchte, Aalor zu bestechen. Der Einfachheit halber pendelte er sogar zu meinem Schiff und studierte die Informationen sorgfältig. Brainiac hatte die richtige Wahl getroffen. Zusätzlich zu dem Planeten bot ich Aalor an, ihm die Ergebnisse des Brainworm-Verhörs zu übermitteln.

„Ich bin bereit, eurer Gilde die Koordinaten eines fremden Planeten zu übergeben. Du hast bereits das Video des Gefangenen gesehen. Ich werde dir alle Informationen geben, die wir aus dem Brainworm herausgeholt haben. Vielleicht gibt es da nichts Interessantes zu hören, aber es könnte auch das Gegenteil der Fall sein."

„Und im Gegenzug willst du, dass wir vergessen, dass du
existierst?" Aalor hatte mich richtig verstanden.

„Ja", bestätigte ich. Offenbar waren persönliche Beziehungen
in der Fleischwelt hier doch kein Faktor. „Was ich dir biete, ist
viel mehr wert als ein Kreuzer. Ich könnte diese Informationen an
jede Gilde verkaufen, im Gegenzug einen Kreuzer bekommen oder
einen neuen kaufen. Aber! Das ist eine Grundsatzfrage. Ich weigere
mich, der Fighting Breed irgendetwas zu geben. Diese Tyrannen
sollten bestraft werden. Virtuelle Spiele wurden erfunden, damit
die Menschen sie als Entertainment genießen können, nicht um
andere ungestraft zu belästigen. Das ist meine Meinung. Und da die
Breed zu weit gegangen ist, möchte ich dir einen kleinen Ausflug zu
ihrer Basis vorschlagen. Sie haben noch zwei Kreuzer, ich möchte
sie von dieser Last befreien."

„Dein Vorschlag ist interessant, aber ich habe einen Vertrag
mit den Soldaten, den ich respektieren muss. Es gibt hier nichts
zu besprechen. Sie haben bereits für unsere Dienste bezahlt, was
bedeutet, dass die Spieler ihren Kreuzer erhalten müssen. Du
kannst dir deine Prinzipien für die Fleischwelt aufheben – das ist
uns egal. Aber wir können die Zusammenarbeit mit dir
besprechen, sobald wir die offene Breed-Rechnung beglichen
haben."

Die Gilde wollte also nicht verlieren, was die Soldaten
angeboten hatten. Ich hatte nur noch einen Pfeil im Köcher.

„Habt ihr einen Kreuzer der Klasse C?"

„Du musst einen Kreuzer der Klasse B zurückgeben",
korrigierte Aalor. „Als du die *Smasher* gestohlen hast, war sie
Klasse B."

„Ich habe sie nicht gestohlen. Ich habe sie gekapert. Was soll
dieser Mist überhaupt? Ich habe das Spiel so gespielt, wie es gespielt
werden soll. Wenn ich sie nicht vernichtet hätte, hätten sie mich
vernichtet."

„In diesem Fall hättest du uns anheuern können und die Fighting Breed hätten sich öffentlich entschuldigt. Vielleicht hätten sie dir sogar eine Entschädigung gezahlt. Stattdessen waren sie es, die uns angeheuert haben, also schuldest du ihnen jetzt einen Kreuzer der Klasse B."

„Ich denke, wir können das Gespräch hier beenden", schloss ich. Ein Kreuzer der Klasse B kostete mindestens 3 Milliarden, und ich war nicht bereit, mich von so viel Geld zu trennen. Zumal ich es nicht hatte. „Belket ist ein netter Ort. Ich bin mir sicher, dass ich mich hier ganz gut einrichten kann. Auf dann, Aalor."

Der Kapitän der *Inevitable* zuckte mit den Achseln und erkannte mein Recht an, meine eigene Entscheidung zu treffen. Jeder von uns hatte seine Positionen dargelegt. Ich dachte über die Möglichkeit nach, eine der beiden Top-Gilden anzurufen, damit sie mir gegen Liberium helfen würden, entschied mich aber letztendlich, mir das für später aufzuheben. Es wäre ein zu offensichtlicher Move. Ich musste auf eigene Faust einen Ausweg aus meiner gegenwärtigen misslichen Lage finden.

Stan hatte ein komplettes Dossier über Aalor und die Liberium-Gilde zusammengestellt, und ich setzte mich hin, um es durchzugehen und eine Lösung zu finden. Aalor war ein ausgezeichneter Kapitän, der keine dummen Risiken einging. Er gehörte zu den wenigen Spielern, die in zwei Jahren Spielzeit noch keine Niederlage hatten hinnehmen müssen. Dementsprechend nahm er seinen verdienten Platz unter den Besten ein. Bei Konflikten, in die Aalor verwickelt war, kam es nicht zu Überraschungen. Wer zuerst für die Dienste der *Inevitable* bezahlte, sollte auch gewinnen. Das hieß, entweder würde mein Schiff in die Luft gejagt werden oder ich würde mich auf Belket niederlassen, bis ich genug GC zusammengekratzt hätte, um einen Kreuzer der Klasse B zu kaufen.

„Es gibt was zu tun, Käpt'n." Der Ingenieur erschien unerwartet.

„Hmm... ist es dringend?" Frustriert suchte ich immer noch nach einem Ausweg.

„Ja. Ich bin mir nur nicht sicher, ob es eine gute oder eine schlechte Sache ist. Kurz gesagt, Hansa ist nicht so toll, wie jeder denkt", sagte die Schlange selbstgefällig.

„Was? Warum? Hast du einen Fehler in der Hardware gefunden?" Ich fing an, mich über das Geld zu ärgern, das ich gerade ausgegeben hatte.

„Ja, aber nicht bei uns", sagte die Schlange und erklärte mir das Problem.

„Brainiac, Kurs nach Belket. Fordere eine Erlaubnis für die Landung beim Hauptquartier von Hansa an."

Als wir unser Treffen mit den Precianern abhielten, hatten Brainiac und der Ingenieur ein Modell der Torpedowerfer für 5 Milliarden GC vorgelegt und den Fehler im Prototyp isoliert. Es stellte sich heraus, dass die Torpedos mit ihren eigenen Schilden quasi zu flinken Jägern wurden, die leicht mit EM-Kanonen neutralisiert werden konnten – nutzlos im Kampf gegen konventionelle Torpedos. Ließe man die Elektronik der Hightech-Torpedos außer Acht, würden sie nichts anderes sein als Sprengstoffröhren, die im Weltraum herumschwebten. Anstatt unsere Theorie in der Praxis zu testen und das Kugelschiff zu riskieren, waren wir zurück nach Belket geeilt, um uns diese Erkenntnisse von Hansa bestätigen zu lassen.

„Es gibt in der Tat ein solches Problem", räumten die Ingenieure ein. „Aber es wird in unmittelbarer Zukunft gelöst werden. Wir haben einen Zatrathi-Aufklärer erhalten, der elektromagnetischen Impulsen widerstehen kann. Wir werden die Lösung vorstellen und das System aktualisieren. Wir sind stolz auf die Qualität unserer Produkte und wollen, dass sie die besten auf dem Markt sind."

„Ich verstehe. Ich werde ein wenig warten, um dieses System dann zu kaufen. Noch eine Frage. Was passiert mit einem Torpedo, der von einem EM-Puls getroffen wird?"

„Er wird explodieren. Wir wollen nicht, dass unsere Designs ihren Weg zu Dritten finden. Wenn der Torpedo die Kontrolle verliert, zerstört er sich selbst."

„Und Ihre Kunden wissen davon?", stellte ich die wichtigste Frage.

„Wenn der Käufer vor dem Kauf eine Frage stellt, erhält er eine vollständige Antwort." Der Precianer schürzte die Lippen und wollte nicht offen antworten.

„Und stellen viele Käufer Fragen?"

Der Precianer überlegte lange, ob er dieses Gespräch fortsetzen sollte oder nicht.

„Nein. Aber diejenigen, die dieses Problem nach dem Kauf gehabt haben, erhalten eine gute Entschädigung und können das System später ohne Beschwerden nutzen!" Er gab das Offensichtliche zu. Hansa hatte diejenigen geschmiert, die seinen Ruf ruinieren konnten. Aber wer würde die Gans schlachten, die einem goldene Eier legt?

„Letzte Frage, und es betrifft einen Kunden. Weiß Kapitän Aalor von dieser Fehlfunktion?"

„Kapitän Aalor gehört nicht zu unseren Kunden", sagte der Precianer verärgert. „Wenn er eines unserer Waffensysteme hat, bedeutet das, dass er es über einen Vermittler auf dem Sekundärmarkt gekauft hat. Das ist nicht verboten, aber solche Geräte haben keine Garantie und werden nicht aktualisiert. Können wir Ihnen sonst noch weiterhelfen?"

Ich dachte an den seltsamen Bergbauplaneten, den Sebastian erwähnt hatte, und beschloss, den Erfindern einige Infos aus der Nase zu ziehen.

„Vielleicht – aber streng in der Eigenschaft von Analysten. Stellen Sie sich folgende hypothetische Situation vor: Ein System, das aus zwei Sternen besteht. Zwischen ihnen gibt es einen Planeten, der die Gravitationsquellen der Sterne ausbalanciert und das System in einem Zustand des Gleichgewichts hält – eine Art ‚Schlussstein-Planet' sozusagen. Zwei Fragen: Wie würde man die Annäherungsbahn berechnen, um die Schwerkraftquellen der beiden Sterne zu meiden? Und was würde mit dem System passieren, wenn man den Planeten in die Luft sprengt?"

„Das ist eine interessante hypothetische... Wir verstehen, was die Frage ist, aber das sind nicht genug Daten... Sind die Durchmesser der Sterne bekannt?"

„Nein. Die Größen der Sterne, sowie der Planeten sind unbekannte Variablen. Aber könnte man nicht eine Verteilung finden, in der das System ausgewogen und stabil sein würde? Stellen Sie sich vor, Sie sind der Schöpfer und würden ein solches Modell bauen."

„Es ist doch kein rein hypothetisches System, oder?"

„Natürlich nicht. Wenn Sie das Problem lösen, zeige ich Ihnen dieses System. Es existiert wirklich."

„Wir nehmen Ihre Herausforderung an." Der Precianer rieb sich die Hände in Erwartung einer guten Trainingsaufgabe. „Ich werde morgen eine Antwort für Sie haben."

Es war natürlich ein bisschen albern, aber die Logik deutete darauf hin, dass Hansa ständig stimuliert werden musste. Gegenstände, Probleme, Rätsel. Alles, was sie dazu zwingen würde, ihren Geist zu nutzen – und die einen nebenbei zu einem nützlichen und interessanten Kunden machte.

„Noch eine Sache. Ist die aktuelle Geschwindigkeit meines Schiffes das Maximum, oder gibt es eine Möglichkeit, sie noch um 20 % zu erhöhen?"

„Alles kann erhöht werden, wenn man Zeit, Ressourcen und Geld hat", antwortete der Precianer und machte sich nicht die Mühe, sein Lächeln zu verbergen.

„Wie viel würde ein solcher Service kosten?"

„Um Ihr Problem zu lösen, bedarf es eines umfassenden Ansatzes, für den uns im Moment leider die Ressourcen fehlen. Alles, was wir Ihnen bis jetzt anbieten können, ist in der Liste der Geräte, die Ihnen schon bekannt ist. Einen schönen Tag noch." Der Hansa-Mitarbeiter verbeugte sich und lief schnell davon.

Für meinen nächsten Schritt beschloss ich, auf Sicherheit zu spielen und Sebastian mitzunehmen. Ich ging zum NPC-Geräteverkäufer oder zum lokalen Krämer, wie ich ihn gern nannte. Die Panzeranzüge und der Mech, den ich von der *Smasher* geplündert hatte, nahmen zu viel Platz in meinen Laderäumen ein und waren viel zu wertvoll, um sie beim Respawn zu verlieren. Es war nicht der richtige Zeitpunkt, um persönlich nach Käufern zu suchen, also feilschte Sebastian mit dem NPC-Krämer, bis beiden der Schaum vorm Mund stand und ein Deal zustande kam. Der Krämer erhielt einen Rabatt von 10 % auf den Marktwert der Panzeranzüge und des Mechs. Bei einem kleineren Rabatt hatte er sich geweigert, die Unterhaltung überhaupt fortzusetzen. Als die Pauschale von 157 Millionen GC auf meinem Spielkonto einging, seufzte ich erleichtert. Der Würfel war gefallen, wie man so sagte, und es gab kein Zurück mehr. Die Fighting Breed würde ihr Eigentum nicht zurückbekommen, egal, wen sie unter Vertrag genommen hatten. Wer respektiert werden wollte, musste seine eigenen Interessen verteidigen können. Da ich die nächsten sechs Monate in Galaktogon feststeckte, würde ich in meinen guten Piratennamen investieren.

„Brainiac, wir starten. Fliegen wir raus aus Belket, oder was meinst du?"

„Chirurg, ist das deine Entscheidung? Es wird keine weiteren Verhandlungen geben", äußerte Aalor eine letzte Warnung, als er sah, wie ich die Systemgrenze überschritt. Beide Kreuzer der Breed blieben im System und warteten darauf, dass Big Brother die Arbeit für sie erledigen würde.

„Ja", antwortete ich und wiederholte: „Es wird keine weiteren Verhandlungen geben. Over and out!"

Unter Brainiacs Kontrolle zoomte die Kugel nach vorn. Wir eilten kopfüber in die unbekannten Weiten und hofften nur, dass nicht der Tod vor uns lag. Und wenn es doch so wäre, würden wir bis zuletzt kämpfen.

Kapitel Sieben

WELTRAUMSCHLACHTEN ÄHNELTEN, WIE JEDE ANDERE FORM DES DUELLS AUCH, einer Partie Schach. Der wichtigste Faktor war, einen Plan zu haben. Natürlich spielten die Reaktionen der Kapitäne eine wichtige Rolle – ebenso wie die beteiligten Schiffe und die ihnen zur Verfügung stehenden Waffen und Verteidigungsanlagen -, aber abgesehen davon war die Weltraumschlacht ein Wettstreit der Gehirne, bei dem der Erfolg von der Fähigkeit abhing, korrekt zu rechnen. Der Hauptunterschied zum Schachspiel bestand darin, dass ein Spieler hier einen Zug oder 100 Züge machen konnte, aber er konnte auch überhaupt keinen Zug machen und trotzdem die Initiative in der Schlacht behalten.

Jedes Kriegsschiff in Galaktogon hatte mindestens drei Arten von Waffen in seinem Arsenal: Torpedos, Strahlenkanonen und EM-Kanonen. Kreuzer wurden auch mit Hauptkanonen ausgestattet, aber das waren im Grunde nur größere Versionen der Strahlenkanonen, die jeder hatte. Und dann war da noch der Fall von Kiddo, die es geschafft hatte, eine mysteriöse Prototyp-Superkanone zu montieren, deren Existenz noch nicht allgemein bekannt war, und die direkt durch die Hülle eines Kreuzers schießen konnte. Aber solche Fälle waren selten.

Strahlenkanonen wurden im Nahkampf gegen andere kleine
Schiffe eingesetzt. Sie leisteten gute Arbeit beim Ausschalten von
Jägern oder Aufklärern, indem sie deren Reaktoren oder
Triebwerke in die Luft jagten. Strahlenkanonen waren nicht für
den Kampf mit Zerstörern, Karacken oder Fregatten geeignet, weil
diese Schiffe bereits zu groß waren. Hier kamen Torpedos ins Spiel
– Raketen mit eigenem Leitsystem und Antrieb. Die Torpedos
passierten in aller Ruhe die Schilde, die nur Plasma blockieren
konnten, und detonierten in der Nähe oder innerhalb des Rumpfes
des Ziels, wobei sie die Umgebung mit Raq-Schrapnellen
überzogen. Torpedos konnten durch das Hacken ihrer
Navigationssysteme abgelenkt oder mit Strahlenkanonen mitten
im Flug abgeschossen werden. In diesem Fall würde der
Selbstzerstörungsmechanismus ausgelöst und der Torpedo würde
explodieren. Die neuen Torpedomodelle von Hansa lösten dieses
Problem, indem sie Schilde trugen, die die verwundbaren
Komponenten des Flugkörpers schützten. Doch trotz dieser
einzigartigen Lösung gab es einen großen Makel in diesem Ansatz:
Die Torpedos waren nun auf ihre fortschrittlichen
Verteidigungssysteme angewiesen. EM-Kanonen wurden nur
selten in ernsthaften PvP-Schlachten eingesetzt. Es war zu teuer,
so viel Energie aufzuwenden, um die gegnerische Verteidigung für
eine kurze Zeit auszuschalten. Außerdem hatten größere Schiffe
Reservesysteme, die in dem Moment ansprangen, in dem die
Primärsysteme ausfielen. Darüber hinaus waren die Schilde von
Jägern und Aufklärern viel einfacher mit Strahlenkanonen zu
durchbrechen. Daher verzichteten einige Spieler bewusst darauf,
EM-Kanonen zu installieren, und ersetzten sie durch weitere
Strahlenkanonen oder andere nützliche Schiffssysteme. Wie auch
immer man die Probleme angehen würde, alle Schiffe waren durch
ihre Ausrüstungsslots begrenzt. Und jede Kanone beanspruchte

einen solchen Slot. Mein Kugelschiff zum Beispiel hatte vier und sie feuerten sehr schnell.

Mein Adrenalinrausch unterdrückte jeden Gedanken an Selbsterhaltung, während mein Geist klar blieb. Man brauchte eine Menge Erfahrung in virtuellen Schlachten, ehe man einen solchen Geisteszustand kultiviert hatte, und jeder professionelle Gamer, der etwas auf sich hielt, wusste um den Wert dieses Geisteszustandes. Das Gefühl war angenehm – ich war erfüllt von meiner Vorfreude, von der Klarheit meiner Wahrnehmung und der präzisen Ordnung meiner Gedanken. Genau für dieses Gefühl spielten wir Progamer!

Meine Strategie lautete wie folgt: Die Tatsache ausnutzen, dass die *Inevitable* ihren Bug auf das Belket-System ausgerichtet hatte, und direkt auf sie zufliegen. Der Kreuzer würde nicht mit seinen Hauptgeschützen auf mich feuern, da er sich davor fürchtete, dass ein verirrter Schuss das System durchqueren und in den Bereich eindringen könnte, der von einem Großen Gebieter bewacht wurde. Dies würde eine heftige Strafe für Liberiums Beziehung zu den Precianern bedeuten. Aalor würde daher auf seine fortschrittlichen Torpedos, kleinere Strahlenkanonen und Schwärme von Jägern zurückgreifen müssen, die bisher in den Hangars der *Inevitable* geblieben waren. Zumindest würde er warten müssen, bis ich den Kurs geändert hätte, um ihn zu umgehen. Dies war der erste Teil meines mehrstufigen Plans.

„Ich habe einen Hyperantriebsdisruptorstrahl festgestellt. Warnung! Zehn Torpedoabschüsse festgestellt. Ankunft in 20 Sekunden. Es sind fortschrittliche Torpedos."

„Kurs direkt auf den Kreuzer beibehalten. Schütze, nach Belieben feuern. Ingenieur, Schilde voll nach vorne. Lass nicht zu, dass sie uns umhauen."

„Ziel getroffen! Erneut getroffen! Erneut getroffen! Torpedos zerstört!"

„Volle Kraft voraus. Schütze, zerstör alles, was sich nähert.
Schlange, beginne mit der Arbeit am Rumpf, sobald wir in
Reichweite sind."

Wir stürzten uns auf den regungslosen Kreuzer. Ein Moment
der Verwirrung kostete Aalor seine strategische Initiative. Bevor
er reagieren konnte, drangen wir in den Bereich der Schilde des
Kreuzers ein und schmiegten uns so nah wie möglich an die Hülle,
direkt neben den riesigen Maschinen. Die Schlange feuerte drei
Torpedos ab. Zwei wurden von den Punktverteidigungskanonen
zerstört, aber der letzte traf sein Ziel – der Kreuzer verlor eine
Strahlenkanone an seinem Heck. Weder der Rumpf noch die
Triebwerke wurden beschädigt – Aalor hatte seine Upgrades im
Griff. Nach ein paar Breitseiten meiner Strahlenkanonen blieb am
Heck des Kreuzers nur noch ein einziger Heckgeschützturm übrig
– der, für den ich Pläne hatte.

„Torpedos im Anflug!"

Die nächste Welle bestand aus 30 Raketen. Der Schütze gab
sein Bestes und holte alles aus den Geschützen heraus, aber
Brainiac fasste streng zusammen:

„Zwei Torpedos können nicht zerstört werden."

Das war natürlich schade, aber zumindest sollten wir jetzt
herausfinden, ob Hansa sein Geld wert war.

„Fertigmachen für Aufprall! Brainiac – halte das Kugelschiff
neben dem Rumpf des Kreuzers! Aufprall!"

Der Schlag ließ das Schiff um zwei Achsen gleichzeitig
taumeln. Im Inneren fühlte es sich an wie in einer Achterbahn mit
Weltraumthema.

„Brainiac, Bericht!"

„Zustand der Hüllen bei 100 %. Alle Systeme aktiv. Wir haben
zwei Sensorantennen verloren. Ich empfange mehrere feindliche
Kräfte. Der Kreuzer hat seine Jäger startklar gemacht."

Aalor war klar, dass Torpedos nichts ausrichten würden. Oder besser gesagt, sie würden es irgendwann schaffen, aber es würde ihn zu viel kosten. Es war einfacher, seine gelangweilten Kampfpiloten zusammenzutrommeln, ihnen zu sagen, dass sie Amok laufen sollten, und nebenbei ihre Kampfmoral zu steigern.

„Phase 2! Du bist dran, Schütze!"

Trotz der Absurdität meines Angriffs handelte ich nicht instinktiv, sondern mit gesundem Menschenverstand. Stan hatte sogar eine 30-prozentige Erfolgschance für uns gesehen, nachdem ich ihm meinen Plan im Detail erklärt hatte. Was hatten wir also? Der Kreuzer *Inevitable* war ein hochmodernes Schiff mit der besten Ausrüstung, die es gab. Die Gilde Liberium war zu stark, als dass andere ihr Paroli bieten konnten, daher nahmen Liberium-Schiffe nicht an aktiven Feindseligkeiten gegen Spieler teil. Normalerweise reichte ihre bloße Anwesenheit aus, um einen Konflikt zu schlichten. Dementsprechend waren die Reflexe und die Bereitschaft ihrer Besatzung nicht auf der Höhe der Zeit. Aalor konzentrierte sich hauptsächlich auf seine neuen Torpedos, die wahrlich formidable Waffen waren. Ich bezweifelte, dass Aalor die Gelegenheit gehabt hatte, sie im Kampf gegen andere Spieler zu testen. Was würde also passieren, wenn ein Spieler, der es gewohnt war, immer zu gewinnen, plötzlich feststellen müsste, dass seine Lieblingswaffe nutzlos war? Er würde verblüfft sein – vielleicht nicht länger als ein paar Augenblicke, einen einzigen Herzschlag lang. Und dabei würde er die Initiative verlieren. Dieser Moment der Verwirrung würde mir genügen, um meine Idee umzusetzen: Stan hatte darauf hingewiesen, dass sich im Heck des Kreuzers einer der Laderäume befand – groß genug, um mein Kugelschiff gleich mehrfach unterzubringen. Nachdem ich den Rumpf von den Strahlenkanonen befreit hatte, und in der Hoffnung, dass die Verwirrung die Ankunft der Jäger unmittelbar nach der zweiten Torpedowelle verzögern würde, befahl ich dem Schützen, sich durch den Rumpf des Kreuzers zu brennen. Ich brauchte eine etwa 70 Meter breite Öffnung.

Um aus dem Kreuzer herauszukommen, ihn zu umfliegen, Geschwindigkeit zu gewinnen und zu mir hochzufliegen, würden die Jäger zwischen zehn und 20 Sekunden brauchen. Die Schlange feuerte fünf Torpedos in Richtung der Jäger ab, mehr um die Aufmerksamkeit abzulenken, als um sie zu zerstören. Die Raketen wurden abgeschossen, sobald sie in Reichweite der anderen Strahlenkanonen kamen. Das verschaffte mir jedoch weitere fünf Sekunden. Und das erwies sich als genug Zeit für den Schützen.

„Bereit!", meldete Brainiac fröhlich. Egal, wie gut der Kreuzer vor Torpedos geschützt war, gegen unsere Strahlenkanonen war er auf diese Entfernung hilflos. Wir befanden uns innerhalb des Bereiches, den ihre Schilde schützten, und so war es ein Kinderspiel, ein perfektes Rechteck in ihren Rumpf zu brennen. Nun kam die dritte Phase unserer Operation.

„Rein da!", befahl ich, und das Kugelschiff krachte in den Kreuzer. Es war ein metallisches Kreischen zu hören und ein Teil der Hülle kollabierte nach innen, während mein Schiff eindrang. Die Schotten um uns herum zerbrachen, und wir gelangten in die Leere des Frachtraums. Wie jeder andere Spieler, der etwas auf sich hielt, nahm Aalor keine wertvolle Fracht mit auf seine Missionen. Über dem Durchbruch, den wir in die Hülle gemacht hatten, schimmerte nun ein Kraftfeld – Aalor hatte ein zweites Hüllen-Upgrade, das seine Außenhülle mit einem Kraftfeld verstärkte, falls sie durchbrochen wurde. Ein cooler Trick, den ich mir auch noch zulegen sollte.

„Mach dich an die Arbeit, Brainiac! Hacke ihre Antriebssteuerung! Schütze, puste alles um uns herum weg."

Jetzt waren wir in Phase 4. Da wir nun im Kreuzer waren, konnte ich Aalor nicht erlauben, in den Hyperraum zu springen. Wenn er zu einer Liberium-Basis springen würde, müsste ich mich selbst zerstören. Aber ich hatte noch Zeit – mindestens eine Minute. An diesem Punkt brach ein epischer Wettstreit zwischen zwei Computersystemen aus: Der Hansa-Zentralrechner der *Inevitable* (Spitzname ‚Bunny') gegen den Hansa-Zentralrechner der *Warlock*, der auf eine uldanische Matrix aufgepfropft worden war (Spitzname ‚Brainiac'). Ich persönlich würde mein Geld auf Letzteren setzen. Meine Droiden zogen das Kabel heraus. Sie schlossen das Kugelschiff an den Kreuzer an und die KI-Schlacht konnte beginnen. Die Spieler, die zu uns stürmten, wurden zum Respawn geschickt – der Schütze tötete sie alle. Ein paar Jäger durchquerten das Kraftfeld, erlitten aber das gleiche Schicksal wie ihre Mitstreiter. Dank unserer Strahlenkanonen kamen sie nicht durch.

„Schlange, feuere den Torpedo ab."

„Zünder auf drei Minuten eingestellt", meldete der Ingenieur. Da Torpedos in Galaktogon nur unter Bedingungen völliger Schwerelosigkeit flogen, war es unmöglich, sie auf einem Schiff mit künstlicher Schwerkraft abzuschießen. Aber es war möglich, den Torpedo an ein paar Droiden zu übergeben und ihnen zu sagen, dass sie an der richtigen Stelle eine Kamikazeaktion durchziehen sollten.

Zwei der Roboter sammelten die Rakete ein, die aus dem Kugelschiff gefallen war, und marschierten nach vorne. Der Schütze fegte ihnen den Weg frei, und in drei Minuten schafften es die Droiden nicht nur, den anderen Rand des Frachtraums zu erreichen, sondern liefen auch geradewegs aus dem Frachtraum heraus, um in die Eingeweide des Kreuzers zu gelangen und ihre Pille dort abzuliefern. Ich warf einen Blick auf den Timer. Drei. Zwei. Eins! Ba-da-boom! Rauch flutete den Frachtraum, während es Funken und Splitter regnete.

„Operation erfolgreich!", sagte Brainiac zu meiner Freude. „Ich habe die Kontrolle über das Hyperantriebssystem des Kreuzers übernommen. Er kann nicht mehr in den Hyperraum eintreten. Jetzt übernehme ich die Kontrolle über den Heckgeschützturm – erfolgreich! Ich leite die Kontrolle über den Geschützturm an den Schützen um." Wie Stan vorausgesagt hatte, hatte der im Inneren des Kreuzers explodierte Torpedo den zentralen Datenbus beschädigt. Es gab Backup-Konturen, aber die konnten dem Hacking-Angriff, der von der *Warlock* ausging, nicht standhalten. Der Heckbereich des Kreuzers gehörte jetzt mir.

„Feuere den zweiten und dritten Torpedo ab!"

Die anderen Raketen hatte ich eher zur Ablenkung gestartet. Mir war klar, dass ich auch nach dem Abtrennen der Hecksektion nicht in der Lage sein würde, den gesamten Kreuzer zu zerstören. Dafür hatte ich nicht genug Torpedos oder Energie. In der Zwischenzeit hatten sich alle Jäger an Bord der *Inevitable* verkrümelt. Die Fregatten konnten sich nicht durch die Bresche quetschen, und die Jäger wagten es nicht mehr – vier Abschüsse hatten deutlich gemacht, dass ich Herr über den Frachtraum geworden war.

„Ein interessanter Zug, aber töricht." Aalor klang nicht einmal verärgert. „Dir fehlt die Munition, um mich von innen zu zerstören. Sobald du versuchst, das Schiff zu verlassen, wird es Zeit für deinen Respawn. Du hast nicht die Soldaten an Bord, um das Schiff zu kapern. Du kannst dich selbst in die Luft jagen, aber bedenke, dass dein Schiff meine Entschädigung für all die Unruhe ist, die du verursachst. War es das wert?"

Ich sagte nichts, denn jetzt war nicht die Zeit, sich durch müßiges Gerede ablenken zu lassen. Die letzte Phase meines Plans begann. Der Ingenieur meldete sich als Erster:

„Zweiter und dritter Torpedo abgefeuert. Zünder auf fünf Minuten eingestellt."

Der gekaperte Heckturm erlaubte es uns, uns zu orientieren. Nachdem ich mich noch einmal vergewissert hatte, dass der Kreuzer *Inevitable* immer noch auf Belket ausgerichtet war, befahl ich:

„Brainiac, starte die Wanne. Blockiere alle Versuche, die Kontrolle zu übernehmen. Ich brauche 30 Sekunden!"

Der Kreuzer schüttelte sich und kroch langsam und träge in Richtung Belket. Die Bugdüsen, die wir nicht kontrollieren konnten, begannen zu feuern, um uns abzubremsen, aber sie waren den Hauptmaschinen nicht gewachsen. Alles, was sie tun konnten, war, das Unvermeidliche zu verzögern. Ha! Mehrere Abfangjäger brachen durch das Kraftfeld zu uns durch, aber der Schütze blieb aufmerksam – die Jäger hatten keine Zeit, ihre Torpedos abzufeuern. Erstaunlicherweise entschied sich Aalor, ein paar Torpedos in seinem Schiff zur Detonation zu bringen. Zwar schien er noch nicht verstanden zu haben, was ich vorhatte, aber er nahm die Bedrohung dennoch sehr gut wahr.

Anstatt die Schubdüsen zu nutzen, um seinen Kreuzer aus dem System herauszudrehen und in den tiefen Weltraum zu steuern, versuchte Aalor nur, mit ihnen zu bremsen. Das war ein großer Fehler des Kapitäns. Er hatte recht – ich hatte nicht genug Torpedos oder Energie, um sein Schiff zu sprengen. Mein Kugelschiff war wie eine Mücke, die einem Elefanten um das Ohr schwirrte. Die kleinste falsche Bewegung, und der Elefant würde mich mit seinem Rüssel zerquetschen. Doch Aalor verstand nicht, dass mein Summen nicht mehr als ein Ablenkungsmanöver war. Die Mücke war schwach, aber sie wusste, wer auf Belket am stärksten war.

„Wir sind in das Belket-System eingedrungen", verkündete Brainiac.

„Nach eigenem Ermessen feuern, Schütze!"

„Du Hurensohn!", schrie Aalor über den Kommunikator, aber es war zu spät. Ein Plasmastrahl aus dem Heck des Kreuzers flog auf den nächstgelegenen Großen Gebieter zu und machte die *Inevitable* damit zum Aggressor. Indem er mir die Zeit gegeben hatte, hatte Aalor sein Schiff zum Tode verurteilt. Die Jäger stürmten nach vorne und versuchten, das Geschütz auszuschalten, aber sie kamen zu spät – ich schaffte es, noch zwei weitere Male zu feuern, bevor sie ihren eigenen Geschützturm zum Schweigen bringen konnten.

„Wir verschwinden von hier!" Das Kugelschiff hob ab und tauchte inmitten des Schwarms von Abfangjägern zurück ins All. Nur konnte jetzt niemand mehr angreifen – sie waren bewegungsunfähig gemacht worden. Mit einer gewaltigen EM-Explosion brannte der Gebieter die gesamte Elektronik durch, die nicht von der Hülle des Kreuzers abgeschirmt wurde. Selbst der Kreuzer hatte es schwer – die Energieschilde hielten dem Ansturm der Hauptstrahlenkanonen des Gebieters noch stand, aber ohne die richtige Kontrolle über die Triebwerke konnte Aalor nicht mehr manövrieren. Ein weiterer Gebieter schaltete sich in den Kampf ein – nun war der Ausgang sicher. Die *Inevitable* war dem Untergang geweiht.

„Chirurg, du bist ein toter Mann!", schrie Aalor, bevor sich sein Kreuzer in einen wunderschönen Feuerball verwandelte. Minus eine Klasse und damit würden ihm mehrere Ausrüstungsslots verloren gehen. Doch die Gebieter waren noch nicht fertig – die Abfangjäger gehörten zu dem gesetzlosen Kreuzer und mussten ebenfalls zerstört werden. Ich griff nicht ein, obwohl ich mir mehr Kills für Hilvars Quest wünschte. Ich überließ den Gebietern das Aufräumen. Aus ihrer Sicht war ich nicht mehr als ein unschuldiger Zuschauer. Ich hatte ja auch niemanden angegriffen.

Die beiden Kreuzer der Fighting Breed kamen näher, trauten sich aber nicht, etwas gegen mich zu unternehmen. Sie mussten wohl erst einmal herausfinden, was hier gerade passiert war. Von außen muss es so ausgesehen haben, als hätte sich die *Inevitable* einen Floh eingefangen und wäre dann durchgedreht, um erst ziellos umherzutreiben und dann einen Handelsplaneten anzugreifen. Brainiac meldete mehrmals, dass uns die Feinde im Visier hätten, aber niemand schoss. Für die Einheimischen war ich nur ein zufälliger Gaffer, der ihre Sicherheitsoperation beobachtete. Nachdem sie sichergestellt hatten, dass niemand überlebt hatte, kehrten die Gebieter auf ihre Positionen zurück, um über den Frieden und die Sicherheit des Systems zu wachen. Aber jetzt war meine Zeit gekommen – die Zeit des Plünderns.

Ich interessierte mich nicht für die Jäger. Von ihnen konnte ich höchstens ein bisschen Raq bekommen. Meine Aufmerksamkeit richtete sich auf die riesige Kiste, die hinter dem Kreuzer zurückgeblieben war. Die Tatsache, dass einer der Laderäume leer gewesen war, bedeutete nicht, dass alle anderen auch nichts enthalten hatten. Ein Schiff dieser Klasse müsste vier oder fünf Frachträume haben. Der Roboterarm öffnete die flackernde Kiste, und Brainiac zeigte eine Liste mit dem Inhalt an.

„Was denkst du, Sebastian?", fragte ich vorsichtshalber, obwohl der Dieb bereits in das Studium der Liste vertieft war.

„120 Panzeranzüge. Sie sind Klasse A, aber du hast ja selbst gesehen, wie viel sie einbringen. Ich würde sagen, im Durchschnitt 8 Millionen pro Stück. Also dann, was ist hier noch drin? Diese Blaster sind Schrott. Billige Nachbauten precianischer Waffen. Und hier ist noch mehr Schrott. Ah! Jetzt wird's interessant. Die sehen aus wie Schiffsteile der Zatrathi! Und nicht von ihren Abfangjägern oder Aufklärern. Das sind Strahlenkanonen, und das sind irgendwelche Reaktoren. Ich frage mich, woher sie die haben. Ich habe mich über die Kriegsnachrichten auf dem Laufenden gehalten, und es gab keine Erwähnung, dass Liberium an einer

Enteraktion beteiligt gewesen wäre. Diese Teile sind neu. Einige
sind noch verpackt – die können nur direkt aus den
Lagerbeständen kommen."

„Braniac, können wir das alles einbauen?" Ich konnte mir
denken, woher Liberium diese Teile bekommen hatte. Sie waren
der wahre Grund, warum sich die hochrangige Gilde für die
Fighting Breed eingesetzt hatte. Die Soldaten hatten eine
Reparaturbasis der Zatrathi gekapert und geplündert. Sie hatten
selbst keine Verwendung für diese Teile – ihr Fokus lag auf dem
Bodenkampf –, also hatten sie sie an Liberium verkauft, im
Austausch für meine Bestrafung.

„Ja, wir können alle Teile mitnehmen, aber mehr dann nicht."

„Sebastian, gibt es hier irgendetwas, was mehr als 10 Millionen
wert ist?"

„Zwei Ernteschiffe, ein Landungsschiff für Soldaten, ein
Angriffs-Mech und 300 Tonnen Raq."

„Brainiac, lade die Teile auf und lass uns auf Belket landen. Wir
zeigen Hansa unsere Beute und sehen, ob etwas Wertvolles dabei
ist."

Wir hatten kaum den Ort von Aalors Niederlage verlassen, als
mein PDA zu summen begann. Es war Gammon.

„Pirat Chirurg zu Ihren Diensten!", beantwortete ich freudig
den Anruf. Trotz aller potenziellen Probleme im Nachhinein, war
der Geschmack des Sieges überwältigend. Mein Plan war gelungen,
der Feind war besiegt, ich hatte gutes Geld verdient – was könnte
besser sein? Dafür war Galaktogon ja schließlich da – damit man
Spaß haben konnte.

„Mögest du einem schiffslosen, qualvollen Tod entgehen.
Vargen will mit dir sprechen. Ich stelle ihn durch."

„Seien Sie gegrüßt, Anführer von Liberium! Wie kann ich
Ihnen behilflich sein?" Ich hatte einen Anruf erwartet, aber ich

hatte gedacht, es wäre Aalor und nicht das Oberhaupt von Liberium höchstpersönlich.

„Ich will deine Aufnahmen von dem Moment an, als die Schlacht begann, bis zu ihrem Ende." Vargens Tonfall konnte nicht gerade als freundlich bezeichnet werden, aber er drohte mir auch nicht offen. Das war an sich schon ein gutes Zeichen.

„Sicher. Wie soll ich es schicken und an wen?" Ich sah nichts Seltsames an der Anfrage. Der Gildenführer musste herausfinden, wie einer seiner Offiziere zum Respawn geschickt worden war, und es machte mir nichts aus, Aalor das Leben ein wenig schwerer zu machen. Schließlich hatte er mehrere Fehler begangen, die sein Schiff seine Legendäre Klasse gekostet hatten.

„Bleib auf Belket. Man wird sich mit dir in Verbindung setzen. Gib mir die Nummer deines Kommunikators."

„Bitte sehr", sagte ich höflich und großmütig.

Es folgte eine Pause, in der Vargen die Verbindung nicht beendete, als ob er sich fragte, wie er weiter mit mir reden sollte. Vielleicht hatte er erwartet, von mir alles andere als Zustimmung oder Kooperation zu hören.

„Sprich mit niemandem, mach keine Geschäfte, nimm keine Anrufe entgegen. Ich werde in 20 Minuten selbst auf Belket sein. Warte im Club der Sieben Schönheiten auf mich. Dort wird ein Tisch auf meinen Namen reserviert sein. Man wird dich an den Tisch führen. Over and out."

Der Disponent gab mir die Erlaubnis, auf Dock Nummer 10 zu landen – eine Ehre, die wohl Vargen mir beschert hatte. Noch bevor ich das Schiff verlassen konnte, waren wir von Ingenieuren mit Hansa-Aufnähern auf ihren Overalls umringt, die begannen, den Hüllenschaden zu reparieren. Obwohl wir tatsächlich kleinere Reparaturen benötigten, hatte ich nichts dergleichen angefordert. Erst das Auftauchen einer Systemmeldung, dass die ersten zehn Docks mit kostenloser Schiffswartung ausgestattet waren, zerstreute meine Verwunderung. Auch ein Taxi schwebte zum Dock hinüber – und erwies sich sogar als kostenlos. Auch wenn es nicht die Luxusuntertasse von Eine war, erfüllte es seine Aufgabe, mich zu den Sieben Schönheiten zu bringen, sehr gut.

Das Etablissement, das Vargen sich ausgesucht hatte, ähnelte von innen einem antiken Amphitheater. Die Tische waren auf verschiedenen Ebenen aufgestellt, um die Sicht auf die Bühne in der Mitte zu maximieren. Gleichzeitig war es etwas schwierig, die anderen Gäste auszuspähen, um zu sehen, was sie auf ihren Tellern hatten. Vargen war noch nicht aufgetaucht, also erfreute ich mich an dem Angebot des Lokals: Sieben halbnackte precianische Tänzerinnen tummelten sich auf der Bühne.

Vargen erschien in dem Moment, als ihr Auftritt endete. Ich konnte sein Gesicht nicht erkennen. Es war, wie meins, vom Visier seines Panzeranzugs verdeckt.

„Das Video", sagte er statt einer Begrüßung.

Es gab keinen Einwand meinerseits. Vargen sah meinen Kampf mit Aalor durch meine Augen, er blickte dabei nicht auf. Anschließend wandte er sich wieder mir zu.

„Du musst die Zatrathi-Schiffsteile zurückgeben." Vargen machte keinen Hehl daraus, dass seine Leute bereits bei der flackernden Kiste angelangt waren und eine Liste des fehlenden Inventars erstellt hatten.

„Das ist meine Loot. Ich habe jedes Recht darauf", erwiderte ich, ohne den Blick von der Show abzuwenden und zu zeigen, dass meine Kooperation ihre Grenzen hatte.

„Es wäre töricht, diese Ausrüstung an Hansa zu übergeben. Du kannst sie niemandem sonst geben, aber ich kann es."

Ich drehte mich um und beugte mich vor.

„Dann kauf sie zurück. Ich bin gern bereit, mein Eigentum zu einem angemessenen Preis zu verkaufen."

„Wie wäre es damit? Passt dir das?" Vargen legte ein kleines silbernes Abzeichen auf den Tisch. „Die Insignien eines Liberium-Offiziers."

„Ich habe viele Jahre als Offizier in einer führenden Gilde verbracht. Jetzt spiele ich allein. Du brauchst keine Zeit damit zu verschwenden, die Vorteile eines Beitritts zu deiner Gilde aufzuzählen. Ich weiß sehr gut, was für ein Arbeitspensum ein Offizier zu bewältigen hat. Tu dies nicht, tu das nicht, geh nicht dorthin, erstelle einen Beutebericht und vergiss nicht, alles dem Tresorverwalter zu übergeben. Danke, aber Freiheit und Unabhängigkeit sind mir wichtiger. Ich kann dir aber ein Gegenangebot machen."

„Dann schieß mal los."

„Du erklärst mich offiziell zu einem Freund deiner Gilde. Das wird für alle mehr als genug sein, auch für die Fighting Breed. Eine Gilde schikaniert ihre Freunde nicht. Im Austausch für diese Garantie vergesse ich das Video von meinem Kampf mit Aalor. Und wir einigen uns auf einen anderen Preis für die Zatrathi-Schiffsteile. Das Spiel ist für mich ein Mittel, um Geld zu verdienen. Zahl mir 3 Millionen echte Credits und sie gehören dir. Wenn nicht, kann ich andere Käufer finden. Es wäre wirklich dumm, sie an Hansa zu übergeben, aber ich habe andere Pläne. Am wichtigsten ist, dass du mir die Möglichkeit gibst, der Fighting Breed ihre restlichen Kreuzer wegzunehmen. Ich bin nicht rachsüchtig. Wenn sie mich unbedingt bestrafen wollen, sollen sie es selbst tun, ohne Hilfe von außen."

„Die Zatrathi-Schiffsteile sind nicht verhandelbar", schnauzte Vargen. „Du musst sie zurückgeben. Außerdem hat die Fighting Breed uns bezahlt, um ihren Kreuzer zurückzubekommen. Auch da gibt es nichts zu diskutieren. Der Kreuzer muss ihnen zurückgegeben werden."

„Dann verstehe ich nicht, was zum Teufel du hier machst", sagte ich verblüfft. „Bist du aufgetaucht, um mir die Offiziersmarke unter die Nase zu reiben? Du und deine Gilde seid mir völlig egal. Wenn du Ärger machst, werde ich alle Gegenstände an die NPCs verkaufen, meinen Charakter löschen und einen neuen erstellen. Glaubst du wirklich, dass ein unabhängiger Spieler bei deinem Gilden-Bullshit mitmacht?"

„Wie ich schon sagte, der Kreuzer muss zurückgegeben werden", fuhr Vargen fort, als wäre nichts geschehen. „Nur habe ich nicht gesagt, welcher Kreuzer es sein soll. Die Fighting Breed hat noch zwei Kreuzer der Klasse B. Du verstehst sicher, worauf ich hinauswill. Liberium nimmt seine Verpflichtungen ernst, also werde ich dir helfen, den Kreuzer an die Fighting Breed zurückzugeben, zumindest informell."

„Geht für mich in Ordnung. Wann werde ich das Geld für die Loot bekommen?"

„Diese Frage steht nicht zur Diskussion. Das Interesse der Gilde übertrumpft alles andere."

„Vargen, du hast eine Menge über die Interessen von Liberium zu sagen, aber nicht so viel über die Interessen des Spielers namens Chirurg. Das wäre dann ich. Deine Gilde interessiert mich nicht. Ich bin mehr an meinen eigenen Angelegenheiten interessiert. Kein Geld – keine Ausrüstung. Das ist meine Position. Eine andere wird es nicht geben. 3 Millionen."

„Noch ein Angebot." Vargen reichte mir ein Blatt Papier. „Wir können das nicht untersuchen. Du schon."

„Ich habe Dutzende solcher Planeten in meinen Missionsprotokollen", schnaubte ich, als ich die Beschreibung las. Es war schwierig, in dieser Situation ruhig zu bleiben, doch ich schaffte es. „Aalor hätte dir sagen sollen, welchen Planeten ich ihm fast umsonst angeboten habe. Ich bin also nicht interessiert."

Zugegeben, Vargen hatte mich überrumpelt – er bot mir Informationen über eine Anomalie an, die leicht mit den Uldanern in Verbindung gebracht werden konnte. Ein mysteriöser Nebel, der jedes Schiff, das in ihn eindrang, auf den Friedhof schickte, unabhängig von dessen Größe. Nur die *Inevitable* hatte es geschafft, zu überleben. Aalor war in den Nebel eingedrungen und hatte darin einen Planeten entdeckt. Mehr hatte er allerdings nicht erfahren – die Hülle seines Kreuzers hatte sich rapide verschlechtert und der Kapitän hatte fliehen müssen. Nur dank der verbesserten Panzerung von Hansa hatte er einige Zeit im Nebel ausharren und dann lebendig daraus auftauchen können. Aber das Interessanteste war, dass seine Sensoren mehrere Kugelschiffe wie meines wahrgenommen hatten, die ihn beschattet hatten. Sie hatten ihn den ganzen Weg begleitet, ohne sich einzumischen, und gewartet, bis Aalor den Nebel wieder verlassen hatte.

Vargen hatte eine andere Reaktion von mir erwartet, also schwieg er. Ich war gezwungen, das Gespräch fortzusetzen.

„Kommen wir zurück zu den Geräten. Bekomme ich meine 3 Millionen?"

„Willst du Krieg? Wir werden dich auf diesem Planeten festhalten und jedem verbieten, mit dir zusammenzuarbeiten."

„Dann ist es Zeit, die Sache zu beenden, Vargen. Wir drehen uns im Kreis. Wenn du mir Ärger machen willst, werde ich ein Wörtchen mitzureden haben. Du bist der Einzige, der im Moment rote Zahlen schreibt – du hast deine Schiffsteile nicht und dein Ruf hat gerade einen heftigen Schlag erlitten. Du hast das Video von Aalors Untergang gesehen. Hältst du mich für so großzügig, dass ich es nicht mit anderen teile? Ich habe es dir gezeigt, damit du als Erster siehst, wie dein Offizier den Kampf bestritten hat. Aber wenn du auf deiner Position bestehst, werde ich es gern ins Forum stellen. Wie lange wird deine Gilde brauchen, um ihren derzeitigen Ruf wiederzuerlangen – wenn überhaupt je? Wer wird eine Gilde unter Vertrag nehmen, die nicht einmal mit einem Einzelspieler fertig wird? Hör also auf, mir zu drohen. Ich dachte, wir würden uns einigen können. Ich habe mich geirrt. Wir können die Sache so beenden, wie wir sie begonnen haben, und mit unserem Spiel weitermachen."

„Du bekommst 200.000 für die Ausrüstung." Vargen verstand also, dass wir eine Einigung finden mussten. Meine Position war stärker. „Und wir werden eine Geheimhaltungsvereinbarung unterschreiben."

„3 Millionen und nicht einen Credit weniger", schnauzte ich. „Offizieller Status als Freund deiner Gilde, Hilfe im Kampf gegen die Fighting Breed und die Koordinaten des Nebels. Im Gegenzug bekommst du die Zatrathi-Teile, die Koordinaten zu dem von mir erwähnten Planeten und, was am wichtigsten ist, mein Schweigen. Es gab keine Spieler-Zeugen. Ohne das Video wird jeder annehmen, dass die *Inevitable* aufgrund von Navigations- und Gerätefehlern zerstört wurde. Nichts weiter. Und du gibst mir einen beliebigen Kreuzer der Klasse B, damit ich ihn der Fighting Breed zurückgeben kann und du deinen Deal mit ihnen einhalten kannst. So oder so, wir holen uns die drei Kreuzer später von denen zurück. Und dein Ruf wird nicht darunter leiden."

Vargen schwieg, aber die Tatsache, dass er nicht einfach aufstand und ging, sagte mir mehr als alle Worte. Der Chef von Liberium war bereit, zu zahlen – er überlegte nur noch, wie.

„Ich brauche eine Garantie für dein Schweigen. Wir werden einen Vertrag unterschreiben. 3 Millionen sind zu viel. Ich bin bereit, 500.000 zu bieten."

Die ‚sieben Schönheiten' tanzten noch mehrere Sets, bevor sich Liberium und Chirurg einigten. Ich ließ Stan einen kompetenten und sehr teuren Anwalt engagieren, der das Geld wert war, das in ihn investiert wurde. Das Erste, was er tat, war, den von Vargen zugeschickten Vertrag zu zerreißen und ihn als juristische Fessel zu bezeichnen. Dann tauchten Vargens Anwälte auf, um ihre Bedingungen zu verteidigen, und es entbrannte ein regelrechter Kampf – nicht kleiner als der, der kürzlich an unserem runden Tisch an Bord der *Alexandria* stattgefunden hatte. Nur tauchten jetzt alle möglichen Strafen und Einschränkungen neben den Bedingungen auf. Schließlich, als alle juristischen Details ausgearbeitet waren und die Parteien unterschrieben hatten, verabschiedeten Vargen und ich uns voneinander.

„Ich kann nicht sagen, dass es schön war, dich zu treffen, Chirurg, aber ich habe einige gute Erfahrungen mitgenommen. Wir werden unsere Verpflichtungen aus dem Vertrag erfüllen, und dann werden sich unsere Wege trennen."

„Ich werde in ein paar Tagen den Nebel erkunden." Ich tat so, als hätte ich ihn nicht verstanden. „Ich kann dir zwei Plätze in meiner Crew verkaufen."

Die Vereinbarung sah vor, dass ich die Koordinaten des Nebels, das Geld und einen gemeinsamen Angriff mit Aalor gegen die Fighting Breed erhielt. Allerdings weigerte sich Liberium, mich als Freund der Gilde anzuerkennen. Als es um den Überfall ging, hatte ich meine Zweifel, bis Vargen seine Gründe für die Teilnahme offenbarte: Die Breed hatte nicht alle Zatrathi-Teile übergeben, und er wollte das komplette Set. Deshalb verbot der Vertrag mir, irgendwelche Informationen weiterzugeben. Unabhängig davon, wie er über mich dachte, würde Aalor sicherlich seinen Job machen. Vargen verlangte nicht, in die Forschungsexpedition einbezogen zu werden, also bot ich Liberium mit gutem Gewissen Karten für die erste Reihe an.

„Drei. Dein Kugelschiff hat Platz für fünf Passagiere. Dein Qualianer wird einen belegen, die anderen drei werden meine Leute sein. Eine wird die Ergebnisse erhalten, aber er wird nicht teilnehmen."

„Er hat mir eine halbe Million echte Credits für einen Platz angeboten und auf einen Anteil an der Loot verzichtet", improvisierte ich.

Vargen wollte mich mit seinen Verbindungen und seinem Wissen über meine Angelegenheiten beeindrucken, aber der Schachzug kam nicht so gut an. Ich kannte seine Informantin – Kiddo. Die war eher ein Sieb als eine Partnerin.

„Solche Bedingungen kann ich dir nicht gewähren." Vargen verbarg seinen Unmut nicht. „20.000 echte Credits für zwei Plätze und ein Drittel der Loot. Vergiss nicht, dass die Koordinaten von uns stammen. Wenn wir uns einig sind und die Mission ein Erfolg wird, bekommst du einen weiteren Planeten."

„Nein, diese Bedingungen passen mir nicht", sagte ich ohne den geringsten Anflug von Höflichkeit. Da es mehrere solcher Planeten gab, bedeutet das, dass nichts Einzigartiges an ihnen war. „100.000 echte Credits von jedem und die Möglichkeit, als Erster an der Auktion teilzunehmen. Wenn wir etwas finden, wird Eine es auch haben wollen."

„Wann können wir die Schiffsteile abholen?" Vargen entschied, dass diese Details nicht wichtig waren. Ich war mir sicher, dass eine Task Force von drei bis vier Kreuzern im System mit dem fremden Planeten im Einsatz bleiben würde, um mich davon abzuhalten, in die Nähe zu kommen. Mir die Koordinaten zu geben, war eine Sache. Aber niemand hatte versprochen, mir Zugang zu gewähren.

„Jetzt sofort. Dock 10."

Vargen reiste ab, ohne sich zu verabschieden. Ich hatte es nicht geschafft, einen Freundschaftsstatus mit seiner Gilde zu erlangen und konnte davon ausgehen, dass Liberium mich weiterhin wie einen gefährlichen Freak behandeln würde, den man bei der ersten Gelegenheit eliminieren musste. Zum Teufel damit. Die Bedingungen für unsere gegenseitige Neutralität waren im Vertrag klar festgelegt. Sollte mich jemand von der Gilde oder einer ihrer

Söldner angreifen, würde der Vertrag gekündigt werden und ich wäre von meinen Geheimhaltungspflichten befreit. Dementsprechend kümmerten mich Vargens Gefühle nicht. Viel interessanter war es, zu entscheiden, was ich als Nächstes tun sollte. Die Vorstellung, weiter auf Belket herumzuhängen und Zugang zu Hansa-Upgrades zu verkaufen, kam nicht infrage – alle Gilden, die sich die teuren Upgrades leisten konnten, hatten sie schon längst erworben. Meine einzigen Kunden würden Kleinlinge wie Gammon oder Freiberufler wie Kiddo sein, aber ich bezweifelte, dass ich mit ihnen viel Geld verdienen würde.

Ich kehrte zum Kugelschiff zurück und befahl Brainiac, Kurs auf Daphark zu nehmen. Dies war mein dritter Versuch, mit Hilvars Adjutanten in Kontakt zu treten und Pirat zu werden. Dieses Mal störte mich niemand. Keine Disruptorstrahlen, keine feindlichen Kreuzer, keine mobbenden Fleischklöpse. Für die nächsten Tage war der Spieler namens Chirurg für alle uninteressant. Nach Abwägung aller Vor- und Nachteile entschied ich mich schließlich, Wally anzurufen, der mit meiner *Weltraumgurke* irgendwo in Galaktogon herumflog. Die Fregatte, in die ich viel eigenes und fremdes Geld investiert hatte, war das erste Schiff, das ich im Spiel erhalten hatte, daher interessierte mich ihr Schicksal noch immer.

„Wally, hallo! Hier ist Chirurg. Wie geht es dir? Was treibst du so?"

„Hi", kam die knappe Antwort. „Ich habe gehört, dass du wieder online bist. Habe mich schon gefragt, wann du anrufst."

„Entspann dich. Ich habe nicht vor, mein Schiff zurückzufordern. Ich bin neugierig, wie du mit Hilvars Quest vorankommst. Ich brauche Hilfe, um mit Tryd, seinem Mittelsmann, in Kontakt zu treten. Wer ist er? Was kann ich von ihm erwarten und was sollte ich in seiner Nähe nicht tun?"

„87 Jäger, 42 Aufklärer, 12 Shuttles", antwortete Wally. „Dank deiner Geschwätzigkeit haben wir noch eine Menge Arbeit vor uns. Die *Weltraumgurke* hat Klasse A erreicht. Ich habe sie mit Kiddos Hilfe ein wenig aufgerüstet. Alles in allem halten wir den Ball flach und machen unseren Job. Die Crew ist die gleiche, es gibt keine Veränderungen."

Ich schätzte, dass Wally und die Crew in diesen zwei Wochen die Hälfte der Quest-Anforderungen erfüllt hatten. Ich hatte keine Ahnung, warum er so unzufrieden klang – die potenzielle Belohnung war die ganze Mühe wert.

„Was Tryd betrifft, so ist er ein gewöhnlicher Einheimischer. Ein Delvianer. Seine Missionen sind klassisch – einen Brief abliefern, ein Paket abholen, hierhin gehen, dorthin fliegen. Nichts Kompliziertes. Es ist eine Kette von insgesamt 20 Quests. Wir haben sie in zwei Tagen erledigt. Es gibt aber ein Detail. Daphark ist ein Planet der Gauner und Verbrecher. Sogar die Einheimischen haben dort versucht, mein Schiff zu stehlen, und zwar mehrmals."

„Nicht dein Schiff – mein Schiff", korrigierte ich Kiddos Offizier.

„Ja, deins. Auf Daphark herrscht Anarchie, das Gesetz des Dschungels. Es gibt keine Sicherheit, keine Polizei. Alle Macht liegt in den Händen der örtlichen Warlords und Mogule. Es ist ein wahres Schlaraffenland für das Gesindel von Galaktogon. Pass auf dich auf, wenn du hingehst." Wally machte eine Pause und wechselte dann abrupt das Thema. „Chirurg, lass uns zur Sache kommen. Ich möchte dir die *Weltraumgurke* abkaufen. Du hast jetzt dein eigenes Schiff, und ich möchte mein Geld nicht in das Eigentum eines anderen investieren. Aber ich muss die Fregatte aufrüsten. Die Zatrathi treten uns im ganzen Quadranten in den Hintern. Ich kann den Großrechner hacken und die *Weltraumgurke* auf mich ummelden, aber ich will das nach Vorschrift machen."

Wie ich erwartet hatte, mochte Wally es nicht, in einem Zustand der Ungewissheit zu leben. Wer wusste schon, wann ich anrufen und meine Fregatte zurückfordern würde? Kiddo arbeitete nicht mit abhängigen Leuten.

„Was schlägst du vor?"

Offensichtlich hatte Wally sich im Voraus auf dieses Gespräch vorbereitet.

„Du hast mir eine Fregatte der Klasse B gegeben. Kiddo hat eine Menge Upgrades bezahlt und wir haben sie auf Klasse A hochgezogen. Ich bin bereit, dir den Marktwert einer Fregatte der Klasse B zu zahlen, plus 10 % obendrauf. Ich dachte, dass 110 Millionen GC fair wären."

„Stan, ich brauche dringend eine Preiseinschätzung ..."

Die Antwort ließ nicht lange auf sich warten. *„Ich bestätige Wallys Schätzung. Die Kosten für eine Fregatte dieser Klasse beginnen bei 80 Millionen."*

„Zahl mir 150 und du kannst sie haben", entschied ich. Wer sich an die Vergangenheit klammerte, hatte nichts in der Gegenwart und fürchtete sich vor der Zukunft. Die *Weltraumgurke* war weg. Ich sollte das anerkennen und weitermachen.

Wir einigten uns auf 130. Als das Geld auf meinem Konto auftauchte, erhielt ich eine Benachrichtigung, dass die Fregatte nicht mehr mir gehörte. Wally hatte nicht darauf gewartet, dass ich ihm den Zugangsschlüssel schickte. Er hatte die Sicherheit des Schiffes längst geknackt, und der einzige Grund, warum die *Weltraumgurke* mir geblieben war, waren seine Prinzipien. Solche Leute waren selten. Ich würde ihn auf jeden Fall zu allen Raubzügen einladen. Dass einer von meinen Leuten für Kiddo arbeitete, könnte sich ohnehin noch als nützlich erweisen.

„Warnung! Wir werden angegriffen!", rief Brainiac, sobald wir aus dem Hyperraum auftauchten. Das Kugelschiff tauchte im Daphark-System auf und wurde sofort von der Orbitalstation

erfasst. Die Einheimischen schliefen nicht auf ihrer Wache und
rollten den Teppich für uns aus.

„20 Torpedos im Anflug", meldete der Ingenieur. „Wir werden
von EM-Kanonen geortet. 150 kleine feindliche Schiffe im Anflug.
Keines von ihnen ist größer als eine Fregatte."

„Wir hauen ab", befahl ich. „Torpedo-Geschwindigkeit?"

„60 %."

„Dann haltet die Geschwindigkeit bei 60 %. Wir warten, bis
ihnen der Dampf ausgeht. Nicht schießen. Wir sind nicht zum
Kämpfen hergekommen."

Die Einheimischen umschwärmten uns in ihren Jägern, aber
auch sie eröffneten das Feuer nicht. Alle warteten ab, wie ich auf
die Torpedos reagieren würde. Ich machte keine aggressiven
Bewegungen, und als die Torpedos nachließen und aufhörten, uns
zu verfolgen, kontaktierte ich den Systemdisponenten.

„Hier Kugelschiff *Warlock*, erbitte Landeerlaubnis."

„Was zum Teufel willst du hier?", kam die unfreundliche
Antwort.

Die Station hatte uns immer noch im Visier, aber es kamen
keine weiteren Torpedos. Das war an sich schon ein positives
Zeichen.

„Ich habe etwas mit Tryd zu besprechen."

„Kennt er dich?"

„Nein, Hilvar schickt mich."

„Du willst also Pirat werden?" Die Stimme des Disponenten
wurde wärmer. „Warum hast du das nicht gleich gesagt? Wir freuen
uns immer über neue Brüder! Folge dem Landekorridor 4-7-23.
Bereite dich auf eine Inspektion vor. Nicht jeder kann auf Daphark
landen."

Es gab zwei Inspektionen. Zunächst wurde das Kugelschiff
nach unregistrierten Lebensformen gescannt, so lautete zumindest
die offizielle Erklärung. Tatsächlich stellten die Einheimischen

sicher, dass ein ankommendes Schiff keine Gesetzeshüter irgendeines Imperiums an Bord hatte. Das Gesetz mit seinen langen Armen hatte auf einem der wenigen Piratenplaneten nichts zu suchen. Die nächste Inspektion fand persönlich statt und war noch pingeliger. Sie untersuchten mein Schiff nicht nur auf verbotene Gegenstände, sondern riefen auch Hilvar an, um meine Geschichte zu überprüfen.

Der Pyrrhenianer schaute mich vom Bildschirm aus an und gab zu, dass er mich vor ein paar Wochen zu einem Treffen mit Tryd geschickt hatte, fügte aber hinzu, dass er keine Ahnung hatte, wo ich die ganze Zeit über gewesen war und warum ich nicht schon früher versucht hatte, seine Quest zu erfüllen. Zum Abschied empfahl er dringend, eine zusätzliche Hintergrundüberprüfung bei mir durchzuführen.

Ich musste beweisen, dass ich keine Verbindungen zu Strafverfolgungsbehörden hatte, und dann erklären, wo ich die ganze Zeit gewesen war. Die Einheimischen entpuppten sich als akribische Ermittler – sie gingen jedem Detail auf den Grund und ließen sich jedes Wort bestätigen. Am Ende akzeptierten sie meine Geschichte.

„Tryd erwartet dich. Wir werden dich beobachten. Eine falsche Bewegung und wir schicken dich von diesem Planeten weg. Und es wird dir dann nicht erlaubt sein, zurückzukommen. Staatsspione haben hier nichts zu suchen!"

Nachdem ich Brainiac befohlen hatte, niemanden in die Nähe des Schiffes zu lassen, machte ich mich auf den Weg zu meinem Treffen. Daphark war in der Tat ein seltsamer Planet. Auf den Straßen herrschten Ruin und Armut, vor einem Hintergrund aus Raumschiffen und Wohnblocks. Die Einheimischen waren alle schmutzig, wütend, mürrisch oder krank – ein Zustand, den ich noch auf keinem anderen Planeten angetroffen hatte. Überall huschten Bettler umher, die in den verschiedenen Sprachen der

Konföderation um Almosen bettelten. Müll wurde in die Straßen gekippt, und die Abwasserkanäle waren mit Abfällen verstopft. Eine stinkende Gülle floss über die Bürgersteige und verwandelte die Straße in einen langsam fließenden Fluss. Die Einheimischen sprangen geschickt über behelfsmäßige Trittsteine, ohne den Gestank zu bemerken. Die sensorischen Filter in meinem Panzeranzug waren hier ein echter Lebensretter. Gelegentlich stieß ich auf die Wracks von Maschinen, die die Straßen übersäten. Sie hatten schon lange nicht mehr funktioniert und waren zu rostigen Monumenten einer Zeit geworden, in der das Leben auf Daphark noch besser funktioniert hatte.

Tryd hatte ein Büro (wenn man einen winzigen Raum mit Löchern an den Stellen, wo die Fenster sein sollten, ein Büro nennen konnte) im oberen Stockwerk eines Hochhauses. Die Fenster und Türen im gesamten Gebäude waren schon vor langer Zeit zerstört worden. Der gebückte alte Fuchs stand an einer großen Fensteröffnung und blickte hinunter auf die dunkelgraue Stadt. Es gab keine Straßenlaternen, und was an Beleuchtung vorhanden war, kam von brennendem Müll und den Scheinwerfern der Schiffe, die nur kleine Bereiche um die Piratenschiffe herum beleuchteten. Es gab keinen Strom. Daphark litt unter schwerem Elo-Mangel.

„Du hast dich also entschlossen, Pirat zu werden?", bellte der Delvianer und drehte sich in meine Richtung. Eine schreckliche Narbe zog sich über das Gesicht des Fuchses. Ihm fehlte ein Teil seines rechten Auges und ein Teil seiner Wange, die hochzuckte und dabei gelbe Reißzähne offenbarte. Tryd stellte sein schreckliches Aussehen zur Schau und genoss die Reaktionen seiner Besucher. Ich hatte den Drang, den NPC auf seine Narbe anzusprechen. Solche Merkmale deuteten normalerweise darauf hin, dass etwas Neugier mit einer Quest belohnt werden würde.

VASILY MAHANENKO

„Die derzeitige Alieninvasion ist dir gleichgültig?", fuhr Tryd fort. „Anstatt zum Wohle von ganz Galaktogon die Zatrathi zu bekämpfen, willst du die Verteidiger ausrauben und töten?"

„Galaktogon zu verteidigen, bringt mir nichts ein außer Trophäen und Ehren", antwortete ich dem alten Fuchs. „Ich habe den Precianern eine fliegende Festung der Zatrathi und einen Aufklärer auf dem Silbertablett serviert und im Gegenzug einen läppischen Rabatt von 5 % bei der Hansa Corp. erhalten. Ein Held zu sein ist nobel und so, aber es ist nicht profitabel. Ich ziehe es vor, diese beiden Konzepte miteinander zu kombinieren."

„Kombinieren, wie? Dann habe ich einen Auftrag für dich. Es gibt einen gewissen Ruandr, der auf dem Planeten Hillstock im Rell-System lebt. Deine Aufgabe ist es, ihn zu finden, ihm einen Brief von mir zu geben, die Antwort entgegenzunehmen und wieder zurückzukommen. Du kannst kombinieren, was gut für dich und angenehm für mich ist. Und jetzt verschwinde! Du hast drei Stunden Zeit. Hillstock ist nicht weit."

Neue Quest verfügbar: *Planetenexpress*. **Beschreibung:** ...

„Ernsthaft?" Ich hatte keine Lust, zwei Tage lang wie ein Botenjunge herumzurennen. „Ich soll ein Pirat werden, der Schrecken von Galaktogon, indem ich dumme Lieferquests erledige? Du glaubst, wenn ich ganz unten auf der Karriereleiter anfange, klettere ich Sprosse für Sprosse nach oben?"

„Eh? Welche Leiter?", erwiderte Tryd verblüfft. „Wovon redest du, Kleiner? Du hast den Auftrag, einen Brief zu überbringen – warum bist du noch hier?"

„Erstens hast du mir nicht einmal einen Brief gegeben. Zweitens, warum kannst du den Kerl nicht einfach anrufen? Hast du seine Nummer nicht? Hat er kein Telefon? Hat Ruandr vielleicht irgendwelche religiösen Einwände dagegen, ans Telefon zu gehen an ... welcher Tag ist eigentlich heute?"

„Du befolgst also nicht gern Befehle, was?" Tryd kam zu
seinem eigenen Schluss, und eine Meldung über eine Strafe für die
Beziehungswerte blitzte vor meinen Augen auf.

„Hast du je einen Piraten gesehen, der Besorgungen macht?"
Ich blieb standhaft. „Ein Pirat agiert entweder für sich selbst oder
er endet als Leiche. Jeder, der anders denkt, ist ein Staatsspion."

„Hast deine Hausaufgaben gemacht, wie ich sehe." Ein Grinsen
erschien auf dem Gesicht des Fuchses und verwandelte die ohnehin
schon hässliche Fratze in eine Maske des Grauens. Die gute
Nachricht war, dass sich mein Verhältnis zu Tryd wieder ins
Neutrale gewendet hatte. „Wenn das so ist, hier ist eine weitere
Aufgabe für dich, die eines echten Piraten würdig ist. Wenn du
einer von uns sein willst, töte zehn Kreaturen auf diesem Planeten.
Jeden, den du willst. Einfach nur, weil du es kannst. Wenn du sie
getötet hast, kommst du zurück zu mir. Ich werde hier auf dich
warten."

Tryd widmete sich wieder seiner Betrachtung der Slums vor
ihm, als hätte er meine Existenz vergessen.

Neue Quest verfügbar: *Der Killer.* **Beschreibung:** ...

„Stan?"

*„Laut den Foren und Informationen der Spielerin Kiddo
beinhaltet eine der von Tryd ausgegebenen Quests das Töten von zehn
beliebigen Kreaturen."*

Ich grinste bei der Formulierung ‚Informationen der Spielerin
Kiddo'. Ganz am Anfang unserer Beziehung hatte Marina die
großzügige Geste gemacht, mir eine Zusammenfassung darüber
zu geben, was es brauchte, um ein Weltraumpirat zu werden.
Tatsächlich hatte sich herausgestellt, dass es sich um eine etwas
ausführlichere Zusammenstellung von offiziellen und bekannten
Informationen handelte. Während die offiziellen FAQs
erwähnten, dass Tryd ein Kontakt von Hilvar war, stand in Kiddos
Info, dass Tryd ‚ein Kontakt des Pyrrhenianers Hilvar' war. Mit

anderen Worten: Es gab Details, aber sie waren nutzlos. Kiddo hatte darauf geachtet, keine zusätzlichen Informationen zu liefern.

„Was ist mit den Kreaturen? Gibt es da keine Einschränkungen?"

„Absolut keine. Einige Spieler haben sogar versucht, Tryd selbst zu töten, andere griffen zufällige Passanten an und wieder andere baten die Kriegsherren, die Daphark regieren, als Henker dienen zu dürfen. Es gibt sehr viele Möglichkeiten, diese Quest zu erfüllen. Sie müssen für sich selbst eine hinnehmbare Variante auswählen."

„Tryd, ich weigere mich, deine Quest zu erfüllen", sagte ich, zuversichtlich, dass es auf diese Weise interessanter sein würde. „Erst willst du, dass ich ein Botenjunge werde, jetzt willst du, dass ich ein Soziopath werde. Ich will ein Pirat sein, kein Mörder. Was zur Hölle ist der Sinn dabei, Leute zu töten, die später profitabel sein könnten und die jetzt keine Bedrohung darstellen? Und ‚weil man es kann' ist kein guter Grund. Ich kann auch in der Nase bohren, aber das macht mich noch lange nicht zum Piraten."

„Was willst du denn dann von mir?", antwortete Tryd auf meine Einwände.

„Eine Quest. Eine echte. Eine, die eines Piraten würdig ist."

„Du bist kein Pirat!", verwies der Fuchs mich und drehte mir den Rücken zu. „Und du willst auch nichts tun, um einer zu werden!"

„Klar will ich das. Aber nicht auf diese Weise! Piraten lieben die Freiheit – und sie lieben es, Sachen zu stehlen. Sie sind keine Diener, die Nachrichten für ihre Herren überbringen. Sie sind keine Mörder, die Blut vergießen, nur weil sie es können! Das Herz eines wahren Piraten schlägt für Abenteuer!"

„Oh. Warum hast du das nicht von Anfang an gesagt? Du bist ein Romantiker, was?"

„Es gibt nicht viele von uns", gab ich zu. „Ich habe mit einigen gesprochen, die deine Quests erledigt haben. Sie haben von seltsamen Missionen gesprochen. Dieses Ding dort hinbringen,

jenes Ding dort verstecken, herumspringen und kriechen.
Wahrlich tolle Quests für angehende Piraten! Sie lehren das, was
Piraten nicht haben sollten: Gehorsam, Demut und Kleinmut.
Danke, Tryd, aber das ist nichts für mich. Ich werde Hilvar von dir
grüßen."
„Dafür wirst du noch genug Zeit haben." Der Fuchs grinste.
„Du magst also meine Aufträge nicht? Dann habe ich hier eine
würdige Quest für dich: Stiehl den Lara-Kristall von Derval dem
Wilden, einem der örtlichen Warlords. Er ist das Symbol seiner
Macht – er hütet ihn wie seinen Augapfel! Wenn du ihn stiehlst,
werde ich dich einen Dieb und einen Bruder nennen. Wenn du
versagst, kannst du genauso gut gleich von diesem Planeten
verschwinden! Dann wirst du nie ein Pirat werden!"

Tryd verließ den Raum und knallte die Tür zu, die bereits lose
in einem Scharnier hing. Die Tür konnte solche Misshandlungen
nicht aushalten und krachte auf den Boden, wobei sie eine
Staubwolke aufwirbelte. Der alte Fuchs fluchte bitterlich, spuckte
auf den Boden, trat gegen den Fensterflügel und ging ins
Nachbarzimmer.

Ein paar Minuten später schickte Stan mir einen
zusammenfassenden Bericht über Daphark. Eine riesige Stadt
bedeckte die gesamte Landmasse und war in Bezirke unterteilt,
von denen jeder seinen eigenen Warlord und seinen individuellen
Lebensstandard hatte. Die Pyrrhenianer beherrschten alles – die
fliegenden fetten Männer hatten die Macht in ihre kleinen Hände
genommen, schalteten jede Konkurrenz aus und fielen sich
gegenseitig ohne zu zögern in den Rücken. Es war das reinste
Chaos. Kriege um Territorien konnten jeden Moment ausbrechen,
und die Verbündeten von gestern konnten sich wegen einer
Kleinigkeit wie einer weiteren Villa gegeneinander wenden. Wenn
die Feindseligkeiten ausbrachen, kauerten die Zivilisten tief in
ihren Höhlen, warteten, bis alles vorbei war, und krochen danach

heraus, um ihre Hütten wieder aufzubauen – allerdings nur die Wände, denn es hatte keinen Sinn, Glas in die Fenster zu setzen. Es würde nur bald erneut kaputtgehen.

Derval der Wilde kontrollierte einen Sektor der Stadt, der als die Rote Rose bekannt war. Dazu gehörten die zentralen Viertel und die Hauptattraktion – die ersten zehn Docks von Daphark. Neun davon waren um das zehnte herum angeordnet, sodass sich von oben ein Blumenmuster ergab. Auch wenn es keine Rose war, sondern eher ein Gänseblümchen. Ob diese Tatsache mit dem Namen zusammenhing oder nicht, wusste niemand, aber Derval hatte seine ‚Rose‘ fest im Griff und zögerte nicht, Köpfe rollen zu lassen, um für Ordnung zu sorgen. Innerhalb ihrer Grenzen waren die Bezirke der ‚Rose‘ ziemlich ruhig, weshalb ihre Bewohner in den Genuss von Fenstern mit echtem Glas kamen.

Ich machte einen Schritt nach vorne, sprang aus Tryds ‚Fenster‘ und schaltete die Stabilisatoren meines Anzugs ein. Es war einfacher, die Rose auf dem Luftweg zu erreichen. Meine Schubdüsen trugen mich von Tryds Versteck weg. Aus der Vogelperspektive war die Landschaft deprimierend. Überall, wohin ich blickte, sah ich nur Ruinen, Schmutz, Düsternis und Trostlosigkeit. Die Einheimischen blickten nicht einmal zu mir auf, sie wollten kein Interesse an jemandem zeigen, der gefährlich sein könnte. Mehrmals erspähte ich Bewegungen zwischen den Hochhäusern, und mein Anzug meldete, dass man mich im Visier hatte. Doch niemand eröffnete das Feuer, und nach ein paar Sekunden flog ich ohnehin außerhalb der Reichweite der Raketenwerfer.

„Chirurg, wo bist du?“ Wie immer rief Kiddo zu einem ungünstigen Zeitpunkt und mit forderndem Ton an. „Wir hatten eine Besprechung vor dem Hansa-Hauptquartier angesetzt!“

„Ich glaube, die hast du nur in deinem Kopf geplant und vergessen, mir davon zu erzählen.“ Ich machte eine Drehung und

landete auf dem Dach des nächstgelegenen Gebäudes. Mitten im
Flug zu streiten war lästig. „Ich bin nicht mehr auf Belket."
„Du hast deine Bedingungen gestellt, und ich habe
zugestimmt. Ich bin den ganzen Weg zu Hansa geflogen, aber du
bist nicht hier. Du verschwendest meine Zeit, Partner!"
„Weißt du, Marina, es ist an der Zeit, unserer Partnerschaft
Grenzen zu setzen." Zu meiner Überraschung empfand ich keine
Wut auf Kiddo. Stattdessen spürte ich eine Art Gelassenheit. „Ich
bin nicht an einer Beziehung interessiert, in der du links und rechts
Informationen über mich durchsickern lässt. Du lässt dich nur von
deinen eigenen Interessen leiten und erfindest alle möglichen
Beschwerden über nichts. Wir haben uns darauf geeinigt,
gemeinsam an dem Projekt Hansa zu arbeiten. Dabei sollten wir
es belassen. Benachrichtige mich im Voraus, wenn du einen Spieler
hast, der nach Hansa-Upgrades sucht, damit ich entsprechend
planen kann. Und achte darauf, dass du den Transfer ihres Schiffes
sofort aushandelst, damit es später keine dummen Fragen gibt. Ich
brauche zwischen sechs und zwölf Stunden, um Belket zu
erreichen. Behalte das im Hinterkopf, wenn du den Zeitrahmen
mit den Kunden besprichst. Was die Upgrades für dein Schiff
angeht – ich werde in zwölf Stunden frei sein und dich dann
anrufen. Wenn du die Upgrades noch willst, können wir uns dann
treffen. Im Moment habe ich keine Zeit."

Ich unterbrach die Verbindung und blickte auf die Menge der
zerlumpten Menschen, die sich um mich versammelt hatte.
Anfänglich erschrocken über mein Erscheinen, überwanden die
Einheimischen bald ihre Ängste und ihren Selbsterhaltungstrieb
und beschlossen, sich das Wunder anzusehen, das auf ihre Dächer
gefallen war. Vielleicht würde ich mir ja ein bisschen die Beine
vertreten und meinen Panzeranzug unbeaufsichtigt lassen.

Ich machte mir nicht die Mühe, mich mit ihnen anzulegen.
Ich aktivierte meine Schubdüsen und der Pöbel huschte zurück in

seine Ecken, als ich das Stadtzentrum ansteuerte. Ein paar Minuten später tauchten Wolkenkratzer mit echten Fenstern auf, zusammen mit einer Warnung in meinem HUD, dass ich von einigen Boden-zu-Luft-Raketen verfolgt wurde.

„Chirurg, das Fliegen über der Roten Rose ist nicht erlaubt", ertönte die Stimme des Disponenten in meinem Ohrhörer. Ich war die ganze Zeit überwacht worden, ohne einen einzigen Aussetzer. „Landen Sie Ihren Anzug, oder wir werden angreifen. Ich wiederhole, die Rote Rose ist eine Flugverbotszone. Warten Sie auf die Ankunft einer Patrouille, sobald Sie gelandet sind. Sie haben keine Erlaubnis, dieses Gebiet zu betreten."

Drei kleine Begleitwagen umringten mich und zwangen mich, das zu tun, was der Disponent befahl. Ich machte keinen Ärger. Ich hob meine Hände, um zu zeigen, dass ich keine Waffen trug, und sank langsam zu Boden. Natürlich konnte man erfahrene Soldaten nicht täuschen – jeder konnte die Blaster auf meinen Schultern sehen, aber ich dachte mir, dass eine friedliche Geste sie beruhigen würde.

Es war mir nicht erlaubt, die Erde zu berühren. Mit fortschrittlichen Manipulatoren packte die Patrouille mich noch in der Luft und zerrte mich in die Mitte eines Sicherheitsbereichs.

20 Minuten später wurde ich in einem dunklen, beengten Raum verhört. Ein dicker Detektiv schwebte mit einem Ordner, der sich als mein ‚Fall' herausstellte, an mir vorbei und nahm mir gegenüber Platz. Der Pyrrhenianer blätterte langsam durch den Inhalt der Mappe und machte sich mit der Liste meiner Verbrechen vertraut. Schließlich klappte er die Mappe zu und wandte sich an mich.

„So, so, so! Ein Straftäter? Ruhestörer? Willst du dir zehn Jahre im Knast verdienen? Nun, das können wir arrangieren! Wir werden dich in die Minen schicken. Du wirst einer unserer geschätzten Angestellten werden. War es das, was du im Sinn hattest, als du die Rote Rose angegriffen hast?"

„Ich habe die Rote Rose nicht angegriffen", schnaubte ich. „Ich bin hier, weil ich Derval den Wilden treffen möchte, um ihm meine Dienste anzubieten."

„Anbieten? Du willst, dass er dich anheuert?", fragte der Detektiv.

„Ja. Ich habe gehört, dass der Lara-Kristall nicht sicher genug ist. Ich habe beschlossen, das zu überprüfen und meine Dienste anzubieten. Ich kann mir vorstellen, dass Derval an der Meinung eines Dritten über sein Sicherheitssystem interessiert ist. Schließlich muss ein Symbol der Macht gut geschützt sein."

An dieser Stelle meldete sich eine Stimme über die Lautsprecher des Raumes: „Wir brauchen die Dienste von beliebigem Pöbel nicht! Das Sicherheitssystem des Kristalls wurde von der Hansa Corporation entworfen und installiert!" Wie ich vermutet hatte, wurde unser Gespräch abgehört. „Wer bist du, dass du glaubst, du könntest es besser als Hansa?"

„Jemand, der die Schwächen der Hansa-Leute genau kennt. Ich kann Beweise liefern. Dieses Video wird euch helfen, die richtige Entscheidung zu treffen."

Brainiac stellte ein Video zusammen, das die peinliche Zerstörung der Hansa-Torpedos in weniger als einer Sekunde zeigte. Ich schickte die Datei an den Detektiv und wartete ab. Ich hatte keine Zweifel daran, dass das Video an alle interessierten Parteien weitergegeben werden würde. Nach ein paar Minuten machte der Detektiv einem anderen fliegenden dicken Mann Platz, der sich als Reon vorstellte. Er war der Sicherheitchef der Roten Rose. Nachdem er sich vergewissert hatte, dass ich meine Informanten nicht ausliefern würde, stellte der Pyrrhenianer die Hauptfrage:

„Wie kommst du darauf, dass du dazu qualifiziert bist, unser Sicherheitssystem zu testen? Vielleicht hast du die Schwachstelle in deinem Video zufällig entdeckt. Wir haben mehr als ein Dutzend Experten angeheuert, und sie alle haben die Qualität der Arbeit bestätigt. Wozu brauchen wir eine weitere Überprüfung?"

„Einmal ist Zufall, aber zwei- oder dreimal sind schon eine Gesetzmäßigkeit", sagte ich bedeutungsvoll. „Niemandem sonst in ganz Galaktogon ist es gelungen, die fliegende Festung der Zatrathi zu infiltrieren, ihre Kommandozentrale zu erreichen und die Daten des Schiffes herunterzuladen. Aber ich konnte es. Niemand sonst in Galaktogon konnte die Sicherheitsvorkehrungen auf dem Schiff der Aliens knacken und es vor der Nase des Feindes stehlen. Und doch habe ich es geschafft. Damit bin ich euren Testern überlegen. Sie prüfen die Zuverlässigkeit, während ich nach Schwachstellen suche. Ihr seid von eurem System überzeugt? Was hält euch dann davon ab, mich anzuheuern? Was habt ihr zu verlieren?"

„Zeit. Warum sollte ich Zeit mit einem Angeber verschwenden?" Der Pyrrhenianer blieb unbeeindruckt.

„Du kannst jedes meiner Worte überprüfen. Sicherlich hast du deine Spione unter den Precianern – frag sie, wer ihnen den Zatrathi-Aufklärer verkauft hat, den sie gerade Stück für Stück auseinandernehmen. Ich kann warten. Was die Daten angeht: Ich kann sie liefern. Natürlich nicht alle, aber ich kann eine Menge liefern. Ich bin wirklich der, für den ich mich ausgebe. Ich habe nichts zu verbergen. Ich kann euer Sicherheitssystem verbessern und dabei noch etwas Geld verdienen. Lasst uns einander helfen."

„Wir haben es bereits überprüft", sagte Reon. „Du hattest eine Audienz beim Imperator, aber du wurdest verbannt, weil du ein Pirat bist. Das riecht nach einem abgekarteten Spiel. Du arbeitest für die Precianer. Das wird durch die Tatsache bestätigt, dass du direkt nach deiner ‚Verbannung' mit einem imperialen Berater im Schlepptau zum Mond von Zalva gereist bist. Der Mond ist für jeden tabu, dem die Precianer nicht wirklich trauen. Und der Berater war bei dir, als du die fliegende Festung der Zatrathi angegriffen hast. Du bist kein Pirat, du bist ein Staatsspion!"

Das waren schwere Anschuldigungen, aber ich hatte es nicht eilig, mich herauszureden. Sie hatten mich nicht auf der Stelle umgebracht, also hatte ich eine Chance. Für den Moment zuckte ich nur mit den Schultern.

„Es steht euch frei, euch zu weigern. Wenn ihr glaubt, dass der Kristall gut geschützt ist, dann ist das eure Sache. Wenn er gestohlen wird – und ich meine ‚wenn‘, nicht ‚falls‘ – dann werdet ihr euch an mich erinnern."

„Es ist nicht möglich, den Kristall zu stehlen! Du bist nichts weiter als ein selbstgefälliger Angeber!", rief Reon.

„Wollen wir wetten? Du hast recht. Bevor ich meine Nützlichkeit als Sicherheitsanalytiker beweise, bin ich bereit, zu beweisen, dass ihr meine Dienste tatsächlich braucht. Ich werde den Kristall selbst stehlen!"

„Hast du deinen verdammten Verstand verloren? Sicherlich haben dich deine vorherigen Arbeitgeber gefeuert, und nun versuchst du, dir einen neuen Job zu erschleichen", sagte der Sicherheitschef schockiert, aber ich spielte mein Spiel weiter:

„Wenn ich erfolgreich bin, werdet ihr mich für den Diebstahl bezahlen und auch dafür, dass ich weitere Schwachstellen finde. Wenn ich versage, könnt ihr mich in Schande rausschmeißen, und ich gebe euch 10 Millionen Credits für eure verschwendete Zeit."

„10 Millionen, sagst du?" Reon runzelte die Stirn. „Für einen versuchten Diebstahl? Und dann können wir dich rausschmeißen?"

„Fast. Meine Aufgabe ist es nicht, den Kristall zu stehlen, sondern Schwachstellen zu finden, euch zu beweisen, dass sie existieren, und die Sicherheitslücken zu beseitigen. 10 Millionen sind eure Versicherung, falls ich versage. Ich kann auch gleich sagen, dass ich nicht umsonst arbeite. Wenn ich in den Raum reinkomme, den Kristall nehme und heil wieder herauskomme, werden die Kosten für meine Dienste zur Aufrüstung eures Systems 50 Millionen betragen."

„Na, das ist ja interessant." Reon grinste. „Der Glaube an die Nächstenliebe ist auf diesem Planeten vor vielen Jahrtausenden ausgestorben. Jeder hier weiß, dass er Ärger zu erwarten hat, wenn jemand etwas umsonst machen will. 50 Millionen sind zu viel für das Sicherheitssystem. Selbst Hansa hat uns nur 40 berechnet."

„Ich bin ja auch nicht Hansa", sagte ich. „Ihr überschätzt deren Fähigkeiten! Ich biete euch ein außergewöhnliches Produkt und deshalb ist auch der Preis außergewöhnlich. Ich will ja nicht prahlen, aber... habt ihr mein Schiff gesehen? Ihr wisst doch sicher, dass das ein uldanisches Schiff ist! Hansa hat noch einen weiten Weg vor sich, bevor sie das Niveau unserer geflügelten Vorfahren erreichen. Gerade heute habe ich noch einige meiner Technologien von der uldanischen Basis an die gepriesenen Genies bei Hansa verkauft – und sie hatten keine Ahnung, womit sie es zu tun hatten! 50 Millionen sind der Preis für Frieden und Sicherheit. Nehmt euch etwas Zeit, um darüber nachzudenken. Ich werde euch nicht drängen."

„Ich muss das mit dem Chef besprechen. Warte hier." Reon flog aus dem Raum. Es folgten lange Minuten des Wartens, begleitet von der Erwartung eines Durchbruchs. Mein Plan, Tryds Aufgabe zu erfüllen, war improvisiert, ein echtes Spiel, ein Abenteuer. Ich konnte es nennen, wie ich wollte, aber die Wahrheit war: Ich hatte es nicht ernst genommen. Deshalb war der Fortschritt, den ich bis jetzt gemacht hatte, eine Überraschung für mich.

Reon tauchte eine Stunde später wieder auf. Bis dahin hatte ich es geschafft, mich zu beruhigen und sogar ein wenig zu schlafen.

„Der Boss will 50 Millionen, wenn du versagst", sagte der Pyrrhenianer. „Wenn du von deinen Fähigkeiten so überzeugt bist, sollte dir dieser Betrag ohnehin egal sein."

„Einverstanden", sagte ich schlicht. „Für mich spielt der Preis des Scheiterns wirklich keine Rolle."

„Was brauchst du, um mit der Arbeit zu beginnen?"

„Nicht viel. Einen Vertrag, dass ihr mich für einen Testdiebstahl anstellt, in dem die Beträge, die wir besprochen haben, aufgeführt sind. Es ist nicht so, dass ich euch nicht traue, aber ich möchte eine Bestätigung, dass jeder bereit ist, seine Verpflichtungen zu erfüllen. Ich möchte meine Arbeit fair und ehrlich erledigen!"

Reon nickte respektvoll. Der Gangster hatte nicht erwartet, dass jemand offiziell mit ihnen zusammenarbeiten wollte. Klar, wenn sie mich loswerden wollten, gab es keinen Vertrag in der Galaxie, der mich retten konnte, denn auf diesem Planeten machte jeder Boss seine eigenen Gesetze. Dennoch würde ein Vertrag das Geschäft nach außen hin legitim erscheinen lassen.

„Du wirst deinen Vertrag bekommen. Er sollte in zwei Stunden fertig sein. Wann wirst du anfangen?"

„Sobald wir alle Papiere unterschrieben haben. Ihr werdet mir den Kristall selbst zeigen, damit ich ihn nicht mit einem anderen verwechsle."

„Bist du so zuversichtlich, was deine Fähigkeiten angeht?"

„Ich wäre nicht hier, wenn ich es nicht wäre. In meiner Branche weiß man entweder, was man tut, oder man weiß es nicht – in diesem Fall hält man den Ball flach und lernt, bis man es weiß. Es gibt keine andere Möglichkeit."

Reon antwortete nicht auf meine großspurige Antwort und reichte mir eine Stunde später einen Vertrag. Das Kleingedruckte enthielt alles, worauf wir uns geeinigt hatten, plus kleinere juristische Details wie höhere Gewalt, Haftpflicht und anderes

Geschwafel, das den leeren Raum füllen und den Vertrag von einer zweizeiligen Liste in ein ernstes Dokument mit einer geheimen Bedeutung verwandeln sollte. Ich überflog die wichtigsten Punkte und sah nichts, was für mich wichtig war, machte aber eine Show daraus, ihn zu unterschreiben, ohne dabei zu vergessen, mich gelegentlich selbstbewusst zu räuspern.

„Du hast drei Tage Zeit, um die Aufgabe zu erfüllen." Reon rieb sich die Hände und führte mich zu dem Kristall. Ich hatte keine Zweifel daran, dass die gesamte Streitmacht der Roten Rose die nächsten drei Tage damit verbringen würde, um die Lara herumzustehen und den Kristall zu überwachen. Dumme NPCs.

Reon begleitete mich zu Dervals Residenz, wo im zweiten Untergeschoss, hinter massiven Türen aus Raq, in einem riesigen Tresor, der mit einem modernen Sicherheitssystem ausgestattet war, das Objekt meines Raubes stand. Die Lara war ein makelloser Diamant von etwa einem halben Meter Durchmesser. Mein früheres Spiel, Runlustia, war reich an verschiedenen Edelsteinen gewesen, aber selbst dort hatte ich nie eine Schönheit wie diese gesehen. Es schien, als hätte sich das reinste Licht der Welt in der Lara konzentriert und sich mit allen Farben des Regenbogens in den Facetten des Diamanten gebrochen. Der Kristall surrte und vibrierte, als wäre er überwältigt von der Energie, die er enthielt. Ein riesiges Stromkabel schlängelte sich am Boden entlang und zwang mich zu der Frage, ob es dazu diente, die Energie abzuleiten oder, im Gegenteil, den seltsamen Kristall zu versorgen. Wenn es Ersteres war, was war dann überhaupt dieser Lara-Kristall?

„Wie du siehst, ist unser Sicherheitssystem auf dem neuesten Stand." Reon verbarg seine Schadenfreude über mein bevorstehendes Scheitern nicht – als ob ein Teil des Geldes, das ich zahlen würde, bereits ihm gehörte. „Du hast drei Tage Zeit, das Gegenteil zu beweisen. Mach dich an die Arbeit."

Wenn er erwartete, dass ich jetzt etwas tun würde, dann irrte er sich gewaltig – ich hatte nicht vor, es zu riskieren. Der Grund war einfach – zehn Strahlenkanonen hatten mich im Visier. Der unterirdische Bunker war vollgestopft mit diversen Fallen. Ich schaffte es, einige davon zu identifizieren: Gruben, Säureampullen, Strahlen- und EM-Kanonen, starke Magnete – Hansa hatte sich mächtig ins Zeug gelegt. Und das war nur das, was für das bloße Auge sichtbar war. Was in den Wänden verborgen war, konnte ich nur erahnen.

Ehe ich mit dem Diebstahl fortfuhr, beschloss ich, zurück zur planetarischen Kommandozentrale zu gehen. Erstaunlicherweise gab es selbst auf einem so dezentralen Planeten eine, die für alle Flüge in Dapharks Sternensystem verantwortlich war. Egal, wie heiß die Revierkämpfe wurden, die verschiedenen Fraktionen verstanden, dass man sich das Leben ohne eine einzige Einrichtung, die die Bewegungen der Raumschiffe koordinierte, unnötig schwermachen würde.

„Was ist der Grund deines Besuchs?", begrüßte ein Droide mich und bot mir freundlich sauberes Wasser an. Auf diesem verschmutzten Planeten wurde sauberes Wasser mehr geschätzt als Tee und Kaffee.

„Ich muss das Datum und die Uhrzeit für einen Scheinüberfall festlegen." Ich reichte dem Droiden eine Kopie meines Vertrags mit der Roten Rose. „Ich habe einen Vertrag mit Derval, um sein Sicherheitssystem zu testen."

„Das liegt außerhalb unserer Zuständigkeit. Was ist der Zweck Ihres Besuchs?", wiederholte der Droide, nachdem er sich mit dem Vertrag vertraut gemacht hatte.

„Das Gebiet der Roten Rose ist eine Flugverbotszone. Um meine Verpflichtungen aus diesem Vertrag zu erfüllen, muss ich jedoch dort fliegen. Da meine Aufgabe darin besteht, das Sicherheitssystem der Anlage zu testen und nicht die Reaktionszeit des Kontrollturms, möchte ich die Konfrontation mit den Luftabwehrsystemen vermeiden. Sie könnten mich daran hindern, die Bedingungen des Vertrags zu erfüllen. Lassen Sie uns meinen Flug über die Residenz von Derval dem Wilden koordinieren."

„Erlauben Sie mir, Ihren Vertrag noch einmal einzusehen." Eine der Wandtafeln öffnete sich und führte einen Mitarbeiter der Kommandozentrale herein – einen anorxianischen Synthoiden. Ein leuchtend roter Farbfleck auf einem der Gesichter des Würfels zeigte an, dass dieses Exemplar nicht mehr mit dem anorxianischen Motherboard verbunden war. Nachdem der Roboter den Vertrag gescannt hatte, surrte er und verarbeitete die Informationen.

„Die Rote Rose hat ihren Vertrag mit Ihnen zum Test des Sicherheitssystems bestätigt", teilte der Disponent mir mit. „Was ist Ihr Wunschtermin?"

„Heute, in vier Stunden", schätzte ich die für mich optimale Zeit.

„Negativ. Die Frachtschiffe sind für diesen Zeitraum an den Docks 2 und 7 eingeplant. Das Gebiet der Roten Rose wird zu dieser Zeit für Flüge gesperrt sein."

„Ich brauche nicht viel Zeit", sagte ich mit einem unwohlen Gefühl in der Magengegend. „Ich muss nur einen kurzen Flug machen und Derval zeigen, dass ich meinen Teil des Vertrages erfüllt habe. Ich werde die Frachtschiffe nicht belästigen."

„Ich kann Ihnen nur ein Zeitfenster von zehn Minuten zur Verfügung stellen."

„Das wäre mehr als genug." Ich konnte mir ein Lächeln nicht verkneifen. Mein geschlossener Helm verhinderte, dass der Roboter es sah. „Wann können Sie mir dieses Fenster zur Verfügung stellen?"

Die nächsten zwei Stunden waren hektisch für mich. Der verantwortliche Offizier der Luftabwehr der Roten Rose bestätigte, dass sie mich nicht mit Raketen abschießen würden, wenn ich zur

angegebenen Zeit über der Stadt auftauchen würde. Der Leiter der
Orbitalverteidigung verstand nicht ganz, warum ich zu ihm kam,
denn er war für die Vorgänge auf der Planetenoberfläche nicht
zuständig, bestätigte aber, dass sie mich auch nicht angreifen
würden. Sogar Reon, der Sicherheitschef, versicherte mir, dass ich
nicht für die Beschädigung von Eigentum oder Arbeitskräften der
Roten Rose belangt werden würde, da jeder den Zeitpunkt meines
Versuchs bereits kannte. Jede der Parteien stellte
Bestätigungspapiere aus und machte mich zum Botenjungen
zwischen den verschiedenen Ämtern. Sogar der Leiter der
Feuerwehr unterschrieb ein Dokument, in dem er bestätigte, dass
seine Einheit bereit sei, ein plötzliches Feuer zu löschen, falls in den
nächsten Stunden eines ausbrechen sollte.

Alle Dienststellen hatten sich auf meinen Versuch vorbereitet,
den Lara-Kristall zu stehlen, und ich enttäuschte sie nicht.

„Brainiac, lass uns abheben", befahl ich, als ich an Bord meines
Schiffes zurückkehrte. „Kurs auf die Rote Rose."

„Kugelschiff *Warlock*, Ihr Abflug ist nicht autorisiert. Kehren
Sie sofort zu Ihrem Dock zurück." Der Disponent schlief nicht bei
seinem Job, die Bewegungen der Schiffe zu überwachen.

„Ich verweise Sie auf die Fluggenehmigung Nummer 25.12",
erklärte ich nach einem Blick auf meine Papiere. „Ich habe die
Erlaubnis, zu starten."

„Moment mal... Laut dieser Genehmigung wurde die Erlaubnis
nur für das Fliegen in einem Panzeranzug erteilt..."

„Tower, ich blicke gerade auf die Papiere – da steht nichts
davon, dass mir das Fliegen mit meinem Schiff verboten wurde!",
sagte ich und brachte die Roboter zum Schweigen. Bürokratie in
ihrer ganzen Pracht: Je mehr offizielle Papiere man hatte, desto
cooler sah man aus.

„Käpt'n, wir werden von Boden-zu-Luft-Raketen verfolgt",
sagte die Schlange. „Bist du sicher, dass alles gut gehen wird?"

„Brainiac, stell mich zum Leiter der Luftabwehr der Roten Rose durch", befahl ich, und sobald der Anruf durchging, stürzte ich mich auf den ahnungslosen NPC: „Was zum Teufel? Ich werde mein Schiff nicht riskieren! Halten Sie sich zurück oder der Vertrag wird Ihretwegen gekündigt! Habe ich Ihnen nicht die Unterschrift von Derval dem Wilden selbst auf dem Vertrag gezeigt?"

„Wir hatten über einen Panzeranzug gesprochen." Ich hatte den Offizier absichtlich in die Irre geführt, aber das wollte ich nicht zugeben. Brainiac war kurz davor, den gewünschten Ort zu erreichen, und mein Ziel war es im Moment, alle zu verwirren. Ich hatte nicht umsonst in den Empfangsräumen der Büros Schlange gestanden.

„Ich habe hier eine Kopie des Vertrages vor mir. Wenn Sie darin die Worte ,Panzeranzug' finden, zahle ich Ihnen 100 Millionen! Wenn Sie den Angriff nicht innerhalb von zehn Sekunden abbrechen, bezahlen Sie den Boss aus Ihrer Tasche. Ich verweise Sie auf Klausel 13 – ,Höhere Gewalt'. Ich habe nicht vor, unter nicht annähernd realistischen Bedingungen zu arbeiten. Dies ist ein Test, also habe ich Ihnen im Voraus gesagt, was ich vorhabe, aber ein echter Dieb wird Ihnen diesen Luxus nicht gönnen!"

„Kugelschiff *Warlock*, hier ist der Tower! Ihr Flug ist freigegeben", gab der Disponent schließlich auf und erteilte mir die Erlaubnis. Ich hatte das Recht, mit meinem Schiff hier zu sein.

„Die Raketen werden zurückgeholt", grunzte der Sicherheitsoffizier, als er die Worte des Disponenten hörte. „Machen Sie weiter mit Ihrer Arbeit!"

„Brainiac?"

„Wir sind in Position, die Höhe beträgt zwei Kilometer. Wir werden nicht angepeilt. Wie geht's weiter?"

Ich überprüfte noch einmal alle Systeme. Alles war normal und wir hatten Elo bis unter die Schädeldecke.

„Auf mein Zeichen tauchen wir ab und zerstören jede Verteidigung, die sich uns in den Weg stellt. Schlange, schirme uns gut ab. Schütze, du musst bei diesen Koordinaten eine Grube sprengen. Das zweite Untergeschoss des Geländes. Halte eine Kanone für etwaige Verteidiger frei – wir können es uns nicht leisten, dass uns jemand mit einer Rakete trifft. Sebastian, du hast zehn Sekunden, um runterzugehen und den Kristall zu holen. Sei vorsichtig, dieser Plan wurde mit dir und deinen hervorragenden Fähigkeiten als Dieb im Hinterkopf entworfen. Sind alle bereit? Dann lasst es uns tun!"

Mir stockte der Atem, als die *Warlock* in die Tiefe stürzte. Ich sah nur noch die hellen Blitze auf den Bildschirmen – die Verteidigung der Residenz von Derval begann in eineinhalb Kilometern Höhe. Die Schlange riskierte das Schiff nicht, sie fuhr die Schilde auf volle Leistung hoch und absorbierte das gesamte Flakfeuer, das unser Schiff wie eine schöne Sternschnuppe brennen ließ. Als wir näher an der Oberfläche waren, eröffnete der Schütze mit seinen Kanonen das Feuer und machte uns den Weg frei.

„Wir sind jetzt zehn Meter über dem Dach", sagte Brainiac und brachte das Schiff abrupt zum Stehen. Betonstücke und geschmolzenes Metall flogen um uns herum – die fünf Kanonen der *Warlock* begannen, das Gebäude in Schutt und Asche zu legen und sich in den Tresorraum zu bohren. Es dauerte nicht länger als zehn Sekunden, bis die aufgerüsteten Strahlenkanonen ein Loch gebrannt hatten, das breit genug war, damit das Kugelschiff durchkam.

„Go, go, go, Sebastian!", schrie ich und sprang aus dem Schiff. Der Dieb war neben mir und hielt sich an mir fest – es war unmöglich, in der Staub- und Rauchwolke etwas zu sehen.

„Wir sind in Position! Sebastian, schnapp dir den Kristall! Los!"

Der Sockel, auf dem die Lara stand, war mit einer hohlen Metallkuppel bedeckt – eine Verteidigungsmaßnahme, mit der ich nicht gerechnet hatte. Ich schickte den Dieb los, um sich um diese Überraschung zu kümmern, und wandte mich wichtigeren Dingen zu – der örtlichen Security, die langsam aus den Ruinen kletterte. Reon und sein Trupp loyaler Kämpfer nahmen persönlich Stellung an der letzten Verteidigungslinie. Eine Salve von meinem Schiff aus durchbrach ihre Formation und verstreute die Verteidiger um das Gewölbe herum, aber nicht alle wurden getötet – mindestens fünf blieben am Leben, einschließlich Reon, der ins Taumeln geraten war. Der Sicherheitschef war unbewaffnet, aber das machte ihn nicht zu einem harmlosen Gegner. Wer wusste schon, wozu dieser Kerl fähig war?

„Ich hoffe, du bist mit dem hiesigen Planetengeist im Reinen, Kumpel", sagte ich und feuerte meine Blaster ab.

„Geschafft!", rief Sebastian erfreut. Die Metallkuppel hob sich zwei Meter in die Höhe und schwebte. Sebastian kletterte nicht hinein. Stattdessen schnappte er sich den nächstgelegenen Betonklotz und schleuderte ihn so fest er konnte gegen den Sockel. Der Sockel wackelte langsam und kippte dann um, wobei der Kristall auf den Boden fiel. Ich wollte gerade Einspruch erheben, aber sobald sich der Kristall von seinem Ständer löste, fiel ein Energiegitter von oben herab und schmolz nicht nur die Steine, sondern auch den Sockel ein. Eine weitere Sicherheitsebene. Sebastian holte eine lange Zange heraus und hob unsere Beute in die Luft. Er wagte es nicht, die Lara zu berühren, und das zu Recht – die Spitzen seiner Zange begannen sofort heiß zu werden und zu schmelzen. Die Lara wäre fast herausgerutscht, aber ich konnte sie mit einem Manipulator einfangen. Es gab keine Verteidigung gegen meine Lieblingswaffe – der Manipulator wurde mit Leichtigkeit mit dem Kristall fertig.

„Weg hier!", bellte ich und schätzte die Auswirkungen unseres Überfalls ein. Derval hatte einen verlockenden Tresor, aber je länger wir verweilten, desto geringer waren unsere Chancen, lebend von Daphark wegzukommen. Währenddessen konnte ich die Lara weder in mein Inventar stopfen, noch auf den Boden meines Schiffes legen, aus Angst, sie würde alles schmelzen, was sie berührte.

„Hier, nimm du ihn! Nicht loslassen!" Ich übergab den Manipulator an Sebastian und hoffte, dass der Ingenieur einen Weg finden würde, den Kristall sicher zu verstauen. „Brainiac, flieg zu Tryds Haus! Schlange, mach dich bereit, einen Passagier aufzunehmen. Der alte Fuchs wird nicht erfreut sein, uns zu sehen!"

Ich hatte keine Zeit, die Quest zu beenden, also beschloss ich, den Piraten zu entführen und die weiteren Formalitäten an Bord meines Schiffes zu erledigen.

„Kugelschiff *Warlock*, Sie haben gegen den Vertrag verstoßen!" Das für die Luftabwehr zuständige Personal begriff gerade erst, was ich getan hatte, versuchte aber trotzdem, sich an den Vertrag zu halten.

„Ich verweise auf Punkt 14.7 des Vertrages", antwortete ich aufs Geratewohl und blickte auf die Bildschirme. Die Rote Rose schrumpfte bereits unter uns dahin.

„Kugelschiff *Warlock*, Sie sind in den Cardan-Sektor eingetreten", sagte der Disponent und merkte ebenfalls, dass etwas faul war. „Sie hatten nur eine Start- und Landeerlaubnis für den Sektor der Roten Rose!"

„Tower, ich bitte um Start in den Orbit. Ich handle immer noch streng nach meinem Vertrag mit Derval dem Wilden." Ich verschwendete keine Zeit. Tryds Gebäude näherte sich schnell. Ich konnte sogar die kleine Gestalt eines alten Fuchses ausmachen, der im Fensterloch stand und auf die Stadt hinausschaute. Brainiac hielt ein paar Meter vor dem Gebäude an und blies Tryd mit einem Luftstoß weg. Erstaunlicherweise rührte sich der Pirat nicht einmal. Entweder seine Erfahrung oder sein fortgeschrittenes Alter hielten ihn davon ab, vor dem Kugelschiff zu fliehen, das fast in sein Büro gerast war.

„Ihre Anfrage wird gerade bearbeitet, bitte warten Sie auf eine Antwort", antwortete der Disponent, während ich aus dem Schiff sprang. Tryd hatte keine Zeit zu reagieren, ich packte den alten Mann an seinen Armen und sprang zurück. Die Schlange ragte aus dem Rumpf, erwischte uns mitten in der Luft und zog uns ins Innere. Tryd jammerte, aber mein Assistent verschwendete keine Zeit – eine Injektion Beruhigungsmittel und der alte Fuchs rollte sich in einem Ball auf dem Boden zusammen. Der Ingenieur brachte seinen Körper in die Medkapsel, für den Fall, dass die Aktion den alten Mann überfordert hatte. Inzwischen meldete der Disponent sich wieder:

„Erlaubnis zum Abflug vom Planeten erteilt. Folgen Sie Korridor 2-2-7."

„Los geht's, Brainiac! Verbinde mich mit dem Kommandeur der orbitalen Verteidigung."

„Chirurg?", kam die Stimme aus den Lautsprechern. „Die ganze Rote Rose ist auf Alarmstufe Rot. Es wird verlangt, dass Sie im System bleiben."

„Es läuft alles vertragsgemäß. Sie sind nur wütend, dass ich recht hatte und ihr Sicherheitssystem Mist ist", antwortete ich so ruhig, wie ich konnte, obwohl ich vor Aufregung zitterte. Dervals Leute kamen ein bisschen zu schnell zur Besinnung. „Ich würde mir an ihrer Stelle auch Sorgen machen. Ich werde umkehren und zurückfliegen, um sie zu trösten."

„Wie Sie meinen. Alles ist vertragsgemäß. Viel Glück bei der Entwicklung Ihres Sicherheitssystems. Kommen Sie mich mal besuchen – vielleicht kann ich Ihre Hilfe gebrauchen", dröhnte der Kommandant der Orbitalstation und gab mir grünes Licht. „Brainiac, bring uns aus diesem furchtbaren System raus. Nimm Kurs auf Belket." Ich lehnte mich in meinem Sitz zurück und konnte immer noch nicht glauben, dass der Raub ein Erfolg gewesen war. Ich holte den PDA heraus und wählte Marina an. „Ich bin in 20 Minuten da. Bring Geld mit. Wir werden deinen Kreuzer aufrüsten."

Kapitel Acht

„DU VERDAMMTER HURENSOHN ... Du kannst dein... Schiff nehmen und es dir in den... schieben, mit dir und deiner ganzen... Crew, du erbärmlicher kleiner..."
Tryd drückte sich in einer besonders blumigen Seemannssprache aus. Der Pirat war schon lange draußen. In der Zwischenzeit hatte ich Kiddos Kreuzer auf mich überschrieben und ihn zur Umrüstung geschickt. Sobald der alte Fuchs wieder zu sich gekommen war, hatte er angefangen, zu schimpfen, und dabei keine Unterbrechung geduldet – nicht, dass es mir etwas ausmachen würde, denn es war wirklich faszinierend und es machte Spaß, ihm zuzuhören.

Ich musste zugeben, dass meine Idee, einen NPC zu entführen und ihn zu den Precianern zu bringen, nicht sehr gut durchdacht gewesen war. Die Zöllner zum Beispiel waren so begeistert, einen gesuchten Piraten auf meinem Schiff zu finden, dass meine Beziehung zu den Precianern um 100 Punkte gestiegen ist. Vier Detektive schlugen sofort ihr Lager direkt vor dem Kugelschiff auf. Die Precianer durften die *Warlock* nicht entern und den Piraten mitnehmen. Ihrer Meinung nach war das Recht der Spieler auf ihr Eigentum unantastbar. Solange Tryd auf meinem Schiff blieb, wurde er als Teil meiner Crew betrachtet. Aber wenn er nach draußen trat, würde er der vollen Gewalt des precianischen Gesetzes unterworfen sein.

„Genug jetzt!", schrie ich nach fünf Minuten. Alles hatte seine Grenzen. Meiner Meinung nach hatte Tryd bereits seine Meinung gesagt, und es war an der Zeit für einen konstruktiven Dialog. „Lass uns darüber nachdenken, wie wir dich hier rausholen können!"

„Du hast mich hier reingebracht – also denkst du gefälligst darüber nach!", erwiderte der Pirat wütend.

„Ich wurde darüber informiert, dass ich den Planeten nicht mit dir an Bord verlassen darf", seufzte ich. „Also lass uns gemeinsam entscheiden. Das betrifft dich doch viel mehr an als mich."

„Du verdammter Maulwurf!", knurrte der Fuchs durch seine Reißzähne. „Du hast mich reingelegt, und jetzt willst du mich loswerden? Hilvar hat mich gewarnt, bei dir vorsichtig zu sein. Und ich alter Narr habe seinen Rat nicht beherzigt. Ich habe dir dein Geseier über das Piratenleben abgekauft..."

„Willst du noch lange rumheulen?", unterbrach ich Tryd. „Bist du ein Pirat oder was? Ich werde dich nicht ausliefern, aber wir müssen uns überlegen, wie wir von hier wegkommen. Je länger du hier so einen Aufstand machst, desto schlechtere Chancen haben wir."

„Da gibt es nichts zu überlegen – die Precianer werden mich niemals gehen lassen. Weißt du, wie viele Jahre sie mich schon auf dem Kieker haben?"

„Wie wäre es mit einem Tausch? Vielleicht tauschen sie dich gegen den Lara-Kristall?"

„Du hast es geschafft, ihn zu stehlen?", fragte Tryd schockiert. „Er war durch ein Sicherheitssystem geschützt, das von Hansa selbst entworfen wurde!"

„Ja, und von Dervals Spatzenhirn." Ich winkte ab. „Es gibt keine nennenswerte Sicherheit, wenn Dummköpfe das Sagen haben."

Doch Tryd wollte mich nicht in Ruhe lassen, bis ich erzählte, wie ich das Juwel gestohlen hatte. Daraufhin gab der Fuchs zu, dass ich wirklich nicht die Zeit gehabt hatte, die Quest mit ihm auf Daphark zu beenden.

„Du hättest nach Qirlats aufbrechen sollen", sagte der alte Mann, immer noch in einem beleidigten, nun aber etwas sanfteren Tonfall. Er war nicht mehr so kalt und verächtlich wie zuvor. „Hilvar hätte den Kristall gern mitgenommen. Jemand wie er würde wissen, wie man ihn benutzt."

„Übrigens, ist der Kristall eine Art Energiequelle?"

„Verdammt noch mal! Du denkst nicht über das nach, was jetzt wichtig ist", sagte Tryd entrüstet. „Warum überlegst du dir nicht, wie wir von hier wegkommen? Mit dem Kristall kannst du dich später beschäftigen. Und damit du besser denken kannst, hier ein Geschenk."

Quest erfüllt: *Der Raub*.

Quest erfüllt: *Treffen Sie sich mit Tryd*.

Herzlichen Glückwunsch! Sie haben sich den ersten Rang eines Piraten verdient. Sprechen Sie mit Hilvar für weitere Anweisungen.

„Pirat Chirurg!", kam die Stimme des Disponenten über meinen Kopfhörer. „Es ist Ihnen verboten, zu starten! Das Starten Ihrer Motoren wird als Verstoß gegen diesen Befehl gewertet und Sie werden in einem solchen Fall sofort vernichtet! Sie werden dem Vizeimperator vorgeführt und müssen sich vor Gericht verantworten! Piraten haben im precianischen Imperium nichts zu suchen!"

„Jetzt weiß ich, dass du kein Spion bist." Tryd lachte und rieb sich zufrieden die Pfoten. „Denk nach, Piratenneuling, wie wir hier entkommen können. Ich werde inzwischen ein Nickerchen machen."

„Du alter Drecksack. Und wenn ich uns jetzt alle in die Luft jage, wirst du dann auf Daphark respawnen, oder was?"

Der Fuchs hob nicht einmal eine Augenbraue. „Du wirst den Kristall und deine Beziehung zu Hilvar verlieren. Was machst du, wenn ich *nicht* respawne?"

Die Polizisten außerhalb des Schiffes warteten jetzt auf zwei Piraten. Mit Blastern und Strahlenkanonen bewaffnet hatten mehrere Dutzend Precianer einen engen Kreis um uns gezogen. Tryd hatte mich wirklich reingelegt, indem er meine Quests als abgeschlossen markiert hatte – eine gute Rache dafür, dass ich ihn entführt hatte.

Ich hatte nicht vor, an Bord meines Schiffes zu verkümmern. Aber sobald ich meinen Kopf nach draußen steckte, wurde ich mit fortschrittlichen Manipulatoren in die Luft gerissen, die den aktiven Schutz meines Anzugs ignorierten. Ein Precianer rannte herbei und verband mehrere Kabel mit mir. Ehe ich mich versah, flog ich aus meinem Panzeranzug. Er stürzte auf den Boden unter mir, während ich in der Schwebe blieb. Die Precianer schwangen ihre Manipulatoren wie erfahrene Zirkusmeister. Ein Transportschiff flog auf uns zu, und eine Eskorte von einem Dutzend Soldaten brachte mich zum Büro des Vizeimperators wie den meistgesuchten Verbrecher des Planeten. Ich war weder gepanzert noch bewaffnet – wenn man von den Waffen in meinem Inventar einmal absah.

„Pirat Chirurg!" Der Vizeimperator hatte mich schon erwartet und alle anderen Angelegenheiten aufgeschoben. Es war amüsant, die langen Gesichter der anderen Bittsteller zu sehen, als ich an ihnen vorbeigeschleift worden war. Es kam nicht jeden Tag vor, dass man einen gefangenen Piraten kopfüber aufgehängt sah. „Du hast gegen so viele Gesetze verstoßen, dass ich gar nicht weiß, wo ich anfangen soll!"

„Welche denn? Gegen welches Gesetz soll ich verstoßen haben?", fragte ich und rieb mir die geprellte Schulter. Die Precianer machten sich nicht die Mühe, ihre Fracht mit Sorgfalt zu behandeln, und jeder Durchgang, den wir passiert hatten, hatte seine Spuren hinterlassen.

„Du bist ein Feind von ganz Galaktogon geworden." Der Monolog des Vizeimperators war im Voraus geschrieben worden. „Du hast einen gefährlichen Verbrecher nach Belket geschmuggelt, der viele unserer Schiffe zerstört hat. Du hast ein Dutzend Gesetze gebrochen. Der Imperator hat dich verbannt, doch du befindest dich noch immer auf imperialem Gebiet. Soll ich weitermachen, oder ist dir schon klar, dass drei Jahre Zwangsarbeit eine milde Strafe für jemanden wie dich sind?"

„Vizeimperator, lassen Sie uns zur Sache kommen. Was wollen Sie?"

Der Vizeimperator würde sich nicht die Mühe machen, mit einem Verbrecher zu reden, wenn er nicht etwas von ihm wollte.

„Ich will Ruhe und Ordnung in meinem Imperium", sagte der Beamte mit dramatischer Geste, immer noch um den heißen Brei herumredend. „Wohlstand und Glück. Damit unsere Kinder in eine hoffnungsvolle Zukunft blicken können."

„Kann ich Ihnen bei diesem schwierigen, aber wahrhaft edlen Anliegen irgendwie behilflich sein?" Langsam verstand ich, worauf der Precianer hinauswollte. Bestechungsgeld? Ich war sogar neugierig, wie hoch es ausfallen würde.

„Das kannst du in der Tat! Deshalb haben wir dich hierher eingeladen, anstatt dich sofort vor Gericht zu stellen." Hinter dem Vizeimperator flackerte ein Bildschirm auf – und zeigte niemand anderen als meinen alten Freund, den imperialen Berater. „Wir haben erfahren, dass du auf Daphark einen Gegenstand gestohlen hast, der einst uns gehört hat. Wir werden dich gehen lassen, sobald du uns den Lara-Kristall zurückgibst. Der Pirat Tryd wird sich vor Gericht verantworten müssen. Er muss für all das Böse, das er unserem Reich angetan hat, zur Rechenschaft gezogen werden!"

„Das ist noch nicht alles, oder?" Ich wandte meinen Blick nicht von dem Berater ab. „Sie werden doch wohl verstehen, dass ich Ihnen den Piraten nicht geben kann. Berater, wir haben schon einige Abenteuer zusammen erlebt, lassen Sie uns keine Zeit mit Formalitäten verschwenden. Was will das precianische Imperium für Tryds Freiheit?"

„Vergessen Sie nicht, dass Sie von nun an auch offiziell ein Pirat sind und Piraten keinen Platz im precianischen Imperium haben. Da Sie vorher nicht eingeweiht waren, haben Sie noch keine Bedrohung dargestellt. Wir hatten gehofft, dass Sie den richtigen Weg wählen würden, doch nun..."

„Berater, kommen Sie zum Punkt!", unterbrach ich den Aristokraten. „Tun wir einfach so, als hätten Sie mir Ihren Vortrag über die Gefahren der Piraterie schon gehalten."

„Zeigen Sie mehr Respekt vor meiner Person, Pirat Chirurg! Der Kristall ist Teil eines Gegenstands, der als ‚die Rache' bekannt ist. Das zweite Element, ein Sockel, befindet sich in der delvianischen Hauptstadt. Das dritte – die Kopplungseinheit – ging vor vielen Jahren verloren. Diesmal ist das precianische Imperium noch einmal bereit, Tryd gegen das komplette Rache-Set einzutauschen. So lautet der Erlass des Imperators."

„Drei Teile für einen Piraten?", fragte ich erstaunt.

„Die Lara ist immer noch der Preis für Ihren Kopf, Chirurg. Die restlichen zwei sind für Tryd!"

„Das ist immer noch ein bisschen viel. Sie verwechseln nicht zufällig Tryd mit dem Korsen? Oder vielleicht mit Hilvar? Berater, meine Antwort ist nein. Tryd hat lange genug gelebt. Wenn er keine Heimatwelt hat, ist das sein Problem. Sie können mich nicht ewig festhalten. Früher oder später werden Sie mich freilassen müssen. Und ich werde die Lara nicht umsonst ausliefern. Selbst meine Beziehung zur Hansa Corp ist so einen Gegenstand nicht wert. Auf dem Schwarzmarkt wird die Lara gutes Geld einbringen."

Ich bluffte natürlich. Ich würde Tryd sofort gegen den Kristall eintauschen, aber ich hatte das Benehmen der Precianer satt. Sie wollten aus mir einen Botenjungen machen!

„Dann wirst du nicht nur im precianischen Imperium, sondern in der ganzen Allianz geächtet werden!", kam die nächste logische Drohung.

„Es gibt nichts zu bereden. Sie werden weder Tryd noch den Kristall bekommen. Ich wünsche Ihnen alles Gute!"

Ich zog einen Blaster aus meinem Inventar und richtete ihn auf meinen Kopf, bereit zum Selbstmord. Der Manipulator, der mich festhielt, konnte meine Hand nicht kontrollieren. Um mir den Blaster wegzunehmen, müssten sie einen weiteren Manipulator holen, was ein paar Sekunden länger dauern würde. Wenn ich respawnen wollte, würde ich das jetzt tun können.

„Warte!", rief der Berater, der offensichtlich glaubte, dass ich es ernst meinte. Die Krieger kamen und nahmen ihre Blaster, um einen demonstrativen Schuss auf die Möbel abzugeben. Rein aus Spaß an der Frechheit. Ich wurde entwaffnet und meine Hände wurden mir auf den Rücken gefesselt. So begann die zweite Verhandlungsrunde.

„Keine Sorge. Ich habe noch weitere Blaster. Sie können mich nicht ewig festhalten."

„Tryds Freiheit im Austausch für den Kristall!", stimmte der Berater widerwillig zu. „Ist dir das recht? Ich kann mir nicht vorstellen, dass Hilvar mit der Person zufrieden wäre, die seinen besten Piraten ausgeliefert hätte."

„Das ist nicht genug. Wenn Tryd so gefährlich wäre, wie Sie andeuten, hätten Ihre Spione ihn schon längst geschnappt. Jeder

wusste, wo er war. Der Pirat hat sich nie versteckt und trotzdem hat
ihn niemand angerührt. Das bedeutet, dass Sie ihn nie gebraucht
haben – dass Sie ihn überhaupt nicht brauchen. Aber jetzt wollen
Sie die Lara gegen ihn eintauschen? Wozu brauche ich diesen alten
Fuchs? Also wird dieser Deal nicht funktionieren, Berater. Sagen
Sie mir zuerst, wofür Sie den Kristall brauchen. Was ist ‚die Rache‘?
Eine neue Energiequelle?"

„Lassen Sie uns allein, Vizeimperator." Der Berater zauderte
und überlegte, ob er antworten sollte oder nicht. Er beriet sich
sogar mit seinem Imperator, so ernst war die Angelegenheit. Der
precianische Vizeimperator warf mir einen missmutigen Blick zu,
wagte es aber nicht, sich dem Willen des Beraters zu widersetzen.
Ich wurde im Büro des Vizeimperators allein gelassen – sogar die
Wachen mussten den Raum verlassen. Mein Blick blieb an dem
Tablet hängen, das der Vizeimperator auf den Tisch gelegt hatte.
Wenn ich meinen Panzeranzug hätte, würde ich jetzt definitiv
versuchen, es zu hacken.

„Vor 200 Jahren stieß die Konföderation auf die Ruinen einer
unbekannten Zivilisation. Ausgrabungen und Forschungen
führten zu erstaunlichen Entdeckungen. Die Ruinen waren mehr
als 80.000 Jahre alt. Es schien, als hätte nichts davon die
Einwirkungen der Elemente überleben können – den Staub, das
Wasser, den Sauerstoff und die unzähligen Organismen. Aber trotz
allem blieben die Ruinen erhalten. Drei Gegenstände wurden in
perfektem Zustand gefunden. Ein Kristall, ein Sockel und eine
Kopplungseinheit. Einige der Archäologen starben sofort durch
den direkten Kontakt mit dem Kristall. Es stellte sich heraus, dass
er eine hochkonzentrierte Energiequelle war. Wie die Alten es
geschafft hatten, ihn herzustellen, ist immer noch nicht klar. Aber
er existiert nun einmal. Du hast es selbst gesehen. Wissenschaftler
haben vermutet, dass alle drei Elemente miteinander verbunden
sind – daher beschlossen sie, sie zusammenzusetzen. An diesem

Tag verlor die Konföderation einen Planeten. Er verdampfte – komplett und vollständig. Wir glauben, dass sich seine Materie in Energie verwandelt hat und in den Kristall absorbiert wurde. Was während der Verschmelzung geschah, können wir nur vermuten. Suchtrupps, die an der Stelle ankamen, wo der Planet verschwunden war, fanden nur drei schwebende Objekte. Sie erhielten den Namen ‚die Rache‘, und es wurde beschlossen, sie nie wieder zu vereinigen. In den folgenden Jahren untersuchte die Konföderation das tödliche Artefakt weiter, aber ohne Erfolg. Dann, vor 50 Jahren, stahlen die Korsen alle drei Gegenstände von der Konföderation. 20 Jahre später tauchte die Lara im Besitz des Chefs der Roten Rose auf Daphark auf, während der Sockel sich im Palast des delvianischen Imperators befand. Der Verbleib der Kopplungseinheit ist noch unbekannt. Vielleicht hat der Korse sie. Der Krieg mit den Zatrathi hat Galaktogon viel Unglück gebracht. Wenn wir ‚die Rache‘ finden könnten, würde sich das Blatt zu unseren Gunsten wenden."

„Sie wollen eine Kamikaze-Einheit zu den Zatrathi schicken?", riet ich.

„Das ist richtig. Ein kleines Schiff wird in der Lage sein, die Verteidigungsanlagen zu durchbrechen und an die Hülle der fliegenden Festung, der Orbitalstation und des Planeten zu gelangen. Dank der ‚Rache‘ wäre es möglich, die Übermacht des Feindes mit nur einer Aktion zu vernichten, ohne irreparable Verluste zu erleiden. Wir sind bereit, unserem auserwählten Krieger eine Planetenbindung und die ständige Wiedergeburt zu gewähren. Es ist unmöglich, die Gegenstände selbst zu zerstören. Zumindest waren alle Forscher, die an ihnen gearbeitet haben, nicht dazu in der Lage. Wir glauben, dass uns das den Sieg bringen wird. Wir werden dich und Tryd im Austausch für den Kristall gehen lassen, aber der Imperator möchte dich mit einer Aufgabe betrauen. Hilf Galaktogon im Kampf gegen unseren gemeinsamen Feind."

Neue Quest verfügbar: *Suchen Sie ‚die Rache'.*

Beschreibung: Finden Sie die Komponenten der ‚Rache': Den Lara-Kristall, den Lira-Sockel und die Lora-Kopplungseinheit. Der Kristall ist im Besitz des Spielers Chirurg, der Sockel befindet sich in der Haupthalle des delvianischen Palastes, der Standort der Kopplungseinheit ist unbekannt.

„Die Delvianer werden mich nicht in ihr Imperium lassen", sagte ich nachdenklich und las die Systemmeldung. Eine weitere hochtrabende Rede hatte mich vor eine unmöglich zu lösende Aufgabe gestellt.

„Wir können uns um dieses Problem kümmern. Du kannst heute als Mitglied einer diplomatischen Mission abreisen. Wie du dann an das Podest kommst, ist deine Sache."

„Besprechen wir die Details." Ich hatte es nicht eilig, die Quest anzunehmen und täuschte Desinteresse vor. „Was werde ich bekommen, wenn ich sie erfülle?"

„Du wirst Galaktogon helfen, die größte Bedrohung abzuwehren, die die Galaxie je gesehen hat!" Der Berater wurde wieder dramatisch und hochtrabend. Ich musste ihn beruhigen.

„Glauben Sie wirklich, dass ein einziger Kapitän eine ganze Armada besiegen kann? Ich habe mit eigenen Augen gesehen, wie eine fliegende Festung der Zatrathi zwölf Kreuzer der Klasse A bis zur totalen Vernichtung bekämpft hat – und das, während die Qualianer sie repariert haben. Was werden Sie tun, wenn es mehr als einer ist? Diese Rache-Waffe ist für einen einmaligen Schuss auf einen Planeten gut. Danach muss man ihre drei Teile einsammeln, sie zusammensetzen und an den nächsten Kamikazepiloten weitergeben. Das ist zu kompliziert und unpraktisch. Ich habe gesehen, wozu die Zatrathi fähig sind. Sie werden nicht zweimal auf dieselbe Harke treten. Also ersparen Sie mir die Märchen, wie

Sie ‚die Rache' gegen die feindliche Flotte einsetzen wollen. Sie sollte besser gegen die Qualianer eingesetzt werden. Stimmt's, Berater?"

„Unsere Taktik und unsere Politik gehen dich nichts an!", wies der Berater mich zurecht. „Wir sind bereit, dich mit zwei kostenlosen Hansa-Upgrades und einem zusätzlichen Rabatt von 5 % auf deine weiteren Geschäfte mit Hansa zu entschädigen – falls du diese Quest erfolgreich abschließt. Das sollte genügen, wenn man bedenkt, dass du bereits die zweite Liste erhalten hast. Akzeptierst du den Auftrag des Imperators?"

„Sicher. Ich werde euch diese Gegenstände besorgen." Ich grinste und nahm die Quest an.

„Der Vizeimperator wird dich einweisen. Du wirst dich sofort auf den Weg zur Heimatwelt der Delvianer machen!"

Mein Verhältnis zu dem Berater sank um drei Punkte – ich schätzte, ihm gefiel meine Vermutung über den wahren Zweck der ‚Rache' nicht. Andererseits war die Zerstörung des Heimatplaneten eines feindlichen Verbündeten kein so schlechter Schachzug.

Der Bildschirm mit dem Berater erlosch, die Fesseln um meine Hände verschwanden und ich griff wie ferngesteuert nach dem Schreibtisch. Das Tablet des Vizeimperators lag dort so einsam wie zuvor und flehte mich an, das zu ändern. Ich griff nach dem Gerät und drückte den Aufwachknopf – und stieß auf einen Passwortdialog. Hinter mir hörte ich, wie eine Tür geöffnet wurde. Der Vizeimperator war auf dem Rückweg – und der Manipulatorstrahl riss mich in die Luft. Da ich keine andere Wahl hatte, warf ich das Tablet schnell in mein Inventar. Sollten sie doch versuchen, es aus mir herauszuschütteln.

„Wir haben neue Anweisungen in Bezug auf dich und deinen Komplizen erhalten", sagte der Vizeimperator geringschätzig und setzte sich an den Tisch. „In einer Stunde fliegen wir zu den

Delvianern. Mir wurde geraten, dich in mein Team aufzunehmen, und ich bin geneigt, diesen Rat zu befolgen."

„Ich reise nur mit meinem eigenen Schiff." Ich war überrascht von der Formulierung des Vizeimperators.

„Unmöglich! In den Anweisungen steht eindeutig, dass du bei uns mitkommen sollst. Du wirst als Mitglied des Ingenieurstabes in unser Diplomatenteam für die Delvianer aufgenommen. Es gibt keine andere Möglichkeit für dich, der voldanischen Allianz beizutreten!"

„Ist es das, was der Berater Ihnen gesagt hat?"

„Nein! Das ist es, was ich dir sage!" Der Precianer schlug mit der Faust so fest auf seinen Schreibtisch, dass einige Papiere zu Boden flatterten. „Du machst, was ich dir sage! Sprich nur, wenn es dir erlaubt ist! Wage es nicht einmal, ohne meine Erlaubnis zu atmen! Ich werde nicht zulassen, dass diese diplomatische Mission scheitert! Mir wurde befohlen, den Piraten an Bord zu nehmen und ihn an die Delvianer auszuliefern, und das werde ich tun, selbst wenn ich ihn an mein Schiff ketten muss! Bringt Chirurg auf mein Schiff. Bringt ihn in die Arrestzelle. Wir brechen sofort auf!"

Irgendwie war aus dem ,Ratschlag' ein ,Befehl' geworden, aber ich machte mir nicht die Mühe, den Vizeimperator auf diese Ungereimtheit aufmerksam zu machen. Vor allem, als ich sah, dass er jetzt eifrig nach seinem Tablet suchte und die Papiere auf dem Schreibtisch durchwühlte. Ich fragte mich, ob er Überwachungskameras in seinem Büro hatte.

Die Probleme des Vizeimperators verflüchtigten sich, sobald sich die Tür zwischen uns senkte. Niemand war ein Dieb, bis er erwischt wurde. Ich war mehr über die aktuelle Quest besorgt. Zu den Delvianern zu gehen, ohne einen Panzeranzug und ein Schiff – das war eine schlechte Idee, doch ich hatte keine andere Wahl. Ich konnte Brainiac nicht auf meinem PDA erreichen, und ich hatte keine andere Möglichkeit, mein Schiff zu kontaktieren. Nach einer langen Reise fand ich mich in der Arrestzelle des Kreuzers des Vizeimperators wieder – der einzige VIP an diesem Ort. Einer der Soldaten warf mir einen precianischen Wartungsanzug zu und befahl mir, ihn anzuziehen. Das zeremonielle Gewand, das ich seit meiner Audienz beim precianischen Imperator unter meiner Rüstung getragen hatte, passte nicht zu einem Ingenieur-Gesandten.

„Mach dich damit vertraut." Der Leiter des Wartungsdienstes trat an die Zelle heran und reichte mir einige Schaltpläne. „Das ist unser Triebwerk. Für deine Tarngeschichte solltest du seine Funktionsweise genau studieren. Die Delvianer werden nicht erfreut sein, einen Menschen unter der diplomatischen Mission zu sehen. Sie könnten dich befragen, um zu sehen, ob du wirklich der bist, für den du dich ausgibst. Darauf musst du dich vorbereiten. Sieh dir die Konstruktionsmerkmale unseres Triebwerks an: Statt der normalen zwei Modulationseinheiten nutzt unseres drei. Dadurch kann es..."

Ich konnte nicht sagen, dass mir die Schulung sonderlich viel Spaß gemacht hätte. Der Ingenieur benutzte viele Fachausdrücke, und das Wesentliche blieb mir trotz seiner Bemühungen verborgen. Modulationen, Singularitäten, Triangulationen und andere ‚ulationen' waren für mich böhmische Dörfer. Ich setzte meine ganze Hoffnung, die Prüfung zu bestehen, auf meine Spielprotokolle und Stans Hilfe. Wenn mir jemand helfen konnte, die Prüfung zu bestehen, dann er. Nachdem ich mich vergewissert hatte, dass ich allein war, zog ich meinen PDA heraus.

„Sprich, aber mach es kurz!", begrüßte Kiddo mich.

„Was ist mit den Informationen über den bevorstehenden Angriff auf die Delvianer passiert?"

„Leider gibt es keine guten Nachrichten. Ich habe mich mit Ash in Verbindung gesetzt, dem Anführer von Vanguard. Sie sind die Top-Gilde in Galaktogon. Es hat sich herausgestellt, dass sie in der letzten Woche etwa 40 Schiffe mit den gleichen Informationen gekapert haben. Die Entwickler haben ein galaktisches Event angekündigt – und die Spieler eingeladen, daran teilzunehmen. Wie Ash sagte, hat er die Herausforderung angenommen, und organisiert nun seine Kräfte. Soweit ich weiß, haben bis jetzt 130 Gilden ihre Teilnahme bestätigt. Er koordiniert sie selbst. Also konnte ich deinen Tipp nicht verkaufen, tut mir leid. Er war einfach nichts wert."

Marina legte auf und ließ mich mit meiner Enttäuschung allein. Ich hatte mir vorgestellt, dass dies meine Chance war, ein Imperium zu retten und so etwas wie der Messias der Delvianer zu werden – und jetzt stellte sich heraus, dass die ganze Sache ein Marketing-Gag war. Ich hatte nicht vor, mich auf den bevorstehenden Kampf der Titanen einzulassen. Wenn die Spieler sich mit den Zatrathi prügeln wollten, dann sollten sie das tun. Als Pirat fühlte ich mich abseits der galaktischen Konfliktherde viel wohler. Der Hülle erzitterte und deutete damit an, dass wir aus dem Hyperraum aufgetaucht waren.

„Achtung! Alle Stationen besetzen!", verkündete das Interkom des Kreuzers. „Wir sind in das Larsi-System eingetreten. Auf Inspektion vorbereiten."

Der Precianer rollte seine Pläne auf und raste davon. Er wurde durch zwei Wachen ersetzt. Ich wurde zu einem Hangar begleitet, der mit verschiedenen Geräten und Teilen gefüllt war, die mir von meinem kürzlichen Crashkurs über die Raumschifftechnik vage bekannt waren – die Teile stellten einen zerlegten Kreuzerantrieb dar. Ein Schwarm von Ingenieuren war bereits damit beschäftigt, so zu tun, als würden sie Reparaturarbeiten durchführen. In Wirklichkeit drehten sie aber alle nur an den gleichen Muttern und schweißten die gleichen Teile wieder und wieder zusammen. Das Spektakel, in dem ich die Hauptrolle spielen sollte, hatte begonnen. Ich wurde zum Antrieb geführt und bekam ein Diagnosegerät in die Hand gedrückt. Mein Führer schloss es an, drückte einige Knöpfe und erklärte mir, was ich zu tun hatte. Die Grafen und Tooltips auf dem Bildschirm des Geräts faszinierten mich so sehr, dass ich das Zeitgefühl verlor. Ich kam erst wieder zur Besinnung, als ich einen empörten Aufschrei hörte.

„Ein Mensch? Wir wurden nicht gewarnt, dass ein Mensch an Bord sein würde!"

„Bestimmte Aspekte der Aufrüstung des Antriebs erfordern eine Rund-um-die-Uhr-Überwachung der Veränderungen", erklärte der Vizeimperator so wortreich wie möglich. „Der Ingenieur Chirurg ist einer der wenigen Menschen, die über die notwendigen Fähigkeiten und Qualifikationen verfügen, um an den Geräten und Technologien von Hansa zu arbeiten."

„Ein gewöhnlicher Mensch hat bei Hansa die Zertifizierungsstufe 2 erreicht?" Hinter dem Rücken des Hauptzollbeamten tauchte eine hübsche Füchsin auf. Ein segmentierter, metallener Schwanz, ein Monokel, das verborgene Eigenschaften aufspürte, ein kybernetisches linkes Bein – ihre Erscheinung ließ auf eine Leidenschaft für Technik und eine bewegte Vergangenheit schließen. Diese Delvianerin hatte wohl eine Art Unfall hinter sich.

„Wir würden mit keinem anderen Menschen verhandeln", sagte der Vizeimperator ein wenig defensiv. Er schien stolz darauf zu sein, einen so fähigen Menschen unter seinen Ingenieuren zu haben.

„Klingt nach völligem Blödsinn", sagte die delvianische Expertin, woraufhin der Zollbeamte sich umdrehte.

„Sie haben Vorbehalte, Lumara?"

„Menschen kann man nicht trauen." Die Füchsin schnitt eine Grimasse. „Sie sind oft nicht das, was sie vorgeben zu sein. Ich würde gern seine Qualifikationen prüfen."

„Sie können ihn fragen, was Sie wollen", sagte der Vizeimperator, aber Lumara runzelte die Stirn. „Das habe ich auch vor, keine Sorge – aber nicht hier. Wenn dieser Chirurg so gut ist, wie Sie sagen, wird er meine Fragen gern in einem Kraftfeld beantworten. Wenn er korrekt antwortet, werden wir ihn von jedem Verdacht freisprechen und ich werde mich in aller Form bei Ihrer Botschaft entschuldigen. Wenn er nicht antwortet, müssen Sie mit Konsequenzen rechnen, weil Sie dann versucht hätten, einen Spion in unseren Reihen zu platzieren. In diesem Fall würde ich auf Ihre Ausweisung aus dem Imperium bestehen."

„Wie Sie wünschen." Der Oberzöllner nickte zustimmend und wandte sich an uns: „Haben Sie gehört? Die Untersuchung des Schiffes ist ausgesetzt worden. Bis zur Überprüfung von Chirurg bitte ich alle, auf ihren Plätzen zu bleiben. Der Mensch kommt mit uns."

Nun wurde ich von den Delvianern hinausgeleitet.

„Lumara ist die jüngste Tochter des delvianischen Imperators", erklärte Stan nach einigem Herumstöbern in den Foren. *„Vor der Entführung ihrer älteren Schwester hat sie sich nicht aktiv an der Politik beteiligt und war bei ihren Untertanen nicht beliebt. Als ihre Schwester verschwand, änderte sich das. Sie ist an allen bekannten fortschrittlichen Technologien interessiert. Es gibt keine weiteren Informationen."*

In meinem Kopf schrillten die Alarmglocken – diese neue Figur könnte alle meine Pläne durchkreuzen. Ich fühlte mich nackt und wehrlos ohne meinen Panzeranzug, also dachte ich nicht einmal daran, mich zu wehren. Ich wurde auf das delvianische Schiff eskortiert und in einen Raum mit allerlei Ausrüstung gebracht. Handschellen fesselten mich sicher an einen Metallstuhl, ein Kraftfeld flackerte um mich herum auf und schnitt mich von der Außenwelt ab. Mein PDA funktionierte weiterhin, aber nur, um andere Spieler anzurufen. Das Kraftfeld blockierte meinen Kontakt zu Stan. Ich würde die Prüfung allein bestehen müssen, ohne Spickzettel oder Hilfe von außen.

„Ich übernehme das." Lumara schickte die Wachen hinaus. Die Füchsin setzte sich hinter ein Touchpanel und aktivierte irgendein Gerät. Ein unangenehmes Brummen erfüllte meine Ohren. Die Wachen zogen sich zurück. Entweder trauten sie sich nicht, der Prinzessin zu widersprechen, oder sie wollten sich nicht in der Nähe ihrer Experimente aufhalten. Die Füchsin näherte sich dem Kraftfeld, das mich umgab.

„Sie sagen, Sie waren auf Raydon und haben meine Schwester gesehen. Ich bin ganz Ohr."

„Sie hält sich gut, auch wenn es nicht leicht für sie ist", antwortete ich vorsichtig. Es war mir nicht ganz klar, wofür sich die jüngere Prinzessin interessierte. Meine Qualifikation als Ingenieur erwies sich als irrelevant.

„Noch so eine Antwort und ich schicke Sie und die Precianer von hier weg", knurrte Lumara. „Wie geht es meiner Schwester?"

„Ihre Verbindung mit dem Planetengeist wurde aufgehoben. Um ihren Hals befindet sich ein Sprengsatz. Sie kann sich nur eingeschränkt auf dem Zatrathi-Schiff bewegen", gab ich ihr die bereits bekannten Informationen. Ich war mir sicher, dass die Precianer diese Informationen weitergegeben hatten und ich jetzt einfach nur überprüft wurde. Den wertvollsten Teil hielt ich noch zurück.

„Wie funktioniert das Halsband?"

„Das ist nicht ganz klar. Ich war noch nie mit der Technologie der Zatrathi in Berührung gekommen und meine Zeit auf ihrer Orbitalstation hat nicht ausgereicht, dieses Thema weiter zu erforschen."

Lumara wechselte abrupt das Thema. „Warum sind Sie hier?"

„Ich bin als Mitglied der precianischen Botschaft gekommen."
Die Tarngeschichte ging mir leicht über die Lippen. „Ich arbeite an
ihren Maschinen, da sie selbst..."

„Jedes Imperium hat sein eigenes Hansa-Äquivalent",
unterbrach die Prinzessin mich. „Spezialisten aus verschiedenen
Imperien tauschen ständig Informationen und Daten über die
neuesten Entwicklungen aus, auch andere fähige Ingenieure. Als
Vorsitzende des delvianischen Industriekonzerns weiß ich, dass 32
Menschen von der Hansa Corp. die Zertifizierung der Stufe 2
erhalten haben. Unter ihnen befindet sich niemand mit dem
Namen ‚Chirurg'. Ich frage Sie noch einmal: Warum sind Sie hier?"

Die Dame hatte einige Tricks auf Lager.

„Ich reise mit der diplomatischen Mission als Ingenieur. Ich
bin bereit, mich prüfen zu lassen und meine beruflichen
Qualifikationen unter Beweis zu stellen", beharrte ich auf meiner
Tarngeschichte und ignorierte die Worte der Füchsin. Es konnte
gut sein, dass sie bluffte.

„Wie ich Ihnen bereits sagte, sind sie wegen der Lira
gekommen", mischte sich eine vertraute Stimme ein. Ein Schatten
löste sich von der Wand und nahm die Gestalt von niemand
anderem als Aalor an. Die Gilde Liberium verzieh ihren Feinden
nicht, vor allem nicht solchen, die so aufdringlich waren wie ich.

„Das ist also Ihr Informant?" Mir gelang ein leichtes Lachen.
„Aalor, hast du die Prinzessin über das unrühmliche Ende deines
Kreuzers durch meine Hand informiert? Du bist mir gefolgt, um
dich zu rächen. Man sagt, Rache sei ein Gericht, das man am besten
kalt serviert."

„Rache? Aalor, ist das wahr?" Lumara drehte sich um.

„Ja, aber meine persönliche Beziehung zu Chirurg hat nichts
damit zu tun, dass die Precianer hergekommen sind, um den Sockel
der ‚Rache' zu stehlen."

„Beweise es", fuhr ich mit meinem Text fort. „Prinzessin, kommen wir zu den Tests. Es ist töricht, den Worten von jemandem zu vertrauen, der auf Rache aus ist. Ich kann leicht beweisen, dass ich der bin, der ich behaupte zu sein. Ich habe zu wenig Zeit, um mich mit den falschen Anschuldigungen dieses Menschen zu beschäftigen."

Es folgte eine lange Pause. Meine Worte hatten Lumara beeindruckt. Wäre Aalor nicht hier, könnte ich vielleicht sogar noch weiter gehen, aber mein Gegner würde nicht so leicht aufgeben.

„Ich kann auch einen Beweis liefern! Er ist gleich hier, Prinzessin. Ich schicke Ihnen jetzt die Datei." Der Offizier von Liberium schickte ein Video an die Füchsin. Verblüfft nahm Lumara es an und sah es sich an. Ihr Gesicht wurde mit jeder verstreichenden Sekunde länger.

„Aber der Vizeimperator...", begann die Prinzessin erstaunt, doch Aalor unterbrach sie.

„Wir können das auch ohne Chirurg besprechen."

Zu spät. Ich stellte fest, dass das Video von meinem Treffen mit dem Berater war – und dass es der Vizeimperator selbst gewesen war, der es hatte durchsickern lassen. Er war der Einzige, der die Anweisungen des Beraters erhalten hatte. Trotz der Zwangslage, in der ich mich befand, warf ich Aalor ein bösartiges Grinsen zu. Es war unmöglich, seine Reaktion hinter seinem Visier zu sehen, aber ich war mir sicher, dass er mich verstanden hatte. Er hatte soeben seine Gilde verraten und ihren Informanten enttarnt. Ich war mir sicher, dass das precianische Imperium auf ewig für diese Gilde tabu sein würde, wenn der Berater den Verrat von Liberium herausfand. Ich würde den Preis für mein Schweigen mit Vargen aushandeln.

Lumara sah sich den Rest des Videos an und wandte sich an Aalor: „Das Podest wurde meinem Vater, dem Imperator, vom

Oberhaupt des Jolly Roger überreicht. Was ist ‚die Rache'? Warum suchen die Precianer danach?"

„Das weiß der Vizeimperator nicht." Aalor machte sich nicht einmal mehr die Mühe, die Identität des Informanten zu verschleiern. „Aber er ist sich sicher, dass es eine Waffe ist, um die Zatrathi zu bekämpfen. Die ganze Idee ist jedoch Unsinn. Der dritte Teil der Waffe ist verschwunden."

„Wenn der Korse uns das Podest gegeben hat, weiß er vielleicht, wo sich der dritte Gegenstand befindet. Ich werde mit ihm sprechen", sagte die Prinzessin nachdenklich, was mich dazu veranlasste, sie gedanklich auf meine Liste der wichtigen NPCs zu setzen. Wenn sie einen Draht zu dem Korsen hatte, dann konnte sie ein gutes Wort für mich einlegen.

„Was wird mit Chirurg geschehen?", fragte Aalor.

„Er und die Precianer sollen ausgewiesen werden. Der Vizeimperator soll bleiben. Wir werden uns um ihn kümmern. Die Precianer würden ihm den Verrat nicht verzeihen."

„Prinzessin, überstürzen Sie meine Ausweisung lieber nicht." Ich weigerte mich, tatenlos zuzusehen. „Es ist wahr, dass ich das Podest suche, aber ich bin bereit, Informationen auszutauschen, um es zu erhalten."

„Was ist ‚die Rache'?", kam die Gegenfrage.

„Das spielt jetzt keine Rolle. In zwei Tagen wird das delvianische Imperium einen vernichtenden Schlag erleiden."

„Meinen Sie den Zatrathi-Angriff? Wir bereiten uns bereits darauf vor. Der Feind wird nicht triumphieren."

Also hatte Ash beschlossen, nicht nur die Spieler, sondern auch die NPCs einzubeziehen. Ein vernünftiger Schachzug, auch wenn er meine Pläne ein wenig durchkreuzte.

„Wenn das so ist, gibt es noch zwei andere Dinge zu besprechen. Erstens möchte ich mich mit dem Imperator treffen und meine rechtmäßige Belohnung für die Zerstörung der fliegenden Festung der Zatrathi abholen. Zweitens: Ihre Schwester ist schwanger, und ich weiß, wer der Vater ist."

„Was?" Lumara schwebte über meiner Kuppel, entgeistert von der Nachricht. Ihr kybernetischer Körper errötete. Mit solchen Nerven sollte sie den Pokertisch wohl besser meiden.

„Ich will die Belohnung, die ich verdient habe", wiederholte ich, als wäre nichts geschehen. „Ich bin zufällig der erste Mensch, der eine fliegende Festung zerstört hat. Die Precianer können Ihnen erzählen, wie ich das gemacht habe."

„Zum Teufel mit Ihrer Belohnung! Was haben Sie über meine Schwester gesagt?"

„Darüber werde ich nicht sprechen, solange er hier ist."

„Lassen Sie uns allein", bellte Lumara Aalor an, ohne sich umzudrehen. Da er nicht in der Position war, dem zu widersprechen, kratzte Aalor die Kurve. Aber ich ließ mich nicht täuschen. Es waren mit Sicherheit getarnte Wachen um uns herum – niemand würde eine Prinzessin allein lassen, auch nicht eine so seltsame wie diese. Doch das störte mich nicht – ich war den einzigen Feind, der meine Pläne durchkreuzen konnte, bereits losgeworden.

„Nun?" Lumara begann vor Ungeduld im Zimmer auf und ab zu laufen.

„Ich will drei Dinge. Das erste ist der Sockel. Zweitens muss ich den Vater des Babys der Prinzessin über ihren aktuellen Zustand informieren. Die Prinzessin hat mich gebeten, ihm zu sagen, was passiert ist. Drittens möchte ich, dass Sie den Korsen anrufen und herausfinden, wo ich den dritten Teil der ‚Rache' finden kann."

„Woher soll ich wissen, dass Sie nicht lügen? Warum sollte ich Ihnen trauen?"

„Das müssen Sie einfach. Ich kann Ihnen das Video von meinem Treffen mit Ihrer Schwester nicht schicken, weil die Precianer mein Schiff haben."

„Der Vizeimperator hat es mitgebracht", sagte Lumara und
dachte über meine Forderungen nach. „Das Kugelschiff ist auf
unserem Planeten. Ich wollte es für später aufheben. Es würde mir
gefallen, ein bisschen in seinen Innereien zu wühlen. Ich hatte noch
nie die Gelegenheit, ein Schiff dieser Klasse zu untersuchen."

„Und das werden Sie auch nie", sagte ich schroff. „Es ist mein
Schiff, und ich werde nicht zulassen, dass irgendjemand etwas mit
ihm anstellt. Bedingung Nummer vier: Sie bringen mir das
Kugelschiff heil und unangetastet zurück. Wie lautet Ihre
Entscheidung?"

Im Prinzip hatte der Vizeimperator logisch gehandelt – er
hatte vor, mich mitsamt meinem Schiff an die Delvianer zu
verraten. Alles, was er tun musste, war, Brainiac zu zeigen, dass ich
an Bord seines Kreuzers war, und die *Warlock* würde uns folgen.
Sobald ich zurück sein würde, würde ich eine sichere Verbindung
zum Schiff herstellen. Das war schon das zweite Mal, dass ich den
Kontakt zu ihr verloren hatte.

„Sie verlangen zu viel", antwortete Lumara. „Ich kann ein
Treffen mit dem Vater des Babys arrangieren. Sie können ihm von
meiner Schwester erzählen. Ich kann den Korsen anrufen und nach
dem dritten Teil der ‚Rache' fragen, aber ich bin nicht sicher, ob er
antworten wird. Ich kann Ihnen Ihr Schiff unter einer Bedingung
zurückgeben: Sie zeigen es mir. Ich möchte das Raumschiff mit
eigenen Augen sehen. Die Hansa-Leute sprechen in den höchsten
Tönen von ihm. Was die Lira angeht – diese Forderung ist
indiskutabel. Sie war ein Geschenk an unser Imperium. Keiner
hat das Recht, es uns wegzunehmen. Selbst wenn es um meine
Schwester geht, würde ich dem nicht zustimmen."

Es war mir längst klar, dass kein Mitglied der imperialen
Familie zustimmen würde, die Lira an einen einfachen Spieler zu
übergeben, aber einen Versuch war es wert. Was ich jetzt tun
musste, war, träge und überzeugend zu seufzen, so zu tun, als würde

ich einen epischen inneren Kampf ausfechten, und dann neue Bedingungen vorzuschlagen, die für uns beide akzeptabler waren.

„Ich verstehe das mit dem Podest. Ich bin bereit, eine alternative Forderung zu stellen. Genehmigen Sie mir den Aufenthalt auf Ihrem Planeten als precianischer Ingenieur. Sie können mit dem Vizeimperator machen, was Sie wollen. Ich werde mit Aalors Chef über die Kosten für mein Schweigen sprechen. Ich denke, wenn Sie den Verräter richtig bearbeiten, wird er ein ausgezeichneter Spion sein. Sie haben doch sicher keine Spione im precianischen Imperium, die den Rang eines Vizeimperators haben, oder? Das Oberhaupt eines Handelsplaneten... eine einmalige Chance."

„Sie wären bereit, die Precianer zu verraten? Ist Ihnen Ihr eigenes Volk fremd?"

„Mein Volk? Ich bin ein Pirat!" Ich tat so, als wäre ich ein bisschen beleidigt. „Ich habe kein Volk. Mein Leben besteht aus kapern, plündern, freilassen und wieder kapern, um erneut zu plündern. Bei diesen wichtigen Tätigkeiten ist kein Platz für Patriotismus oder kitschige Liebe zu irgendeinem Imperium. Ich kämpfe für diejenigen, die mir am meisten zahlen."

„Ein Pirat?" Lumaras Schnauze verzog sich abschätzig. „Wie viel wollen Sie für Informationen über ‚die Rache', Pirat?"

Lumara hatte mich verstanden, und das Gespräch ging in die richtige Richtung.

„Information gegen Information", machte ich einen weiteren Versuch, zu verhandeln. „Ich bin an allem interessiert, was mit den Uldanern zu tun hat. Die Entdeckung des Kugelschiffs hat in mir ein Interesse an außerirdischer Archäologie geweckt. Ihre Lebensweise, Technologie, Aufzeichnungen. Selbst Geschichten über die Uldaner reichen mir."

„Sie sind also auch noch Archäologe?" Die Füchsin schaute überrascht. „Sie haben wohl viele alte Geschichten über edle

Piraten gelesen, die einst durch den Weltraum zogen, die Reichen ausraubten und den Armen Geld gaben?"

„Das ist richtig. Ich gebe den Armen, um sie reich zu machen, damit ich sie später ausrauben kann", sagte ich. „Ich denke, der Sinn des Piratendaseins ist ständiges Plündern. Zum Beispiel stehle ich gern Informationen."

„Wofür ist ‚die Rache' da?", fragte Lumara erneut, und dieses Mal würde ich ihr antworten. Die Prinzessin hatte zu meiner Bitte um Informationsaustausch nicht Nein gesagt, also würde sie einem Kompromiss zustimmen. Es war unmöglich, zu weit zu gehen.

„Eine Waffe der letzten Instanz", wiederholte ich die Worte des precianischen Beraters.

„Die Precianer sind bereit, ihre Beziehungen wegen eines einzigen Schusses zu opfern?", fragte die Füchsin, nachdem sie das Prinzip der ‚Rache' verstanden hatte.

„Im richtigen Moment abgefeuert, kann auch ein einziger Schuss den Sieg bringen", sagte ich philosophisch. „Wann findet meine Audienz beim Imperator statt?"

„Morgen. Mein Vater ist heute sehr beschäftigt. Wir treffen die letzten Vorbereitungen für die Offensive. Ich denke, ich kann den Precianern die Landung auf unserem Planeten gestatten. Wir werden so tun, als ob Sie den Test bestanden hätten. Sie werden auf Ihr Schiff gebracht, wo Sie bis morgen bleiben müssen. Es ist Ihnen nicht erlaubt, den Palast zu betreten. Ich werde morgen früh vorbeikommen. Und ich werde einen Blick auf Ihr Kugelschiff werfen."

Lumara hielt inne und durchbohrte mich mit ihrem Blick. Da sie die Ungewissheit nicht ertragen konnte, fragte sie: „Wer ist der Vater?"

„Alviaan. Oberstes Ratsmitglied des delvianischen Imperators."

„Was zum...!", fluchte Lumara. „Dieser unbedeutende Trottel! Morgen früh werde ich Sie mit ihm an Bord Ihres Schiffes besuchen. Bereiten Sie das Video vor. Es wird am Abend abgeholt. Denken Sie daran, Chirurg, wenn Sie mich belogen haben, werde ich alles tun, damit kein Imperium mehr etwas mit Ihnen zu tun haben will. Haben Sie mich verstanden?"

„Dann füge ich noch eine weitere Bedingung hinzu." Ich beschloss, noch etwas mehr aus Lumara herauszuquetschen. „Ich will eine Ihrer Erfindungen. Genauer gesagt, eine Kommunikationseinheit, die mich mit meinem Schiff in Verbindung halten kann, unabhängig davon, ob ich einen Panzeranzug habe oder nicht. Ich glaube nicht, dass ich Ihnen meine Ehrlichkeit noch länger beweisen muss, und ich kann mich nicht darauf verlassen, dass ich meinen Panzeranzug immer bei mir habe."

„Einverstanden." Lumara grinste und eilte zum Ausgang. Schon an der Tür fügte sie hinzu: „Bringen Sie ihn auf das Schiff. Er ist mit gewissen Einschränkungen als Gast zu behandeln."

Ihnen wurde der Zugang zur Hauptstadt des delvianischen Imperiums gewährt.

Ein weiterer Schatten löste sich von der Wand, dieses Mal verwandelte er sich in einen Androiden. Das Kraftfeld verschwand und machte dem Strahl eines Manipulators Platz. Ich bereitete mich darauf vor, wieder an alle Ecken und Türpfosten des Gebäudes zu stoßen, aber der Androide trug mich vorsichtig. Nachdem ich mein Schiff sicher erreicht hatte, zog ich den Anzug an und lauschte dem Bericht der Crew.

„Käpt'n, ich habe einen Vorschlag, der beinahe genial ist", sagte die Schlange. „Lass uns von hier verschwinden."

„Was ist denn los?" Ich seufzte vor Erleichterung und kletterte in meine Metallhülle. Drinnen war es viel sicherer als unter dem freien Himmel.

„Es ist alles gelogen. Nachdem sie dich entführt haben, haben sie versucht, uns zu hacken und dann zu zerstören. Wir konnten keinen Kontakt zu dir aufnehmen und wussten nicht, was wir tun sollten. Dann haben sie uns hergebracht, und wir haben sogar beschlossen, uns selbst zu zerstören, gerade als du wieder aufgetaucht bist. Jetzt wirst du natürlich sagen, dass alles in Ordnung ist, dass wir nicht in Panik geraten sollen und so weiter, aber das Wichtigste habe ich dir noch nicht erzählt. Aus Langeweile habe ich die Daten aus der Zatrathi-Festung mit denen des Aufklärers verglichen. Irgendetwas stimmt nicht überein. Ich kann nicht genau sagen, was, aber meine Intuition sagt mir, dass wir so schnell wie möglich von hier verschwinden müssen. Die Zatrathi haben nicht vor, das delvianische Imperium zu erobern. Sie wollen es zerstören. Und wenn das so ist, warum sollten sie überhaupt herkommen? Sie werden einfach aus der Ferne mit einer schrecklichen Waffe zuschlagen und – Boom – keine Delvianer mehr. Und sie werden jeden erwischen, der dabei mit ihnen zusammenarbeitet. Die Zatrathi wissen, wie man die Bindungen an Planetengeister zerstört. Was, wenn ihre Waffe das auch kann? Ich wiederhole, es gibt wenig Informationen, sie sind widersprüchlich, aber die generelle Erkenntnis ist, dass wir von hier wegfliegen müssen!"

„Ich werde mich morgen früh mit dem Imperator treffen und dann können wir abhauen", stimmte ich zu.

Wenn die Schlange in Panik war, war es eine gute Idee, ihren Rat zu beherzigen. Angesichts der vielen verlassenen Aufklärer, auf die die Spieler trafen, roch alles, was vor sich ging, nach einem Hinterhalt der Zatrathi. Erst konnte niemand auch nur in die Nähe ihrer Schiffe kommen, dann waren sie plötzlich überall. Und alle trugen die gleichen Daten in sich. Daher mussten wir schnell handeln.

Ich verbrachte den Rest des Tages in beherzten Verhandlungen mit Vargen. Der Anführer von Liberium wehrte sich bis zuletzt und versuchte, mich mit GCs auszuzahlen, aber ich zwang ihn

VASILY MAHANENKO

schließlich, das Spielgeld wegzulegen. 500.000 echte Credits füllten mein Familienbudget wieder auf.

Am Abend tauchten Lumaras Leute auf. Ich gab ihnen das Video. Erst danach erlaubte ich mir, das Spiel zu verlassen. Mein Körper brauchte eine Pause in Form von Schlaf.

$$\times$$

„DRAUSSEN SIND BESUCHER, die um Erlaubnis bitten, an Bord gehen zu dürfen. Draußen sind Besucher, die um Erlaubnis bitten, an Bord gehen zu dürfen. Draußen sind Besucher, die um Erlaubnis bitten, an Bord gehen zu dürfen. Draußen sind Besucher..."

Es wäre natürlich möglich gewesen, mich auf eine weniger monotone Weise zu wecken, aber Brainiac wollte vermutlich seine schlechte Laune an mir auslassen, weil ich der Delvianerin erlaubt hatte, in seinen zarten Eingeweiden herumzuwühlen. Ich schüttelte meinen Kopf, um die verbliebene Schläfrigkeit zu vertreiben, und befahl ihm, die Gäste an Bord zu lassen. Zuerst kam ein Inspektionsteam, um zu überprüfen, ob sich nichtdeklarierte Biomaterie an Bord befand, dann steckten zwei Geheimdienstfüchse ihre Nasen in alle Ecken des Schiffes, und nachdem sie sich vergewissert hatten, dass es keine Feinde gab, betrat Lumara das Schiff zusammen mit einem gut aussehenden Delvianer und einer Tonne von Geräten. Während der precianische Berater wie ein netter Onkel wirkte, gab dieser delvianische Aristokrat sein Bestes, um seine Überlegenheit gegenüber allen anderen zu zeigen.

„Die Prinzessin hat gesagt, dass Sie wichtige Informationen für mich haben." Alviaans Tonfall passte zu seinem Auftreten. Arroganz multipliziert mit Eitelkeit. Ich war überrascht, dass er mein Video nicht gesehen hatte, aber ich schickte ihm eine weitere

Kopie. Der NPC sah es sich an. Als das Video zu Ende war, erhielt ich eine Benachrichtigung.

Quest erfüllt: *Der Storch und der Fuchs*. Belohnung: Ein dankbares Nicken von Alviaan, dem Obersten Ratsmitglied des delvianischen Imperators.

Ich musste beinahe lachen, als ich die Belohnung sah. Alviaan warf mir noch einen arroganten Blick zu, nickte leicht, um seine Dankbarkeit auszudrücken, und verließ dann schweigend das Schiff. Aber war es nicht immer so? Man setzte all seine Hoffnungen in eine Quest, und wenn man sie erledigt hatte, bekam man nur ein kleines Nicken. Ich hatte den Drang, diesen Wackeldackel in die Zange zu nehmen – komme, was wolle.

Lumara folgte Alviaan nicht, und sie bemerkte auch nicht, wie er wegging, da sie in die Untersuchung meines Schiffes vertieft war.

„Coole Crew haben Sie da!" Der Blick der Prinzessin blieb auf Sebastian und Tryd hängen. Der Vizeimperator hatte das Schiff zusammen mit dem Piraten mitgebracht. „Ein Pirat und ein Dieb. Ein Delvianer und ein Qualianer. Ausgestoßene und flüchtige Verbrecher. Machen Sie sich Mühe damit, solches Gesindel zu rekrutieren? Ich bin überrascht, dass Sie einen Qualianer an Bord lassen. Sie waren daran beteiligt, sie in den Schurkenstaat von Galaktogon zu verwandeln, und trotzdem reist einer von ihnen mit Ihnen. Beständigkeit ist nicht Ihre stärkste Eigenschaft, kann das sein?"

„Nein, es ist mir nur egal, welcher Rasse meine Crewmitglieder angehören. Tryd ist ein Delvianer - folgt daraus, dass alle Delvianer Kriminelle sind?"

„Ich stimme zu. Die Rasse hat keine Bedeutung." Lumara nickte erfreut. „Urteilen Sie nicht zu hart über Alviaan. Er ist sich immer noch nicht sicher, ob er sich über die Nachricht freuen oder verzweifelt sein soll, und Arroganz ist seine Art, seine Gefühle zu verbergen. Wir sind nicht alle so. Mein Vater hat ihn kürzlich zum Ratsmitglied degradiert, weil er meine Schwester entehrt hat. Alviaan lernt gerade, was es heißt, Teil der imperialen Familie zu sein. Heute wird seine Verlobung mit Niola bekanntgegeben, und ich werde endlich frei sein."

„Die Prinzessin darf den Planeten verlassen?"

„Vielleicht. Hier bin ich eine Prinzessin und das war's", sagte Lumara. „Da draußen bin ich eine Ingenieurin, die Leiterin der Pamir Industrial Corporation, eine Delvianerin, ein einfaches Geschöpf. Alles Mögliche, nur keine Prinzessin. Übrigens, wenn Sie nicht mit Ihren Neuigkeiten angekommen wären, säße ich immer noch hier fest. Wie ich diese ganzen Zeremonien hasse! Ich habe nicht vor, den Planeten zu verlassen, es ist ja nicht schlecht hier. Aber ich habe nicht die Angewohnheit, jemandem etwas schuldig zu bleiben. Hier – das ist, worum Sie gebeten haben."

Ich ordnete alle Daten in meinem Kopf und vervollständigte schließlich das Porträt der Prinzessin. Bevor ihre Schwester entführt worden war, hatte Lumara sich mit allem beschäftigt, was sie interessiert hatte. Sie hatte nach technischem Wissen und ingenieurtechnischer Praxis gestrebt, nicht nach höfischer Etikette. Die Rückkehr in ihre Heimat und der Status der Erbin war für die Delvianerin gleichbedeutend mit harter Arbeit. Kein Wunder, dass sie so erfreut war, als sie von der Geburt eines potenziellen Erben gehört hatte. Es bedeutete ihre Freiheit. Aus irgendeinem Grund war ich von Sympathie für die Delvianerin erfüllt und wünschte mir, sie könnte sich meiner Crew anschließen. Die Schlange könnte sich um Schilde und Reparaturen kümmern, während die Prinzessin an neuen Entwicklungen für das Schiff arbeiten könnte. Ach ja, Tagträume!

Lumara reichte mir ein kleines elektronisches Armband, aber ich hatte es nicht eilig, es anzunehmen. Sebastian sprang von seinem Sitz auf und nahm der Prinzessin das Gerät ab. Nichts passierte. Die Schlange sprang aus der Wand und entlockte Lumara einen Schrei der Freude. Den Gast ignorierend schwebte der Ingenieur über das Armband und scannte seine Fähigkeiten.

„Wofür ist dieser Schaltkreis?" Eine Projektion der Schaltpläne erschien über dem Armband.

„Das ist ein Kraftfeld-Bypass", antwortete Lumara, nahm Haltung an und sprach wieder in geschäftsmäßigem Tonfall. Überraschenderweise reagierte die Prinzessin auf die Prüfung der Schlange recht gelassen.

„Und dieses Bauteil?" Die Projektion zeigte einen weiteren Schaltkreis.

„Ermöglicht die Kommunikation während eines EM-Impulses. Es startet das System neu und stellt die Energieversorgung wieder her. Es enthält inaktives Elo, mit einem elektromagnetischen Pulsnetz. Der EM-Impuls aktiviert das Elo, das dann das System neu startet. Das habe ich von den Zatrathi gestohlen."

„Und dieser Bug?", fragte der Ingenieur überrascht und projizierte ein weiteres Hologramm.

„Es war einen Versuch wert." Ein verschmitztes Lächeln erschien um Lumaras Schnauze. „Was, wenn du es nicht überprüft hättest... Ich bin schließlich neugierig. Ich habe noch nie ein Kugelschiff gesehen."

„Es gibt viele, die uns noch nie gesehen haben", knurrte die Schlange und fuhr fort, das ‚Geschenk' zu studieren. Zehn Minuten später, nachdem sie drei weitere Bugs entfernt hatte, befand sie das Armband als brauchbar und würdig, dass ich es trug. Brainiac stellte eine Verbindung zwischen dem Schiff und dem Armband her, sodass ich nun immer in Kontakt mit meiner Crew bleiben würde.

„Der Korse hat sich rundheraus geweigert, den Standort des dritten Teils der ‚Rache' preiszugeben", berichtete Lumara nun. „Er hat gesagt, wenn es jemand haben will, kann er selbst kommen, anstatt seine Schwester vorzuschicken. Diese Angelegenheit ist also eine Sache zwischen Ihnen und dem Rest Ihrer Piratenkumpel. Ich bin nicht Ihr Bote."

„Der Korse ist Ihr Bruder?"

„Das wussten Sie nicht? Ohne meine Technologien wäre er nie der Anführer der Piraten geworden! Der kleine Bruder war als Erster aus dem Rennen um den Thron. Er hat sich schon früh mit meinem Vater zerstritten. Aber das spielt jetzt keine Rolle mehr. Nun zu der anderen Sache, nach der Sie gefragt hatten – die uldanischen Märchen. Ich denke, das wird Ihnen sicher gefallen."

Lumara zog einen USB-Stick hervor.

„Vor langer Zeit sind unsere Forscher auf einen seltsamen Planeten gestoßen. Er war von mehreren mysteriösen Orbitalstationen umgeben. Sie waren ziemlich aggressiv – alle unsere Versuche, Kontakt aufzunehmen, wurden mit Schweigen beantwortet und unsere Aufklärer wurden gnadenlos vernichtet. Dann drängten sie uns mit Torpedowellen aus dem System. Es wurde beschlossen, diesen Planeten für eine Weile zu vergessen. Als ich mir Ihr Kugelschiff angesehen habe, ist mir eingefallen, woran mich die Orbitalstationen erinnert haben – an den uldanischen Schiffsbau. Sie könnten das Kugelschiff für eines der ihren halten und es eventuell nicht angreifen, zumindest nicht sofort. Sie könnten versuchen, den Planeten zu erforschen. Eine erste Analyse hat ergeben, dass er bewohnbar ist."

Der USB-Stick enthielt zwei Viren, die Brainiac rasch vernichtete. Lumara zuckte ohne einen Hauch von Verlegenheit mit den Schultern und gab keinen weiteren Kommentar dazu ab. Wir hatten sie gefunden, also gut für uns. Und wenn wir das nicht geschafft hätten, wäre das unser Problem. Heutzutage konnte man Fuchs-Prinzessinnen einfach nicht mehr trauen.

„Der Planet befindet sich in einem abgelegenen Gebiet des konföderierten Raums." Brainiac projizierte eine Karte von

Galaktogon und markierte die neuen Koordinaten mit einem Punkt. „Dieses Gebiet gilt als äußerst unsicher."

„Das glauben alle, aber die Wahrheit ist, dass es nicht großartig erforscht wurde", meldete die Prinzessin sich zu Wort. „Zu viele Asteroidenfelder und verirrte Kometen. Wie auch immer, wir sind jetzt quitt, also kann ich mit gutem Gewissen Ihr Schiff erkunden. Schlange, bist du hier der Boss? Zeig mir deine Besitztümer. Mir ist schon schwindelig vor Neugier."

Lumara ging mit der Schlange in den Reaktorraum der *Warlock*, während ich mich zu meiner Audienz beim Imperator begeben musste. Es dauerte nicht lange und es passierte nicht viel. Eine Schar hochgeborener Füchse dankte mir für meine aktive Teilnahme an der Verteidigung Galaktogons gegen den schrecklichen Feind. Der Imperator beschwerte sich, dass ich ein Pirat wäre, der sein Potenzial für seinen persönlichen Gewinn vergeudete, und spendierte mir einen Legendären Anzug. Ich wollte schon einwenden, dass ich bereits einen hatte und einen anderen Preis verlangen, aber dann erinnerte ich mich an Eunice. In spätestens einer Woche würde sie wieder im Spiel sein. Diese gute Rüstung würde uns noch nützlich sein.

Zurück auf meinem Schiff befolgte ich Brainiacs Rat, vom delvianischen Hauptstadtplaneten abzuhauen. Es war offensichtlich, dass wir im Moment nicht in der Lage sein würden, den Sockel zu bekommen – ich war schon unter schwerer Bewachung, die von Lumara eingesetzt worden war, zur Audienz gebracht worden. Auch Sebastian und Tryd kamen mit nichts zurück. Sobald sie das Kugelschiff verlassen hatten, wurden sie höflich umringt und mit Nachdruck aufgefordert, zurückzukehren. Aalor hatte es uns wirklich vermasselt, indem er die Delvianer über die Art meines Besuchs informiert hatte. Und während Sebastian an solche Begrüßungen gewöhnt war, nahm

Tryd diese Behandlung nicht gut auf. Er wollte unbedingt die Lieblingsplätze seiner Kindheit besuchen.

„Tower, hier ist das Kugelschiff *Warlock* und bittet um Abflug."

„Abflug ist verboten. Es gibt keine freien Korridore. Bitte warten Sie, bis Sie an der Reihe sind. Die Wartezeit beträgt fünf Stunden."

Meine berechtigte Empörung ließ die Wartezeit um weitere zwei Stunden anwachsen. Nach einigem Nachhaken erklärte Stan, dass die Verzögerung auf die Vorbereitungen für die kommende Schlacht zurückzuführen war. Mehr als 1.500 Spielgilden hatten sich bereits unter der Führung von Ash im System versammelt, um den Angriff auf die Delvianer abzuwehren. Das Zentralsystem der Füchse erstickte unter einem Gewirr von Kreuzern, Fregatten und Karacken, und ein Verlassen des Planeten durch dieses Gedränge war unrealistisch. Die Spieler hatten auf einer ihrer Seiten einen Countdown gestartet, und nun blieben nur noch drei Stunden, bevor das Gemetzel beginnen sollte. Und ich hatte keinen Zweifel daran, dass es genau das sein würde: ein Gemetzel. Nachdem sie so viele Spieler mit teurem Spielzeug an einem Ort versammelt hatten, waren die Betreiber von Galaktogon quasi dazu gezwungen, alle ihre Schiffe um eine Klasse zu reduzieren. Allein schon, um ihre Abonnenten zu ermutigen, neue Level und Upgrades zu kaufen und damit noch mehr Geld zu machen. Ich musste hier wirklich dringend raus!

„Darf ich mich eine Weile zu Ihnen setzen? Oh, das ist nett. Schlange, klettere hier raus – ich habe Fragen an Sie!" Lumara tauchte nach einer Stunde wieder auf. Geschäftig lief die Prinzessin auf dem Schiff herum und erteilte Befehle, als wäre sie in ihrem Palast.

„Sollten Sie nicht zu Ihrer Familie gehen? Die Schlacht wird bald beginnen", fragte ich schlecht gelaunt und schaute auf den Bildschirm. Die Live-Übertragung zeigte die Vorbereitungen, die

getroffen wurden. Die gut koordinierten Manöver der riesigen
Schiffe wurden von militärischen NPCs kommentiert. Galaktogon
war im Begriff, ein Großereignis zu übertragen.

„Das können sie auch ohne mich", sagte Lumara und winkte
ab. Sie reichte mir den USB-Stick. „Das hätte ich fast vergessen!
Die Leute von der Hansa Corporation haben mich gebeten, Ihnen
zu sagen, dass sie Ihr Rätsel gelöst haben. Ich habe mir die Dateien
angesehen – glauben Sie wirklich, dass ein solches System existieren
kann? Es sieht absurd aus! Solch ein ideales Gleichgewicht hätte
schon längst kollabieren müssen, weil die Sterne an Masse
verlieren!"

Brainiac vernichtete noch einige Viren und erlaubte mir,
Hansas Befunde zu sehen. Es gab in der Tat einen
Annäherungsvektor an den hypothetischen Planeten, allerdings
hing dieser von der Masse der Sterne und der Art und Größe des
Planeten selbst ab. Die Precianer hatten in Abhängigkeit von
diesen Variablen ein mathematisches Modell mit verschiedenen
Flugbahnen erstellt. Ich machte mir nicht die Mühe, Lumara zu
überreden. Der Planet war weit vom Zentrum des delvianischen
Imperiums entfernt – eine Flugzeit von sieben Minuten im
Hyperraum oder drei Stunden bei Volllast. Wenn die Schlacht
vorbei wäre, würde ich mich davon überzeugen, was für ein
Geschenk Sebastian mir im Austausch für den Beitritt zu meiner
Crew gemacht hatte.

„Übrigens, Filta wurde benachrichtigt, dass Sie hier sind",
beendete Lumara die Untersuchung eines der Blöcke und wandte
sich dabei an Tryd. Ihre Stimme triefte vor Bosheit. „Sie hat gefragt,
ob sie Sie sehen kann, aber mein Vater hat es nicht erlaubt. Ich
bin auf seiner Seite – Gefängnisminen sind keine Orte für eheliche
Besuche. Ich hoffe, Ihre kleine Frau wird dort nicht bald sterben!"

Tryds ohnehin schon vernarbtes Gesicht wurde noch
furchterregender, eines seiner Augen fixierte die Prinzessin, als

wollte es ein Loch in sie bohren. Die Prinzessin grinste boshaft, genoss seine Reaktion und wandte sich wieder der Schlange zu. Das roch nach einer Quest, wenn ich mich nicht irrte, und ich sollte den Piraten besser danach fragen.

„Wovon redet sie?" Sebastian mischte sich ein, in der Hoffnung, die Vorgeschichte zu enträtseln.

„Vor 20 Jahren wurde meine Familie zu lebenslanger Strafarbeit in den Minen verurteilt." Tryd konnte seinen Körper kontrollieren, aber nicht seine Stimme, die zitterte und stotterte. „Meine Kinder sind umgekommen, aber meine Frau hat überlebt. Die Minen von Zarvalus sind ein schrecklicher Ort. Keiner kehrt lebendig zurück."

„Zwei Systeme von Larsi entfernt. Zarvalus ist ein Shlir-Bergbau-Planet. Die Geländemerkmale lassen den Einsatz von Ernteschiffen nicht zu, also werden Gefangene zum Abbau des Erzes eingesetzt", klärte Stan mich praktischerweise auf.

„Weswegen wurden sie verurteilt?", sagte Sebastian zitternd, aber Tryd antwortete nicht. Er sagte nichts, und nur ein nervöser Tick in seinem Gesicht verriet den inneren Kampf des Delvianers.

Stan konnte den Grund für eine solch harte Strafe nicht herausfinden. Entweder war diese Quest selten oder andere Spieler mieden sie. Aber ich hatte mich bereits entschieden. Da mir eine Quest wie diese in den Schoß fiel, sollte ich sie annehmen und erledigen, und dann würde Tryd in meiner Schuld stehen.

„Prinzessin, bitte erlauben Sie mir, Ihnen einen Handel anzubieten. Ich werde Ihnen den Lara-Kristall im Tausch gegen Tryds Frau anbieten. Sie haben bereits den Sockel, und der Korse kann Ihnen die dritte Komponente der ‚Rache' geben. Dann werden die Delvianer eine mächtige Waffe haben."

„Sie verstehen nicht, wonach Sie da fragen." Lumara blickte von ihrem Gespräch mit der Schlange auf. „Und es hat nichts mit dem Kristall zu tun. Machen Sie sich zuerst einmal über die Person schlau, die Sie befreien wollen! Das ist nicht irgendeine

unschuldige, ehrliche Frau, die wegen der Sünden ihres Mannes
in die Mine geschickt wurde! Sie ist ein Monster. Unser Monster,
geboren auf unserem Planeten!"

„Trotzdem", sagte ich – wer auch immer diese Delvianerin war,
es erschien mir falsch, einen Rückzieher zu machen – „den Kristall
im Austausch für die Frau."

Die Prinzessin sagte nichts. Vielleicht versuchte sie, meine
Beweggründe zu verstehen. Der NPC kannte die Logik eines
Spielers nicht und verstand nicht, dass ihre Standard-Algorithmen
da nicht weiterkamen. Nachdem ich über eine versteckte Quest
gestolpert war, konnte ich an nichts anderes denken, als den
Delvianer wieder mit seiner geliebten Gattin zu vereinen. Zum
Teufel, waren es meine Gefühle für Eunice, die mich hier
anspornten?

Lumara gab es auf, meine Beweggründe zu verstehen, und
drückte schließlich ein paar Knöpfe auf ihrem PDA, wodurch
Informationen über die Verbrechen von Tryds Frau auf den
Bildschirmen der *Warlock* angezeigt wurden. Wann zum Teufel
hatte sie die Zeit gefunden, sich mit Brainiac zu verbinden? Die
Datei war voll mit Fotos von verstümmelten Leichen.

„Lesen Sie das", sagte sie. Alle, einschließlich Tryd, klebten
an der Leinwand. Filta entpuppte sich als eine interessante Dame
– mehr als zehn Jahre lang hatte sie die Unterwelt von Larsi
beherrscht. Sie hatte jeden, der sich ihr widersetzt hatte oder nicht
bereit war, mit ihr Geschäfte zu machen, mit äußerster
Rücksichtslosigkeit behandelt. Ihre Bande hatte solche Leute
mitsamt ihren Familien getötet und weder Kinder noch alte
Menschen verschont. Und Filta hatte sich immer an den Massakern
beteiligt. In Summe war ihre Organisation für über einhundert
Morde verantwortlich. Während des Prozesses hatte der Imperator
Filta in Schutzhaft nehmen müssen, um sie vor dem Mob zu

schützen. Das delvianische Volk hatte die Verbrecherin mit bloßen Händen zerfleischen wollen.

„Wollen Sie dieses Monster wirklich befreien?", fragte Lumara noch einmal.

„Mein Angebot steht. Der Kristall im Austausch für Filta", antwortete ich fest. Tryd wurde mit keinem Wort erwähnt, und ich wurde neugierig, warum Filta und ihre Kinder in die Minen geschickt worden waren, der Pirat hingegen nicht.

„Ich muss das mit meinem Vater besprechen." Die Prinzessin drehte sich um und verließ schnell das Schiff. Meine Entscheidung gefiel ihr nicht besonders, aber der Kristall war zu wertvoll, als dass sie ihn würde ablehnen können.

„Ich möchte deine Version der Geschichte hören, Tryd."

Ich setzte den Piraten unter Druck, aber es nützte nichts. Der Delvianer reagierte nicht. Nachdem er einen Blick auf den von Lumara bereitgestellten Text geworfen hatte, schaute Tryd vom Bildschirm weg. Weder Sebastian noch ich konnten ihn zum Reden bringen, und als Lumara zurückkehrte, hatte ich nichts Neues erfahren. Tryd erwies sich in diesem Szenario als Nebenfigur.

„Vater ist einverstanden", sagte Lumara. „Wir werden Filta in fünf Stunden ausliefern. Sie wird auf das Schiff gebracht werden. Und ich werde den Kristall jetzt mitnehmen. Vater hat mich dazu autorisiert."

Die Delvianerin hatte ihren Wunsch, eine gewöhnliche Person zu sein, offenbar vergessen, und sah nun aus wie eine hochgeborene Prinzessin, die heruntergestiegen war, um mit dem Pöbel zu kommunizieren. Ein stolz aufgerichtetes Kinn, ein Blick voller Verachtung, ihre Worte bissig durch die Reißzähne gesprochen – das konnte man nicht lernen, es sei denn, man wurde dazu geboren.

Es war traurig, ihren äußerlichen Wandel zu betrachten. Im Grunde spielte es keine Rolle – in ein paar Stunden würden die

Delvianer sowieso aufhören zu existieren. Es gab keinen Grund, Zeit und Ressourcen darauf zu verwenden, Beziehungen zu ihnen aufzubauen. Ebenso war es sinnlos, mir Sorgen darüber zu machen, dass ich ihnen einen Gegenstand aus dem Rache-Set gegeben hatte. Der Kristall würde sowieso nichts bewirken. Brainiac kannte unsere Koordinaten. Sobald die Zatrathi hier fertig wären, würde ich den Kristall und den Sockel aus den Ruinen holen, wenn ich schon dabei war. Fürs Erste sollten sich die Delvianer über den guten Deal freuen, den sie vermeintlich gemacht hatten.

Der Transfer des Kristalls verlief ohne Zwischenfälle. Lumara zog einen Manipulator heraus und hielt die Lara in der Luft fest, ohne sie den Boden berühren zu lassen. Ohne ein weiteres Wort zu sprechen, verließ die Prinzessin das Schiff und bescherte mir eine negative Beziehung mit ihrem Imperium. Minus 2.000 auf einen Schlag.

Sobald sich die Luke hinter ihr schloss, passierten zwei Dinge: Erstens: Tryd machte endlich den Mund auf.

„Das hättest du nicht tun sollen, Chirurg. Wir haben uns seit 20 Jahren nicht mehr gesehen. Es ist nicht möglich, in den Minen von Zarvalus seinen Verstand zu behalten. Wenn du erwartest, dass ich für die Rückkehr einer Verrückten, die einmal meine Ehefrau war, dankbar bin, irrst du dich."

Zweitens blitzte eine äußerst unangenehme Nachricht vor meinen Augen auf:

Indem Sie den Lara-Kristall an die Delvianer übergeben haben, haben Sie die Interessen des precianischen Imperiums verraten. Quest gescheitert: *Suchen Sie ‚die Rache'*. Ihre Beziehungen zum precianischen Imperium haben sich verschlechtert. Aktuelle Beziehung: -100.000. Sie dürfen nicht mehr in den precianischen Raum eintreten. Einzige Ausnahme: Sie dürfen den precianischen Handelsplaneten Belket einmal pro Tag für maximal fünf Stunden besuchen.

„Warum hast du mir das nicht früher gesagt? Hast du darauf gewartet, dass ich den Kristall einfach hergebe?", fragte ich und schürzte enttäuscht die Lippen. Damit hatte ich nicht gerechnet, und auch nicht, dass dadurch meine Quest scheitern würde. Ich hatte immer noch Pläne für die Precianer. Wenigstens hatte ich noch meine Beziehung zu Hansa. Niemand wollte einem Spieler die Möglichkeit nehmen, viel Geld für Spielfunktionen auszugeben. „Kümmern wir uns um die anstehenden Probleme. Sie werden deine Frau mitbringen, und dann können wir sehen, wie es ihr geht, und uns überlegen, was wir mit ihr machen. Jetzt will ich deine Version der Geschichte hören, und wehe du schweigst weiterhin. Dann schmeiße ich dich sofort von Bord!"

Die Anspannung war mir zu Kopf gestiegen. Ich schrie Tryd beinahe an, und das tat seine Wirkung. Der Pirat knickte ein.

„Da gibt es nicht viel zu erzählen! Wir haben uns vor etwa 30 Jahren kennengelernt. Sie war damals schon die Anführerin ihrer Bande", erzählte Tryd widerwillig seine Geschichte. „Ich hatte gerade meinen Dienst auf dem Schiff des Korsen beendet und kam hierher zurück..."

Ich erfuhr noch etwas mehr über den Anführer der Jolly Roger. Der Korse hatte verschiedene Kreaturen für seine Mannschaft rekrutiert, aber die Bedingungen waren für alle die gleichen: 20 Jahre Dienst an Bord. Früher konnte man nicht gehen. Tryd hatte seine Zeit abgesessen, wollte aber nicht verlängern – der Pirat hatte sich entschieden, nach Hause zurückzukehren. In der Hauptstadt angekommen hatte Tryd die Aufmerksamkeit der Unterwelt erregt. Einige Leute hatten beschlossen, ihn ein wenig auszuquetschen. Die Gangster hatten Tryd gejagt, aber der Fuchs war kein Stümper. 20 Jahre Dienst als Soldat an Bord eines Piratenschiffs bedeuteten, dass Tryd die Jagd hatte umdrehen können, was seinen sozialen Status unter den Autoritäten der Hauptstadt erhöht hatte. Filta und ihre Bande wollten den Kopf des ehemaligen Piraten und waren zu ihm gekommen. Es hatte sich eine Schießerei zugetragen, die zu dem Handgemenge ausgeartet war, bei dem Tryd sich seine Wunden geholt hatte. Filta war eine erfahrene Kämpferin, aber sie hatte am Ende verloren. Tryd hatte sie nicht an die Behörden ausgeliefert. Stattdessen hatte er seine Aktivitäten fortgesetzt, Larsi von den Gangstern gesäubert, aber Filtas Leute nicht angerührt. Ein paar Jahre später hatten sie Zwillinge bekommen und ein glückliches Leben gelebt. Doch als der Korse mit Hilvar gebrochen hatte, war Tryd wieder in dessen Dienst eingetreten und nach Daphark geschickt worden. Der Pirat hatte keine Wahl gehabt – Charaktere wie Hilvar konnte man nicht beschwatzen. Filta hatte ihren Mann ein paar Mal besucht, sich aber geweigert, nach Daphark zu ziehen. Bald darauf war sie verhaftet und mit den Kindern, die sich inzwischen ihrer Bande angeschlossen hatten, in die Minen geschickt worden. Tryd war unbehelligt geblieben. Er war nur ein ehemaliger Pirat, der die Hauptstadt von den Gangstern gesäubert und seine kleine Frau davon abgehalten hatte, weitere Bluttaten zu begehen.

„20 Jahre sind eine zu lange Zeit“, sagte Tryd. „Alles, was ich noch von ihr habe, sind Erinnerungen.“

„Noch einmal: Wir warten und treffen eine Entscheidung, wenn es so weit ist“, schnauzte ich.

„Achtung!“ Brainiac mischte sich in das Gespräch ein. „Die Schlacht mit den Zatrathi hat begonnen!“

Die Kreuzer hatten sich zu einer riesigen Kugel angeordnet und gleichzeitig blitzte es von unseren Bildschirmen – die Verteidigungsflotte war in den Hyperraum eingetreten. Das Sendebild veränderte sich. Tausende von stacheligen Schiffen schimmerten in der Dunkelheit des Raums – die Armada der Zatrathi war von erschreckender Größe: Vier Orbitalstationen, 20 fliegende Festungen und 500 Kreuzer. Auf dem Bildschirm erschien eine Übersicht über beide Flotten. 7000 Kreuzer hatten sich auf den Weg gegen den Feind gemacht. Die NPCs hatten ihre Großen Gebieter nicht zur Verfügung gestellt – mit der Begründung, dass die Planeten geschützt werden müssten – aber dennoch waren die Spieler stärker aufgestellt.

Der Bildschirm wechselte von der Zatrathi-Flotte zu einem leeren Bereich des Weltraums, in dem die Flotte der Spieler gerade auftauchte. Ash führte seine Streitkräfte in die Schlacht.

Kapitel Neun

„DIE VERTEIDIGER VON GALAKTOGON HABEN EINE KUGELFORMATION ANGENOMMEN", berichtete der erste Kommentator.

„Die Kugel ist eine konservative Formation, die es unseren Jungs erlaubt, ihre Flanken zu verteidigen, aber auf Kosten der taktischen Flexibilität", fügte der zweite hinzu. „Gut ausgerüstete Kreuzer übernehmen die Hauptlast des Angriffs und geben den Fregatten und Jägern Deckung, damit sie in den sich öffnenden Kanälen operieren können."

„Derweil halten sich die Kreuzer in der Kugelformation bereit, schwächelnde Mitstreiter an der Peripherie der Kugel zu unterstützen, während die Reparaturdocks im Herzen der Kugel innerhalb weniger Stunden verschiedene Arten von Schäden beheben können."

„Die Verteidiger sind gut vorbereitet. Hoffen wir, dass sie die unliebsamen Besucher vernichten. Aber was ist mit den Zatrathi? Was kannst du über ihre Formation sagen, Ray?"

„Absolutes Chaos, meiner Meinung nach. Ich kann mir keinen Reim darauf machen, Bobby. Vier Orbitalstationen, angeordnet in einer Pyramide, die das Zentrum des Feldes bildet. Das ist noch nachvollziehbar. Aber an den Flanken herrscht das absolute Chaos. Fliegende Festungen und Kreuzer, die ungleichmäßig verteilt sind.

Überall Lücken. Unsere Jungs werden die Qual der Wahl haben, aus welcher Richtung sie angreifen wollen. Wenden wir uns unserem 3D-Simulator zu, um einen besseren Überblick zu bekommen ..."

Die Kamera zoomte heraus, sodass sich die Zatrathi-Flotte verkleinerte. Dann erschienen sechs Pfeile, die die möglichen Angriffswege der Spieler anzeigten.

„Ein gut koordinierter Angriff an einem dieser Kanäle könnte zehn bis 50 Kreuzer und drei fliegende Festungen ausschalten", fuhren die Kommentatoren mit ihrer Analyse fort. „Eine leichtsinnige Entscheidung des feindlichen Teams."

Ich hätte den Labertaschen zugestimmt, wenn es da nicht ein ‚Aber' gegeben hätte. Die Erfahrung hatte gezeigt, dass Standardansätze gegen die Zatrathi nicht funktionierten. Die sechs ‚Korridore', die wie ein Versehen aussahen, waren höchstwahrscheinlich – mit einer Wahrscheinlichkeit von 99 % – Fallen.

„Käpt'n, hier stimmt etwas nicht", sagte die Schlange besorgt. „Warum haben sie da einen leeren Raum zwischen den Orbitalstationen gelassen? Der restliche Raum ist gut geschützt, also gibt es keinen Grund, diesen leer zu lassen."

In der Tat flogen Jäger, Fregatten und sogar einige Karacken zwischen den Kreuzern und fliegenden Festungen umher, während der Raum innerhalb der Pyramide aus Orbitalstationen leer blieb. Brainiac zoomte heran, aber da war nichts zu sehen. Nur Sterne in der gewöhnlichen Dunkelheit des Raums.

„Die Sterne blinken", bemerkte Tryd. „Sterne blinken nicht im Weltraum."

In der Tat waren die Sterne außerhalb der Pyramide konstante Lichtpunkte, während sie im Inneren der Pyramide flackerten und die Intensität ihres Leuchtens variierten.

Brainiac machte seinem Namen mal wieder alle Ehre und
sagte: „Das Flackern der Sterne ist eine optische Täuschung. Sie
entsteht auf Planeten mit einer Atmosphäre, die die Lichtstrahlen
bricht und so das Flackern verursacht. Im Weltraum sollte es keine
solche Verzerrung geben."

„Könnte diese Verzerrung durch ein Tarnfeld verursacht
werden, das ein gefährliches Objekt verbirgt?"

„Eine Tarntechnologie, die in der Lage ist, ein Objekt von
solchen Dimensionen zu verbergen, ist noch nicht entwickelt
worden", widersprach Brainiac.

„Seit wann bist du ein Experte in Sachen
Zatrathi-Technologie?", fragte ich. „Nehmen wir mal das
Schlimmste an – da ist etwas zwischen den Orbitalstationen und
es wird getarnt. Brainiac, wie könnten wir vorgehen, um diese
Vermutung zu bestätigen oder zu widerlegen?"

„Warum können wir nicht einfach hier sitzen bleiben und die
Show genießen, Käpt'n?", zischte die Schlange. „Hier ist es doch
bequem. Wir gucken uns die Übertragung zusammen mit
Millionen anderen an. Und alle sind glücklich. Alle außer dir. Was
haben wir denn hier zu suchen? Gibt es Möglichkeiten, von denen
ich nichts weiß?"

„Wenn es dort tatsächlich ein Tarnfeld gibt, müsste es von
mehreren jeweils aufeinander ausgerichteten Geräten erzeugt
werden, die auf verschiedenen Schiffen rund um den getarnten
Bereich angebracht sind. Wir können an die Orbitalstationen
heranzoomen. Du musst nach identischen, kodirektionalen
Antennen oder Projektoren suchen, die dazu in der Lage sind,
Informationen oder Energie zu übertragen. Außerdem müssen sie
so zu allen anderen Stationen ausgerichtet sein, dass sie eine einzige
geschlossene Kontur um den leeren Raum bilden. Verstehst du
jetzt, wonach du suchen musst?"

„Du hast ein bisschen viel Fantasie, aber ich habe das Wesentliche verstanden", sagte die Schlange nickend und duckte sich zurück in die Hülle des Kugelschiffs.

Brainiac brauchte zehn Sekunden, um die Analyse durchzuführen und die Ergebnisse auf den Bildschirmen anzuzeigen.

„Wenn die Vermutung stimmt, dann zeigen diese Fortsätze aufeinander und könnten ein Tarnfeld bilden. Wie Sie sehen, ist der Erfassungsbereich riesig – die Zatrathi könnten darin bis zu fünf Orbitalstationen verstecken, je nach Lage und Bauart ihrer Türme."

„Fünf Orbitalstationen oder ein gigantisches Schiff, das wir noch nicht gesehen haben", fügte ich zu Brainiacs Analyse hinzu.

„Wenn es ein einzelnes Schiff ist, dann ergibt die Zatrathi-Formation Sinn", schaltete Tryd sich ein. „Sie sind weit voneinander entfernt. Selbst wenn eine Supernova in ihrer Mitte explodieren würde, würden die Schiffe nicht miteinander kollidieren. Die Kugelformation, die die Verteidiger aufgebaut haben, würde aber sehr wohl auseinandergerissen."

Ich suchte nach Möglichkeiten, Ash zu kontaktieren, als die Kommentatoren sich wieder zu Wort meldeten:

„Die beiden Seiten haben noch keinen einzigen Schuss abgegeben. Alle warten sehnsüchtig darauf, dass die Action beginnt. Wer wird zuerst blinzeln? Die Spieler oder die Zatrathi? Die Verteidiger oder die Angreifer? Gut oder böse?"

„Ich glaube, dass unsere Leute den ersten Schritt machen werden. Sieh mal da drüben – drei Kreuzer haben sich nach vorn bewegt."

„In der Tat. Die Kreuzer *Guldan*, *Striking Boar* und *Colossus* verlassen den Schutz der Kugel. Die Zatrathi erwachen ebenfalls zum Leben. Mehrere Geschwader von Abfangjägern nähern sich der Vorhut der Verteidiger. Irgendetwas wird passieren ...'

Die plappernden Kommentatoren lagen richtig – es war wirklich etwas passiert. Die Riesenkanone, die Kiddo auf ihrem Kreuzer installiert hatte, war nicht einzigartig. Die Bugseiten der drei vorrückenden Kreuzer flackerten hell auf und erzeugten jeweils eine Miniatursonne, die auf die Zatrathi zuraste. Die Raumschlacht hatte offiziell begonnen.

Die Zatrathi-Schiffe stürmten vorwärts wie Hunde, die von der Leine gelassen wurden. Der Bildschirm blitzte kurz auf – die Zatrathi hatten Torpedos ins Spiel gebracht. Der Sendeleiter korrigierte etwas und das Bild kam zurück.

Drei kleine Sonnen flogen gemächlich, als wären sie sich ihrer Unbesiegbarkeit bewusst, in Richtung der feindlichen Flotte. Ungefähr die Hälfte der Torpedos schlug in sie ein, was nichts bewirkte, außer dass sie sich vergrößerten. Ich hatte das schon einmal gesehen, als Kiddo ihre Yamato-Kanone abgefeuert hatte. Im Gegensatz zur *Alexandria* mussten diese drei Kreuzer jedoch ihre gesamte Energie für den einen Schuss aufwenden und wurden nun abgeschleppt – zurück in die Kugelformation. Sie konnten sich nicht mehr aus eigener Kraft bewegen.

„Sie haben in den Raum zwischen den Orbitalstationen gefeuert", berechnete Brainiac die Flugbahnen der Geschosse. „Zwei Minuten bis zum Einschlag."

Genau wie wir hatte auch Ash die Formation der Orbitalstationen zur Kenntnis genommen. Aber vielleicht war dieser Schuss ins All auch durch Geheimdienstinformationen ausgelöst worden – sicher hatten die Spieler die Bewegungen der Zatrathi-Flotte verfolgt. Was auch immer es war, Ash spielte seine Trümpfe aus und zwang die Zatrathi, ihre Hand zu offenbaren.

Das einzige Problem war, dass die Invasoren nicht die Absicht hatten, dies zu tun.

Drei fremde Kreuzer, die sich in der Nähe der Orbitalstationen befanden, bewegten sich, um die ankommenden Sonnen abzufangen. Anders als in der Realität, die mit solchen physikalischen Konzepten wie invarianter Masse, Trägheit und anderen grundlegenden Konzepten der Newtonschen Physik funktionierte, konnten die riesigen Galaktogon-Schiffe eine beträchtliche Geschwindigkeit erreichen. Natürlich erschwerte dies den Anfängern oder Spielern mit geringem Einkommen erheblich das Leben, aber Galaktogon war auf ein zahlungskräftiges Publikum ausgelegt, das eine Karacke oder sogar einen Kreuzer erwerben und unterhalten konnte. Wer hätte denn schon Spaß daran, im Schneckentempo einen Feind zu jagen? Wer würde für so etwas Geld bezahlen? Wer hätte Lust, eine Stunde zu warten, bis sein Schiff Geschwindigkeit aufgenommen hätte? Niemand – und deshalb brauchten die Kreuzer eine anständige Beschleunigungsrate. Also musste Galaktogon seine eigenen Regeln brechen und einige Gesetze der Physik ignorieren. Abfangjäger blieben natürlich die schnellsten und manövrierfähigsten Schiffe im Spiel, aber sie übertrafen die anderen Schiffe nur knapp.

„Ein unglaublicher Akt der Selbstaufopferung!", bewunderten die Kommentatoren den Schachzug der Zatrathi. „Drei zu null, die Verteidiger liegen in Führung! Wenn das so weitergeht, wird von den Zatrathi bald nichts mehr übrig sein. Nichts außer dem Rätsel, warum sich alle so vor ihnen gefürchtet haben..."

Die riesigen Zatrathi-Schiffe traten in die Bahn der künstlichen Sonnen ein und bekamen die Hauptlast des Schlags ab. Ash schickte die nächsten drei Kreuzer los, aber jetzt machten die Invasoren ihren Zug: Alle 20 fliegenden Festungen rückten vor. Wieder wurde der Bildschirm unter einem blendenden Licht weiß, und die Zatrathi feuerten eine zweite Welle von Torpedos ab. Nur zielten die Torpedos dieses Mal nicht auf die Miniatursonnen, sondern rasten direkt auf die Kugelformation der Verteidiger zu.

„Die Antwort der Zatrathi scheint nicht allzu überzeugend zu sein. Die sehen wie ganz gewöhnliche Torpedos aus."

„Ziehen wir keine voreiligen Schlüsse, Ray. Ich vermute, die Torpedos sind ein Ablenkungsmanöver. Aber geben wir ihnen eine Chance. Mal sehen, wie die Verteidiger mit den Torpedos umgehen."

Die Kreuzer der Spieler brachen in ein Flackern der Punktverteidigungskanonen aus, als sie die ankommenden Raketen beseitigten. Man konnte die Punktverteidigung jedoch nicht als effektiv bezeichnen, da immer noch mehrere 100 Torpedos durchbrachen. Es schien, als wären die Zatrathi auf die gleiche Idee wie Hansa gekommen und hätten ihre Torpedos abgeschirmt. Die wenigen Augenblicke, die die Spieler mit dem Umschalten von Strahlenkanonen auf EM-Kanonen verschwendeten, kosteten die Kugel der Verteidiger drei Kreuzer. Die Zatrathi-Torpedos verwandelten sie in flackernde Kisten mit Loot. Verstärkungen stopften sofort das Loch in der Verteidigung, aber der Spielstand war jetzt unentschieden. Drei zu drei.

„Käpt'n, diese fliegenden Festungen haben sich sehr seltsam aufgereiht. Es gibt eine Art Plan für ihre Formation. Der äußere Kreis ist ein regelmäßiges Fünfeck, der innere Kreis ein Siebeneck, und in der Mitte steht ein einzelnes Schiff. Das sieht ziemlich bedrohlich aus."

Ash reagierte bereits auf die Neuorganisation des Feindes. Drei Kreuzer, die sich innerhalb der Kugel versteckt gehalten hatten, rutschten nun wieder nach vorn. Ein paar Sekunden wurden für den Zielvorgang benötigt – und drei weitere Sonnen stürzten sich auf die drei fliegenden Festungen. Ash versuchte, die Formation der Zatrathi zu stören, noch während sie sich neu organisierten. Der Bildschirm blinkte erneut, und eine Salve Torpedos von der Flotte der Spieler flog im Kielwasser der Miniatursonnen mit.

Die Zatrathi handelten genauso wie zuvor: Drei Kreuzer kamen heraus, um die Sonnen abzufangen, während der Rest ihrer Flotte die Torpedos in Sekundenschnelle erledigte. Und das schloss auch die fortschrittlichen, abgeschirmten mit ein. Die Schützen der Invasoren waren in dieser Hinsicht ein ganzes Stück besser als die Menschen. Schließlich beendeten die Zatrathi ihre Reorganisation und hielten an, als ob sie auf etwas warteten. Alle beobachteten das zentrale Schiff ängstlich, als würde es gleich etwas Entscheidendes tun.

Doch Ash weigerte sich, untätig zu warten. Er befahl seiner Flotte, gemeinsam vorzurücken. Mehrere flinke Abfangjäger schossen der Kugelformation voraus – wurden jedoch von den Strahlenkanonen der Zatrathi abgeschossen. Bis zu diesem Zeitpunkt hatten die Seiten noch keine Breitseiten von Plasma ausgetauscht. Es hatte sechs ‚Sonnen‘ gegeben, es hatte Wellen von Torpedos und ständige Reorganisationen gegeben – aber das war alles, was die Raumschlacht bisher geboten hatte. Das Spektakel, das ich erwartet hatte – ein Durcheinander von Schiffen, die sich gegenseitig mit aller Energie, die sie an Bord hatten, beschossen – war bislang nicht eingetreten.

Das würde es auch nicht. Jetzt waren die Zatrathi an der Reihe. Die Armada der Verteidiger hatte die Hälfte der Distanz zur Zatrathi-Flotte zurückgelegt, als sie endlich herausfanden, was die Hauptwaffe war. Während alle auf die fliegenden Festungen starrten und sich fragten, warum sie in einer so seltsamen Formation aufgereiht waren, traten die Orbitalstationen in den Kampf ein. Das Tarnfeld verschwand und gab den Blick frei auf einen wahren Albtraum – ein Schiff, das um ein Vielfaches größer war als alles, was man je zuvor gesehen hatte. In kosmetischer Hinsicht unterschied sich das Ungetüm nicht wesentlich von den übrigen Schiffen der Invasoren: Sein unförmiger Mittelrumpf war mit unzähligen Spitzen und Blasen übersät. Obwohl es keinen offiziellen Titel für dieses Schiff gab, bezeichneten die Spieler im Raid-Chat es als den Mutterleib. Das Flaggschiff der Zatrathi, das mit Sicherheit ihre Königin in sich trug. Eine Wand aus Text scrollte an meinen Augen vorbei, voller neuer Überlieferungen und Erklärungen. Wütend schob ich den Text beiseite. Ich wollte sehen, was als Nächstes passieren würde. Der Bug des Mutterleibes flammte auf, und eine Plasmasäule schoss auf die fliegenden Festungen zu. Eine Sekunde später hatte sich dort, wo das Flaggschiff gewesen war, eine Miniatur-Supernova gebildet. Die Schilde der Schiffe an der äußeren und inneren Peripherie flackerten – sie wirkten wie Deflektoren, die die freigesetzte Energie auf die Spieler lenkten. Die Explosion des Mutterleibes war so intensiv, dass die fliegenden Festungen, die ihm am nächsten waren, trotz ihrer Schilde in Sekundenschnelle verdampften und den Fusionsball noch speisten. Die äußeren Flanken hielten etwas länger – lange genug, um den Großteil der Energie auf die sich bewegende Kugelformation zu lenken.

Ash hatte keine Zeit zu reagieren. Das Plasma bewegte sich mit einer unglaublichen Geschwindigkeit und legte die Distanz zu den Spielern in wenigen Augenblicken zurück. Die Schilde der Kreuzer schimmerten und hielten dem Druck stand, aber zusätzlich zu der Energiewelle enthielt der Angriff der Zatrathi auch riesige Schrapnellbrocken, die Teile ihrer eigenen Schiffe waren. Halb geschmolzen in der Explosion und nun von ihr mit irrsinniger Geschwindigkeit getragen, durchbohrten die Schrapnelle die Schiffe der Spieler, ohne deren Panzerung auch nur zur Kenntnis zu nehmen. Als die Schildgeneratoren ausfielen, tat die Energiewelle ihr Übriges und riss die Armada auseinander. Die organisierte Formation der Spieler verschwand in einem feurigen Wirbelsturm und machte einer knappen Meldung Platz, die einige Sekunden lang auf dem Bildschirm verweilte, bevor sie verblasste:

Verluste der Verteidiger: 100 %.

Der feurige Wirbelwind hielt nicht lange an – hier hatten die Entwickler die Gesetze der Physik beachtet. Die Übertragung endete hier nicht. Die Zuschauer konnten einen Blick auf die schimmernden Kisten werfen, an deren Stelle sich zuvor noch die Schiffe der Spieler befunden hatten. Mehr als 10.000 Kreuzer hatten an der Schlacht teilgenommen. Ich konnte mir kaum vorstellen, wie viele Schätze nun das Schlachtfeld übersät hatten. Die Armada der Zatrathi bewegte sich unterdessen weiter. Die Kamera folgte den Angreifern, aber dann wackelte der Bildschirm und die Aufnahme wechselte zurück ins Studio mit den Kommentatoren. Wer einen subtilen Wettkampf der Manöver und Strategien erwartet hatte, sah sich getäuscht.

„Das ist... Also, mir fehlen die Worte, um zu beschreiben, was gerade passiert ist", brachte der Kommentator hervor. „Das ist unbeschreiblich!"

„Die Verteidiger haben eine unglaubliche Niederlage erlitten", echauffierte sein Partner sich. „Eine so riesige Flotte mit einem einzigen Schuss zerstört! Ich denke, wir sollten uns mit unseren Experten beraten."

Ein Delvianer in einer Militäruniform erschien auf dem Bildschirm.

„Der Hauptfehler war hier die Anordnung der Kräfte. Die Menschen haben alle ihre Schiffe an einem Punkt versammelt, entgegen allen astro-militärischen Grundsätzen!"

„Der Hauptfehler hier war das Vorrücken auf den Feind zu!" Die Übertragung schnitt auf den nächsten Experten in der Reihe. „Wären sie an Ort und Stelle geblieben, hätten sie mehr Zeit für Ausweichmanöver gehabt."

„Der Hauptfehler war, dass die Delvianer den Menschen vertraut haben!" Der dritte Experte war auch der empörteste. „Das hätten sie nicht tun dürfen! Jetzt bleibt uns nichts anderes übrig, als zu fliehen! Wir müssen unseren Heimatplaneten evakuieren!"

Während der delvianische General diese Worte sprach, begannen im Hintergrund wehmütig Sirenen zu heulen. Irgendetwas war in der Hauptstadt los, und ich begann, mir Sorgen zu machen.

„Käpt'n, das musst du dir ansehen", sagte die Schlange schockiert. Einer der Bildschirme zeigte ein vertrautes Bild: Die delvianische Hauptstadt, ihre Wolkenkratzer und Skyhooks, die sich wie Stalaktiten in den Himmel reckten – wo plötzlich ein dunkler Punkt aufgetaucht war. Zuerst ein Punkt, winzig, klein – doch mit jeder Sekunde wurde der dunkle Punkt größer und größer, bis ich die Silhouette eines Großen Gebieters erkennen konnte, brennend, abstürzend. Ein Teil der Schiffshülle fehlte, und als er größer wurde, konnte ich Löcher entdecken, die von Strahlenkanonen hineingesprengt worden waren, und ein Dutzend brennender Teile, die eindeutig von Torpedos getroffen worden waren und nun schwarzen Rauch in die Atmosphäre bliesen. Die Großen Gebieter der Delvianer fielen uns auf den Kopf.

„Brainiac, abheben!", schrie ich und nahm das Geschenk des delvianischen Imperators aus meinem Inventar. „Tryd, zieh diesen Panzeranzug an, sofort!"

Wie froh ich war, dass das Anziehen im Spiel in Nullzeit ging. Sobald der Fuchs in seinem Metallgehäuse verschwunden war, gab Brainiac Vollgas. Die wahnsinnige Beschleunigung drückte uns in die Sitze, aber die Panzeranzüge hielten der Belastung stand. Andere Schiffe schossen um uns herum drauflos und versuchten, unter dem fallenden Gebieter durchzukommen. Nicht alle hatten so viel Glück wie wir. Die verbesserten Triebwerke der *Warlock* erlaubten es Brainiac, auf einem sicheren Vektor abzuzischen, während die meisten um uns herum von den fallenden Trümmern getroffen wurden. Die Erde bebte infolge des Aufpralls und der Teil der Stadt, auf die das Schiff fiel, hörte auf zu existieren. Die

Schockwelle fegte die umliegenden Gebäude weg und vergrößerte das Gebiet der Zerstörung, während überall in der Umgebung Brände ausbrachen.

„Brainiac, was ist hier los? Warum ist der Gebieter abgestürzt?"

„Die Orbitalstation stürzt ab. Zwei weitere Große Gebieter sind auf den Planeten gestürzt. Die Zatrathi sind in das Larsi-System eingedrungen."

Neue Quest verfügbar: *Delvianisches Dünkirchen*. Die Zatrathi haben die delvianische Hauptstadt angegriffen. Die Zivilbevölkerung hat große Verluste erlitten. Evakuieren Sie so viele Delvianer wie möglich. Belohnung: variabel, abhängig von der Anzahl und dem Rang der Geretteten.

„Wie viele Kreaturen können wir an Bord nehmen?" Nachdem ich die Questbeschreibung gelesen hatte, berechnete ich unsere Chancen.

„Zwei in der Kabine und drei in der Krankenstation", lautete die enttäuschende Antwort der Schlange. „Der Rest wird geplättet, wenn wir in den Hyperraum eintreten oder zu schnell aufsteigen. Sollen wir bei der Evakuierung helfen?"

„Vergiss nicht, dass du Filta einen Platz versprochen hast", sagte Tryd.

„Ich bezweifle, dass sie sie uns jetzt ausliefern werden", sagte ich zur Enttäuschung des Piraten. „Ich glaube nicht, dass die Delvianer gerade Zeit für so etwas haben."

„Dann lass sie uns selbst holen. Die Zatrathi werden sich für eine ganze Weile nicht um Zarvalus kümmern."

So schnell hatte Tryd seine Melodie also vom ‚Es ist 20 Jahre her'-Blues zum ‚Ich verlasse das System nicht ohne sie'-Kitsch geändert.

„Sie werden uns nicht auf Zarvalus landen lassen", warf Brainiac ein. „Wir haben keine Erlaubnis."

„Dann holen wir uns eine!" Tryd war nicht mehr zu bremsen.
„Der Palast ist nur teilweise zerstört. Wir fliegen hin, retten den
Imperator und hauen ab! Er ist definitiv noch am Leben, sonst
würden schon alle über seinen Tod heulen. Leute wie er werden vor
allem beschützt." Die Idee des Piraten war so verrückt, dass ich ohne zu zögern
zustimmte.

„Brainiac, nimm Kurs auf den Palast. Wir werden ..." Ich hatte
keine Zeit, zu Ende zu reden.

Die Schlange spielte wie üblich den Spielverderber: „Mehrere
Banditen auf 8 Uhr. Zatrathi-Abfangjäger."

„Schütze, lass sie nicht zu nahe an uns herankommen! Brainiac,
flieg tief und mach den Soldaten bereit. Im Palast gibt's bestimmt
Trümmer zu beseitigen. Sebastian, du kommst mit uns. Das ist
deine Chance, eine echte, erstklassige, imperiale Residenz zu
plündern. Was ist da oben im Orbit los?"

„Zwei fliegende Festungen sind ins System eingedrungen und
zerstören systematisch die delvianischen Verteidigungsanlagen.
Die Großen Gebieter können sie nicht aufhalten."

Quest aktualisiert: *Pirat ist meine Berufung. Teil 1.* **55 von
150 Abfangjägern zerstört.**

Auf der Planetenseite brannten die Zatrathi-Abfangjäger wie
alle anderen Schiffe. Meine aufgerüsteten Strahlenkanonen
wirkten Wunder und zerstörten die Abfangjäger im Dutzend.
Natürlich musste ich mich anstrengen und so nah wie möglich
am Boden fliegen, um nicht im Rauch, in den Feuern und den
Ruinen des Großen Gebieters die Orientierung zu verlieren. Es
wäre töricht, im Freien zu fliegen, während so viele Feinde in der
Nähe waren. Andererseits schien auch niemand nach mir zu
suchen. Die Zatrathi waren ganz damit beschäftigt, die Armada
von Transportern, Fregatten und allen anderen verfügbaren
Schiffen abzuschießen, die zur Evakuierung der Delvianer

herbeigeeilt waren. Das tieffliegende Kugelschiff, das eine
gewaltige Schlagkraft hatte, interessierte sie nicht besonders.

Wir erreichten unseren Standort fast ohne Zwischenfälle – wir
hatten mehr Probleme mit den Trümmern der Gebieter, die um
uns herum explodierten, als mit den Zatrathi. Brainiac fand eine
kleine ausgebrannte Höhle, in der wir uns niederließen und das
Nashorn einsetzten. Wir folgten unserem Panzer und bestaunten
die Überreste des Palastes. Der Gebieter war sehr unglücklich
gefallen – sein Bug hatte das Hauptgebäude und die umliegenden
Gebäude unter sich begraben, sodass nur die Flügel des Komplexes
intakt geblieben waren. Rundherum wüteten Brände, die schwarze
Rauchwolken ausspuckten und uns vor den Zatrathi verbargen.
Der Soldat brüllte und zog meine Aufmerksamkeit auf sich – er
hatte es geschafft, die Hülle des Großen Gebieters zu
durchbrechen. Es gab keine anderen Möglichkeiten, in den
Thronsaal zu gelangen.

„Sebastian, du weißt, was zu tun ist", erinnerte ich den Dieb
und wandte mich an Brainiac: „Schick ein Dutzend Droiden, um
die Beute zu transportieren. Lade alle Daten vom Gebieter
herunter, wenn du schon dabei bist. Diese Informationen könnten
sehr wichtig für uns sein."

Ich hatte noch keine Gelegenheit gehabt, in einem Gebieter
herumzustöbern, und ich war mir sicher, dass jeder Spieler diese
Chance ergreifen würde. Die Loot konnte verkauft werden, aber
auch alle Daten und Videos, die Brainiac entschlüsseln würde. Stan
bestätigte meine Vermutung, dass es keine öffentlichen Quellen
über die technischen Spezifikationen der Gebieter gab. Die Spieler
sollten davon ausgehen, dass es keine Möglichkeit gab, einen
Gebieter zu bekämpfen. Und obwohl Kiddo diesen Grundsatz
bereits zerschmettert hatte, war das mehr das Ergebnis von Glück
als von Studium und Logik gewesen. Nicht meine bevorzugte
Methode.

„Hier entlang!", schrie Tryd und rannte hinter dem Nashorn her. Im Inneren unterschied sich der Gebieter nicht von anderen NPC-Schiffen. Schotten, Decks, Kommunikationsräume, Korridore. Hier und da gab es ein paar Beutekisten – die delvianische Crew war heldenhaft mit ihrem Schiff untergegangen. Ich öffnete eine Kiste – ein Blaster der Klasse C, die Uniform eines Fähnrichs der delvianischen Flotte und ein paar Brocken Elo. Also nichts Besonderes.

„Wir brauchen einen Schutzwall." Tryd nickte in Richtung eines großen Schutthaufens. Das Nashorn war erneut durch die Hülle des Gebieters gekracht und ruhte nun, wobei es geräuschvoll Luft durch seine geblähten Nasenlöcher sog. Sein rotglühendes Horn wollte nicht abkühlen, und es wurde deutlich, dass der Soldat nicht mehr in diesem Tempo weitermachen konnte. Er brauchte eine Pause, für die wir keine Zeit hatten.

„Brainiac, schick fünf Droiden her", befahl ich und fügte nach kurzem Überlegen hinzu: „Und hol das Nashorn wieder rein. Kümmere dich um seine Genesung."

Das Nashorn gehorchte den Befehlen des Computers und stapfte zum Kugelschiff zurück. Fünf Droiden nahmen seinen Platz ein und warteten auf meine Anweisungen.

„Einer hier, der andere da, der dritte trägt die Steine und die anderen beiden an die Flanken." Tryd, der besser als ich wusste, wie man mit dem Schutthaufen fertig wurde, übernahm das Kommando. Ich gab die Zügel aus der Hand, und die Roboter machten sich an die Arbeit. Gerade als die Arbeit begann, fiel ein Balken von oben herab. Wir wären plattgemacht worden, wenn nicht einer der Droiden uns heldenhaft noch rechtzeitig gerettet hätte, indem er sich zwischen dem Balken und einem Vorsprung verkeilte. Der Strahl zerquetschte den Oberkörper des Roboters, aber seine Beine blockierten und verhinderten, dass der Strahl auch uns zerquetschte. Ich musste einen Ersatzdroiden rufen und mir das Gezeter der Schlange anhören, wie leid sie es wäre, die Droiden reparieren zu müssen. Tryd arbeitete mit größerer Vorsicht weiter – die Droiden bauten Steinsäulen, um die Decke zu stützen, und verstärkten die geräumten Bereiche. Dann kam Sebastian jammernd zurück – es gab nichts Wertvolles auf dem Gebieter. Währenddessen konnte Brainiac keine Verbindung zum internen Netzwerk herstellen, da es durchgebrannt war. Alles, was man hätte stehlen können, war durch den Aufprall zerstört worden. Das Kapitänsdeck war weg – die Strahlenkanonen hatten es vollständig eingeäschert. Alles in allem war es ein Chaos. Mein Plan, die Gebieter zu plündern, wurde dadurch vereitelt.

„Hier gibt es einen Durchgang!", brüllte Tryd fröhlich. „Ich wusste, dass der Thronsaal überleben würde! Er wurde gebaut, um Äonen zu überdauern!"

Ohne auf Erlaubnis zu warten, duckte der Pirat sich in den dunklen Korridor. Mein Raumscanner generierte ein Modell des Thronsaals in meinem HUD. Meiner Meinung nach war das Wort ‚überleben' ein wenig übertrieben. Die Säulen, wie auch die Trennwände, waren gebrochen. Die Decke war nur deshalb nicht eingestürzt, weil zwei lange Balken kreuzweise zusammengekommen waren und das einstürzende Gewölbe gehalten hatten. Die Droiden stürmten hinter Tryd her und leuchteten die Halle mit ihren Suchscheinwerfern aus. Sie war übersät mit flackernden Kisten voller Loot. Es machte den Eindruck, dass der Gebieter während einer Notfallsitzung abgestürzt war, die nach der Niederlage der Spieler einberufen worden sein musste.

„Hier entlang! Hier gibt es Überlebende!", schrie Tryd und suchte den Thron mit seinem Suchscheinwerfer ab. Die Vermutung des Piraten war richtig – der delvianische Imperator lebte wirklich. Ein vertrauter kugelförmiger Schild – wie der des precianischen

Beraters – flackerte um ihn herum, hielt ein massives Wrackteil von ihm ab und bewahrte den Imperator vor dem unvermeidlichen Tod. Brainiac führte eine Analyse durch: Der Schild hielt die gesamte Halle vom Einsturz ab und trug die Last der zusammenbrechenden Struktur. Der zweite Teil gefiel mir überhaupt nicht – der Imperator war eindeutig dem Untergang geweiht. Wir hatten keine Möglichkeit, den Einsturz selbst zu verhindern, und Seiner Majestät würde früher oder später die Energie ausgehen. Bisher waren wir weniger als eine Minute in dem Raum gewesen, und der delvianische Imperator hatte bereits zwei Energiezellen ausgetauscht.

Er schien etwas zu uns zu sagen, aber der Schall kam nur in einer Richtung durch den Schild. Und es war nicht unsere. Dennoch weigerte der Delvianer sich, sich mit seinem Schicksal abzufinden, und deutete vielsagend in die Dunkelheit. Der Scheinwerfer beleuchtete einen Haufen von Felsen. Der Imperator nickte und gab uns mit einer Geste zu verstehen, dass wir den Haufen auseinandernehmen sollten. Ich schickte die Droiden an die Arbeit und in kurzer Zeit bargen sie Lumara aus dem Schutthaufen. Die Prinzessin war bewusstlos, aber am Leben. Verbrannt, gebrochen und mit einer zertrümmerten Pfote sah sie eher wie ein Zombie als wie ein Lebewesen aus. Sebastian eilte zu ihr und aktivierte die Erste-Hilfe-Einheit seines Panzeranzugs. Die rasende Atmung der Prinzessin beruhigte sich schließlich, nachdem er einige Injektionen und gerinnungsfördernden Schaum auf ihre Wunden verabreicht hatte.

„Sie muss so schnell wie möglich zum Kugelschiff gebracht werden!" Sebastian schusterte eine improvisierte Trage zusammen und legte die Prinzessin vorsichtig darauf. „Die Injektionen reichen nur für ein paar Minuten!"

„Tu das. Schlange, kümmere dich um unsere Patientin. Tu alles, was du tun musst, damit sie überlebt. Tryd, verstehst du, was der Imperator sagt?"

Der Imperator plapperte aufgeregt, wedelte mit den Pfoten, zeigte in eine Richtung und dann in eine andere. Viele seiner Gesten waren auf unsere Füße gerichtet. Meine Fähigkeit, von den Lippen zu lesen, war nicht besonders gut, und wenn die zu lesenden Lippen zu einem anthropomorphen Fuchs gehörten ... Na ja, wie auch immer. Zum Glück kam mir Tryd zu Hilfe.

„Langsam, Eure Hoheit, und wiederholen Sie bitte, was Sie sagen. Ich konnte nur die Hälfte verstehen."

Der Imperator wiederholte sein Fuchteln. Der Pirat grunzte nur und versuchte von Zeit zu Zeit, sich am Ohr zu kratzen. Es war schwer, sich in einem Panzeranzug irgendetwas zu kratzen, und doch bestanden seine Reflexe darauf, es zu versuchen. Tryd sah äußerst besorgt aus.

„Nicken Sie, wenn das, was ich sage, korrekt ist. Die allgemeine Aussage ist: Die Zatrathi haben den Planetengeist zerstört und die Bindung aller Kreaturen dieses Planeten entfernt. Die gesamte delvianische Aristokratie befand sich in diesem Thronsaal, und statt wiedergeboren zu werden, sind sie nun in die Ewigkeit abgereist. Habe ich Sie richtig verstanden?"

Der Imperator nickte und fuhr mit seiner Erklärung fort. Er bat uns, Lumara hier herauszuholen – sie war jetzt die einzige Thronfolgerin. Alviaan war einer von denen gewesen, die in der Halle versammelt gewesen waren.

„Die Prinzessin ist in Sicherheit." Sebastian kam schnell zurück. „Die Schlange kümmert sich um sie. Was sollen wir tun?"

„Den Sockel und den Kristall finden. Wir müssen sie mitnehmen."

„Sie sind nicht hier", übersetzte Tryd die Worte des Imperators. „Sie sind in eine geheime Schatzkammer in einem der äußeren Systeme gebracht worden."

„Wenn das so ist, will ich die Zugangscodes und Koordinaten", sagte ich. „Andernfalls werde ich Lumara hier liegenlassen, und das wäre das Ende der Dynastie. Ich bin ein Pirat, kein weißer Ritter. Meine Zeit kostet Geld."

„Wir brauchen auch die Zugangscodes für Zarvalus. Ich muss Filta retten", erinnerte Tryd an seine Quest und zwang den Imperator zu einem Grinsen. Aufgrund des Panzeranzugs hatte er den Piraten nicht erkannt und angenommen, dass er ein Spieler war. Meine Beziehungen zum Imperator brachen ein – der Delvianer in seiner Blase ließ uns wissen, was er von unseren Forderungen hielt. Das einzige Problem war, dass er in dieser Angelegenheit keine Wahl hatte.

„Brainiac, stoppe die Behandlung der Prinzessin. Wir werden sie nun doch nicht mitnehmen. Der Imperator ist mit unseren Bedingungen nicht einverstanden."

Der Gesichtsausdruck des Imperators war Gold wert. Sein Blick war so vernichtend, so voller Abscheu, dass ich anfing, mich ein wenig unwohl zu fühlen. Währenddessen schwächte sich sein kugelförmiger Schild um einige Zentimeter ab – der Imperator hatte vergessen, seine Energiezelle zu ersetzen. Staub rieselte von der Decke, begleitet von einem unheimlichen Knarren, und ich dachte schon, dass wir es übertrieben hätten, aber dann gab der Delvianer auf. Das Leben seiner Tochter war ihm wichtiger als der Zugang zur Schatztruhe. Die Zatrathi könnten sie sowieso zuerst erreichen.

Während Tryd die Zugangscodes aufzeichnete, ging ich in der Halle umher. Ungeöffnete Beutekisten zu hinterlassen, wäre so gar nicht meine Art. Sebastian riss die noch intakten Gemälde von der Wand und schnappte sich das imperiale Tafelsilber und Geschirr

– alles, was sich verkaufen ließ. Die Droiden schleppten sich hin und her und trugen alles zurück in unsere Laderäume. Ich bekam jedoch nichts, womit ich prahlen konnte. Die Delvianer, die zu der Notfallsitzung erschienen waren, hatten nichts mitgebracht: weder Geld noch Energiezellen, noch Raq. Hier gab es nicht einmal einen Blaster. Jede Kiste enthielt einen oder zwei Gegenstände aus der Garderobe der Adligen. Bunte, pompöse, aber völlig nutzlose Kleidungsstücke. Sebastian warf einen Blick auf die Kleidungsstücke und seufzte – diese zu einem normalen Preis zu verkaufen war schwierig.

„Der Imperator sagt, dass er noch zwei Energiezellen hat", sagte Tryd. „Wir haben eine Minute. Danach wird der ganze Ort einstürzen. Er fleht uns an, seine Tochter zu retten. Wir müssen sie auf den Planeten Nadin im konföderierten Raum bringen. Auf dem Planeten gibt es eine delvianische Kolonie. Die werden wissen, was mit ihr zu tun ist. Ich habe die Zugangscodes und Koordinaten erhalten, die wir brauchen. Was machen wir jetzt?"

„Wir verschwinden von hier, das machen wir!", befahl ich und beruhigte dann den Imperator: „Wir werden alles tun, um Lumara zu retten. Sebastian, mach einen Strich drunter! Lass den Wandteppich liegen! Du kriegst ihn sowieso nicht in einem Stück raus."

Kaum waren wir zum Schiff zurückgekehrt, hörten wir ein schreckliches Krachen, als der Gang hinter uns einstürzte. Der delvianische Imperator hatte sein Dasein im Spiel beendet und sich seinen gefallenen Untertanen angeschlossen.

Trauert, oh Delvianer! Euer Imperator ist seinen endgültigen Tod gestorben!

Alle Handelsgeschäfte mit dem delvianischen Imperium werden für die Dauer der Trauerzeit (30 Kalendertage) ausgesetzt. -50 % XP für alle Spieler, die dem delvianischen Imperium angehören, für die Dauer der Trauerzeit (30

Kalendertage). -1.000 Beziehungspunkte mit dem delvianischen Imperium für alle Spieler. Wenn innerhalb von drei Tagen kein legitimer Thronfolger erscheint, wird das delvianische Imperium aufgelöst!

„Brainiac, wie ist die Lage im System?"

„Die Zatrathi zerstören alle Verteidigungsanlagen. Ihre fliegenden Festungen haben ihre Positionen an den Rändern des Systems eingenommen und kontrollieren den Raum dazwischen vollständig. Wir können nicht unbemerkt raus."

„Käpt'n, wir müssen wenigstens vom Planeten weg. Es gibt überall Abfangjäger, Aufklärer und sogar Fregatten. Ich habe dafür gesorgt, dass wir sparen, aber wir werden nicht genug Elo für alle haben. Wir sollten uns verstecken und in Deckung gehen, bis die Zatrathi hier fertig sind. Sicherlich werden sie in ein paar Tagen weiterziehen."

Die Argumente meines Ingenieurs ergaben Sinn, aber irgendetwas sagte mir, dass wir etwas übersehen hatten.

„Brainiac, zeig mir die aktuelle Aufstellung der Zatrathi im System."

Zwei fliegende Festungen hatten an den gegenüberliegenden Rändern des Systems Stellung bezogen, während ein Wirbelsturm von roten Punkten ohne erkennbare Ordnung durch das System huschte. Ab und zu stießen ein paar blaue Punkte von den Planeten oder Monden aus vor und wurden sofort von den roten Schiffen der Zatrathi erstickt. Die fliegenden Festungen mussten nicht einmal etwas tun – die Abfangjäger und Fregatten erledigten ihre Aufgabe problemlos. Ich runzelte die Stirn und versuchte, zu begreifen, was mir an diesem Bild so seltsam vorkam, aber die Schlange sprach zuerst. Die Stimme des Ingenieurs war fast hysterisch.

„Käpt'n, ich nehme alles zurück – wir müssen hier sofort weg! Sieh dir den äußersten Planeten an!"

Ich konnte die Sichtweise der Schlange verstehen – Larsis Sternensystem hatte gerade einen seiner Planeten verloren. Zugegeben, er war unbewohnt und nicht sehr groß, aber die Geschwindigkeit, mit der die Zatrathi den riesigen Felsen in nichts verwandelt hatten, war erschreckend. Vor allem, da nicht klar war, wie sie das gemacht hatten. Es hatte weder Explosionen noch Ernteschiffe gegeben. Der Planet war lediglich in Flammen aufgegangen, hatte geblitzt und war dann verschwunden.

„Sie sind zum nächsten weitergezogen!", schrie der Ingenieur, als ein weiterer Planet aufleuchtete. Er war um ein Vielfaches größer als der vorherige, daher mussten die Invasoren etwas mehr Zeit auf ihn verwenden – etwa zehn Sekunden. Wir waren als Nächstes dran. Brainiac änderte den Feed und zeigte nun, wie alle Zatrathi-Schiffe von der Oberfläche des Planeten wegflogen und sich so weit wie möglich davon entfernten. Sie hatten ihre Arbeit getan, die Evakuierung zu stören, und es war nun an der Zeit, ihre Massenvernichtungswaffe einzusetzen.

„Brainiac, Notfallabflug!", befahl ich und bemerkte, wie die Luft draußen künstlich zu funkeln begann. Sogar der Rumpf meines Schiffes schien zu strahlen, als wäre er vom bevorstehenden planetaren Kollaps infiziert.

„Käpt'n, sie stören die intermolekularen Verbindungen!" Der Ingenieur klang fassungslos über das, was geschah. „Ich kann mir nicht einmal vorstellen, wie so etwas in einem planetarischen Maßstab möglich ist. Das ist unnatürlich!"

Das musste Brainiac sich nicht zweimal sagen lassen. Der Schiffscomputer war sich der Gefahr bewusst, und die Triebwerke brüllten auf maximalen Schub.

„Wir werden von einem Disruptorstrahl behindert", fuhr die Schlange trotz der Verwirrung und Aufregung damit fort, ihre Aufgabe zu erfüllen. „Wir werden von EM-Kanonen erfasst.

Torpedos voraus. Mehrere Banditen im Anflug. Das molekulare Gitter unseres Rumpfes stabilisiert sich wieder."

Der Bildschirm wurde schwarz – der Hauptplanet des delvianischen Imperiums verschwand von der Oberfläche Galaktogons und machte dem Vakuum des Weltraums Platz. Ich änderte abrupt den Kurs und drehte mich um 180 Grad nach rechts – das Kugelschiff erlaubte mir solche Manöver. Die Zatrathi hatten eine solche Wendigkeit nicht von uns erwartet, und für einige spannende Sekunden schoss niemand auf uns. Wir flogen genau durch die Stelle, an der der Planet eben noch gewesen war. Nicht einmal eine Reststrahlung war geblieben – es war, als ob der Planet in eine andere Dimension transferiert worden wäre.

„Vollgas, Brainiac!" Wir hatten nur einen Ausweg. Abhauen. So schnell abhauen, wie wir nur konnten – alles aus unserem Schiff herausquetschen, was ging. Ein Dutzend Plasmastrahlen trafen uns – die Zatrathi waren zu sich gekommen. Doch unsere Schilde hielten stand, absorbierten den Schaden, während die Abfangjäger um uns kreisten, was mich beunruhigte. Der Schütze, dem befohlen worden war, nach eigenem Ermessen zu feuern, solange er noch auf dem Planeten war, probierte sein Bestes, um den Bereich um uns herum zu säubern, aber es waren einfach zu viele Feinde. Sie huschten überall um uns herum und versuchten, unsere Schilde mit ihren Strahlenkanonen auszuschalten. Immerhin waren sie nicht mit Torpedos ausgerüstet und ihre KI-Algorithmen erlaubten es ihnen nicht, uns zu rammen. Hätte sich unter den Zatrathi wenigstens ein Spieler befunden, hätte er es schon längst mit einem Frontalzusammenstoß versucht und sein Schiff in einen improvisierten Torpedo verwandelt.

„Wir verlassen das System. Der Hyperantriebsdisruptorstrahl hat uns immer noch im Griff. Eine der fliegenden Festungen verfolgt uns. Die Flugzeit beträgt vier Stunden und 22 Minuten."

Brainiacs Bericht war ebenso präzise wie finster. Unsere verbesserten Triebwerke erlaubten es uns, uns mit unglaublicher Geschwindigkeit zu bewegen, wenn es um andere Spieler ging, aber für die Zatrathi waren wir wie Fußgänger. Die Abfangjäger hatten eine kurze Reichweite, und nach einer Weile zogen sie sich zurück – doch einer der Wachposten des Systems verfolgte uns weiterhin und kam unaufhaltsam näher.

„Können wir noch mehr Geschwindigkeit aus dem Schiff herausquetschen?", fragte ich ohne wirkliche Hoffnung.

„Das wird nicht funktionieren, Käpt'n", antwortete die Schlange grimmig. „Wir quetschen bereits alles aus dem Schiff heraus. Ich habe noch weitere Neuigkeiten. Wir haben nur noch genug Energie für vier Stunden. Wir haben zu viel für unsere Schilde verbraucht. Ich habe alle Projekte gestoppt und sogar die Lichter überall ausgeschaltet, aber das hilft nicht. Wir haben vier Stunden, bevor wir zu Weltraumschrott werden... Wir wurden getroffen! Schilde nach achtern!"

Die Zatrathi, die uns verfolgten, hatten keine Bedenken wegen ihres Energieverbrauchs und eröffneten das Feuer aus ihren Hauptkanonen. Die Entfernung zwischen uns reduzierte die Energie des Schusses, sodass unsere Schilde es schafften, aber dann wurden wir ein zweites Mal getroffen. Und noch einmal. Und noch einmal. Alle 15 Sekunden stieß die fliegende Festung einen riesigen Plasmastrahl aus, der mit unglaublicher Geschwindigkeit in unsere Richtung flog. Die Schilde hielten den Schaden aus, doch unsere Energiereserven sanken nach jedem Treffer merklich.

„Asteroidenfelder, Planeten, andere Systeme? Gibt es überhaupt irgendetwas um uns herum?" Meine Hand griff bereits nach dem Selbstzerstörungsknopf, doch ich weigerte mich, die Niederlage zu akzeptieren. Ich durfte Lumara und Tryd nicht verlieren.

„Da ist nichts, wenn wir geradeaus weiterfliegen. Wir werden nirgendwo ankommen. Da vorne ist nichts."

„Ich habe einen Vorschlag, Kapitän", meldete Sebastian sich zu Wort. Der Dieb tat das äußerst selten, also beschloss ich, ihm zuzuhören. „Erinnerst du dich noch, dass ich dir von dem System der zwei Sterne erzählt habe? Das, in dem die Piraten Raq abbauen? Es dauert etwa drei Stunden, dorthin zu fliegen, und unsere Energie sollte dafür reichen. Wir müssen nur unseren Kurs ein wenig anpassen. Hansa hat uns sein mathematisches Modell gegeben – probieren wir es aus."

„Dann müssen wir aber davon ausgehen, dass die Zatrathi uns lebend fangen wollen", sagte die Schlange. „Dieser neue Vektor hat fast 90 Grad Abweichung von unserer aktuellen Flugbahn. Ich werde nicht genug Energie haben, um einen direkten Treffer zu verkraften. So wie wir fliegen, schaffen wir es wenigstens, ihnen zu entkommen. Wenn wir abdrehen, sind wir ihnen noch für volle 30 Sekunden ausgesetzt. Das reicht für zwei Treffer. Wer will sterben? Hebt eure Hände."

Niemand war bereit, die Hand zu heben, aber Sebastian hatte recht – das System der zwei Sterne gab uns zumindest eine Chance.

„Brainiac, wenn wir umdrehen, wie lange dauert es, bis wir die Zatrathi erreichen?"

Der Computer hielt bei der Bearbeitung meiner Anfrage inne und antwortete dann:

„Unter Berücksichtigung ihrer und unserer Geschwindigkeit: 20 Sekunden."

„Schlange, wie können wir einen Volltreffer ihrer Hauptkanone überleben?"

„Das können wir nicht", murmelte die Schlange. „Das ist der Grund, warum es die Hauptkanone ist – es ist schwer, sich gegen sie zu verteidigen. Wir werden nicht überleben."

Ich war im Begriff, zu verzweifeln, als mir ein verrückter Gedanke kam. Ich hatte diese Taktik bereits bei den Qualianern ausprobiert und sie hatte gut funktioniert. Warum nicht auch bei den Zatrathi?

„Brainiac, welche Frequenz benutzen die Zatrathi zur Kommunikation?"

„Sie benutzen einen geschlossenen Kanal. Die Verschlüsselung ändert sich täglich. Ich kann ihn nicht abhören."

„Ich will sie nicht hören. Ich will, dass sie mich hören. Kannst du irgendetwas tun?"

„Um eine Nachricht zu senden, ja. Sie benutzen einen gemeinsamen Kanal, aber auf dem wird nicht gesprochen. Ich habe ihn überwacht."

Brainiac analysierte die von den Zatrathi heruntergeladenen Informationen – wenn es um die Invasoren ging, war mein Schiffscomputer inzwischen die am besten informierte Instanz in ganz Galaktogon.

„Wunderbar! Welche Sprache sprechen sie?"

„Im Moment wissen wir von zwei Sprachen. Die gemeinsame Sprache, die von ihren Ingenieuren und Kriegern gesprochen wird, und die uldanische Sprache, die auch der Brainworm gesprochen hat. Vielleicht gibt es noch andere, aber ich habe keine entdeckt."

„Probieren wir es mit dem Uldanischen. Wie hieß der Kapitän der fliegenden Festung, die wir versenkt haben?"

„Individuelle Zatrathi haben keine Namen. Sie benutzen Ordnungszahlen, die je nach Rang und Position variieren. Die Nummer des Kapitäns war 53-4477. Es ist unklar, ob dies auch nach seiner Gefangennahme die Nummer dieses Individuums bleibt. Die Zatrathi vermeiden es so weit wie möglich, sich selbst zu identifizieren. Es gibt keine Namen, auch keine Nachnamen – nur Zahlenfolgen, die einander übermittelt werden."

„Wir werden es riskieren müssen", sagte ich. „Sende das:
‚Dringende Nachricht an den Kapitän! Die Königinmutter ist in
Gefahr! Ich wiederhole, die Königinmutter ist in Gefahr! Diese
Information wurde von 53-4477 übermittelt!'" Die gutturale Uldanersprache erfüllte den Äther. 15 Sekunden
vergingen, ohne dass unsere Verfolger schossen. Dann 20. Dann
eine Minute. Es fiel immer noch kein Schuss, und doch dachten
unsere Feinde nicht einmal daran, sich zurückfallen zu lassen. Sie
schlossen den Abstand zwischen uns Klick für Klick.

„Welche Gefahr könnte *sie* wohl bedrohen?", kam die Antwort
der Zatrathi ein paar Minuten später. Auch auf Uldanisch. Es
stellte sich heraus, dass die Zatrathi-Schiffskapitäne allesamt
Brainworms waren, die Uldanisch sprachen. Ich freute mich aber
mehr über die bloße Tatsache, dass überhaupt eine Antwort
gekommen war. Wenn die Königin ihre Untertanen vollständig
kontrollieren würde, hätte sie sehr wohl verstanden, dass der
gefangene Kapitän nichts dergleichen gesagt hatte. Da es einen
Dialog gab, waren die Zatrathi nicht so omnipotent, wie es schien.
Sie waren kein einziger großer Organismus wie zum Beispiel die
Vraxis. Es war viel einfacher, einen Krieg gegen eine Gesellschaft
von Individuen zu führen – selbst wenn es so aussah, als hätte diese
Gesellschaft beschlossen, alles Leben in der Galaxie zu vernichten.

„Ich kann darüber nicht über einen öffentlichen Kanal
sprechen. Es gibt überall Spione! Ich bitte um Erlaubnis,
anzudocken."

„Es gibt bei uns keine Spione!", antwortete der Zatrathi.

„Sind Sie sich da sicher? Die Menschen haben eine fliegende
Festung geentert und ihren Kapitän gefangen genommen. Wie
hätten sie das ohne einen Verräter tun können? Entweder wir
treffen uns und ich erzähle Ihnen von der Gefahr für die
Königinmutter oder unsere Verfolgungsjagd geht weiter. In diesem
Fall werden Sie die Informationen, die ich habe, nicht erhalten."

„Langsam", befahl der Zatrathi. „Wir sind bereit, mit Ihnen zu sprechen."

Die fliegende Festung wurde langsamer. Ich hatte mich nicht getäuscht: Die Festung würde eine halbe Minute brauchen, um ihre alte Geschwindigkeit wiederzuerlangen, also hatte ich auf Dauer keine Chance. Hier kam der zweite Teil meines Plans zum Tragen: „Brainiac, langsamer werden, aber Abstand halten. Mal sehen, was sie tun."

Das feindliche Schiff stoppte und spuckte seinen Schwarm Abfangjäger aus. Ich ergriff keine Verteidigungsmaßnahmen, als die Jäger uns erreichten. Die Zatrathi brauchten Informationen, und sie würden jetzt ihre Rolle des Verhandelns bis zum Letzten ausspielen. Allerdings hatte ich keine Zweifel daran, dass sie uns angreifen würden, sobald der Deal abgeschlossen war. Das war einfach ihr KI-Invasorenskript.

„Wir kommen rein – halten Sie Ihre Abfangjäger fern", verkündete ich und bewegte mich langsam auf die fliegende Festung zu. Die Jäger wichen gehorsam zurück, blieben aber in der Nähe. Wir waren jetzt so nah an den Zatrathi, dass ihr Schiff unser gesamtes Sichtfeld ausfüllte. Eine Luke im Rumpf öffnete sich und lud uns ins Innere ein. Ich flog bündig an die Festung heran, bis wir in Reichweite ihrer Kanonen waren. Die Zatrathi versuchten nicht, Traktorstrahlen einzusetzen, vermutlich, um ihren Fang nicht zu verschrecken. Im Großen und Ganzen sah es so aus, als würden die ersten Gespräche zwischen einem Spieler und den Zatrathi stattfinden. Der einzige Haken an der Sache war der Spieler!

„Los!", befahl ich, und die *Warlock* stürzte abrupt nach unten, die Triebwerke feuerten mit vollem Schub. Gleichzeitig bebte das Kugelschiff, als alle Torpedos, die wir an Bord hatten, auf die Festung flogen. Der Moment der Verwirrung kostete die fliegende Festung ihre Hauptkanone, die Hälfte der Torpedos erreichte ihr Ziel und verwandelte den Bug der Festung in eine schöne formlose

Masse. Die Jäger stürmten hinter mir her, aber es war zu spät – ich hatte mindestens fünf Sekunden Vorsprung.

„Sie drehen", sagte Brainiac und verfolgte die Manöver der Zatrathi. Anders als das Kugelschiff konnte die riesige Festung ihren Kurs nicht so abrupt ändern. Das Ungetüm musste erst Geschwindigkeit aufbauen und dann in einem Kreis umdrehen, wodurch es Zeit verlor. Als sie uns wieder verfolgten, war der Abstand zwischen uns so groß, wie er lange vorher gewesen war. Unter der Annahme, dass wir es nicht mit Schildangriffen zu tun haben würden, errechnete die Schlange, dass wir vier Stunden hatten, bevor sie uns einholen würden.

Drei Stunden später wiederholte ich immer wieder die gleichen Worte in meinem Kopf: Verdammte hartnäckige Ghouls! Die fliegende Festung gab alles, was sie hatte, und versuchte, den Käfer zu zerquetschen, der sie ausgetrickst hatte. Anscheinend hatte ich ihren Brainworm-Kapitän wirklich verärgert. Alle Spiele, die ich je gespielt hatte, grenzten ihre NPCs auf ein bestimmtes Gebiet oder eine Ebene ein, die sie nicht verlassen konnten. Die Zatrathi, so schien es, waren von solchen Beschränkungen unberührt. Sie bewegten sich mit mäßiger Geschwindigkeit und in absoluter Funkstille hinter uns her.

„Unser System liegt direkt vor uns", sagte Brainiac. „Die Flugzeit beträgt zwei Minuten. Ich identifiziere einen Kreuzer, sieben Fregatten und 40 Jäger."

Die konföderierte Diebesgilde hatte ihre Streitkräfte zusammengezogen, um ihre Bergbauinteressen zu verteidigen. Und doch blieben die Funkgeräte stumm. Sobald ich in Reichweite war, kamen Torpedos auf mich zugeflogen. Das war grob, aber effektiv – gegen 20 Raketen konnte ich nicht wirklich etwas ausrichten. Ich musste den Kurs drastisch ändern, um das neue Hindernis zu umschiffen. Die Piraten waren dabei, mich zu verfolgen, als sie die Zatrathi sahen. Die fliegende Festung wuchs auf ihren

Bildschirmen, wie ein Dämon, der aus den Tiefen der Hölle aufstieg. Aus einem kleinen Punkt wurde ein riesiges Schiff, das mit rasender Geschwindigkeit unterwegs war. Eine weitere Welle von Torpedos flog an uns vorbei, dieses Mal hatten die Diebe keine Lust, ihr Raq mit jemandem zu teilen. Ihr Job war einfach – ihren Bergbauplaneten bis zum Letzten zu verteidigen.

„Ich habe die Stern- und Planetenmassen berechnet und die Daten in das mathematische Modell von Hansa eingegeben. Ein sicherer Anflugvektor wurde berechnet. Wir können einfliegen." Das Kugelschiff erzitterte, sobald wir uns dem System näherten. Die kombinierte Gravitationsquelle von zwei Sternen war das reinste Chaos. Die Zatrathi folgten uns auf den Fersen und schenkten der Diebesgilde keine Beachtung. Sie zerstörten die Torpedos und flogen einfach durch die Diebe hindurch, rammten und verstreuten sie wie Bowlingfiguren. Die Fregatten und Jäger wurden auf der Stelle zerstört. Der Kreuzer überlebte den Schlag, geriet jedoch ins Trudeln und schaltete ab. Ich konnte nur erahnen, welchen Schaden dies bei den Zatrathi angerichtet hatte – wir konnten Beulen in ihrer Hülle erkennen, ziemlich große sogar, aber sie verringerten ihre Geschwindigkeit nicht. Der Verlust der Hälfte ihrer Fortsätze war wohl keine so besondere Sache für sie.

Hier gab es kein wirkliches Sonnensystem, sondern nur drei Himmelskörper, die entlang einer Linie angeordnet waren. Zwei riesige Sterne lieferten sich ein Tauziehen mit einem Planeten zwischen ihnen. Die Schwerkraft der Sterne war jedoch gleich, und der Planet blieb an seinem Platz. Das Kugelschiff wurde durchgeschüttelt, als ob wir über eine holprige Straße fahren würden. Wir konnten die Geschwindigkeit nicht verringern, also musste ich die Schlaglöcher des kosmischen Hinterlandes über mich ergehen lassen.

„Brainiac, warum werden wir so stark durchgeschüttelt? Sind wir auf dem richtigen Kurs?"

„Das weiß ich selbst nicht, Käpt'n. Die Berechnungen scheinen korrekt zu sein. Wenn das Modell stimmt und die Koordinaten korrekt sind, dann sollten wir es schaffen – aber die Erschütterungen sind wirklich sehr stark. Ich verstehe nicht, wie jemand an diesem Ort Bergbau betreiben kann. Übrigens, die Zatrathi sind im Rückstand. Vielleicht gibt es einen guten Grund dafür?"

„Verringere die Geschwindigkeit und flieg langsamer weiter."

„Wir müssen zurücksetzen!", protestierte Brainiac. „Wenn wir geradeaus fliegen, werden wir in eine der Gravitationsquellen der Sterne geraten! Hansa hat in den Berechnungen einen Fehler gemacht – ihr Modell funktioniert nicht! Ich musste bereits ein Triebwerk und eine Bremse anders einstellen. Wir werden nach vorne gezogen! In ein paar Minuten wird das unumkehrbar sein!"

„Sebastian!" Ich blickte den Qualianer hilflos an. „Du hast gesagt, dass du theoretisch den Weg zum Planeten kennst! Jetzt ist deine Zeit gekommen! Du musst uns retten!"

„Nur in der Theorie. Ich habe bereits gesagt, dass die Informationen darüber...", begann Sebastian, sich zu rechtfertigen, aber ich unterbrach ihn:

„Du sagst Brainiac alles, was du weißt, sofort! Du hast 30 Sekunden Zeit!"

„Käpt'n, die Zatrathi haben angehalten. Sie scheinen verwirrt darüber zu sein, was wir vorhaben. Sie haben ihre Kampfjets ausgeschickt."

Auf unseren Bildschirmen blitzten mehrere Linien an uns vorbei – die Abfangjäger der Zatrathi waren so schnell gestartet, dass sie sich verrechnet hatten und an uns vorbeiflogen. Keiner schaffte es zurück – die eine Hälfte wurde in einen Stern geschleudert und bremste zu spät, während die andere Hälfte abdrehte und ihre Drosselklappen voll aufdrehte, um die Anziehungskraft der Sterne zu überwinden. Aber sie hatten nicht genug Power und blieben deshalb auf einer Stelle stehen und stemmten sich gegen das Unvermeidliche.

„Dreh ein bisschen nach links ab, Brainiac", übernahm Sebastian das Kommando. „Ich habe mehrmals aufgeschnappt, dass man sich vor der roten Sonne verbeugen soll. Das ist die da drüben."

„Heißt ‚verbeugen' auf einer Tangente vorbeifliegen? Oder vielleicht, sie als Schleuder zu benutzen und zu beschleunigen?" Da sie den rätselhaften Ausdruck nicht verstand, versuchte die Schlange, dem Dieb die richtige Flugbahn zu entlocken.

„Woher soll ich das wissen?", schnappte der Dieb. „Jeder Kapitän hat diesen einen Satz wie eine Art Mantra wiederholt. Wir können uns unterwegs überlegen, wie er gemeint ist."

„Gib mir das Mikrofon!" Tryd schubste Sebastian wütend vom Bedienfeld weg. „Ihr seid ein Haufen von Taugenichtsen! Wollt ihr uns alle in den Stern schleudern? Ich würde es vorziehen, noch eine Weile am Leben zu bleiben. Brainiac, schalte auf Frequenz 42: ‚Hier ist Grizzled Fox. Mayday! Mayday! Code 5-22-89.'"

„Was soll das bedeuten?" Alle sahen den Piraten verwundert an. Sogar die Schlange steckte ihren Kopf in die Kapitänskabine.

„Ich halte hier Anteile", gab Tryd zögernd zu. „Jeden Monat bekomme ich 5 % ihrer Mineneinnahmen. Was glotzt ihr mich so an? Wie soll ich ohne Geld auf Daphark leben?"

„Grizzled Fox?", meldete sich eine überraschte Stimme aus den Lautsprechern. „Wo bist du in den letzten zehn Jahren gewesen? Was kann ich für dich tun? Äh... Wo bist du? Rufst du vom Ball aus an oder von diesem, äh, Weltraum-Tintenfisch...?"

„Lass uns das später besprechen, Kurt. Ich bin am Ball, ich brauche einen Pass. Der Weltraum-Tintenfisch sollte verschrottet werden. Verfüttere ihn an die Sterne."

„5 % und der Pass gehört dir." Seine Chance sehend, begann Kurt zu feilschen.

„Du willst in so einem Moment feilschen? Okay, ich habe auch etwas." Tryd war nicht bereit, einfach so zu kapitulieren. „Sei ein guter Junge und ich gebe dir einen Zugangscode für Zarvalus. Der Imperator hat ihn mir persönlich gegeben!"

„Bullshit!"

„Von wegen Bullshit! In einer Minute wird es zu spät sein, um herauszufinden, ob ich Bullshit rede oder nicht. Gib mir den Pass, oder du wirst es bereuen."

„Tryd, du weißt, dass ich dich finden werde, selbst wenn sie dich begraben", murrte Kurt wütend. „Ich sende eine verschlüsselte Übertragung. Du erinnerst dich noch an unsere Passwörter, richtig?"

„Verschlüsselte Daten empfangen", bestätigte Brainiac die Übertragung. Kurt verlor keine Zeit – die Diebe waren offensichtlich daran gewöhnt, die Anflugvektoren miteinander zu teilen.

„Die Passphrase für die Entschlüsselung lautet: ‚Der arsch eines piraten wird mit jeder welle haariger!' Der erste Buchstabe wird großgeschrieben, der Rest klein. Kein Leerzeichen und kein Komma. Und ein Ausrufezeichen am Ende." Tryd setzte sich wieder in seinen Stuhl und atmete schwer aus: „Was würdet ihr nur ohne mich machen, ihr Landratten? Offenbar rekrutiert Hilvar heutzutage jeden Idioten – nicht wie früher. Oh, das waren noch Zeiten..."

Tryd murmelte noch etwas vor sich hin, aber das Wichtigste hatte er geschafft. Brainiac verarbeitete die Daten, generierte die Vektoren, fand heraus, was ‚sich vor dem Stern verneigen' bedeutete und legte so viel Schräglage ein, wie das Kugelschiff hergab. Der Anflug auf den Planeten befand sich auf der anderen Seite des Systems.

„Die Zatrathi verfolgen uns immer noch", berichtete die Schlange. Sobald wir uns etwas weiter vom System entfernten, um umzudrehen und es zu umfliegen, stürzte die fliegende Festung sofort hinterher. Vielleicht hatte der Feind den Eindruck gewonnen, dass wir vor dem Gravitationschaos fliehen wollten. „Und jetzt werden wir uns vor der Sonne verbeugen", erklärte Brainiac das rätselhafte Manöver. Die Besonderheiten des Kugelschiffs erlaubten es uns nicht, eine tatsächliche ‚Verbeugung' durchzuführen, aber wir bekamen die Grundzüge hin: Das Schiff flog auf die Sonne zu und duckte sich, wobei es seine Oberseite dem Stern preisgab. Danach pendelte sich das Schiff ein, tauchte ein wenig in Richtung des Sterns ab und dann wurde der Antrieb eingeschaltet. Die Schwerkraft des Nachbarsterns und der volle Schub wirkten zusammen und das Schiff wurde aus dem Wirkungsfeld befreit und fiel auf den Planeten. Wie man später vom Planeten abheben könnte, war eine andere Frage. Im Moment war es wichtiger, den Zatrathi zu entkommen. Da das Kugelschiff in jede Richtung fliegen konnte, musste es sich niemandem beugen. Alles, was wir tun mussten, war, den richtigen Punkt in der Flugbahn zu erreichen und dann ordentlich Gas zu geben.

„Ich habe den Grund für diese schlauen Manöver verstanden", erklärte die Schlange, als wir in den Korridor eintraten. „Hier gibt es seltsame Gravitationswirbel. Wären wir in einer geraden Linie geflogen, hätten wir... Nun, eigentlich ist das da genau das, was passiert wäre."

Die fliegende Festung war uns achtlos gefolgt. Anscheinend hatte der Kapitän genug von der Unordnung und hatte beschlossen, das lästige Insekt (also uns) ein für alle Mal loszuwerden. Zuerst verschwendete er drei Wellen von Torpedos – und schoss sie direkt in den nächsten Stern. In der Zwischenzeit verhielt sich das Plasma seiner Strahlenkanonen so seltsam, dass es keinen Sinn hatte, zu schießen – die Wahrscheinlichkeit, irgendetwas zu treffen, ging gegen null. Eine weitere Welle von Raumjägern stürmte hinter uns her und flog in genau den Wirbel,

den der Ingenieur erwähnt hatte. Die Schiffe flachten zu
Pfannkuchen ab, als ob sie von einer hydraulischen Presse
zerquetscht würden. Infolgedessen traf der Brainworm eine
wichtige Entscheidung – er wollte uns rammen und dadurch in
die Nichtexistenz befördern. Das einzige Problem war, dass der
Brainworm kein Brain hatte. Denn als wir die Triebwerke voll
aufdrehten und im Kreis flogen, fegte die fliegende Festung an
uns vorbei und verfehlte uns buchstäblich um ein paar Kilometer!
Unglaublich knapp daneben in kosmischen Maßstäben, aber
trotzdem vorbei. Das Letzte, was ich von ihr sah, war eine schwarze
Silhouette vor dem Hintergrund des roten Riesen.

Quest erfüllt! *Pirat ist meine Berufung. Teil 1.*
**Anforderungen: 556 von 150 Abfangjägern zerstört; 1 von 1
fliegenden Festungen zerstört.**

Neuer Titel erworben! *Erfahrener Duellist.* **Sie sind der
Erste, der eine fliegende Festung der Zatrathi in einer offenen
Schlacht zerstört hat. Sprechen Sie mit einem beliebigen
imperialen Vertreter, um vom Imperator persönlich Ihre
Belohnung zu erhalten.**

Das gesamte Geschwader an Bord des Zatrathi-Schiffes hatte
zu Hilvars Quest-Anforderungen gezählt. Der alte Pirat würde sich
über den Abfangjäger-Killcount freuen.

„Folgt Korridor 2-12", sagte Kurt. „Ich habe mich auf dem
Planeten um alles gekümmert. Unsere Jungs werden euch nicht
abschießen. Wie sieht's jetzt mit den Zugangscodes für Zarvalus
aus, Tryd?"

„Wir landen, nehmen einen Drink und reden dann." Tryd
mochte es nicht, sofort zahlen zu müssen. Er versuchte, Zeit zu
gewinnen. Vielleicht würde Kurt die Codes direkt verkaufen und
dann würden die Delvianer sie ändern. Obwohl, was redete ich
da? Die Delvianer waren weg und die Thronfolgerin befand sich in

meiner Medbay. Ich hatte alle Trümpfe in der Hand und musste sie nur richtig ausspielen.

Die Diebesgilde hatte nahe am Zentrum des leblosen Planeten eine Basis errichtet. Es stellte sich heraus, dass es hier gar keine Raq-Vorkommen im eigentlichen Sinne gab. Stattdessen war der gesamte Planet ein großer Brocken Raq. Überall, wo ich hinsah, trugen Erntemaschinen die Kruste Schicht für Schicht ab und schickten das abgebaute Erz weg von den gleißenden Sonnen in das Innere des Planeten. Und hier war allerlei Arbeit im Gange. Das Raq wurde sortiert und auf Transporter verladen, von denen wir im Orbit etwa 20 zählten.

„5 %?" Ich blickte Tryd überrascht an. „Jeden Monat? Und du hast in einer Wolkenkratzerruine auf Daphark gewohnt? Du hättest doch den ganzen Planeten kaufen können!"

„Und was dann? Was sollte ich damit anfangen?" Der Pirat winkte ab. „Der Dienst auf dem Schiff des Korsen ist hart und gefährlich – aber die Belohnung ist stattlich. Er kümmert sich um seine Männer. Jedenfalls gehört dieser Planet mir. Ich habe ihn entdeckt. Öffne die Luke. Wir haben Besuch."

Ich war nicht in der Lage, Kurts Rasse zu identifizieren – seine Beschreibung war verborgen und er selbst war in einen Panzeranzug gehüllt. Tryd wechselte ein paar Worte mit ihm, und die Diebe begannen, die *Warlock* mit Elo und Raq zu beladen. Tryd beschloss, einen Teil seines monatlichen Gewinns mit uns zu teilen.

„Unsere Wege müssen sich hier trennen", sagte Tryd, sobald das Beladen abgeschlossen war. „Ihr müsst ohne mich weitermachen."

„Und Filta?", fragte ich.

„Was hast du mit ihr zu tun? Sie ist meine Frau, mein Imperium, mein Volk. Ich bin es gewohnt, mich selbst um meine Angelegenheiten zu kümmern, ohne mich auf andere zu verlassen. Deine Belohnung dafür, dass du mich aus Daphark geholt hast, ist in den Laderäumen deines Schiffes gelandet. Ich bin nicht an der Prinzessin interessiert. Was willst du noch? Kurt wird dafür sorgen, dass du das System friedlich verlassen kannst. Und du bist jetzt offiziell ein Pirat. Komm zu mir, wenn du dir einen Namen gemacht hast, kleiner Fisch. Du weißt bereits, wo du mich finden kannst. Ich werde eine Weile hierbleiben. Wenn du das dritte Level erreicht hast, dann komm vorbei und wir können uns unterhalten. Und jetzt verpiss dich. Die Einheimischen werden nervös, wenn Außenstehende in dieser Basis auftauchen. Und sie neigen ohnehin schon dazu, aus der Hüfte zu schießen, also ..."

Neue Quest verfügbar: *Piraten-Universität*. Schließen Sie die drei Teile der Quest *Pirat ist meine Berufung* ab und suchen Sie Tryd auf dem Planeten Volta auf.

„Ich gebe dir einen Tipp – flieg zum delvianischen Schatzplaneten. Die Jungs und ich werden diesem Ort morgen einen Besuch abstatten. Wenn ich den Kristall und den Sockel vor dir bekomme, wirst du dich sehr anstrengen müssen, um sie zurückzubekommen."

„Du bist nicht besorgt, dass die Zatrathi jetzt von diesem System wissen? Du hast doch selbst gesehen, was sie mit einem Planeten anstellen können!"

„Wissen und Umsetzen sind verschiedene Dinge. Das delvianische Imperium wusste auch von uns, und was ist passiert? Wo ist das Imperium jetzt?"

„Das Imperium wusste nicht, wie man Planeten zerstört", entgegnete ich.

„Um einen Planeten zu zerstören, musst du zuerst zu ihm hinkommen. Die Sterne lassen das nicht zu. Die Transporter können springen, während sie sich noch innerhalb der Gravitationsquellen befinden. Sie können von hier aus sicher in den Hyperraum eindringen, und Disruptorstrahlen werden von der Peripherie des Systems aus nicht funktionieren. Sollen die Zatrathi doch kommen, wenn sie wollen. Wir werden sehen, wer gewinnt. Ich glaube nicht, dass sie den Planeten aus der Ferne zerstören konnten. Sonst hätten sie nicht ihre Kampfjets losgeschickt, um die Evakuierung auf Larsi zu stören."

Es war sinnlos, mit dem Piraten zu streiten – er hatte auf alles, was ich sagte, eine Antwort. Kurt gab mir die Koordinaten für den Raumabschnitt, in dem ich in den Hyperraum eintreten konnte, und warnte mich, dass wir ihm besser vorher Bescheid geben sollten, wenn wir hierher zurückkehren wollten. Er gab mir sogar seine Kommunikatornummer. Denn, so erklärte er, wenn fremde Schiffe in der Nähe des Planeten auftauchten, wurde in der Regel zuerst geschossen – danach erst wurden Fragen gestellt. Ich versicherte ihm, dass ich niemals auf die Idee kommen würde, hier aufzutauchen, ohne ihn vorher zu informieren. Dann nahm ich meinen Panzeranzug von Tryd zurück und verließ den Raq-Planeten unter den aufmerksamen Augen der Wachen.

Sebastian demonstrierte mir ein großes Stück Raq, das er auf dem Planeten wohlüberlegt erbeutet hatte, während wir dort gewesen waren. Gewöhnliche Erntemaschinen bauten das Metall in regelmäßigen rechteckigen Blöcken ab, die ein wenig an Goldbarren erinnerten, deshalb hatte ich so einen Brocken noch nie gesehen. Ich sollte ihn Eine anbieten – vielleicht war das ja eine Rarität?

Es gab niemanden im Schatzplanetensystem. Weder einen Großen Gebieter noch eine Orbitalstation. Es war aber auch kein bewohnbarer Planet zu erkennen. Das System bestand aus zwei Felsbrocken ohne Mineralien, die sich um einen verblassenden Stern drehten. Tatsächlich war das System so unscheinbar, dass ich, wenn ich nicht von der delvianischen Schatzkammer gewusst hätte, vorbeigeflogen wäre. Ich landete bei den angegebenen Koordinaten, und erst als wir auf der Oberfläche waren, meldete Brainiac, dass eine EM-Kanone auf uns gerichtet war. Die Delvianer hielten ihre Wache, auch ohne Imperator.

„Brainiac, gib mir den Zugangscode", befahl ich. Als ich den Code eingab, gesellte sich eine weitere EM-Kanone zur ersten. Falls die Delvianer den Code akzeptiert hatten, war ihre Reaktion wirklich seltsam.

„Sie benutzen den persönlichen Code des Imperators", meldete sich schließlich die Stimme des Wächters. „Der Imperator ist tot! Das delvianische Imperium gibt es nicht mehr!"

Das war es also! Der delvianische Imperator hatte uns reingelegt! Er hatte gewusst, dass er sterben würde und die Wachen der Schatzkammer misstrauisch werden würden, wenn jemand anderes seinen Code benutzen würde.

„Natürlich", antwortete ich. „Ich habe das Ableben des Imperators mit eigenen Augen gesehen. Er war derjenige, der mir seinen Zugangscode gegeben hat. Und das delvianische Imperium ist nicht untergegangen – ich habe Lumara, die jüngere Prinzessin, mit an Bord. Sie ist verletzt und wird gerade behandelt. Ich muss sie und den Großteil des Schatzes auf den Planeten Nadin bringen. Schicken Sie Inspektoren. Sie können an Bord meines Schiffes gehen und sich selbst davon überzeugen, dass ich die Wahrheit sage."

Der Leiter des Schatzamtes wollte sich dessen auch wirklich vergewissern. Drei Krieger enterten die *Warlock*, führten einen Standardcheck durch und knieten vor der Medbay nieder. Die Schlange klappte nur kurz den Deckel des Kokons auf und zeigte ihnen Lumara. Der Zustand der Prinzessin war stabil, aber immer noch ernst. In dem Durcheinander der letzten Stunden hatten wir es uns nicht leisten können, Energie für ihre Behandlung zu verschwenden.

„Gelobt seien die Schöpfer, es ist nicht alles verloren!" Erleichterung war in der Stimme des Schatzhüters zu hören. „Was wollen Sie abholen?"

„Alles, was in mein Schiff passt", antwortete ich und verbarg meine Verblüffung. Die Frage des Delvianers gefiel mir nicht.

„Das Protokoll für den Zugang zur Schatzkammer, das vor vielen Jahrtausenden verabschiedet wurde, verbietet die Übergabe von Gegenständen an Außenstehende, die die Namen dieser Gegenstände nicht kennen. Ich kann Ihnen nur das geben, was Sie benennen. Sie dürfen drei Fehler machen, danach sind wir gezwungen, Sie zu vernichten. Die Prinzessin ist am Leben und deshalb geht unser Wachdienst weiter. Wir können das Imperium nicht im Stich lassen."

Ich schaltete den Kommunikator stumm und ließ ein paar heftige Schimpfwörter in Richtung des Imperators ab. Er hatte es die ganze Zeit gewusst! Er hatte gewusst, dass wir nur den Kristall und den Sockel bekommen konnten. Das Protokoll würde uns keinen Zugang zu etwas anderem erlauben. Ich beschloss, es von einer anderen Seite anzugehen.

„Die Piraten wissen über Ihren derzeitigen Aufenthaltsort Bescheid. Soweit ich weiß, planen sie für morgen einen Überfall auf die Schatzkammer und plündern sie komplett."

„Das wird nicht funktionieren." Die Stimme des Wächters strahlte Zuversicht aus. „Sie mögen ein Pirat sein, aber Sie transportieren auch die Prinzessin, also werde ich offen mit Ihnen sprechen: Der Umzug hat bereits begonnen – der jetzige Standort des Stützpunktes wurde kompromittiert und die Schatzkammer wird an einen anderen geheimen Ort verlegt. Nur der Imperator und sein Gefolge wissen, wohin. Wenn Lumara den Thron besteigt, wird sie über unsere Koordinaten informiert werden. Sie haben nur 20 Minuten, um die benötigten Gegenstände zu benennen, danach tritt Protokoll Nummer 42 in Kraft. Dann werden wir gezwungen sein, Sie zu vernichten, um das uns anvertraute imperiale Eigentum zu schützen. Der Standort der Schatzkammer muss geheim bleiben, auch wenn es keinen Imperator gibt. Möge das delvianische Imperium auferstehen!"

„Okay. Wenn das so ist, will ich zuerst den Lara-Kristall und den Lira-Sockel." Ich gab es auf und beschloss, konsequent zu handeln. Es war notwendig, den Kristall und den Sockel bei ihren offiziellen Namen zu nennen – die Wächter der Schatzkammer erwiesen sich in dieser Hinsicht als echte Pedanten.

„Brainiac, zwei Fragen. Erstens: Können wir einen direkten Schuss aus den auf uns gerichteten Kanonen überleben? Zweitens, ist es möglich, Lumara für ein paar Minuten wieder zu Bewusstsein zu bringen?"

„Falls ich da mal reingrätschen darf, Käpt'n", sprach die Schlange, wie immer, für meine Crew. „Es sind zwei EM-Kanonen von einem Kreuzer auf uns gerichtet. Sie werden nicht nur unsere Elektronik, sondern alles, was eine Energiezelle hat, durchbrennen. Ich könnte mich natürlich irren, aber zusätzlich zu den EM-Kanonen gibt es hier auch noch Strahlenkanonen, zweifellos ebenfalls von einem Kreuzer. Daher rate ich dir dringend davon ab, dich auf eine offene Konfrontation einzulassen. Aber du hast selbstverständlich das Kommando, also entscheidest du. Was die zweite Frage betrifft, kann ich Lumara nur am Leben erhalten. Sie wird in ein Krankenhaus gebracht werden müssen, um sich zu erholen. Vielleicht muss sie sogar wiederbelebt werden. Ihre Verletzungen sind sehr schwer."

Ich seufzte hörbar – die Schatzkammer, die wie ein so schmackhafter Happen ausgesehen hatte, entpuppte sich als nichts weiter als ein Ort, an dem ich die Gegenstände der ‚Rache' zurückholen konnte. Wenn man die Skrupellosigkeit der Wachen bedachte, wäre es äußerst zweifelhaft, dass sich in der Schatzkammer zufällig benannte Gegenstände befänden. Dennoch war es das Risiko wert – zumindest der Name eines Gegenstandes war mir bekannt. Ich würde nachsehen müssen.

„Ich brauche die Lora-Kupplungseinheit."

„So einen Artikel haben wir nicht. Sie haben einen ungültigen Artikel genannt. Sie haben noch zwei solcher Fehler."

„Wie wäre es mit einem uldanischen Koordinatenkonverter?", wagte ich es ein zweites Mal.

„Wir haben keinen solchen Gegenstand. Das ist der zweite Fehler. Beim dritten werden wir gezwungen sein, Sie zu vernichten – trotz der Tatsache, dass Sie die Prinzessin an Bord haben. Die Ehre des Imperiums ist wertvoller als seine ungekrönte Imperatorin."

„Brainiac, lass uns die Kurve kratzen", befahl ich, da ich die Sinnlosigkeit, hier etwas erreichen zu wollen, erkannt hatte. Lumaras Quest erschien mir vielversprechender, als sich mit den Schatzwächtern anzulegen. „Nimm Kurs auf Qirlats. Es ist an der Zeit, Hilvar einen Besuch abzustatten. Ich hoffe, die Piraten haben im Krankenhaus einen Platz für unseren Gast."

Kapitel Zehn

DIE ZOLLBEAMTEN VON QIRLATS DREHTEN MEIN SCHIFF AUF LINKS. Sie suchten nach verbotenen Gegenständen oder Strafverfolgungsbeamten. Aber das störte mich nicht, denn zu Beginn der Inspektion erhielt ich einen Anruf von Vargen auf meinem PDA.

„Chirurg, du schuldest mir eine halbe Million!", schrie der Anführer von Liberium mir statt einer Begrüßung ins Ohr.

Das erstaunte mich. „Vargen, hast du wieder von diesen komischen Pilzen genascht?"

„Gib mir deine Nummer, ich rufe dich an und wir können ein Treffen vereinbaren."

„Verlierst du den Bezug zur Realität? Du solltest mit deinem Therapeuten reden, anstatt mich zu belästigen! Wofür schulde ich dir eine halbe Million?" Ich tat mein Bestes, um ruhig zu bleiben.

„Für den Vizeimperator!", knurrte Vargen. „Er wurde getötet. Unser Vertrag steht, und du schuldest mir was!"

„Du kannst zur Hölle fahren mit deinem Machttrip!" Ich wurde wütend. „Ich war nicht derjenige, der den delvianischen Planeten zerstört und den Vizeimperator getötet hat. Wenn das alles ist, was du zu sagen hast, dann verzieh dich. Ich habe keine Zeit für deinen Blödsinn!"

„Du stehst auf meiner schwarzen Liste!", schrie Vargen, bevor ich die Verbindung unterbrach. Meine Überraschung über diesen Anruf war so groß, dass ich den Inspektoren nicht sofort Beachtung schenkte. Sie waren mit der Durchsuchung meines Schiffes fertig, und ihr Chef war nun mit ausgestreckter Pfote vor mir stehen geblieben – ich musste für meinen Aufenthalt auf dem Planeten bezahlen. Beim Anblick der verschlagenen Augen des Zollbeamten hielt ich mich nicht zurück und verdoppelte den geforderten Betrag. Seine Augen blitzten zufrieden auf, und einer der Kontrolleure rief den Disponenten an:

„Die *Warlock* ist sauber. Weisen Sie ihr Servicestufe 3 zu. Benachrichtigen Sie das medizinische Team. Es gibt eine Verletzte an Bord."

Das waren die Vorteile einer Investition in die lokale Bürokratie – man wurde umgehend vorschriftsgemäß behandelt. Nicht wie jemanden mit Macht oder Geld, sondern so, wie man in einer normalen Gesellschaft miteinander umgehen sollte. Und wenn ich nicht bezahlt hätte, hätte er in den Modus des beleidigten Bürokraten wechseln können und alle möglichen Probleme mit Kleinigkeiten wie der Lackierung des Rumpfes und der Einhaltung der Gesundheitsvorschriften finden können, um seine Macht und meine Hilflosigkeit zu demonstrieren.

Als die Zollbeamten weg waren, setzte ich mich auf einen Stuhl und starrte auf einen leeren Bildschirm. Ich war immer noch aufgewühlt wegen Vargens Anruf. Wie konnte es sein, dass der Chef einer riesigen Gilde es so sehr auf mich abgesehen hatte? Wir hatten eine Abmachung, dass er mich in Ruhe lassen würde, wenn ich meine Vernichtung von Aalor unter Verschluss hielte. Was war in ihn gefahren? Trotz meines Stolzes verstand ich sehr gut, dass ich, was Liberium anging, nur einer von Millionen Spielern war. Es schien dumm und sinnlos, Zeit mit mir zu verschwenden. Dementsprechend musste der Grund ein anderer sein.

„Stan, was spielt sich jetzt gerade in den Foren ab?"

Ich musste der Sache auf den Grund gehen. Stan verschwendete nicht viel Zeit und schickte mir die erlesensten Leckerbissen. Je mehr ich las, desto fröhlicher wurde ich. Die Schlacht von Larsi oder, wie sie bereits genannt wurde, das ‚Delvianische Massaker', hatte die Spieler 10.000 Schiffe gekostet. Sie alle sollten auf ihren Friedhöfen respawnen, aber die Zatrathi hatten andere Pläne gehabt. Der Schuss aus dem Mutterleib hatte ihre Bindungen aufgelöst und die Schiffe gezwungen, auf dem nächstgelegenen Friedhof zu respawnen. Die Spieler mussten nur der Respawn-Sequenz zustimmen und in einer Woche würden alle Schiffe wieder einsatzbereit sein. Nur gab es einen Haken: Die Zatrathi hatten in dem System mit dem Friedhof eine fliegende Festung platziert. Mit olympischer Gelassenheit vernichtete die Festung nun jedes Schiff, das aus dem Friedhof auftauchte, schickte es somit zurück und zog ihm obendrein eine weitere Klasse ab. Mehr als 100 der Glücklichen, die in der Respawn-Reihenfolge als Erste aufgetaucht waren, hatten bereits den Preis dafür bezahlt und schimpften nun in den Foren über die Ungerechtigkeit der Entwickler und verlangten von den Galaktogon-Admins eine Entschädigung für ihr hart verdientes Eigentum im Spiel. Die einzige Reaktion auf all das war ein offizielles Statement, in dem bekräftigt wurde, dass alle diese Ereignisse zum Szenario passten und durch die Endbenutzer-Vereinbarung abgedeckt wären. Wenn die Spieler ihre Schiffe zurückhaben wollten, müssten sie sich ihre Taktik besser überlegen und nicht einfach versuchen, frontal durchzubrechen.

Aber im Großen und Ganzen war es ein netter Schachzug der Entwickler – alle Top-Gilden an einem Ort zu versammeln, sie alle auf den Friedhof zu schicken und die Spieler zu zwingen, sich mit denen auseinanderzusetzen, die nicht an der Schlacht teilgenommen hatten. Mit denen, denen sie normalerweise keine

Aufmerksamkeit schenkten: den Gilden außerhalb der Top 100. Denjenigen, die das Spiel aus Spaß an der Freude und nicht wegen des Profits spielten. Es dürfte interessant sein, zu sehen, wie viel Geld für Schiffe an die kleineren Gilden gezahlt würde. Meiner Meinung nach gab es keinen anderen Weg, die Zatrathi-Festung, die den Friedhof bewachte, zu besiegen und die Schiffe der Top-Gilden zu befreien.

Vargen und seine Gilde waren in das ‚Delvianische Massaker' involviert gewesen. Im Moment versuchten sowohl er als auch Aalor und ein Dutzend anderer Kapitäne verzweifelt, dieses neue Problem zu lösen. Es war nicht verwunderlich, dass Vargen sich gegen mich wandte, als er gemerkt hatte, dass er eine ordentliche Summe in den Wind geschossen hatte. Ich hatte wohl Eindruck auf ihn gemacht. Rechtlich war ich sicherlich nicht in Schwierigkeiten. Ich hatte mich an unseren Vertrag gehalten. Ich hatte niemandem etwas gesagt, und die Tatsache, dass der Vizeimperator zusammen mit allen anderen Delvianern den Märtyrertod gestorben war, ging mich nichts an – ich würde das Geld nicht zurückgeben. Vargen konnte sich nur selbst die Schuld geben. Vielleicht würde er es sich das nächste Mal zweimal überlegen, bevor er sich von Tyrannen anheuern ließe.

„Wir brauchen einen Tag, um alle Vitalprozesse zu normalisieren und die Gesundheit der Patientin wiederherzustellen. Ich denke, Sie verstehen, dass die Qualität unserer Arbeit von der Ausstattung abhängt", sagte einer der Mediziner, der auf den Anruf der Zollbeamten reagiert hatte. Wenn ich mir wirklich Sorgen um Lumaras Schicksal machen würde, müsste ich einen großzügigen Beitrag zum Ausbau der medizinischen Einrichtungen auf Qirlats leisten. Nur um sicherzugehen, dass sie wie eine Patientin und nicht wie ein Stück programmiertes Fleisch behandelt werden würde.

Nachdem alle Formalitäten erledigt waren, machte ich mich schließlich auf den Weg zu Hilvars Residenz. Wie ich bereits von Tryd erfahren hatte, liebte der Pyrrhenianer das Fliegen so sehr, dass niedrige Räume ihn depressiv machten. Allerdings hatte der Pirat erwähnt, dass dies vielleicht an Hilvars endlosen Streifzügen durch die Weiten des Weltraums lag. Der Korse mochte es nicht, wenn seine Gehilfen das Schiff verließen.

„Was suchst du, Bruder des weiten, dunklen Meeres?" Der Weg wurde mir von einer precianischen Wache versperrt. Es war nichts von der Haltung zu spüren, die ich beim letzten Mal erlebt hatte, als ich Hilvar gemeinsam mit Kiddo besucht hatte. Die Wache erkannte meinen Piratenstatus und sprach mich als einen seiner Kumpel an.

„Ich möchte Hilvar sehen, um über eine Quest zu berichten, die ich für ihn erledigt habe", antwortete ich und spähte in die Dunkelheit über mir. Irgendwo dort oben, zwischen den Dachsparren, saß einer der Chefpiraten von Galaktogon. Die Antwort ließ nicht lange auf sich warten.

„Du bist also doch noch wieder aufgetaucht?" Die raue Stimme des Pyrrhenianers ertönte von oben. „Ich habe von deinen Geschäften gehört, ich habe sogar sehr viel davon gehört. Der Chef der Roten Rose hat jeden angebettelt, bedroht und bedrängt, der ihm zuhören wollte: Er will entweder deinen Kopf oder dein Schiff. Hehe! Es war eine Freude, Derval so wütend zu sehen. Es ist lange her, dass ich so einen Anblick genossen habe. Komm rein, lass uns reden. Es werde Licht!"

Der Raum erstrahlte mit einer Million Kristallleuchtern. Allmächtiger! Von außen sah Hilvars Residenz wie eine gewöhnliche Scheune aus, aber als das Licht anging, sah ich, dass dieses Interieur mit den luxuriösesten Palästen der Erdelite konkurrieren konnte. Alles war aus Gold, Stuck, schwerem Samt,

Marmor und Leder. Ich grinste – der Pirat liebte alles, was teuer und nach Reichtum aussah, aber sein Geschmack war miserabel.

Der Pyrrhenianer ließ sich anmutig in einem der Sofas nieder und sofort sprang ein mechanischer Arm aus seinem Rücken und fing an, seinen tonnenförmigen Körper zu massieren. Ein weiteres Roboterpaar servierte Essen. Es vergaß dabei nicht, den Besitzer zu füttern – selbst bei solch belanglosen Dingen bemühte Hilvar sich, königlich zu wirken. Der Anblick war allerdings eher dumm und lächerlich.

„Ich möchte dir gratulieren, du junger Lausbub. Tryd hat mich bereits von deinem Erfolg in Kenntnis gesetzt", sagte Hilvar, sobald ich mich ihm gegenüber hinsetzte. Die Roboter wollten mir nichts in den Mund stecken, also musste ich altmodisch sein und meine eigenen Hände benutzen. „Andererseits hat Tryd es übertrieben und seine Befugnisse überschritten. Er wird bestraft werden. Er hatte kein Recht, dir den Titel des Piraten zu geben. Doch was geschehen ist, ist geschehen. Du bist jetzt einer von uns – nicht nur ein Waffenbruder, sondern auch ein Bruder im Geiste. Diese Gossenratten in der Roten Rose zu verärgern, war es schon wert. Du hast mich erfreut, ja, das hast du!"

Sie haben einen neuen Titel erhalten: Pirat Rang I.

„Jetzt können wir miteinander ins Geschäft kommen. Auch wenn du noch grün hinter den Ohren bist, hast du viel Potenzial. Warum also nicht gleich loslegen? Wie kommst du mit meiner Quesr zurecht? Wie weit bist du?"

Ohne auch nur zu versuchen, mein Lächeln zu verbergen, reichte ich Hilvar einen Bericht über die Schiffe, die ich zerstört hatte. Es war angenehm zu beobachten, wie sich in den spöttischen, blinzelnden Augen des Piraten allmählich Respekt zeigte. Hilvar hielt das Papier sogar gegen das Licht, als ob er prüfen wollte, ob der Bericht gefälscht war oder nicht, oder vielleicht in der Hoffnung, etwas Kleingedrucktes zu sehen. Aber alles war echt und offiziell. Ich hatte nicht nur die Quest erfüllt – ich hatte das, was von mir verlangt worden war, bei Weitem übertroffen. Hilvar gab derweil den Coolen. Eine gespielte Nachlässigkeit ließ seinen respektvollen Gesichtsausdruck verfliegen, und der Pirat gab mir das Blatt mit einem unbekümmerten Grinsen zurück, als wäre nichts Besonderes geschehen.

„Na gut, gehen wir davon aus, dass du die erste Quest gemeistert hast. Jetzt musst du dich entscheiden, welchen Weg du in deiner Piratenkarriere einschlagen willst. Wirst du im Weltraum plündern oder auf dem Planeten arbeiten? Schiffe angreifen oder nach verborgenen Schätzen suchen. Was ist dein Piratentraum?"

„Worin besteht der Unterschied?", fragte ich neugierig.

„Ein Weltraumpirat kapert Schiffe und plündert deren Laderäume", erklärte Hilvar. „So verdient er sich seinen Lebensunterhalt. Wenn du diesen Weg wählst, lernst du die Schwachstellen aller bekannten Schiffsklassen kennen: Wie du dich ihnen besser näherst, sie entern und die Selbstzerstörung effektiv verhindern kannst. Ihr Menschen greift oft zu diesem schändlichen letzten Mittel. Der einzige Haken ist, dass ich nicht derjenige sein werde, der dir das alles beibringt. Um diesen Weg zu beschreiten, musst du dich mit Brax treffen, der rechten Hand des Korsen. Die beiden sind die Autoritäten in Sachen Weltraumpiraterie."

Hilvars Gesicht verzog sich, als er den Korsen erwähnte.

„Die planetarischen Piraten sind hingegen mein Metier. Hier wirst du die Kunst erlernen, außergewöhnliche Dinge an gewöhnlichen Orten zu finden. Ich werde dich darin ausbilden, nach Schatzkammern zu suchen, nach den Verstecken, die die antiken Völker benutzt haben. Ich werde dich auch mit Kontakten bekannt machen, die dir helfen können, gestohlene Waren zu verkaufen. Ich sollte dazu sagen, dass dir auch dann niemand verbieten wird, Schiffe zu plündern. Die Wahl des einen Weges blockiert nicht den Zugang zum zweiten. Es geht nur um die Spezialisierung. Manches wird einfacher sein, manches schwieriger."

„Der Korse ist natürlich eine wichtige Person, aber ich habe es genossen, Informationen zu stehlen und nach Geschichten über die antiken Völker zu suchen. Es ist unwahrscheinlich, dass ich die Antworten auf meine Fragen im Weltraum finden werde." Ich warf eine meiner eigenen früheren Fantasien über den Haufen, um Hilvar dazu zu bringen, sich so weit wie möglich zu öffnen. Ich hatte keinen Zweifel, welche der beiden gerade vorgeschlagenen Optionen die richtige für mich war.

„Fragen?" Hilvar schluckte den Köder.

„Ja, mehrere sogar. Die erste nagt schon seit Langem an mir. Was ist die KRIEG? Jeder außer mir scheint es zu wissen, und keiner will darüber reden. Zweitens: Was ist mit den Uldanern passiert und wohin sind sie verschwunden? Ihre unterentwickelten Feinde sind am Leben und es geht ihnen gut, während die geflügelten Engel seit 90.000 Jahren nicht mehr gesehen wurden. Das passt nicht zusammen. Drittens: Warum hassen sich zwei große Piraten, die viele Jahrzehnte lang Seite an Seite gekämpft haben? Und viertens: Wann bekomme ich endlich meine nächste Quest? Meine Rüstung fängt an zu rosten, weil ich nur herumsitze."

Hilvar dachte lange nach, runzelte amüsiert die Stirn und bewegte die Lippen. Er murmelte etwas vor sich hin und zuckte zaghaft mit der Oberlippe, als er sich an den Korsen erinnerte, wurde dann aber wieder still. Endlich traf der Pyrrhenianer seine Entscheidung.

„Bei deiner ersten Frage kann ich dir nicht weiterhelfen. Ich weiß nichts über irgendeine KRIEG. Ich weiß zwar einiges über die Uldaner, aber dieses Wissen musst du dir verdienen. Ich möchte mich nicht gern an den Korsen erinnern. Es ist schon zehn Jahre her... Aber wenn du wirklich so neugierig bist, dann habe ich eine

Quest für dich: Geh zum Planeten Shurtan im delvianischen Imperium. Dort hat es einst eine Piratenbasis gegeben. Durchsuche sie und finde eine Videoaufzeichnung, die am galaktischen Datum 3.33300.42 gemacht wurde. An diesem Tag hat der Korse mich des Verrats beschuldigt und mich unehrenhaft aus seinem Dienst entlassen – und das alles wegen etwas, was ich angeblich über den öffentlichen Äther von Galaktogon gesagt hatte. Sieh es dir selbst an und du wirst alles verstehen. Ich für meinen Teil möchte sagen, dass der Korse sich geirrt hat. Manchmal denke ich, dass er selbst alles erfunden hat, um mich reinzulegen! Ich schätze, er hatte Angst vor der Konkurrenz. Wie auch immer, wenn du das hinkriegst, wirst du kein kleiner Fisch mehr sein. Ich werde dir sofort den dritten Rang zuweisen. Und wenn du es nicht schaffst... Nun, dann wirst du weitermachen wie alle anderen. Das war's! Ich habe keine Zeit mehr für diese müßigen Unterhaltungen. Verschwinde und komm nicht ohne diese Aufnahme zurück!"

Neue Quest verfügbar: *Auf der Suche nach der Ursache.* **Beschreibung: Finden Sie die Videoaufzeichnung und finden Sie heraus, was zwischen Hilvar und dem Korsen passiert ist. Belohnung im Falle des Erfolges: Automatischer Abschluss von** *Pirat ist meine Berufung. Teil 3.* **Falls Sie scheitern, haben Sie Zugang zur Quest** *Pirat ist meine Berufung. Teil 2.*

Das Licht ging aus, Hilvar stieg zu seinen Gemächern hinauf und nahm sich unterwegs ein Tablett mit Obst. Ich musste mich in völliger Dunkelheit auf den Weg nach draußen machen. Als ich den Ort verließ, gaben die Leibwächter mir meinen Panzeranzug wieder und eskortierten mich zurück zur *Warlock*. Hilvar wollte, dass ich sofort mit der Quest begann, also dachte ich, wir würden gleich loslegen – doch es sollte nicht sein. Die Bestechung hatte dafür gesorgt, dass Lumara zu meiner Crew gezählt wurde, und nun konnte ich den Planeten nicht verlassen, bis mein

Crewmitglied behandelt worden war. Das gab mir einen Tag Zeit, um in Ruhe Luft zu holen und alles zu regeln.

Das Erste, was ich tat, war, das Tablet herauszuholen, das ich dem Ex-Vizeimperator von Belket (RIP) rechtmäßig abgenommen hatte. In der Verwirrung der letzten Stunden hatte ich nicht die Zeit gehabt, es mir näher anzusehen.

„Sebastian, kannst du das hacken?"

„Machst du dich über mich lustig?" Der Dieb drehte das Gerät in seinen Händen. „Das ist ein Standard-Interface. Ich werde fünf Minuten brauchen, höchstens fünfeinhalb. Betrachte es als erledigt!"

Der Qualianer strich über das Tablet, und ich konnte über sein Grummeln nur grinsen: „Wer macht denn so was? Oh, die User – das schwächste Glied! Was? Das Passwort ist ‚12345'?! Unglaublich! Ich habe die gleiche Kombination an meinem Gepäckkoffer!" Keine Minute später reichte Sebastian mir das entsperrte Gerät mit einem säuerlichen Gesicht. Dahinter steckte dieses universelle Bedauern darüber, keine wirklich herausfordernde Aufgabe gestellt bekommen zu haben. Es kam nicht oft vor, dass mein Dieb Gelegenheit dazu hatte, seine Fähigkeiten als Black Hat unter Beweis zu stellen.

Eine Inspektion des Inhalts dieses Tablets förderte eine Menge interessanter Leckerbissen zutage. Zunächst einmal war der Vizeimperator ein echtes Arschloch, das gleich für mehrere Gilden spioniert hatte. Auf seiner Kundenliste stand unter anderem die bereits bekannte Fighting Breed, die dem Vizeimperator mehrfach die Ausrüstung der Zatrathi verkauft hatte. Wenn man bedachte, dass der imperiale Berater den Aufklärer, den ich gekapert hatte, nicht abgeben wollte, hatte offenbar niemand sonst Zatrathi-Teile. Folglich musste der Berater einen eigenen Vertriebsweg für die gefälschte Ware gehabt haben. Davon war aber in den Dokumenten auf dem Tablet nicht die Rede. Ich fand auch mehrere Skizzen von Landhäusern. Eines der Projekte war so detailliert ausgearbeitet, dass es keinen Zweifel gab – der Vizeimperator hatte beschlossen, seinen Familiensitz größer und besser als je zuvor neu zu bauen.

Sebastian sah sich die Grundrisse an und empfahl mir dringend, diese Villa zu finden und ihrem Keller einen Besuch abzustatten – der Vizeimperator hatte offensichtlich drei geheime Räume zur Aufbewahrung teurer Dinge vorgesehen. Es wäre fahrlässig von mir, all diese Güter der Witwe des Verräters zu überlassen. Außerdem bewahrte der Vizeimperator ein Archiv mit kompromittierenden Informationen über seine Landsleute auf. Der Berater wurde darin nicht erwähnt, aber es gab einige einprägsame Namen, auf die ich unter den Precianern gestoßen war. Nichts allzu Ernstes, aber Lob konnten sie nicht gerade erwarten, wenn diese Informationen veröffentlicht würden. Das war auch schon alles an nützlichen Informationen. Es gab keine weiteren Passwörter, keine Rechnungen, keine geheimen Orte, keine Kontakte – all das hatte der Vizeimperator in seinem Kopf gespeichert. Die verschiedenen Handelskonten waren für mich uninteressant, da ich wenig von ihnen verstand. Aber ich wusste, wer sie benutzen konnte.

Nachdem ich Brainiac befohlen hatte, alle persönlichen Informationen zu löschen, beschloss ich, das Tablet an Kiddo oder Gammon zu verkaufen, je nachdem, welches Gebot höher sein würde. *Money, money, money. Must be funny in the rich man's world...*

Später am Abend, als die Langeweile mir langsam zu schaffen machte, brachten die Sanitäter Lumara zurück. Sie sah ganz gut aus – ihre verschiedenen kybernetischen Geräte waren entfernt worden, was schreckliche Narben an den Stellen ihrer Wunden freilegte. Die Delvianerin tat, was die Ärzte anordneten, stumm und gehorsam, reagierte aber ansonsten auf nichts, was um sie herum geschah.

„Wir haben sie körperlich behandelt", sagte der Arzt, der sich um die Prinzessin gekümmert hatte. „Mit ihrem Trauma werden Sie selbst fertig werden müssen. Es gibt keine Psychologen auf diesem Planeten. Ihre Delvianerin denkt, sie sei eine Prinzessin, die Erbin des delvianischen Imperiums, deshalb mussten wir sie sedieren. Ich kann einen guten Arzt empfehlen. Er führt eine ausgezeichnete Lobotomie durch. Ihr Besatzungsmitglied wird alles über ihre eingebildete Persönlichkeit vergessen und generell den Mund halten. Gehorsam, Höflichkeit, Freude – alles, was ein Gentleman braucht."

„Ist schon okay." Die Aussicht, auf Galaktogon eine persönliche Sklavin zu haben, reizte mich nicht. „Wann werden ihre Beruhigungsmittel nachlassen?"

„Spritzen Sie ihr das hier. Dann wird sie sofort zu sich kommen." Der Arzt reichte mir eine Ampulle und zögerte dann, wobei er von einem Fuß auf den anderen trat. „Da es keine weiteren Fragen gibt, sollten wir uns vielleicht auf den Weg machen. Wir haben eine Menge Arbeit und viele Patienten."

Ich lächelte und gab dem Arzt noch ein paar 1.000 Credits mehr. Mein ‚Dankeschön' für die Zeit, die er sich für mich genommen hatte, die Aufmerksamkeit und die Qualität der geleisteten Dienste. Oder einfach eine Folge des Umstands, dass ich zu viel Geld auf meinem Spielkonto hatte. Apropos! Ein interessanter Gedanke: Kannten die NPCs meinen Kontostand? Ich konnte mich nicht erinnern, dass sie mich so angehimmelt hatten, bevor ich Milliardär geworden war.

„Chirurg?!" Lumara starrte mich erstaunt an, nachdem die Schlange die Injektion verabreicht hatte. „Was mache ich hier? Wo ist mein Vater?"

Ich zeigte stumm auf den Bildschirm, auf dem Brainiac unsere jüngsten Abenteuer übertrug. Der Abschuss des Gebieters, unser Ausflug zum Palast, das Gespräch mit dem Imperator, die Rettung der Prinzessin, der Zusammenbruch. Lumara sah schweigend zu. Nur die Tränen, die ihr über die Wangen liefen, zeugten von ihrer inneren Unruhe.

„Was hast du mit mir vor, Pirat?" Lumara erlangte ihre Fassung erstaunlich schnell wieder. Die freigeistige Prinzessin war verschwunden und machte einer echten imperialen Erbin Platz. Die Delvianerin verstand und akzeptierte die Last ihrer Verantwortung, und sie beschloss, diese Last erhobenen Hauptes zu tragen.

Ich konnte ihre Haltung mir gegenüber verstehen. Als potenzielle, zukünftige Imperatorin verhielt sie sich bereits so, wie es mein derzeitiger Status als ‚Feind des delvianischen Imperiums' verlangte.

„Dein Vater hat mich beauftragt, dich zu Nadin zu bringen." Ich zuckte mit den Schultern. „Wenn ich das nicht in drei Tagen erledige, wird das delvianische Imperium aufhören zu existieren."

„Also, worauf wartest du?", antwortete Lumara entrüstet. „Warum sind wir noch nicht im Weltraum?"

„Weil wir uns noch nicht über meine Vergütung unterhalten haben", sagte ich. „Wir haben ja bereits besprochen, wer ich bin. Ich bin kein Held. Ich bin ein Pirat. Von mir aus können andere Leute Prinzessinnen aus den Klauen von Weltraumdrachen retten. Meine eigene Haut ist mir wichtiger."

„Du bist genau wie mein Bruder", flüsterte die Delvianerin. „Er denkt auch nur an sich selbst."

„Bleiben wir beim Thema. Was kannst du mir für meine Hilfe anbieten?"

„Du bekommst den Kristall und den Sockel."

„Nein, die habe ich bereits", schnaubte ich und brachte die Delvianerin dazu, vor Schreck zu erstarren. Sie erholte sich jedoch schnell.

„Jeder weiß, dass du auf der Suche nach den Uldanern bist. Wenn ich Imperatorin werde, bekommst du Zugang zu einem der uldanischen Artefakte, die das Imperium derzeit besitzt."

„Nein!", blaffte ich. „Euer Hauptplanet ist zerstört, die Schatzkammer kann geplündert oder ebenfalls zerstört werden. Die Delvianer sind derzeit zersplittert und über ganz Galaktogon verstreut. Im Gegenzug dafür, dass ich dich nach Nadin bringe, will ich alles, was die Delvianer über die Uldaner wissen. Gegenstände, Informationen, Überlieferungen. Und das ist noch nicht das Ende!" Ich erhob meine Stimme, als ich sah, dass Lumara im Begriff war, Einspruch zu erheben. „Ich will, dass das Imperium für die Upgrades auf dieser Liste bezahlt!"

Ich zeigte der sprachlosen Prinzessin die zweite Preisliste von Hansa.

„Wenn wir uns einig sind, wirst du Imperatorin. Wenn nicht, bleibst du eine gewöhnliche Delvianerin. Du kannst deine Emotionen für dich behalten. Ich werde dich nicht wegen irgendwelcher vagen, heroischen Reden zurückbringen."

„Du wirst der Feind meines Imperiums werden!", drohte Lumara wütend.

„Bin ich das nicht schon?", fragte ich sarkastisch. „Vergiss nur nicht – es war genau dieser Feind, der dich aus den Trümmern gezogen hat. Die Freunde des Imperiums waren aus irgendeinem Grund nicht da. Und ob dein Imperium überhaupt existiert oder wieder existieren wird, bleibt eine offene Frage."

Die Prinzessin versuchte, zu feilschen, aber ich war unerbittlich – alles oder nichts. Ich wusste, dass mir das delvianische Imperium dadurch für immer verschlossen bleiben würde, aber ich konnte nicht anders. Die Upgrades der zweiten Stufe von Hansa waren es wert.

„Du wirst bekommen, was du verlangst, Pirat!", kapitulierte Lumara schließlich. Eine Wand von Warntexten scrollte vorbei, aber es gab nichts, gegen das ich allzu viel einzuwenden hatte. Das Einzige, was mich störte, war der Zeitrahmen, in dem die Delvianer mir die Infos über die Uldaner zukommen lassen würden. Während die Hansa-Upgrades einfach und unkompliziert waren (es reichte, Lumara auf den Planeten zu bringen, und sie würde für meine Upgrades bezahlen), blieb die uldanische Frage problematisch. Die Prinzessin wollte nach ihrer Krönung eine Woche Zeit haben, um alle Fragmente ihres zerbrochenen Imperiums zusammenzutragen. Ich ließ Stan in den Überlieferungen von Galaktogon stöbern, aber er konnte keine klare Antwort darauf finden, wann die Krönung stattfinden sollte. Am Tag nach Lumaras Wiederauftauchen oder ein paar Jahre nach der offiziellen Trauerfeier. Am Ende war ich gezwungen, ihren Bedingungen zuzustimmen, da es unwahrscheinlich war, dass sie, sobald sie als neue Erbin auftauchen würde, gleich alle Staatsgeheimnisse auf dem Silbertablett serviert bekommen würde.

„Brainiac, nimm Kurs auf Nadin!"

Meine Worte lösten bei den Disponenten sicher einen Seufzer der Erleichterung aus. Endlich tat ich, was Hilvar angeordnet hatte.

Das Nadin-System im konföderierten Raum war in keiner Weise auffällig – es war ein gewöhnliches System mit zwei bewohnbaren Planeten. Nach der Inspektion und der Landung stellte ich Lumara den Einheimischen vor, und alle rannten herum, verbeugten sich und knicksten. Es war der übliche Aufruhr, der dadurch entstand, dass niemand wusste, wie man die Erbin des Imperiums behandeln sollte. Irgendwann erschien dann endlich ein Koordinator, der sich als oberste Autorität auf dem Planeten vorstellte und die Erbin feierlich aus dem Schiff geleitete. Alles, was ich bekam, war ein Brief an Hansa, in dem stand, dass das delvianische Imperium die zweite Tranche der Upgrades sowie eine kleine finanzielle Belohnung bezahlen würde. Die delvianische Dünkirchen-Mission blieb unvollendet, doch die Nachricht von einer neuen Hoffnung erschütterte Galaktogon:

Freut euch, oh Delvianer! Die Herrscherdynastie hat überlebt!

+1000 Beziehungspunkte mit dem delvianischen Imperium für alle Spieler, die keine Feinde des Imperiums sind!

Der letzte Teil war definitiv eine an mich gerichtete Stichelei – Lumara machte deutlich, dass sie ihre Versprechen nicht vergessen hatte. Der Disponent befahl uns, das System sofort zu verlassen, und drohte, andernfalls das Feuer zu eröffnen. Ich hatte keine Lust, die Grenzen der delvianischen Geduld auszuloten, und beschloss, zurück zur Blutinsel zu fliegen, um all das überschüssige Raq in meinen Laderäumen abzuladen. Doch kaum war unsere Abreise bestätigt, verblüffte Sebastian mich:

„Chirurg, warte. Ich will hierbleiben."

Der Dieb wirkte entschlossen, und ich bat um eine Klarstellung.

„Ich will bei Lumara bleiben", erklärte er, „und ihr beim Wiederaufbau des Imperiums helfen. Auf der Reise hatten wir Zeit zum Reden. Sie hat mir eine Position am Hof angeboten, und mir ist klargeworden, dass ich sie haben will. Sie weiß, dass ich kein Pirat bin, sondern ein Dieb. Sie weiß, dass ich keinen Platz bei den Qualianern oder im Weltraum habe. Du hast selbst gesagt, dass du mich ziehen lassen würdest, sobald ich gehen will. Es scheint mir, dass ich hier nützlicher sein werde. Das ist nichts Persönliches, es ist einfach besser so. Auf Wiedersehen. Ich nehme an, ich habe mir meinen Panzeranzug verdient."

Ein Schlag unter die Gürtellinie von der Prinzessin! Mir war klar, dass es unmöglich war, den NPC zu überreden, mich weiterhin zu begleiten – er agierte nach seinem Skript. Aber was für eine schlaue Füchsin diese Lumara doch war! Erst wollte sie uns ihre Schadsoftware unterjubeln, und jetzt wilderte sie unter meinen Crewmitgliedern! Dazu hatte sie sich auch noch einen geschnappt, für den jeder Pirat seine beste Sonntags-Augenklappe eintauschen würde! Ohne Sebastian würde ich es schwer haben. Ich würde alles selbst stehlen und mich auf Brainiac verlassen müssen, um den Preis für das, was ich finden würde, einschätzen zu lassen. Ein trauriger Tag!

„Du hast ja meine Kommunikatornummer", sagte ich nickend und hielt meine Gefühle im Zaum. „Wenn du keine Lust mehr hast, mit Lumara zu arbeiten, kannst du jederzeit zur *Warlock* zurückkehren. Du kennst die Bedingungen. Und jetzt raus mit dir!"

Brainiac öffnete eine Luke unter dem Qualianer und warf den Verräter aus meinem Schiff.

„Sollen wir nach Hause fliegen, Käpt'n?" Die Schlange schoss aus ihrer Nische hervor. „Wir sind hier nicht willkommen."

„Dann sollten wir dorthin gehen, wo wir willkommen sind", erwiderte ich wütend. „Brainiac, nimm Kurs auf Belket! Hansa erwartet uns!"

Die 15 Minuten, die wir auf dem Flug zu den Precianern verbrachten, erlaubten es mir, meine Wut zu bewältigen, und mein Geist kehrte schließlich in einen ruhigen Zustand zurück. Ich starrte auf meinen PDA und wog zum hundertsten Mal das Für und Wider ab. So oder so, ich musste den Anruf tätigen. Es würde nützlich sein, sowohl für mich als auch für Liberium. Warum sollten wir nicht vorübergehend Verbündete werden?

„Vargen, leg nicht auf! Ich habe etwas Geschäftliches für dich", platzte ich heraus, bevor der Chef von Liberium merkte, wer ihn anrief. Die Stille auf der anderen Leitung und das grüne Licht zeigten an, dass mir noch jemand zuhörte.

„Ich habe hier das Tablet des Vizeimperators. Er hat es unter anderem benutzt, um seine Handelskonten zu verwalten. Ich bin sicher, dass du Leute hast, die mit diesen Zahlen etwas anfangen und einen Gewinn für Liberium erzielen können. Ein kurzer Blick hat mir genügt, um die Details der verschiedenen Ausrüstungslieferungen zu sehen: wer, wo, wann und warum. Und zwar nicht nur die aktuellen, sondern auch die anstehenden für das nächste Jahr. Wenn du schnell handelst, kannst du dir einen schönen Jackpot sichern. Du bist die erste Person, der ich das anbiete und, wie du dir vorstellen kannst, wird das nicht kostenlos sein. Wenn du interessiert bist, kann ich dir einige Auszüge schicken."

„Chirurg, du scheinst mit einem guten Angebot anzurufen, aber ich würde dich viel lieber im wirklichen Leben treffen und dir in den Hintern treten." Vargens Stimme klang ziemlich böse, doch er hielt sich zurück. „Wo willst du dich denn mit mir treffen?"

„Im wirklichen Leben? Nirgendwo. In Galaktogon werde ich in 20 Minuten in Hansas Büro auf Belket sein. Aber das ist nicht das Einzige, was ich dir anzubieten habe. Hättest du Lust, mit mir zu diesem Nebelplaneten zu reisen, während Ash die Sache mit den Schiffen klärt? Ich biete dir sogar einen richtig guten Deal an: 20.000 echte Credits für einen Platz. Es sind drei Plätze frei."

„Du glaubst, du hast einen Goldesel gefunden?" Vargen konnte sich nicht mehr zurückhalten und verlor die Fassung. „Dabei hast du dich aber im Geschlecht geirrt, also pass auf, wenn du versuchst, mich zu melken."

„Ruhig, Vargen. Also gut. 20.000 pro Platz und 10 % von der Beute, wenn du mitmachen willst. Und wenn nicht, dann bis später und tschüss!"

„Ich will die Hälfte der Beute!", rief Vargen. „Wir haben den Planeten gefunden, und der Großteil der Truppe besteht aus unseren Männern. Du bist ein Taxifahrer."

„Na gut. Du kannst die Hälfte haben", stimmte ich zu. „Aber ich habe die erste Wahl bei der Loot."

„Okay. Abgemacht." Vargen wurde konstruktiver. „Wie werden wir das Problem mit dem Vizeimperator lösen?"

„Wer hat behauptet, dass das Szenario des Vizeimperators mit seinem Tod endet? Kauf das Tablet, sieh dir die Daten an, verwende den Namen des Vizeimperators als den des Helden, der vorzeitig verstorben ist. Es ist nicht meine Aufgabe, dir beizubringen, wie man die NPCs manipuliert. Ich warte hier bei Hansa auf dich und zeige dir, was ich ausgraben konnte. Bring deinen Buchhalter mit. Er wird interessiert sein."

Ich hatte keinen Zweifel daran, dass Vargen zu unserem Treffen auftauchen würde. Der Happen, den ich da vor seiner Nase baumeln ließ, war einfach zu lecker. Natürlich hätte ich dieselbe Information auch an Ash verkaufen können, aber er wusste noch nicht, wer ich war, und das war auch gut so. Bekanntschaften mit den führenden Gilden zu pflegen, war eine schlechte Angewohnheit in dieser Branche. Vargen war nur ein Beispiel dafür.

„Herr Eine, ich habe ein einmaliges Angebot für Sie." Mein nächster Anruf ging an den Sammler. „Was halten Sie von der Möglichkeit, einen uldanischen Planeten zu besichtigen?"

Es dauerte ewig, Eine zu 30.000 für ein Ticket zu überreden, ohne dabei irgendwelche Zugeständnisse beim Bergbau machen zu müssen. Eine sträubte sich mit allen Gliedern seines Körpers und Geistes dagegen und bestand darauf, dass er die ganze Loot aus dem Unternehmen verdiente – obwohl ich es war, der mit dem Angebot an ihn herangetreten war! Der Deutsche war so gut im Feilschen, dass ich ihn schließlich geradezu anflehte, mit uns zu kommen. Es war gut, dass wir uns inzwischen Belket näherten und ich die Verbindung trennen musste, um mit dem Disponenten zu sprechen. Aufgrund der Anweisungen des Beraters wären wir von den Einheimischen beinahe als Feinde des Imperiums abgeschossen worden, und nur das permanent wiederholte Zauberwort ‚Hansa' rettete uns. Die Precianer waren nicht erfreut, mich zu sehen.

Während die Zollbeamten die *Warlock* untersuchten, kehrte ich zu meinen Verhandlungen mit Eine zurück – jetzt hatte ich einen Moment Zeit gehabt, um meine Gedanken zu sortieren. Schließlich gab Eine auf und stimmte meinen Bedingungen zu, allerdings nicht ohne mir das Versprechen abzunehmen, ihm zu verkaufen, was wir finden würden. Dagegen hatte ich nichts einzuwenden – wer wusste schon, ob wir überhaupt etwas finden würden.

Schließlich gab es noch eine letzte Entscheidung zu treffen. Ich ging hier ein großes Risiko ein. Wer wusste schon, wofür sich ein anderer Spieler entscheiden würde. Aber ich konnte es nicht unversucht lassen.

„Hey, Gammon!" Ich dachte mir, dass Gammon mir etwas dafür schuldete, dass ich seinen rechtzeitigen Wechsel zu den Precianern arrangiert hatte, auch wenn er dafür sowohl mit echten als auch mit Spielcredits bezahlt hatte. „Nein, ich habe kein neues Schiff, aber vielleicht bekomme ich eins mit deiner Hilfe. Schick mir das Logbuch von dem verkauften Kreuzer. Ich möchte der Fighting Breed einen Besuch abstatten und ihre restlichen Kreuzer abholen. Wir müssen beim Verkauf der Schiffe noch herausfinden, wer ein Anrecht auf sie hat. Ja, schick es auf meinen PDA, ich werde es herausfinden. Viel Glück auch dir!"

Ein großer Fehler meinerseits – ich hatte Gammon den Kreuzer verkauft, ohne vorher dessen Logbücher zu kopieren. Mein PDA piepte – Gammon verschwendete keine Zeit und befahl dem Kapitän seines neuen Kreuzers, mir die Daten zu schicken. Brainiac analysierte und systematisierte die darin enthaltenen Koordinaten. Ich wollte nicht nur wissen, wo die

Fighting Breed stationiert war, sondern auch, wo sie die Zatrathi-Ausrüstung herbekommen hatte. Ich überließ meinen Schiffscomputer seiner Arbeit, ging zu den Technikern und erhielt unangenehme Nachrichten.

„Zwei Tage!", erklärte der Hansa-Techniker mit Bestimmtheit, nachdem er Lumaras Brief gelesen hatte. „Vorzugsweise drei. Es ist nicht möglich, Ihr Schiff schneller aufzurüsten."

Ich verzog das Gesicht. Ich hatte damit gerechnet, dass die Upgrades in ein paar Stunden erledigt sein würden.

„Ich möchte anmerken, dass der imperiale Berater mir verboten hat, Ihnen die dritte Liste zur Verfügung zu stellen", fuhr der Techniker damit fort, mir schlechte Nachrichten zu überbringen. „Es ist Ihnen nicht gestattet, unsere neuesten Erfindungen zu sehen. Das ist die offizielle Position des imperialen Beraters."

Ich konnte mir ein Lächeln nicht verkneifen, als ich das Wort ‚offiziell' hörte, beschloss aber, mich später mit diesem ‚Offiziellen' zu beschäftigen. Zuerst musste ich das Schiff gemäß der zweiten Liste aufrüsten und dann einen Weg finden, Hansa von ihrer ‚offiziellen' Position abzubringen.

$$\times$$

VARGEN ERSCHIEN EINE halbe Stunde später mit einer Reihe von Leibwächtern im Schlepptau. Drei von ihnen, darunter Vargen selbst, waren in Legendäre Panzeranzüge gekleidet und reisefertig. Weitere drei waren Buchhalter, ihren Uniformen nach zu urteilen. Etwa zehn Minuten lang beschäftigte sich dieses Trio mit den Informationen, die Brainiac aus dem Tablet des Vizeimperators extrahiert hatte – danach lösten sie sich einfach in Luft auf: Die Analysten von Liberium verschwanden in die Realität, um die Informationen zu besprechen. Ich hatte keinen

Zugriff auf Vargens PDA und konnte seinen Gesichtsausdruck hinter seinem Visier nicht erkennen, also konnte ich nur warten.

„Wenn du uns das Tablet gibst, können wir den Vorfall mit dem Vizeimperator vergessen", begann Vargen wieder aggressiv zu verhandeln.

„Du kannst die Frage des Vizeimperators mit Ash klären." Ich hatte keine Geduld für solchen Mist. „Das Tablet ist ein einzigartiges Beutestück, auch wenn sein Nutzen nur vorübergehend ist. Mach mir ein besseres Angebot. Was ist das für eine Angewohnheit von dir, zu versuchen, deinen Charisma-Status bei anderen Spielern einzusetzen? Wenn du es nicht haben willst, werde ich jemanden finden, der es will."

Ich wusste, dass Vargen argumentieren würde, dass die Informationen auf dem Tablet nur einen vorübergehenden Wert hatten. Daher hatte ich beschlossen, diesem Schachzug zuvorzukommen.

„Du willst schon wieder Geld?" Vargen verzog das Gesicht und war kurz davor, in die Luft zu gehen. Ich musste kein großer Psychologe sein, um das zu verstehen: Abgesehen von den Plätzen für die Expedition würde Vargen mir keinen einzigen Credit für irgendetwas geben. Dementsprechend hatte ich etwas anderes im Sinn gehabt, als ich ihm das Tablet angeboten hatte.

„Woher hat die Fighting Breed die Ausrüstung der Zatrathi?", konterte ich seine Frage mit meiner.

Vargen zuckte vor Überraschung zusammen. Brainiac hatte zu diesem Zeitpunkt bereits die Logbücher des Kreuzers ausgewertet und drei Planeten identifiziert, auf denen man am besten suchen konnte. Als ich mir die Ergebnisse ansah, reduzierte ich die Auswahl auf einen – einen Planeten in den Tiefen des qualianischen Imperiums.

„Mach dir keinen Stress, ich kenne die Antwort bereits. Im Grunde wird das deine Bezahlung sein. Ich brauche ein paar

Soldaten, die mir helfen. Allein schaffe ich das nicht. Gib mir die
Soldaten, um den Planeten zu räumen. Und lass mich dann mit
der Loot in Ruhe. Was ich damit mache und wo ich sie verkaufe,
ist meine Sache. Ich gebe dir das Tablet im Austausch dafür. Wir
können die Anwälte die rechtlichen Details klären lassen."

„Hast du keine Angst, einen Fehler zu machen?" Vargen
konnte nicht widerstehen. „Die Breed könnte alles geplündert
haben, was es auf dem Planeten gibt. Was ist, wenn du nichts
findest?"

„In diesem Fall werde ich mich bei der Zusammenarbeit mit
deinem gut eingespielten Angriffsteam amüsieren", antwortete ich
ruhig. „Ist das hier nicht am Ende ein Spiel? Wo bleibt der
Spielspaß? Ich werde nichts verlieren außer dem Tablet und etwas
Zeit. Wir werden mit euren Schiffen fliegen. Meines hat nicht den
Platz für die Soldaten und ihre Ausrüstung."

„Wann willst du das machen?"

„Sobald wir mit dem Nebel fertig sind. Warum lange zögern?
Hier zählt jeder Tag. Je eher wir die Zatrathi-Ausrüstung haben,
desto teurer können wir sie verkaufen. Nichts Persönliches, es ist
nur ein Geschäft."

„Ich kenne NPCs und Spieler, die an dieser Ausrüstung
interessiert wären", fügte Vargen vorsichtshalber hinzu und
kontaktierte seine Anwälte. Der lange Prozess der Ausarbeitung
der Details für die beiden anstehenden Operationen hatte
begonnen. Aus seiner früheren, bitteren Erfahrung heraus wollte
Vargen sogar Änderungen an dem bestehenden Vertrag
vornehmen. Das war sein gutes Recht. Mein teurer Anwalt würde
mich und meine Interessen im Blick behalten.

„Auf den können wir natürlich nicht verzichten!", scherzte
Vargen, als Eine erschien.

„Ich verstehe Ihre Überraschung nicht", erwiderte der
Deutsche, ließ sich bequem in seinem Sitz nieder und justierte die

Bildschirme vor sich. „Ich habe Interrresse an dem unerforrrschten Planeten und ich habe Geld, um die Expedition zu bezahlen. Oder haben Sie ein anderes, einzigartiges Angebot für mich?" Eine sah Vargen forschend an, aber er murmelte nur etwas Unverständliches als Antwort und schaltete den Sprachkanal ab. Da der Leiter der Liberium-Gilde nichts mehr hinzuzufügen hatte, nahm Eine das Innere des Kugelschiffs unter die Lupe. Endlich stimmten die Anwälte allen Details zu, das Geld erschien auf meinem Konto, und die Precianer gaben uns widerwillig die Starterlaubnis. Es stellte sie gewaltig auf die Probe, einen verhassten Piraten auf ihrem Planeten zu dulden, ohne dass sie ihn mit ihrem Großen Gebieter in die Luft jagen durften.

„Sind das die Überreste deiner Flotte?", stichelte ich, als wir den Treffpunkt erreichten. Wir trafen auf eine Armada von zwei Kreuzern der Klasse B, einem Dutzend Karacken und etwa 50 Fregatten. Liberium ging kein Risiko mit der Expedition ein. Obwohl, vielleicht wollten sie sich nur vor mir schützen. Immerhin hatten sie die Koordinaten. Was hielt sie also davon ab, zum Nebel zu fliegen und ihn mit eigenen Augen zu sehen? Ehrlich gesagt war mir dieser Gedanke schon einige Male durch den Kopf gegangen, aber wegen des ständigen Zeitdrucks schob ich ihn immer wieder beiseite, bis er sich schließlich in den Tiefen meines Bewusstseins verlor.

„Was denkst du, Brainiac?" Nachdem ich gesehen hatte, dass wir nicht angegriffen werden würden, wandte ich mich der Erkundung der kosmischen Anomalie zu. Ein verschwommener Nebel waberte in der Mitte von Galaktogon, ohne einen einzigen Stern in der Nähe. Seine enorme Größe könnte leicht einen Planeten verbergen, zusammen mit einer Reihe von Monden, wenn es welche gäbe.

„Einem astronomischen Objekt dieser Art bin ich noch nie begegnet", gestand der Schiffscomputer. „Die Struktur dieses

Nebels ist unverständlich. Seine Zusammensetzung könnte ein Gas, eine Flüssigkeit oder auch feiner Staub sein. Hatten Sie nicht gesagt, dass er für Schiffe korrosiv ist? Was auch immer es ist, es hat nicht existiert, bevor die *Warlock* auf der Blutinsel eingemottet wurde."

„Arbeite dich langsam vor und überwache den Zustand der Außenhülle. Wir können keine Überraschungen gebrauchen, also sei bereit, beim ersten Anzeichen von Gefahr ein Ausweichmanöver einzuleiten."

Alle klebten an den Bildschirmen und spähten in die undurchdringliche Finsternis. Die Scanner zeigten nichts an, als wäre der Nebel leer und leblos. Brainiac brachte das Schiff an den Rand der Wolke und hielt an. Es gab keinen fließenden Übergang – der dichte Nebel begann abrupt vor uns. Der mechanische Arm wurde mit einem Korb ausgefahren, um eine Probe des Nebels abzuschöpfen. Einen Moment später schmolz der Korb weg, als hätte er sich in konzentrierter Säure aufgelöst. Die Schlange tauchte den mechanischen Arm tiefer in den Nebel ein und zog ihn zurück. Der Nebel beeinträchtigte den Arm selbst nicht.

„Hmm...", resümierte die Schlange bedeutungsvoll. „Gib mir fünf Sekunden. Ich möchte noch etwas anderes ausprobieren."

Nun schob der mechanische Arm ein Stück Raq in den Nebel, dann ein Stück irgendeiner Ausrüstung, eine Energiezelle und sogar den Panzeranzug, der Sebastian gehört hatte. Alles löste sich auf, bis auf den mechanischen Arm selbst. Den Anzug konnten wir retten – die Schlange erklärte, sie brauche ein paar Stunden, um ihn zu reparieren. Die Schlussfolgerung ergab sich von selbst – der Nebel löste alles auf, was nicht zum Schiff gehörte – und das betraf nicht irgendein Schiff, sondern speziell mein uldanisches Kugelschiff. Brainiac manövrierte das Schiff vorwärts und überquerte die Grenze des Nebels. Es passierte nichts. Die Anomalie hatte keine Auswirkung auf die *Warlock*.

„Dein Radar hat eine Fehlfunktion. Deine Ausrüstung ist Schrott, Kapitän Chirurg", spottete Vargen, sobald wir vollständig in die kosmische Milch eingetaucht waren. Unsere Bildschirme füllten sich mit Wellen, sodass es unmöglich war, etwas zu erkennen. Wie hatte Aalor unter diesen Bedingungen einen Planeten und Schiffe sehen können?

„Käpt'n, ich empfange ein Signal." Die Schlange gab mir keine Gelegenheit, Vargen zu antworten. „Eine standardisierte uldanische Freund-oder-Feind-Anfrage. Was soll ich tun? Die Kodierung ist ganz normal, es sollte keine Schwierigkeiten geben, zu antworten."

„Können wir ‚Freund' antworten?"

„Erledigt. Wow! Seht mal, der Nebel hat sich gelichtet!"

In der Tat hatte sich unser Bildschirm gelichtet. Der Umkreis des Gebietes, in dem wir uns befanden, war immer noch von Nebel bedeckt, aber direkt vor uns öffnete sich ein breiter Korridor, der wie eine Landebahn zu einem blauen Planeten führte. Ein Dutzend kugelförmiger Schiffe schwebte entlang der Ränder dieses seltsamen Korridors. Brainiac scannte das nächstgelegene und verkündete, dass dies automatisierte Orbitalstationen waren. Sie hatten keine Lebewesen an Bord.

Ich beschloss, die Gastfreundschaft auszunutzen, und befahl Brainiac, vorwärts zu fliegen. Der Nebel löste sich auf dem Planeten komplett auf und wir wurden von einer der Stationen abgefangen. Eine Standard-Zollkontrolle. Ich machte mir schon Hoffnungen, jetzt auf echte, lebende Uldaner zu treffen, doch die Hoffnung hielt nicht lange – ein roter Scannerstrahl bewegte sich über die *Warlock*, wechselte auf grün und verschwand. Brainiac mochte diese Prozedur nicht, da sie Störungen in der Schiffselektronik verursachte.

„Aber es ist doch nichts Schlimmes passiert, oder?", fragte ich vorsichtshalber nach.

„Die *Warlock* wurde als veraltet und aufrüstungsbedürftig
eingestuft." Die Schlange seufzte schwer. „Wir haben den Befehl
erhalten, einige Geräte zu ersetzen – ansonsten wird die *Warlock*
verschrottet. Ich fürchte, ich verstehe die Hälfte der Komponenten
auf der Liste nicht, die sie uns geschickt haben. Neue Namen, neue
Ausrüstung, neue Operationen. Es sind 20.000 Jahre seit unserem
Exil und dem Verschwinden der Uldaner vergangen – die
Technologie hat sich seitdem stark weiterentwickelt. Ist das zu
fassen? Unser Kugelschiff, eine veraltete Schüssel! Dabei ist es
fortschrittlicher als die Wannen, die derzeit die Galaxie zumüllen.
Wo können wir diese Teile überhaupt herbekommen?"

„Haben sie dir eine Frist gesetzt?" Meine Besorgnis wuchs.
„Was sollen wir tun, falls sie uns in zehn Minuten in die Luft jagen
wollen?"

„Es gibt kein Zeitlimit. Sie werden uns einfach nicht erlauben,
ein zweites Mal herzukommen, wenn wir nicht die notwendigen
Upgrades haben", beendete die Schlange ihr Gejammer. „Für den
Moment gibt es keine Einschränkungen. Sollen wir landen?"

„Analysiere den Planeten."

„Ich werde alles auf dem Bildschirm anzeigen. 10 % der
Oberfläche sind Landmasse, der Rest ist Ozean. Die
atmosphärische Zusammensetzung ist für Menschen geeignet. Ich
habe eine Struktur identifiziert, die einer Pyramide ähnelt, sowie...
Achtung, Gefahr! Es befindet sich ein Zatrathi-Schiff auf dem
Planeten. Ein Transporter!"

„Mach ein Ausweichmanöver!", befahl ich schnell. „Wir
werden den Planeten in der geringstmöglichen Höhe umrunden.
Vorzugsweise unter Wasser. Brainiac, behalte die Strahlen im Auge,
sorge dafür, dass wir nicht entdeckt werden. Los!"

Das Kugelschiff legte sich scharf in die Kurve und flog um
den Planeten herum. Die Nachricht war unangenehm – ein
Zatrathi-Transporter hatte die uldanische Verteidigung

durchdrungen. In meinem Kopf türmten sich so viele Fragen auf, dass ich sie beiseiteschob und mich auf die Hauptaufgabe konzentrierte – ein sanftes und unbemerktes Absinken zur Planetenoberfläche. Die Zatrathi erwarteten uns nicht – es gab keine Anzeichen von Security im Orbit.

„Meinst du nicht, dass du dir ein bisschen zu sicher bist?" Vargen schaute auf den Timer. Unsere voraussichtliche Ankunftszeit war in sieben Stunden. Unter Wasser konnte man nicht wirklich gut beschleunigen.

„Ich habe nicht viel Frreizeit!" Eine war ebenfalls unzufrieden mit meinem Manöver. „Ich zahle nicht für das Warrrten, ich will Aktion! Die Zatrrrati rechnen nicht mit einem Angriff. Dadurch sind wir im Vorrrteil."

„Brainiac, ruf Sebastian an." Meine oberste Priorität war es, Verstärkung anzufordern. Wenn ein Transporter es schaffte, diesen Ort zu erreichen, dann könnte das auch eine fliegende Festung. Und das war wohl das Letzte, was ich brauchte.

„Käpt'n, irgendetwas stimmt nicht. Der Nebel blockiert alle ausgehenden Signale und wir kennen die Einstellungen für die lokalen Hyperrelais nicht."

Das war genau das, was ich hören wollte. Wenn wir keine Anrufe nach draußen machen konnten, dann konnten es die Zatrathi auch nicht. Wir hatten also eine Chance!

„Wenn das so ist, auftauchen! Brainiac, volle Kraft voraus. Flieg zur Pyramide und pass auf, dass der Transporter nicht abhebt. Bereite den Soldaten und die Droiden vor! Es ist an der Zeit, dir dein Ticket zu verdienen, Vargen. Macht euch bereit zur Landung!"

Die drei Zatrathi-Krieger, die den Transporter bewachten, wussten nicht, wie ihnen geschah. Brainiac berechnete die Flugbahn des Abwurfs des Soldaten so genau, dass das fliegende Nashorn das Trio mit seinem Horn aufspießte – und sie dann gegen die Wand der Pyramide rammte, um den Job zu beenden. Drei flackernde Kisten waren alles, was von den Wächtern des Transporters übrigblieb. Endlich konnte ich das monumentale Bauwerk aus der Nähe betrachten. Es hatte eine flüchtige Ähnlichkeit mit der Großen Pyramide von Gizeh, obwohl dieses steinerne Monument mitten in einem riesigen Wald stand. Auf der uns zugewandten Seite öffnete sich ein massives Tor. Der Raumscanner konnte nur ein paar verschlungene Gänge im Inneren der Pyramide erfassen. Das war die Grenze seiner Reichweite. Eine blieb vorsichtshalber an Bord und schlug vor, dass wir uns selbst um eventuelle Feinde kümmern sollten.

„Brainiac, schick die Droiden ins Innere des Transporters. Befiehl ihnen, ihn zu räumen. Vargen, schick einen deiner Männer mit rein. Die Droiden könnten einen Spieler gebrauchen, der sie anleitet. Wenn wir den Transporter kapern, sollten wir ihn für einen guten Preis verkaufen können. Schlange, du bist dafür zuständig, das Schiff zu hacken. Sebastian ist nicht mehr bei uns. Kannst du das erledigen?"

„Wird erledigt", versprach der Ingenieur und schlüpfte aus dem Rumpf des Kugelschiffs. Der Anblick einer zehn Meter langen Schlange ließ Vargen und seine Leibwächter aufschrecken. Es war eine Sache, die Schlange zu hören, aber eine ganz andere, sie vor sich zu sehen.

„Die Luft ist rein! Das Schiff ist sicher! Die Hacking-Prozedur ist im Gange, noch zehn Minuten", trudelten die Meldungen nacheinander ein. Das Nashorn machte eine Runde um die Pyramide, traf aber auf niemanden. Auch im Transporter war niemand zu sehen. Selbst die Laderäume waren leer.

„Die drei sind doch nicht ohne Grund allein hergekommen." Ich runzelte die Stirn. Mir ging das hier alles zu einfach.

„Meiner Einschätzung nach müsste so ein Schiff etwa 50 von diesen Typen aufnehmen können", sagte Vargen und schien ebenso

misstrauisch zu sein wie ich. Er deutete auf den offenen Gang und
fügte hinzu: „Ich würde wetten, dass sie alle drinnen sind. Wir
müssen sie ausräuchern. Ich werde meine Leute anrufen. Sie
werden in kürzester Zeit einen Landetrupp am Rande des Nebels
haben."

„Das wird nicht funktionieren." Ich war gezwungen, meine
Entdeckung preiszugeben, dass unsere Kommunikation blockiert
war. „Wir können uns nur auf uns selbst verlassen."

„Gib mir die Kontrolle über deine Droiden", verlangte Vargen.
„Ich habe mehr Erfahrung. Und wenn du schon dabei bist: Komm
in unseren Kommunikationskanal. Ich will nicht offen sprechen.
Hier ist das Passwort. Kann man das Nashorn kontrollieren, oder
ist es so etwas wie ein Teil des Schiffes oder so?"

Ein verärgertes Brüllen ertönte von meinem Soldaten. Die
Frage von Vargen gefiel ihm nicht.

„Ich sehe schon", schloss der Leiter der Liberium-Gilde. „Ja,
nimm ihn auch in unsere Gruppe auf. Das war's. Nehmt euch zwei
Minuten Zeit und dann geht's los. Auf, auf! Die Zatrathi werden
sich nicht von allein umbringen."

Vargen liebte es nicht nur, zu befehlen, er wusste auch, wie man
es tat. Das musste ich ihm lassen. Die ihm übertragenen Droiden
huschten hin und her zu huschen, schleppten Steinblöcke zum
Eingang und blockierten die Türöffnung. Sollte die Tür zufällig
zufallen, könnten sich unsere Pläne schnell in Luft auflösen.

„Als Erstes müssen wir den Ort auskundschaften. Chirurg, wie
viele Droiden kannst du entbehren? Es ist nicht möglich, mit
Waffengewalt reinzugehen."

„Die Droiden sind ungeschickt. Sie werden nicht viel taugen",
sagte ich. „Die Aufklärungsdrohnen würden besser funktionieren."

„Davon hast du welche?", fragte Vargen erstaunt. „Wie viele?"

„So viele, wie du brauchst. Brainiac, schick die Aufklärungsdrohnen in die Pyramide. Ich will wissen, was sich darin befindet. Zeig mir auf den Bildschirmen an, was sie sehen."

Ein schwirrender Flugkörper sauste an uns vorbei und verschwand in den Tiefen des Steinkolosses. Ein paar Kurven, dann leere Gänge. Schließlich kam die Drohne in einem großen, gut beleuchteten Raum an.

„Ich zähle 40 Zatrathi-Ingenieure", bezifferte Brainiac die auf dem Boden herumkrabbelnden Schleimer. Sie schenkten der Drohne keine Beachtung und gingen ihrer Arbeit nach. Offen gesagt, ihre Bewegungen interessierten mich. Die Schleimer schleppten längliche Metallkisten, die Särgen sehr ähnlich waren. Sie benutzten einen Aufzug, um sie zwischen den Ebenen zu transportieren – irgendwo in der Nähe musste es noch eine Reihe anderer Ingenieure geben.

„Das sind Gefängniskapseln", rief Brainiac erstaunt aus. „Wie sind die hierhergekommen?"

Die Drohne flog näher an die Gefängniskapseln heran, doch die Schnecken reagierten immer noch nicht auf sie.

„Scanne jetzt", sagte Brainiac, und die Drohne ließ grüne Laser über die Kapseln laufen. „Das sind wirklich Gefängniskapseln. Zu unserer Zeit wurden Kriminelle in ihnen verwahrt. Ein besonderer Gefangener wurde lebenslang eingesperrt, weil er einen unauthorisierten Völkermord an drei Planeten verübt hat. Er hat vor 70.000 Jahren vor Einsamkeit den Verstand verloren und wurde automatisch von seiner Kapsel eingefroren."

„Wenn du ‚unauthorisiert' sagst, heißt das dann, dass es auch authorisierte gab?" Vargen hörte Brainiacs Bericht aufmerksam zu.

„Ja, die Uldaner konnten beantragen, einen Planeten für ein Experiment zu nutzen, und wenn das genehmigt wurde, konnten sie damit machen, was sie wollten. Es kam nur selten vor, dass der Antrag abgelehnt wurde – es gab einfach zu viele bewohnte

Planeten. Galaktogon hatte nicht genug Ressourcen, um alle zu versorgen. Doch dieser spezielle Gefangene hatte keine Lust, auf die Entscheidung über seinen Antrag zu warten. Er handelte sofort und wurde daraufhin bestraft."

„Ist er noch am Leben?"

„Vermutlich nicht. Der Körper ist am Leben, der Geist ist weg. Wenn ein Uldaner vor Einsamkeit verrückt wird, wird seine Persönlichkeit ausgelöscht. Das liegt in ihrer Natur."

„Ich kenne die Quelle der Kapitäne von den Zatrrrathi-Schiffen", meldete Eine sich zu Wort. Wie wir verfolgte auch der Deutsche aufmerksam den Feed der Drohne.

„Ja, es sieht so aus, als ob sie sie aus diesen Gefängniskapseln holen", stimmte ich zu. „Aber warum Uldaner? Funktionieren die Brainworms nur bei ihnen? Oder sind vielleicht nur die Kapitäne der fliegenden Festungen Uldaner?"

„Das könnte nur dann der Fall sein, wenn die fliegende Festung eine Schöpfung der Uldaner ist. Und das ist nicht der Fall", kam Brainiac zur Verteidigung seiner Schöpfer. „Uldanische Schiffe haben eine kugelförmige Gestalt, wie die Orbitalstationen, die wir hier beim Eintritt gesehen haben. Die der Zatrathi sind formlose Kleckse. Die Uldaner würden sich so ein Design nicht ausdenken."

„Was ist mit der Basis auf Zalvas Mond?", entgegnete ich.

Vargen verlangte, dass ich ihm von diesem Abenteuer erzählte, aber ich lehnte ab und wies darauf hin, dass das nichts mit der aktuellen Situation zu tun hätte. Obwohl es mir schien, dass die Zatrathi wirklich mit den Uldanern verbunden waren. Und nicht nur, weil sie uldanische Zombies zur Steuerung ihrer Schiffe benutzten. Es war alles noch viel komplizierter.

„Raumscan abgeschlossen", verkündete Brainiac und brachte die Drohne zurück. „Ich habe eine Tür lokalisiert, die zu einer anderen Ebene führt, aber sie ist verschlossen und die Drohne kann sie nicht öffnen. Ihr Eingreifen ist erforderlich."

„In enger Formation weiter vordringen. Aalor, du übernimmst die Schilde. Kart, bemanne den Raketenwerfer. Chirurg, folge uns. Schießt auf alles, was sich in unsere Richtung bewegt, aber feuert nur auf mein Kommando. Los geht's!" Endlich hatte ich die Namen von Vargens stummen Leibwächtern erfahren. Ich nickte und stimmte dem Plan zu, besonders dem Teil, dass wir nur auf aggressive NPCs schießen würden. Die Schleimer schienen nicht aggressiv zu sein, und es war möglich, dass sie generell neutral waren. Es könnte sich eine Gelegenheit ergeben, die Zatrathi-Ingenieure in ihrer natürlichen Umgebung zu studieren.

Ein paar Minuten später standen wir am Eingang der Halle und warteten auf einen Angriff. Wir waren mit Blastern und einem Raketenwerfer bewaffnet. Die Schleimer krabbelten emsig hin und her, schleppten die Kapseln und schenkten uns keine Beachtung. Ich konnte jetzt etwas besser sehen, was sie taten: Nach einigen kleinen Eingaben an den Gefängniskapseln gingen die Lichter an. Wenn die Farbe grün war, wurde die Kapsel vorsichtig auf einen separaten Stapel gelegt. War sie rot, wurde die Kapsel wie Müll auf einen Haufen an der gegenüberliegenden Wand gekippt. Der Müllhaufen war deutlich größer als der ‚gute' Haufen.

„Berührungskontakt! Keine Aggression!", berichtete Kart, nachdem er einen Ingenieur berührt hatte, der an ihm vorbeigekrochen war. Es gab keine Reaktion, außer, dass der Schleimer auf dem Rückweg einen Bogen machte und uns auswich. Nicht jeder mochte es, angefasst zu werden.

„Zweite Phase", sagte ich, holte den Manipulator heraus und hob den Ingenieur in die Luft. Die Kameraden des baumelnden Schleimers eilten ihm nicht zu Hilfe, zückten auch nicht ihre Blaster und verhielten sich weiterhin so, als wäre nichts geschehen.

„Brainiac, wir schicken dir einen Gast. Unterhalte dich mit ihm." Ich reichte einem der Droiden den Manipulator und befahl ihm, den Schleimer lebend und in einem Stück zur *Warlock* zu bringen – und dann wiederzukommen und mir meinen Manipulator zurückzugeben. Ich konnte mir nicht vorstellen, dieses Spiel ohne dieses nützliche Gerät zu spielen. Sowohl Eine als auch Vargen hatten mir eine Menge Geld dafür geboten, aber ich hatte nicht mit der Wimper gezuckt – ich brauchte ihn mehr als sie.

„Ich habe den Gefangenen entgegengenommen. Stelle jetzt die Kommunikation her", meldete der Schiffscomputer.

„Käpt'n, wir haben ein Problem von der Größe Galaktogons", sagte die Schlange. „Der Name unseres Gastes ist Nal-rog-Shar."

„Und wo liegt nun das Problem?" Vargen runzelte die Stirn, aber ich verstand die Schlange. Der Ingenieur, den wir gefangen genommen hatten, war kein Zatrathi.

„Ich kenne mich ein bisschen mit den Zatrrrathi aus", sagte Eine, der ziemlich viel Ahnung von Galaktogon hatte, zu Vargen. „Sie benutzen keine Namen. Nur Zahlen!"

Es ergab keinen Sinn, die Kampfbereitschaft weiter aufrechtzuerhalten – auf dieser Ebene gab es keine aggressiven NPCs. Vargen und seine Männer erkundeten die Halle – auf der Suche nach etwas, das es wert war, zurück zum Schiff geschleppt zu werden. Um eine gute Gelegenheit nicht zu verpassen, verließ Eine die Sicherheit des Kugelschiffs und schloss sich uns an. Aber es gab hier wirklich nichts zu plündern – abgesehen von den Schleimern und den Gefängniskapseln fanden wir nichts.

„Käpt'n, ich konnte nicht viel von unserem Gast erfahren. Diese Schnecke ist empfindungsfähig, aber nicht hochfunktional. Dieses Gebäude ist ihr Zuhause – die Schleimer werden auf der unteren Ebene geboren und sterben dort. Manchmal kommen die ‚Anderen' und lassen sie verschiedene Aufgaben erledigen. Entweder nehmen sie eine Ladung speziell für diesen Zweck gezüchteter Schnecken mit oder sie befehlen ihnen, die Kapseln zu sortieren – wie heute. Die ‚Anderen' kommen in einer Woche wieder, um die nächste Charge abzuholen, also kein Grund zur Eile. Der Gast will unbedingt wieder an die Arbeit, und an diesem Punkt beginnt er, sich zu wiederholen und immer das Gleiche zu erzählen. Wie lauten deine Anweisungen?"

„Ich würde ihn gern mitnehmen", erklärte Eine. „Wenn das Schneckentierrr tatsächlich empfindungsfähig ist, können wirr mit ihm ein Gesprräch führren."

„Brainiac, betäube den Schleimer und bring ihn auf die Krankenstation", befahl ich und stimmte dem Deutschen zu. Wir mussten diese Schnecke genauer untersuchen.

Vargen zog eine der ‚toten' Kapseln aus dem Haufen und riss den Deckel ab. Die Schleimer zerstreuten sich, als wäre darin ein Aussätziger, und die Luftsensoren zeigten das Vorhandensein von giftigen Gasen an. Ich schaute hinein – falls da irgendwann einmal ein Uldaner drin gewesen war, war praktisch nichts mehr von ihm übrig. Ein paar Drähte und eine Handvoll Staub am Boden. Über die vergangenen Jahrtausende hatte sich der Gefangene zu giftigen Gasen zersetzt.

„Brainiac, schick die Droiden rüber und lass sie eine der Kapseln zurück zum Schiff bringen. Wir werden sie genauer untersuchen. Vargen, hier gibt es nichts mehr zu tun, lass uns weiterziehen."

Es gab keine Einwände. Wir sammelten uns und gingen auf die Tür zu. Aalor öffnete sie, und wir nahmen eine Triceratops-Formation an: Ein Energieschild bedeckte unseren Körper, und die Mündungen unserer Blaster ragten wie Hörner heraus. Aber es war alles ruhig und still – als wären wir auf einem Friedhof.

„Vorwärts", befahl Vargen.

Die Wendeltreppe führte steil nach unten und machte es uns schwer, die Ordnung aufrechtzuerhalten. Wir versuchten unser

Bestes – wenn ein Feind uns jetzt angreifen würde, würde er auf eine undurchdringliche Wand treffen. Nach ein paar Drehungen erreichten wir eine kleine Plattform. Diese bot einen guten Blick auf das Innere der Pyramide.

„Heilige Scheiße!", rief ich aus, als ich die Größe der Struktur erkannte, in der wir uns befanden.

„Wir haben einen Industrrriekomplex entdeckt!", frohlockte Eine hinter uns. „Wunderrrvoll! Unglaublich! Ihr müsst aufpassen, dass ihr nichts anfasst, denn ich muss das alles selbst anfassen!"

Eines Aufregung war verständlich – eine riesige Industrieanlage erstreckte unter uns. Sie war in viele Bereiche unterteilt, von denen die meisten von Schleimern besetzt waren, die auf Stangen saßen. Der Unterschied zwischen den Zatrathi-Ingenieurschnecken und diesen war, dass Erstere dunkler waren und verschiedene Fortsätze am Körper hatten. Einige der Bereiche waren verschlossen, einige waren leer, einige enthielten Raq, Elo und andere Metalle. Hier gab es sogar gewöhnlichen Stein.

„Schaut mal da drüben!" Aalor deutete nach links.

Ich schluckte – am anderen Ende der Anlage standen zehn metallische Orbs. Die uldanischen Kugelschiffe warteten einsam auf ihre Kapitäne. Es war dumm von mir gewesen, mir einzubilden, dass die *Warlock* einzigartig war. Hier waren die anderen. Reif zum Pflücken.

„Feind entdeckt", rüttelte Brainiac uns aus unserer Euphorie und zwang uns zurück in Alarmbereitschaft. „Projiziere jetzt die Position des Feindes."

Ein roter Punkt erschien auf einem meiner Bildschirme. Ein kleines Büro, das die Anlage überragte – wie die Plattform, auf der wir uns befanden – enthielt einen Zatrathi. Oder besser gesagt, einen Uldaner mit einem Brainworm auf dem Kopf. Er hatte uns noch nicht beachtet und ging seiner Arbeit nach – er beaufsichtigte die Schleimer, die die Gefängniskapseln zum Aufzug schleppten. Wir überwachten die Bewegungen der Ingenieure und lösten ein weiteres Rätsel – die Gefängniskapseln wurden aus den geschlossenen Bereichen geholt.

„Brainiac, schick die Drohne zu uns. Wir müssen hier eine Bestandsaufnahme machen", befahl Vargen. „Chirurg, schnapp dir den Brainworm lebendig."

„Ich glaube nicht, dass das eine gute Idee ist", widersprach Aalor seinem Chef. „Was ist, wenn dieser Ort so präpariert ist, dass er explodiert, wenn wir zu nahe herankommen? Schauen Sie nach unten – allein die Beute hier wird einen Haufen Credits wert sein. Warum sollten wir zusätzliche Risiken eingehen?"

„Brainiac, mach eine schnelle Analyse des Ortes. Könnte es hier Minen geben?" Vargen zeigte eine erstaunliche Zurückhaltung. Er beachtete die Einwände seines Offiziers, beharrte aber auch auf seinem ursprünglichen Plan. Der Teil, der mir nicht gefiel, war die Art, wie er Brainiac direkt ansprach.

„Es ist nicht nötig, eine Analyse durchzuführen", antwortete der Schiffscomputer prompt. „Die Pyramide über uns besteht aus konzentriertem Elo. Wenn es aktiviert wird, wird die Hälfte der Insel einfach verdampfen."

„Wenn es einen Zünder gibt, könnte er mit dem Lebenssignal des Brainworms verbunden sein", stellte ich eine logische Vermutung an. „Wenn wir ihn töten, könnten wir uns selbst in die Luft jagen."

„Kart, kümmere dich um ihn", befahl Vargen und traf die endgültige Entscheidung. „Plan 212."

Ich runzelte die Stirn, als Kart in der Luft verschwand. Eine persönliche Tarnvorrichtung machte ihn unsichtbar. Auf der zweiten Hansa-Liste wurde eine solche Fähigkeit des Anzugs nicht erwähnt. Es lag nahe, dass so etwas erst in der dritten Liste vorkam. Ich musste etwas Tolles zu Hansa zurückbringen, damit ich um die nächste Upgrade-Liste feilschen konnte.

„Ziel gefangen genommen. Alles klar!" Kart hatten nur ein paar Minuten gebraucht, um die Bedrohung zu neutralisieren.

Wir aktivierten unsere Triebwerke und stiegen zum Büro des ‚Managers' auf. Der Brainworm saß auf dem Kopf des Uldaners und der Uldaner lag auf dem Boden und schnarchte sich das Hirn raus. Kart hatte es geschafft, beide zu betäuben.

„Ingenieur, komm so schnell wie möglich her!"

„Ich bin gerade erst mit der Arbeit am Schiff fertig geworden und schon will er etwas anderes! Oh, meine armen Beine!", murmelte die Schlange missmutig, gehorchte aber meinem Befehl. Sie zwängte sich in unser Büro und beugte sich über den Brainworm.

„Korrekt. Dieses Halsband hier verbindet den Uldaner mit der Pyramide. Wenn der Körper den Raum verlässt, geht das Elo hoch. Werft mal einen Blick auf die Kette, die den Uldaner fesselt. Dieser Körper darf den Raum nicht verlassen. Der Brainworm ist allein hergekommen. Der Körper ist so etwas wie sein Arbeitsplatz oder so."

Es folgte eine unangenehme Pause. Es war widerlich, sich einen lebenden Körper als ‚Arbeitsplatz' eines anderen Wesens vorzustellen.

„Soll ich ihn abkoppeln?", fragte die Schlange. „Der Uldaner wird keinen Schaden nehmen, aber der Zatrathi vielleicht. Mit denen habe ich noch nicht herumgespielt."

„Tu es!" Vargen war entschlossen, die Möglichkeit einer Explosion zu verhindern. Die Schlange beugte sich über den schlafenden Uldaner, zog ein kleines Skalpell heraus und trennte mit ein paar schnellen Bewegungen den Brainworm von seinem Wirt. Teile des Zatrathi fielen auf den Boden – die Schlange war ein wenig ungeschickt. Diese Parasiten setzten sich durch ein sorgfältig in den Kopf gebohrtes Loch direkt im Gehirn ihrer Wirte fest.

„Hmm... ich habe versagt", sagte die Schlange entschuldigend.
Der Brainworm plumpste auf den Boden, flackerte und
verwandelte sich in eine Beutekiste. „Käpt'n, kann ich dich kurz
sprechen? Unter vier Augen."

Ich seufzte. Dies war eine ungewöhnliche Bitte des Ingenieurs.
Normalerweise sagte er direkt, was er auf dem Herzen hatte. Ich
flog zurück auf die Plattform, wartete auf die Schlange und nahm
meinen Helm ab. Der Ingenieur wollte von Angesicht zu
Angesicht reden, ohne irgendwelche Geräte.

„Worüber ich mit dir sprechen möchte, ist..." Die Schlange
zögerte. „Nun, ich habe hier zehn Kugelschiffe gefunden."

„Ja, ich habe sie gesehen. Da drüben, an der Wand. Sprich
weiter. Was willst du?"

„Sie sind auf dem neuesten Stand. Brainiac hat sie mit einer
Drohne gescannt. Er hat auch das Innere überprüft. Ihre
Zugangscodes stehen am Gestell. Wie auch immer. Das sind
hochmoderne Schiffe. Eines davon würde uns mit unseren neuen
Upgrades von Hansas zweiter Liste noch bei Weitem übertreffen.
Sie sind absolut irre. Ihre Geschwindigkeit ist fast anderthalb Mal
so hoch wie unsere derzeitige Höchstgeschwindigkeit, ihre
Strahlenkanonen verwenden ein neues prismatisches Prinzip, das
sie unglaublich stark macht. Sie verfügen über zwei Arten von
Torpedos, sowohl die abgeschirmten als auch die nicht
abgeschirmten. Sie sind anderthalb Mal so groß wie unsere, was
uns erlauben würde, weitere zehn Systeme oder so zu integrieren.
Wir haben darüber gesprochen – die Crew, meine ich – und wir
wollen, dass du einen Schiffswechsel in Betracht ziehst. Brainiac
kann sich auf das neue Schiff kopieren. Ich könnte in ein paar
Tagen alle Systeme in den Griff bekommen. Und dann können
wir Galaktogon in Stücke sprengen. Selbst ihre Laderäume sind
doppelt so groß wie unsere. Das sollte dich doch überzeugen."

„Wo ist der Haken?" Ich hatte keinen Zweifel, dass es einen Haken geben würde.

„Es ist nicht sicher, dass Brainiac in der Lage ist, sich selbst zu kopieren. Die neuen Kugelschiffe haben wahrscheinlich neuere Schiffscomputer, die fortschrittlicher sind. Brainiac könnte ausgelöscht werden und dann würden wir ihn verlieren – auch auf unserem aktuellen Schiff. Wir sind alle bereit, es zu riskieren, aber die Entscheidung liegt bei dir. Sollen wir es versuchen oder nicht? Wir brauchen etwa drei Minuten, um die Prozedur zu starten."

Ich wusste verdammt genau, dass ich zustimmen würde, aber ich beschloss, trotzdem eine Pause zu machen, um die Spannung zu steigern. Die Schlange starrte mich zu ungeduldig an. Sogar hoffnungsvoll. Nachdem ich ihr endlich grünes Licht gegeben hatte, kehrte ich zum Rest des Überfallkommandos zurück. Vargen war damit beschäftigt, alle Daten von den Mainframes der Anlage auf seinen PDA herunterzuladen. Eine stand neben ihm und fummelte ungeduldig an seinem USB-Stick herum. Die Spieler waren zu ihrem Lieblingsteil des Raubzugs übergegangen – dem Plündern. Ich hätte Einspruch erheben und verlangen können, dass der Deutsche seinen Stick weglegt – schließlich hatte er laut Vertrag kein Recht, die Daten herunterzuladen –, aber ich sagte nichts. Auf Eines unausgesprochene Frage hin nickte ich und schloss Brainiac an. Während die Schlange ihre Vorbereitungen traf, konnte Brainiac die Basisdaten herunterladen und analysieren.

„Was ist nötig, um ein solches Schiff zu steuern?" Vargen schätzte die Aktionen meines Ingenieurs richtig ein, der herübergekrochen war, um sich mit dem neuen Schiff zu beschäftigen. Außerdem schwirrte die Drohne in der Nähe herum.

„Eine Crew finden", gab ich ehrlich zu. „Das sind Schiffe für nur einen Spieler, die ganze Arbeit wird von den NPCs erledigt. Drei Besatzungsmitglieder. Brainiac, gibt es in dieser Einrichtung eine Kugelschiff-Crew?"

„Negativ. Meinen verfügbaren Informationen zufolge gibt es hier keine anderen Crews."

„Kann ich sie ohne Crew steuern?" Vargen versuchte, die Sache anders anzugehen.

„Negativ. Menschen können sich nicht mit den Systemen von Kugelschiffen verbinden."

Vargen fluchte – beinahe hätte er die Gelegenheit auf ein Schiff bekommen, das noch niemand besaß, und dann war sie auch schon wieder verpufft. Ich konnte nicht behaupten, dass ich Mitleid mit ihm hatte. Da vibrierte mein Schiffskommunikator.

„Kapitän Chirurg, hier spricht die KI des Kugelschiffs Modell X-34-56. Möchten Sie die Matrixparameter anpassen?"

Ich verzog mein Gesicht angesichts der unangenehmen Nachricht. Ich fühlte mich angewidert und niedergeschlagen. Ich hatte mich inzwischen so an Brainiac gewöhnt, dass die Vorstellung, mit einem neuen Computer arbeiten zu müssen...

„Ganz ruhig, Käpt'n! Keine Angst! Wir machen nur Witze." Die Schlange kicherte. „Du solltest mal dein Gesicht sehen!"

Meine verbitterte Visage erschien auf einem der Bildschirme. Wenn es in diesem Spiel einen Preis für den besten emotionalen Gesichtsausdruck gäbe, würde ich ihn locker gewinnen. Ich schätze, ich hatte alle 56 Gesichtsmuskeln eingesetzt, um meine Enttäuschung auszudrücken.

„Die Schiffe waren leer", beruhigte Brainiac mich, nachdem er auf das neue Schiff gewechselt hatte. Dann fügte er über den öffentlichen Kanal hinzu: „Diese Kugelschiffe haben keine Steuerungscomputer. Es sind leere Schiffe. Es ist unmöglich, sie so zu fliegen – selbst mit Crew. Kapitän, ich bitte um Erlaubnis, abzuheben. Es ist notwendig, das gesamte Material, die Gefangenen und die Ausrüstung vom alten Schiff auf das neue zu übertragen."

„Vergiss nicht, das Schiff zu berücksichtigen, wenn wir anfangen, die Loot aufzuteilen." Vargen konnte nicht umhin, mich an unsere Vereinbarung zu erinnern.

„Keine Sorge. Brainiac, was sind die wertvollsten Dinge in dieser Basis?"

„Informationen", antwortete der Computer getreu seiner Art. Für ein Computersystem gab es nichts Wichtigeres als Informationen; alle Geräte und Spielereien waren zweitrangig.

Eine der Metallkugeln erhob sich in die Luft und verschwand unter der Decke. Ich konnte nicht sehen, ob sie durch die Decke oder eine spezielle Luke in der Decke flog, aber einige Augenblicke später kam sie neben meinem alten Schiff zum Stehen. Die Unterschiede waren unübersehbar, vor allem hinsichtlich der Größe.

„Während der Transfer im Gange ist, muss ich erwähnen, dass wir ein Problem haben." Brainiac sprach das Thema offensichtlich nicht gern an, aber er konnte auch nicht darauf verzichten, uns zu warnen. „Ich habe die Daten des gekaperten Zatrathi-Transporters entschlüsselt. Wir haben 32 Minuten, bevor eine fliegende Festung der Zatrathi in den Nebel eintritt. Das System wurde automatisch so konfiguriert, dass es einen Notruf aussenden kann. Unsere neuen Fähigkeiten erlauben es uns ebenfalls, Signale durch den Nebel zu senden. Wir sollten in 20 Minuten aufbrechen."

Ich schaute mir die generierte Liste der Materialien auf der Basis an. Standardartikel, nichts von Wert. Die Basis diente der Aufzucht von Schleimern und Schiffskapitänen, nicht der Lagerung einzigartiger Ausrüstung oder Schätze. Und für den Fall, dass doch, sagte ich:

„Vargen, nimm den Transporter. Wir treffen uns dann auf Belket. Brainiac, schick ihm die Zugangscodes für das Zatrathi-Schiff. Eine, Sie haben zehn Minuten, um sich die Taschen vollzustopfen. Die Basis steht Ihnen zur Verfügung.

Vargen, du kannst das Gleiche tun, belade den Transporter. Willst
du, dass dir ein paar Droiden helfen, oder machst du es selbst?"

„Schick mir die Droiden rüber. Aalor, du übernimmst die
rechte Seite, Kart, du die linke. Ich kümmere mich um die Mitte."
Der Chef von Liberium nahm mein Angebot an.

„Brainiac, schick einen Droiden hierher und programmiere ihn
so, dass er zehn Minuten nach unserer Abreise mit dem Öffnen
der Totenkapseln beginnt. Wir sollten diese Einrichtung nicht den
Zatrathi überlassen."

Die Spieler hatten keine Einwände dagegen. Die Zatrathi
würden nach unserem Überfall die Sicherheit hier erhöhen, also
würde es keinen Sinn haben, noch einmal zurückzukommen.
Deshalb konnten wir auch gleich alles zerstören. Wir würden uns
an ein altbewährtes Prinzip halten: ‚Wenn ich es nicht haben kann,
dann soll es auch kein anderer haben.'

Eine Minute später rief Brainiac mich über unseren privaten
Kommunikator an. Der Computer wollte ohne Vermittler mit mir
sprechen, aber er zögerte.

„Kapitän, ich habe da ein Problem... Ich weiß nicht einmal,
wie ich anfangen soll. Ich weiß, warum es den Zatrathi gelungen
ist, durch den Nebel zu fliegen. Ich verstehe jetzt auch die
Zusammensetzung des Nebels. Ich habe eine Menge nützlicher
Informationen in der Datenbank der Anlage entdeckt."

„Gib mir einen Überblick über die wichtigsten Punkte. Ich
kann mir den Rest dann selbst denken."

„Okay. Erstens: Der Nebel besteht aus Naniten, die das
Material, das sich zwischen ihnen bewegt, analysieren und alles
angreifen, was von ihrem Code nicht zugelassen wird. Zweitens:
Es gibt mindestens drei solcher Planeten, die den Zatrathi zur
Verfügung stehen. Die Logbücher des Transporters enthalten ihre
Koordinaten. Zwei der Planeten nutzen sie für die Aufzucht ihrer
Krieger, den hier für Ingenieure und Kapitäne. Drittens: Die

Zatrathi können ungehindert durch den Nebel reisen, weil sie selbst Schöpfungen der Uldaner sind. Die Ingenieursschnecken, die Brainworms, die Krieger – sie alle sind Schöpfungen der Uldaner, vor 80.000 Jahren erschaffen, um die Vraxis zu bekämpfen. Sie haben nach den Uldanern gesucht und Sie haben sie gefunden. Genau aus diesem Grund können nur Uldaner Zatrathi-Schiffe kapern – die Schiffe würden keine andere Spezies akzeptieren. Das Kugelschiff wurde Ihnen formell von einem der letzten Uldaner übergeben. Hätten Sie die *Warlock* mit Gewalt erobert, könnten Sie sie nicht fliegen. Wir kämpfen nicht gegen einen mysteriösen Feind, sondern gegen die Uldaner, die Urväter allen Lebens auf Galaktogon. Dieselben, die mich und unsere ganze Crew erschaffen haben. Ich bin hin- und hergerissen. Gegen meine Schöpfer zu kämpfen, ist eine schwerwiegende Entscheidung, und ich muss die Informationen, die ich erhalten habe, weiter analysieren. Dafür werde ich etwa drei Tage brauchen."

„Ich hoffe, du stellst jetzt nicht den Sinn des Lebens infrage?" Was Brainiac gesagt hatte, gefiel mir gar nicht. Das war Meuterei!

„Nein, zunächst einmal müssen wir diesen Planeten so schnell wie möglich verlassen. Der Transfer ist abgeschlossen. Es steht uns frei, zu gehen."

Ich blickte die Spieler von Liberium an, die zwischen den verschiedenen Bereichen hin- und herflogen, Kisten herauszogen und die Droiden zwangen, sie zum Transporter zu schleppen. Die Spieler trugen die schwereren Kisten selbst und brachten die Schubdüsen ihrer Panzeranzüge an ihre Grenzen. Es schien, als wären nur ein paar Minuten vergangen, aber wir hatten bereits ein Drittel des gesamten Komplexes geplündert. Natürlich kümmerte sich niemand um die Schleimer und die Gefängniskapseln.

„Vargen, kommst du von nun an allein klar?"

„Ihr wollt hier raus?"

„Ich habe hier nichts mehr zu tun. Wir können die Beute auf
Belket aufteilen und dort auch entscheiden, was wir mit dem
Transporter machen. Ich muss mich für ein paar Tage um einige
Geschäfte kümmern, aber wir bleiben in Kontakt, also hast du
freie Hand, wenn es um den Verkauf der Beute geht. Du kannst
mir meinen Anteil später geben, sorge nur dafür, dass du alle
Transaktionen über offizielle Verträge abwickelst. Die Anwälte
sollen sich um die Details kümmern. Das Spiel wird die
Beutetabelle automatisch generieren. Ich würde sagen, der
Raubzug war ein Erfolg. Eine, kommen Sie mit oder bleiben Sie
hier? Denken Sie daran, dass Sie nur behalten können, was in Ihr
Inventar passt."

„Ich würrrde gerrrne bleiben", antwortete der Deutsche und
stopfte ein weiteres Ausrüstungsteil in sein Inventar.

„Wenn das so ist, wünsche ich allen viel Glück."

Ich wollte kein Schiff aufs Spiel setzen, das noch nicht an einen
Planetengeist gebunden war. Die neue Kapitänskabine konnte bis
zu zehn Kreaturen aufnehmen, was die Planung späterer Überfälle
erleichtern würde. Das Erste, was ich tat, war, das alte Schiff zu
zerstören und es auf den Friedhof meines Planeten zu schicken.
Vargen konnte mein altes Kugelschiff leicht in den Transporter
laden. Und ich würde es lieber für schlechte Zeiten aufbewahren.
Wer wusste schon, wie dieses Spiel ausgehen würde? Ich legte
meine Hand auf das Steuerungshologramm, um mein neues Schiff
zu steuern. Die Steuerung war die gleiche, aber das Gefühl der
Beschleunigung hatte sich verändert – es gab keines. Dieses Schiff
hatte Trägheitsdämpfer eingebaut, die es Kreaturen ohne
Panzeranzug erlaubten, Manöver mit sehr hohen G-Kräften an
Bord zu überleben. Unsere Geschwindigkeit war auch viel höher
– wir flogen in Sekundenschnelle durch den Nebel. Das planetare
Verteidigungssystem beglückwünschte Brainiac dazu, dass er unser
Schiff nach den neuesten Vorschriften aufgerüstet hatte, und

versicherte uns, dass wir ohne Probleme zurückkehren könnten, wenn wir dies wünschten.

„Brainiac, lass uns nach Hause fliegen. Wir binden uns an den Planetengeist und kümmern uns um dein Anliegen", befahl ich und lehnte mich zufrieden in meinem neuen Kapitänssessel zurück. Der Ausflug war wirklich ein Erfolg gewesen.

Doch ich konnte den Erfolg nicht lange genießen – eine Minute, nicht mehr. Da schimmerte die Luft vor mir, verdichtete sich und nahm Form an. Ich entsicherte meine Blaster, bereit, mein Schiff zu verteidigen.

„Lex?", fragte eine schmerzhaft vertraute Stimme. Etwas machte ‚Klick‘ in meinem Kopf, und ich stürzte nach vorn, um den unerwarteten Gast in meine Arme zu drücken – und das nicht, um sie zu erwürgen.

„Whoa!" Eunice krächzte und versuchte, sich aus meinen hartnäckigen Pfoten zu befreien.

„Ich hatte dich erst in einer Woche erwartet!" Ich legte meine Hände auf die Schultern meiner Frau und betrachtete sie aus nächster Nähe. Sie sah kaum anders aus als in der Realität, außer dass sie hier vielleicht ein bisschen förmlicher gekleidet war.

„Dem Baby geht es gut, deshalb durfte ich schon früher wieder Galaktogon spielen. Wie ich sehe, hast du das Schiff aufgerüstet? Cool. Mir gefällt das neue Modell besser. Hör mal, lass uns gleich zur Sache kommen, in Ordnung? Um den Rest können wir uns später kümmern. Wie ist es mit dem Preisscheck gelaufen? Was hat der Imperator gesagt? Hast du die Koordinaten des Planeten herausgefunden?"

Ich starrte sie ausdruckslos an. Der Preisscheck? Hatten sie ihr nicht gesagt, dass der Wettbewerb abgebrochen wurde?

„Oh, nein, du hast den Vertrag unterschrieben." Meine Frau seufzte. „Ein Jammer. Wir werden uns mit 1 Milliarde begnügen müssen."

„Du hast nicht unterschrieben? Gib mir die Details!"

„Es gibt keine Details. Ich bin an einem Strand zu mir gekommen, lebendig und gesund. Ich habe sofort verstanden, dass ich in einer Medkapsel war. Ich habe mit dem Anwalt gesprochen, den sie mir geschickt haben. Ich weiß, wie man sich in solchen Situationen verhält. Ich habe einen Arzt und einen vollständigen Bericht über meinen Zustand verlangt. Er wollte nicht mit der Sprache rausrücken, also habe ich angefangen, verschiedene Gesetze und Statuten zu zitieren. Daraufhin wuselten sie herum. Der Arzt tauchte auf und gab mir alle Informationen über unseren Zustand. Im Grunde alles, was eine Mutter über ihr Kind und sich selbst wissen sollte. Als dieser Reynard-Typ auftauchte, war ich bereit. Ich habe mich geweigert, irgendetwas zu unterschreiben."

„Hat man dich bedroht?"

„Natürlich nicht. Was sollten sie denn mit mir machen? Ich bin eine schwangere Frau mit Verletzungen. Nach unseren medizinischen Gesetzen sind die Ärzte derart haftbar, dass sie niemanden in meine Nähe lassen würden – nicht einmal den dreifachen Präsidenten und Besitzer von Galaktogon. Außerdem befindet sich die Klinik nicht in unserem Land. Sie haben mir alles erklärt und versucht, mich zu überreden, aber ich habe ihnen ein Ultimatum gestellt: Zahlt mir die Milliarde oder gebt mir die Chance, sie im Spiel zu finden. Eigentlich wäre ich schon früher hier gewesen, wenn es nicht zu den darauffolgenden Verhandlungen gekommen wäre. Sie haben sich für die zweite Option entschieden, und hier bin ich, auf deinem Schiff, um die Suche fortzusetzen. Du bist also ausgestiegen, wie alle anderen Teilnehmer auch, deshalb kann niemand außer mir diesen Scheck bekommen. Mit anderen Worten, Lex: Lass alles stehen und liegen und bring mich zum precianischen Imperator. Er weiß, wo meine Milliarde ist."

„Ich fürchte, da könnte es ein Problem geben", erklärte ich, nachdem ich alle Teile des Puzzles zusammengesetzt hatte. „Die Precianer mögen mich nicht besonders. Das heißt, sie mögen mich ganz und gar nicht. Und jetzt werden sie mich sogar hassen."

Ein Scheck über eine Milliarde (Galaktogon Buch 3): LitRPG-Serie

Ende von Buch 2

Laden Sie unseren KOSTENLOSEN Verlagskatalog herunter:

Geschichten voller Wunder und Abenteuer: Das Beste aus LitRPG, Fantasy und Science-Fiction (Verlagskatalog)

Deutsche LitRPG Books News auf FB liken: facebook.com/groups/DeutscheLitRPG[1]

---

1. https://www.facebook.com/groups/DeutscheLitRPG

Vielen Dank, dass du Galaktogon gelesen hast!

Weitere deutsche Übersetzungen unserer LitRPG-Bücher werden schon bald folgen!

Auf unserer offiziellen Webseite[1] erfährst du mehr darüber.

Bitte vergiss nicht, unseren Newsletter zu abonnieren:

http://eepurl.com/dOTLd1

Um weitere Bücher dieser Reihe schneller übersetzen zu können, brauchen wir deine Unterstützung! Bitte schreibe eine Rezension oder empfiehl *Galaktogon* deinen Freunden, indem du den Link in sozialen Netzwerken wie Facebook[2] teilst. Je mehr Leute das Buch kaufen, desto schneller sind wir in der Lage, weitere Übersetzungen in Auftrag geben und veröffentlichen zu können. Vielen Dank!

---

1. http://md-books.com/
2. https://www.facebook.com/groups/DeutscheLitRPG

Gehöre zu den Ersten, die von neuen LitRPG-Veröffentlichungen erfahren!

Besuche unsere englischsprachigen Twitter[1]- und Facebook LitRPG-Seiten[2] und triff dort neue sowie bekannte LitRPG-Autoren.

Erzähle uns mehr über dich und deine Lieblingsbücher, schau dir die neuesten Bücher an und vernetze dich mit anderen LitRPG-Fans.

Bis bald!

---

1. https://twitter.com/MagicDomeBooks
2. https://www.facebook.com/groups/LitRPG.books/

Über den Autor

VASILY MAHANENKO IST ein Fantasy-Autor, dessen Spezialgebiet das neue Genre LitRPG ist, das auf den Genres Fantasy und Science Fiction sowie auf MMOs basiert. Seine Buchreihe Der Weg des Schamanen stürmte 2012 an die Spitze der russischen Literaturszene.

Während seiner Studienzeit sammelte Vasily als Hardcore-Spieler Insiderwissen, um die virtuelle Realität eines MMO-Spiels glaubhaft beschreiben zu können. Seine Bestseller-Reihe kombiniert Fiktion und Videospiele und erzählt die Geschichte des Schamanen sowie dessen Freunden, die in der unbarmherzigen Welt von Barliona festhängen.

Er nutzt seine mehr als zehn Jahre Berufserfahrung als Projektmanager für die Implementierung von ERP-Systemen, um strukturiert zu schreiben, nach einem festen Terminplan zu arbeiten, Deadlines und sogar ein festgelegtes Budget einzuhalten.

Im Moment beinhaltet die Buchreihe sechs Romane, ein siebter ist in Arbeit - dieses Mal beschäftigt sich der Autor mit den Geschichten der Gefährten des Schamanen, jenen Figuren, die dem Hauptcharakter bei dessen Problemen und Nöten beigestanden haben.

Die ersten beiden Bücher der Reihe wurden bereits ins Englische übersetzt. Wir arbeiten nun daran, die Reihe für unsere deutschsprachigen Leser zugänglich zu machen. Unser Ziel ist es, die gesamte Reihe Der Weg des Schamanen ins Deutsche zu übersetzen.

Vasilys andere Leidenschaft gilt der Erforschung des Weltalls, weshalb er sich derzeit einer neuen Serie mit dem Titel Galactogon widmet. Das erste Buch, das in einem Weltraumsimulator spielt, ist bereits fertig, während

Vasily schon an der Fortsetzung schreibt.

Lightning Source UK Ltd.
Milton Keynes UK
UKHW010635250122
397682UK00001B/89

9 798201 877583